中國近・現代文學叢刊 *6*

中國近代文學史

◎袁進

人間出版社

目錄

緒論

中國文學的近代變革是與中國近代建立「民族國家」緊密的結合在一起的，它本身就是中華民族建立「民族國家」活動的一部分。

何謂「民族國家」？難道中國古代建立的國家就不是民族國家？「民族國家」是現代社會具有特定含義的概念，並不是所有民族建立的國家都叫做「民族國家」。「民族國家」其實是近代以來全球化過程中的產物。古代世界也進行世界貿易，各個國家之間也有交流和相互影響，但是除了部分地區殖民化之外，這種相互影響並不構成全球國家的一體化。近代以來，由西方殖民主義推動的資本主義發展，形成一股現代化潮流，逐漸籠罩全球，隨著全球經濟走向一體化，國家也逐漸成為世界大家庭下的國家，需要有相似的國家機構、教育體制，對應的政府部門，這樣才能進行正常的對話與交流。為了適應現代化的要求，國家機器很難再像古代那樣，它需要現代社會的法制，建立現代的外交、國防、行政、立法、司法等管理機構和相應的職能，它需要確立現代社會的科層制和組織動員能力，能夠組織動員到每個個人。它需要實行普及的教育，由此形成新的國民意識。中國從古代「普天之下，莫非王土」的「天下」觀念，發展到近代以來的「世界」、「全球」觀念，這是在西方近代殖民主義、帝國主義的威脅之下轉換的，正是這種威脅逼迫中國走上了現代化的道路。這是中國文學近代變革的歷史背景。

然而，過去的文學史研究只重視了西方殖民主義和帝國主義的侵略，近代文學研究一度過多把注意力放在中國近代創劇痛深的亡國危機上，把西方殖民主義和帝國主義對中國的侵略及其造成的反抗，作爲文學變革的主要原因，把反抗這種侵略作爲近代文學的主要特色，把愛國主義作爲近代文學的價值所在，這種看法實際上只看到歷史的浮面，研究成果也就難以深入。亡國危機雖然能夠改變文學的面貌，卻不能改變文學的性質。僅僅討論中國近代的亡國危機並不能說明近代所發生的變革，因爲中國近代爲消除亡國危機建立民族國家的努力是與中國社會文化的現代化緊密聯繫在一起的，即使沒有中國近代的亡國危機，經濟政治的「全球化」也會逼迫中國的社會文化現代化。

近一百多年來，中國文學從古代漢語轉入現代漢語，文學形態文學觀念以及文學內涵都發生了巨大變化。這種變化的關鍵是在近代，它是一種文化全方位的變化，如果我們把文學活動的構成視爲作家、文本、語言、傳播方式、讀者、與現實的關係等諸種要素的運作，那麼，這些要素在近代全部發生了重要的變化。作家由古代的士大夫變爲近代的知識份子，其寫作方式、寫作心態等都發生了重要變化。文本的外觀形式由線裝書變爲平裝書和報刊雜誌，除詞以外，各種文學體裁都發生了重要變化，古代文學以詩文爲中心開始轉變爲以小說爲中心，文學表現的內涵，與現實的關係，都出現了重要變化，現實主義佔據了文學的主導地位。文學語言由古代漢語變爲現代漢語。文學傳播方式納入了資本主義大工業生產和商業化銷售的軌道，這就大大降低了文學作品物化的成本，擴大了文學的市場，從而導致讀者的變化，古代文學的士大夫讀者轉變爲現代文學的平民讀者。只消翻一翻中國文學史，就不難發現：像如此巨大的全方位文學變革，中國近代是僅見的，近代之前的各個朝代從未有過的。先秦時期也可能有巨大的文學變革，只是限於現有的資料不足，還不足以得出確切的結論。中國文學發展到近代，好比到了一個十字路口，具有多種選擇的可能，因此這也像先秦時期一樣，成爲中國思想史上最活躍的時期。而中國近代文學作出的選擇，實際上決定了以後的文學發展，一直到現在，現當代文學碰到的問題，如文學的市場化問題，文學的雅俗問題，文學與政治的關係問題，作家面對各種潮流是否堅持自主意識問題，現實主義成爲文學主流問題，中國文學吸收外來影響問題，中國文學對傳統的繼承與發揚問題等等，一旦追根溯源往往都能追溯到近代。中國現代文學實際上是沿著近代的選擇繼續走下去。因此從發生學來說，近代的選擇，實際上一直影響到現在。

中國文學的近代變革是一個中國文學現代化的過程，它與建立民族國家的中國社會文化的現代化進程是緊密聯繫在一起的，在某種意義上，我們甚至可以說它是中國社會文化現代化的一部分。因此，要探討中國文學的現代化，我們首先必須瞭解什麼是「現代化」。

「現代化」指的是傳統社會轉變爲現代社會的過程。它包含了工業化、商業化、城市化、社會化、民主化、法制化、契約化、個人化、科層化、世俗化、教育普遍化等許多方面。世界各國的現代化過程各有自己的特點，但是它們的轉變也有大致相同的地方：除了科學技術的發展，物質生活的改善，那就是在社會結構上由宗教或者宗法主導的傳統等級制社會，逐步轉變爲以個人爲本位的現代社會。這個過程在思想上改變了人們的思維方式與世界觀，形成了人們的理性意識，理性意識的代表——「科學」逐步進入傳統社會，通過它獨特的思維方式，形成與傳統社會不同的新知識系統；由此產生了「自由」、「平等」、「博愛」的新型價值觀念，產生了「主體性」意識，於是「自我意識」、「個性解放」等等思想也就發展起來，原有的傳統觀念逐步被現代意識所更替。這個過程產生了一種態度：與傳統斷裂，崇尚新穎事物，使現在英雄化。這個過程伴隨著政治與宗教的分離，伴隨著一個社會結構「世俗化」的過程，原有的等級制逐步瓦解，形成以個體爲本位，靠市場來調節的資本主義社會。當然，這個大致相同是抽象化的結果，世界各國在實現自己的現代化過程中，根據自己的社會文化狀況，有著不同的現代化進程與結果，其間的差異，其實是相當大的。

在這個現代化的過程中，傳播媒體的變化是一個非常重要的標誌，是一個焦點，它集中體現了中國近代社會文化的變革，決定了文學的變革。近代傳播媒體的變革主要體現在報刊和舊平裝書成爲主要傳播媒體上，報刊與舊平裝書是用機器印刷的，還要運用鉛字排版、石印或者紙型技術。這種書籍複製方式就是工業化的產物，沒有近代大工業，僅僅依靠手工業作坊無法形成從線裝書到報刊和舊平裝書的轉換。近代傳播媒體報刊與舊平裝書又是運用資本主義商業化的方式運作的，像《申報》館和商務印書館都是股份制企業，在全國各地廣泛建立分支機搆，運用西方股份制公司的運作方法來管理和經營，這就使得這些傳播媒體比起傳統媒體來，效率大大提高。近代傳播媒體適應了城市化、社會化的需要，適應了近代市民的需要。例如，近代城市形成了「禮拜」的時間概念，有了「週末」、「周日休息」的新觀念。對報刊和舊平裝書產生了不同於線裝書的需求。中國古代社會形成的是「士農工商」的社會階層，我們在下面將會看到，隨著近代都市的崛起，知識份子和「工商」逐漸形成了市民，社會產生了新的文化組合。文學一旦進入資本主義工業化、商業化的軌道後，文學的社會運行機制就商業化了，作家以寫作來謀生，讀者以閱讀來消費，由於商業化的利益驅使，近代媒體的運作目標不可能再像傳統媒體那樣主要面向士大夫，而是變成面向大多數人的市民。廉價的近代媒體大大擴大了媒體的消費範圍，從而也就普及了文化，促使文化向世俗化的方向發展，也就推動了教育的普及化。正因爲近代媒體產生於資本主義的工業化和商業化，媒體在觀念上維護契約化、科層化、法制化就是必然的。現代城市產生的以個人爲本位，幫助從農村到城市的人口擺脫宗法制的束縛。現代城市產生的經濟獨立，擺脫政治的控制，這種城市形態必然會產生對民主的訴求，新型市民成爲民主的主要社會基礎。近代媒體的變革造成了文學的作家、讀者的變化，從而也使文學發生相應的變化，這一變化過程又是複雜的，它是諸種因素互動下的產物，與社會文化變化相關聯，充滿各種選擇的可能性。

近代文學是一場歷史劇變，在一種社會文化變革的背後，往往有經濟因素和物質生產因素在起作用，中國文學近代變革背後就是如此。它與中國古代的文學通俗化最大的不同便在於：整個文學的社會運行機制發生了巨大的變化，其最重要的變化就是資本主義商業運行機制主宰了文學的社會運行機制，建立了新的傳播模式。中國古代書籍也曾採用商業化的營業方式，完全作爲商品來生產銷售。如《儒林外史》寫到書商請馬二先生編選八股文選本，便是講好報酬，印出書來作爲商品銷售的。這種情況在小說中尤爲普遍，明末清初一些作家大量炮製才子佳人小說，可能就是應書商之約。不過這種商業化還停留在手工業作坊階段，與近代的資本主義商業化不可同日而語。資本主義工業生產形式和商業化營業方式組合的優勢，集中體現在報刊和平裝書的銷售上。報刊和平裝書作爲新的文本物化形式，在外觀上就與中國傳統文本——線裝書不同。報刊和平裝書容量大，可以用較小的字排印；出版快，出版週期最短在一天之內；價格低，普通老百姓也能承受。這些優勢使它們的傳播範圍遠遠超過了線裝書。它們一旦成爲文學的主要文本，就註定了文學必須面向普通老百姓，必須通俗化。從而也就改變了士大夫壟斷文學的局面。但是，近代媒體的變革一方面促使文學普及，另一方面也促使文學走向通俗，高雅的詩文從文學的中心退向邊緣，以前不入流的小說則成爲文學的中心，這一過程本身就使得傳統的高雅文化走向衰退。於是，由於報刊和平裝書的出現與迅猛發展，逼迫中國傳統文化的主要承擔者——士大夫們正視它們，適應它們，乃至在抗拒它們的過程中逐步衰亡。

中國文學的近代變革是一個從舊文學走向新文學的過程，五四文學革命提出「提倡新文學」的口號就證明瞭這一點。「新文學」與舊文學最明顯也是最重要的區別，就是「新文學」用的是現代漢語，舊文學用的是古代漢語。因此，中國文學近代變革一個重要方面就是語言變革。我們一般都確信，現代漢語是五四新文化運動發動之後才形成的，其實不然。我們在下面將會看到：現代漢語形式的文學問世遠遠早於五四，至少在 19 世紀 70 年代，就已經有非常成熟的現代漢語文學作品問世，其語言甚至要比五四時期的作家所寫的現代漢語白話文更加像今天我們正在創作的白話文。它們出自西方傳教士或者是西方傳教士與其中國合作者之手，絕大部分是翻譯作品；它們無論在語言還是形式上，都不同於中國古代的文言白話作品。這部分作品的發現，促使我們重新思考中國近代的文學語言轉換。

我們過去一直把從古代漢語轉變爲現代漢語看作是一個逐漸進化的發展過程，它是發生在我國漢語的內部；但是，西方傳教士在清末翻譯創作的現代漢語作品的發現，可能要改寫我們的這一結論。首先，中國近代文學從古代漢語向現代漢語的轉換，是受到西方傳教士的影響，西方傳教士在漢語的語音、語法、辭彙等各個方面，爲現代漢語的確立都做出了不容忽視的重要貢獻。西方傳教士所寫的現代漢語，之所以能夠比五四新文學作家所寫的現代漢語更像今天的現代漢語，是因爲它們直接是從英文翻譯過來的，即使不是翻譯，也是用英文先想好了，然後寫成漢語。只要對比一下今天文學的語言和形式，我們不難發現它們比五四時期的文學更加接近英語作品，這種接近實際上顯示了現代漢語的變革走向，以及它所受到的外來影響。其次，我們過去因爲忽視了西方傳教士對漢語轉換做出的貢獻，我們只是從士大夫到知識份子的這一路來探討從古代漢語到現代漢語的演變，他們的努力其實只是當時漢語變革的一個方面。事實上，從西方傳教士運用漢語寫作開始，他們就在變革中國的語言。他們在傳教的同時，也在不斷嘗試改造漢語。正是他們的努力方向和方法影響了中國的知識份子，清代白話文運動的一些白話方案是在他們的啓發下提出的。西方傳教士在漢語語言變革上究竟在多大程度上影響了當時中國社會，由於資料的缺乏，還需要作進一步的發掘和探討，本書只想把這個問題提出來，推動學術界進一步研究。

其實，中國近代的語言變革，是一個全方位的變革，它遠遠超過了文言變白話的變革。在當時的書面語言中，至少流行著四種語言，它們是文言、淺近文言、古白話、現代白話，其中現代白話是現代漢語，其他三種雖然屬於古代漢語，但是在近代也都發生了變革。由於後來是現代白話占了統治地位，其他三種語言變革被忽略了。但是這並不意味著其他三種語言變革沒有研究的價值，這三種語言的變革恰恰體現了當時中國面對現代化、全球化的各種應對，顯示了歷史可以選擇的其他可能性。由於建立民族國家的需要，普及文化和減少語文教育時間的訴求決定了當時的教育體制選擇現代白話，但是在其他三種語言變革中，我們依然可以看到中西、雅俗之間的文化互動，以及這種互動背後的文化含義。

中國文學的近代變革也是一個文學概念重新明確，文學獨立化學科化的過程。文學是什麼？一直到今天，這仍然是一個衆說紛紜的問題，就像「物質是什麼」一樣。這種爭論是如此之多，以至難以找到一個舉世公認、沒有爭議的恰當定義。但是，這並不意味著人類對「文學」的認識距離加大了，恰恰相反，「文學」已經成爲一個國際通用的範疇，它已經「國際化」了。世界上絕大多數國家語言儘管不同，但是都有與「文學」對應的概念和學科，詩歌、散文、小說、戲劇大體構成了它的範圍。無論是歐洲還是美洲，也無論是在亞洲還是非洲，對「文學」的一些基本特徵如文學運用語言來表現人的生命體驗；文學側重於表現人的情感、塑造藝術形象；文學是一種審美的藝術創造，虛構想像是其基本特徵等等，卻大體上沒有多少分歧，基本上是認同的。所以國際性的文學研討、文學授獎才成爲可能。今天人們已經意識到：文學是人類審美需要的產物，它源於人生的直接需要。文學有著自己獨立的價值標準，與人生緊密相連，因此它是一門獨立的人文學科，直接與人發生關係。這就是近代形成的文學觀念，也是當今「全球化」下的文學觀念。

文學從現代以來，不從屬於其他學科，如政治、哲學、宗教，這當然不是說文學與政治、哲學、宗教沒有關係。政治、哲學、宗教是人生的重要部分，文學表現人生，當然要涉及到哲學、政治、宗教，文學表現人的生命體驗時，當然應該去表現作爲人生重要部分的哲學、宗教、政治等諸方面，文學作品可以而且應該專門表現人在政治生活中的生命體驗，甚至因此成爲舉世公認的世界名著，如托爾斯泰的《戰爭與和平》等等。然而文學在表現政治時必須意識到文學不是政治的一部分而是人生的一部分，它表現的是人的生命體驗而不是圖解具體的政治理論。它只能站在表現人生的立場上表現政治，而不能把文學當作政治的宣傳工具，否則便會成爲政治理論的圖解，喪失其在文學上的藝術價值。歌德的一句話對文學來說是十分正確的：「生命之樹常綠，而理論永遠是灰色的。」

文學使用語言符號，所以它很容易與其他使用語言的學科如哲學、歷史、宗教、政治混同。事實上，無論在中國還是在西方，都曾經歷過一個把所有的文字著述（小說、戲劇除外）

都稱作「文學」的時代。在這樣的時代，今天意義上的「文學」當時反倒成爲宗教、政治的附庸，這時的宗教、政治，因爲文學所具的獨特感染力，而把文學作爲實用的宣傳、治國的工具，達到藝術審美之外的其他目的。所以，「文學觀念」的近代變革實在是一件普遍的事情，世界各國大都經歷過。在西方，文學觀念的近代變革落後於經濟的近代變革，一直到十九世紀，文學觀念才產生了變革，把所有文字著述（小說、戲劇除外）都稱爲「文學」的大「文學」觀念解體，「文學」與其他的文字著述分離，專屬於表現人生情感的虛構想像作品，從而也成爲獨立的人文學科。這一變革自然與近代「人」的解放，「人」獲得更多的自由，具有更多的獨立自主精神有關；也與西方學科的細化，爲了更好的總結經驗，學科的分類變得更爲明確有關。西方文學獨立之後，作家從文學角度對「人」的內心世界的表現，遠遠超過他們的前輩。

中國文學觀念在「五四」前後曾經發生過一次重要的變革，這從「五四」文學革命時提倡的「新文學」名稱上也可看出。之所以強調「新文學」，正是爲了區別於「舊文學」。中國古代儘管歷朝都有一些創新的文學家，不斷提出一些新觀點，但就總體而言，一直是儒家文學觀占據統治地位。儒家有自己的「道統」，舊文學把「文」看成「道」的顯現，「道」主要指的又是政教。「五四」時的新文學已經意識到文學是表現人生的，「人生」就是人的生命體驗。這樣，文學也就由「道」轉向了「人」。舊文學是崇尚「徵實」的，排斥虛構想像，因此歷史著作、議論文、碑銘、書信等應用文都是「文學」，反倒把小說戲曲排斥於「文學」之外。五四新文學在文學範圍上作了大幅度調整，把形象的「虛構」作爲文學的特徵，因此，小說戲曲成爲文學的正宗，而大部分記實作品如歷史著作，以及論著、應用文則被請出文學的圈子。舊文學把「中和」之美看成最高的審美規範，「五四」新文學打破了這一規範，主張要正視人生，正視現實，於是悲劇才有了重要地位。舊文學把先秦典籍作爲文學語言的規範，「五四」新文學卻認爲這樣的語言已經難以表現現代人的生命體驗，提倡運用生活中使用的白話來表現人生。只要對比一下新文學與舊文學，不難發現幾乎所有的文學體裁如詩歌、散文、戲劇、小說這時都已發生了重大變化。而所有這些變化實際上都印證了文學觀念的變革，顯示了文學觀念與文學創作之間的互動。

中國「五四」時期發生的新文學運動，自然不能簡單地理解爲是一些作家振臂一呼的結果。首先，中國傳統文學觀念確實有它的缺陷，難以適應新的時代的需要。必須承認，西方近代文學觀念與當時統治中國的儒家文學觀念相比，確實具有優越性，它更先進，更系統，更能顯示文學的藝術特性，扣緊文學與「人」的關係。因此它才能取代中國傳統的文學觀念。事實上，到了清代，傳統文學觀念已經成爲文學發展的桎梏。只要看看中國能夠貢獻於世界的文學巨著《紅樓夢》都不得進入傳統「文學」之林，以至作者的身世、作品、創作的過程至今還莫衷一是，仍爲一個謎，就不難明瞭這一點。其實西方在文學觀念近代變革之前也曾出現過類似的情況：貢獻給世界文學以第一流劇本的莎士比亞，其身世經歷至今仍是一個謎，那些第一流的劇本當時也遭到輕視。所以近代文學觀念取代傳統文學觀念，對文學來說是一種解放，促進了文學的發展繁榮。只是近代文學觀念在中國占據統治地位之後，中國古代用以評判文學的「道」、「理」、「氣」、「神」等等範疇，也就此銷聲匿跡，批評的話語系統基本上是翻譯過來的，它們也成了總結評判中國古代文學的價值依據。現當代以來對中國古代文學遺產的總結判斷，實際上都是根據近代以來形成的文學觀念進行的，這當然會有隔膜和扭曲。八十年代以來，古典文學界早就有人提出用中國傳統批評術語批評，但是話語系統的改變是相當困難的，迄今爲止還缺乏這方面的建樹。

現代性意味著對傳統的否定，但是現代化其實不可能與傳統完全割裂，各國現代化過程有著原發型與後發型的差別，西方各國屬於原發型現代化，現代性的諸多因素，都是從自身社會中自發生長出來，與原有的傳統文化比較協調。亞非拉各國屬於後發型現代化，在西方列強的殖民統治下，被迫現代化，現代性的諸多因素是從西方移植過來的，與原有的傳統文化就不那麼協調。這個時候，在現代化過程中如何保留中國傳統文化的優點和特色，就成爲一個非常重要的問題。在西方殖民主義的衝擊下，中國雖然沒有變成殖民地，但是始終處在淪爲殖民地的威脅之下，這就是中國近代始終處在亡國滅種危機之下被迫現代化的歷史背景。今天看來，亡國的危機誠然存在，滅種的危機則未必，它更是一種擔憂，一種想像。面對亡國的危機，面對先進的西方，原來占統治地位的儒家文化顯然不夠用了，它難以提出行之有效的應對危機的方針策略，爲了保住自己的民族與文化，保住自己作爲「大國」的地位，必須儘快學習西方，拋掉傳統的包袱，進入現代化。因此，至少是整個二十世紀，「現代化」一直是中國人的理想，要通過「現代化」來富國強兵，避免被瓜分的命運，保住自己大國的地位。我們在下面將會看到：即使是當時被視爲保守派、頑固派的「同光體」作家，也是主張要學習西方，進入現代化的。

其實，從近代以來，中國先進知識份子面對現代化的挑戰一直有著兩種態度：一種是在主張學習西方的同時，看到現代化給人類帶來的弊病，帶來對人性的異化，強調中國傳統文化有著它自身的優越性，要避免「物質富裕，道德淪喪」的惡果，應當發揚中國文化的長處，改良中國文化，避免人性的異化。一種是主張全力學習西方文化，走西方或者蘇聯的道路，把傳統文化看作是現代化的包袱，運用西方文化來重新整理中國傳統文化，使之適應全球化的潮流。如果說在近代還有不少人是持第一種態度，那麼，隨著教育制度的改革，前者越來越占統治地位，後者所占比例越來越少，局促一隅，幾乎發不出自己的聲音。但是當我們在今天目睹西方後現代對現代社會的批判，重新思考嚴復、章太炎、梁啓超等人對西方現代患了物欲橫流精神貧乏症的批判，我們也許可以體會到他們固然是想保守中國傳統文化的精華，但是他們對現代化的批判到是西方後現代主義的先驅，這些對現代化的反思本身就是現代化的產物，在人類學上具有重要意義。

經濟全球化的結果是帶來全球文化一體化的趨勢，如今這個趨勢已經越來越明顯，標準化、數位化使得世界各地越來越相似，各個民族之間的文化差異正變得越來越小。世界上的大城市都是差不多的，各個民族的文化也越來越趨向同一。迄今爲止的人類文明都是在互相影響，互相交流的情況下獲得動力，繼續發展的，假如「全球化」將人類文明統一到一種單一模式，人類文明也就喪失了繼續發展的動力，走到了盡頭，這是令人擔憂的。如果人類還需要保留各個民族文化上的百花齊放，以利於人類文明在多樣性豐富性的狀態下可以獲得長期的持續發展，人類就需要各個民族保留並發展自己的文化。在這個意義上，各個民族保留並發展自己的文化傳統，並不僅僅是本民族的「民族主義」、「保守主義」，而是具有人類持續發展的人類學意義。因此，我們既要看到現代化作爲歷史的潮流難以抗拒，同時我們也需要理解那些復古主義作家，他們徘徊於傳統和現代之間，堅持以中國傳統文學爲主來振興文學，在當時他們被視爲逆歷史潮流而動的頑固派，今天看來他們所作的堂吉珂德式的努力其實帶著強烈的悲劇色彩，這是中國文學近代變革的一大重要景觀，不僅顯示了變革的複雜性，而且在今天重新反思現代性時，也許更具有啓迪意義。

中國文學的現代化是與中國消除亡國危機，建立民族國家，實現現代化的過程聯繫在一起的，功利主義的文學理論自然占了主導地位，這也許是中國文學史上文學最最政治化的時代，文學如何更好地爲政治服務，是許多近代作家探討的內容。近代文學的主流思想是從文學「經世致用」到「文學救國」，過去學術界大都把這一發展歷程與中國古代「文以載道」的傳統和中國近代面對亡國滅種的危機連在一起，認爲中國近代爲了挽救民族危亡，救亡的熱情導致了「文學救國論」，產生了成爲政治工具的文學。文學的變革是社會政治變革的直接產物。其實不然。回顧中國歷史，面臨亡國危機的朝代有很多：中國歷史上曾多次出現過「亡國危機」，六朝時候「五胡亂華」，北方遊牧民族的鐵騎時時威脅著南朝的生存，並沒有人在南朝造成「文學救國」的熱潮。南宋時候，金元的威脅一直存在，南宋士大夫，一直呼喚北伐收復國土，最後，南宋終於亡於元朝之手，而在南宋也沒有出現像晚清那樣「文學救國」的熱潮。明朝末年，清兵入關，士大夫反清復明活動持續數十年，也沒有出現如晚清那樣的「文學救國」熱潮。因此，一般地談論「文以載道」和「亡國危機」促進了「文學救國」並不準確，它並不能解釋如六朝、南宋、晚明面臨同樣的亡國危機時爲什麼沒有出現「文學救國」熱潮。因爲「文以載道」和「亡國危機」並不能直接導致「文學救國」。我們在下面將會看到：中國近代「文學救國論」的形成，其實是當時士大夫「經世致用」文學思潮與西方傳教士鼓吹的「文學興國策」結合的結果。它其實並非完全是受中國傳統「文以載道」的影響，反倒是接受外來影響的結果。西方近代人文主義文學觀念固然比中國傳統文學觀念先進，但是當時中國近代的文學變革卻是首先接受的西方傳教士功利主義文學觀念，並且把它誤認爲就是西方近代的文學觀念。它由此成爲中國文學的主流。因此，中國近代文學往往與政治有著密切的關係，它們大都是直接爲政治服務的。

從文學的本體來說，它的藝術性是與審美聯繫在一起的，中國近代也有一些作家反對把宣傳政治作爲文學的價值基礎，提出過把文學的基礎建立在表現人的生命意識上，建築在藝術審美的基礎上，如王國維、周氏兄弟等等，可惜他們在當時都只是曇花一現，不爲文學主流所接受，未能在社會上形成新的文學思潮。但是，這時的文學在審美上也發生了兩個重要的變化：其一是急劇變化的時代產生了對「情」的推崇，它導致了對「理」的逾越，產生對中國傳統的美學規範「中和之美」的突破，對個性和愛情的追求逐漸成爲一種需要，人們希望突破禮教的規範，由此形成民國初年改良禮教的文學思潮，直至發展爲五四時期打倒吃人封建禮教的運動。對於文學來說，情感的表現不再有程度上的障礙，悲劇也不用再在結局後面安上一個團圓的尾巴。如果說《竇娥冤》、《紅樓夢》還免不了這樣的尾巴，那麼在民初的《玉梨魂》、《孽冤鏡》等作品中，已經變成眞正意義上「落了一片白茫茫的大地眞乾淨」式的悲劇，悲劇在中國眞正紮下根來。

其二是科學思維的進入，產生了對「眞」，對「客觀」的追求，它改變了中國傳統美學以「善」爲最重要價值標準的狀況，「眞實」逐步成爲最重要的審美標準，現實主義也成爲文學創作的主流。美國著名文學理論家韋勒克考察了「現實主義」的演變過程，他發現「現實主義」是一個不斷調整的概念，它「意味著『當代社會現實的客觀再現』，它的主張是題材的無限廣闊，目的是在方法上做到客觀，即便這種客觀幾乎從未在實踐中取得過。現實主義是教諭性的、道德的、改良主義的。它並不是始終意識到它在描寫和規範二者之間的矛盾，但卻試圖在『典型』概念中尋求二者的彌合」[1] 作爲一種文學思潮，現實主義在中國近現代文學創作中始終處於主流地位，現實主義的力量是如此之大，以至於到五十年代，茅盾試圖用「現實主義」和「反現實主義」來函蓋一切文學作品，而且得到許多人的認同。爲什麼現實主義會具有如此巨大的力量呢？現實主義雖然是一種文學流派，但它的背後卻是當時人們對科學萬能的崇仰。現實主義的前提假設與當時人們對科學萬能的信念緊密聯繫在一起，科學是現實主義的內在精神。19 世紀是西方崇仰科學萬能的世紀。著名的科學史家丹皮爾認爲：稱 19 世紀是「科學的世紀」，不僅是因爲有關自然界的知識迅速增長，還因爲「人們對於自然的宇宙的整個觀念改變了，因爲我們認識到人類與其周圍的世界，一樣服從相同的物理定律與過程，不能與世界分開來考慮，而觀察、歸納、演繹與試驗的科學方法，不但可應用於純科學原來題材，而且在人類思想與行動的各種不同領域裏差不多都可以應用」[2] 伴隨著這些認識，以「求眞」爲目標的科學就轉化爲以「求眞」爲目標的文學，產生出文學能夠客觀的再現現實的自信。近代文學的重心由詩文轉向小說，從文學功能上說，詩文是側重於抒情的，小說則著重於形象地表現現實，文學體裁重心的這一轉換，也幫助文學向客觀地再現現實的方向發展。科學研究現實的目的是爲了改造世界，現實主義文學再現現實的目的也是爲了改造現實。現實主義引進科學的思維方法，促使文學更加廣泛深入的反映社會現實和人性，大量從未出現過的主體、題材、人物、細節在現實主義引導下進入了文學創作，文學的表現手法也更爲細膩與深入，文學的語言更爲通俗、豐富，從而大大擴大了文學的表現能力。但是，現實主義也帶來了文學「反映論」的局限，限制了文學的虛構和想像能力，束縛了文學的進一步發展。

文學是由作品構成的，中國近代文學作品是當時時代的反映。另一方面，中國文學的近代變革也正是通過一部部作品，展示了它的變革線索。因此，本書選取了一些近代重要作品，從文學變革的角度加以分析梳理，以展示中國文學近代變革的轉型過程以及它們的過渡特性。以往的近代小說研究比較重視「譴責小說」的研究，而不太重視對「狹邪小說」、「民初小說」，尤其是對民初「言情小說」的研究，其實，如果從文學的變革角度看，這些小說在文學現代化方面起了很大的作用，它們成爲橋樑，爲五四新文學的問世作了鋪墊。

今天看來，中國文學的近代變革留下了許多經驗教訓。近代「人」的覺醒產生了表現「人」內心世界的需要，促使文學深入表現人性，表現人的自由需求和受到的種種束縛，探究靈魂的奧秘，社會的衝突，性格的成長發展和意識的流動變化等等。但是在中國，「人文精神」思潮卻是所有思潮中發展得最不充分的，它基本上圍繞著「救國」的政治需要，爲「立憲」和「共和」提供理論基礎；而不是在「人」的生存發展意義上，在「人」的價值觀念最深層最本質意義上探究，少數人這樣做了，也由於得不到呼應而中途夭折。這就使得「實用」的層面掩蓋了「人文」的層面，當時的文學雖然有相當一部分是「近代文學」，但是卻由於缺乏近代的「人文精神」支撐而枉擔了「近代」的虛名。之所以會發生這樣的情形，是因爲中國文學的「近代變革」並不是文學自發產生，而是政治變革帶動的結果。晚淸的「人文精神」在借助於西學之前，在深度和廣度上甚至還沒有超過晚明時期。這就意味著當時的文學還沒有做好「近代變革」的準備。然而隨著社會危機的加深，外侮的不斷加重，「政治變革」迫在眉睫，需要文學爲「政治變革」服務。只要看看中國文學的近代變革，從語言到文學體裁、文學範圍等所有的變革，宣導者的理由幾乎都是變革以後怎樣更好的爲政治服務，就可以一目了然了。明乎此，我們也就不難理解：爲什麼在中國近代是「經世致用」文學思潮居於核心地位，因爲它與政治的關係最爲緊密。這樣倉促的文學變革，自然會對後來的中國文學發展產生負面影響。

淸末宣傳政治的文學究竟起了多大的作用，今天已經難於作出精確的考證。應該肯定它們推動了立憲、革命思想的普及，而衆多的「譴責小說」也迎合了當時「群乃知政府不足以圖治，而頓生掊擊之意」[3]的讀者心理。但是，中國傳統對文學功能的誇大，對文學治國的崇仰也使我懷疑，這種宣傳究竟有多大功效。1908 年以後，革命黨人的宣傳家普遍產生一種悲觀失望的情緒，對宣傳的效果產生懷疑，不少人轉而持槍暗殺，寧可做些實際工作，這從一個側面證明了當時宣傳產生的實際影響並不能盡如作者之意。另一方面，假如清末的文學家不是自覺地向政治家、新聞記者認同，而是堅持自己作爲文學家的立場，補救政治家輕視個人自由、個性解放的不足，也許會使辛亥革命不完全是一場變更國體的革命，在思想解放上具有更加重要的意義。像《老殘遊記》中的老殘和璵姑，《孽海花》中的賽金花，都已經顯示出某種程度掙脫束縛的需要，他們本可成爲豐滿的藝術形象，啓示讀者探索人生的眞諦，可惜作者都被「送羅盤」、「記野史」之類的宗旨牽扯住了，未能將他們昇華爲「現代型」的人物。晚清文學過於關注具體的政治問題而忽略了對人文精神的探索，放棄了對人生的開掘，終於未能產生偉大的可以與古代優秀文學作品比肩的藝術巨著。清末作家實際上未能盡到自己作爲文學家的職責，這是一個沈痛的教訓。

報刊和平裝書面對的讀者對象主要是市民與學生。市民與士大夫完全不同，他們關心的是身邊瑣事，有關於自己生存的，因此他們的政治熱情是有限度的，民國建立，他們的政治熱情便已基本消退。這時社會上已經出現了許多反抗禮教的青年，作家也已觸及到「寡婦戀愛」、「和尚戀愛」等反禮教的題材，並且將它們視爲悲劇。在這些作品中，戀愛的寡婦與和尚都已被作爲值得讚頌的正面人物。但是，由於缺乏「人文精神」的支撐，他們卻找不到肯定這種戀愛的價值依據。於是，他們自覺地向禮教認同，壓抑自己的生命衝動，在「提倡新政制，保守舊道德」中徘徊。描寫「寡婦戀愛」的徐枕亞和描寫「和尚戀愛」的蘇曼殊，寫的都是他們自己的親身經歷，但是他們都不敢衝破禮教的束縛而偏要向禮教認同，否定自己的親身經歷。

民國初年是中國小說史上「言情小說」極盛的時期，「上海發行之小說，今極盛矣，然按其內容，則十八九爲言情之作」[4]。但是民初言情小說也是把「情」視爲「孽」，視爲「魔劫」最厲害的時期，吳雙熱感歎「情也者，殺人之魔也」；蘇曼殊驚呼「情網已張，插翼難飛」；李涵秋筆下的青年婦女自訴「我是前身冤孽，所以惹下情魔」；陳蝶仙小說中的女士也慘號「我生不辰，乃罹情天之劫」；包天笑爲小說中的男子痛惜「無端墮入情網，以至不能解脫，這就喚做一失足成千古恨了」，中國小說史上還從未有作家像他們這樣描寫愛情。一個時代的言情小說描寫愛情，謳歌愛情，卻又叫讀者不要去愛，逃避愛情，這是民初特有的現象。馬克思曾經指出：「男女之間的關係是人與人之間的直接的、自然的、必然的關係。……因而，根據這種關係就可以判斷出人的整個文明程度。根據這種關係的性質就可以看出，人在何種程度上對自己來說成爲類的存在物，對自己來說成爲人且把自己理解爲人。」[5]民初言情小說描寫愛情的萎瑣狀態，實際上顯示了當時中國市民的萎瑣狀態。西方的市民在資產階級革命時充滿勇氣，他們在思想上有所憑藉，所以敢於爲理想而獻身。中國的市民缺乏「人文精神」的支撐，我們甚至說不出他們選擇了怎樣的思想，爲什麼要選擇它，他們更象一群任人宰割的羔羊，缺乏行動的勇氣。即使在他們具備一定經濟實力之後，他們也難以在政壇上發揮作用。

「五四」前夕，思想界的精英已經感到「人文精神」的缺乏，只是這種感覺主要是出於對政治的失望。民國雖然建立了，卻由獨夫民賊袁世凱和北洋軍閥控制。民國初年社會政治江河日下，更形糜爛的情景，尤其是袁世凱、張勳兩次復辟帝制的刺激，促使思想界的精英思考「民國」變質的原因。他們發現民國變質的原因是民主缺少社會基礎，因此要樹立「新人」。黃遠庸發現「居今論政，不知從何說起。遠意當從提倡新文學入手。綜之當使吾輩思潮，如何能與現代思潮相接觸而促其猛省；而其要義，須與一般之人生出交涉，法須以淺近文藝，普遍四周」[6]。從文學入手，面向平民，革新文學以樹立新人，從而革新政治，這是五四新文化運動領袖們的看法。陳獨秀在「五四」文學革命的宣言《文學革命論》中宣佈「今欲革新政治，勢不得不革新盤踞於運用之政治者精神界之文學」，也是這個意思。於是，似乎革新政治是目的，革新文學是手段。

然而，文學革命的領袖們在這個問題上的態度其實是有矛盾的，出於「樹立新人」，五四新文學反對「非人的文學」，提倡「個性的文學」。胡適主張：「適以爲今日造因之道，首在樹人；樹人之道，端賴教育。」[7] 他一面提倡「白話」，一面提倡「個性」，提倡「白話」的目的就在提倡「個性」，讓個人能自由說出自己想講的話。胡適認爲「社會最大的罪惡莫過於摧折個人的個性，不使他自由發展」；「自治的社會，共和的國家，只是要個人有自由選擇之權，還要個人對於自己所行所爲都負責任。若不如此，決不能造出自己獨立的人格。社會國家沒有自由獨立的人格，……決沒有改良進步的希望」[8]。因此，胡適提倡「易卜生主義」，期待用易卜生的「個性解放」來幫助人們確立「自由獨立的人格」，建立共和國的眞正基礎。

提倡「人的文學」使五四一代作家主張「文學獨立」，黃遠庸認爲：「文藝家之能獨立者，以其有人生觀。人生觀之結果，乃至無解決，無理想；乃至破壞一切秩序法律及世俗所謂道德綱常，而文藝家無罪焉。彼其職在寫象，象如是現，寫工不得不如是寫；寫工之自寫亦復如是。故文藝家第一義在大膽，第二義在誠實不欺。」「吾國人之文學家好稱文以載道」，「其於今日決當唾棄」[9]。他實際上已經從表現人生來看待文學，用忠實於人生體驗來取代「道」對文學的統治。五四提倡「新文學」以留學生爲主，他們對西方近代文學有著進一步的瞭解，他們的社會基礎則是新學堂畢業的學生，與晚清的文學變革不同。所以陳獨秀在《文學革命論》中一面提倡「革新文學以革新政治」，一面又批判韓愈的「文以載道」說。他主張「文學獨立」也是認眞的，甚至與胡適商榷，以爲「欲救國文浮誇空泛之弊，只第六項『不作無病之呻吟』一語足矣。若專求『言之有物』，其流弊將毋同於『文以載道』之說？以文學爲手段爲器械，必附他物以生存」[10]，這確實是從人文學科的方面思考文學的。

然而，「五四」一代作家是在晚淸文學「革命」的氛圍中成長起來的，他們的身上都不同程度地留下了晚淸的印記。周作人在提倡「人的文學」時輕率地否定了《水滸》、《西遊記》、《聊齋志異》等古代優秀小說，稱之爲「非人的文學」[11]。胡適一直到晚年還在否定《紅樓夢》，他們對中國古代文學優秀精華輕率否定，並不打算繼承。他們否定的價值標準又常常是「主義」的，甚至是政治性的。胡適原來認爲《老殘遊記》很好，錢玄同按照政治標準否定《老殘遊記》，胡適馬上便向錢玄同的政治標準認同，改變自己對《老殘遊記》的評價

[12]。他們是出於對政治的失望，才想到提倡「人的文學」、「個性解放」的，希望通過這種提倡來改良政治。這種思路實際上仍然是晚清「經世致用」的繼續。於是，能否改良政治就成了檢驗「人的文學」，「個性解放」的試金石。由於不能立即改良政治，政治改良的迫切要求驅使以改良政治爲使命的作家另尋藥方。魯迅提出「娜拉走後怎樣」的問題，就是對「個性解放」作爲改良政治藥方的反思。這一反思意味著由於不能馬上見到改良政治的效果，作家們準備放棄對「個人的自由生存發展」原則的堅持。不僅郭沫若表示「在大多數人完全不自主地失掉了自由，失掉了個性的時代，有少數的人要來主張個性，主張自由，總免有幾分僭妄」[13]；不僅魯迅懷疑「娜拉」出走的結局，懷疑「娜拉出走」的藥方開得是否正確[14]；連胡適也認爲「改造社會的下手方法在於改良那些造成社會的種種勢力——制度、習慣、思想、教育等等。那些勢力改良了，人也改良了。所以我覺得『改造社會從吾改造個人做起』還是脫不了舊思想的影響」[15]，提倡「非個人主義的新生活」。缺乏人文精神的支撐，使得「個人的自由生存發展」只是在五四曇花一現。

另一方面，相信文學能夠改造社會而且應當改造社會的五四一代作家，繼續尋找改造社會改良政治的途徑。於是「無產階級文學」、「革命文學」、「左翼文學」先後作爲口號提出，成爲文學界的主流，它們都是把政治標準放在第一位的，要求文學爲政治服務。直至「政治標準第一，藝術標準第二」得到作家的廣泛認同。傳統的「文以載道」、「以文治國」觀念也在這裡得到延續。文學難以建立在表現人的生命狀態基礎上，因爲它缺乏這樣做的理論依據。事實上，中國現代不是沒有人提出過文學與人生的關係，並從理論上加以闡述，但是他們都只能處在支流的地位，而無法戰勝在觀念上用政治效果來衡量文學價值的做法。

然而，報刊與平裝書帶來的文學「市場化」，卻給文學帶來了某些自由。儘管以知識份子、青年學生為主要讀者的文學主流偏向於以文學改造社會，改良政治，但是以市民為主要讀者的娛樂文學卻擁有比主流文學遠為廣泛的市場，它們在創作數量與銷售數量上，都遠遠超過了主流文學。二十年代初，商務印書館是中國最權威的出版機構，它出版的《小說月報》也是當時最重要的小說刊物。《小說月報》由沈雁冰主持後，成為新文學的陣地。但是商務印書館卻又出版了《小說世界》，以填補《小說月報》改組留下的眞空。三十年代，《申報》是全國影響最大的報紙，《申報》副刊由周瘦鵑轉為黎烈文主持後，成為新文學的陣地，但是《申報》不久又增辟副刊「春秋」，仍由周瘦鵑主持，面向市民，以填補「自由談」改變面目留下的眞空。這兩次全國最重要的報刊改組意味著新文學代表的文學主流對「鴛鴦蝴碟派」的勝利，但是鴛鴦蝴蝶派不能就此退出歷史舞臺又意味著在市場機制的作用下，新文學代表的文學主流只能與鴛鴦蝴蝶派處在共存的狀態。

即使是在新文學內部，市場機制的存在也構成了一個多元的世界。新文學內部非主流各方，實際上也依靠市場而生存。沈從文雖然遭到新文學主流的抵制，出版商卻依然樂於出版他的作品，因為他的作品有市場。不同的讀者需要構成了不同的市場，它們不再完全受意識形態的控制。但是缺乏人文精神仍舊影響著文學，鴛鴦蝴蝶派只能標榜著輕鬆、娛樂，以滿足那些以文學消遣的市民們的需要。非主流的新文學在否定以文學改造社會、爲政治服務之後，卻往往在學理上說不出多少文學存在的依據，難以堅持以人文爲本的文學，最後在主流文學壓制下，或者是沈默，或者是向主流文學認同。甚至在鴛鴦蝴蝶派的主要作家中，如張恨水等人也選擇了向主流文學認同。[16] 由於有傳統的「文以載道」、「以文治國」的文學觀念支撐，有政治勢力作後盾，主流文學要理直氣壯得多。因此，市場機制最終沒有像西方的近代小說那樣，產生一批面向市民而頗具人文精神的巨著，產生像狄更斯、巴爾札克這樣的大作家。社會機制不能代替精神的思考，由此也得到證明。

綜上所述，中國文學的近代變革從表現上看是成功的，在骨子裡卻是失敗的。成功的象徵是：文學創作實行了轉換，文學範圍等與國際接軌，白話的新文學占了統治地位。失敗的象徵是：缺乏人文精神的支撐，文學主流始終在政治層面上思考文學問題，文學未能眞正建立在表現人的生命狀態基礎上，對文學的理解過於狹隘。成功是由於接受了外來影響，實現了轉型；失敗是由於未能在總結中國文化優秀傳統的基礎上接受外來影響，打通中西，確立人文精神。雖然也有人試圖在總結中國文化優秀傳統的基礎上接受外來影響，打通中西，探索人文精神，促使文學獨立，但卻不爲時人理解，終成曇花一現。這裡的經驗教訓，值得我們認眞思考，以史爲鑒。

1　韋勒克《批評的諸種概念》第 241 頁，四川文藝出版社 1988 年版。

2　丹皮爾《科學史》第 283 頁，商務印書館 1975 年版。

3 魯迅《中國小説史略・清末之譴責小説》。

4 姚公鶴《上海閒話》，上海古藉出版社 1989 年版。

5 馬克思《1844 年經濟學一哲學手稿》。

6 錢基博《現代中國文學史》第 482 頁，嶽麓書社 1986 年版。

7 轉引自格里德《胡適與中國的文藝復興》第 74 頁，江蘇人民出版社 1989 年版。

8 胡適《易人生主義》，見《中國新文學大系・建設理論集》。

9 黃遠庸《遠庸遺著・致章士釗書》，載《甲寅》第 10 號。

10 陳獨秀《答胡適》，載《新青年》第 5 卷第 2 號。

11 周作人《人的文學》，載《新青年》第 5 卷第 6 號。

12 胡適《再寄陳獨秀答錢玄同》，見《中國新文學大系・建設理論集》。

13 郭沫若《文藝論集・序》。

14 魯迅《墳・娜拉走後怎樣》。

15 胡適《非個人主義的新生活》，見《胡適文存》第 4 卷。

16 可參閲拙作《張恨水評傳》，湖南文藝出版社 1988 年版。

第一章
傳播與市場

第一節　傳播的市場化與文學的變革

文學活動是一項社會性活動，從作家創作到讀者閱讀可以被理解爲一個運行過程。這個過程有三個要素：作家、文本、讀者。作家創作，製作出文本，文本一旦脫離了作家，便成爲獨立的存在，經過傳播，如買賣、贈送、印刷等等，與讀者見面，經過讀者的接受，意味著這部文學作品得到社會承認。這個過程可以不受時間限制，是一個漫長的過程，如有的作家的手稿生前不與讀者見面，直到他死後百年，方才被人發現，與讀者見面。但是這個過程卻不能缺乏其中的任何一個要素。沒有作家自然創作不出文學作品，但是如果文學作品寫出來之後，只有作家一人爲讀者，最後這部作品隨著作家的去世而消失，不再出現；那麼，它也算不上是文學作品，因爲它沒有讀者，除作者之外無人會知道它的存在，因此它也就失去了文學作品存在的意義。

我們過去在這三個要素中，開始是只重視作家，後來「接受美學」的出現使人們開始注意到讀者。但是我們往往不重視文本的製作方式，沒有看到它往往制約著作者的創作與讀者的閱讀。例如，當文本是由甲骨刻石鐘鼎製作時，由於製作材料的稀少，製作的困難，寫作只能局限於巫師、帝王和少數貴族。當文本是由笨重的竹簡木片製作時，無論是用漆寫還是刀刻，都要受到製作材料的限制，於是作家的創作便只能選擇最爲精煉簡約的文句。當時連秦始皇這樣高貴奢華的讀者，也只能用馬車拉著有限而沈重的幾百卷書四處巡遊。當時的人倘若沒有家財，沒有祖上流傳下來的書籍，沒有名師的指點，又無法向人借閱，便只好與書籍無緣。於是出身寒門的庶族文人在文化上自然難於同世家大族的士族文人競爭。即使是在紙張發明之後，只要印刷問題尚未解決，文本的流傳依靠傳抄，庶族文人作爲整個階層因爲貧窮也往往難於同士族文人競爭。這或許也是出身庶族的曹操取得政權之後，到他兒子曹丕又不得不同士族妥協的原因之一。只有在印刷問題解決之後的唐代，庶族文人可以用相當便宜的價格買到書籍，他們才能作爲階層在政治文化上成爲士族文人的強勁對手，直到完全壓倒士族文人。士族文人一旦失去了在文化上的壟斷地位，也就一蹶不振，再不可能恢復他們的盛世。因此，文本的製作傳播方式，就像一隻看不見的手，常常在背後制約著作家、讀者，甚至影響到社會文化政治的發展。

文本的製作傳播方式與一定的社會環境相聯繫，受到社會物質生產技術水準的影響和制約。中國歷史上文本的製作傳播方式曾經發生過三次重要的變化，它們都促成了社會文化的變化。第一次是文本由甲骨刻石鐘鼎轉爲竹簡木片帛書。（也有認爲竹簡木片與甲骨鐘鼎同時，不過目前還缺乏實物上的證據。）它使作者脫離卜筮、頌諛，而有條件從事學術研究，可以著述創作。文化的掌握者由貴族轉向「士」，從而也爲先秦諸子的著書講學不僅奠定了後世社會文化思想基礎，而且一直影響到現在。第二次是由於紙和雕板印刷的發明，大大降低了書籍的成本，加速了書籍的流通，擴大了文本傳播範圍。這一變化促成了庶族文人集團的崛起，原來由於壟斷文化在操縱政治上占有壓倒優勢的士族文人集團逐步失去了他們的優勢，並且以後也不可能再形成士族文人集團。士族、庶族文人集團的劃分隨著庶族文人集團擊敗士族文人集團之後，便永久消失了。第三次變化是在近代，由西方輸入的機器印刷和書、報、刊的資本主義市場化營業方式，改變了傳統文本的製作傳播方式，大大降低了成本，增快了傳播速度，促進了文化的普及，士大夫階層的解體，促使近代社會文化發生變化，從而也促使中國的文學觀念發生變革。

活字印刷術是中國最早發明的，但是機器印刷卻是在近代由西方輸入的。就在上海正式開埠的第二個月，英國倫敦佈道會傳教士麥都思來到上海，創辦了中國第一個近代印刷所「墨海書館」。如果說印刷書籍的書局中國早已有之，那麼墨海書館的「近代」色彩就表現在它的機器印刷上。書館擁有一架鐵製印書機，用一頭牛做動力旋轉機軸，據說可以日印四萬餘張，顯示出機器複製的優越性，令中國士大夫驚歎不已[1]。

活字印刷在北宋就已發明，但它一直未能取代雕版印刷，就因爲活字印刷重印書籍必須重新排過，反不如雕版印刷方便。所以儘管有了機器印刷，可是江南製造局出版翻譯西書，仍用雕版印刷，以便於重印。[2] 七十年代，上海輸入了石印技術，翻印了大批古籍。只是石印仍有自己的技術問題，難以取代雕版印刷。1829 年，法國人謝羅發明了「紙型」，解決活字排版的重印問題，活字印刷才在技術上遠遠超過雕版印刷，機器印刷的優勢也就充分顯示出來，完全取代了手工印刷。中國出版業採用紙型技術大約要在 1900 年商務印書館買下日商的修文印刷所之後。此後，中國的出版印刷業便有了一個突飛猛進的發展。

早在鴉片戰爭之前，中文報刊便已問世。1815 年，英國倫敦佈道會的傳教士馬禮遜便在麻六甲創辦了期刊《察世俗每月統紀傳》，這時的刊物還是採用手工雕版印刷的，也沒有採用市場化的營業方式，而是作爲教會的宣傳品，由傳教士免費散發。然而，當報刊一旦轉爲市場化營業方式銷售後，它就不能不考慮讀者的需要。鴉片戰爭後在上海問世的不少報刊，雖然主編者依然是傳教士，投資者也是教會，但由於採用市場營業方式出售，「宗教」在這些刊物中已經不占主要地位，「各國近事」、「商業」、消息、新聞評論等在刊物中占據了主要地位，它們無疑比耶穌基督更能吸引中國的讀者。

傳教士改變了中國傳統以線裝書爲傳播媒介的文本手工製作方式。1843 年，傳教士麥都思把巴達維亞（即雅加達）印刷所遷到上海，定名「墨海書館」，書館用鉛活字和機器印書，以牛爲動力，據說可以日印 4 萬餘紙。[3] 儘管這時因爲活字印刷中的「紙型」技術尚未引進中國，機器印刷因爲重印問題不好解決，未能充分發揮優勢 [4]，但是其成本低的特點已經顯示出來，這使它有條件面向普通讀者。香港出刊的月刊《遐邇貫珍》，每期 12-24 頁，16 開，售價 15 文；上海出版的《六合叢談》也是 16 開，每册 16 頁，由墨海書館鉛印，每册僅售 12 文。同時，傳教士也漸漸變以前的贈閱報刊爲商業銷售，引進資本主義大商業的銷售機制，在各地設立分售點，並且引進稿費機制。大機器印刷和資本主義銷售方式促使中國的文學成爲面向普通人的商品。這種製作與銷售的方式最終改變了中國的文學創作。我們在下面將會看到：它大大加速了中國文學的「俗化」過程，促使中國的文學語言發生重要的變革。

中國古代書籍也有採用市場化的營業方式出售，把書籍完全作爲商品來生產銷售。如《儒林外史》中寫到書商請馬二先生編選八股文選本，便是講好報酬，印出書來作爲商品出售的。明末清初一些作家大量炮製才子佳人小說，可能就是應書商之約的。不過這種市場化還停留在手工業作坊階段，與近代的資本主義市場化不可同日而語。近代出版商有機器複製作後盾，用資本主義工業生產的方式來大量出版書籍，其數量遠非手工業作坊能比。它的銷售又充分運用各種手段促銷，顯示出資本主義商業的強大優勢。商務印書館在近代上海的迅速崛起，便是一個例子。

以工業生產形式和市場化營業方式組合的優勢，集中體現在報刊和平裝書的生產和銷售上。報刊和平裝書作爲新的文本製作材料，在外觀上就與中國傳統文本——線裝書不同。報刊和平裝書容量大，可以用較小的字排印；出版快，出版週期最短在一天之內；價格低，普通老百姓也能夠承受。這些優勢使得它們的傳播範圍遠遠超過了線裝書。它們實際上成爲與中國傳統線裝書不同的傳播媒介，並且促使中國傳統文學觀念發生變革。由於它們的存在與迅猛的發展，逼迫中國傳統文化的主要承擔者——士大夫正視它們，適應它們，並且在抗拒它們的過程中逐步衰亡[5]。

商業化的營業方式一個重要標誌是稿費的建立。既然把著述作爲商品生產，報酬當然要付。並不是說中國古代沒有稿費，宋人洪邁在《容齋隨筆》中提到：「作文受謝，自晉宋以來有之，自唐始盛。」宋人王楙和清人顧炎武則認爲漢代就已經有了「潤筆」[6]。但是，中國古代能夠得到稿費的文章範圍很小，大多數是爲別人作的墓誌銘。死者家屬要請名家諛揚死者，讓死者借重名家之名得以垂名後世，自然要付上豐厚的報酬，否則便不能打動名家。但是對那些文壇名家來說，能夠直接換取報酬的文章只占他所作文章中的極少部分，而他本人以及當時和後世讀者所推重的，卻都是那些不能直接換取報酬的文章。文壇名家必須是寫那些不能直接換取報酬的文章出名之後，才會有人找上門來以高額報酬換取墓誌銘一類的文章。因此，對士大夫來說，稿費只是外快，不存在專門爲稿費創作，以稿費謀生的情形。稿費的存在也不會影響到他們對文學的看法，改變他們的文學觀念。

中國古代不乏專門的出版商，以出版書籍爲生，只是用的還是手工業作坊生產方式。從作家的文集、詩文的選本，直到小說、唱本，他們都在出版，並且以此謀利。但由於當時並沒有建立稿費制度，也沒有什麼「著作權」、「版權」的概念，出版商對作家的創作，並沒有什麼制約作用。士大夫自己的作品積累到一定數量，就自己掏錢請出版商刻成文集，即使是文壇上最著名的作家也不例外。作家刻出的文集並不交出版商代售，而是自己拿去送親朋友好弟子門生。作家的名氣大了，文集的影響很大，尤其是一些已故作家，出版商會出版他們的文集，但是卻不付作者及他們家屬的報酬。《儒林外史》中馬二先生匡超人選八股文選本，出版商只付選家的報酬，並不付錢給入選的作者。出版商也有付稿費的情況，像明末清初，大量創作「才子佳人」小說的作家如「天花藏主人」、「煙水散人」、「煙霞散人」、「嗤嗤道人」、「筆煉閣」等等，有的自己就兼出版商，有的則是出版商約請的作家，自然是要付稿費的。這種做法已經頗具近代色彩，只是它只限於小說的出版商，付的只是小說的稿酬，而小說在中國傳統文學觀念中，是被排斥於「文學」之外的。所以，這種做法對中國傳統的文學觀念，幾乎沒有發生什麼影響。

在這種情況下，士大夫的寫作一般不存在爲錢的目的，也不存在爲普通老百姓的寫作，因爲「文學」此時是士大夫圈子內的專利品，與一般老百姓的關係並不大。儘管作家也會揭示老百姓的苦難，儒家也講究關心民生疾苦，但是士大夫的揭示民生疾苦並不是爲了給老百姓看，希望他們自己起來改變處境。他們的揭示只是爲了讓帝王貴族和士大夫們意識到：老百姓的這種生活狀況將會引起社會動亂，破壞社會的正常秩序，它也不符合帝王士大夫治國的準則，將會給帝王士大夫的統治帶來危害。

因此，傳統士大夫寫作是爲帝王爲士大夫，也是爲了自己，爲了「立德、立功、立言」，即使是爲了「藏之名山」，那也是爲了自己能按照士大夫的標準死後留名。按照「接受美學」的理論，作家創作時往往在心目中有著潛在的讀者，有著希望影響這潛在讀者的「期望視野」。應該肯定作家創作時確有激情噴湧，不能自己，不把它渲泄出來就無法安眠的情況；也必須肯定當他將激情化爲語言表達時，心目中有著潛在的讀者。中國士大夫即使在標榜「自娛」的時候，心目中也有著潛在的讀者。否則他也用不著把這些「自娛」的作品塞進文集，或者得公諸親朋友好。這些潛在的讀者就是士大夫。士大夫創作必須按照士大夫的思想準則，運用士大夫專用的文言來創作，一旦逸出士大夫的思想原則和語言規範，即使所論的完全合乎文學的規律，也很難得到士大夫階層的首肯與認同。金聖歎評點小說《水滸傳》和戲曲《西廂記》，所下功力遠遠超過他對杜詩的評點，對小說戲曲藝術規律的總結之細膩，令後人驚歎不已。但是它逸出了士大夫對「文學」的認識規範，只能得到極少數的士大夫認同。有的士大夫只敢私下肯定，卻不敢公開叫好，也是怕像金聖歎一樣遭到其他士大夫的攻擊。

作爲讀者，士大夫與普通老百姓的不同就在於：士大夫們既是讀者，又是作者，他們具有較高的文化，自己都能創作詩文，熟知寫作的規律。能夠熟練寫作是成爲士大夫的必要條件，十年寒窗，讀書萬卷，爲的就是能夠寫作，可以成爲士大夫。士大夫之外的普通老百姓，大多不識字，即使識字的也往往是能看作品而不能寫作。這樣，士大夫寫作時面臨的是一群特殊讀者，他們不僅是閱讀自己作品的讀者，同時也是懂得寫作這一行的批評家和審查官。士大夫的思想習俗、文學意識、語言習慣規定了文學創作的各種規範，作家爲了適應潛在讀者的「期望視野」，得到他們的首肯就不得不自覺認同這些規範，在這些規範允許的範圍內創作。一旦越出這些規範，他們就要承擔遭受士大夫階層排斥，得不到社會承認的風險。

於是，從表面上看，士大夫不依靠創作謀生，自己掏錢刻印自己的作品，似乎是處在非常自由的狀態下寫作，其實不然。他們實際上受到嚴重的束縛，這些束縛是無形的，遠遠超過近代作家。所以中國古代儘管所有的士大夫幾乎都是作家，創作的詩文稱得上浩如煙海，但是絕大部分作家的創作卻是雷同的，只有極少數作家能夠有所創新，脫穎而出。在這種社會環境中，作家更多地是依據社會規範創作，而不是發自自己的生命體驗創作，作家被動地適應規範的種種要求，而不敢衝破一切束縛，大膽表現自己的生命體驗。往往一種新的文學體裁崛起，它還沒有形成衆多清規戒律，作家才能較少受到束縛，比較自由地表現自己的生命體驗。

中國封建時代的這種狀況隨著文學的傳播媒介的商業化與工業化而改變。事實上，這種改變在明清小說中已經現出端倪。白話小說面對的讀者已經不再僅僅是士大夫，作者可以在思想和藝術諸方面比較自由地表現自己的生命體驗，因而才有《紅樓夢》那樣的巨著問世。近代的報刊和平裝本書籍標誌著文學的傳播媒介工業化與商業化了，這時，作家的創作意識也會發生相應的變化。

報刊和平裝書以其可以大量生產和價廉爲特徵，它們的售價往往只有線裝書的十分之一，甚至幾十分之一。它們因此也就有條件擁有更多的讀者，一些收入不豐的家庭也可以消費。更重要的，報刊與平裝書與那些大部分用來送人的線裝書不同，它從一開始就是被作爲商品來生產的，報館書局生產的目的就是要賺取利潤。盡可能地擴大報刊訂戶和增加平裝書的銷售量往往是他們追求的目標，這就勢必促使報館書局把眼光投向那些不屬於士大夫卻又有錢消費報刊平裝書的市民階層，從而也就將文學從士大夫階層壟斷的狀況下擺脫出來。

這時，報刊平裝書的作家面對的廣大讀者，不再局限於士大夫。這些讀者之中只有極少數人能夠自己創作，熟知文學規範，尤其是當大批士大夫拒絕成爲報刊的讀者抵制報刊之時。對大多數報刊讀者而言，他們只享受文學的終端價值，自己也不是文學批評家。因此這時作家的創作便不必過多地顧忌傳統的文學規範，而只要考慮讀者能否接受他的創作。他對讀者可以具有明顯的優越感，寫作可以成爲賜予，成爲啓示。作者不必再自己掏錢去刻印文集，然後送人；只要讀者歡迎，報刊樂於刊登他的稿件，他就可以從報館拿到一筆筆稿費，甚至能依靠稿費來養活自己，成爲職業作家，一個自由職業者。由於不依靠別人供養，他就能比較自由地表現自己的情感見解。由於不依靠別人供養，他就能比較自由地表現自己的生命體驗，而不必顧忌帝王貴族、達官貴人的喜怒，士大夫的非議。這也決定了文學的主題，文學的形式，運用的語言，都會隨著讀者的改變而出現相應的變化。因此，我們也許可以從這一角度理解中國文學近代化的任務，那就是：當中國傳統文學進入近代時，它面臨的一個重要改變就是把文學從傳統士大夫的專利狀態下解放出來，使它面對更多更廣泛的讀者。用機器複製的中國近代報刊和平裝書的發展，改變了傳統的文學運行機制，從而也改變了文學的作者、文本、和讀者。這也是一個文學運行機制市場化的過程。

自然，這個發展是有個過程的。中國近代最早問世的中文報刊《察世俗每月統紀傳》是用雕版印刷的線裝雜誌，由教會免費散發，既沒有運用機器複製，也沒有進入商業化的營業方式。但由於它是教會辦的，讀者對象不必局限於士大夫，又由於士大夫往往排斥基督教，所以該刊把尋求士大夫之外的讀者，作爲辦刊的宗旨。編者主張：「蓋甚奧之書，不能有多用處，因能明甚奧之理者少故也。容易讀之書者，若傳正道，則世間多有用處。淺識者可以明白，愚者可以得智，惡者可以改就善，善者可以進諸德，皆可也。」[7] 已經試圖改變士大夫專用的文言，用通俗易懂的語言，尋求更多的讀者。

中國境內最早用鉛字排印機器印刷的中文報刊大約是 1833 年在廣州問世的《東西洋考每月統記傳》，也是散發的。其後在香港問世的《遐邇貫珍》儘管用的還是線裝書形式，但已是營業性刊物，每期印刷三千册。但是香港遠離大陸的主要文化圈，報刊市場不太發達，辦了幾年就停刊了。

當時中國最大的報刊市場無疑還數上海。上海處在中國最主要最發達的江浙文化圈之內，有著便利的水陸交通與內地相連，在上海的人口，據海關在九十年代統計，60%的男性粗識文字，而其中只有 5%-10%是學者文人，10%-30%的女性有閱讀能力，其中會做詩的大約占 1%-2%[8]。此外，由於交通便利，蘇州等地很早就開始訂閱上海的報刊。因此上海在開埠以後，報刊發展迅速，1861 年 11 月，英國商人匹克烏得創辦了《上海新報》，它是上海第一張中文報紙，用進口白報紙兩面印刷，鉛字排印，機器印刷，在外觀上擺脫了線裝書。《上海新報》是營業性報紙，而且後來獲利甚豐，以至英國商人美查看了眼紅，放棄原來經營的茶葉和棉布生意，改而創辦《申報》。

商人辦的報刊與教會不同，它是追逐利潤的，一開始就以打開銷路，適應更多的讀者需要爲宗旨。《申報》創刊號的告白上，編者宣佈：傳統的記事文「維其事或荒誕無稽，其文皆典贍有則，是僅能助儒者之清談，未必爲雅俗所共賞。」報紙必須面向廣大讀者，越出士大夫範圍之外，文體便不能不發生變化。因此，「求其紀述當今時事，文則質而不俚，事則簡而能詳，上而學士大夫，下及農工商賈，皆能通曉者，則莫如新聞紙之善矣。」這份售價銅線八文的報紙從開張就顯示出它力圖以價廉面向更多的消費者。同時，價廉也使它具有強大的競爭能力，僅僅八個月，《申報》就將原來獲利甚豐的《上海新報》擠垮了。當時《申報》總結競爭成功的經驗：「竊思新聞紙一事欲其行之廣遠，必先求其法之簡，價之廉，而後買者以其償無多，定必爭先快睹。奇聞異事遍爲搜羅；崇論宏議，兼收並蓄，有奇共賞，有疑可析，此同事之佳話也。」價格低廉和適應讀者需要是其成功的基本訣竅，也是報刊和平裝書戰勝線裝書的原因。

報刊最初是以市民而不單是士大夫爲其主要讀者群的，事實上，正統士大夫對報刊頗有抵制之意。據當時人記載：「當時社會上還不知報紙爲何物，父老且有以不閱看報紙來教訓子弟。」「一般報社主筆、訪員均爲不名譽之職業。不僅官場中人仇視之，即社會上一般人，亦以其播弄是非而輕薄之。」左宗棠在寫給友人的書信中就譏誚報人爲「江浙無賴文人，以報館爲末路」[9]。江蘇學政黃某還曾專門發佈告示，張貼在《申報》館門前，指責《申報》爲文「信口譏評」，「散佈流言」，「於風俗人心，貽害不淺」[10]。封建大一統的統治不肯容忍資本主義的「輿論監督」，所以當朝士大夫對報刊深惡痛絕。一直到 1910 年，還有禦史上奏稱報館爲「逆黨機關」，「無賴淵藪」，要求嚴禁[11]。報紙追求的「雅俗共賞」文體，在一班正統士大夫看來又很不習慣，認爲是不倫不類，敗壞文風的「野狐禪」。所以，儘管報刊也有意吸引士大夫讀者，但是當時的報刊主要讀者卻不能不是商人職員，落泊士人。不僅上海如此，能訂閱報刊的外地也是如此。包天笑在回憶錄中便曾提到他家雖在蘇州，但是訂得到《申報》，他經商的父親在八十年代初就已訂閱《申報》，而且成爲《申報》的老訂戶[12]。

報刊面對的主要是商人職員，它自然要滿足他們的需要。「平民化」也就是必然的。「文學」本來是士大夫的專利，當時主編報刊的也大多是有功名的失意文人，他們在爲百姓平民寫作時，頭腦中的士大夫意識漸漸淡化。由於辦報需要向外文報刊和外國人辦的中文報刊學習，他們頭腦中的思想意識也不斷受到西方的影響。早在七十年代，《申報》便已就女子教育問題展開討論，先後發表《論女學》，《書論女學後》，《再論女學》等文章，介紹了英、美、德等歐美國家女子教育高度發達的情況，指出女子占人口一半，女子教育不但對女子，而且對於整個國計民生，人口素質都有極大的關係。文章主張男女平等，批駁封建傳統的男尊女卑觀念，提出男陽女陰，本爲對待之詞，無尊無卑，要說先後，那倒是女先男後。「蓋萬物先陰後陽，不有女也，男何以生？」[13] 還有的文章滿面春風抨擊了婦女纏足的惡習：「自幼至老無日不然，自妍及媸無人不然。方纏之際，筋骨受損，已有寸步難移之勢；既纏之後，筋骨受傷，更有移步不變之時，又或動輒賴人扶掖，否則如病瘋癱。」[14] 王韜的許多改良思想，都是發表在他主編的報刊上。在中國第一代報人身上，已經可以看到他們接受的西方進步思想的影響，以及由此帶來對中國封建傳統的叛逆色彩。

只是這樣的作家在七八十年代還爲數甚少，造成這種狀況的原因之一是當時的稿費制度還沒有建立，還不能幫助作家從傳統文人的做官、入幕、教書三條謀生之路中解脫出來，成爲獨立的自由職業者，近代型知識份子。按照中國的傳統觀念，作家發表出版自己的詩文是需要掏錢給出版商的。這一傳統觀念使得近代報刊在中國問世時無需付稿酬給作者。《申報》創刊時便宣佈：「如有騷人韻士有願以短什長篇惠教者，如天下各名區竹枝詞，及長歌紀事之類，概不取値。」「如有名言讜論，實有繫乎國計民生，地利水源之類者，上關皇朝經濟之需，下知小民稼穡之苦，附登新報，概不取酬」。[15] 爲作家提供一個發表作品的園地，不收作家的錢就算寬厚的了，付稿酬之事自然無從談起。並不是報刊不重視「名言讜論」，《申報》在競爭中戰勝《上海新報》的原因之一就是它重視「崇論宏議」[16]。但是既然當時的文人還沒有寫稿付酬的意識，儒家的「正其誼不謀其利，明其道不計其功」的觀念還籠罩著他們，發表「實有繫乎國計民生」的宏論而要收報酬，會被認爲是對自己見解的褻瀆，會令作者感到羞愧；那麼，精明的報館老闆爲了追逐更多的利潤自然樂得省下這筆開支。頗有意思的是，作者不應當要稿酬的傳統觀念的影響如此之大，以至一直到民國初年，小說的稿費制度在晚清早已建立，但是還有小說作者投稿而不願接受稿酬的[17]。

然而講究功利按勞計酬的觀念隨著商品化的發展終究滲入了封建文人的意識，稿酬觀念也逐步建立起來。最早確立稿酬意識的可能是繪畫界，著名詞人姚燮依靠賣畫爲生，用賣畫所得在妓院裏過著醉生夢死的生活。著名畫家任伯年的許多畫是應買畫人的要求創作的，爲了賺錢，他一個晚上可以畫幾張乃至十幾張畫，其中有不少畫是重複的。畫家吳等秋毫不掩飾自己爲錢作畫的思想，有人因索畫請他吃飯，他謝絕說：「吃一頓飯工夫，我已經幾張扇面畫下來了，划不來，還是拿錢來吧。」[18]繪畫最早商品化並不奇怪，它在古代也常常成爲商品。但是報刊公開登出徵畫廣告，規定畫稿稿酬卻是古代從未有過的。1884 年 6 月，《申報》刊登「招請各處名手畫新聞」的啓事，宣稱「如遇本處有可驚可喜之事，以潔白紙新鮮濃墨繪成畫幅，另紙書明事之原委。如果惟妙惟肖，足以列入畫報者，每幅酬筆資兩元」。這是爲《點石齋畫報》徵稿，也是近代報刊開始建立稿酬制度。文學作品的稿酬制度要比繪畫晚得多，大約在九十年代末，小說付稿酬開始通行，到本世紀初，小說刊物的徵文廣告上都紛紛標明小說稿酬，小說稿付稿酬差不多已成制度。而同時徵集的詩文，卻標明以書券相贈[19]。包天笑後來回憶：「當時報紙除小說以外，別無稿酬，寫稿的人，亦動於興趣，並不索稿酬的。」[20]可見小說與戲劇劇本（當時戲劇劇本算「小說」的）是文學作品中最早商品化的，而詩文等在所有文學體裁中，則是最後商品化的。這或許是由於小說不算「文學」，較少束縛。而且它原來就有商品化的萌芽。無論如何，資本主義文學運動機制對文學帶來的衝擊，在晚清小說繁榮上典型地顯示出來。從商務印書館採用「紙型」新技術之後，平裝本的小說一本接一本地如雨後春筍般問世。機器複製爲小說繁榮準備了物質上的條件。大量的市民和接受梁啓超影響的士大夫紛紛成爲小說讀者，形成巨大的小說市場[21]。小說稿費制度的建立又驅使大批作者創作小說，以至引起時人慨歎：「昔之爲小說者，抱才不遇，無所表見，借小說以自娛，息心靜氣，窮十年或數十年之力，以成一巨册，幾經鍛煉，幾經刪削，藏之名山，不敢遽出以問世，如《水滸》、《紅樓》等書是矣。今則光在，朝脫稿而夕印行，一剎那間已無人顧問。蓋操觚之始，視爲利藪，苟成一書，售諸書賈，可博數十金，於願已足，雖明知疵累百出，亦無暇修飾。」[22]對於商品化給小說品質帶來的影響，我們放到後面詳論，但是衆多作者出於掙稿費的追求加入小說作者的隊伍，無疑大大增加了小說作品的數量。就種數而言，現在的晚清小說在清末民初短短十多年內的總數，幾乎接近歷代現存小說的總數之和。由此也可見出資本主義文學運行機制啓動之後的巨大威力。

1910年，清政府頒佈了中國歷史上第一部《著作權律》，它意味著中國統治層對文學商品化的承認與適應。稿費制度和著作權的法律保護，保險了職業作家的存在。事實上，早在十九世紀，依靠寫作謀生，以寫作爲職責的職業作家已經在中國問世了。他們所依託的就是報刊的存在。他們最早是以「報人」的身份問世的，主編一份報刊，同時在自己主編的報刊上發表自己創作的作品，依靠一定數量的訂戶和讀者零買，來維持生活，或者掙一份編輯薪水，再賺點稿費外快。

由於小說是各類文學體裁中最早實行稿費制的，這些職業作家又大多是小說家。1892 年韓邦慶創辦了中國第一份小說期刊《海上奇書》，基本上刊載他自己的作品《海上花列傳》和《太仙漫稿》，期刊由《申報》館代售。它標誌了中國職業小說家的問世。韓邦慶父親當過刑部主事，他自己也是秀才，多次考舉人不第，曾經在河南官府當過幕僚。韓邦慶最後選擇了自由撰稿人的職業，因爲他「顧性落拓，不耐拘束，除偶作論說外，若瑣碎繁冗之編輯，掉頭不屑也」[23]。這或許也是他主編的《海上奇書》「出版屢衍期」的原因。韓邦慶之後，李伯元、吳趼人等作爲小報主編，也以寫作謀生，他們成爲中國第一代職業小說家。對他們來說，已經可以不要帝王達官、商人地主的供養，而可以憑著自己的寫作來養家活口。因此，他們開始顯示出一種職業作家的獨立意識，李伯元、吳趼人都曾經謝絕薦舉，不願仕進，寧可在報館當編輯。于右任說：「報館中人，鄙官而不爲者，不知多少也。」[24] 他們的心態與中國傳統士大夫或者讀書做官或者隱逸山林的心態已經不同。

當然，在晚清這些職業作家爲數極少。但是與報刊有聯繫的文人卻並不少，凡是近代的進步文人，大抵都與報刊發生關係。不過，他們往往首先是從士大夫的「治國平天下」的傳統觀念出發，發現報刊對「治國」的重要性，將提倡辦報作爲提倡「新政」的重要內容。早在太平天國時期，幹王洪仁玕在《資政新篇》中就已提出：「要自大至小，由上而下，權歸於一，內外適均而敷於衆也。又由衆下而達於上位，則上下情通，中無壅塞異弊者，莫善於准賣新聞篇」。所以他力主「設新聞館以收民心公議」，「上覽之得以資治術，士覽之得以識變通，商農覽之得以通有無。昭法律，別善惡，勵廉恥，表忠孝，皆借此以行其教也」。洪仁玕的主張雖未實行，但以後的維新人士都以「通上下之情」爲理由要求廣設報館。報館的創辦也就同中國近代的政治運動緊密結合起來，作爲中國救亡圖存，變法維新的一項重要措施。「馬關條約」簽訂以前，中國從鴉片戰爭以來五十多年創辦的所有報刊，包括海外華文報刊，只有一百一十多家，而在「馬關條約」簽訂後的 1897 年與 1898 年兩年內，創辦的報刊就達一百零四家[25]。從 1896 年《時務報》創辦之後，到 1911 年中華民國成立，中國各地創辦的報刊（包括海外華文報刊）達一千六百多家。如此高速的增長速度當然也是與救亡圖存的愛國運動連在一起的。

機器複製的平裝書出版機構，也是在「馬關條約」簽訂後的改良主義運動中急劇發展起來的。「馬關條約」簽訂前，中國主要的出版機構是外國傳教士主持的教會出版機構和洋務派辦的江南製造局。「馬關條約」簽訂之後，在民族救亡運動中，商務印書館等一批民辦的出版機構才趁時崛起，成爲主要的出版機構。它們的崛起也往往與政治變革聯繫在一起。商務印書館是由於印製了全套的小學教科書，賺了許多錢，而發展爲大出版社。印製教科書是與清政府辦學堂的「新政」聯繫在一起的。中華書局則是在辛亥革命時搶先編出新的小學教科書，發展爲大出版社的。

因此，在中國近代，文學運行機制的急劇變化，報刊和新型出版機構的大量問世與迅速發展是與清末的政治局勢密切相連。它們的變化發展往往是政治局勢的附屬品。這種密切聯繫常常使得某些報刊和出版機構並不以追逐利潤的商業化爲目標，而以「救國」的政治爲目標。事實上，在清末像《申報》這樣純粹追逐利潤的報刊只占少數，它們要到民初才興盛起來。晚清時期，教會辦的報刊大多有傳教或其他政治目的，中國民間辦的報刊則大多爲某一政治組織或者某些志士仁人集股創辦的同人報刊，它們或多或少有著「救國」的政治目標，所辦的報刊就是爲這些政治目標服務的。此外，還有另一種純粹爲了學術或爲了文學的報刊，如商務印書館辦的《東方雜誌》與《小說月報》。在這些報刊中，追逐利潤的報刊只要編輯方針合乎多數讀者的需要，壽命往往較長。近代中國歷史最悠久的大報《申報》、《新聞報》，都是追逐利潤的報刊，他們對讀者的影響也是潛移默化的。那些純粹爲了學術或爲了文學的雜誌，只要品質較高，往往也能維持相當長的時間，因爲總有一些較高層次的讀者成爲這些報刊的固定讀者，像《東方雜誌》、《小說月報》，後來的《現代》等都是如此。相比而言，同人報刊的「政治化」由於不能適應「商業化」，加上受到政治環境的沈重壓迫（因爲專制統治往往不喜歡輿論監督），其壽命往往較短。但是這些報刊的影響往往較大，後人也喜歡稱道它們能在歷史上起到重要作用。在中國近代歷史發展進程上，《申報》、《新聞報》這類追逐利潤的報刊，儘管歷史悠久，但在歷史上並沒有很響亮的名聲。而康有爲、梁啓超等人辦的《強學報》、《時務報》、《清議報》、《新民叢報》，同盟會辦的《民報》、《民立報》，國民黨辦的《民國日報》等等，一度都是名聲很大的報紙，被認爲是推動了中國近代歷史的發展。但是，隨著歷史研究的深入，我們會發現像《申報》、《新聞報》之類的報紙，在歷史上的作用是潛移默化的，被低估了；而同人報刊的作用則往往會被誇大，因爲後來的歷史研究者往往只看到同人報刊刊載的文章內容，不喜歡去考證同人報刊在當時的實際銷數，在當時社會的眞實影響。

報刊總數在清末的急劇增加，意味著報刊市場的急劇擴大，報刊讀者的迅速增加。然而報刊讀者的迅速增加，主要不是由於市民階層的急劇膨脹，而是士大夫讀者的急速增加。[26]大批士大夫由過去的排斥報刊，到接受報刊，成爲報刊的作者和讀者。所以才會在短短的二三年內，全國各大城市的市民階層沒有急劇膨脹的情況下，報刊卻如雨後春筍般的問世。而士大夫的廣泛接受報刊，並不是說他們已經完全具備了近代的報刊觀念、文學觀念，而是由於他們發現報刊與自己頭腦中原有的傳統文學觀念並不矛盾，報刊完全可以成爲「治國平天下」的利器，而且由於報刊具有高效率、傳播快的特點，因而使得傳統的文章「治國平天下」的目標，在報刊上得到更明確更生動的體現。

報刊問世的熱潮與「戊戌變法」領袖們的竭力提倡報刊有很大關係。這些變法的領袖們是從傳教士那裏領會到報刊作用的。他們從傳教士辦的報刊，翻譯的西書之中接受了西學，在某種意義上幾乎可以說是把傳教士的報刊譯著當作他們的啓蒙老師。這種以傳教士爲仲介接受西學的途徑，幫助他們瞭解了許多西學，但是仲介的局限也往往造成接受主體的局限，我們在下面將會看到，傳教士的文學觀念其實不是西方近代文學觀念，而仍舊是中世紀教會統治下「勸善懲惡」的文學觀念。這種文學觀念與中國傳統的文學觀念本來就是相通的，因而立即爲中國主張改良的士大夫所接受，成爲他們鼓吹報刊小說作用時的依據。結果，改良派從文學角度鼓吹報刊的價值時，往往所持的仍是傳統的文學觀念，很少受西方近代文學觀念的影響。

較早從文學角度考察報刊的是譚嗣同，他專門寫了一篇《報章文體說》。他在文章中「疏別天下文章體例，去其詞賦諸不切民用者，區體爲十，括以三類」。古代文章沒有超出這「三類十體」的，一部作品之中也從未有過可以包容這「三類十體」的；但是現在有了，「有之，厥惟報章，則其體裁之博碩，綱領之匯萃，斷可識已」。因此他確信報章文體功能巨大，「信乎經國之大業，不朽之盛事，人文之淵藪，詞林之苑圃，典章之穹海，著作之廣庭，名實之舟楫，象數之修途」。這就把報章文體與傳統文體，傳統文學觀念完全結合起來。譚嗣同努力打通報章文體與傳統文學觀念的做法也爲其他作家所仿效。事實上，當時報刊爲了爭取士大夫作爲讀者，往往都盡可能適應照顧士大夫的觀念趣味。李伯元創辦《遊戲報》，雖然「命名仿自泰西，蓋有不得已之深意存焉者也」。本來是一份供市民消遣娛樂的小報，卻又要兼顧士大夫的觀念趣味，其宣言也就必須照顧到各個方面：

慨夫當今之世，國日貧矣，民日疲矣，士風日下，而商務日亟矣。有心世道者，方且汲汲顧景之不暇，尚何有恆舞酣歌，樂為故事而不自覺乎？然使執塗人而告之曰：朝政如是，國事如是，是猶聚喑聾躄之流，強為經濟文章之務，人必笑其迂而譏其背矣。故不得不假遊戲之說，以隱寓勸懲，亦覺世之一道也。……或托諸寓言，或涉諸諷詠，無非喚醒癡愚，破除煩惱，意取其淺，言取其俚，使農工商賈，婦人豎子，皆得而觀之。庶天地間之千態萬狀，真一遊戲之局也[27]。

明明是輿論監督，卻要說成是「隱寓勸懲」；明明是供市民消遣娛樂，卻要說成是「覺世」，「喚醒癡愚」；明明是面對朝政腐敗，爲迎合市民對淸政府的敵視心理，諷刺官場的醜態，卻要說成是「遊戲之局」。在這種話語轉換之中，我們不難看出編者力圖兼顧到各個方面，不得不運用傳統觀念來解釋報刊的宗旨與功能。

當時對報刊特性理解較爲正確的還數梁啓超，他在「庚子事變」之後總結中國報界的經驗認爲：「校報章之良否，其率如何？一曰宗旨定而高，二曰思想新而正，三曰材料富而當，四曰報事確而速。若是者良，反是則劣。」那麼什麼是報刊高尙的宗旨呢？「政治學者之言曰：政治者，以國民最多數之公益爲目的。若爲報者能以國民最多數之公益爲目的，斯可謂眞善良之宗旨焉矣！」梁啓超是從「爲政治」的角度來衡量報刊的價值，把報刊的作用價值同中國近代政治變革連在一起，闡明報刊必須爲民主政治服務的職責。他認爲「思想自由、言論自由、出版自由，此三大自由者，實惟一切文明之母」，所以他主張「報館者國家之耳目也，喉舌也，人群之鏡也，文壇之王也，將來之燈也，現在之糧也」。他視報刊爲治國之利器，因爲「歐美各國之大報館，其一言一論，動爲全世界人之所注視，所聳聽。何以故？彼政府採其議爲政策焉，彼國民奉其言以為精神焉。」[28] 報館可以成為「政本之本」，「教師之師」，看一個國家的強弱，可以從報刊種數多少看出來。

無論是改良派還是革命派，大抵都接受了梁啓超的主張。他們尤為關注報刊的政治功能，對政治變革的促進作用。柳亞子津津樂道：「波爾克謂報館為第四種族。拿破崙曰：『有一反對之報章，勝於十萬毛瑟槍。』此皆言論家所援以自豪之語也。」[29] 當時著名的革命報人于右任則發現：「凡文明國之大報紙，莫不操一國最上之權，為民黨之機關，作政界之方針，故其造論，無不審慎。」[30] 他希望借助報刊來發揚中國文學傳統：「自古哲士哀時，達人礪俗，遏嘗不以微言閎議，激蕩民心，轉移國步者哉！是以文致太平，垂經世先王之志；眷懷小雅，偏主文譎諫之辭。」值此報刊蔚然成風之世，自然須「揮政客之雄辯，陳志士之危言。澡雪國魂，昭蘇群治，回易衆聽，紀綱民極。較之仰天獨唱，衆心不止者，厥用益宏焉」。[31] 對這些革命知識份子來說，西方「無冕之王」的報刊功能立即便與他們心目中的傳統文學觀念產生對應，結為一體。傳統文學觀念對文學功能的認識成為對報刊功能的最好注解。

士大夫們本來是拒斥報刊的，但是中國近代創巨痛深的亡國危機促使那些具有「天下興亡，匹夫有責」責任感的士大夫尋求擺脫困境的出路。當他們聽到西方的富強，原來是依靠報刊，報刊可以治國，便馬上與他們原有的文學「治國平天下」的觀念對應起來，促使他們接受了報刊，成為報刊的作者與讀者。像蔡元培、張元濟這樣的士大夫，「馬關條約」簽訂之前還在翰林院裏當翰林，到「辛丑合約」簽訂時已經跑到上海創辦報刊，探索救國的眞理了。另一方面，像孫寶瑄之類的士大夫，甲午中日戰爭之前還沈緬於傳統國學之中，在北京博覽古籍，一旦跑到上海，就不斷接受新思想新事物的影響，到二十世紀初，他不僅成爲報刊的讀者，也成了小說的讀者[32]。士大夫的變化是如此之廣，如此迅速，以至影響到上層，到「庚子事變」之後，清廷也開始懷疑「八股文」的作用，科舉改試「策論」，揉合了「報章體」。這時，原來被士大夫詆爲「野狐禪」的「報章體」更加風行，連私塾也有讀報刊要求學生寫「報章體」作文的。[33]

士大夫一經加入報刊作者與讀者的隊伍，受報刊影響，他們的知識結構往往發生變化，他們對「西學」的理解與接受使他們已經不同於中國傳統的士大夫。康有爲確立的「人類公理」，譚嗣同用「乙太」來解釋世界，都說明他們已經開始擺脫傳統士大夫的思維模式，到了清廷「廢科舉，辦學堂」的政策下達後，全國各地的學堂如雨後春筍般發展起來，捧著平裝書教材的學生代替了在私塾中誦讀線裝書的蒙童，依賴科舉爲主要出路的士大夫階層也就斷絕了後代。在某種程度上，報刊和平裝書與線裝書正是新舊文化的象徵，報刊和平裝書的問世與發展，最後取代線裝書的統治地位，正是傳統士大夫階層沒落衰亡的過程。

不過，出於救國需要創辦的報刊與出於追逐利潤創辦的《申報》，其運行機制不盡相同。表面看來，它們都是營業性的，機器複製的，但由於辦報宗旨不同，辦報結果也不同。《申報》創辦時，美查是把它作爲能產生利潤的商品，報刊作爲商品。就要能賣得出去，銷售量就是衡量的主要指標，只要能賣出去，銷售量越大，利潤也就越高，報刊也就是辦得成功的。於是，報刊爲了追求訂戶，就必須滿足讀者的需要，讀者訂閱報刊的目的主要是爲了獲得較大的信息量。於是資訊的多和資訊的準確便是這類報刊主要追求的目標，除此之外，迎合讀者的需要以求增加訂戶，是這類報刊的主要辦報方針。這樣，它們在迎合讀者時，必定是迎合大多有錢能訂閱報刊而又人數衆多的社會階層。這是把報刊作爲商品的必然結果。

出於救國需要創辦的報刊在辦報宗旨上就是把報刊作爲「喉舌」與工具。辦報者是爲了宣傳自己的政治主張才特意選中報刊這一影響巨大的傳播工具的，報刊有多少利潤對他們來講是無所謂的，只要能夠維持，辦報者不僅不要利潤，而且在有錢賠的時候，賠一點錢也無所謂。這些報刊的作者，大多與辦報者是同人，他們寫作編報刊不是爲了謀生，而是爲了救國，所以他們往往不計較稿費的多少有無。他們試圖通過自己的寫作，來喚起讀者實行新政或與清政府抗爭，挽救瀕於滅亡的中國。寫作對於這些作者來說，是對讀者的一種施捨賜與，他們帶著明顯的優越感，以導師的身份指導讀者。報刊引起的打破士大夫文學規範，衝破束縛在他們身上同樣體現出來，他們不必顧忌士大夫的文人陋習，甚至也不必把讀者當作衣食父母，努力去迎合這些讀者。因爲他們並不把當個報人作爲自己的職業，他們有著「改良」或「革命」的更大追求目標，比起把報刊作爲商品的報人，他們似乎更自由些。然而他們也受到束縛，束縛他們的是政治意識，是他們追求的政治目標，他們的寫作必須爲這些政治目標服務，從文學創作的自由來說，這也是一種束縛。

作爲「工具」的報刊面對的讀者與作爲「商品」的報刊也有不同。「救國」的報刊面對的其實是願意「救國」的讀者。儘管這些報刊的辦報者寫作者主觀上也想面對大多數人，因爲能夠喚起的民衆總是越多越好；但是，事實上眞正對這些報刊感興趣、能夠成為這些報刊訂戶的，還是那些原來就流著「救國」熱血的讀者。那些醉生夢死的人，或者對政治毫無興趣、只關心家庭經濟利益的人，都很難成為這些報刊的讀者。晚清提倡白話，辦白話報刊的目的，就是給粗通文墨的老百姓看，喚醒他們起來救國。如林白水創辦《中國白話報》時，就明確宣稱：「現在中國的讀書人，沒有什麼可望的了！可望的都在我們幾位種田的、做手藝的、做買賣的、當兵的、以及那十幾歲小孩子阿哥、姑娘們」[34]。《中國白話報》當時的銷量如何，今天已不可考，只是從它每册售價一角五分推想上去，大多數種田的、做手藝的、當兵的以及十幾歲的小孩恐怕還是無力訂閱，因為當時連租界巡捕房內的華捕也不過月薪數元，他們能夠用於報刊消費的支出實在微乎其微。一直到民國初年，工資有了較大幅度的上漲。[35] 普通市民對報刊的消費情況才發生改觀，民初衆多供市民閱讀的刊物壽命比起晚清相對也要長些。當然，民初的這類報刊主要是「商品」，而不是「工具」。何況一般老百姓缺乏中國士大夫「議政」的傳統，大多數人關心的還是自己的衣食住行，與政治頗為隔膜。在這種情況下，能選擇「工具」型報刊的讀者數量肯定不會多，這或許也是晚清問世的數十種「白話報」全都曇花一現的原因之一。

因此，「工具」型的報刊只要進入報刊市場，它還是要受到市場規律的支配。「工具」型報刊為了延續自己的生命，有時也不得不在某些方面向市場規律作些妥協。梁啓超創辦《新小說》，在上面發表自己創作的小說《新中國未來記》，自知「編中往往多載法律、章程、演說、論文等，連篇累牘，毫無趣味，知無以饜讀者之望矣，願以報中他種之有滋味者償之」[36]。這「有滋味者」便是「偵探小說」，「其奇情怪想，往往出人意表」。[37] 所以，「工具」型報刊只要進入報刊市場，它還是要受到市場規律的支配。完全「工具」型的報刊在近代其實爲數極少，它們大多爲了生存，還是要兼一點「商品」型的。另一方面，「商品」類的報刊又常常刊登「工具」型作品。即使是歷來被人們作爲「商品」類報刊典型的《禮拜六》，在袁世凱接受「二十一條」時，也曾出版過「國恥」專號，編者也曾在描寫日本德國兩國在青島開戰給中國人民帶來災難的記實文學上加上按語：「嗟我同胞，不起自衛，行且盡爲亡國奴。」主編王鈍根還根據報刊材料編纂了《國恥錄》在《禮拜六》上連載。顯然，「商品」型的報刊逢到國難當頭之時，也未嘗沒有「工具」型色彩。因此，「商品」型報刊與「工具」型報刊基本上是兩種不同類型的報刊，但是它們之間有時也會互相滲透的。報刊的「商品」職能與「工具」職能的矛盾對立與互相滲透，其背後都有文學觀念的背景，它們的衝突與滲透當然也會影響到中國文學的近代變革，尤其是「工具」型報刊的數量與聲勢之大，在某種程度上也是幫助中國傳統「以文治國」文學觀念延續的重要原因。

營業性報刊是外來的產物。中國近代的報刊大多經歷了這樣的發展階段：先是外國人在中國辦外文報刊給外國人看，然後是外國人創辦中文報刊給中國人看，最後是中國人自己辦中文報刊給中國人看。無論是中國人自己辦的中文報刊還是外國人辦的中文報刊，用的是中國漢字，但它們又必須適應報刊的需要，擺脫中國傳統文體，這就必須向外文報刊學習，師法外文報刊。這種文字上向外文報刊學習，促使了中文報刊文體解放。早期中文報刊還未能擺脫中國傳統文體，最早的《申報》用「志怪傳奇」的筆法來記載奇聞異事，看上去就像文言小說。有的報刊新聞結尾時還會跑出「欲知後事如何，且聽下回分解」。「現今未知如何，下月細傳」。新聞在寫到槍炮交戰的海軍大戰時，還沿用中國古代小說的語言：「大戰幾個回合。」許多新聞寫作時用古代小說的敘事手法：先人後事，先遠後近，先因後果。這同新聞消息的寫作要求正好相反。這是因爲當時中文報刊的主編如何桂笙、錢忻伯、蔡爾康等都是科場失意文人，並沒有受過專門的新聞文體寫作訓練。他們只能選用中國古代文體中合適的文體來寫作新聞，然後在辦報過程中再向外文報刊學習。

同一時期外國人在中國辦的外文報刊，則與中文報刊完全不同。由於西方此時已經有了二三百年辦報的歷史，所以它們可以直接仿照已有的外文報刊，因此它們的新聞都寫得十分簡潔，接近於現代的寫法。隨著讀者對信息量的要求不斷增加，迫使中文報刊向外文報刊學習，擯棄中國傳統的文體，適應新聞報導的需要。電報的運用也迫使新聞文體趨向簡練，否則便要增加成本。面向廣大讀者新需要又使文體趨於通俗。報紙的這種外向性學習，實際上是中國近代文學外向性學習的先導。

因此，遠在政治家梁啓超等人正式提出中國文學向外國文學學習之前，中國的中文報刊早已有意識地向外文報刊學習了，無論是思想還是文體，中文報刊都已經在接受外文報刊的影響。這種學習無異是成爲戊戌變法以後中國文學向外國文學學習作了準備。這種學習的開始並沒有接觸到西方近代文學觀念，但是到本世紀初，隨著學習西方形成風氣，對西方文學的學習日益深入，終於有人意識到應當學習西方近代文學觀念，改變中國傳統的文學觀念，讓文學從「治國」、「載道」的禁錮中獨立出來。

以表現人生爲出發點的藝術思想是西方近代文學觀念的核心，它是文學從天主教的教會之「道」下解放出來的產物，它使文學不必成爲天主教的附庸，也不必成爲國王的政治附庸，而成爲一種獨立的表現人生的審美藝術。文學從此與人生緊密相連，不必再成爲哲學的宗教的政治的奴婢。它出於作家本人的獨立思考，他自己的生命體驗。他們揭露批判黑暗社會，但他們堅持站在「人」的立場上。這種西方近代文學觀與中國傳統的儒家文學觀是衝突的，它與《紅樓夢》爲代表的中國古代優秀小說傳統倒是比較接近。當中國文學被士大夫所壟斷時，以《紅樓夢》爲代表的「表現人生」的優秀小說必然處在受壓抑的地位。文學的「商品化」幫助《紅樓夢》這樣的作品獲得解放，它的市場體現了它在讀者中享有的地位，禁毀小說的封建專制統治，士大夫的意識形態，都由於文學的市場化而出現了漏洞，這漏洞又不斷擴大，促使專制統治與士大夫意識形態趨向於衰弱直至消亡。

然而，文學的市場化與文學的發展又是有矛盾的。文學的發展需要作家忠實於生命體驗，深入開掘人的生命狀態，表現人生的各個層面。由於曲高和寡，那些優秀之作往往難以被大多數人欣賞而難以擁有廣泛的市場。而作爲文學市場主要成員的市民，他們大多僅僅是從娛樂的需要出發欣賞文學的，他們往往不追求深度，不需要借助文學認識人生的眞諦，而只想在閱讀中得到休息。這樣的讀者往往占讀者的大多數，所以常常構成文學消費的主要市場。由於市場機制控制了文學的創作，文本的生產與讀者的消費，品位低的讀者構成市場的主要部分，文學便出現了「媚俗」的傾向。原來是士大夫創作必須合士大夫文學規範，現在則由於市場的制約，讀者成了作家的衣食父母，作家為了謀生，努力去適應讀者的口味，迎合讀者的低級趣味。如果說原來士大夫保持著對雅文學的專利，而俗文學由於受到士大夫的鄙視，只能局促於一隅慢慢發展，現在則因為市場的制約，俗文學興旺發展，雅文學的市場反倒不如俗文學。小說取代了詩文過去在文學中的地位。就文而言，由於議論文應用文不算文學，其影響地位大不如前。最能顯示「雅」的特點的詩歌也每況愈下，只有小說因為能雅俗共賞。在文學中占據了主要地位。

隨著市場開始支配文學，近代文學很快便出現了「媚俗」的傾向，小說最先受市場支配，它的「媚俗」傾向也最明顯。晚清已經是「操觚之始，視為利藪，苟成一書，售諸書賈，可博數千金，於願已足，雖明知疵累百出，亦無暇修飾」[38]。粗製濫造成為小說界的特徵。商業化的「趕時髦」浪潮浸染了小說界，一部小說一旦暢銷，小說家便趨之若鶩，競相仿效。一位作家一旦成名，成為暢銷作家，便常常按照市場的需求，連篇累牘，不斷炮製作品。在晚清是「譴責小說」成為社會潮流，在民初則是「言情小說」成為社會潮流，因為模仿之作充斥市場，連某些著名的小說家也深為感慨：「嗚呼！其眞能言情邪？試一究其內容，則一癡男一怨女外無他人也；一花園一香閨外無他處也；一年屆破瓜，一芳齡二八外無他時代也；一攜手花剪綵，一並肩月下外無他節候也。如是者一部不已，必且二部，二部不已，必且三部四部五部以至數十部。作者沾沾自喜，讀者津津有味，胥不知小說為何物。」[39]於是，在這些作家的筆下，文學創作不再是一種創造，而變成了批量生產的商品。於是，「商品化」成為對文學的「異化」。壓抑著文學深入展示人的生命體驗。文學要發展，還必須擺脫「商品化」

的束縛，忠實於作家自己的生命體驗。

從世界各國的情況看，文學市場化以後，適應市場需要的生產總是占多數，但是那些創作出燦爛文學的國家也總會有一些作家忠實於自己的生命體驗。巴爾札克、陀斯妥也夫斯基都曾爲了還債而創作，都是多產作家，但是他們即使是在爲錢而創作時，也能堅持忠實於自己的生命體驗，堅持將創作作爲創造，決不粗製濫造。中國近代卻缺乏這樣的作家，商品化的潮流一來，一下子就淹沒了衆多作家。這與當時沒有確立文學的本體地位有很大關係，作家除了「治國平天下」與爲錢創作之外，便找不到安身立命之本了。不知道文學是幹什麼的，而又必須靠文學來謀生，便只好迷失在市場化的潮流中了。

第二節　從士大夫到作家

中國古代寫作的主要承擔者是士大夫，中國現代寫作的主要承擔者是作家，因此，從寫作角色來看，從古代的士大夫到現代的作家就有一個轉換。要考察這個轉換，首先必須明確古代士大夫與現代作家有什麼區別。應該說作爲中國古代「士、農、工、商」的「四民」之首，士大夫承擔的職責遠遠超過今日的作家，他們不僅是文化的主要領導者與承擔者，而且是地區的穩定力量，是國家行政機關政府官員的成員和預備隊，二者之間的差別自然極大。本書不打算全面考察這些差別，只想從寫作角色這一特定角度來分析二者的差別。從寫作角色來看，古代士大夫與現代作家的區別主要有三條：一是古代士大夫有自己獨特的身份確認，所謂「讀聖賢書，所學何事」。它以「內聖」即追求儒家理想人格爲準則，「儒學」被稱爲「儒教」，大半也是由於它有這樣的追求。現代作家雖然也有自己的道德追求，卻沒有這樣的身份確認。二是寫作面對的對象不同，士大夫主要是爲士大夫和帝王寫作的，他的寫作不面對普通老百姓；現代作家則是爲公衆寫作的，有的作家也可能面向精英寫作，但他們在面向精英寫作的同時也面向公衆，而且他們缺乏士大夫的身份確認，也不可能像士大夫那樣形成一個階層，他們與爲普通百姓寫作的作家的距離也不可能像士大夫那麼遠。三是士大夫雖然寫作，卻未必一定以寫作爲職業，他們謀生有著多種選擇；而現代作家則已經選擇了寫作爲職業，他們依靠寫作來謀生。顯然，在這三條區別之中，第一條身份確認是主觀因素，第三條職業化需要社會提供空間。

職業化的作家作爲一個社會階層，或者寫作作爲一種專業化的職業，應該是在近代才特顯出來。面向大衆的現代傳播媒介，需要一大批專業寫作人員。但是在中國古代，並非一定沒有職業化的作家。中國古代的說書評話，歷史悠久，在唐代已經十分流行。在敦煌文獻中留存的有《廬山遠公話》、《韓擒虎話》、《葉淨能詩》、《唐太宗入冥記》等，這些話本無疑是面向大衆的，它們文白相雜，藝術粗糙。這些話本大約由「書會才人」創作，他們的情況今天由於資料缺乏，很難定論，只能存疑。這種狀況一直延續到明清。但是我們從一些章回小說如《西遊記》的演變，從《龍圖公案》到石玉昆編〈三俠五義〉中，還是可以隱約看到他們的踪跡。不過古代的作家與現代的作家還是有所不同，現代作家面對的是公衆，中國古代還沒有「公衆」，古代作家面對的只能是文化水準較低的「大衆」，他們是爲普通百姓創作的。他們的作品受到士大夫的歧視排斥，同樣是小說，士大夫創作的文言小說可以進入《四庫全書總目》等欽定書目，古代作家的作品則難以進入士大夫公開的閱讀視野，往往只是私下閱讀，在筆記中作些記載批評。

元代由於異族入侵，文化不同，相當長的時間內，停了科舉。士大夫作爲社會階層依然存在，但失去了由科舉做官的機會，理學的衰微造成士大夫對身份確認不太重視，也就比較容易與平民百姓打成一片。據鍾嗣成的《錄鬼簿》記載：當時一些左丞、尙書、待制、學士等高級官員，也有創作雜劇的。「右前輩公卿居要路者，皆高才重名，亦於樂府留心。蓋文章政事，一代典型，乃平日之所學，而歌曲詞章，由於和順積中，英華自然發外。」這些士大夫是出於內心對雜劇的喜好而從事創作的。他們不是作家，不依靠寫作謀生，只是出於興趣創作雜劇。一些中下層士大夫出於興趣或者其他原因，向生活在社會下層的作家靠近，也創作面向大衆的作品，如關漢卿、白樸、馬致遠、王實甫、羅貫中、施耐庵等等。士大夫與作家有了寫作角色的轉移，出現了合流。頗有意思的是，他們並不像後來的作家在創作俗文學時那麼羞羞答答，署名時往往用化名，不敢說出眞名；他們大都理直氣壯地署上自己的眞名。他們究竟是出於興趣，還是爲了其他原因成爲作家，今日已很難考證。但是他們也很難說就是職業的作家，依靠寫作謀生，更大的可能是客串創作，另有謀生的手段。因爲合流的士大夫主要不是當時著名的士大夫，他們的身世依然記載不多，如關漢卿的身世就有幾種不同的說法。但是元代楊維楨便曾肯定：「士大夫以今樂府鳴者，奇巧莫如關漢卿、庾吉甫、楊澹齋、盧疏齋，豪爽則有如馮海粟、滕玉霄，蘊籍則有如貫酸齋、馬昂父。其體裁各異，而工商相宜，皆可被於弦竹者也。」[40] 由此可以肯定，儘管關漢卿創作了大量的雜劇，當時士林還是承認他的士大夫身份。元代也保留了一些記載元雜劇作家的資料，如鍾嗣成的《錄鬼簿》等等，其中有的是士大夫，有的則可能是下層社會的作家。

明朝建立後，考八股，興科舉，恢復了對士大夫的選拔。科舉考八股實際上強化了士大夫對「內聖」的追求，也就強化了士大夫的身份確認。元代一度淡化的爲士大夫創作與爲平民百姓創作的界限又嚴格起來，向傳統復歸。這一狀況到明代中葉後，發生了變化。這次變化與元代有所不同，它與理學的變革直接連在一起。理學到王陽明發生重要變革，「心學」在明代占了統治地位。「心學」的特點是大大簡化了儒家的信條，爲個人的自由發揮留出了餘地。有點類似於西方的宗教改革，是一次重要的思想解放。如同余英時所指出的：王陽明撇開政治，轉向社會去爲儒學開拓新的空間。專制君主要使「天下之是非一出於朝廷」，王陽明卻提倡「良知」，「良知只是個是非之心」，「良知」又是人人都有的，這樣就把決定是非之權暗中從朝廷奪還給每一個人了。[41]「心學」要激發「良知」，也就不再是僅僅面對士大夫，而應當是面對所有人了。於是信奉「心學」的士大夫，在講學時，也常常將普通百姓納入聽講的範圍。

其實早在南宋時期，「心學」的創始人陸九淵就曾給吏民講《洪範・五皇極》一章。聽衆除了官員、士人、吏卒之外，還有百姓五六百人。其主旨謂爲善即是「自求多福」，不必祈求神佛。[42]到了王陽明便有意識向門徒提倡向普通人講學，他首先肯定所有人都有接受「心學」的資格：「我這裡言格物，自童子以至聖人皆是此等工夫。但聖人格物，便更熟得些子，不消費理。如此格物，雖賣柴人亦是做得。雖公卿大夫，以至天子，皆是如此做。」[43] 其次，「心學」的接受標準應以普通老百姓能否接受爲準則：「或問異端。先生曰『與愚夫愚婦同的，是爲同德。與愚父愚婦異的，是爲異端。』[44] 王陽明的理想社會，是「滿街都是聖人」。因此他要求門徒能夠爲普通老百姓講學：「你們拿一個聖人去與人講學，，人見聖人來，都怕走了，如何講得行？需做得個愚夫愚婦，方可與人講學。」[45] 爲了促使平民百姓能接受「心學」，他也試圖運用平民百姓熟悉的文體：「先生曰『古樂不作久矣。今之戲子，尚與古樂意思相近。』未達，請問。先生曰：『《韶》之九成，便是舜的一本戲子。武之九變，便是武王的一本戲子。聖人一生實事，俱播在樂中。所以有德者聞之，便知他盡善盡美，與盡美未盡善處。若後世作樂，只是做些詞調，與民俗風化絕無關涉，何以化民善俗？今要民俗反樸還淳，取今之戲子，將妖淫詞調俱去了，只取忠臣孝子故事，使愚俗百姓人人易曉，無意中感激他良知起來，卻與風化有益。然後古樂漸次可復矣。』[46] 這實際上在爲平民百姓講學之外，又提出了爲平民百姓寫作的問題。在王陽明之前也有人提過俗文學可以教化，但王陽明作爲當時最重要的理學家，這些看法在理論信念上削弱了士大夫對平民百姓居高臨下的偏見，改變了對俗文學的看法。

王陽明的「心學」不久就統治了明代士林，絕大多數士大夫仍然只爲士大夫講學，但也有一些士大夫著眼於普通百姓。韓貞「以化俗爲任，隨機指點農工商賈，從之遊者千餘人，秋成農隙，則聚徒談學，一村畢，又至一村，前歌後答，弦誦之聲，洋洋然也。」[47] 何心隱「在京師，辟各門會館，招徠四方之士，方技雜流無不從之。」[48] 雖然還是極少數士大夫，但在社會上造成很大影響。它意味著平民百姓正成爲士大夫的文化對象，由此也帶來了出於「內聖」的對正統儒學的離經叛道。

首先是儒學的平民化，李贄提出「穿衣吃飯，即是人倫物理；除卻穿衣吃飯，無倫物矣。世間種種皆衣與飯類耳，故舉衣與飯而世間種種自然在其中，非衣飯之外更有所謂種種絕對與百姓不相同者也。」[49]儒學的信條簡化到「穿衣吃飯」，一方面使得普通百姓都可以接受，一方面也爲重新解釋儒家理論留出了很大的空間。其次是儒學的個人化，提倡出於「良知」的思考，「不以孔子是非爲是非」。形成提倡個性自由發展的要求，獨立思考的風氣。第三是儒學的「人情化」，不僅「天理即是人情」，肯定私欲的合理；而且推崇激情，「借男女之眞情，發名教之僞藥」。[50]從晚明到清初，是中國古代思想最解放的時期之一，晚明的思想解放，幫助士大夫進入面向市民的戲曲小說等俗文學，從批評到創作，都產生重要影響。

晚明商業發達，商人與士大夫之間有了密切的聯繫。許多士大夫出生於商人家庭，或與商人聯姻。有的士大夫經商，有的商人成爲儒商，有著像士大夫一樣的修養。[51]明代白話小說與傳奇的發展，與士大夫的參與是分不開的。商業與城市的發展，形成市民階層對文學的需求，促進小說戲曲的繁榮。士大夫在參與創作小說戲曲時，自然也就面向普通百姓。他們的寫作對象改變了。

然而，晚明的士大夫雖然思想解放，並沒有消除士大夫的身份認同。這從他們對作品的署名也可看出，明代戲曲因爲趨於典雅，而且趨於文本化，創作有時並不考慮演出，實際上在很大程度上依然面對的是士大夫讀者對象。戲曲家願意署眞名，即使署化名，也比較容易考證。明代的白話小說作者則不然，除了極少數人如馮夢龍等之外，他們不再像元末的士大夫那樣願意署眞名，而往往不署名或者署化名，這些化名有的很難考證。例如《金瓶梅詞話》的作者，至今仍是聚訟紛紜的問題。又如《西遊記》，因爲沒有署名，後人只能根據明代的《淮安府志》記載吳承恩寫過《西遊記》，而斷定他就是白話小說《西遊記》的作者。這也意味著，晚明士大夫比元末士大夫更注重士大夫的名聲，或者說明代的士林不如元代那麼寬容，明代比較注意士大夫的身份。其實即使是具有叛逆色彩的士大夫也仍然很重視士大夫的這一身份，如何心隱，主張士農工商的四民可以轉化，但士大夫的首要地位仍不可動搖。[52]

士大夫的身份確認，首先是對「內聖」的追求。這是因爲「心學」面向普通百姓的目的，是要他們成爲「聖人」。王陽明認爲：「雖凡人，而肯爲學，使此心純乎天理，則亦可爲聖人。」[53]泰州學派的王艮，主張「內聖」當從「格物」做起，由修身而齊家治國平天下。他的主張後來得到晚明最後一位大儒劉宗周的讚揚。[54]李贄也主張「聖人不責人之必能，是以人人皆可以爲聖。」[55]即使不是思想家的徐渭，也認爲「自上古以至今，聖人者不少矣，必多矣。自君四海，主億兆，瑣至一曲一藝，凡利人者，皆聖人也。」[56]他們的思想解放，是認爲人人可以成爲聖人，士大夫在成爲聖人上並不具有特權。他們的目的，是要普通老百姓成爲聖人，成爲他們心目中的士大夫。他們對「聖人」的理解各有不同，他們的思想儘管有的已經越出儒學體系，帶有前現代色彩，但總的說來，又不免受到儒學體系的束縛。李贄提倡「童心」，把「童心」視爲與身俱來的「絕假純眞，最初一念之本心也」。他認爲天下的好文章都出於「童心」，據此，他把《西廂記》、《水滸傳》皆作爲出於「童心」的好文章，但是他又把「今之舉子業」的「八股文」與《西廂記》、《水滸傳》並列，作爲也是出於「童心」的好文章。以往論李贄「童心說」的論述，往往回避這一問題。因爲八股文是奉命作文，顯然不是出於自己的生命體驗，無法用「童心」來解釋，因此只好回避。其實，以「今之舉子業」代表「童心」恰恰符合「心學」的邏輯，而「童心說」又恰好是由「心學」演化而來的。科舉的「八股文」要求是「代聖賢立言」，而聖賢所想就是「心學」的「良知」，「良知」就是本心，「最初一念之本心」就是「童心」，科舉的「八股文」自然也是出於「童心」的「至文」了。這一邏輯正是這樣成立的。由此，我們可以看到李贄對「內聖」的追求，他對士大夫身份的體認。

從晚明到清初，普通老百姓進入士大夫的視野，先進士大夫期待的往往是老百姓士大夫化。清初顧炎武的「天下興亡，匹夫有責」，到王夫之對抗清「義軍」流露的失望，[57] 實際上都體現了這一態度。因此，晚明的先進士大夫實際上有很強的「內聖」關懷，即使是叛逆的思想，也仍然在「內聖」關懷的範圍之內，只是「成聖」的途徑與正統儒家不同，有點離經叛道。這就決定了他對士大夫身份的確認。因此他們很難與當時社會下層的作家完全合流，他們在精神上依然是兩個境界。

從外部社會環境來說，晚明還缺乏可以養活職業作家的充分的公共空間。先看戲曲，晚明的戲曲演出有三種：一是士大夫與商人的家班，如沈璟、阮大鋮等，除了演給士大夫商人家庭看之外，還在其他士大夫與商人家庭之間交流。這種演出基本上與大衆無關。二是酒樓演出，宋元以來，就有妓女唱曲侑酒，明代胡應麟就有詩記述了他在酒樓觀看演出的情景。後來產生了劇場。三是節日的群衆戲曲活動及農村的社戲演出。前二者主要是由士大夫與商人觀賞的，後者才是爲大衆的，而士大夫作家與後者的關係又是很間接的。白話小說的創作已經可能有營利的現象，這從明末清初的才子佳人小說的流行中可以看出，也有爲數衆多的士大夫加入批評與刊刻小說的行列，（其中不少也可能是書商假冒他們的名義）像署名「煙水散人」的徐震就編過不少小說，他編的小說又多由「嘯花軒」刊刻，這時的作家與出版商到底是怎樣的關係？可以讓人產生不少聯想，可惜因爲資料缺乏，無法考證他與出版商之間關係的細節。但是像徐震這樣的作家，在士大夫中沒有地位，只好算是下層文人。因此，晚明雖然有著商業化的出版，但還是缺乏士大夫轉變爲職業作家的社會環境。

清代逐步加強思想控制，晚明的思想解放也因社會環境的變化而夭折。「文字獄」促使士大夫越來越萎靡，「內聖」的追求也就日益變成名義上的。清政府一直以提倡「宋學」來糾正晚明的離經叛道，「宋學」也就變成「官學」。晚清的思想家們面臨清朝轉入衰世，提倡「經世致用」，力圖振作萎靡的士林，意圖拯救處在危機四伏之中的社會。

「經世致用」的提倡，在晚明就有，徐光啓提倡「實學」，他的學生陳子龍編了《明朝經世文編》。清初的顧炎武、黃宗羲、王夫之等遺民，也提倡學問當「經世致用」。他們的「經世致用」是與「內聖」連在一起的，顧炎武總結自己的爲學行事之道，是「行己有恥，博學於文」。把「內聖」置於「外王」之上。陳確甚至主張：「古人之愼修其身也，非有所爲而爲之也，而家以之齊，而國以之治，而天下以之平，則固非吾意之所敢必矣。」[58]他把「內聖」作爲根本，「內聖」並不一定導致「外王」。但是晚清提倡「經世致用」就不同了，它可以說正好與陳確相反，主要偏於「外王」。周予同指出：「中國學術大體不出兩派，一派是東西漢及清中葉的考證學，專門在名物訓詁上用工夫；一派是宋、明及清初的理學，專門在心性理氣上去鑽研。到了清末的今文學者，他們不在文字上著力，而專門著眼於社會制度的改革。」[59]晚清的「今文經學」崛起，幫助先進士大夫擺脫「內聖」的身份認同，而以「實用主義」的態度，來改革社會。這時，先進士大夫的追求是如何解決中國的實際問題，擺脫危機。他們很少像晚明士大夫如劉宗周等人所主張的，用提倡全民追求「內聖」，來解決實際問題；而是把「內聖」的追求擱置一邊，用能否解決問題的實效來衡量道理的價值。

晚清開風氣的龔自珍、魏源，在某種程度上都曾受到晚明「心學」的影響。在清初對晚明的激烈批判之後，清人實際很少有人敢出來讚揚晚明的思想解放。龔自珍大膽指出：「俗士耳食，徒見明中葉氣運不振，以爲衰世無足留意，其實爾時優伶之見聞，商賈之氣息，有後世士大夫所必不能攀躋者。」[60]公然爲晚明叫好。李贄在清初受到顧炎武、王夫之、錢謙益等人的激烈批判，紀昀的《四庫全書總目》也稱「贄書狂悖乖繆，非聖無法。」「至今爲人心風俗之害。顧其人可誅，其書可毀。而仍存其目，以明其爲名教罪人。」[61]因此清代很少有人敢重提李贄的「童心說」。龔自珍推崇個性解放，在他的詩中，重新提出「童心」，並將它作爲自己創作追求的目標。[62]然而，龔自珍是復古主義者，追求典雅，所謂「不能古雅不幽靈」，他的寫作對象仍然是士大夫與帝王。因此他並不讚揚白話文學，更沒有打算去創作白話作品。

可是，龔自珍因爲個性張揚，強烈感受到理學的束縛，所以他不喜歡講「內聖」，也不強調一定要人們作聖賢。他覺得「坐談性命，」「其徒百千，」「何施於家邦？何裨於孔編？」「曰聖之的，以有用爲主。」[63] 提倡「經世致用」，當時士大夫把他視爲言行怪誕放蕩不羈的狂士，「輿皀稗販之徒暨士大夫並謂爲龔呆子」。[64] 連他的朋友姚瑩也承認龔自珍是「言多奇僻，世頗訾之。」當時有識之士讚賞他對時弊的揭露，肯定他對經世致用的提倡，但是並不欣賞他的個性解放思想，也不欣賞他的爲人。龔自珍、魏源都認爲「文、道、治、學」應當合一，但是他們的著眼點，都在如何把「學」用到「治」上。「書各有指歸，道存乎實用。」[65] 魏源編了《皇朝經世文編》，爲士大夫「經世致用」提供樣板。他在理論上也承認「內聖」應與「外王」統一，無功之德與無德之功皆不可取。但他指出：三代以下，立功者不皆出於道德，崇道德者又不兼立功。「惟周公、仲尼，內聖外王，以道兼藝，立師儒之大宗。天下後世，學焉而得其性之所近，仁者見仁焉，智者見智焉，用焉而各效其才之所宜。三公坐而論道，德行之任也；士大夫作而行之，政事、言語、文學之職也。如必欲責尊德性者以問學之不周，責問學者以德性之不篤，是火日外曜者而欲其內涵，金水內涵者必兼其外曜乎？」除了周公、孔子這樣的聖賢，沒有人能做到內聖外王的統一。魏源又認爲：連公認的聖賢顏回、曾子、子思、孟子都沒有做到內聖外王的統一，造成後世「《道學》、《儒林》二傳所由分與？」[66] 他實際上處在矛盾狀態：在理論上，他認爲應當回到三代的道德事功統一；但面對歷史現實，他又覺得「內聖」與「外王」實際是兩種人，講「內聖」的去講道德，講「外王」的去解決實際問題，不必求全。而魏源自己，無疑是偏於「外王」的，他並不提倡在「內聖」上下功夫。

龔自珍與魏源都是開一代風氣者，在他們之前與之後，都有人持類似的主張。洪亮吉也輕視「內聖」的「性理」之學，嘗言「蓋自元明以來，儒者務爲空疏無益之學，於是儒術日晦，而遊談坌興。」[67]他也提倡「經世致用」，認爲「蓋聞理無所宜，必求實效，用各有適，無貴虛名。」[68]以實用來檢驗理論。桐城派是提倡宋學的，姚鼐的弟子梅曾亮卻認爲：「考證性命之學，」徒使學者「日靡於離析破碎之域，而忘其爲興亡治亂之要最，尊主庇民之成法。」[69]他也覺得：「昔孔氏之門有善言德行，有善爲說詞者，此自古大賢不能兼矣。謂言語之無事乎德行，不可也；然必以善言德行者乃爲言語，亦未可也。」[70]他想把德行與文學分開，爲文學確定一個獨立的地位。當然，晚清也仍然有許多士大夫依然講「性理」之學，推重「內聖」，他們尤其得到官方的支持。晚清的大學士倭仁，後來的徐桐，都以提倡理學著稱。「中興名臣」曾國藩也主張內聖與外王統一。但是，代表時代潮流，受到越來越多士大夫擁護的，卻是「內聖」與「外王」分開，士大夫專注於解決社會實際問題。「中興名臣」中只有曾國藩追求內聖與外王統一，其他如左宗棠、李鴻章等人都以事功爲追求目標。曾國藩標榜「誠」，左宗棠一直攻擊他「僞」。曾國藩自己處理「天津教案」時，迫於形勢，後來也不得不承認自己處理失當，「外慚清議，內疚神明」。實在不容易做到將內聖與外王統一起來。曾國藩之後，主張內聖者大多是一些頑固派，儒學又受到西學的衝擊，「內聖」的性理之學，對一般士大夫就更缺乏吸引力了。

因此，晚清士大夫不再像晚明士大夫那樣重視「內聖」，他們更重視實際工作的成效。這意味著儒家信條在他們身上淡化了；這也意味著：晚清士大夫不再像晚明士大夫那麼重視士大夫的身份確認。這就爲士大夫向近代知識份子轉化的「職業化」做好了準備。「經世致用」意味著用學問解決具體的現實的問題，而能否解決，就是檢驗學問是否正確的標誌。既然要解決實際問題，就不可能滿足於儒家已有的信條學問，而要到別的地方尋找能解決問題的新學問。這就形成一種「實用主義」態度：既然西學能解決中國的實際問題，爲什麼不去吸收呢？魏源的「師夷之長技以制夷」，正是出於「經世致用」提出的。晚清在極短時間內形成一股「西潮」，改變了士大夫的知識結構，使之向知識份子轉化，與晚清的「經世致用」思潮是分不開的。士大夫既然放棄了內聖與外王的統一，從事實際的具體工作，追求具體工作的專門知識，從而也就會自覺或不自覺地向職業化方向發展。他們依然重視道德，但這與士大夫的性理之學追求不同，成爲「公衆」意義上的社會道德。在接受了西學影響之後，譚嗣同回頭審視儒家的「修身、齊家、治國、平天下」，認爲它是封建宗法制度的產物：「宗法行而天下如一家。故必先齊其家，然後能治國平天下。」自秦以後，三代的封建制改變了，「家雖至齊，而國仍不治；家雖不齊，而國未嘗不可治；而國之不治，則反能牽制其家，使不得齊。於是言治國者，專欲先平天下；言齊家者，亦必先治國矣。」[71] 這已經是脫離「內聖」，站在知識份子立場上來觀照儒家學說了。

晚清士大夫身份確認的淡化爲士大夫轉爲作家提供了內部條件。新型傳播媒介變革爲作家提供了新的生存空間。十九世紀初，西方傳教士已經創辦了中文報刊，只是這些報刊還不是營利性的。報刊在一開始就面向大衆，馬理遜創辦的《察世俗每月統紀傳》就明確宣佈：「蓋甚奧之書，不能有多用處，因能明深奧理者少故也。容易讀之書者，若傳正道，則世間多有用處。」[72] 由於士大夫往往排斥基督教，所以該刊主要尋求士大夫之外的讀者。1861 年 11 月，英國商人創辦了《上海新報》，它是上海第一張中文報紙，用進口白報紙兩面印刷，鉛字排印，機器印刷，在外觀上迥異於線裝書。它是營業性報紙，後來獲利甚豐，以至英國商人美查看了眼紅，放棄原來經營的茶葉與棉布生意，改而創辦《申報》。《申報》嘗試面向包括士大夫在內的「公衆」，並從文體上提出新的要求，那就是「雅俗共賞」：「求其記述當今時事，文則質而不俚，事則簡而能詳，上而學士大夫，下及農工商賈，皆能通曉者，則莫如新聞紙之善矣。」[73] 既不能用面向大衆的俗文體，也不能用面向士大夫的雅文體，這就需要創造一種全社會雅俗都能接受，都能欣賞的新文體，這就是「報章體」。報刊與近代出版業爲寫作者提供了新的生存方式，固定的薪金與稿費制度幫助他們成爲報人或獨立撰稿人。近代的都市化造就大批市民，他們有穩定的收入，固定的閒暇，構成了文化市場，促進了新聞出版業的發展。

「新聞紙之制，創自西人，傳於中土。」[74] 外國人在中國創辦報刊、出版機構，當然需要聘請中國學者合作，這些合作者成爲中國最早的現代作家。最初他們的地位並不高，但他們與古代作家有著不同，首先，他們有固定收入，生活相對穩定。其次，他們主要不是創作供大衆娛樂的作品，而是寫那些與經世致用有關的文章，這是士大夫願意做的事。尤其是報刊，往往與國計民生，與政治有關，與士大夫志趣相投。這使他們在心理上獲得自尊。第三，他們用的語言介於文言白話之間，主要是一種淺近文言，較少用典。相對於「引車賣漿者流」用的白話而言，更易被士大夫接受。儘管報刊被士大夫認同也是經歷了幾十年的過程，開始的時候，報刊的訂戶主要是商人市民，士大夫是抵制報刊的。「一般報社主筆，訪員均爲不名譽之職業。不僅官場中人仇視之，即社會的一般人，亦以其播弄是非輕薄之。」左宗棠甚至有「江浙無賴之文人，以報館爲末路」的評論；[75] 但是士大夫接受報刊，成爲報人，畢竟比成爲古代作家要容易得多。從外國人在中國創辦報刊、出版機構之後，像李善蘭、管嗣復、王韜、蔣敦復等人爲墨海書館工作，王韜參與過《六合叢談》的編輯，蔣芷湘、何桂笙、錢昕伯、黃式權等人擔任過《申報》主筆，朱蓮生擔任過《益報》主筆，沈山主編過《侯鯖新錄》，沈毓桂曾協助林樂知編輯《教會新報》、《萬國公報》，蔡爾康是《滬報》（《字林西報》中文版）主筆，後來又成爲《新聞報》的首任主筆，种子能主編《畫圖新報》，韓邦慶主編《海上奇書》等等，一時間，士大夫轉爲現代作家、報人的，僅僅在上海就有一批人。他們絕大部分是秀才出生的下層文人，在開始時，也曾感到痛苦。管嗣復在墨海書館，傳教士請他幫助修訂《聖經》的中文譯本，管嗣復因爲「教中書籍大悖儒教，素不願譯，竟辭不往。」王韜勸他：「教授西館，已非自守之道，譬如賃舂負販，只爲衣食計，但求心之所安，勿問其所操何業。」[76] 管嗣復是「桐城派」姚鼐門下弟子管同的兒子，出生於書香門第。王韜是以縣試第一名中的秀才，後因生計所逼，沒有繼續應科舉。他進入墨海書館工作時，已經淡化了士大夫的身份認同，而管嗣復雖然也是秀才，卻沒有淡化，因此倍感痛苦。然而王韜後來也改變了看法，他在香港編《迴圈日報》時指出：「西國之爲日報主筆者，必精其選，非絕倫超群者，不得預其列。」[77]他看到報人在西方社會中的地位，他認爲中國也應如此。在他的心目中，報人與士大夫是相通的，「故秉筆之人，不可不甚加遴選。其間或非通材，未免識小而遺大，然猶其細焉者也；至其挾私訐人，自泄其忿，則品斯下矣，士君子當擯之而不齒。」[78]只有優秀的士大夫，才能當報人。報人實際上充當了士大夫的角色。不過，這其實不是在「內聖」意義上，而是在職業道德的意義上。他雖然還在說「士君子」如何，但他的身份認同已經變爲「報人」了。隨著「西潮」的形成，新聞出版業的發展，「馬關條約」簽訂後，「文學救國」論興起，大批士大夫成爲報人作家，舉人、進士、甚至翰林都有進入報界，梁啓超是其中最卓越的代表。他們的身上仍有士大夫氣，但他們已經形成了一個面向「公衆」的現代作家階層。近代的新聞出版業也爲非士大夫進入作家提供了機遇，如吳趼人家道中落，不能從科舉出身，很早出來學生意，曾在江南製造局當校對，後曾編過小報，撰寫過《海上名妓四大金剛傳》，「新小說」崛起後，他立即積極投身到「新小說」運動中，撰寫「譴責小說」，主編《月月小說》，成爲當時最著名的面向公衆的小說家之一。商人甚至願意以他的名義在報刊上做廣告。這時作家發表作品時大多仍然用化名或筆名，有的顯示了他們身上殘存的士大夫意識，有的則體現現代報人的發表方式。但由於他們的社會地位有所提高，他們又是面向公衆的作家，離現在又比較接近，他們的本名與身世經歷，都比較容易尋找。隨著新聞出版業的發展，現代作家也越來越多。到科舉制度改革與廢除之後，士大夫斷了來源，現代作家終於占了統治地位。

晚明與晚清是兩個時代，晚清是繼承晚明的。但從思想解放的角度說：在西學被中國接受以前，晚清在個性解放，在儒學的平民化，在注重情感，以「情」代「理」上，都不如晚明，沒有達到晚明的高度。晚明也面臨社會危機，士大夫設想的是改革儒家思想，普及儒家意識，來克服危機。晚明後期雖有「西學」的進入，雖有「經世致用」思潮萌發，但沒有像晚清那樣發展。從晚明的「心學」代「宋學」，到清初的「經學」代「心學」，其實都是儒家思想不斷改革以適應形勢的過程。由於士大夫身份意識沒有銷解，加上社會機制也沒有發生重要變化，這時的士大夫很難變爲作家。晚明的改革努力沒有成功，清代在總結晚明經驗教訓時也摒棄了晚明思想解放的成果。當晚清面臨社會危機時，士大夫採用實用主義的「經世致用」態度，避開儒家形而上的性理之學探討，專注於解決實際問題。這使晚清開始時的思想解放沒有達到晚明的水準，卻有助於他們接受西學，淡化士大夫的身份意識。有助於他們轉爲職業知識份子，從而也轉爲作家。

但是，性理之學其實是文化的深層思考，也代表了一種文化對人生的終極關懷。由於擱置了性理之學的思考，在解決具體社會實際問題的層面上接受西學，文化的轉換雖然形成了，但它建立在實用、功利、浮躁、淺薄的基礎上。除了章太炎、王國維等不多幾人外，很少有人在作哲學的思考。具體到寫作角色的轉換，這種實用、功利、浮躁、淺薄也體現在報人構成作家主體上。我們不難發現，晚清的文壇是由報刊主導的，近代的重要作家大多是報人，他們在當時的寫作中無疑居於主導地位。有的寫作者即使不是報人，也另有收入來源，不完全依靠寫作謀生，寫作在他們還只是「客串」的行爲。當時的社會結構，社會機制似乎還難以供養報人之外的職業作家。也就是說，當時作家假如不能兼一份報人的工作，僅僅依靠創作還難以供養全家生活。這些作家身上有著報人的優點：關注時代，解決具體的實際問題，尖銳激烈，慷慨激昂。但是報人畢竟不能涵蓋一切寫作，當一切寫作都變爲社論、新聞時，報人的缺點也就顯示出來。他們太關注於具體的實際問題，缺乏系統深入的哲學思考，尤其是缺乏超越具體實際問題，進入人生層面的哲學思考；他們缺乏對藝術的深入理解和不懈追求，把羅列種種耳聞目睹的事實，揭出黑幕，尋求輿論監督，作爲寫作者的使命。如果說中國文化在古代曾經有過高峰，這一代以報人爲主體的作家卻難以站在這高峰之上迎接西方文化的挑戰，而一直在著眼於解決具體的實際的社會問題，由此也就帶來了優秀傳統文化的失落。這是令人遺憾的，也是值得今人深思的歷史教訓。

第三節　市民讀者與通俗小說的崛起

眾所周知，市民與通俗小說的崛起聯在一起，但是這其實是一個假設，到底是怎樣聯繫的，還是有許多具體情況需要論證。城市在中國是古已有之，戰國時期的城市已經達到相當大的規模，市民的存在自然是不言而喻的，但是通俗小說卻似乎要到唐代以至北宋方才崛起。中國古代的長安、汴梁、臨安、北京都有百萬人口，市民不可謂不多，話本白話小說也問世了，但它們的數量、傳播過程，市場情況，與當時市民的關係，因爲缺乏資料，至今還沒有說明白，也就留下許多問題。

古代的市民與通俗小說的關係由於缺乏資料，難以得出明確的結論。近代以來的市民與通俗小說的關係，表面看來是已經解決了：近代的都市化產生大量的市民，市民讀者的大量增加是通俗小說崛起的原因。這一結論假如細究起來也有許多問題，其間的因素其實是複雜的。

上海無疑是中國近代最爲現代化的城市，從一個小縣城變爲中國最大的現代化都市，它又是中國通俗小說出版的最重要基地，它的都市化過程與通俗小說的崛起可以作爲一個研究典型。上海是 1843 年開埠的，1843 年開闢英租界，1848 年開闢美租界，1849 年開闢法租界，這些租界當時都是農田，從農田到都市是要有個過程的，一直到 1853 年英租界還只有 500 人。[79] 同時期的華界人口則有 54 萬多人。此後，華界人口增長不快，一直到 1910 年只有 67 萬多人，而租界人口則很快的上升，1865 年英美的公共租界已有 9 萬多人，法租界也有 5 萬多人，到 1895 年公共租界的人口是 24 萬多，法租界是 5 萬多。這時的上海租界，不算華界，也已擁有 30 萬人口，加上華界，則有 80 多萬人口，像一個都市的雛形。到 1900 年，公共租界的人口增加到 35 萬多，增加了近 11 萬，法租界也增加到 9 萬多，增加了 4 萬。租界人口合起來有 44 萬多，加上華界要達到 100 萬。[80] 其間人口在逐步增長，上海的通俗小說的數量增長，則似乎也在緩慢發展。這時的小說以狹邪小說爲主，因爲這時的租界男女之間的比例最初大約是 3：1，到 1895 年則爲 2.5：1，到 1900 年至 1910 年則不到 2：1。性別比例的失調，促使妓院畸形發展，也促使「狹邪小說」不斷問世。但是，實際上早期狹邪小說大多出在外地，並沒有出版在上海。從六十年代到九十年代，上海的狹邪小說較著名的有：《會芳錄》，《海上塵天影》，《海上花列傳》等不多幾部，後來比較暢銷的狹邪小說《海上繁華夢》、《九尾龜》等都問世於 1900 年之後。這樣看來，上海狹邪小說的繁榮，反倒是在上海性比例失調下降到不到 2：1 時。1900 年以前上海出版的通俗小說數量並不多，1892 年問世的小說雜誌《海上奇書》也只維持了一年，就停刊了。上海通俗小說的發展，似乎有一個滯後的情況。

進入二十世紀後，尤其是在「小說界革命」後，上海的小說種數如洪水一般增長，晚清的小說數量激增，其中大部分都出版於上海，而且都在進入二十世紀後。晚清最著名的四大小說雜誌《新小說》、《繡像小說》、《月月小說》、《小說林》等，除了《新小說》第一卷在日本編輯，在上海發行，其他雜誌都在上海編輯發行，《新小說》第二卷也轉移到上海編輯發行。期間上海的人口數量有所增長，公共租界的人口在 1905 年是 46 萬多，法租界仍是 9 萬，還略有下降；1910 年公共租界增加到 50 萬人，法租界也增加到 11 萬多人，加上華界增加到 67 萬多人，合起來不到 130 萬。也就是說上海人口增加了百分之三十，而小說數量卻是成幾倍幾十倍的增長。倘若按比例計算，這十年間的人口增長比例並不比前十年高，但是小說種數的增長卻是前十年無法相比的。

按理說，小說數量激增意味著小說市場的急劇擴大。但是人口增長的速度與小說增長的速度又是不成比例的。顯然，小說市場的擴大主要不是由於市民人數的增加，而是在原有市民內部，擴大了小說市場。換句話說，也就是大量士大夫加入小說作者與讀者的隊伍，從而造成小說市場的急劇膨脹。士大夫原來是鄙視小說的，現在受「小說界革命」影響，重視小說了，成爲小說的讀者與作者。這種情況雖然缺乏具體的數位統計，但在當時人的評論中，還是可以看到很多的蛛絲馬跡。如鍾駿文就指出「十年前之世界爲八股世界，近則忽變爲小說世界，蓋昔之肆力於八股者，今則鬥心角智，無不以小說家自命」。[81]老棣看到：「自文明東渡，而吾國人亦知小說之重要，不可以等閒觀也，乃易其浸淫「四書」、「五經」者，變而爲購閱新小說，」[82]黃人在 1907 年也提出：士大夫「昔之視小說也太輕，而今之視小說又太重也。」[83]他們都說出了士大夫對小說態度的變化，士大夫以前是不讀小說，或者是很少讀小說的，現在則形成了讀小說的風氣。士大夫本來是小說的潛在市場，他們有文化，有閒暇，有購買力，一旦形成讀小說的風氣，自然急劇擴大了小說的市場。從 1900 年到 1912 年，又是士大夫大批移居上海的時期，先是庚子事變，後是辛亥革命，上海的租界成爲士大夫避難的庇護所，從而也擴大了小說市場。到 1908 年，據徐念慈估計：「余約計今之購小說者，其百分之九十，出於舊學界而輸入新學說者，其百分之九，出於普通之人物，其眞受學校教育，而有思想、有才力、歡迎新小說者，未知滿百分之一否也？」[84]徐念慈很注意小說市場的情況，專門做過調查。[85]他的估計應該還是較有說服力的。當時小說讀者中士大夫與市民的比例即使不到十比一，但士大夫讀者占了多數，那是毫無疑問的。

士大夫原來就閱讀文言小說的，事實上，文言小說原來就進入士大夫的閱讀視野，連乾隆時欽定的《四庫全書總目》也將文言小說列入目錄之中。士大夫原來拒絕參與閱讀的，主要是白話小說，也就是通俗小說。（當然並不排斥士大夫私下閱讀，在筆記裏發表評論，有的士大夫如金聖歎還高度讚揚白話小說）通俗小說原來主要是由市民閱讀的，「市民」不包括士大夫。如我們在探討古代的「市民意識」時，往往將其與士大夫意識對立。但是晚清不同了，士大夫既然閱讀了小說，「市民」也就包括了士大夫。這就形成了新的市民-「公衆」。原來，「市民」是低於士大夫的，隨著科舉廢除，士大夫消亡，「市民」包括了知識份子。因此我們也可以說小說數量激增是「市民」急劇膨脹造成的，大量士大夫進入了「市民」的隊伍。此時不是沒有對小說的鄙視，如章太炎評價他的老師俞樾：「既博覽典籍，下至稗官歌謠，以筆箚泛愛人，其文辭瑕適並見，雜流亦時時至門下，此其所短也。」[86] 流露出對小說的鄙視。但是他又爲黃小配的《洪秀全演義》作序，稱讚演義「演事者雖多稗傳，而存古之功亦大矣。」[87] 他還是認爲小說應該是給里巷百姓讀的。甚至連提倡小說的夏曾佑也認爲小說是給普通百姓看的，士大夫不必看。[88] 啓超在 1915 年驚歎：「舉國士大夫不悅學之結果，《三傳》束閣，《論語》當薪，歐美新學，僅淺嘗爲口耳之具，其偶有執卷，舍小說外殆無良伴。」[89] 很不希望看到這種情景。但是，士大夫在事實上違背了「小說界革命」宣導者的心願，加入了小說作者與讀者的隊伍。小說也不顧某些士大夫的鄙視，進入了文學。小說一旦進入了文學，就逐漸取代詩文，居於文學的中心，成爲「文學之最上乘」。因此，從晚清開始，小說已經成爲文學的重要組成部分，而不是像古代那樣受到文學的排斥。這也意味著當時的小說，已經代表了當時的文學。

梁啓超於 1902 年在日本發起「小說界革命」，似乎是振臂一呼，應者雲集。包天笑後來回憶：當時的小說雜誌都是模仿《新小說》的，確實是《新小說》登高一呼，群山回應。[90] 其效果連梁啓超自己後來都深感驚訝。尤其是這場小說運動最初是以「政治小說」來發動的，它爲什麼能吸引衆多士大夫和市民呢？

對於士大夫來說，這是稍微簡單的問題。1902 年是「辛丑合約」簽訂的第二年，亡國危機已是迫在眉睫。士大夫本身賦有救國的使命，自然要尋找救國的方略。現在「戊戌變法」的宣傳家主張「小說」是救國的利器，並且能說出一大通道理，符合士大夫對文學的理解，自然容易接受。[91] 但對市民來說，應當是另有原因了。有一件事或許不是偶然，上海最早的商會組織，也是在 1902 年成立的，名叫「上海商業會議公所」，它後來演變爲「上海總商會」。這也是中國第一個商會團體，這樣的商會團體表明了商人祈求自治的願望。1905 年，上海市民爲了抗議美國迫害華工，舉行了抵制美貨運動，這次運動擴大到全國。從 1902 年到 1905 年，上海的先進士大夫如蔡元培、章太炎、吳稚暉等人曾多次在張園演講，宣傳政治主張，有不少市民去聽演講。這意味著這一階段，正是上海市民政治熱情極爲高漲的時期。按照西方「市民社會」的標準，市民應當是在政治上有相當程度的獨立自由，形成「公共領域」。上海的市民當然還沒有達到西方「市民社會」的標準，但是這一階段，無疑是上海市民在爭取獨立自由，獲得「公共領域」的時候。市民的需求與士大夫是一致的。所以包天笑自己認爲：「我之對於小說，說不上什麼文才，也不成其爲作家，因爲那時候，寫小說的人還少，而時代需求則甚殷。到了上海以後，應各方的要求，最初只是翻譯，後來也有創作了。」[92] 這「時代需求甚殷」，說出了當時的社會需求，也包括了市民的需求。正是這種需求，使得以「政治小說」爲本位的「小說界革命」成爲一場應者雲集的小說運動。

晚清大批士大夫閱讀通俗小說幫助通俗小說崛起，卻混淆了原先的純文學與通俗文學的界限。在中國古代，這條界限原本是十分分明的。士大夫創作的閱讀的文言文學是文學，非士大夫或者是士大夫化名創作的小說戲曲是「小道」，不是文學。現在小說戲曲成爲「文學之最上乘」，也就沒有了文學與非文學的差別。從晚清到民初，純文學與通俗文學界限也就複雜化了。同一位作家，既創作純文學，又創作通俗文學，如李伯元。同一位編輯，可以既編純文學的報刊，又編通俗文學的報刊，如吳雙熱。同一本雜誌，可以既有典雅的純文學專欄，又有彈詞等通俗文學的專欄，如《繡像小說》。或者既有古文駢文的文言小說，又有白話小說，如民初的許多小說雜誌。這種狀況以往是個別的現象，在清末民初則很多。它顯示的，便是純文學與通俗文學之間界限的不明確。這種不明確又與士大夫進入市民，出現了價值觀念的混同，是連在一起的。[93]

然而，士大夫大量加入通俗小說的讀者作者隊伍，必然要將他們的修養、興趣、價值觀念、語言帶入通俗小說，這就導致了通俗小說改變了面貌。小說的題材、思想、形式、語言，以及看小說的眼光，都有很大的改變，造成雅俗合流。原來面向市民的小說是以娛樂性爲主，晚清的「譴責小說」卻將小說作爲輿論監督的工具，不過在「連篇話柄」之中保持了它的娛樂性。原來小說大多不觸及政治題材，即使觸及也只是把它當作野史。晚清的政治小說宣傳作者的政治主張，理想社會。原來小說中的思想以民間的百姓價值觀念爲主，晚清的小說卻是知識份子化了，小說中出現大量自由民主的新思想，許多改變中國社會的構想，以及對落後中國社會的批判。原來，小說就是通俗的，尤其是白話小說，表現了與士大夫不同的市民社會心態與價值觀念；現在，小說表現的實際上是市民意識與士大夫意識的結合。例如：當《官場現形記》寫「統天下的買賣，只有做官利錢頂好」[94]時，這很可能代表了當時市民與士大夫的共識。第五十四回寫馮彝齋評論六合知縣梅颺仁設立保商局之舉道：「照著今日此舉，極應仿照外國下議院的章程，無論大小事務，或是或否，總得議決於合邑商民，其權在下而不在上。如謂有了這個地方，專爲老公祖聚斂張本，無論爲公爲私，總不脫專制政體。」這更是既體現了當時先進士大夫的思想，也符合市民的利益。這二者的結合，使得小說面向「公衆」。例如，近代城市形成了「禮拜」的時間概念，有了「週末」、「周日休息」的新觀念。這一時間觀念也爲當時市民和士大夫普遍接受，成爲新型的市民意識，還出現了《禮拜六》這樣代表新型時間觀念的市民讀物，而其中大量的文言作品又顯示出對士大夫讀者的認同。

通俗小說在士大夫進入之後，最明顯的變化，是在語言。而語言的變化，實際也顯示了士大夫的欣賞趣味。這時的翻譯小說大部分用文言翻譯，出現了林紓這樣不懂外語，全憑古文做得好而成爲優秀翻譯家。徐念慈曾經分析：「林琴南先生，今世小說界之泰斗也，問何以崇拜之者衆？則以遣詞綴句，胎息史漢，其筆墨古樸頑艷，足占文學界一席而無愧色。」[95]就連當時的白話小說，也有許多趨向文言，成爲類似於《三國演義》式的半文言小說。此時的白話小說，普遍的傾向是文言成分加重。這既由於小說作者大部分是士大夫，也由於小說市場上士大夫占了主要的份額，作家不能不適應市場的需要。儘管清政府先是在科舉考試上變八股爲策論，其後又在 1905 年廢除了科舉，士大夫已經斷了根。但由於科舉所改學堂學的課程中，經學仍占較大比重，學生的知識結構與以前士大夫仍有許多相似之處，加上越來越多的士大夫進入小說作者讀者的隊伍，文言小說在民國初年反倒有了較大的發展。中國古代的文言小說相比白話小說而言並不算發達，如果剔除那些筆記，只以虛構的故事來算，數量遠不能與白話小說相比，而且很少有長篇小說。林紓在晚清用文言翻譯西方小說，爲文言小說的創作，打開了一個新的天地。民國初年，文言長篇小說異軍突起，又出現了一批駢文小說。何諏的《碎琴樓》，蘇曼殊的《斷鴻零雁記》，徐枕亞的《玉梨魂》，吳雙熱的《孽冤鏡》等，都是當時極爲暢銷的著名作品。其中《玉梨魂》到二十年代就印了二十多版，還不算盜版印的。作者徐枕亞憑稿費自己開了一家出版社，起名叫清華書局。他的續弦劉沅穎是清末最後一位狀元劉春霖的女兒，也是學堂培養出來的學生，因崇拜他寫的《玉梨魂》、《泣珠詞》而嫁給他。由此可見當時文言小說受歡迎的程度。民初最著名的白話長篇小說《廣陵潮》與《留東外史》都遭遇過退稿的命運。當時白話小說的影響，遠遠不如文言小說。

民初文言長篇小說的流行爲我們出了一道難題。以往我們一直認爲：鴛鴦蝴蝶派是一個通俗文學流派，它的崛起是與上海這一近代都市的崛起分不開的，市民是它的主要讀者。我們認定的通俗文學應當是語言通俗，它的讀者主要是文化水準較低的大衆，它缺乏超前意識，思想上與俗衆同步，因此它在文學上缺乏新的探索，不能領導整個社會的文學發展。但是，這種理論預設顯然不適應民初的文壇。

首先，作爲通俗小說最基本的條件，就是語言必須通俗。很難想像語言不通俗的小說，也能爲文化水準較低的大衆所接受。古文和駢文用的顯然不是通俗的語言，儘管文言長篇小說所用的古文與駢文已經不是古代的古文與駢文，它們為了適應小說的需要，已經出現了「俗化」，如古文、駢文的用典大大減少；但是，它畢竟還是典雅的文言，並不適應文化水準較低的大衆。它比起古代的白話章回小說，顯然要艱深得多。因此，民初文言小說的讀者並不是文化水準較低的大衆。

其次，民初小說並不缺乏超前意識，它只是缺乏五四時期才有的思想解放意識。確定超前意識的依據，是它比前人多提供了什麼，而不是它比後人少什麼。民初小說在中國小說史上，有著許多突破。蘇曼殊的《斷鴻零雁記》是最早描寫「和尚戀愛」的小說，戀愛的和尚可親可敬，富於人情味，其戀愛還不止一次。它寫出了和尚在感情與戒律之間的徘徊矛盾，顯然具有超前意識。徐枕亞的《玉梨魂》是最早描寫「寡婦戀愛」的小說，戀愛的寡婦與追求寡婦的青年在小說中都是值得讚頌的正面人物，他們處在「情」與「禮」的衝突中難以自拔，只能以悲劇結局。這是中國小說史上第一次出現令人同情，為之灑淚的戀愛的寡婦，其超前意識也是顯然的。更不用說像《孽冤鏡》對包辦婚姻的抨擊，對家長制的控訴了。誠然，民初小說有著維護舊道德的一面，不敢衝破舊禮教的束縛；但是，在這些作品問世時，陳獨秀、魯迅、胡適都還沒有說出「打倒吃人的封建禮教」的口號，我們怎麼能要求這些作家超越歷史呢？

第三，民初小說家對小說的藝術也曾經做過不少探索。其中最重要的，是他們把小說的描寫引向人物的內心世界。晚清的言情小說《禽海石》、《恨海》已經敢於描寫悲劇，不再是大團圓結局，造成悲劇的原因，是社會環境。民初的言情小說也寫悲劇，造成悲劇的原因是人物自己內心的矛盾衝突。他們對禮教的崇仰和他們對不被禮教容忍的愛情的執著，構成了他們的內心衝突。爲了表現這一衝突，他們引進了當時還只有外國小說才有的「日記體」與「書信體」。他們大量運用第一人稱敘述，運用第三人稱限制敘述，以特定的視角，表現人物的內心世界。從而大大豐富了中國小說的表現手法。在民初才第一次出現長篇日記體小說，專門的書信體小說。這些藝術探索都爲五四新文學的問世作了鋪墊。因此，今天講中國近代小說的轉型，離不開講民初小說，它爲中國小說的發展，作出過重要的貢獻。

民初作家也與一般通俗小說家不同，他們在創作小說的同時，也創作典雅的詩文。這些典雅的詩文也在他們主編的報刊上發表。他們中有許多人都是「南社」成員，這意味著他們被當時的純文學界所接受。徐枕亞的駢文得到當時著名詩文家樊增祥的欣賞，他的第二次婚姻還是樊增祥幫忙，才獲得成功。民初小說家不像一般通俗小說家那樣懶於探索，他們樂於在小說形式上創新。他們主編的小說雜誌上，有時專門標出「新體小說」一欄，刊載探索小說。他們還喜歡模仿外國小說，吸收外國小說的形式技巧。托爾斯泰的《復活》翻譯出版後，包天笑馬上模仿《復活》的故事梗概，創作了小說《補過》，表現出很大的吸收外來影響的興趣。因此，他們此時的表現，更像純文學作家，而不像通俗文學作家。這些作家也領導了當時的文壇，就連魯迅、劉半農、周作人、葉聖陶等五四新文學作家，在當時小說雜誌上發表作品，用的也是文言，其風格與他們在五四後發表的作品，有很大的不同，而與民初小說的風格，卻有許多切近的地方。作家畢竟不能超越歷史，新文學作家也不例外。

一個國家，一個民族，一個社會，說它的某些文學作品是通俗文學，也就意味著在這些通俗文學作品出現的同時，另有一些純文學的作品。由此形成純文學與通俗文學的並立。但在民初不然，民初小說就代表了當時文壇的水準，沒有另外的純文學與之對立。民初小說家的創作探索，就代表了當時小說的水準。他們爲文學的發展，也曾作出過卓越的貢獻。把民初小說作爲通俗文學，民初的文壇上就沒有另外的純文學小說。貶低民初小說，也就貶低民初對文學作出的貢獻。因此，對民初小說，似乎不應完全作爲通俗小說來看，這樣會貶低他們在文學史上的地位。因此，民初小說的承擔者，鴛鴦蝴蝶派不完全是一個通俗文學流派，至少在民國初年，它代表了當時中國小說的水準。

於是，中國市民文學發展的獨特性也就顯示出來。表面看來，它隨著都市的崛起而崛起，隨著都市的發展而發展；但是，在晚清它經歷了一個急劇膨脹的過程。大批士大夫介入小說，成爲小說的作者與讀者之後，市民小說也就「雅化」了。民初小說是這一「雅化」的典型。一般說來，市民小說很難達到當時純文學的水準，民初小說借助於雅俗的合流，卻達到了這個水準。但是，中國文化正處在新舊嬗變的轉折期。由士大夫與市民融合而成的鴛鴦蝴蝶派的「文化改良主義」漸漸不能適應純文學的發展需要。士大夫幾乎是一進入小說就斷根了，士大夫的斷根，使得他的影響越來越弱。加上鴛鴦蝴蝶派受市民社會的影響，一直有一種「媚俗」的傾向，自己也處在困境之中。[96] 於是，「文化激進主義」隨著五四新文化運動統治了文壇，文化改良主義的鴛鴦蝴蝶派則成爲一個通俗文學流派。

1912年教育部通令在小學「廢止讀經」，改變了清末學堂的課程設置，也在營造五四新文學的社會基礎。1917年五四新文學運動開始時，正是這一批學生開始走上社會之時。隨著新的學生不斷畢業，新文學的社會基礎也就越來越雄厚。其實，鴛鴦蝴蝶派的「文化改良主義」與新文學的「文化激進主義」在許多方面是一致的，如提倡白話文，如吸收外國小說影響等等。當五四新文學問世之後，取代了鴛鴦蝴蝶派在文壇上的地位，鴛鴦蝴蝶派才完全轉入了通俗文學。此時中國的純文學與通俗文學的界限又再次分明起來。在二十年代，新文學作家決不會寫章回小說，鴛鴦蝴蝶派也很少再像民初統治文壇時那樣，努力去探索「新體小說」，章回小說成了他們創作的主流。這就形成了各自的市場。鴛鴦蝴蝶派的小說越來越趨於用白話，那些堅持用文言寫小說的作家如徐枕亞，儘管在民初曾經那麼受到讀者歡迎，卻在二十年代被淘汰了，因爲他的作品日益缺少市場，不再符合通俗小說的要求，難以適應新的市民的需要。

但是，士大夫文化在鴛鴦蝴蝶派身上依然留有痕跡，它表現在章回小說的回目設置上，也表現在章回小說夾雜的詩詞中，更表現在章回小說那凝練的語句，細緻的描寫上。假如有人寫一部章回小說史，他會發現與古代的章回小說相比，不是就某一部作品而論，而是從一個時代來看，鴛鴦蝴蝶派的章回小說很可能是最成熟的，最精緻的，最能體現章回小說的特點，也最富於士大夫文化的氣息。而一個時代的章回小說竟然在這時能取得新的突破，恐怕還得歸功於民初文言小說在市民中造成的閱讀氛圍。

因此，中國近代都市化與通俗小說的崛起，實際經歷了一個複雜的過程。新舊文化的交替，「市民」成分的不斷變動，教育體制的急劇轉變，種種因素擰在一起，造成通俗小說急劇的雅俗對流，給小說的雅俗劃分帶來複雜的因素。這一複雜過程也是中國特有的，它與西方的自然演變不同。它也是中國現代化的一個縮影。

第四節　以《民權素》為個案

《民權素》於 1914 年 4 月 25 日創刊，由民權出版社出版發行。第一集編輯者署名爲劉鐵冷、蔣箸超，第二集開始編輯者署名爲蔣箸超一人。第一集有蔣箸超、徐枕亞、沈東訥、胡常德、鐵冷所作的五篇序言，以及吳雙熱所作的跋。

《民權素》雜誌是大三十二開本，封面是一位年輕女性的圖畫，圖畫中的女性衣著整潔，無暴露傾向。雜誌內夾雜廣告，主要是民權出版部的出書廣告。

《民權素》是當時規模較大的綜合性文學類雜誌，它大致上分爲以下幾個欄目：名著、藝林是兩個大類，藝林又分爲：詩、詞、遊記、詩話、說海、談叢、諧藪、瀛聞、劇評、碎玉等。這些欄目後來一直保持到雜誌停刊，沒有變化。

「名著」是《民權素》十分用力的一個欄目，因爲《民權素》是由《民權報》演變而來的，所以它依然很重視言論，在這一欄目的作者中，有許多是當時的重要人物。如孫中山、章太炎、柏文蔚、譚嗣同、唐才常等，文章也有一些是政論，如章太炎的《與袁總統書》等。但是它在雜誌中只占極小的篇幅。「藝林」也有一些名人的詩詞，但主要是《民權素》同人的文學作品。其中遊記、諧藪、瀛聞是散文，說海、談叢主要是小說，也有一些筆記，詩話、劇評是文學批評，碎玉是短小的精悍的一句話評論。「藝林」在雜誌中要占到十分之九的篇幅，它決定了《民權素》是一本綜合性文學類雜誌。

《民權素》與民初其他雜誌不同，它是由《民權報》派生出來的，《民權素》的作者編者，基本上都是《民權報》的同人。《民權報》在民國元年創刊，其出資者爲周浩，自稱是自由黨的機關報，主編戴天仇、主要撰稿人何海鳴等都很激進，故《民權報》一問世就以言論激進著稱。該報非常重視論說，一張報紙常有四五篇論說。他們積極鼓吹自由、民主、共和，其言論之激烈，超過了老牌同盟會報紙——《民立報》，爲當時報紙之最。就連于右任這樣的同盟會報界元老，都會因對袁世凱的態度不夠堅決而受到《民權報》的批判。因此，在「二次革命」失敗後，袁世凱要清除上海的國民黨報紙，它自然首當其衝，被迫停刊。《民權報》除論說外，還以副刊出名，它共有十版，其中第 10 版全部是副刊，而且該版大多沒有廣告，由蔣箸超、吳雙熱主編。除該版外，在第 2 版言論版中，還有小說專欄。該報曾經連載過民初最著名的小說《玉梨魂》、《孽冤鏡》、《霣玉怨》、《蘭娘哀史》等。除小說外，副刊登載的詩文也非常出色。因此，《民權報》副刊在當時的影響很大，也爲報紙增加很多讀者。

《民權報》在 1914 年 1 月停刊後，不到三個月，《民權素》就問世了。《民權素》的創辦，很大程度上是出於對《民權報》的懷念，因此該刊最初的設想，只是想保留《民權報》副刊的優秀作品，使之成書得以傳世。蔣箸超指出：「革命而後，朝野益忌野《民權》，運命截焉。中斬同人等，冀有所表記，於是循文士之請，擇其優者，陸續都爲書，此《民權素》之所由出也。」[97]沈東訥也認爲：「吾國政治不良，豪傑之士，經營組織數十年，武昌起義，始肇共和。乃風雲不測，事變無常，洎政府成立，民黨機關紙相繼封，而抨擊政府最有力之《民權報》，亦隨潮流以去。獨此《民權素》者，掇拾《民權報》之零縑斷素，得巍然刊行於世，寧非幸歟！故此《民權素》者，不可為非民國成立時之出產物，猶千萬里外之片羽零爪，足供吾人追想之資，使人撫茲一編，不禁傷心。」[98]因此最初它是從《民權報》的副刊已刊作品中，選出優秀作品，集成雜誌。一直到第四期，才以新的創作為主，但仍然繼續選刊《民權報》副刊的作品。因此，研究《民權素》的作品必須考慮到《民權報》副刊的作品，把《民權報》副刊與《民權素》結合在一起研究。

如今要追尋《民權素》的讀者狀況，其直接資料已經很難尋找。不過我們從某些間接材料中，還是可以找到一些線索。《民權素》售價 5 角，這個價格一直保持到《民權素》停刊。5 角在 1914 年《民權素》創刊時可以買 3-4 磅牛肉，3 磅家禽，3-4 打蛋類，10-20 棵捲心菜，10 多磅大米。[99]而當時中國一個家庭女傭的工資每月只有 1.5 元，只能買三本《民權素》，就連租界巡捕房的華捕，每月的月薪也只有大洋 8 元。技術工人的工資稍高一些，一個鉗工的工資為 22 元，但是當時一個家庭大多只有一個人工作，這樣的工資要讓他去定一份 5 角的雜誌，仍然顯得太奢侈了。另一方面，民初不乏定價 5 角左右的雜誌：《小說時報》問世時定價 8 角，民初改為 6 角，比《民權素》晚問世的《小說叢報》定價 4 角，更晚的《小說新報》定價也是 4 角。《小說大觀》是季刊，定價 1 元。這些雜誌同樣有不少的訂戶，幫助它們維持了好幾年。因此這些雜誌的訂戶，一般應當是月薪在 40 元以上的職員、老闆、教師、醫生等中上層社會人士。大致說來，無論在晚清還是在民初，小說雜誌都擁有廣泛的婦女讀者，有錢人家的太太小姐，只要有點文化的，往往都要訂小說雜誌，欣賞小說的故事情節，用以消遣。但是《民權素》不同，它是以文言詩文爲主的雜誌，其中的文章很多還是駢文，小說在其中只占五分之一不到。欣賞《民權素》要具備比欣賞一般小說雜誌更高的文化修養，只有瞭解並喜愛文言詩文的人，才會去訂閱它。這也就是說，《民權素》的讀者面，應當要比一般的小說雜誌更爲狹窄。但是這樣的讀者，在文化界的作用影響，則往往大於一般的讀者。

因此，《民權素》創刊前，主辦人對這樣雜誌的銷售前景並沒有把握。蔣箸超說：「余主《民權》小品者，凡十有九月。海內文士，環以行集請，其時出版部既局於調遣，即余亦自陋不文，未敢率爾創議也。」[100]但是，民權出版部在《民權報》停刊之前，就已經將副刊連載的小說《玉梨魂》、《孽冤鏡》、《霣玉怨》單獨出版，這些小說雖然是駢化的文言，銷路卻很好。這種狀況無疑是對《民權報》同人的一大鼓勵，這或許也促進了《民權素》的問世。

《民權素》問世時，它更像一個不定期的雜誌，第一集與第二集之間相差三個月，第二集與第三集之間只相差兩個月不到，第三集與第四集之間卻要相差四個月，第四集與第五集之間又相差兩個月，第五集與第六集之間也相差兩個月，從第六集之後，它才變成了月刊，一直到它停刊。這也意味著，《民權素》一度銷路不錯，所以能夠從近似雙月刊變爲月刊。《民權素》爲何停刊，因材料缺乏，今日已很難考證。但是，據鄭逸梅回憶：《民權素》停刊之後，外界還有人要補購，民權出版部又出版了《民權素萃編》五冊，對《民權素》十七冊作品再加精選，說明這一市場雖然有所萎縮，但仍然存在。[101]今天估計，《民權素》的讀者主要是喜歡舊體文學的市民，他們有的受過科舉考試的訓練，有的則是在晚清學堂中畢業的學生。其中女性會佔有一定數量，但是不大可能超過男性。

《民權素》第一集標明是蔣箸超、劉鐵冷編輯，但從第二集開始，即標明蔣箸超編輯，沒有劉鐵冷的名字，一直到停刊。因此，《民權素》基本上都是由蔣箸超編輯的，他是《民權報》最早的副刊編輯，劉鐵冷最早是《民權報》的新聞編輯。《民權報》從 1912 年 3 月問世到 1914 年 1 月停刊共生存了 22 個月，其中 19 個月的副刊是由蔣箸超主編的，其他人主編副刊的時間要比他短得多，蔣箸超在報社的地位也比劉鐵冷要高。所以劉鐵冷退出主編並沒有引起《民權素》的內部矛盾。《民權素》的作者面比較廣，其主要作者大致有劉鐵冷、徐枕亞、吳雙熱、陳匪石等。

總的說來，這些作家都是舊學根底較好，又受到西方文化影響；他們不同於頑固士大夫，也不同於後來由激進留學生組成的新文學作家，他們的身上更顯出過渡一代作家的特點。

在中國近代文學類雜誌中，《民權素》佔有重要地位。它是近代大型綜合性文學雜誌，代表了民初的文學思想主流。

文學雜誌在晚清源遠流長，可以分爲前後兩期。前期雜誌主要是《瀛寰瑣記》、《四溟瑣記》、《寰宇瑣記》、《侯鯖新錄》等。前三種都是由《申報》館創辦的，《侯鯖新錄》雖不是由《申報》館創辦，但其內容、體例卻都是模仿《申報》館創辦的前三種雜誌。因此晚清前期文學雜誌的宗旨是相近的，它們又都集中在七十年代問世，體現了那一時代的特點。它們共同的辦刊方針是：通過文學來幫助讀者瞭解世界，「天下之大，四海九州之廣遠，以目之所接，耳之所入焉者爲斷，故必富於事而文以出，亦必托於文而事以傳古今。」「思窮博海內外、寰宇上下，驚奇駭怪之談，沈博絕麗之作，或可以助測星度地之方，或可以參濟世安民之務，或可以益致知格物之神，或可以開弄月吟風之趣，博搜廣採，冀成巨觀。其體例大約仿《中西聞見錄》。」[102]因此「瑣記」、「新錄」的名稱就代表了這些雜誌的特點：它們介紹西方科學知識，介紹世界地理，介紹西方文化與歷史，甚至介紹西方的文學；它們有時也關注中國的改革，發表一些《理財論》、《通商論》、《富強論》等論文；但是數量不多。它們的主要作品還是中國文人寫的文學作品，這些作品中有時也會透出文人對現實的不滿，不過更多的是出於情感抒發的需要。這種組合在各種雜誌中的比例各不一樣，側重點各有不同，但它們構成中國早期文學雜誌的特點。這時的文學雜誌，沒有刊載中國小說，因爲當時的中國，小說是不算文學的。但是它也受到西方文學觀念的影響，刊載了翻譯的西方長篇小說《昕夕閒談》。將小說與詩文合在一起編成雜誌，《瀛寰瑣記》具有開創性。綜合起來看，這些雜誌的讀者對象還是以士大夫爲主，主要是那些接受科學教育而又願意接受新知的人，消閒也只能供他們消閒。它們對於當時的婦女讀者來說，似乎還不具有後來的小說雜誌那樣的吸引力。只是「瑣記」、「新錄」的名稱，還是流露出一些對雜誌輕視的意思。

《侯鯖新錄》之後，文學雜誌的出版在中國中斷了，一直隔了十幾年，到《海上奇書》問世，它標誌了小說雜誌的興起，雖然它們的正式興起還要到十年之後。晚清從《新小說》開始，出現了大量的小說雜誌，這些雜誌有的也刊載詩文，但以小說爲主。小說雜誌大多以救國爲主流，辦刊宗旨意在喚起普通百姓起來救國，藝術特性、文學價值受到輕視。事實上，晚淸新小說的宣導者雖然將小說推到「文學之最上乘」，骨子裏未必看得起小說。夏曾佑主張：晚淸的士大夫可看的書很多，不必再用小說消耗其目力，婦女與粗人無書可讀，需要小說。梁啓超到民初感慨士大夫不讀經書讀小說，都流露出他們對小說的輕視。

此外，還有大量政論、歷史與文學合在一起的綜合性白話雜誌。這些白話報刊的宗旨如同林白水所說：「現在中國的讀書人，沒有什麼可望的了！可望的都在我們幾位種田的、做買賣的、當兵的、以及那十幾歲小孩子阿哥、姑娘們。」[103]也是針對普通老百姓的，雖然實際上有的士大夫也看這些雜誌。它們的目的都在宣傳啓蒙，而不在文學藝術。

以往對晚淸雜誌的硏究，往往比較重視這些雜誌，而不太重視這一時期，像早年的《瀛寰瑣記》那樣文言的綜合詩文與小說，體現了當時對現代文學觀念理解的雜誌。其實在晚淸已有著類似雜誌出現，如陳蝶仙創辦的《著作林》。《著作林》是一種以詩文爲主的雜誌，其中也刊載小說，但僅占全刊的八分之一到十分之一。它擺脫了「瑣記」、「新錄」的特點，從文學上來認識雜誌，把發表文學作品作爲宗旨。它最初是一種木刻雜誌，後來改爲機器印刷。與當時的小說雜誌和白話雜誌不同，其作品雖然也涉及啓蒙，如陳蝶仙也發表了《自由花傳奇》，但辦刊宗旨主要不是啓蒙，而是像古代士大夫一樣以創作爲著述。讀者對象也不在普通百姓，而是以士大夫爲讀者。只是這本雜誌的篇幅不大，在當時的影響也不夠。

進入民初之後，小說雜誌興旺發達，這時的小說雜誌雖然依舊宣揚愛國熱情，批判黑暗現實，但是已經很少再具有晚清小說雜誌那樣的啓蒙色彩。這時綜合性的文學雜誌卻十分稀少，南社有自己的不定期刊物，他們將詩文與小說分開編排，體現了編輯者的文學觀念。還有一些供人消閒的娛樂性雜誌，不過這些雜誌還算不上代表了民初文學的水準。民初缺乏有品位的大型綜合性純文學雜誌，這種狀況促成了《民權素》的崛起。

如果要找一本能夠在詩文小說等各種文學體裁上代表民初文學風貌的雜誌，我很可能會選《民權素》，它比那些以小說爲主的雜誌更能代表民初文學的特點。《民權報》與《民權素》體現了民初作家用文言創作文學，在吸收西方文學的某些影響下，用舊有的文學形式恢復中國古代原有的文學傳統，試圖以之適應新時代，適應當時市場需要，重新整合文學的努力。當時符合西方文學範圍的中國傳統文學體裁，絕大部分都已出現在《民權素》上。以詩論：有詩、詞；以散文論：有序跋、遊記、筆記、賦、各種古文、小品文；以小說論：有長篇連載，有短篇，有志怪式的筆記體，還有翻譯小說；以戲劇論：雖然沒有刊載劇本，但是每期都有專門的戲劇批評專欄；以文學批評論：有專門的詩話專欄，戲劇批評。《民權素》的作家代表面很可能是當時文學雜誌中最廣的：曾在《民權素》上發表作品的重要作家有：孫中山、章太炎、康有爲、嚴復、林紓、陳三立、沈曾植、樊增祥、王闓運、俞明震、蔣觀雲、蘇曼殊、高天梅、高吹萬、金天翮、馬相伯、葉楚傖、胡漢民、于右任、劉師培、胡瑛、湯壽潛、陳布雷、戴季陶、何海鳴、錢基博、黃節、吳芝瑛等，以及當時著名的鴛鴦蝴蝶派作家，還有已經逝世的譚嗣同、唐才常、鄒容、李慈銘、徐用儀等。這些作家以政治態度論，有立憲派，有革命派，也有頑固的遺老派；以創作流派論：有報章體，有桐城古文；有南社，也有同光體；以學術思想論：有古文經派，也有今文經派，還有專門翻譯西方的西學派；以藝術傾向論：有新派，如蔣觀雲等，但很少，絕大多數都是半新半舊和舊派。這一強大的作家陣容，雖然發表的作品不是很多，卻顯示出《民權素》編輯者追求的氣勢，和試圖影響文壇的願望。中國古代以白話爲「俗」，以文言爲「雅」，文言中又以古文和駢文爲「雅」。民初作家依然受到這一價值觀念的影響，從《民權報》到《民權素》都顯示了編者對「雅」的追求，顯示了他們提高報刊地位的努力。民初文學復古和擬古浪潮的興起，對古代文學的領會與改造，對晚清文學的繼承與發展，對黑暗現實的批判方式，對中國傳統文學價值標準的追求與適應新的時代需要和當時市場需要，對外來文學的吸收與消化，在《民權報》、《民權素》中都顯示出來。從晚清進入民初，晚清的白話文運動已經趨於低潮，文學創作重新趨於雅化，其標誌便是駢文文學的風行。事實上，民初的駢文熱潮首先就是由《民權報》副刊掀起的，《民權報》的作家用駢文來創作報紙副刊的文章和連載的長篇小說，就是爲了顯示自己的文言修養，也爲了使這些文章和小說「雅」起來。從《民權報》到《民權素》，對駢文的崇尚一以貫之。《民權報》和《民權素》的作家也是最早的鴛鴦蝴蝶派，他們實際上代表了民初文學的潮流。

以往的學術界對民初文學存在著一種誤解，認爲民初文學就是遊戲消閒的，娛樂性很強的通俗文學；它們是逃避現實的，不敢與現實抗爭，是麻醉讀者的鴉片。這種誤解源於五四新文學對民初文學的否定批判，也源於過去學術界對民初文學的以偏概全。其實，這種看法是不公正的。

五四新文學批判「鴛鴦蝴蝶派」是「遊戲的消閒的金錢主義的文學」[104]這一結論幾乎成爲「鴛鴦蝴蝶派」的定論。「鴛鴦蝴蝶派」也由此被定位於一個通俗小說流派。但其實，這一看法忽視了「鴛鴦蝴蝶派」在民初對文學發展做出的探索，這些探索無疑超出了通俗文學的範圍，體現了那個時代的作家對中國文學的發展所做的貢獻。而且，這一看法並不符合我們閱讀駢文的經驗。衆所周知：任何一個時代，都會有層次不同的文學，以適應不同讀者文化水準的需要，由此產生了文學的雅俗之分。假如我們對這個時代的雅文學視而不見，只將面向大衆的文學作爲主要的代表文學，那自然會得出不正確的結論。將「鴛鴦蝴蝶派」看成是通俗文學，在很大程度上是源於將《禮拜六》作爲它的代表雜誌造成的。在相當長的時間內，學術界把「鴛鴦蝴蝶派」與「禮拜六派」看成是同義詞，這其實並不合適，就連「禮拜六派」的代表作家周瘦鵑都感到很委屈，「至於鴛鴦蝴蝶派是寫四六句的駢儷文章的，那是以《玉梨魂》出名的徐枕亞一派，《禮拜六》派倒是寫不來的。」[105]他認爲「鴛鴦蝴蝶派」與「《禮拜六》派」是兩個派別，並且提出了劃分標準：是否用駢文。衆所周知，閱讀駢文需要相當程度的文化修養，一個以駢文創作爲主的文學流派很難說是屬於以文化水準不高的普通大衆爲讀者對象的通俗文學。

《民權素》正是這樣一個以駢文創作爲主的文學雜誌，它不能算是一個通俗文學雜誌，因爲它的語言並不通俗，難以適應文化水準不高的普通大衆的閱讀需要。它是一本以嚴肅文學爲主又帶有「遊戲消閒」成分的文學雜誌，而這個「遊戲消閒」又是需要做具體分析的。《民權素》體現了民初的中國作家向古代文學復歸的努力，他們試圖改變在晚清經受了外來文學和白話文衝擊之後的文學狀況，在接受某些西方文學觀念的基礎上恢復中國舊有的文學傳統。以中國舊有文學傳統，吸收西方文學的營養，表現中國的現實生活，適應文學的俗化趨勢。這從他們對待翻譯文學的態度上也可看出：清末民初的文學雜誌大多重視翻譯外國文學，翻譯的外國文學作品一般都要佔據雜誌所刊作品相當高的比例。《民權素》則不同，它經常不刊登翻譯文學，只登創作的作品。但是它並不排斥翻譯文學，有時刊登翻譯作品，也往往只登一篇小說，作爲聊備一格的作品。這表明它對創作的重視要遠遠超過了翻譯，儘管這些創作的作家依然在吸收西方文學的營養，改變中國小說的風格。但是他們更注意的，是如何用中國傳統文學來適應城市的需要，表現新時代的內容。只是他們的努力缺乏創新的勇氣，更多的是一種折衷與調和，這就必然產生許多矛盾，使它成爲一個矛盾的結合體，難以適應社會時代的需要，結果他們的努力沒有取得成功，《民權素》雜誌也停刊了。《民權素》雜誌停刊於 1916 年 4 月，也就是說它僅僅維持了兩年的時間。在某種意義上，《民權素》的停刊也標誌了中國文言文學的衰弱。在它停刊以後不到八個月，包天笑就重新提出小說必須用白話來做，文言文小說逐步衰落，散文也趨於白話。民初作家大量創作白話小說，在二十年代形成中國章回小說最成熟發達的時期。

《民權素》是一個矛盾的結合體，展現了過渡時代的特點。首先，《民權素》對文學範圍的理解已經接近於現代，它發表詩歌、散文、小說、文學批評，同時運用文言和白話，對白話文學與文言文學同等對待，體現了小說已經眞正進入了文學的殿堂，顯示了不同於古代的新型文學觀念，表現出時代的進步。但是，這一批報人身上還有強烈的士大夫氣，他們處在矛盾之中：一方面，他們受西方文學觀念影響，擴大了文學範圍，把小說作爲文學，與詩文並列，合編爲《民權素》雜誌；另一方面，他們仍然受到中國傳統觀念的影響，雖是文人，其實更看中論說的名言讜論，看不起副刊的小品詞章。《民權素》又依然留有舊文學觀念的痕跡，它的第一欄「名著」受到推重，它們實際上大都是政論和學術性較強的文章，依靠這樣的「名著」來抬高文學雜誌的地位，這又表現出他們對文學的輕視，顯示出他們對舊文學觀念的認同。他們感慨：「《民權》之可傳者，僅小品乎哉？皇皇三葉紙，上而國計，下而民生；不乏苦心孤詣，慘澹經營之作。惜乎血舌箝於市，讜言糞於野，遂令可歌可泣之文字，湮沒而不彰；轉不若雕蟲小技，尤得重與天下人相見。究而言之，這錦心秀口者，可以遣晨夕，抵風月，於國事有何裨焉？當傳者不敢傳，於不必傳者而竟傳之，世道人心，寧有底止與？」[106]但在當時的形勢下，只有這些副刊的小品詞章才有可能出版，論說的名言讜論只能混雜於其中，難以單獨出版。於是他們不得不強調：「《民權》同人，不敢隨俗；口誅筆伐，甘焦爛於危年；綺合藻思，探華辭於故紙。琅琅炳炳，鍧鍧鏘鏘，說艷蘇張，縱碧鷄之雄辯；風高枚朔，騁黃馬之劇譚。爞者入無倫，大者含元氣。陵轢卿相，孤憤一腔；陳絹風騷，不律萬手；誠藝林之傑構，而世俗之藥言也。」[107]希望讀者看到，這些副刊小品並不是談風花雪月的消閒文字，其中蘊含了對現實的針貶，對黑暗的揭露。這種新舊雜陳的文學觀念，是《民權素》的特色，體現了過渡時代的特點。

其次，《民權素》運用的文學語言也有矛盾：一方面，它改變了傳統文學觀念，認爲白話是文學，也刊載白話文學作品；另一方面，《民權素》又是一本以文言爲主的雜誌，絕大部分篇章都是文言，一期之中，常常只有一二篇小說是白話，其他都是文言。這種態度與它放棄啓蒙立場是有聯繫的，因爲啓蒙必須面向大衆，運用淺顯的語言。文言作品中，除古文外，又有許多是駢文。在民初的雜誌中，它很可能是刊載駢文數量最多的雜誌之一。儘管民初的駢文較之六朝、唐、宋的駢文，已經有所俗化，如用典的數量大大減少，一些現代語詞也進入了駢文，駢散結合的情形也比較常見，很難看到完全工整的四六文體；但是，駢文畢竟是文言化程度較高的文體，一本擁有許多駢文的雜誌體現了雜誌主編對「雅化」的追求，也顯示了雜誌讀者對「雅文學」的愛好。《民權素》從原來的雙月刊變爲月刊，它的崛起實際上顯示了讀者圈子裏對雅文學的偏愛，體現了清末民初文學界白話與文言的消長。它的盛衰顯示了民初文言文學曇花一現的繁榮。

第三，《民權素》放棄了《民權報》的啓蒙立場，卻依然保持了對社會現實的批判反抗，這構成了它新的矛盾：以往學術界一般認爲：民初的鴛鴦蝴蝶派是逃避現實的產物，《民權報》同人轉爲《民權素》之後，就逃避現實，不敢與黑暗抗爭；其實不然，這裡的問題比較複雜。《民權素》的出版，其實蘊含了《民權報》同人對黑暗現實的不滿與反抗。二次革命的失敗，民初的民主共和轉爲專制，令這批報人痛心疾首。徐枕亞感慨「嗟嗟！昆侖崩，大江哭；天地若死，人物皆魅。墮落者俄頃，夢死者千年；風雨恣其淫威，日月黝而匿采。是何世界，還有君臣？直使新亭名士，欲哭不能；舊院宮人，無言可說。既造物之不仁，豈空言之可挽。倉頡造字，群鬼不平；始皇焚書，一人獨智。不癡不聾，難為共和國民；無聲無臭，省卻幾多煩惱。然則啞耳，尚何言哉！」[108]對黑暗現實的強烈不滿與憎恨激勵著他們。然而在袁世凱的高壓統治下，像《民權報》那樣激烈的論說已經難以發表了。爲了自己的衣食飯碗，爲了雜誌的生存，他們不得不把仇恨埋在心底。《民權報》副刊的文章雖不如論說那麼直接和激烈，但也有許多作品蘊含了對現實的嘲諷，他們期望這些副刊文章能夠喚起讀者對《民權報》的記憶：「然而我口難開，枯管無生花之望；人心不死，殘編亦碩果之珍。是區區無價值之文章，乃粒粒眞民權之種子。」「馬死有骨，豹死有皮，《民權》死而有《素》焉！《民權》其或終於不死乎？」[109]「俟之異日，事或幾幸，此報重行，更訂續編，廣羅佳制，望舒與耀靈共輝，苑虹繼長離煥彩。此則吾同志之深願，而亦閱者所心許也。」[110]爲將來有朝一日，《民權報》東山再起創造條件。此外，《民權素》創刊的第一期就發表了柏文蔚的《追悼四烈士文》，柏文蔚是安徽督軍，站在國民黨一邊，是「二次革命」的三督軍之一。接著又發表章太炎的《與袁總統書》，他是被袁世凱囚禁的人。三集發表孫中山的《太平天國戰史序》，孫中山更是被袁世凱通緝的「亂黨首領」。其他如吳忠黃寫的《吳壽卿公哀啓》是哀悼被北洋軍閥殺死的吳祿楨，劍鳴的《野獸行》揭露張勳的軍隊濫殺無辜，十室九空的罪行。轂仁的《哀南京文》傾訴南京落入北洋軍閥之手的沈痛。在袁世凱復辟帝制時，蔣箸超更是直接著文《籌安亡國論》批駁袁世凱。這樣的文章雖然不多，氣勢鋒芒也不如《民權報》，但在《民權素》中，仍然有著《民權報》的影子，仍舊敢於直接向袁世凱挑戰，也是顯而易見的。可是《民權素》的作者在《民權報》工作時，大都寫過啓蒙文章，如蔣箸超寫過《國民責任論》、《憲法根據說》等，並與人討論過社會主義問題。劉鐵冷寫過《哀共和文》，徐枕亞寫過《死與自由》、《自由爲不自由之媒》等，陳匪石寫過《教育與民權之關係》等。但是他們在編選《民權報》的精華時，都不把這些文章收在《民權素》之內，而只收文學創作，此後他們也很少再寫那些啓蒙文章。這又表明他們確實是改變了《民權報》的啓蒙立場。結果，他們對黑暗現實的抨擊，就變成僅僅是一種揭露諷刺，是對黑暗的憤怒發洩，而缺乏新型思想的力量和深度。但是，《民權素》雖然放棄了啓蒙，並沒有逃避現實，放棄對現實的揭露批判。

須要指出：正因爲放棄了啓蒙，《民權素》反倒比晚清雜誌更加注意藝術性，藝術不一定非要從屬於啓蒙，它應當有自己的動人之處。鄭正秋在《民權素》第一集中便已提出：「戲劇，惟悲劇最爲動人。此種戲，新舞臺應多排多演，方有益於社會。排演革命戲，尙非當務之急也。」[111] 民初文學喜歡寫悲劇，大抵是出於這一原因。在這裡，「有益社會」變成了新的概念，不再是只從政治上考慮的對「革命」的推崇，而是從藝術自身出發的「動人」。這相對於晚淸文學來說，不能不算是一個進步。

第四，《民權素》要揭露批判現實，就必須關注時代；但是它在文學形式上，是復古主義者，他們創作了大量的擬古作品，喜歡運用古代文學的形式。因此這種關注時代的揭露批判是以中國古代傳統文學的形式來表現的，相對於晚淸的報章體，似乎有點倒退。這種新內容與舊形式之間的結合與矛盾，構成了《民權素》獨特的風格。

特色表現在批判內容新，批判方式舊：如《民權素》「諧藪」一欄大量發表擬古的遊戲文章，這也是當時文壇的風氣，《遊戲雜誌》、《自由雜誌》等其他雜誌都發表了大量的這類文章，只不過沒有《民權素》做得認眞。其實在這些文章中可以見出這些作家對現實的批判：蔣箸超對現實的批判否定用「賦」的方式表現時，他的《新恨賦》開篇即是「天荒地老，處此神州禍機遍伏。飲泣含羞，筆可寫怨，酒不澆愁。」表達了他「欲蘇民困，仰天浩歎」無奈之情。體現了他對現實的否定與批判。事實上，《民權素》的作者很喜歡運用傳統文學體裁來表現現實的批判內容。如吳雙熱作《戲爲鼠界作討貓檄》，用的是「檄文」的形式，醒獨《債台銘》就是仿劉禹錫的《陋室銘》，《禁言論自由令》是仿北齊文宣帝《禁浮華詔》。天章《妓女送議員序》則是仿李白《春夜宴桃李園序》。萬里《土皇帝卜居》仿屈原《卜居》體，《訟棍傳》仿陶淵明的《五柳先生傳》。非吝的《躲債亭序》仿王羲之《蘭亭序》。昂孫《忘不了》歌是仿《紅樓夢》中的《好了歌》。節瑞的《貧士與孔方兄書》是仿李白的《與韓荆州書》。公天的《孔方傳》是模仿韓愈的《毛穎傳》。還有集句的文章，如崑《煙精絕命書》是集四書句，《戒色文》是集四子書句。形式多樣，遊戲氣氛與擬古氣息極濃。這也是它們被人認爲是「遊戲消閒」，遭到批判的依據。但其實它們只是延續了中國古代的文學傳統：古代一些十分嚴肅的作家，也創作這樣的遊戲文章來針貶現實，並且得到士大夫的好評。如韓愈創作的《送窮文》、《毛穎傳》都帶有這種「遊戲消閒」的特徵。古人雖有批評《毛穎傳》是遊戲文章的，但是柳宗元卻極爲稱賞，專門寫了《讀毛穎傳後題》。桐城派也對《毛穎傳》評價甚高，近代學者更是推崇此文，曾國藩就認爲「凡韓文無不狡獪變化，具大神通，此尤作劇耳。」他的弟子張裕釗認爲《毛穎傳》雖是「遊戲之文，藉以抒其胸中之奇，洸洋自恣，而部勒一絲不亂，後人無從追步。」非常欣賞這樣的既活潑有趣又綜合了「義理、考據、詞章」的遊戲文章。[112] 姚鼐精心選編的《古文辭類纂》也收入了韓愈的《送窮文》。這些文章嬉笑怒罵，在遊戲之中蘊含了作者對現實的憤懣。因此，民初作家要恢復中國古代文學的地位，向傳統文學復歸時，模仿這些文章也是很自然的。《民權素》的文章類似韓愈的文章，它們諷喻性強，也寫得很有趣味。如徐枕亞的《水族革命記》寫水族動物推翻龍王統治，推鯨爲大總統，「所引用者無非龍王之舊臣，」「脫離龍王之專制，不知又入於暴鯨之口矣。」就是諷刺辛亥革命的失敗，揭示中國依然是專制的社會。黑虎《花界與宦途比較論》以妓女與官員作比較，意在揭出官場的醜態。魯源的《討菩薩檄》繼承了晚清破除迷信的傳統，揭露中國落後，也是由於迷信的結果，「苟非汝之侵剝於前，則奮志自強，海軍於以興，工藝於以振，凡百新政，不至廢而不舉。」菩薩並不能幫助我們，「是終爲衆生蠹也。」晚清傅蘭雅提出要揭露抽鴉片給人帶來的壞處，《民權素》也繼承了這一點：它刊載了多篇揭露鴉片給人帶來的痛苦，批判抽鴉片的人不思進取的文章。如鐵毅《討煙鬼檄》，虛汝《鴉片煙賦》，崑《煙精絕命書》，老黑《煙草送鴉片序》等。它還批判惡俗，如士勻《戒纏足賦》展示了裹小腳的痛苦；仰霄的《賭鬼賦》，中《竹杠先生傳》，醒華《不倒翁傳》也都諷刺了社會中各色小人。它如釣魚《溫柔鄉記》、醒獨《黑甜香記》等，都發洩了作者對現實社會的痛恨。這些作家還常常用擬物的手法來鞭撻顯示，箸超《嘲錢》，崑《孔方兄傳》，儀賦《責鼠文》，《討蟻檄》等。從這些內容來看，《民權素》繼承了晚清對現實的批判，依然在揭露黑暗，抨擊惡俗。

但是，另一方面，這些批判抨擊與晚清相比又顯得軟弱無力，晚清的批判在新型報章體的直接表述之中，它們直截了當，明白曉暢；民初的批判被包裝在舊式文體之中，必須照顧到舊式文體的特點。他們注重文學性，因而更注意賦體的鋪陳，檄文的對仗工整，文章的起承轉合等等。總之，必須像所模仿的文體。如醒獨的《債台銘》：「庫不嫌空，有款則盈；禍不嫌大，有欠則靈。斯是借債，惟吾手經。金磅上筆算，銀價入耳聽；利息有擔負，回扣無零星。可以擴財產，拓園亭，無外交之惡感，無內弊之露形。奸賊盛宣懷，罪魁熊希齡；俠客云：何難之有？」因爲要模仿劉禹錫的《陋室銘》，就不能充分表達自己的意思，只能發洩自己憤怒嘲諷的情緒。瞭解情況的讀者可以意會這是在抨擊清末民初的借外債以營私，不瞭解情況的讀者便只有猜謎了。而抨擊的具體內容，也不夠明確。這種批判抨擊的思想內容已經是民國時期，但是因爲用駢文表達，所用的大部分語言，還是停留在中國古代。它們對現實的批判，是出於新的時代的需要，但是他們用的仍是模仿中國古代「賦」與「駢文」的諷喻方式，隱晦地暗示讀者；對它們的理解，就需要較高的文化修養，它們也就不能適應由於報刊與平裝書的問世而必然帶來的文學俗化的趨勢。這些作者不能根據時代的需要來變換文體，獨創新的文學體裁。於是，古代散文的形式束縛了他們要表現的現代內容。

結果，《民權素》重新整合文學的努力失敗了，說它失敗，是因爲它的努力沒有成爲後來文學的發展方向，它自己也停刊了。造成失敗的原因是多方面的，它與時代的變化，社會文化的發展都有關係。但是其中有一條原因卻頗有意思：《民權素》的駢文是偏於俗化的駢文，用典較少，而且運用了一些現代語詞，也不是工整的四六文體，而往往是駢散結合。這種俗化的駢文雖然能適應當時報刊市場的需要，但是在正統的駢文家看來，不啻是野狐禪，是學無根柢的表現；這樣的駢文在舊文學界和舊學術界也就缺乏號召力。雖然《民權素》登載了許多名家的作品，但是這些著名作家並不是《民權素》的主要作者，他們也不把《民權素》看成是自己發表作品的主要陣地，他們往往只在《民權素》上發表個別的作品，而不是發表他們影響很大的作品。於是，《民權素》就處在一種兩難的境界：既不能按照復古派的要求，運用正宗典雅的古代文學樣式復興中國文學，又不能按照時代的要求，創造新的文體；它的折衷調和的努力既不能滿足新派的要求，也不能適應舊派的標準，終究歸於失敗。但是，正是在它的一系列矛盾中，我們可以看到中國文學在近代發展的軌跡，以及《民權素》顯示出的過渡特性。

1　見王韜《瀛壖雜誌》卷六。不過日印四萬張可能是誇張說法，即使該機器和牛 24 小時全部工作，按一天 86400 秒計算，也要以每兩秒鐘轉一圈的速度才能印四萬張。

2　見傅蘭雅《江南製造總局翻譯西書事略》。

3　王韜《瀛壖雜誌》卷 6。

4 如傅蘭雅在幫助江南製造局翻譯西書時，寧可採用雕刻版印刷，而不用活字印劇，便是因為雕刻版印刷重印方便。

5 早在馬關條約簽訂前，上海的外資印刷業已占上海當時全部外資工業的 9.6%，超過飲食業、捲煙業和制藥業加在一起的總和。

6 可參閱王懋《野客叢書》與顧炎武的《日知錄》。

7 《察世俗每月統紀傳》序，見《中國新聞史文集》，上海人民出版社 1987 年版。

8 《上海近代社會經濟發展概況》第 96 頁，上海社會科學院出版社 1985 年版。

9 均引自姚公鶴《上海閒話》，上海古籍出版社 1989 年版。

10 轉引自徐載平、徐瑞芳《清末四十年申報史料》第 91 頁，新華出版社 1988 年版。

11 見《于右任辛亥文集》第 77 頁，復旦大學出版社 1986 年版。

12 見包天笑《釧影樓回憶錄・讀書與看報》，香港大華出版社 1971 年版。

13 《論女學》，見《申報》1876 年 3 月 30 日。

14 《纏足說》，見《申報》1872 年 5 月 24 日。

15 《申報館條例》，見《申報》1872 年 4 月 30 日。

16 參閱徐載平、徐瑞芳《清末四十年申報史料》，新華出版社 1988 年版。

17 1914 年 5 月創刊的《小說叢報》就在徵文通告中聲明：「有不願受酬者請於稿章節附註明，本報出版後當酌贈若干冊以答雅誼。」

18 林樹中《近代上海的繪畫、畫派與畫家》，《南藝學報》1982 年第 1 期。

19 如《小說林》第四期刊載「募集文藝雜著啟事」，聲明對詩文稿「以圖書代價券酌量分贈」。

20 包天笑《釧影樓回憶錄・時報的編制》，香港大華出版社 1971 年版。

21 關於梁啟超「小說界革命」的影響，可參閱拙著《中國小說的近代變革》，中國社會科學出版社 1992 年版。

22 寅半生《小説閑評》敘，載《遊戲世界》第 1 期。

23 顛公《懶窩隨筆》，引自孔另境編《中國小説史料》第 235 頁，上海古籍出版社 1982 年新 1 版。

24 于右任《嗚呼温棣》，《于右任辛亥文集》第 77 頁，復旦大學出版社 1986 年版。

25 據史和等編《中國近代報刊名錄》統計，福建人民出版社 1991 年版。

26 根據當時上海的人口統計，這幾年市民並無大幅度增加，但是報刊卻在成倍增長。

27 李伯元《論（遊戲報）之本意》，載 1897 年 8 月 25 日《遊戲報》第 63 號。

28 梁啟超《本館第 100 冊祝辭並論報館之責任及本館之經歷》，載《清議報》第一百期，1901 年 12 月 21 日。

29 柳亞子《二十世紀大舞臺》發刊辭，載《二十世紀大舞臺》第 1 期。

30 于右任《寄（新民叢報）書》，《于右任辛亥文集》第 6 頁，復旦大學出版社 1986 年版。

31 于右任《神州日報》發刊詞，同上第 13 頁。

32 可參閱孫寶瑄《忘山廬日記》，上海古籍出版社 1983 年版。

33 如李六如在《六十年的變遷》中便作了這樣的回憶。

34 見包天笑《釧影樓回憶錄》第 239 頁，香港大華出版社 1971 年版。

35 如當時中國家庭女傭的月工資在 1912 年是 1.5 元，到 1921 年已增至 3.5 元，1914 年非熟練工人標準日工資為 0.28 元，1921 年已達 0.41 元。

36 梁啟超《新中國未來記・緒言》，載《新小説》第 1 號。

37 見新小説報社之廣告《中國唯一之文學報（新小説）》，載《新民叢報》第 14 號。

38 寅半生《小説閑評》敘，載《遊戲世界》第 1 號。

39 王鈍根《小説叢刊》序，1914 年江南印刷廠出版。

40 楊維楨《周月湖今樂府》序，《東維子集》卷十一，四部叢刊初編集部。

41 見余英時《現代儒學論》第 11 頁，上海人民出版社 1998 年 11 月出版。

42 余英時《士與中國文化》第 512 頁，上海人民出版社 1987 年 12 月出版。

43 王陽明《傳習錄》，《王陽明全集》第 120 頁，上海古籍出版社 1992 年 12 月出版。

44 同上，107 頁。

45 同上，116 頁。

46 同上，113 頁。

47 黃宗羲《明儒學案》卷三十二，第 720 頁，中華書局 1985 年 10 月出版。

48 同上，704 頁。

49 李贄《答鄧石陽》，《焚書》卷一，中華書局 1975 年 1 月出版。

50 馮夢龍《序山歌》，《山歌》，明崇禎刻本。

51 陳建華《中國江浙地區十四世紀至十七世紀社會意識與文學》。

52 何心隱《答作主》，《何心隱集》第 53 頁，中華書局 1960 年 9 月出版。

53 王陽明《傳習錄》，《王陽明全集》第 32 頁，同上。

54 黃宗羲〈明儒學案〉卷三十二，第 710 頁，同上。

55 李贄《答耿司寇》，《焚書》卷一，第 31 頁，同上。

56 徐渭《論中・三》，《徐渭集》第 489 頁，中華書局 1983 年 4 月出版。

57 可參閱王夫之〈讀通鑒論〉卷十，趙園《明清之際士大夫研究》第一章。

58 陳確《大學辨一》，《陳確集》第 555 頁，中華書局 1979 年 4 月出版。

59 周予同《經今古文學》，《周予同經學史論著選集》第 34 頁，上海人民出版社 1983 年 11 月出版。

60 龔自珍《江左小辨序》，《龔自珍全集》第 200 頁，上海人民出版社 1975 年 2 月出版。

61 紀昀《四庫全書總目》卷五十，卷一七八。

62 參閱袁進《中國文學觀念的近代變革》，上海社會科學院出版社 1996 年 10 月出版。

63 《龔自珍全集》485 頁，同上。

64 張祖廉《龔定庵年譜外紀》，見《龔自珍全集》，同上。

65 魏源《皇朝經世文編五例》，中華書局影印本，1992 年出版。

66 魏源《默觚上・學篇九》，《魏源集》第 22 頁，中華書局 1976 年 3 月出版。

67 洪亮吉《邵學士家傳》，《洪北江詩文集》卷八。

68 洪亮吉《連珠》第二十五首，《洪北江詩文集》卷十四。

69 梅曾亮《答吳子敘書》，《柏梘山房文集》卷十二。

70 梅曾亮《答吳子敘書》，《柏梘山房文集》卷十二。

71 譚嗣同《仁學》四十七，《譚嗣同全集》第 368 頁，中華書局 1981 年 1 月出版。

72 《察世俗每月統紀傳》序，《察世俗每月統紀傳》第一卷第一期，1815 年 8 月。

73 《本館告白》，《申報》第一號，1872 年 4 月 30 日。

74 《本館告白》，《申報》第一號，1872 年 4 月 30 日。

75 轉引自姚公鶴《上海閒話》第 128 頁，上海古籍出版社 1989 年 5 月出版。

76 《王韜日記》第 92 頁，中華書局 1987 年 7 月出版。

77　王韜《論日報漸行於中土》，《韜園文錄外編》。

78　王韜《論日報漸行於中土》，《韜園文錄外編》。

79　上海舊縣誌與郎格的《上海社會概況》都是這個數字。

80　本文關於上海的人口統計俱根據鄒依仁《舊上海的人口變遷》，上海人民出版社 1980 年出版。

81　鍾駿文《小説閑評敘》，《遊戲世界》第一期。

82　老棣《文風之變遷與小説將來之位置》，載《中外小説林》第一年第六期。

83　黃人《小説林發刊詞》，《小説林》第一期。

84　徐念慈曾寫過《丁未年小説界發行書目調查表》，載《小説林》第九期。

85　覺我《余之小説觀》，載《小説林》第十期。

86　章太炎《俞先生傳》，《章太炎全集》（四）第 211 頁，上海人民出版社 1985 年 9 月出版。

87　《洪秀全演義》，上海古籍出版社 1981 年 8 月出版。

88　參閱夏曾佑《小説原理》，載《繡像小説》第三期，1903 年出版。

89　梁啟超《告小説家》，載《中華小説界》二卷一號，1915 年出版。

90　參閱包天笑《釧影樓回憶錄》。

91　徐念慈曾寫過《丁未年小説界發行書目調查表》，載《小説林》第九期。

92　參閱包天笑《釧影樓回憶錄》。

93　參閱袁進《中國小説的近代變革》第三章，中國社會科學出版社 1992 年出版。

94　《官場現形記》第六十回。

95　覺我《余之小説觀》，載《小説林》第十期。

96　參閱陳伯海、袁進主編《上海近代文學史》，上海人民出版社 1993 年出版。

97 蔣箸超《民權素》序一，載《民權素》第一集。

98 沈東訥《民權素》序三，同上。

99 關於當時物價可參閱《上海近代社會經濟發展概況》，上海社會科學院 1986 年出版。

100 蔣箸超《民權素》序一，載《民權素》第一集。

101 鄭逸梅《民國舊派文藝期刊叢話》，魏紹昌編《鴛鴦蝴蝶派研究資料》上卷，上海文藝出版社出版。

102 《瀛環瑣記》序，載《瀛環瑣記》第一集。

103 林白水《中國白話報》發刊詞，《中國白話報》第一集。

104 沈雁冰《自然主義與中國現代小説》，載《小説月報》第 13 卷 7 號。

105 周瘦鵑《閒話〈禮拜六〉》，《花前新記》，江蘇人民出版社 1958 年 1 月。

106 蔣箸超《民權素》序一，載《民權素》第一集。

107 劉鐵冷《民權素》序五。

108 徐枕亞《民權素》序二。

109 徐枕亞《民權素》序二。

110 胡長德《民權素》序四。

111 鄭正秋《麗麗所戲評》，《民權素》第一集。

112 馬其昶校注《韓昌黎文集校注》第八卷，上海古籍出版社 1986 年 12 月出版。

第二章
語言與形式

第一節　文言、白話、淺近文言

文學是語言的藝術，要探討中國文學的近代變革，語言是極爲重要的一環。古代文學運用的是古代漢語，五四以後的新文學運用的是現代漢語，它們之間是怎樣過渡的？爲什麼古代漢語要變成現代漢語？這是研究中國文學近代變革的關鍵。

在某種意義上，文學可以說是情感與語言的結合體。文學是表現情感的，它表現情感的方式又是運用語言。因此，人們稱文學是語言的藝術。對於任何一位作家來說，在情感和語言這一對矛盾中，情感總是比較活躍的因素，有了各種各樣的情感，然後運用各種各樣的語言表達。作家在表現他的情感時，必須尋找社會基本能夠接受的辭彙句子，而不可能完全自鑄新詞，他可以創造新的詞和片語，新的用法，但它們不可能脫離原有的語言系統，他只能在這個舞臺上導演有聲有色的話劇。因此，語言總是相對穩定的，它是社會約定俗成的產物。作家的情感與語言，往往有一定的距離，決非每一種情感都用語言表達，我們承認有些情感是無法用語言表達的，所謂「只可意會，不可言傳」，道理也在這裡。所以，作家不能完全自由地表達自己的情感，它只能運用社會約定俗成的語言。正是在這兩方面的意義上，語言對作家是有束縛作用的。

人類在進化，人類的情感在不斷地豐富發展，它要求表達情感的語言也不斷豐富發展。文學史上的許多傑作，之所以成爲傑作，往往也是運用更豐富的語言，更加細膩地表現了它們的前人沒有表現的情感。因此，作家必須不斷創新，不斷探索運用新的語言，來豐富和發展語言的表現力，這是作家創作的原則，決定了他能取得的藝術成就。然而，語言又有著強大的保守性，它深深浸透著傳統，有著約定俗成的規範，它往往只有微小的漸變，而難以出現巨大的質變。後來自鑄偉詞的作品，也未必一定超過前人。所以會有經典文學作品的存在，作爲經得起時間檢驗的文學，垂範後世，供人學習。語言一旦出現巨大的變化，往往與外部的變動有關。「如果民族的狀況猝然發生某種外部騷動，加速了語言的發展，那只是因爲語言恢復了它的自由狀態，繼續它的合乎規律的進程。」[1]

然而，我們過去一直有一個誤區，我們相信五四一代的新文學家所說，白話文取代文言文是一大進步。這也意味著我們確信，語言是在不斷進化的。我本人過去也是持這樣的觀點。其實，這種看法未必正確。根據語言學研究，語言很難說是進化的，語言是在不斷發生變化，但是這種變化結果很難說是進步還是退步。簡・愛切生在研究了語言的變化後指出：「並無跡象可以說明有語言進化這回事」，「語言跟潮汐一樣漲漲落落，就我們所知，它既不進步，也不退化。破壞性的傾向和修補性的傾向相互競爭，沒有一種會完全勝利或失敗，於是形成一種不斷對峙的狀態。」[2] 正因爲語言是約定俗成的，不同的時代有著不同的表達方式，有時會很難確定究竟那一種是進步的。馬克思曾經肯定古希臘神話是人類童年時期的產物，它所達到的境界，後來的人類很難再達到。語言也是如此，就看你用什麼樣的標準來觀照。「葉斯帕森認爲：『能用最少的手段完成最多的任務這種技藝方面做得越好，這種語言的級別也越高。換句話說，也就是能用最簡單的辦法來表達最大量的意思的語言是最高級的語言。』」[3] 假如按照這一標準，中國的文言文無疑要比白話文更爲高級，因爲它的字數、表達方式都比白話簡單，文言所包容的意義無疑要比白話大得多；假如我們按照其他的標準，例如語言分工更細，更加精確，更加細膩的爲高級，中國的白話文就無疑要比文言文更加高級。五四白話文問世後，並不是沒有出現反對聲音，這就是評判語言的價值標準不同造成的。我們今天如果承認國外語言學家對語言的研究成果，承認語言的變化並沒有進步與退化；我們對五四以來的白話取代文言的語言變化，便會採取多元化的標準，分別看到不同語言不同的長處與短處，不再執著於進化論的單一思維方式。

倘若翻閱一下清末與二十年代末中國的書面文字，我們便不得不承認兩者在語法、辭彙、語音（由單音詞爲主變爲以雙音詞爲主）等方面，都發生了重要的變化。語言的變化是如此巨大與重要，以至它成爲「五四」文學革命最重要的標誌之一。只是這場變化早在「五四」之前就在醞釀，在晚淸已經發生過「白話文運動」。在某種意義上，「五四」時期的文學語言革命，是晚淸以來白話文運動的高潮，由此它才具有極大的氣勢，在短短十幾年內，中國知識份子的書面語言就發生了一場革命。

文學語言是一種書面語言，但是它最初的問世，往往與口語關係密切。《詩經》、《尚書》就帶有口語色彩，《論語》中當時的口語就更多了。但是在中國古代，漢以後的口語就較少進入文言文。

因此，中國的文言文二千年來變化不大，直到清末，文言文的最高典範依然是經籍與先秦諸子的文章。從傳播手段對文學的影響來看，在先秦時期，文章是寫在竹簡上的，既沈重，又不便於翻閱攜帶。這時的文學，必然要求字句簡約，在簡短的句子裏包括盡可能多的內容。因此，寫作也就特別講究「煉字」，一個字往往包含了許多內容。在評判文章時，「煉字」常常成爲最重要價值標準之一。劉勰認爲的「善爲文者，富於萬篇，貧於一字」[4]便是代表。古代作文對於語法、詞的順序並不十分重視，因爲詞序的顛倒，大致上仍可猜出意思，而且有助於句子的變化，增加語言的豐富感。這種價值標準隨著先秦文章沿續下來，成爲文學的修辭典則。儘管在二千年中，實際運用的口頭語言早已發生了巨大的變化，竹簡木簡早已變成紙，手抄變成雕版或活字印刷，可是這條記事修史寫作的準則，在正統士大夫中間依然不變。它對文學創作自然產生了重大影響。

昔歐陽公在翰林時，與同院出遊，有奔馬斃犬。文公曰：「試書其事。」一曰：「有犬臥於通衢，逸馬足而殺之。」一曰：「有馬逸於街衢，犬遭之，斃。」公曰：「使子修史，萬卷不足矣。」曰：「內翰公何？」公曰：「逸馬殺犬於道。」諸人皆服[5]。

這是一則流傳甚廣的軼事，陳望道先生在《修辭學發凡》

中，還引用了它的幾種不同說法。本書並不想考證，只覺得這一修辭方式，頗能顯示古人的文學觀念。今天看來，「有犬臥於通衢，逸馬足而殺之」的重點在描繪犬上，「有馬逸於街衢，犬遭之，斃」的描繪重點在馬上，它們都能給讀者以比較形象的感覺，描繪了馬和犬的神態。惟有「逸馬殺犬於道」，只說明了這件事的發生，在字數上雖然精煉一些，在文學形象上，卻幾乎不能給人以形象的感受。倘若以此作爲記事的標準，用它去衡量司馬遷的《史記》，其中有許多地方便不符合這一標準。但是這一標準卻恰恰體現了孔子主張的「辭達而已矣」的修辭標準，爲宋以後的史家所崇奉。所以，司馬遷《史記》的文學形象性和洋溢在字裏行間的情感，在宋歐陽脩以後所修的史書中便極少見到。正統的文學家不做形象文學的文章，這種文章便在小說戲曲家手中發展起來。在不得入於「文學」之林的小說戲曲中，才有積極的形象情感的描繪，「方算得天地間另是一種筆墨」[6]。

文言文也注重描繪，漢代就有專門描繪的長賦。六朝注重文彩，是對先秦簡約文章的反叛。「文筆之辨」就是根據語言的駢儷來決定它是否是文學。「凡文者，在聲爲宮商，在色爲翰藻。」[7] 他們利用漢字音、形、義的特點，規定必須是對仗而又講究章節的華麗句子，才可算作文學。這種文章初創時也是講究感情的，華美的詞章，鏗鏘的音調，工整的對仗，令句子極富美感。後來發展到不講感情，只問詞藻的路子，一味鋪陳排比，堆砌華麗詞藻，在用典中賣弄學問，反而失去了文學交流情感的本意，變爲一種文字技巧和遊戲。這種作文的法則，後來滲透到「八股文」之中，變爲明清兩代文人的必修課。

文言文寫作不講究語法，看似很自由，其實在遣詞造句上束縛極多。「世有精煉小學拙於文辭者，未有不知小學而可言文者也。」[8] 不明訓詁，焉可言文？宋以後的詩人崇拜杜甫的詩「無一字無來處」，作詩者須講究字字有「出典」，而且要「用典渾成」，「奪胎換骨」，「點鐵成金」。這樣，弄文學的人從小就必須鑽在故紙堆中，從名物訓詁到遣詞造句，文氣筆法，思想精神，細細揣摩，爛熟於胸，方能修煉得可以運用先秦的語言創作文學。所謂「古於文者，必先古其心與誼。」[9] 就在這一番揣摩鑽研之際，人的思想、語言都審慎進入到傳統文化之中，不知不覺地鑽入古人的軀殼之內，作者的知識結構是古代的，眞實的性情要找到古人語言的包裝。即使仍然保留了自己的眞情，也難以用自己活生生的語言表達，只能將它穿戴上古人的衣冠，因而難免「千部一腔，千人一面」。儘管明清以來，也有不少有識之士提倡創新，反對模擬；提倡眞情，反對矯飾：「滿眼生機轉化鈞，天工人巧日爭新，預支五百年新意，到了千年又覺陳」；「李杜詩篇萬口傳，至今已覺不新鮮，江山代有才人出，各領風騷數百年」[10]；然而趙翼等人雖然在理性上認識到創新的重要，卻並沒有感覺到語言對他們的束縛，他們仍然使用陳舊的古人語言抒發自己的心情，終究無法創作出「各領風騷」的傑作。

語言作爲思想的表現形式也制約著思想，維護著士大夫隊伍的純潔。士大夫把文言視爲他們的專用語言，小說《鏡花緣》描寫一個酒保大談「之乎者也」，諷刺的就是下等人侵犯了士大夫的專利，使用了士大夫才可以使用的文言，仿佛《儒林外史》中商人戴了士大夫專用的方巾，冒充士大夫一般。即使面對中國小說巨著《紅樓夢》，士大夫雖然也爲之傾倒，京師士大夫有「開談不說《紅樓夢》，縱讀詩書也枉然」之說，但是小說的內容、詞句依然不得進入詩文。士大夫閱讀的書目，也不會列入這類小說。袁枚曾經譏諷「崔念陵進士詩才極佳，惜有五古一篇，責關羽華容道上放曹操一事，此小說演義語也，何可入詩。何屺瞻作箚，有『生瑜生亮』之語，被毛西河誚其無稽，終身慚愧。某孝廉作關廟對聯，竟有用『秉燭達旦』者，俚俗乃爾」[11]。小說的內容作爲典故一旦進入詩文，便爲文人所不齒，甚至還有丟官的危險。清代雍正時期，護軍參領郎坤在奏摺中引《三國演義》小說中的內容作典故，受到「著革職，枷號三個月，鞭一百發落」的嚴懲[12]。看的人既然知道這是小說中的典故，自然也看過這部小說，只是沒人敢去責問皇帝。文言的純潔性得到最高統治者的維護，連素來被人視爲解放的「性靈」詩人袁枚也注重維護文言的純潔性，當時社會上的文學觀念對語言的保守程度也可想而知了。

從唐朝的變文開始，在現在流傳下來的古代文本中，出現了一種與文言文不同的另一種語言，它發展爲古白話，形成了古白話文本。古白話不是當時社會流行的書面語言，當時社會流行的書面語言是文言文，絕大多數出版物，文告，都是用的文言文。但是古白話既然作爲一種文本，它也變成了一種書面語言，雖然在書面語言中不像文言文那麼流行。古白話的文本主要有三類，一類是說書人說書發展而來的話本小說等文學作品；一類是學者、高僧平時所講的語錄；還有一類是近年來才發現當時外國人教外國人中國漢語的讀本。這三類文本都與當時的口語有著密切的關係，實際上是當時人在社會交往中常用的語言，尤其是學者的語錄，我們可以看到即使是那些學富五車的思想家們，對學生講學也是用的口語。可見在士大夫中，古白話也是重要的交往工具。其實，口語是在不斷演變的，其變化速度遠遠超過相對穩定的書面語言。古白話雖然是當時的口語演變而成的，但是隨著時間的推移，一些過去的口語也發生了變遷，變成了書面語。

於是，「雅俗之分」成爲劃分「文學」與「非文學」的重要標準。二千年來，人們寫的是一種語言，說的是另一種語言。民間的口語，如果不是士大夫爲了「採風」記下來，便成不了書面語言。就連講學的和尙、理學家們也感到不便，他們用口語講學，門人弟子記錄下來，彙編成册，成了「語類」一類的書。唐代開始，尤其是北宋以後，隨著印刷術的發展，市場機制在文化領域發揮作用，瓦舍勾欄在汴梁的林立，促使白話文學蓬勃發展起來，白話也成爲書面語言。宋以後的士大夫小說可以不讀，「語類」卻不能不看，大抵也都接觸過白話文學，但是卻無人敢於提出文學應當推倒「雅」的標準，用白話來代替文言。

但是，我們也許還能通過另外的視角來看文言與白話，它們之間的關係並不完全對立，其中也有調和與相互影響。其實，「雅」「俗」對立之間，一直存在著「雅」與「俗」的互相滲透，從而形成了一個處在雅俗之間的中間地帶。文言與白話除了對立之外，也有互相滲透的一面。呂淑湘先生曾經寫過一篇《文言與白話》的論文，列舉古籍中十二段文字作爲例子，說明文言和白話的界限，有時並不淸楚。試看：

景宗謂所親曰，我昔在鄉里，騎快馬如龍，與年少輩數十騎，拓弓弦作霹靂聲，劍如餓鴟叫。平澤中逐獐，數肋射之；渴飲其血，饑食其肉，甜如甘露漿。覺耳後風生，鼻頭出火。此樂使人忘死，不知老之將至。今來揚州作貴人，動轉不得。路行開車慢，小人輒言不可。閉置車中，如三日新婦。遭此邑邑，使人無氣。[13]

這只是其中一段，從中我們可以看到，它具有濃重的口語白話色彩。其實，不僅存在呂叔湘先生指出的文言向白話的侵入，在文言敘述之中，有與白話接近的段落；就是在白話敘述之中也存在著向文言的侵入，白話敘述中也有文言的段落，語錄不要說它，就是白話小說也常有文言的篇章，如《三國演義》中的《銅雀台賦》、《前後出師表》等等。甚至在章回小說的白話敘述之中，有時也會具有文言色彩，如《三國演義》：「階下有一人應聲曰，某願往，視之，乃關雲長也。」它很難說就是當時口語，其中沒有文言的成分，從古白話的角度看，它與《紅樓夢》的白話語言相比，文言氣息顯然要濃厚一些。這種互相滲透並不奇怪，在對立的事物之間，總會存在它們之間的交流，從而變得你中有我，我中有你。到了它們最接近的時候，什麼是文言，什麼是白話，就會變得模糊起來。

文言的兩千多年發展，始終以先秦、兩漢的語言、敘述爲準則。儘管從價值標準上看，先秦、兩漢一直是古代文章的楷模，後來出現的駢文，也是從追求用典，講究音節對偶等典雅方向上發展的。士大夫把它作爲自己的資源，安身立命的依據。我們知道，文言閱讀最難就在能夠理解作者的用典，因爲它是浸透在字裏行間的，沒有相應水準的學問，就難以理解它們在字外的眞正意思。但是兩千年來的文言，還是出現了一種淺近化的趨向。最明顯的證據就是明清時期的文人集子，其中的一部分文章比起先秦、兩漢的文章，無疑要淺近得多，讀起來容易得多。所謂淺近文言，就是用典用得少，很少用古字難字，不講究音調對仗，語法也比較隨便，接近於白話，比較容易理解。這是因爲生活變化了，語言變化了，士大夫要做先秦、兩漢的文章也就不像先秦、兩漢時代那麼輕鬆，而需要正襟危坐，認眞思索。於是，當他們撰寫那種抒發自己情感，輕鬆隨便的隨筆時，就不願意再花費那麼多的功夫，況且那樣做也會影響情感的抒發；這時他們所寫的隨筆，往往是用比較淺近的文言。我們在明清張岱、袁枚等人的隨筆中，都不難發現這類淺近文言。事實上，淺近文言不僅在士大夫中流傳，也在普通百姓中流傳，例如明代流傳的一些中篇文言小說，如《風流十傳》，還有被視爲淫書的《癡婆子傳》等等，都是用淺近文言創作的。

倘若我們把文言和白話看作兩片不同的水域，文言主要適合於處在文化高層的士大夫，白話主要適合於處在文化低層的普通老百姓，那麼在它們之間，也存在著一片中間水域，那就是淺近文言。淺近文言基本上不用典（不是絕對不用典，其實白話文也不是絕對不用典，「成語典故」就是白話文所用的典），不用古字、僻字、難字，不講究音節對偶，有時也不避俗字、俗語，它的語法更偏向於口語，敘述比較自由、隨便，禁忌也比較少。五四前夕，胡適的《文學改良芻議》提出「八不主義」，[14]「淺近文言」至少具有其中四個「不」：「不模仿古人」，「不用典」，「不講對仗」，「不避俗字俗語」。這是文言、白話兩片水域對流產生的中間地帶，也顯示了當時社會各個不同階層出於自己的文化水準，對書面語言的不同需要。因爲文言與白話的二元對立只是代表了社會的兩極，兩極之間必定存在著一個中間地帶。正是這個中間地帶，後來成了接受西方影響的中國近代文學語言變革的重要突破口。淺近文言的存在是一個客觀事實，1890 年，在華新教傳教士在上海舉行集會，會上決定成立三個翻譯《聖經》的委員會，選定三個翻譯小組成員，用文言、淺近文言、白話三種語言翻譯《聖經》，以保證更多的中國人瞭解《聖經》。這個決定本身，就是根據當時中國現實的書面語言主要狀況做出的。中國近代的報刊所用書面語言，絕大部分是淺近文言，所以淺近文言成爲近代語言突破最早的突破口，在近代語言變革方面起過極爲重要的作用。

然而，文言和白話之外，還有一個問題是方言。文言是書面語，白話具有很強的口語色彩，也就與方言聯繫緊密。明清白話小說大都是方言，不過主要是北方方言語系，它也被學者們用到考證小說，如考證《金瓶梅》的作者是誰。專門的南方方言小說可能也出現過，因爲流傳不廣，不爲人知。北方方言尤其是北京方言成爲官員們必須學習的語言，因爲元明清三代的京城都在北京，北京成爲官員們聚集的地方，北京方言也就成了官話，也在全國各地流傳，其影響雖不能與今天的「普通話」相比，在官界、商界也還是流行的語言，因爲方言畢竟難懂，尤其是南方方言，需要有一種適合大家交流的語言。這或許也是當時北方方言的小說較多的原因，因爲北方方言懂的人多，銷路好，影響大。

然而也有例外，在近代西方文化影響進入之前，雖然尚無人敢於公開提出文學應當根本推倒「雅」的標準，卻有文人從事「搗鬼」的勾當，它的代表是《何典》。《何典》是小說，用的是南方方言，它出於一位文人之手，顯示了一種觀念上的變化。《何典》作者張南莊的生卒年已不可考，只知他是乾嘉時人，爲當時上海「懷才不遇」的十位布衣文人中的首位，工書法，善寫詩，詩學南宋的范成大與陸遊，詩稿有十餘册之多，著述頗豐，後人云「著作等身，而喜好藏書」[15]。這樣一位文人竟然能創作出《何典》這樣一部離經叛道的作品，不能不說是一大奇跡。

《何典》是作者的遊戲筆墨，也就是說，作者創作時並沒有將它作爲著述來寫。正因如此，作者可以隨便馳騁想像力，不顧忌正式著述的清規戒律，隨便流露眞實情感。「無中生有，萃來海外奇談；忙裏偷閒，架就空中樓閣。全憑插科打諢，用不著子曰詩云：詎能嚼字咬文，又何須之乎者也。不過逢場作戲，隨口噴蛆，何妨見景生情，憑空搗鬼。」[16]小說的宗旨就在於「搗鬼」。以「鬼」爲題材的小說在古代並不罕見，明代就有以鍾馗爲題材的《斬鬼傳》與《平鬼傳》，它們也以鬼域暗射人間，稱得上是「在死的鬼畫符和鬼打牆中，展示了活的人間相，或者也可以說是將活的人間相，都看作了死的鬼畫符和鬼打牆」[17]。然而《何典》與它們有很大區別，最大的區別就在《何典》的語言。《何典》用的是方言，而且以方言中大量涉及「性」的詞作爲「典故」。這些涉及「性」的詞是書面語言一直到今天仍在忌諱的。作者用方言土語字面上的意義連綴上下文，而將它們的實際涵義隱藏在暗處。作者這樣做的本意就是譏嘲那種語必有出典的莊嚴態度，扯下「用典」的莊嚴面紗。頗有意思的是，這些涉及「性」的極土的字眼一旦作爲「典故」用入《何典》之中，反倒顯示出一種特殊的幽默感，使人忍俊不禁，另有一種生動活潑的效果，自有一種獨特的生氣。

語言的變化往往也顯示出思想的變化。張南莊在《何典》

中，「把世間一切事事物物，全都看得米小米小，憑你是天王老子烏龜虱，作者只一例地看做了什麼都不值的鬼東西」[18]。即使是結尾所寫的「功成名遂盡封官，從此大團圓」，不僅沒有一絲一毫的莊嚴隆重氣息，反倒成了一出鬧劇。這是一種超越了「高才不遇」的絕望心態，因為「遇」無非是建功立業，高官厚祿，封妻蔭子這一套，這一套即然在小說中受到嘲諷和否定，「遇」不「遇」也就無所謂了。這種對傳統價值所抱的一切無所謂的極端嘲諷態度，有點類似今日西方的「黑色幽默」。正由於作者抱著「世上的一切沒有不好買的」態度，看破了傳統價值，所以才會以「放屁放屁，眞正豈有此理」作為全書總的行文基調，才能具有「文章自古無憑據，花樣重新做出來。拾得籃中就是菜，得開懷處且開懷」的自鑄新辭的魄力。《何典》的語言不僅在中國古代小說中絕無僅有，就是在中國古代文學中也只此一家，它意味著中國文學已經萌發了變革語言的要求。它在突破傳統語言規範的同時向方言尋找新的語言靈感和幽默感。

然而，《何典》畢竟是絕無僅有的作品，它在當時竟無法出版，沒有出版商肯印行這部作品。它的出版，為世人所知曉一直要到光緒年間。因此，當中國進入近代時，文壇上依然是用古人語言表達自己情感占統治地位。龔自珍和魏源都強調文章「務出己意，恥蹈襲前人」[19]。不過即使是強烈主張表現自我，反對壓抑個性的龔自珍，也是精於小學，主張「不能古雅不幽靈」[20]，「文心古無，文體寄於古」[21]的，所用語言仍是典雅的文言，而且引以自豪，並不想用口語來改變書面語言。當時一般文人對文學語言的看法是：「言必是我言，字是古人字。固宜多讀書，尤貴養其氣。氣正斯有我，學瞻乃相濟。」

22 這是何紹基的個性說在語言上的翻版，貌似「有我」，實質「我」已在「養正氣」和「古人字」中銷磨掉了。所以這些人儘管標榜「有我」，卻難以跳出古人的窠臼，擺脫模擬剿襲的弊病，眞正創作出「有我」的作品。

不過，此時有一批士大夫對山歌、謠諺發生了興趣：「山歌船唱有極有意義者」；「音財悲惋，聞之令人動羈旅之感」；「歌辭不必全雅，平仄不必全叶，以俚言土音襯之，唱一句，或延半刻，曼節長聲，自回自復，詞必極艷，情必極至，使人喜悅悲酸而不能已已，乃爲極善」[23]。還有人編輯了一部《古謠諺》，以爲「言爲心聲，而謠諺皆天籟自鳴，直抒己志，如風行水上，自然成文，言有盡而意無窮，可以達下情而宣上德，其關係寄託，與風雅表裏相符」[24]，肯定謠諺都有「天籟自鳴」的價值。只是這些論述讚賞民歌謠諺，並沒有意識到士大夫語言的陳舊，要向謠諺民歌學習，用謠諺民歌取代士大夫的語言。。

「語言是外在於任何個人的，雖然僅僅部分地是這樣；但是，重要的是，一種特定的語言乃是說這種語言的那些人的集體意識的一部分，語言也使這種集體意識成爲可能」[25]。文言文的訓練形成的中國文人的集體意識，他們很難自己發現文學需要新的語言，直接表現自己的情感。這種發現必須在外國的參照之下。只有在外國語言變化的參照之下，才能發現中國言文脫離和語言的其他弊病。

第二節　西方傳教士的努力

文學是語言的藝術，晚清文學學習西方必然要在語言上顯示出來。另一方面，中國近代的語言出現了較大的變革，由古代漢語轉向現代漢語，它主要表現爲兩點：一是通俗化，由文言向白話發展；一是向西方學習，吸收西方語言和日本語言的因素。從語言學來看，我們把語言劃分爲語音、辭彙、語法。在這三方面，西方傳教士都對漢語的發展起過極爲重要的作用。

在漢語的語法、辭彙、語音三方面中，一般人能看到語法辭彙在近代受到的外來影響，用語法規範漢語的做法本身就是受到外來影響做出的，最早的語法專著《馬氏文通》就是在外語語法啓示下成書的；陳寅恪指出：「往日法人取吾國語文約略摹仿印歐語系之規律，編爲漢文典，以便歐人習讀。馬眉叔效之，遂有文通之作，於是中國號稱始有文法。」[26]但是一般人可能會覺得，漢字的語音是中國人自己確定的，它來源於中國人自己的生活與社會，與西方傳教士又有什麼關係？其實，西方傳教士對漢字語音的認定做出過重要貢獻，不過這些貢獻不是在確定漢字的讀音上，而是在如何辨別漢字的讀音上，以及確立表達語音的符號上。漢字是表形文字，而不是表音文字，它不能直接讀出字音，這就給它帶來了很大的麻煩。中國古代用來解決這一問題的方法是「釋音」、「反切」、「四聲」，這一套注音方式是爲培養士大夫服務的，因爲它沒有另外一套注音系統，就用漢字本身作爲注音系統，用淺顯的漢字來注明較難讀漢字的讀音，或者用前一漢字的聲母加上後一漢字的韻母連讀。這些方法都需要已經認識相當數量的漢字作爲讀音的基礎，假如不認識用來注音的漢字，也就無法讀出被注音字的讀音。因此，這套注音系統很不適合西方傳教士，它們在學習漢字讀音時，需要有另外一套適合於他們的注音方式。西方傳教士的母語基本上都是表音語言，用字母表音是他們的常識，於是他們很自然的就想到用他們自己的母語字母，來爲漢字表音，幫助他們學習漢字。

早在明朝末年，最初嘗試用羅馬字母爲漢字注音的是西方傳教士羅明堅，他於 1854 年開始著手編一本《葡漢字典》，可惜未能編完，也沒有出版，抄本存於羅馬耶穌會檔案館，中文名《平常問答詞意》。這本粗糙手稿第一次運用羅馬字母爲漢字注音，以歐洲語音來注讀漢字，包含一部漢語會話手册。利瑪竇到澳門學習中文時，就感到漢語比歐洲語言難學，吐字單音，同音異義，四聲有別，字如繪畫，言文不一。爲了學習漢語，認識漢字，利瑪竇不得不用拉丁文給漢字注音，並且不斷努力尋找漢字的發音規則。他是羅明堅的學生，曾經協助羅明堅一起編寫《平常問答詞意》。其後，利瑪竇又獨自撰寫了《西字奇跡》，「合所附短文，得三百八十七字，爲字父（即聲母）二十六、字母（即韻母）四十三、次音四、聲調符號五。」[27] 這不是一本字典，而是一篇漢語短文的注音，利瑪竇實際上創立了第一個漢語系統的注音方案，它的意義超過《平常問答詞意》，所以這本書通常被學術界認爲是西方傳教士用羅馬字母爲漢字注音的鼻祖。隔了二十年，西方傳教士金尼閣寫了《西儒耳目資》，它與利瑪竇的《西字奇跡》大同小異，但是它在中國的學術界發生了較大影響，方以智的《通雅》曾經有所談及，紀昀的《四庫全書總目提要》將它收入經部小學類，更是做了詳細的記載與評論，「歐羅巴地接西荒，故亦講於聲音之學，其國俗好語精微，凡事皆刻意研求，故體例頗涉繁碎，然亦自成一家之學」。[28] 在音韻學上承認它的價值。

晚清的西方傳教士面臨著與晚明的西方傳教士同樣的問題，他們熟悉的是字母體表音語言，他們的母語可以根據讀音一個個拼寫出單詞；但是漢語就完全不同了，它是象形文字，文字與讀音缺少表音文字那樣密切的聯繫。傳教士晁俊秀說：「對於一個歐洲人來說，漢語的發音尤其困難，永遠是個障礙，簡直是不可逾越的障礙。」[29] 他們要儘快學會中文，很自然的就運用母語的字母注音，所以爲漢字注音的不單是羅馬字母，東正教的傳教士羅索欣就曾編寫過用俄文字母注音的漢字讀本。一般說來，傳教士用來爲漢字注音的字母除了拉丁文的羅馬字母外，大多用的是他們母語的字母；不過也有例外，如高第丕，他於 1856 年出版的《科學手册》完全運用他自己創立的一套注音字母。晚淸西方到中國傳教的規模遠遠超過了晚明，隨著來華西方傳教士增多，各種各樣的字母注音也在傳教士學習中文的過程中不斷問世。當西方傳教士面向中國農村或者社會底層傳教時，方言的問題變得突出起來。當時的中國只有官話而沒有普通話，官話只在官員和商人間流行。面對只能說方言而又不會認字的普通民衆，爲了幫助傳教士運用方言傳教，爲漢語的字母注音開始關注方言。1843 年，教會在香港集會，決定要加強《聖經》的翻譯工作，並且要求這種翻譯「更加注重普通，以求廣布」。於是，從 1847-1893 年，單《聖經》就至少被譯成 12 種方言，其中大部分是用羅馬字母注音的。賈立言解釋道：「第一，爲了有些方言，有音無字，不能寫出，翻譯極其困難，甚至絕不可能；第二，就是有字可以寫出，因爲人民識字的能力低薄，也不比羅馬字，幾個星期裏面可以學會。」[30] 也就是說：這時西方傳教士已經注意到：運用拼音字母來注漢語，有利於不識字的只會講方言的底層人民接受。隨著《聖經》、《福音書》、《讚美詩》等被用羅馬字母注音的形式譯成方言，又出現了注音成寧波方言刊行的詩歌，注音成臺灣方言刊行的醫學書，注音成廈門方言刊行的報紙等等。於是，用拉丁字母爲漢字注音在晚清就不再像晚明那樣，僅僅是爲了西方傳教士自身學會漢語，而變成了西方傳教士向中國人傳教的一種輔助語言，隨著在中國的傳教事業擴展。

這時，用羅馬字母爲漢字注音進入了中國人自己的識字領域。「教會羅馬字推行的結果，不但使聖經的銷數激增，而且使羅馬字本身也流行一時，成爲民衆教育的一種理想工具；同時許多外國傳教士都因此而激起改革中國文字的熱忱。」[31]西方傳教士發現，要爭取更多的社會下層的信徒，就要使更多的普通人識字，不然再多的傳教宣傳手册只能「被人當作廢紙出賣和用來包東西或者做鞋底」。[32]於是，西方傳教士紛紛提出自己的用羅馬字母爲漢字注音的方案，這些方案至少有十多種，其中比較著名的有艾約瑟的首尾字母法，丁韙良的母音基礎法，威妥瑪的拼音法等。這些拼音方案進入了實踐，而且取得了很大的成績。小孩子通過幾天的注音學習可以很快掌握注音方法，實現以前要花幾年乃至十幾年才能實現的閱讀。老人、僕人、農夫、勞工等等都可以很快學會注音方法，睜開眼睛，大聲閱讀。西方傳教士相信，用拼音改革漢字可以作爲「一種使西方的科學和經驗能夠對一個民族的發展有幫助的最好貢獻」。這樣的一種文字，「是產生一條達到文盲心中去最直接的路」。[33]於是，西方傳教士幫助中國人學會注音方法，閱讀傳教士用羅馬字母注音翻譯的傳教書籍，識字人數的增加有利於他們的傳教，通過識字教學關係促使西方傳教士擁有相對穩定宣講對象，逐漸改變老百姓原先對傳教的敵對態度。從而也大大提高了西方傳教士的積極性。事實上，西方傳教士的用羅馬字母閱讀漢語的方法在老百姓中產生很大影響，吸引了越來越多的中國人學習羅馬字母注音，在廈門等地非信教者學習的人也很多，以至產生了羅馬字母注音成廈門方言的報紙。但是，混亂也由此產生，十幾種拼音方案各不相同，相互之間也很難相容，注音的作品只能局限在本地區之內，造成的局限是必然的。當時的官話流行程度遠遠不能與今天的普通話相比，在中國沒有統一的語音，方言之間，尤其是南方方言之間，語音差別很大。這給注音方案帶來很大的困難，即使是同一種注音方案，也會在注音不同方言時，出現數量不同的字母和注音符號構成的不同拼音方案。例如艾約瑟的首尾字母法，在廈門方言中他用了 15 個首字母和 50 個尾字母；而在寧波方言中，他用了 37 個首字母和 40 個尾字母。這意味著用同一注音方法寫出的文章，只能被知道這種方言的人所讀懂，其他人將會因爲方言語音的差異和拼音方案的不同，字母符號的差異而將這種文章看作天書。西方傳教士的拼音方案終究沒有被廣泛運用的原因即在這裡：它的流行範圍過於狹窄，由於中國的方言很多，差別很大；也由於來華西方傳教士來自各個國家，文化背景不同，母語也不同；西方傳教士提出的拼音方案產生了許多的限制，它還不具備推廣到全國的條件。

但是，西方傳教士用羅馬字母爲漢字注音給中國學者打開了思路，啓發了他們，1892 年，盧戇章的《一目了然初階（中國切音新字廈門腔）》在廈門出版，只要聯繫西方傳教士的注音活動就不難看出，中國人自己想到用字母爲漢字注音是受了西方傳教士的影響。廈門是西方傳教士開展羅馬字母爲漢字注音活動的重點地區，注音主要面對的就是廈門方言。《一目了然初階》也是爲廈門方言注音，它在廈門出版不是偶然的，它是建立在西方傳教士爲漢字注音的基礎之上。盧戇章就住在廈門，熟悉西方傳教士在廈門的羅馬字母注音，它在 1878 年又成爲西方傳教士馬約翰的助手，自己就在傳教士指導下進行過用羅馬字母注音的實踐。盧戇章方案的發展在於：這是第一本中國人自己提出的字母注音著作，它把西方傳教士的字母注音思路同中國自己的反切思路結合起來，進而提出中式字母的概念。這就擺脫了西方傳教士一味在西方拼音文字中思考的思路。中式字母日後發展爲兩類，一種是中國人重新創作的新字母，一種是用簡單的漢字或偏旁來充當字母，它們都大大削弱了人們對啓用字母會削減漢字的擔憂。

在 1892 年盧戇章提出字母注音方案之後，幾乎每年都會由中國人自己提出的字母注音新方案問世，雖然字母的形狀大不相同，有中國筆劃式的，有西洋字母式的：如吳稚暉的《豆芽字母》（1895 年），蔡錫勇的《傳音快字》（1896 年），力捷三的《閩腔快字》（1896 年）、《無師自通切音官話字書》（1902 年），沈學的《盛世母音》（1896 年），王炳耀的《拼音字譜》（1897 年），王照的《官話合聲字母》（1900 年），田廷俊的《數目代字訣》（1901 年）、《拼音代字訣》、《正音新法》（1906 年），勞乃宣的《增訂合聲簡字譜》（1905 年），朱文熊《江蘇新字母》（1906 年），劉孟揚的《中國音標字書》（1908 年）等等。他們或多或少受到西方傳教士的影響，蔡錫勇早年在同文館學習，那裏的教師有許多都是傳教士。沈學在上海聖約翰書院就讀，那是傳教士創辦的教會大學。沈學的《盛世母音》原文是英文，直到《時務報》發表才譯爲中文。這意味著這是西方傳教士開創的用字母爲漢字注音的方式開始爲中國士大夫所接受，並且成爲他們改革漢語文字的努力方向。漢字拼音化的方案還曾經受到政府的重視，勞乃宣的「簡字全譜」引起慈禧太后的關注，王照的「合聲字母」爲袁世凱所提倡。

除了運用羅馬字母外，還有運用其他符號建立注音符號系統的：「有採用斜正彎畫的速記符號的『速記系』；有採用漢字偏旁，模仿日本假名的。」

因此，我們也許可以得出這樣的結論：中國現代的漢字拉丁化運動，其發端是在西方傳教士，是他們提出了最初的設想，並且做出了具體的實踐，取得了一定的成績，從而啓發了中國的學者和政府。用字母注音最大的好處是可以較快的認識漢字。但是，在西方傳教士看來，用字母注音可以取代漢字，漢字的存留也就成了問題，這一思路也被中國學者繼承下來，作爲中國社會現代化的一種需要，成爲後來語言學界的重要爭論之一，體現了當時學界「西化就是現代化」思潮的一種表現。然而，漢字作爲一種符號系統，代表的是一種獨特的文化，這種文化深深積澱在社會民族之中，具有悠久的歷史和存在價值。一旦以電腦爲代表的高技術能夠處理漢字，漢字作爲符號系統能夠適應高科技時代的要求，廢除漢字，完全用羅馬字母取代漢字的方案也就缺乏存在的足夠理由，逐漸沈寂下去了。

如果說西方傳教士在漢字的語音方面曾經起過極爲重要的作用；那麼，他們在漢字的辭彙、語法，以及語言的使用和文學的創作上，也曾經起過極爲重要的作用。在某種意義上，我們可以說，這種作用也是具有開拓性的。

我在前面已經指出：在現代漢語問世之前，中國的書面語言按照其難易程度可以分爲三種，最難的是典雅的以先秦文學爲典範的文言文，其次是淺近文言，最後是古代的白話發展下來的書面白話。西方傳教士在這三種語言上都爲漢語提供了新的東西。

傳教士馬禮遜於馬來亞的麻六甲創辦《察世俗每月統紀傳》，這第一份中文近代報刊所用的語言，便即不是士大夫用的文言，也不是白話小說中的古代白話，而是一種接近口語，摻雜文言而又含有外來語法的書面語言。

> 無中生有者，乃神也。神乃一，自然而然。當始神創造天地萬物，此乃根本之道理。神至大，至尊，生養我們世人，故此善人無非敬畏神。但世上論神，多說錯了，學者不可不察。因神在天上，而顯著其榮，所以用一個天字指著神亦有之。既然萬處萬人，皆由神而原被造化，自然學者不可止察一所地方之各物，單問一種人之風俗，乃需勤問及萬事萬處萬種人，方可比較辨明是非真假矣。一種人全是，抑一種人全非，未之有也。似乎一所地方，未曾有各物皆頂好的，那處地方各物皆至臭的。論人論理，亦是一般。這處有人好歹智愚，那處亦然。所以要進學者，不可不察萬有，後辨明其是非矣。總無未察而能審明之理，所以學者要勤功察世俗人道，致可能分是非善惡也。[34]

這是一種獨特的淺近文言，不用典，不用艱深的漢字，其中又顯然摻雜外來語氣，是一種帶有歐化色彩的淺近文言。運用這種語言固然是因爲西方傳教士的知識結構，同時也是因爲他們面向讀者的需要。編者明確宣稱，刊登的文章「富貴者之得閒多，而志若於道，無事則平日可以勤讀書。乃富貴之人不多，貧窮與工作者多，而得閒少，志雖於道，但讀不得多書，一次不過讀數條。因此察世俗之書每篇必不可長，也必不可難明白」；「蓋甚奧之書，不能有多用處，因能明甚奧之理者少故也。容易讀之書者，若傳正道，則世間多有用處」[35]。編者已經從適合讀者需要出發，不以士大夫爲報刊的主要讀者。文章講的是西方的道理，邏輯性很強，但是論述非常通俗，便於普通老百姓理解。一些新的名詞，如「工作者」的用法，已經與今天的用法差不多。這種漢語的運用，在此之前是罕見的，它爲後來的報刊提供了新的語言。

文學是語言的藝術，五四新文學新就新在運用現代漢語。這幾乎已經是常識了。我們一直認爲：新文學是五四時期方才誕生的，它是五四一代作家用現代漢語創作的新型文學作品，正是這樣一批新文學作品奠定了現代漢語的地位。按照胡適等五四新文化運動宣導者的說法，兩千年來的中國文學，走的是言文分離的道路，五四白話文運動，才確立了「言文一致」的狀態。

但是，一種語言的轉換需要整個社會的回應與支持，這是需要時間的！因爲語言是整個社會交流的工具，它不大可能只由少數人在短短幾年時間內支配決定。如果按照五四新文學家的敘述，五四新文學靠著這麼一點作家振臂一呼，辦了這麼一點雜誌，在短短的幾年內，就能夠轉變中國的語言，恐怕從國際語言史上說來，也是令人震驚的現象，可以說是創造了世界語言史上的奇跡，值得人們去進一步深究。胡適正是意識到這一點，才寫了《國語文學史》、《白話文學史》，試圖把新文學的白話與中國歷史上的白話文本連接起來，梳理出白話文發展的歷史線索，尋找出五四新文學白話文的歷史依據。但是，胡適的《國語文學史》、《白話文學史》沒有做完，只做到宋代。在我看來，他幸好沒有做下去，假如他按照這樣的線索一直做到五四，那麼，鴛鴦蝴蝶派就是當時白話文學的正宗，他們做的白話才是按照中國文學傳統一直發展下來的白話。張恨水曾經以《三國演義》爲例說明五四以來新文學歐化句式與當時一般讀者的美感距離：「『階下有一人應聲曰，某願往，視之，乃關雲長也。』這種其實不通俗的文字，看的人，他能了然。若是改爲歐化體：『我願去』，關雲長站在臺階下面，這樣地應聲說。文字儘管淺近，那一般通俗文運動的對象，他就覺著彆扭，看不起勁。」[36] 張恨水說的其實是鴛鴦蝴蝶派代表的通俗文學與五四新文學之間的語言差距。因此，我把按照中國文學傳統發展下來的白話稱作古白話，在鴛鴦蝴蝶派看來，他們才是古白話的繼承者。

新文學的白話受到古白話的影響，但是它們顯然不是鴛鴦蝴蝶派用的古白話。它們主要是一種帶有歐化色彩的白話。如果說二十年代新文學與鴛鴦蝴蝶派在文學語言上有什麼區別，那區別主要就在歐化的程度上。鴛鴦蝴蝶派也受到西方文學的影響，但是它還是從古代章回小說的發展線索延續下來的，以古白話爲主，並且沒有改造漢語的意圖；新文學則不然，它們有意引進歐化的語言來改造漢語，以擴大漢語的表現能力。我們從五四新文學家的翻譯主張上，尤其可以看出這一點。如魯迅主張的「硬譯」，就是一種改造漢語的嘗試。

那麼，古白話又是何時轉換爲歐化白話文？歐化的白話文是何時開始問世的呢？它是在五四新文學問世時方才問世的嗎？顯然不是。根據我的研究，歐化白話文在中國已經存在了一個漫長的時段，到五四時期，它至少已經存在了半個多世紀。對於歐化白話文在中國近代的存在，它們的發展線索，它們對後來國語運動的意義，我們似乎還缺乏研究，學術界也不重視。

中國自身的古白話是何時開始轉化爲歐化的白話？這要歸結爲近代來華的西方傳教士，是他們創作了最早的歐化白話文。西方近代來華傳教士最初所用的漢語，大都是文言。但是他們運用漢語的目的既然是傳教，而傳教又是「在上帝面前人人平等」的，他們就必須照顧到文化水準較低，無法閱讀文言的讀者。中國的士大夫由於具有儒家信仰，對於基督教的傳教，往往持抵制態度。這就促使西方傳教士必須更加注意發展文化水準較低的信徒，用白話傳教正是在這種狀態下進入他們的視野。「初期教會所譯《聖經》，都注重於文言。但後來因爲教友日益衆多，文言《聖經》只能供少數人閱讀，故由高深文言而變爲淺近文言，再由淺近文言而變爲官話土白。第一次官話譯本，乃 1857 年在上海發行，第二次 1872 年在湖北發行。」[37] 其實，西方傳教士最初創作白話文時運用的卻是古白話，因爲這時還沒有歐化白話的文本。

從傳教的角度說，西方傳教士最重要的任務就是拯救中國人的靈魂，因此能夠拯救得越多自然也就越好，這就使他們必定要把傳教的目光投向普通人。而當時的中國士大夫對於西方的基督教在上帝面前人人平等，是持懷疑抵制態度，因爲它與中國的宗法制社會風俗不同，不承認家長權威，不祭祀祖宗。相對來說，中國的普通百姓更容易接受西方基督教的思想。因此，十九世紀西方傳教士往往在開始傳教時，把著眼點放在面向普通老百姓上，他們所用的傳教書面語言，也以古代白話文和淺近文言爲主。在《察世俗每月統紀傳》中，馬禮遜用的是淺近文言。但是這時的西方傳教士，已經看到中國小說在民間的影響，並且已經想到運用小說的形式，來傳播西方基督教之道。這比起後來康有爲、梁啓超等人提倡小說，要早了八十多年。馬禮遜在寫作《古時如地亞國歷代略傳》時，運用的就是古代小說所用的白話，並且稱讀者爲「看官」，顯示出他對中國章回小說格式的有意模仿。與他一起創辦《察世俗每月統紀傳》的米憐則運用古白話創作過《張遠兩友相論》，這也是一部類似小說的傳教著作。

另一位德國傳教士郭實臘，喜歡署名「愛漢者」，曾經大量運用中國的古白話作爲書面語言來傳教。他是西方傳教士最早在中國本土創辦傳教雜誌的，[38]時間還在鴉片戰爭爆發之前。郭實臘是德國傳教士，早在 1834 年，他就用漢語創作了小說《贖罪之道傳》、《常活之道傳》，在《常活之道傳》中，郭實臘用的是章回體，只是回目並不講究對仗。第一回回目「論驕傲人學謙遜」，回目之下還配了詩：「世祿之家鮮有禮，縉紳之族多驕傲。謙光而尊卑自牧，皇天眷顧降遐福。」正文完全模仿中國章回小說：「話說大清年間，有一科甲太常正卿，姓李名端，字鐵硯，乃山東太原人士。這李太常上無兄，下無弟，只有兩姐，嫁出遙遠去。他爲人貪利驕傲，好登貴人之堂，每日趨迎權尊，指望進身高升。」[39]這部小說講述了高官李端從貪婪狂妄，人欲橫流，到看了《聖經》，皈依基督。小說把《孟子》中的論述，中國人的因果報應思想與基督教理論結合起來，幫助中國人更好的理解基督教。有了米憐、郭實臘等西方傳教士的努力，我們就不難理解傅蘭雅爲什麼後來能在 1895 年提出求著「時新小說」，提倡用小說來批判社會惡俗，因爲這種用小說啓蒙的創作在西方傳教士中由來已久，有著傳統。

郭實臘從 1833 年開始，在廣州創辦了《東西洋考每月統紀傳》[40]，在上面連載他寫的《古今萬國綱鑒》、《萬國地理全集》、《猶太國史》等等。他一方面運用淺近文言，如介紹西方的蒸汽機：「今西方各國，最奇巧有益之事，乃是火蒸水汽。舟車所動之機關，其勢若大風之無可當也。或用爲推船推車，至大之工，不借風水人力，行走如飛；或用之造成布匹，妙細之業，無不能爲，甚爲可奇可贊！至其感動之理，卻非難明。」[41] 用這種淺近文言說明西方科技，後來成爲近代科技雜誌如《格致彙編》等的典型語言。

另一方面，郭實臘將中國用於小說敘述的古代白話也運用到新聞敘述中來：

> 在廣州府有兩個朋友，一個姓王，一個姓陳，兩人皆好學，盡理行義，因極相契好，每每於工夫之暇，不是你尋我，就是我尋你。且陳相公與西洋人交接，竭力察西洋人的規矩。因往來慣了，情意浹洽，全無一點客套，雖人笑他，卻殊覺笑差了，不打緊。忽一日，來見王相公說道：「小弟近日偶然聽聞外國的人，纂輯《東西洋考每月統紀傳》，莫勝歡樂。[42]

在中國古代，白話作爲書面語言，只用於小說、戲曲、語錄、教外國人漢語的教科書。不見於其他文體。郭實臘在《東西洋考每月統紀傳》中把古代白話作爲敘述語言，用以介紹新聞，說明問題，大大擴大了白話作爲書面語言的敘述能力。此外，該刊也運用了許多新名詞，如法國在中國此前的古籍中，一直被譯爲「佛郎西」、「佛蘭西」，該刊卻用「法蘭西」，一直沿用至今。

鴉片戰爭後，西方傳教士創辦的中文報刊不斷問世，大體上延續了《察世俗每月統紀傳》和《東西洋考每月統紀傳》的模式，比較著名的有香港的《遐邇貫珍》，上海的《六合叢談》，這些雜誌都以淺近文言爲主，「非欲借此以邀利也，蓋欲從得究事物之顛末，而知其是非，並得識世事之變遷，而增其聞見，無非爲華夏格物致知之一助。」[43]從知識上給讀者以幫助。或者致力於溝通中西文化：「溯自吾西人，越七萬餘里，航海東來，與中國敦和好之誼，已十有四年於茲矣。吾國士民，旅於滬者，幾歷寒暑，日與中國士民遊，近滬之地，漸能相稔。然通商設教，僅在五口，而西人足跡未至者，不知凡幾。兼以言語各異，政化不同，安能使之盡明吾意哉？」[44]這時的西方傳教士，在寫中文時都找好了一位中國士大夫，作爲合作者，來審閱修改或者乾脆是起草中文文本。因此這時的西方傳教士署名的作品，其文言程度往往要高過馬禮遜和郭實臘。這其實也很自然，馬禮遜與郭實臘這一輩西方傳教士大都在海外創辦中文報刊，他們所處的語言環境不需要他們去追求漢語的文言程度，爲了讓周圍的中國人看懂，他們可以在文言中加入口語。他們都是第一批在近代到中國傳教的西方傳教士，他們學習漢語的時間不長，在他們所處的地域一般也很難找到士大夫作爲他們的翻譯合作者。所以他們在語言的運用上，反倒表現出相當的靈活性，體現出後來漢語的變化趨向。創辦《遐邇貫珍》，尤其是創辦《六合叢談》的西方傳教士就不同了，他們處在香港、上海，其雜誌向廣東、江浙發行，這些地方文化程度高，士大夫多，即使是商人，也具有相當的文化程度。傳教士的文本需要有一定的文言程度，才能促使有文化的讀者願意閱讀。因此西方傳教士大都找了中國士大夫作爲他們漢語書寫的合作者，這些士大夫受過嚴格的文言文訓練，他們在行文或者幫助西方傳教士修改文章的過程中，不知不覺的就會把以前的文言文訓練留諸筆端，以至西方傳教士們不得不不斷提醒他們必須行文通俗。這兩者構成一種張力，形成一種介紹西方文化的淺近文言。這種淺近文言後來也融入到中國近代的「報章體」中。

另一方面，隨著西方傳教士傳教活動的發展，他們需要將西方基督教的經籍翻譯成中文，由於面向普通老百姓傳教的需要，爲了讓更多的人能夠理解，翻譯的語言力求通俗，更爲接近口語的白話也就發展起來，它們逐漸擺脫「古白話」的束縛，向現代白話發展，同時也產生了擺脫「古白話」的白話詩、白話散文、白話小說。這一發展以前未曾被中國學術界所重視，至今還是空白。

先看白話詩，中國古代也有運用口語的白話詩，不過那運用的是古代的口語，不是近代的口語，如《詩經》、《樂府》、《山歌》等等，胡適自己認爲，現代白話詩是由他發明的，其實不然。西方傳教士在翻譯基督教讚美詩時，爲了幫助信徒快速理解，有不少傳教士就把它翻譯成白話詩，現從七十年代的出版物中舉若干例證：

「兩個小眼，要常望天；兩個小耳，愛聽主言。兩個小足，快奔天路；兩個小手，行善不住。耶穌我主，耶穌我主；耶穌我，耶穌我，善美榮耀之耶穌。」

「有位朋友，別人難比，愛何等大，勝似兄弟，疼愛兄弟，愛何等大；世上朋友，有時離你，今日愛你，明日恨你，只有這位，總不誤你，愛何等大！」

「救主勝似我生命，我願雙手牢執定。求以寶血沁我心，使我與主永相親。我經塵世變換處，求主循循領我路。依主不敢須臾離，隨著行路永不迷。」

「我有一位頂好朋友，真是可以算恩人。主的恩慈過於父母，與海同量無底深。頂好朋友頂好朋友，像主恩慈未曾有。」

「萬群聖徒一起聚會，盡心盡力同唱高聲；頌揚感謝公義恩惠，榮華權勢歸於主名。」

「早起看見輕霜薄雪，沒到日中已經消滅。花開滿樹眼前富貴，一陣風來忽然吹卸。」

「仰望天堂一心向上，走過兩邊絆人羅網，天使歡喜等候接望，大眾讚美彈琴高唱。」

「紅日上升滿處光，朗月高照極輝煌，不見天父見天象，仍知有主大霧量。」[45]

這些白話讚美詩至少在十九世紀七十年代就已經流傳在教民中了，它們的問世，很可能還要推前。這些詩已經把古代詩的以單音節爲主變爲現代詩的雙音節爲主，不講平仄，不講古詩格律，它們數量衆多，也有文言和古白話的氣息，表現的又是西方文化，比起胡適「纏了足又放」的白話詩，在白話文的運用上，似乎要更加大膽，更加貼近普通老百姓。

從新文學的理念看，也就更加具有新文學的色彩。我們再看寫於十九世紀 80 年代的讚美詩：

《讚美聖詩》

我眼睛已經看見主的榮耀降在世／是大衛子孫來到敗了撒但魔王勢／諸異邦在黑暗如同帕子蒙著臉／遠遠的領略到了一個伯利恒客店／在加利利的海邊困苦百姓見大光／天父救世的恩典傳到猶太國四方／耶路撒冷的長老把我救主當大凶／復活還安慰門徒逐被接到榮光中／同心祈求的教會蒙主賜下來聖靈／以信愛望拜仇敵拿著十字架得贏／今教會已經平坦只是德氣還不足／不幾時主必來到那就成全我的福／在天上有一城邑名叫新耶路撒冷／寶座周圍白衣的都是快快樂樂永生／榮耀榮耀哈利路雅／榮耀榮耀哈利路雅[46]

在這首詩中，翻譯者更加忠實於英文原作。譯詩也就更像新文學的詩作，雙音節為主的節奏，整齊的長句式，單音節和雙音節交錯的旋律，都體現了對現代漢語詩律的嘗試。這是一種全新的節奏，這樣的詩，節奏韻律雖然還不夠成熟，其間也還有舊詩的痕跡，但是其歐化程度遠遠超過了胡適等人所做的新詩。這樣形式的詩，即使拿到二十年代，在新詩的創作上，它也應當算領先的。我們以前有一個觀念，認為現代白話文是與口語結合的結果；其實不然，它是外語同口語結合的結果，這在詩歌的翻譯上尤其可以看出。像這首詩與當時的口語距離甚遠，但是它恰恰代表了後來新詩的發展方向。

再比如白話聖經之中已有：

神有智慧和能力；他有謀略和知識／他拆毀的，就不能再建造；他捆住人，便不得開釋／他把水留住，水便枯乾；他再發出水來，水就翻地／在他有能力和智慧，被誘惑的與誘惑人的都是屬他／他把謀士剝衣擄去，又使審判官變成愚人／他放鬆君王的綁，又用帶子捆他們的腰／他把祭師剝衣擄去，又使有能的人傾敗／他廢去忠信人的講論，又奪去老人的聰明／他使君王蒙羞被辱，放鬆有力之人的腰帶／他將深奧的事從黑暗中彰顯，使死蔭顯為光明／他使邦國興旺而又毀滅，他使邦國開廣而又被擄去／他將地上民中首領的聰明奪去，使他們在荒廢無路之地漂流／他們無光，在黑暗中摸索，又使他們東倒西歪，向醉酒的人一樣／（《約伯紀》12.13-25）

應當說，這種翻譯並不完全是當時的口語，實際上它提供的是一種新型的書面語言。當時西方傳教士用西化白話這樣翻譯讚美詩和《聖經》，中國信徒也有一個接受過程的。當時「所唱的詩，都是從英文翻譯的，而用外國的調子。在中國習慣上，實在非常陌生，所以唱來不甚好聽；在翻譯的詞句上亦甚俚俗。」[47] 只是這個接受過程對於中國社會來說，到五四白話文運動，已經延續了數十年之久，中國的信徒早已適應了這樣的讚美詩和《聖經》。

再看散文，古代中國沒有專門的白話散文，散文都是文言的。但是在十八世紀七十年代，西方傳教士的出版物卻刊載了不少白話散文，試看一篇描寫上海的遊記：

上海是中西頂大通商口岸，生意茂盛，人煙稠密，各口岸都及不來。城西北門外，縱橫四十里，都是外國租界，其中所居的各西國人，統計約有三千多。洋房幾千件，有三層樓、五層樓，高大寬敞；也有純石、純鐵、純木建的房屋，牢固的狠。街道都用石子填成，寬四五丈，至少二三丈，往來馬車、小車、東洋車終日紛紛不絕。路上遇塵土飛揚，自有許多工人，用水車汲水，沿路潑灑，而且隨時有人打掃，真乃潔淨之極的。煤氣燈通衢懸照，從夜裡到天明，沒有定時。致於洋場中繁華景子，妓樓戲館，酒肆、茶坊、煙室，都是寬大精緻，鬧熱非常。一日不知有多少人，費多少萬銀子在那裏，黄浦裡輪船、帆船、沙船、客船停泊，真像星羅棋佈，遠遠觀望，勝如茂林。就是過渡小船，都用白漆紅邊，可知無事不以精潔華麗為主，給人受用。住在上海的人，胸中自多一番放浪浩蕩的意思，其快樂豈獨像人說，下有蘇杭的快樂麼。吳淞江口，連接四座大橋，長二十多丈，寬約三丈。外橋浦灘一帶，是西國花園，奇花佳卉，四時不斷。每傍晚，當此炎天，西人都到園中散步納涼，樂如何之。另有製造局、洋藥局、格致書院、火輪車路，泰西各樣制藝學問，在上海差不多已經都有了。致於上海城，本不算大，周圍不過九里，高不過二丈，城隍廟後豫園有假山、九龍池、湖心亭、九曲橋、點春堂，都是極精緻奇巧的。四城門上有丹鳳樓、振武台、關帝殿、觀音閣，分為樓臺殿格；更有小九華、小蓬萊、小天臺、小武當、小穹窿，這許多古蹟，人說是三國時孫權為母親建造的。城西有龍華寺，寺內龍華塔有七層高。西北靜安寺，寺內有泛水眼，水終年會自己湧出來。另有廣福寺、積善寺、法華寺、安國寺、崇慶寺、慶寧寺共八大寺，這也是古蹟，也是孫權建造的。上海的生意，當此絲茶新出的時候，很是熱鬧。別樣洋貨、南北貨、海貨、人參、藥材以及各洋貨物無不全備，真是通商的大口岸也。有七個教會在上海，禮拜堂大小十六個，大義塾六個，小義塾十幾處，相信的人，七會共計約有五百多。[48]

這篇散文作爲遊記雖然缺乏文采，但是它的行文語氣已經擺脫了過去西方傳教士所用的古代白話的行文語氣，表現出新的氣息，雖然其間還有文言的影子，如「每傍晚，當此炎天，西人都到園中散步納涼，樂如何之。」等等，但是，這種文言的影子在五四白話文中也存在，甚至要更加厲害。因此，它顯然比五四的白話散文更接近於今天的白話散文，而不是以前傳教士寫的模仿古白話的散文，假如把它放到與五四後的雜誌上刊載的白話散文一起，我們會很難斷定它是寫於十九世紀七十年代。

我們再看西方傳教士在十九世紀七十年代用白話寫的議論文：

從前用功教導學生同教友們唱詩，因為沒有合適的樂書，常覺累贅。因此就出上工夫，開清樂法的大略，並且考究定規要緊的名目。起先是單為自己的學生預備的，後來思想，不如印成一本書教眾人便宜用。如是，又加細工，修改補全，編成這本樂書。

從前多年，有天主教的西國人，將西國樂法，大小規矩講明，成一部書，叫律呂正義，都定在律曆淵源裏頭。只是這部書，如今難得，而且說的也太繁數，並不是預備平常人學唱，乃是預備好學好問的先生，互為證驗。再說作成這部書以後，又有人找出新理，添補在樂法之中，因此這部書，如今就算是舊的，其中多半，是些不合時的老套子。近來又有耶穌教的人，將西國的樂法，作成樂書。但是所作的，大概只是聖詩調譜，而樂中的各理各法，並沒有詳細講明，更沒有預備演唱的雜調、和小曲。現在所作的這本書，是詳細講明，各理各法，並有演唱的雜調社區，又有三百六十多首聖詩調譜。

此書所用的法子，原是西國的法子，不只一國兩國用的，乃是西方諸國，共用的法子。再說這個法子，不是今年才興起來的，乃是許多年，漸漸興起來的。又不是一個兩個人，找出來的，乃是許多有名的樂師，陸續添補造成的。因此如今所用的法子，可算極完全了。

樂中的理，是先找出來的，後來住了多年，才得了一個好些法。如今所用的寫法，乃是幾位有才情的人，集成的妙法，很為妥帖。中國樂法的短處，正在它的寫法不全備，又不准成，不能使得歌唱的人，憑此唱得恰合式。

西國樂法的根基，就是一個七聲的級子，大概與中國的相同。中國原起只有五聲，就是宮、商、角、徵、羽。後來到漢朝，又補上了變徵變宮，就成了七聲，此與西國屬戊的級子一樣。

倘若有人說，中國既然有中國的樂法，何必用西國的法子呢？可以說，中國樂法固然是有的，只是不及西國的全，也不及西國的精，而且中國所行的腔調，大概都屬玩戲一類，若用它唱聖詩敬拜神，是不合適的，這不是說，中國的樂法，定然附就不上，只是直到如今，中國還沒出這樣有才的教友，能將中國的樂法變通，使得大眾，可以用中國的腔調，唱聖詩敬拜神。這樣說來，耶穌教中，唱聖詩一事，既然歸於西國人身上，西國人自然就拿出自己所明白的，來教導人。再說中國人，既然學耶穌道理，進耶穌教，如是照著教中通行的法子，唱聖詩敬拜神，也很便當。

學唱，有兩樣定要緊的。一、是要仔細效法樂師，因為書中的話，不論學得怎樣明白，樂中的法子，不論看得怎樣透徹，不效法樂師，總學不完全。二、是要恒心演習，因為學唱原不容易，必得工夫到了，才能學成。倘若一面效法好樂師，一面用功演習，這樣學樂，並不甚難，從小學，更是如此。雖說樂不甚難學，卻不可看輕，以為樂是淺薄的。當知樂本是無窮無盡的，其中的妙趣，就是一輩子，也學不盡。

樂本是要緊的，是有許多用處的，不論男女老幼，都可以用。人當閒暇無事，正好唱詩，一來，省得虛度光陰，二來，也省得趁著閒時，去做壞事。樂最能激發喜樂的心，人若有喜樂的事，自然唱起詩歌來，表出他心中的意思，如是喜樂的心，更加喜樂。就是那不樂的人，聽見這喜樂的樂聲，也就生出快樂來了。樂也好解人的憂愁，人有了難事，心裡憂愁，歌起詩來，便覺鬆散，心中的憂愁，不由得也就解去了。樂本是屬於正事的，最能發作人的志氣，引人好勝，人若喜歡唱詩，常用這樣的工夫，他的心術，大約就端正了。樂的大用處，卻是用它讚美神。凡眾教友聚會敬拜神，就當唱聖詩，好歸榮耀於神，如是眾人虔誠的心，自然也就激動起來了。

此書所講的樂法，既不是中國所原用的，所以書中定的名目，和字眼兒，難免有不妥當之處，雖然費的工夫不

> 少，只怕還有些毛病，望用書的人，原諒一點。作此書的本意思，就是幫助各處的先生，教導學生和教友們唱詩，而且盼望中國會唱的教友們，得著一個好法子，能自己學，又能教導眾教友們學，如是大眾可以同唱聖詩，頌贊天父。果能如此，就完全了我的意思，實為萬幸。[49]

這篇文章的分段和標點都是原有，標點只有頓號和句號，也就是只有句逗，現在只是將原來的頓號換成了逗號。這是一篇用英文想好了的文章，然後再翻成中國白話的，行文方式是英國式的，它與中國傳統的議論文序跋完全不同。其差異主要有以下幾點：

一、中國傳統的序跋有一套古文的寫法，其中的起承轉合非常複雜，而且不分段落，講究一氣呵成。現今古文的分段都是後人重新分的。英國議論文講究分段，每一段一層意思，逐層遞進，層層深入，顯得邏輯清晰，層次分明。

二、古代的序跋文言富於彈性，詞語可以前置後置，變化較多。有意通過這種變化增加散文的色彩。英國散文句子都講究語法，各種詞有著固定的位置，不容像中國古代序跋這樣隨便變化。

三、古代文言散文行文以單音節字詞爲主，現代散文行文以雙音節詞爲主。該文以雙音節詞爲主，而且用得十分自然流暢。

四、文章對音樂的理解，帶有很強的西方色彩，這是站在西方音樂的立場上觀照東方音樂，指出中國音樂的缺陷。

五、因爲沒有受過這樣的訓練，在晚清即使是與西方傳教士合作翻譯的士大夫也寫不出這種文體的序跋，只有西方傳教士因爲受過專門的訓練，才寫得出這樣的序跋，這就是一篇現代散文。

這樣的說理散文在當時還有不少，如西方傳教士丁韙良寫的《天道溯源》，原是文言，後來英國牧師包爾騰在十九世紀六十年代將它翻譯成白話，「其書屢見刊印廣傳」。

「《天道溯源》一書，是美國丁韙良先生作的，我看它說理透徹，行文精當，深為佩服。因想這書，講論天道的根源，人事的始末，實在可作引人歸道的法門，不但文人學士應當揣摩，凡農商工賈，男婦老幼，無不應當遵奉，特恐文辭富麗，有非讀書人，不能懂得的，現在用官話翻譯出來，叫不曉文藝的人，都可明白。雖在道理上，不能多有闡發，或者與傳道的事，可以少有幫助，至於話語中有不工之處，還求看這書的人，重其意，輕其文，就可以了。」[50]

行文還帶有一些文言氣息，與五四白話文差不多。不過這篇文體不像上一篇那麼西化。可見綜合文言、白話、西方語言文化的漢語，其實是早已問世了。

我們再看白話小說，西方長篇小說最早完整譯成漢語的，當推班揚的《天路歷程》，翻譯者爲西方傳教士賓威廉，時間在 1853 年。後來因爲傳教的需要，又重新用白話翻譯了一遍，時間在 1865 年。爲了便於閱讀，在白話譯本中還增加了小注，注明見《聖經》第幾章第幾節。全書用斷句。因爲是譯本，自然帶有西方文化，與中國傳統的白話章回小說完全不同；但是，它又受到中國白話章回小說的影響，每卷結束時，都有

「詩曰」，有一首絕句。但是小說中的語言，雖然是白話，卻已經不是章回小說所用的古白話，大體上已經是嶄新的現代漢語。試看：

「世間好比曠野，我在那裏行走，遇著一個地方有個坑，我在坑裏睡著，做了一個夢，夢見一個人，身上的衣服，十分襤褸，站在一處，臉兒背著他的屋子，手裏拿著一本書，脊樑上背著重任。又瞧見他打開書來，看了這書，身上發抖，眼中流淚，自己攔擋不住，就大放悲聲喊道，『我該當怎麼樣才好？』他的光景，這麼愁苦，回到家中，勉強掙扎著，不教老婆孩子瞧破。但是他的愁苦，漸漸兒的加添，忍不住了，就對他家裏的人，歎了一口氣說，『我的妻，我的子呵，你們和我頂親愛的，現因重任壓在我身上，我將死了。而且我的確知道我們所住的本城，將來必被天火焚毀，碰著這個災殃，我和你們都免不了滅亡。若非預先找一條活路，就不能躲避，但不曉得有這活路沒有。』他的老婆孩子聽了這話，詫異得很，害怕得很，不是把他的話當做真的，是怕他要瘋。那時天將晚了，指望他一睡，或者可以心定，就急忙催他去睡。無奈他夜裡如同白日一樣，心裡不安，總睡不著。整天長籲短歎，又不住的流淚。到了天亮，他們來問他，見好沒有？他說越久越覺得苦，又把昨兒那些話，說了一番。他們忽略不肯聽，心裡想好好的待他不行，不如惡惡的待他，他的病或者可以好。所以要譏笑就譏笑，要怒罵就怒罵，有時全不理他。他遇見這個，走到自己屋裡，一般悲痛自己的苦處，一半可憐家裡的人癡迷不悟，替他們祈禱。又常獨自走到田中，忽然看書，忽然祈禱。過了幾天，都是這樣。有個時候，我瞧見他在田中行走，仍舊看書，心裡憂愁得了不得，看書的時候，照舊發大聲喊道：『我應該做甚麼，才可以得救。』」[51]

這是《天路歷程》開頭的第一段，我們可以看到，爲了忠實於英文原著，作者運用白話翻譯時必須保持原著的特點，忠實於原作的意思，這樣的翻譯也就改造了中國原有的白話文學。假如把這一段與今天《天路歷程》的譯本對照，我們不難發現：它們之間並沒有明顯的差別，尤其是在白話語言的運用上。賓威廉的本子有的地方譯得不夠詳細，但是就他的語言特點而論，與現代漢語已經沒有多大的差別。該譯本未選錄的其他部分，大體上也是如此，譯文的個別地方與今譯本雖有不同，但是不足以確定它們爲兩種語言。《天路歷程》中有大量第一人稱的敘述，這種敘述與中國傳統小說的第一人稱說故事敘述不同，它是具有強烈感情色彩的第一人稱敘述，帶有很強的抒情性。

因此，根據以上大量的事實，我們有理由說：與文言文和古白話不同的新白話，也就是後來的現代漢語在十九世紀七十年代已經正在形成，其代表作就是西方傳教士的翻譯作品，它們的流行遍佈全國各地，而且常常在下層社會。它們包括了詩歌、散文、議論文、小說等各種樣式的文學作品。換句話說：現代漢語的文學作品是由西方傳教士的中文譯本最先奠定的，它們要比五四新文化運動宣揚的白話文早了近半個世紀。它們在社會上自成一個發展系統，連綿不斷。只是這些白話文主要在文化水準不高的社會下層流傳，對士大夫階層的寫作影響不大。

因此，我們可以看到，早在五四新文學問世之前，運用類似於現代漢語的歐化白話文創作的文學作品已經存在，除了戲劇目前尚未發現外，小說、散文、詩歌等各種文體都已作了頗爲有益的嘗試，在西方傳教士的支持下，它們在語言形式上走得比五四新文學更遠，在歐化程度上有的作品甚至超過了新文學前期的作品。這些歐化白話文作品不絕如縷，在教會出版物中一直延續下來，延續到五四白話文運動，一直到現代漢語占據主導地位。

頗有意思的是，這些作品似乎在五四新文學家的心目中並不存在，它們雖然問世已經接近半個世紀，但是它們對新文學家似乎毫無影響。新文學家在說到自己的創作時，幾乎都沒有提到西方傳教士的中文翻譯作品對他們的影響，他們幾乎一直認爲自己的創作主要接受的是外國小說的影響，他們或者是閱讀外文原著或英譯本，或者是閱讀林紓等非西方傳教士的中譯本，彷彿西方傳教士的歐化白話文譯本從來就沒有存在過。甚至連許地山這樣的基督徒作家都沒有提及西方傳教士的白話文對他的影響。對於造成這種狀況的原因分析將是另外的論文要論述的內容，但是，毫無疑問，這是西方傳教士的歐化白話文文本後來被歷史遮蔽的主要原因。但是，正因爲新文學家也是接受外國小說的影響，用外國文學的資源來改造中國文學，所以他們創作的作品所用歐化白話與西方傳教士可謂是殊途同歸。

那麼，新文學作家沒有提到西方傳教士歐化白話文對當時社會的影響，是否這一影響就不存在呢？答案是否定的！西方傳教士的歐化白話文本俱在，對當時的基督徒以及靠近教會的平民不會沒有影響。其實，在五四新文化運動提倡白話文時期，並不是沒有人發現五四白話文與西方傳教士白話文的相似之處，周作人在 1920 年就曾經提到：「我記得從前有人反對新文學，說這些文章並不能算新，因爲都是從《馬太福音》出來的；當時覺得他的話很是可笑，現在想起來反要佩服他的先覺：《馬太福音》的確是中國最早的歐化的文學的國語，我又預計他與中國新文學的前途有極大極深的關係。」[52] 可見，早在 1920 年前，新文學創作初起之際，就有人發現它與西方傳教士所用的翻譯白話之間的聯繫，指出新文學所用的語言就是以前西方傳教士翻譯所用的歐化白話。只是當時的新文學家不願承認。這一發現其實非常重要，這說明當時有讀者是因爲先看到了西方傳教士的歐化白話文譯本，在這個基礎上才接受或者反對新文學的，而對這些讀者來說，新文學的歐化白話已經不是新鮮事，他們很容易就能夠辨別新文學的語言。換句話說，西方傳教士的歐化白話文是新文學的語言先驅，這一看法後來也得到周作人的認可。其實，這一看法雖然沒有成爲新文學的共識；在中國基督教會的學術界，卻已經成爲常識。有學者指出：「當時在《聖經》翻譯的問題上，有許多困難問題，大都由西人主任，而聘華人執筆，爲欲求文字的美化，不免要失去原文的意義，爲欲符合原文的意義，在文字上不能美化。文言文不能普遍於普通教友，於是有官話土白，而官話土白又爲當時外界所詬病。卻不料這種官話土白，竟成了中國文學革命的先鋒。」[53] 還有的學者直接就把白話《聖經》的翻譯看作是新文學運動的先驅：「那些聖書的翻譯者，特別是那些翻譯國語《聖經》的人，助長了中國近代文藝的振興。這些人具有先見之明，相信在外國所經歷過文學的改革，在中國也必會有相同的情形，就是人民所日用的語言可爲通用的文字，並且這也是最能清楚表達一個人的思想與意見。那早日將《聖經》翻譯國語的人遭受許多的嘲笑與揶揄，但是他們卻作了一個偉大運動的先驅，而這運動在我們今日已結了美好的果實。」[54]他們都把新文學看成是西方傳教士白話文的繼承者。

周作人提到的《馬太福音》是《聖經》新約的一部分，《聖經》的翻譯在中國歷史悠久，從現存唐代「景教碑」文看，漢文《聖經》大約很早就已經存在，但是當時的譯本已經蕩然無存，今人已無法知道它們當時的語言面貌。利瑪竇在中國出版過一部《琦人十規》，是一本文言的關於天主教教理的問答。1636 年，西方傳教士陽瑪諸出版了一部《聖經直解》，用文言把《新約》四福音中的許多經文譯出，並且加了注解。大約在 1750 年到 1800 年的半個世紀中，一個耶穌會傳教士魯士波柔在北京朝廷理當了多年的翻譯官，他在工作之餘把《聖經》的大部分翻譯成了白話，其中包含《新約》的全部，《舊約》的大步。這可能是中國最早的《聖經》白話譯本。這是否是周作人所說的《馬太福音》那個譯本我不知道，（我覺得它更可能是傳教士楊格非所譯的《馬太福音》，它於 1883 年出版）。但是，只要設想一下，翻譯《聖經》必須絕對忠實於原作，所用的白話自然當是歐化的白話，而不可能是中國古代的古白話。假如我們把這時作爲歐化白話的發端，那麼，它發展到十九世紀七十年代，差不多也有近一個世紀了。

事實上，中國近代最早的中文報刊是由西方傳教士創辦的，最早的啓蒙就是由西方傳教士出版的報刊和翻譯的西書開始的。西方傳教士對平民的傳教與清代白話文運動啓蒙普通百姓的宗旨也是很相近的，晚清的思想啓蒙運動實際上受到西方傳教士的影響，晚清先進士大夫在思想上幾乎都受到西方傳教士辦的《萬國公報》等啓蒙雜誌的浸染，晚清的同人啓蒙報刊顯然不同於《申報》這類市場化的報刊，而更像西方傳教士辦的啓蒙報刊。晚清的白話文運動其實受到西方傳教士的啓發，是學習西方傳教士的，在白話文運動的發難之作裘廷梁的《論白話爲維新之本》中就提到：「耶氏之傳教也，不用希語，而用阿拉密克之蓋立里土白。以希語古雅，非文學士不曉也。後世傳耶教者，皆深明此意，所至則以其地俗語，譯《舊約》、《新約》。」[55] 晚清白話文運動的許多白話作品，也具有歐化白話的傾向。晚清白話文運動也提出了漢字「拉丁化」的設想，吳稚暉、錢玄同等人甚至主張「漢字不滅，中國必亡」。從西方傳教士到晚清白話文運動，再到五四白話文運動，構成了一條歐化白話文的發展線索。明乎此，我們就能夠理解，爲什麼五四白話文運動可以做到幾個人振臂一呼，就能夠群山響應。接受歐化白話文的社會基礎已經建設了幾十年了。語言是文學的基礎，文學是語言藝術的集中表現。我們尋找五四新文學的起源，應該看到西方傳教士對此曾經做出過貢獻。西方傳教士的白話文有的比五四作家寫的白話文更像後來的白話文，是因爲它們直接是從外文翻譯過來的，即使不是翻譯，也是用外文先想好了，然後翻成漢語。這種漢語書寫方式是非常獨特的，只要對比一下今天文學的語言和形式，我們不難發現它們比五四時期的中國文學更加接近外語作品，這種接近實際上顯示了現代漢語的變革走向，以及它所受到的外來影響。假如我們再聯繫由西方傳教士發端的中文報刊作爲新興傳播媒體給文學變革帶來的影響，近代的「新小說」運動實際上源於曾經做過傳教士的傅蘭雅提倡的「時新小說」徵稿，近代占統治地位的「文學救國論」實際上源於西方傳教士林樂知翻譯的《文學救國策》，它們後來都成了統治中國文壇的主流！[56]我們也許會對西方傳教士對中國近代文學的影響形成一個更加全面的印象，西方傳教士在文學觀念、文學內容、文學功能、文學形式、文學語言、文學與現實的關係以及傳播方式、讀者對象、教育培訓等諸方面都曾對中國文學的近代變革產生影響，它的力量遠遠超出了現在學術界對它的估計。在某種意義上，我們甚至可以說：中國文學的近代變革，首先是由西方傳教士推動的，他們的活動是五四新文學的源頭之一。

歐化白話文改造了漢語，促使漢語精細化、明確化，擴大了漢語的表現能力。但是語言是文化的表現，漢語歐化的結果，也失落了不少傳統文化的內涵，促使漢語「平面化」，失去了漢語原有的厚度。現代漢語語法體系是從《馬氏文通》發展而來的，陳寅恪在三十年代曾經批判《馬氏文通》的做法：「今日印歐語系化之文法，即《馬氏文通》格義式之文法，既不宜施之於不同語系之中國語文，而與漢語同系之語言比較研究，又在草昧時期，中國語文眞正文法，尙未能確立，」他認爲一直到三十年代，擺脫西方傳教士影響的中國眞正文法，並沒有建立。他甚至警告當時的語言學家：「從事比較語言之學，必具一歷史觀念，而具有歷史觀念者，必不能認賊作父，自亂其宗統也。」[57]三十年代還曾經發生過十教授聯名發表宣言，拒絕漢語的歐化，要求漢語恢復傳統。就是在主流文學內部，也曾經出現對歐化白話文的反思。瞿秋白認爲：五四白話文「造成一種風氣：完全不顧口頭上的中國言語的習慣，而採用許多古文文法，歐洲文的文法，日本文的文法，寫成一種讀不出來的所謂白話，即使讀得出來，也是聽不慣的所謂白話。」[58]寒生（陽翰笙）也認爲：「現在的白話文，已經歐化、日化、文言化，以至形成一種四不像的新式文言『中國洋話』去了。」[59]對於當時的白話受到歐化影響，他們的看法與陳寅恪、王國維以及十教授倒是一致的。只是這些抗拒歐化的努力，由於不是主流，後來被歷史遮蔽了。

19世紀歐化白話文的發現，需要我們重新思考和調整目前的現代文學研究。首先，現代文學研究的時段必須改變，原來的現代文學研究從1917年的新文化運動開始，後來上推到1915年，甚至上推到1898年。但是歐化白話文作爲新文學先驅的存在，需要我們把研究時段延伸到西方傳教士的中文傳教活動。布羅代爾早就指出：長時段的對對象的審視，也許更能說明問題。如果說晚明的傳教主要還是文言，目前還沒有發現傳教士對文學的影響；那麼，19世紀馬禮遜創辦《察世俗每月統紀傳》和郭實臘創辦《東西洋考每月統紀傳》就應當進入我們的研究視野。後來傳教士的歐化白話文正是從他們發端的。其次，我們以往的研究受到民族主義影響，把漢語書面語從文言到現代白話的轉變看成是漢語內部的轉變，很可能低估了近代「西化」、「全球化」的力量。我們忽視了西方傳教士用中文創作翻譯的作品，他們改造漢語的努力，只在我們中國作家內部尋找變革的因果關係；西方傳教士是外國人，他們的漢語文學活動便不能進入我們的文學史，這種作繭自縛遮蔽了我們的視野，也掩蓋了某些歷史眞相。第三，我們以往對現代文學的研究，是繼承了胡適這批學者，以一種進化論的觀念，來看待白話取代文言，把歷史簡化了；其實其中的關係要複雜得多。晚清的文學現代化過程，有著多種選擇的可能性。看不到這種複雜性，我們就無法理解：爲什麼像王國維、陳寅恪這樣從來就主張現代化的學者，王國維會去自殺，而陳寅恪會認爲他的自殺是殉文化，爲什麼陳寅恪這時會認爲中國的文化已經凋零到需要有人來殉了。我們的學術界至今還無法回答這些問題。研究新文學成長必須把它與舊文學的衰亡結合在一起研究，才能更清楚地看出歷史的演變脈絡。最後，我們重新審視這段歷史，考察西方傳教士的中文文學活動，也許能夠對「全球化」、「殖民化」、「帝國主義」在文化上的影響及其方式，產生更深入的認識。如果我們不把「現代化」只看作「西化」，並且我們需要對現有的「現代化」做出反思；那麼，我們就應當對西方傳教士開始的歐化白話文做出新的反思，重新思考殖民主義的特點，和與之相關的文化現代化；重新思考和評價中國近代古今、中西、雅俗的三大矛盾衝突的背景與結果。對近代歐化白話文和西方傳教士的影響研究是一個值得深究的課題，本文只是提出一些粗淺的想法，希望有更多的人從事這方面的研究。

其實，不僅是白話，文言也一樣有著歐化的影響。十九世紀大多數《聖經》的譯本都是文言，文言的翻譯面臨著與白話同樣的問題：翻譯《聖經》必須忠實於原著，但是一旦忠實於原著就會「異化」原有的語言。例如，西方傳教士麥都思用文言翻譯的《聖經》於 1854 年出版，這個譯本的中國翻譯合作者是王韜，王韜的文筆很好，很有利於這個版本《聖經》的流行，因此它被稱作《聖經》的「代表譯本」。「但是這也造成該譯本重要的缺點，其中主要的一項乃是有時候爲顧全文體起見竟至犧牲了原文正確的意義，其中所用的名詞多近於中國哲學上的說法，而少合基督教教義的見解，有時單是因爲文筆的緣故，掩蔽了文字所含寓的眞實的意義。」[60] 後來又根據這個譯本出版了它的白話譯本。文言譯本是《聖經》最早的譯本，也是當時種類最多的譯本，從上述所引的這段話中，我們可以看到，要用文言準確傳達出《聖經》的原意，就必須增加漢語的某些辭彙，擴大漢語某些辭彙的意義，改變漢語的一些表述方式。

《聖經》的翻譯對漢語的影響是全方位的，「最早之時，爲了風尚所趨，將《聖經》譯成文言文，即所謂文理譯本，但是不久覺得這不能適合眞切的需要，普通的人民教育程度淺薄，不能瞭解那樣深刻的文字，而必須有一册能爲普通一般的人誦讀的《聖經》」。[61]因此，在1890年上海舉行的新教傳教士大會上做出決議，成立三個翻譯《聖經》的委員會，選定三個翻譯小組，用文言、淺近文言、白話三種語言翻譯《聖經》。這些譯本後來都出版了，它們都是歐化的漢語，促進了漢語的變化。

由於中國的書面語言後來從文言向白話方向發展，所以西方傳教士晚淸時期在淺近文言和文言上的貢獻，往往會被中國學者所忽視，其實在這兩方面，西方傳教士的開拓之功都是非常重要的。文言與淺近文言都是中國原來就有的，西方傳教士的貢獻就在於將西方文化與文言和淺近文言結合起來。我們試看以下例證：

西俗婦女，向來讀書，與男子少異，男子志在功名，期於博大精深，明體達用，顧學各國方言文字，以及算格諸學，而婦女嫻於此者，亦不乏人，近來女學蒸蒸日上，與男學同科爭勝者，逐漸增多，即如英國南北國學，其北學於前歲另開一館，專為鼓勵女學而設，聞去年收錄共一

> 百八十名，皆小學課程已滿，率有大成之目者，將來選拔名媛，仍必另設一場，中式閨秀，科名等第，一如國家造士之法，以為激蕩婦女之盛典云。[62]

女學在中國古代也有，不過那主要是爲婦女增加修養，並不要求婦女同男子一樣接受教育。在現代全球化過程中，世界各國建立民族國家，產生了培養現代國民的需要，婦女是現代國民的一部分，婦女必須接受像男子一樣的國民教育。因此，現代女學的建立，是建立民治國家培養國民需要的標誌之一，這也是現代化的一個重要方面。在中國提倡現代女學，強調婦女應該接受現代教育，西方傳教士是最早的，他們在主觀上已經意識到中國必須建立民族國家，才能與世界和睦共處。他們原意幫助中國建立民族國家，鼓動中國人進入世界的大家庭，因此，他們是最早進行啓蒙的學者。

又如丁韙良在十九世紀六十年代翻譯惠頓所著《萬國公法》

> 治國之上權，謂之主權。此上權或行於內，或行於外。行於內，則依各國之法度，或寓於民，或歸於君，論此者嘗名之為「內公法」，但不如稱之為「國法」也。主權行於外者，則本國自主而不聽命於他國也，各國平戰、交際皆憑此權，論此者嘗名之為「外公法」，俗稱「公法」即此也。[63]

新的概念，新的觀念，新的解釋，用淺近文言表達出來，這些翻譯都改變了中國文言的話語，引起了文言的變化。中國近代翻譯事業的巨大發展，給語言帶來很大的變化。當西方的文化成爲中國學習的對象時，語言的適應就成爲翻譯者面對的難題。西方科學技術政治經濟大量都是中國歷史未曾有過的新事物。有的還勉強可以用中國古代的詞語套上去，如民主政制翻譯成「共和」，套的是西周史上的「共和」，二者除了在缺乏絕對統治的「帝王」這一點上相似之外，其他的內涵都不一樣。大部分詞語無法套用，使得翻譯者頗傷腦筋。曾經作過傳教士的傅蘭雅翻譯西方科學技術書時已經必須「設立新名」，「以平常字外加偏旁而爲新名，仍讀其本音」，「用華字寫其西名，以官音爲主」等等[64]，創造了大批新字新詞，這些字詞，有許多一直沿用到現在。

對於西方傳教士來說，傳教是爲了拯救人的靈魂，讓更多的人進入天堂。要完成這一使命，當然是拯救的人越多越好。加上西方傳教士傳教時，中國士大夫往往加以抵制，拒絕接受，所以西方傳教士開始傳教時把注意力主要放在普通老百姓身上，所用語言也以古白話、白話、淺近文言爲主。但是，由於士大夫是中國文化的掌控者，西方傳教士在傳播科學知識、西方文化時，也常常面向他們。隨著西方傳教士對中國社會的深入瞭解，他們發現「不論哪個社會，凡是受過高等教育的人都是有影響的人。他們會控制社會的情感和意見。」「中國的情況更是如此。作爲儒家思想的支柱是受過儒家思想教育的人。如果我們要取代儒家思想在人們思想中的地位，從受過儒家思想教育的人那裡奪取他們現在占有的地位，我們必須培養受過基督教和科學教育的人，使他們能夠勝過中國的舊式士大夫。」他們強調「本國語言的教育，是一個人在本國人民群衆中取得學術聲望所必需的。」[65] 於是，西方傳教士不僅重視培養自己的高層次學者，而且越來越重視對中國士大夫的影響。

其實，早在開埠之初，西方傳教士在介紹西學時，就已經注意將西學與中學打通，便於中國人接受，這也是明末利瑪竇所用的方法。

> 今之泰西各國，天人理數，文學彬彬，其始皆祖於希臘。列邦幼童，必先讀希臘、羅馬之書，入學鼓篋，即習其詩古文辭，猶中國之治古文名家也。文學一途，天分抑亦人理，教弟子者，童而習之，俾好雅而惡俗。[66]

所以近代西方傳教士的翻譯主要運用的還是文言，包括淺近文言。尤其以他們在《萬國公報》上發表的文章和廣學會、江南製造局翻譯的西書對中國先進士大夫的影響最大。事實上，西方傳教士的語言和論述文體也影響到中國士大夫，這從當時報刊所用的語言文體中也可以看出。

第三節　報章語言文體的演變

「語言是外在於任何個人的，雖然僅僅部分地是這樣；但是，重要的是，一種特定的語言乃是說這種語言的那些人的集體意識的一部分，語言也使這種集體意識成爲可能」[67]。文言文的訓練形成的中國文人的集體意識，他們很難自己發現文學需要新的語言，直接表現自己的情感。這種發現必須在外國的參照之下。只有在外國語言變化的參照之下，才能發現中國言文脫離的弊病。

中國士大夫首先受到西方傳教士影響的是一批與西方傳教士合作從事翻譯工作的士大夫。如蔣敦復爲西方傳教士做翻譯工作，受到西學的影響，他的文章有不少新的內容。如他寫的《華盛頓傳》描寫華盛頓「慨然辭衆，謝兵權，歸田里。」「勿傳世」，「勿終身」。「既及英平，思與民休息，乃下令曰：繼自今以往，如有貪利忘義，削民膏，殘民命者，與吾民共誅殛之毋赦。當是時，人和年豐，化行俗美，華盛頓名赫赫，至今稱道弗衰云」。其著眼點，在突出華盛頓不戀個人權位，其中也就涉及到西方的民主制度。在這類作品中，蔣敦復所用文言淺近，文章寫得平易，很少用典，介紹西方時又時而說理，文章確實常常不按章法，但卻體現了類似報章體的特色。他的遊記也寫得很好，長於白描，文筆清淡而又跌宕，頗有獨特的韻味。

與西方傳教士合作翻譯的士大夫中，最著名的還數王韜。王韜的最大成就，不在詩歌，而在文章。他長期在香港主編報刊，撰寫時評。是「報章體」形成的重要作者之一。「少即好縱橫辯論，留心當世之務，每及時事，往往憤懣鬱勃，必盡吐而後快，甚至於太息泣下。」有著強烈的憂患意識。他是中國第一位傑出的報刊政論家，在報刊上發表了大量的時評。他早就認爲：「當今天下之大患，不在平賊而在禦戎」，「亂之所生，根於戎禍之烈也」。因此他特別關注學習西方，變法自強。

《易》曰：「窮則變，變則通」……嗚呼！至今日而欲辦天下事，必自歐洲始。以歐洲諸大國為富強之綱領，製作之樞紐。舍此，無以師其長，而成一變之道。中西同有舟，而彼則以輪船；中西同有車，而彼則以火車；中西同有驛遞，而彼則以電音；中西同有火器，而彼之槍炮獨精；中西同有槊備，而彼之炮臺水雷獨擅其勝，中西同有陸兵水師，而彼之兵法獨長。其他則彼之所考察，為我之所未知；彼之所講求，為我之所不及；如是者則不可以僂指數。設我中國至此時而不一變，安能埒於歐洲諸大國，而與之比權量力也哉！（《變法中》）

在平易樸實的敘述對比中，形象地向讀者揭示了中國與西方的差距。那麼，怎樣才能解決這些問題，縮小差距呢？王韜提出：

溯乎立國規模，根深蒂固，但時異勢殊，今昔不同，則因地制宜，故不可不思變通之道焉。其道奈何？曰：毋因循也，吾苟且也，毋玩揭也，毋輕忽也，毋粉飾也，毋誇張也，毋蒙蔽也，毋安於無事也，毋溺於晏安也，毋狃於積習也，毋徒襲其皮毛也，毋有初而鮮終也，毋始勤而終怠也。必有人焉，深明制治之道，周知通變之宜而後可。否則，機器固有局矣，方言固有館矣，遣發子弟固往美洲攻西學矣，行陣用兵固熟練洋槍矣，而何以萎靡不振者仍如故也？洞明時變大有幹謀者，仍未能見其人也！徒令論者以為西法不足效而已。或以為糜費也，或以為多事也，或以為無益於上而徒損於下也。嗚呼！是非西法之不善，效之者未至也，所未變之大道未得焉。（《變法自強下》）

在這些排比的、鋪陳的、氣勢昂揚的論述中，我們可以看到當時《申報》評論他的特色：「飛毫濡墨，揮灑淋漓，據案伸箋，風流蘊籍。」「留心世事，博通中外之典章；肆力陳編，宏備古今之淵鑒。」在這充滿激情，富於感染力的論辯中，我們可以看到後來梁啓超政論文的雛形。他作爲中國知識份子在報刊上縱論天下大事，橫議治國方略的先驅，開創了報章政論散文的新世界。

王韜的遊記也寫得很好。他的《漫遊隨錄》記載了他在歐洲的遊歷，其中涉及西方的科學技術，發明創造，文化設施，政治制度等，還有大量的人物風情，民俗歷史。另一部《扶桑遊記》則記載了他在日本遊歷的見聞。王韜有思想，善於思考，如寫法國的博物館，將他與整個社會的教育、科學結合在一起考察。王韜寫的散文頗有功力：

> 大境，在城西北隅。傑閣三層，附庸城堞中供關帝像。其下槿籬茅屋，古樹叢篁。時於缺處望見危欄曲檻，而即之則小澗平橋，紆回始達。曠土數畝，間植桃柳。暮春花開，朱碧相映。時當祓禊，士女如雲。比日夭桃零落，僅數十株著花矣，然踏青者猶接跡也。
>
> 李善蘭壬叔從西泠來，下榻於此。餘時往小憩。閣上四壁多為遊者惡詩所疥，因命春帆煉師呼堊者至，悉鏟去之而後快。嘗登閣納涼玩月，煮酒縱談，壬叔砉然長嘯，松篁為之答響。余謂壬叔是陳元龍一流人，允宜高臥此百尺樓上。（《瀛寰雜誌》卷二）

文章前半寫景，後半寫人，以樓作巧妙的銜接，結構上層次分明卻又天衣無縫。描述景物遠近高低，錯落有致，有如圖畫之美；寫人部分，言談舉止，刻畫入微，難言傳神之妙。當時的江浙「狂士」，在上海獲得的自由感，也從一個側面顯示出來。簡潔凝練的文字，清新閒適的風格，筆墨的老練，由此可見。

如果說西方傳教士最初促進了漢語的歐化，那麼，報刊的崛起無疑進一步推動了這一發展。近代中國報刊本是由西方傳教士創辦，但是，西方傳教士創辦的報刊大都是宣傳性的，帶有非商業化的傾向。在西方傳教士所辦報刊的推動下，英國商人匹克烏得於 1861 年在上海創辦《上海新報》。十九世紀七十年代，英國商人美查決定集資創辦《申報》，並派人到香港向王韜主編的《迴圈日報》學習。《申報》問世後，成爲中國近現代最爲重要的商業性報紙，它也爲中國近代的文學變革做出了貢獻。

《申報》創辦之始，就確定了它的語言方向：

「溯自古今以來，史記百家載籍極博，山經地志記述纂詳。然所載皆前代之遺文，已往之故事，且篇幅浩繁，文辭高古，非薦紳先生不能有也，非文人學士不能觀也。至於稗官小說，代有傳書，若張華志物博，干寶記搜神，齊諧為志怪之書，虞初為文章之選。凡茲諸類，均可流觀，維其事或荒誕無稽，其文皆典瞻有則，是僅能助儒者之清談，未必為雅俗所共賞。求其記述當今時事，文則質而不俚，事則簡而能詳，上而學士大夫，下及農工商賈，皆能通曉者，則莫如新聞紙之制矣。新聞紙之制，創自西人，傳於中土。」[68]

也就是說：《申報》不用「文辭高古」、「典瞻有則」的典雅文體，而追求「質而不俚」，「簡而能詳」，「雅俗共賞」的文體，以面向更多的讀者群，於是它就選擇了淺近文言。這個選擇是參考了香港《迴圈日報》，上海《上海新報》的成功經驗，也就是說，當時的中文報刊，用的幾乎都是淺近文言。其實《申報》館也曾經選擇過白話，1876年，《申報》館曾經創辦過一份白話報紙《民報》，《民報》「專爲民間所設，故字句俱如尋常說話，每句及人名地名盡行標明，庶幾稍識字者便於解釋，每逢禮拜二、四、六發一張，在本埠每張僅取錢五文，外埠六文」。《民報》的廣告在《申報》連登十一天，該報從1876年3月30日開始問世，可能銷路不好，在5月19日，《申報》又登《民報》廣告，在這一廣告中，《申報》說明了創辦《民報》的宗旨：「此原非爲文人雅士起見，只爲婦孺傭工粗涉文理者設也。蓋人之心思，雖無優絀，人之學問，究有淺深，設盡以風華典瞻之詞強之使閱，容有索解而不得者矣。顧本館特另延友人專任經理《民報》，務使措辭密質而無文。論事宜顯而弗晦，俾女流童稚以及販夫工匠輩皆得隨時循覽以擴知識而增見聞，迨至鑽研既久，勢必智慧頓開，既風華典瞻之辭，向所未解者，亦漸開通達矣。」[69] 然而，這份報紙的銷路仍然不好，儘管每份報紙只要五文，每月只需六十五文，但是對於只識之無的人來說，因爲收入低，五文也是不小的數字。況且《民報》與教會出版的白話讀物不同，後者是由教會補貼的，對於讀者來說，讀物關係到靈魂的得救與否，重視程度與隨便讀讀的商業化報刊也是兩樣的。《民報》後來停刊了，何時停刊也不知道，似乎存在的時間不長。可見在當時，除了小說，眞正的白話文學的市場並不大。那些能夠有經濟能力消費報刊而又需要報刊的人，主要是閱讀淺近文言的讀者，他們儘管也能夠閱讀白話，但是還是願意閱讀淺近文言。

於是，《申報》就繼續辦下去了，創辦之時，每日的銷數不及千張，「於今五年，每日的銷數已將及近萬，」[70] 這近萬份印數標誌社會對《申報》的認同，其中也包括對《申報》所用淺近文言的認同。試看《申報》的新聞：

> 鋸匠顧亭，系浦東三林塘人。月初偕友行過大馬路為馬車撞倒，碾斷腳骨，舁送仁濟醫院。知系泰昌行之馬車。顧亭於昨晨因傷斃命。經醫報縣，適莫邑尊進省，由幫辦委員陶明府帶同仵作招房臨驗，屍親要求免驗。明府准如所請，著具結備棺收斂。一面勸洋行出錢二百元，撫恤屍主，西人大哭而允之。

這就是《申報》常用的淺近文言，近乎白話，不難理解。其內容包括新聞報導的基本要素，也可以算是一種新型的文體。《申報》的淺近文言有深淺不同，大致說來，新聞的文言淺，論說的文言深，這可能也考慮到讀者，一般說來，普通讀者對新聞更感興趣，文化水準較高的讀者才會對論說感興趣。與申報敘述的淺近文言相配合，《申報》刊載的詩歌也是以相當於淺近文言的竹枝詞爲主。這些詩歌雖然仍用七言、五言的格式，仍然以單音節爲主；但是描寫上海的現實生活，基本不用典，即使用典也不用僻典，不用冷字僻字，很是通俗易懂，近乎古白話詩。

> 洋場十裏占風流，數國人才聚一州。多少黃金揮不

惜，只知風月不知愁。

樓臺向處聽吹簫，遊子他鄉怕寂寥。雨日看花晴日柳，不叫辜負一春宵。

春風時送暗香來，一路紗窗頃刻開。何處有客何處去，日中簫管幾樓臺。

街中地火不堪描，仿佛銀花火樹抱。一到晚來燈百盞，教人錯認是元宵。[71]

其實，報刊是新型傳播媒體，面對新的時代，有許多新的見解，新的內容需要借助報刊表達，要清楚地將這些見解內容表達出來，往往需要改變原有的寫作習慣，打破許多作文的禁忌。於是就產生了這樣的作家：他們並不想以寫作出名，只是在表達他們的見解時，不自覺的推動了文章的發展。在近代上海，鄭觀應就是這樣一位作家。鄭觀應（1842-1921），本名官應，字正翔，號陶齋，別號羅浮侍鶴山人。廣東香山（中山）人。他其實是一位實業家，少年時在上海洋行「學生意」，後來成爲買辦、資本家，洋務運動的宣導者之一。他的著作《就時揭要》、《易言》、《盛世危言》等，都是當時重要的思想文獻。他在經商和推行洋務運動的實踐中，發現許多問題，提出新的見解。這些見解寫成文章，在報刊上發表，構成「報章體」的一部分。

有國者苟欲攘外，亟需自強；欲自強，必先致富；欲致富，首在振工商；欲振工商，必先講求學校、速立憲法、尊重道德、改良政治。蓋憲法為國家之基礎，道德為學問之根柢，學校為人才之本源。政治關係實業之盛衰，

政治不改良，實業萬難興盛。（鄭觀應《盛世危言後編》自序）

這種鏈式結構的推論方式，平易樸實的文風，很像梁啓超的文體，其實梁啓超後來的「時務體」、「新民體」，就是在這個基礎上發展起來的。曾國藩曾經指出：「僕常謂古文之道，無施不可，但不宜說理耳。」古文禁忌太多，說理往往不太自由。而報章需要對時事政治發表評論，又因爲讀者對象是市民而需要樸實平易的文風，這就改變了文章的寫法。鄭觀應的文章絕大部分都是議論文，不用典，不作比興，只求把道理講明白。這種文章實際上爲從古文轉變爲現代議論文打下了基礎。

中國近代將中國語言與外國語言進行比較的首推黃遵憲：「余聞古羅馬時，僅用拉丁語，各國因語言殊異，病其難用，自法國易以法音，英國易以英音，而英法諸國文學始盛。」[72] 因此，他認爲：「語言者，文字之所從出也。語言與文字合，則通文者多；語言與文字離，則通文者少。」[73] 黃遵憲的語言改革主張實際分爲兩方面：從教育來說，必須言文合一，有助於平民受教育，方能保國保種。從文學說：必須打破禁忌，自鑄新辭，「我手寫我口」，不受古人的拘牽，方能創作好作品。這兩方面就成爲中國近代「白話文運動」的指導思想，導致了中國近代的語言變革。他不僅主張變革語言，而且身體力行，如輯錄當時的歌謠，讚美山歌的藝術性：「每以方言設喻，或以作韻，苟不黯土俗，即不知其妙，筆之於書，殊不易耳」，並將當時的山歌與儒家的經典《詩經》並列：「十五國風妙絕古今，正以婦人好知而成，使學士大夫操筆爲之，反不能爾，以人籟易為，天籟難學也」。[74] 表現了比劉毓崧更大的魄力與勇氣。

黃遵憲輯錄當時山歌，吸取民間語言的做法當時未必受到重視，但是他的「言文一致，方能保國保種」的論斷，卻打動了無數士大夫。中國正處於積貧積弱時期，五千年文明古國正面臨亡國滅種的危機，「前朝盛衰，與文消息」，相信「文學」能夠「治國平天下」的士大夫當然要從「文」上尋找國家衰弱的原因，梁啓超稱中國腐敗是由舊小說造成的，不過是其中一例。黃遵憲提出中國積弱在於受教育者少，受教育少的原因在於語言與文字脫離，符合當時先進士大夫的心態，容易為他們所接受。1898 年，裘廷梁在《無錫白話報》發表了《論白話為維新之本》，全面發揮了黃遵憲的觀點，他認為言文分離是導致文人的知識結構老化，眞正的「實學」無人過問的原因，因此，語言的變革當成為「救國」的民族復興運動的當務之急。

梁啓超對「言文一致」問題的感覺，起初並不敏銳。1897 年，他到湖南時務學堂任職，訂立了《湖南時務學堂學約》，其中第六條規定：「傳曰：『言之無文，行之不遠』。學者以覺天下為己任，則文未能捨棄也。傳世之文，或務淵懿古茂，或務沈博絕麗，或務瑰奇奧詭，無之不可；覺世之文，則辭達而已矣，當以條理細備，詞筆銳達為上，不必求工也。」他還是認為「傳世之文」應當「淵懿古茂」，「沈博絕麗」，「瑰奇奧詭」，只是「覺世之文」「可以不必求工」。其時他已經在《時務報》上發表了大量的「覺世之文」，開始創立他的「新文體」，但他還沒有完全意識到語言變革的重要性。「戊戌變法」失敗後，梁啓超亡命日本，精心研究西學，才發現

「文學之進化有一大關鍵，即由古語之文學變爲俗語之文學是也。各國文學史之開展，靡不循此軌道」[75]。他已發現語言的變革不光是「保國保種」問題，而且是文學發展的必然規律。正是在這個意義上，梁啓超提出了「詩界革命」、「文界革命」、「小說界革命」的設想。

「文界革命」是直接適應啓蒙需要產生的，它包含了三個方面：一是思想內容的革命，即文章的思想內容必須是宣傳維新的，一是文章形式的革命，一是文學語言的革命。

「文界革命」作爲口號的提出最早也見於梁啓超的《夏威夷遊記》：1899 年 12 月 28 日，梁啓超從日本橫濱坐船前往夏威夷，在船上他閱讀了日本作家德富蘇峰的文章，大爲讚賞，同時也產生了效法之念。「德富蘇峰所著《將來之日本》及《國民叢書》數種。德富氏爲日本三大新聞主筆之一，其文雄放雋快，善以歐西之思入日本文，實爲文界開一別生面者，余甚愛之。中國若有文界革命，當亦不可不起於是也。」在這裡，梁啓超主要設想的是以西方思想溶入中國文章，爲文章別開生面。他對「文界革命」的思考，主要還在內容上。

相比而言，「文界革命」在上海的實際影響要大得多。「文界革命」大約興起於 1896 年，梁啓超主編《時務報》，開創了「時務文章」。上海可以算「文界革命」的發祥地。它之所以能夠成爲「文界革命」的發祥地，也是因爲在此之前，已經有「報章體」打下了基礎。

近代報刊在上海的出現是在十九世紀的五十年代，大約在七十年代，報刊站穩了腳跟，英國商人美查創辦了《申報》，標誌了報刊已經在上海紮下了根。報章文體在九十年代大發展，但其源頭卻在七十年代開始《申報》刊登的大量論說文上。《申報》的特點就是刊載論說文，作爲吸引讀者的特色。據統計，《申報》創刊的第一個月，就刊載了論說文 72 篇，基本上每天至少一篇，也有每天二篇、三篇的，內容與形式都相當平民化。這些最早的「報章體」爲後來的「文界革命」，無疑是作了鋪墊。

梁啓超「文界革命」的實踐，最早或許可以上推到他在上海主編《時務報》的時候。從 1896 年到 1898 年，梁啓超在《時務報》發表了五十多篇論文，轟動一時，對維新改良運動起了很大的推動作用。《時務報》是旬刊，梁啓超幾乎每冊都有一篇論文，幾乎每篇論文都給他帶來很大影響，他的名聲就是在這時崛起的。他寫的文章被稱爲「時務文體」，後來發展爲「新民體」。「新民體」是他在日本創辦《新民叢報》時所寫文章的文體總稱，不在本書討論的範圍，這裡只討論「時務體」。

《時務報》1896 年 8 月創刊號開宗明義的第一篇文章就是《論報館有益於國事》，第二篇文章是《變法通議自序》。第一篇強調了報紙的地位與作用，第二篇強調了這一時期報紙寫作的內容。這兩篇文章標誌了「報章文體」將有一個重要的轉變。1898 年 3 月的《論經世文編序》是梁啓超在《時務報》發表的最後一篇文章，其後因爲梁啓超和汪康年的矛盾，也因爲北京政局需要梁啓超，梁啓超沒有再在《時務報》發表文章。

以往文學史論述梁啓超在《時務報》所寫的文章，都推崇它的「平易暢達」。平心而論，「報章體」在梁啓超之前，已經成氣候了，《申報》的論說，王韜、鄭觀應等人的文章，都已寫了幾十年，它們大多也都做到了「平易暢達」。報刊從一開始就是面向市民的，他們不能不做到「平易暢達」，以求得到更多讀者的認同。因此，「報章體」對中國古代原有的文體也都有不同程度的突破。但是，梁啓超的「時務文體」風靡一時，就不是簡單的「平易暢達」了。其實，與《申報》館的論說相比，梁啓超的文章也許要更加文言化一些，在他的筆下，「報章體」到是比以前「雅化」了。他的「時務文體」是另有特色。試看其《論報館有益於國事》：

> ……嗟夫！中國邸報興於西報未行以前，然歷數百年未一推廣。商岸肇辟，踵事滋多；勸百諷一，裨補蓋寡。橫流益急，晦盲依然；喉舌不通，病及心腹。雖莀蟲之力，無取負山；而精禽之心，未忘填海。上循不非大夫之意，下附庶人市諫之條；私懷救火弗趨之愚，迫為大聲疾呼之舉。見知見罪，悉憑當途。若聽者不亮，目為誹言；摧萌拉蘗，其何有焉？或亦同舟共艱，念厥孤憤；提倡保護，以成區區。則顧亭林所謂「天下興亡，匹夫之賤，與有責焉」已耳。[76]

從這一實例中我們不難看出：梁啓超的「時務體」具有相當程度的文言化傾向，它比以前的報章體，要典雅一些，其中不僅有通假字的運用，而且有駢文化的傾向，後人總結梁啓超作文喜歡用排比句，就是從駢文脫化而來。大量排比句的運用，對仗雖不如駢文工整，但是字句整齊，音調鏗鏘，鋪陳華麗，富於文采，節奏鮮明，靈活多變，不像駢文那麼死板。駢文是講究用典的，梁啓超則不講究用典，他的排比句大多直截了當的表現自己的見解情感。這樣的文章使原先的「報章體」更加藝術化了，形成了富於氣勢的論述風格。

此後，在梁啓超到日本後創作的「新民體」中，駢文化的色彩更爲濃厚，試看他的《少年中國說》的最後一段：

> 故今日之責任，不在他人，而全在我少年。少年智則國智，少年富則國富，少年強則國強，少年獨立則國獨立，少年自由則國自由，少年進步則國進步，少年勝於歐洲，則國勝於歐洲，少年雄於地球，則國雄於地球。紅日初升，其道大光；河出伏流，一瀉汪洋；潛龍騰淵，鱗爪飛揚；乳虎嘯穀，百獸震惶；鷹隼試翼，風塵吸張；奇花初胎，矞矞皇皇；干將發硎，有作其芒；天戴其蒼，地履其黄；縱有千古，横有八荒；前途似海，來日方長。美哉，我中國少年，與天不老！壯哉，我中國少年，與國無疆！

大段的字句整齊的偶句排比，鋪陳叙述，顯然來自於駢文的啓示。因爲駢文在二十世紀學術界常常遭到否定，所以人們往往看不到這一點。其實駢文也是中國傳統文學的一部分，而且是一個重要部分，因爲它體現了漢字的文化特點。漢字的特點決定了它的對偶特性，陳寅恪曾經將它歸於中國文化的特點，「與華夏民族語言文學之特性有密切關係」，因此建議用「對對子」作爲考研究生的試題。[77] 梁啓超將駢文的特點改造後融入報章體中，加強了報章體的藝術性，促使報章體氣勢磅礴，文采飛揚，富於激情，富於感染力。由此也可看出，近代文學的發展變革，並不是簡單的由雅到俗的線性發展，而是存在著雅俗對流，相互交匯。

梁啓超促使「報章體」雅化的努力得到報界的認可，形成當時「時務體」、「新民體」的風氣，並不是他有特殊的魅力，其實與當時報刊讀者有所變化是分不開的。「馬關條約」簽訂之前，士大夫閱讀報刊的不多，報刊的讀者主要是市民，就連蔡元培、孫寶宣這樣追求新知的士大夫當時都還沈湎於舊學之中。「馬關條約」簽訂之後，士大夫爲小日本戰勝中國所震驚，紛紛講求新學，閱讀報刊，中國的報刊發展也由此產生了一個飛躍。因此，如果說《申報》創辦時，面向的就是普通市民；那麼，《時務報》創辦時則不同了，它的讀者對象主要是先進士大夫。正因爲是士大夫，他們依然有自己的欣賞趣味和習慣。報刊讀者的變化，勢必造成報刊語言文體的變化，「時務體」、「新民體」的崛起，可謂因緣時會。

另一方面，梁啓超從進化論出發，意識到「文學之進化有一大關鍵，即由古語之文學，變爲俗語之文學是也。各國文學史之開展，靡不循此軌道。」[78]也看到中國古代「言文分離」給文學帶來的弊病，主張「言文一致」。他在《沈氏音書序》中指出：「今之文字，沿自數千年以前，未嘗一變；而今之語言，則自數千年以來，不啻萬百千變，而不可以數計。以多變者與不變者相遇，此文言相離之所由起也。古者婦女謠詠，編為詩章，士夫問答，著為辭令，後人皆以為極文字之美，而不知皆當時之語言也」。[79]從歷史上總結了古代文學的「言文一致」。而造成言文分離的原因，則由於「後之人棄今言不屑用，一宗於古」。因此他自己的文章，在注意排比的同時，也注意吸收俚語、俗語、韻語、外來語。這就大大豐富了文章的表現力。

與過去的「報章體」相比，梁啓超的「時務文體」、「新民體」富於激情。過去的「報章體」大多只求將問題講清楚，作者自己寫文章時並不注意將激情灌注於文章之中。梁啓超則不同，他寫文章「筆鋒常帶感情」，這一點後來的「新民體」要比「時務體」更爲突出，但是「時務體」確是其開端。從上面所引一段我們也可看出：文章的激情充沛，形成一種滔滔雄辯的氣勢，一瀉千里，具有很大的感染力。這正是梁啓超對報章文體的發展，也是當時人喜歡他文章的原因。

況且，梁啓超文章中介紹的思想都是當時中國最新的，新思想本身就具有非常強大的吸引力。它們又都具有極強的針對性，針對中國當時的社會政治問題，引進西學，提出具體解決問題的辦法。這些對中國社會政治民俗的批判，揭出中國文化的弊病，在「馬關條約」簽訂後的歷史背景下，即使沒有文采，也會打動關心世運的士大夫，更何況還有藝術性，還有激動人心的魅力。

梁啓超的「時務體」、「新民體」對於中國傳統文章樣式是一個重大的突破。中國古代的文章樣式是有程式的，古文、駢文、八股文是它們的基本形式。曾國藩曾經指出；古文不宜說理。梁啓超所寫文章大部分都是說理文，它們在「報章體」的基礎上自由論述所選的論題，論說自由，條理分明，激情洋溢，打破了原有文章的傳統模式，大大豐富了文章的表現力，開創了一種新文體。

應當肯定，梁啓超的新文體綜合了士大夫與市民的欣賞趣味，既注意到通俗，又在原有的「報章體」上加大了藝術性，它就成爲當時受到公共空間歡迎的公共媒體。胡思敬在《戊戌履霜錄》中提到：「當《時務報》盛行，啓超名重一時，士大夫愛其語言筆箚之妙，爭禮下之，上自通都大邑，下至僻壤窮陬，無不知有新會梁氏者。」嚴復在《致熊純如》的信中也說：「任公文筆原自暢達，其自甲午以後，於報章文字，成績爲多，一紙風行，海內視聽爲之一聳。」王照則認爲：「戊戌前，南海已蜚聲海內，實任公文章之力也。」[80] 它們都證明了梁啓超的新文體在當時的社會影響。梁啓超的學生吳其昌在《梁啓超》一書中指出：「當時一班青年文豪，各自推行著各自的文體改革運動。」「但在我們今日立於客觀地位平心論之：譚嗣同之文，學龔定庵，壯麗頑豔，而難通俗。夏曾佑之文，更雜以《莊子》及佛語，更難問世。章炳麟之文，學王充《論衡》，高古淹雅，亦難通俗。嚴復之文，學漢魏諸子，精深邃密，而無巨大氣魄。林紓之文，宗緒柳州而恬逸條暢，但只適小品。陳三立、馬其昶之文，祧禰桐城而格局不宏。章士釗之文，後起活潑，忽固執桐城，作繭自縛。至於雷鳴潮吼，恣肆淋漓，叱咤風雲，震駭心魄，時或哀感曼鳴，長歌代哭，湘蘭漢月，血沸神銷，以飽帶情感之筆，寫流利暢達之文，洋洋萬言，雅俗共賞，讀時則攝魂忘疲，讀盡或怒髮衝冠，或熱淚濕紙，此非阿諛，惟有梁啟超之文如此耳！」這個評論應當說還是比較實事求是的。

梁啓超在提出「文界革命」之前已經提出「詩界革命」，1899 年，梁啓超提出「支那非有詩界革命，則詩運殆將絕」，[81] 打出「詩界革命」的旗號。他覺得中國詩一直走著鸚鵡學舌之路，「雖有佳章句，一讀之，似在某集中曾相見者，是最可恨也。」當前作詩，就要像哥倫布發現新大陸那樣，「第一要新意境，第二要新語句，而又須以古人之風格入之，然後成其爲詩」。最主要是要輸入「歐洲之眞精神眞思想」，「吾雖不能詩，惟將竭力輸入歐洲之精神思想，以供來者之詩料」。[82] 他認爲詩的發展機遇在吸收西方的精神思想，產生新的意境和語句，融入舊詩的風格。他也想用詩來作教科書：「今欲為新歌，適教科用，大非易易。蓋文太雅則不適，太俗則無味。」[83] 正是在這個意義上，他充分肯定了黃遵憲創作的軍歌。只是梁啓超在提出「詩界革命」時，其態度要比提出「小說界革命」緩和得多，慎重得多，因為他面對的是一批懂詩的士大夫。「詩界革命」雖然最早提出，其影響卻遠不如「小說界革命」。「小說界革命」風靡小說界，成為時尚；「詩界革命」只得到丘逢甲、黃遵憲、夏曾佑、蔣觀雲等人的回應。但是詩壇上的南社、同光體，都在不同程度上受到「詩界革命」的影響，尤其是以新名詞入詩，歷來在詩壇上被懸為厲禁，此時也成了詩界潮流，這就為「五四」新文學運動的白話新詩作了鋪墊。

第四節　中國士大夫翻譯對語言的影響

中國士大夫翻譯西書，最著名的是嚴復。甲午中日戰爭，給嚴復極大的刺激。他挺身而出，以其深厚的西學基礎進行思想啓蒙工作，於 1895-1898 年的改良主義運動中，成為重要的啓蒙思想家。改良主義運動的骨幹思想家中的思想結構雖然都兼跨中西，但康有為梁啓超的思想根基主要在中國，嚴復的思想根基卻主要在西方，嚴復對西學的認識，在當時無人可比，這就在思想上和文學上都造成了他的特殊地位。他翻譯了《天演論》，該書最初於 1895 年出版，1898 年出版了通行本，在當時的知識界引起極大的轟動。康有為稱他「譯《天演論》，為中國西學第一者也」。[84] 二十世紀初，義和團運動掀起，嚴復避難上海，他先後翻譯了斯賓塞的《群學肄言》、亞當・斯密的《原富》、約翰・穆勒的《群己權界論》、甄克思的《社會通詮》、穆勒的《穆勒名學》、孟德斯鳩的《法意》、耶方斯的《名學淺說》等西方學術著作。他的翻譯著作，交由商務印書館出版，並且一版再版，加上以前譯的《天演論》，被稱爲「嚴譯名著八種」。

引進西學，翻譯是一項最重要的工作，通過翻譯，西學用中國的語言文字表達出來，才能爲更多的中國人所吸收。但是翻譯本身又是一個文化交流的過程，如何才能既表達原著的思想，又能適合中國人的閱讀習慣，爲中國人所接受，這一直是翻譯面臨的課題。嚴復在翻譯上主張「信、達、雅」。「信」、「達」、「雅」三字在三國時期支謙的《法句經序》已經出現，但是嚴復把它們作爲翻譯的標準則是他的首創。他認爲：「譯事三難：信、達、雅。求其信，已大難矣。顧信矣不達，雖譯猶不譯也，則達尙焉」。[85]「信」就是要忠實於原著，「達」就是譯文要通順暢達。「雅」則是儘量用「漢以前字法、句法」。這是中國當時最重要的翻譯理論，對後世影響極大，被稱爲「翻譯界的金科玉律」。[86]其實嚴復的《天演論》很難說完全做到了「信、達、雅」，但是他在上海翻譯的《群學肄言》、《群己權界論》、《社會通詮》等倒確實當之無愧的稱得上「信、達、雅」。胡先驌曾經親自檢驗過嚴復的翻譯：「其譯筆信、達、雅三善俱備。吾嘗取《群己權界論》、《社會通詮》與原文對照，見其義無不達，句無剩義。」他不由得不讚歎道：嚴復的翻譯「要爲從事翻譯者永久之模範也。」[87]在「信、達、雅」中，「信、達」在今天的分歧並不大，從事翻譯的學者大都認爲翻譯應當忠實原著，應當表達出原著的意思，這已經幾乎是翻譯的規則。但是對於「雅」，當時就有不同意見。梁啓超寫信勸說嚴復，希望他能運用比較通俗的語言，擴大讀者的範圍。嚴復沒有同意，他在回信中表達了他的修辭觀念：「竊以爲文辭者，載理想之羽翼，而以達情感之音聲也。是故理之精者不能載以粗獷之詞，而情之正者不可達以鄙倍之氣。」[88]堅持用漢以前字法句法。以往學界往往認爲這顯示了嚴復的盲目崇古，只看到他落後的一面，其實不然，並不瞭解嚴復的苦心。嚴復是中國近代努力介紹西方學說最早之人，在他的文章中明明白白的說明必須要介紹西學，只依靠中學是不行的，不能適應時代的需要，因此決不能說他盲目崇古。他之所以要用漢以前字法句法來翻譯西學，爲自己找麻煩，「一名之立，旬月躊躇」。而不去採用比較容易的借用日本已有的概念辭彙，像王國維主張的那樣，其實是有深意的。那深意就是用中學來包容西學，以西學來光大中學。怎樣以西學光大中學呢？語言是思想的載體，通過用中學的名詞概念闡釋西學，擴大中學語詞的涵義，進一步打通中學與西學的連接，從而發展中學，使中學獲得新生。大量引進新名詞雖有貼切顯示新名詞本義的好處，但也很容易造成它們同原有文化的斷裂。

嚴復不翻譯西方文學作品，但是他所翻譯的西方理論著作，改變了曾國藩所說文言文不善說理的狀況。在嚴復翻譯西書之後，西方的理論著作，都可以用文言翻譯出來，這就大大擴展了文言的表達能力。

1873年，蠡勺居士蔣子讓用文言翻譯英國李頓的長篇小說《昕夕閒談》開始在《瀛環瑣記》上連載，這是中國人第一次完整地翻譯西方的長篇小說。近代詩歌的翻譯，出版的當以王韜與張芝軒合譯的《普法戰紀》中《馬賽曲》和德國《祖國歌》爲最早。但是這些翻譯對於當時中國的文學創作，看不出發生了多大的影響。

甲午中日戰爭之後，最早翻譯的外國文學作品是偵探小說。1896年，上海《時務報》首先刊登了《歇洛克呵爾唔斯筆記》，這「呵爾唔斯」就是「福爾摩斯」。譯者張坤德，字小溏，當時是《時務報》的翻譯。當年連載兩篇《福爾摩斯探案》，都是短篇小說，每篇分三期連載。第二年又連載了兩篇《福爾摩斯探案》，也是短篇小說。這些偵探小說對於讀者的吸引力大概還不錯，給梁啓超留下深刻印象，以至梁啓超創辦《新小說》時，覺得自己寫的《新中國未來記》不像小說，就推薦讀者去閱讀《新小說》中的偵探小說作爲補償。[89] 近代時期，《福爾摩斯探案》非常流行，帶來了一個偵探小說出版熱潮，翻譯的偵探小說，不下四百餘種，絕大多數都在上海出版。今天我們一般都把偵探小說看成是俗文學，但在近代卻並非如此。晚清將偵探小說也看成是對西方訴訟制度的介紹。林紓便曾指出：「近年讀海上諸君子所譯包探諸案，則大喜，驚贊其用心之仁。果使此書風行，俾朝之司刑讞者，知變計而用律師、包探，且廣立學堂以毓律師、包探之材，則人人將求致其名譽，既享名譽，又多得錢，孰則甘爲不肖者。下民既免訟師及隸役之患，或重睹清明之天日，則小說之功寧不偉哉！」[90] 因此，當時的翻譯家幾乎都與偵探小說有過關係，其中最著名的是周桂笙、奚若等，周桂笙用白話翻譯偵探小說，改變了翻譯小說用文言的做法。當時的偵探小說不僅在西方法律制度上啓發了讀者，而且幫助中國的小說家完善小說的結構，豐富小說的情節，其實是起了作用的。

需要指出，這時的翻譯家對於翻譯工作的標準還不太明確，他們有時會隨心所欲地遊離於創作和翻譯之間，而拋開他們理應遵循的原著。曾經在日本留學的蘇曼殊，1903 年被迫回國，後來到上海的《國民日報》任英文翻譯，就在這時，他與陳獨秀合作翻譯了法國雨果的《悲慘世界》，名爲《慘社會》，小說只譯了一個開頭，就轉爲譯者宣揚啓蒙主義的創作，顯示了那時的翻譯者急于干預現實不忠實於原著的「豪傑譯」方式。還有將翻譯變爲再創作的，如吳趼人與周桂笙合譯的《電術奇談》，原作只有六回，吳趼人將它發揮到二十四回，增加了許多內容。

清末翻譯小說的數量要超過本國創作的小說。儘管有不少人出於民族自尊心，不願承認外國小說優於中國小說，但是翻譯小說大量出版這一事實本身，卻說明中國人已經接受並且需要外國小說。如此衆多的外國小說翻譯進來，不能不對中國人的意識產生衝擊，只要不是出於偏見，自然會老老實實承認西方小說的優點。當時的翻譯家周桂笙便曾提到：他的一位朋友「嘗遍讀近日新著新譯各小說，每謂讀中國小說，如遊西式花園，一入門，則園中全景，盡在目前矣。讀外國小說，如遊中國名園，非遍歷其境，不能領略個中況味也。蓋以中國小說，往往開宗明義，先定宗旨，或叙明主人翁來歷，使閱者不必遍讀其書，已能料其事蹟之半。而外國小說，往往一個悶葫蘆，曲曲折折，直須閱至末頁，方能打破也。」[91] 這還僅僅是對情節結構的一種感性認識。能夠超越情節上的認識，進一步總結外國小說某些藝術規律的，則首先是當時的小說翻譯家，他們比讀者更早接觸外國小說，而翻譯過程又是一個咀嚼消化的過程，幫助他們更深地體驗原著的風味。不過這些翻譯家必須具備一個條件，他們閱讀翻譯的外國小說必須有一部分名著，而不僅僅是那些闡明政治主張而藝術低劣的「政治小說」。具備了這個條件，他們才可能從外國小說中總結出小說的藝術規律來。如周桂笙便從外國小說中發現了中國小說缺乏的近代人本主義精神：「外國小說中，無論一極下流之人，而舉動一切，身分自在，總不失其國民之資格。中國小說，欲著一人之惡，則酣暢淋漓，不留餘地，一種卑鄙齷齪之狀態，雖鼠竊狗盜所不肯爲者，而學士大夫，轉安之若素。」[92] 這實際上已經觸及小說是否要將反面人物當作「人」來寫的問題，批評「譴責小說」缺乏「人」的意識。

這時的翻譯小說在思想內容和形式語言上都對後來的小說創作產生了作用。有一些翻譯家注重介紹俄羅斯文學，吳檮首先翻譯了契訶夫的《黑衣教士》，接著又翻譯了萊蒙托夫《當代英雄》中的第一個故事《銀鈕碑》。他也是高爾基小說的第一個譯者。吳檮還曾經翻譯了波蘭作家顯克維支的《燈檯卒》，在翻譯弱小民族作家上，他也是開風氣者。包天笑也注意到契訶夫的作品，他翻譯了《六號室》，陰冷的描寫對於民初的悲劇小說的崛起或許也是一個促動。另外一些翻譯家則比較注意法國文學，伍光建翻譯了大仲馬的《俠隱記》、《續俠隱記》、《法宮秘史》前後編。如果說俄國文學的翻譯在思想精神上帶來新的動力；那麼，伍光建的翻譯則主要在於它對白話的貢獻，它運用一種非常凝練的白話，精煉而準確的表達了小說的內容。它幫助人們意識到，並不是只有文言才能做到精練，白話同樣可以成爲一種精煉的書面語言。此外，創作《孽海花》的曾樸更是師從曾經在中國駐法國大使館工作的陳季同，學習法國文學。他後來系統的介紹了法國文學，不僅翻譯了雨果的劇本《梟歟》，小說《九三年》；而且翻譯了莫里哀的《夫人學堂》，左拉的《南丹和奈儂夫人》。這些作品都爲中國讀者打開了一片新的天地。

當時還有一批年輕的翻譯西方詩歌的譯者，其中比較知名的是胡適。胡適在上海中國公學讀書時，曾經用文言翻譯了不少西方詩歌，但是他用的文言已經是淺近文言，很少用典。李敖在他的《胡適評傳》中曾經用原文對照過胡適的譯詩，評論道：「我們不能不驚訝他譯得眞不錯。」「我們不能不說這個十七歲的少年人翻譯得很工巧，我們不得不讚美這個『少年詩人』和他的文言譯詩」。這段經歷對於胡適後來提倡白話文，用白話寫詩無疑是一個重要的準備。

文學翻譯最著名的翻譯家自然是林紓，林紓年輕時校閱古書，寫得一手好古文。他從 1897 年開始翻譯《巴黎茶花女遺事》，此後便成爲當時最著名的外國小說翻譯家。他雖然不懂外語，翻譯外國文學必須與人合作，但是他以他嫻熟的古文先後翻譯了 180 餘種外國文學作品，其中出版有 163 種。這些作品包含了英國、法國、美國、俄國、日本、西班牙、比利時、瑞士、希臘、挪威等十一個國家 98 個作家的作品，其中第一流作家有：英國的莎士比亞、狄更斯、斯威夫特、司各特、笛福，法國的雨果、巴爾扎克、大小仲馬，美國的斯托夫人、華盛頓•歐文，俄國的托爾斯泰，挪威的易卜生，西班牙的賽凡提斯等，它們大多是第一次介紹到中國來。林紓發表談外國小說的翻譯小說序跋最多，而且他對小說的認識，也確實在當時一般的翻譯家之上。周桂笙爲自己以翻譯小說爲職業而深感懊喪，耿耿於懷：「顧余讀書十年，未能有所貢獻於社會，而謹爲稗販小說，我負學歟，學負我歟，當亦知我者所同聲下歎者矣。」[93] 林紓卻不怕時人的非議：「余荒經久，近歲尤耽於小說，性有所慪，亦莫能革，觀者幸勿以小言而鄙之。」[94] 僅此一端，也可看出他的膽識。

晚清的翻譯小說形成潮流，是從林紓翻譯《巴黎茶花女遺事》開始的，林紓是當時著名的古文家，因喪偶而心情抑鬱，他的朋友爲了幫助他解脫苦悶，給他介紹了法國小說《茶花女》，林紓立即爲小說的藝術所感動，便「涉筆記之」，[95]開始了他翻譯外國小說的生涯。林紓雖有「欲開民智，必立學堂；學堂功緩，不如立會演說；演說又不易舉，終之唯有譯書」[96]的設想，他翻譯《黑奴籲天錄》也有「足爲振作志氣、愛國保種之一助」[97]的志向，但是總的說來，他似乎更加注重外國小說的藝術性，甚至敢於提出：「西人文體，何乃甚類我史遷也」，把西方小說的敘事藝術，與士大夫崇仰的司馬遷《史記》並論。他的立場主要偏向於文學的藝術性一邊。大批翻譯小說進入小說市場，一方面借助「西學」的聲勢，促使人們去閱讀；一方面又以其藝術性打動中國讀者，如《茶花女》就曾引起嚴復的慨歎：「可憐一卷茶花女，斷盡支那蕩子腸。」這些翻譯小說也就大大擴展了小說的聲勢。

林紓本是一位狂士，在福州以狂狷著名，他看不慣宋儒的假道學，譏諷他們道：「宋儒嗜兩廡之冷肉，甯拘攣曲跼其身，盡曰作禮客，雖心中私念美女顏色，亦不敢少動，則兩廡之冷肉蕩漾於其前也。」[98]由於他對傳統理學有著反叛的一面，所以不同於守舊的腐儒，願意向西方學習。林紓開始翻譯小說時同「新小說」派的主張有相似之處，「謂欲開中國之民智，道在多譯有關政治思想之小說始。」[99]他翻譯《黑奴籲天錄》，目的「非巧於敘悲以博閱者無端之眼淚，特爲奴之勢逼及吾種，不能不爲大衆一號。」[100]其宗旨可謂與梁啓超、夏曾佑等遙相呼應。在「新小說」派宣導「欲新民，不可不先新一國之小說」，對中國人缺乏尙武精神深爲感慨之際，林紓翻譯了哈葛德的《埃司蘭情俠傳》，在序中，他否定了那些圓滑世故的大官僚，批判那種因循、敷衍、自私、卑怯的人生態度，提倡陽剛之氣和尙武精神，改造中華民族的心理素質。他介紹拿破崙、俾斯麥等強者，謳歌英雄精神，甚至公然呼喚野性，讚美追求獨立自由精神：「無論勢力不敵，亦必起角，百死無餒，千敗無怯，必復其自由而已。」[101]試圖打碎民族的精神枷鎖，「明知不馴於法，足以兆亂，然橫刀盤馬，氣概凜然，讀之未有不動色者。」其叛逆的反傳統精神由此可見一斑。

然而林紓還有另外一面，與「新小說」派不同。他是古文家，「古文」是他的命根子。他堅信西學與古文相通，西學昌明，將爲古文帶來新天地。「予頗自恨不知西文，恃朋友口述，而於西人文章妙處，尤不能曲繪其狀。故於講舍中敦喻諸生，極力策勉其恣肆於西學，以彼新理，助我行文，則異日學界中定更有光明之一日。或謂西學一昌，則古文之光焰熸矣，余殊不謂然。」[102]他既然站在文學的立場上學習西方，當然要比政治家宣傳家們更爲注重文學自身的規律。在當時強調以小說啓蒙，爲政治服務時，他注意到文學的獨立性，指出：「蓋政教兩事，與文章無屬，政教既美，宜澤以文章，文章徒美，無益於政教。西人唯政教是務，贍國利兵，外侮不乘，始以餘閒用文章家娛悅其心目，雖哈氏、莎氏，思想之舊，神怪之託，而文明之士，坦然不以爲病也。」這是從根本上對「欲新民，不可不先新一國之小說」的觀念提出異議。並且觸及了能否用「思想進步」代替文學批評標準的問題。可惜林紓是一位感覺型的批評家，僅能憑直感迸出這些思想的火花，無法將它們深化發展成一種理論。

因此，林紓注意到西方小說的藝術，發現「西人文體，何乃甚類我史遷也。」他不斷看到西方小說所提供的中國小說以至中國文學從未見過的東西：

「天下文章莫易於敘悲，其次則敘戰，又次則宣述男女之情。等而上之，若忠臣、孝子、義夫、節婦，決濺脰血，生氣凜然，苟以雄深雅健之筆施之，亦尚有其人。從未有刻畫市井卑污齷齪之事，至於三十萬言之多，不重複，不支厲，如張明鏡於空際，收納五蟲萬怪，物物皆涵滌清光而出，見者如憑闌之觀魚鱉蝦蟹焉，則疊更司以至清之靈府敘至濁之社會，令我增無數閱歷，生無窮感喟矣。」[103]

狄更斯的「掃蕩名士美人之局，專爲下等社會寫照」，給他留下極爲深刻的印象，他覺得這些作品超過了中國的小說《水滸傳》、《紅樓夢》，也超過了司馬遷、班固的史傳文。[104]林紓是中國近代第一個提出學習西方小說「專爲下等社會寫照」，與「專意爲家常之言」的批評家。它與批判現實主義描繪普通平凡的人生，批判社會黑暗的宗旨已經頗爲接近。這種接近是很不容易的，狄更斯當初創作「專爲下等社會寫照」的小說時，在英國還「被認爲是粗野下流的」。[105]

可是，「接近」並不等於接受領會。林紓是一位古文家，「古文」的觀念阻礙他進一步理解狄更斯小說中的批判現實主義精神。他並未體會到狄更斯小說中的「平民精神」或「人」的意識，他也缺乏「文學表現人生」的觀念，他對狄更斯的肯定其實是出諸古文家對「文章」的理解：「文章家語，往往好言人之所難言，眼前語，盡人能道者，顧人以平易無奇而略之，而能文者，則拾取而加以潤色，便蔚然成爲異觀。」[106]因此，他的眼光大都停留在小說的「題材」與「著筆」上。狄更斯描繪下等社會使「文心」更加「邃曲」，因爲「余嘗謂古文中敘事，惟敘家常平淡之事爲最難著筆」，「今叠更司則專意爲家常之言，又專寫下等社會家常之事，用意著筆爲尤難。」[107]他從古文家的「意境」、「義法」來看小說，看到的常常是敘事的技巧。他自己也承認：「紓不通西文，然每聽述者敘傳中事，往往於伏線、接筍、變調、過脈處，以爲大類吾古文家言。」[108]這種感覺常常有其正確的一面，但由於過分注意總結小說的佈局技巧，他幾乎未曾發現小說與人生有著比文章更爲密切的聯繫，也很少意識到小說描繪人生的「眞實」的價值，它對讀者的震撼力。這樣，他總結的西方小說的技巧就不能建立在一個牢固的基礎上，當他在評價狄更斯小說的社會功能時，只好又落到「新小說」派的窠臼：「顧英之能強，能改革而從善也。吾華從而改之，亦正易之。所恨無狄更司其人，如有人能舉社會中積弊著爲小說，用告當事，或庶幾也。」他並不要求中國小說家像狄更斯一樣眞實地表現人生。因爲既然揭露是爲了「用告當事」，「譴責小說」也就沒有什麼問題，不必另起爐竈，學習模仿狄更斯的小說，所以他祝願：「嗚呼，李伯元已矣!今日健者，惟孟樸及老殘二君，果能出其緒餘，效吳道子之寫地獄變相，社會之受益，寧有窮耶？」民國初年林紓親自動手創作了不少小說，這些作品都未曾浸潤他翻譯過的狄更斯小說的批判現實主義精神。「古文家」眼光的束縛，使他無法產生一種新的小說觀念，糾正「新小說」派的弊病，開創一個嶄新的局面。

但是，林譯小說大大拓展了中國人的視野，改變了中國人對外國文學的看法。由於當時中國文學主要受士大夫掌控，士大夫的欣賞趣味往往決定了文學的發展趨向。所以嚴復用典雅的古文來翻譯《天演論》，以吸引文化層次高的士大夫來閱讀。林紓用古文來翻譯外國小說體現了同樣的努力，如同施蟄存先生所說：「他首先把小說的文體提高，從而把小說作爲知識份子讀物的級別也提高了。」[109]三十年代，有人在總結林紓所做的貢獻時也曾指出：過去小說受到國人的鄙視，林紓以古文名家而傾動公卿的資格，運用他的史、漢妙筆來做翻譯文章，所以才大受歡迎，所以才引起上中級社會讀外洋小說的興趣，並且因此而抬高小說的價值和小說家的身價。[110]林譯小說向中國人輸入了新思想、新習俗、新觀念。林紓翻譯《巴黎茶花女遺事》首先在價值觀念上，就表現了不同尋常的膽識。因爲《茶花女》是以個人爲本位的價值觀，與以家庭爲本位的宗法制價值觀是對立的。小說中歌頌眞摯的愛情，而又把造成愛情悲劇的原因歸結到男主角的父親爲了維護「家聲」而制止戀愛上。這就讓人聯想到《紅樓夢》。事實上，當時也確實有人以《紅樓夢》相類比，稱《茶花女》爲「外國《紅樓夢》」[111]的。其實《茶花女》在價值觀念上比《紅樓夢》還進一步，因爲《紅樓夢》描寫的還是門當戶對的戀愛，而《茶花女》男主角眞誠地愛上了一位人盡可夫的妓女，這是沾辱門第的愛情，男主角的父親爲了維護門第的聲譽而千方百計扼殺這一愛情，女主角則以她崇高的犧牲精神展示了她高尙的德性，襯托出了男主角的父親爲維護門第而顯示的卑劣、專橫與殘酷。

林紓譯的全本《迦茵小傳》在價值觀念上帶來的衝擊比《巴黎茶花女遺事》更甚。中國傳統觀念注重「孝」，「百善孝爲先」，清代以「孝」治天下；但是在《迦茵小傳》中，男主角在父親臨危託付之際，公然違逆父親的意志，不肯答應娶愛瑪。而女主角迦茵也公然指斥父親不該遺棄她。這樣一對「不孝」的情人竟然私合而有私生子，並且仍然被作爲正面人物在小說中得到歌頌，他們以愛情而結合，不計名利地位，其高雅純眞遠遠高出於他們周圍的人。迦茵批判父親遺棄她的罪惡，並以她的犧牲精神顯示出她崇高的德行，用她的德行將她父親置於被告的地位。《迦茵小傳》對傳統價值觀念的衝擊使得志在改革的維新志士也深感擔憂，當時主張女權甚力，以「愛自由者」、「女界盧騷」著稱的金天翮，攻擊林紓「使男子而狎妓，則曰我亞猛著彭也，而父命可以或梗矣。女子而懷春，則曰我迦茵赫斯德也，而貞操可以立破矣」。他擔心中國將會盛行握手接吻之風，寧可更遵顓項、祖龍之遺敎，厲行專制，也要實行男女之大防。另一位也屬於改良派的鍾駿文，比較楊紫麟、包天笑與林紓的譯本，批評林紓「凡蟠溪子所百計彌縫而曲爲迦因諱者，必欲歷補之以彰其醜」。「亦復成何體統」[112]。這些攻擊來自提倡翻譯外國小說力主中國小說學習外國小說的改良派，而不是抱殘守闕的頑固派，更能說明這些翻譯小說對傳統倫理價值觀念的衝擊之大。林紓翻譯的這些小說爲當時的中國小說提供了一種新的價值模式：只要是出於純眞愛情的相戀，無論這種相戀違背了什麼樣的現行倫理觀念，它仍然是值得讚頌的。爲了相愛的對方而犧牲自己的犧牲精神更是崇高的，其高雅純眞遠遠高於同輩。正是這種價值模式開始顯示獨立的個性的人的存在，它對民初的言情小說發展帶來了重要影響，促使民初的言情小說在原有的言情傳統基礎上正視現實，並開始反抗現實。

其實，林紓用典雅的古文來翻譯西方小說。給文言的敘事文學帶來了很大的變化：一方面，林紓爲了追求文字典雅，不惜改動原作[113]。眞正的藝術從來是相通的，只要具有眞正藝術的心靈，就能體會到藝術家的匠心。林紓恰恰具備了一位藝術家的心靈，因此他雖然不懂外語，卻能通過別人的口譯，感受到狄更斯等人的藝術匠心，並且盡力在譯文中傳達他的藝術感受。就當時能在作品中抓住原著藝術特徵而言，幾乎無人能超過林紓。錢鍾書發現，林紓的譯文有時比原著描繪得更爲出色[114]。郭沫若也曾提到：《迦茵小傳》「在世界的文學史上並沒有什麼地位，但經林琴南那種簡潔的古文譯出來，眞是增了不少的光彩」[115]。另一方面，林紓面對西方小說，在翻譯時已經無法再堅持古文家的壁壘。作古文忌諱用小說詞語，這裡說的當然是文言小說，白話小說那就更不在話下。但是林紓既然要翻譯外國小說，他就不可能再完全堅守古文的壁壘。章太炎評論他「辭無涓選，精彩雜汙，而更浸潤唐人小說之風。」[116]正是點明了他所處的困境。所以林紓自己並不以他的翻譯小說自豪，而是以他的古文自豪。但是，林紓用典雅的文言翻譯西方小說，大大擴大了文言的敘事能力。經過林紓的嘗試，文言就它的表現能力而言，沒有不能敘述的內容。林紓的這一貢獻，因爲不久文言就不再成爲中國主要的敘述語言，而轉變爲白話爲主要敘述語言，被學術界忽視了。

周作人回憶：「我們幾乎都因了林譯才知道外國有小說，引起一點對於外國文學的興味」。[117]「我從前翻譯小說，很受林琴南先生的影響；1906 年住東京以後，聽章太炎先生的講論，又發生多少變化，1909 年出版的《域外小說集》，正是那一時期的成果。」[118]明確說明他受到的林紓影響。在他晚年所寫的回憶錄中，更是回憶了當年魯迅與他如何重視林紓翻譯的小說。在胡適、郭沫若、錢鍾書、張恨水等人的回憶中，都提到了林譯小說對他們的影響。

但是，林紓不懂外語，對西方文學的瞭解全憑別人的介紹，選擇翻譯對象難免蕪雜，許多通俗作家也被列入翻譯對象。1909年，魯迅、周作人兄弟翻譯的《域外小說集》出版，標誌了中國對外國文學的翻譯開始進入一個新的階段。周氏兄弟畢竟是懂得外語的，對外國文學的瞭解遠遠超過林紓，他們所譯的《域外小說集》雖說是短篇小說譯本，與林譯小說相比卻有了許多進步：林紓翻譯外國小說，是因爲外國小說像中國文學，可以擴大中國文學的境界。周氏兄弟翻譯外國小說，是要將「中國小說所未有的」東西介紹進來，「別求新聲於異邦」，所以著重在介紹西方「近世文潮」。在選擇翻譯對象上，周氏兄弟更爲嚴格，他們把選擇的著重點放在十九世紀下半期以來崛起的現代主義小說上，這些小說大都缺乏完整的故事情節，側重於表現主觀情緒，那些碎片式的生活場景，與人物主觀的感覺和想像交織在一起，帶有濃厚的抒情化色彩，具有很強的先鋒性。所謂「異域文術新宗，自此始入華土」。[119]《域外小說集》所選作者，除了美國的愛倫・坡，英國的王爾德，法國的莫泊桑之外，特別注意介紹俄國和北歐、東歐弱小民族的文學作品，所選作家絕大多數都是當時著名作家，體現了周氏兄弟「人的文學」思想和振興民族文學的思想。這可以說是五四新文學的先聲。周氏兄弟的翻譯，要比林紓準確多了，爲了幫助不懂外語的中國讀者瞭解外國文學，他們採用直譯，以求準確展示原作的風貌。周氏兄弟當時受到章太炎的影響，運用古奧的文言，其典雅程度遠遠超過林紓，來翻譯《域外小說集》。只是這樣的翻譯語言雖然具有極強的學術性，卻很不利於小說的傳播。《域外小說集》出版後，在東京與上海兩地，一共只賣去 40 本。它的文學觀念過於超前了，語言又過於艱澀，對當時的文壇，幾乎沒有發生什麼影響。

留學生從日文翻譯西書，同時也引進了日文定下的西方新名詞。晚清時出版的翻譯西書數量幾乎超過同期出版的中國人自著書數量。大量翻譯西書的結果便是大量外來語詞匯的湧入，中國開始一個外來語詞匯湧入的高潮。這個高潮引進的外來語詞匯，遠遠超過漢語史上任何一個時期。外來語詞匯不僅用在日常的語言交流，也進入新聞媒介，進入文學。晚清的狹邪小說中已有不少外來語詞匯，[120] 其後的小說中，外來語詞匯越來越多。一般說來，詩歌是文學中對語言最為保守的，但是黃遵憲等人的詩歌中，已經出現許多外來語詞匯。梁啓超發動「詩界革命」，提倡用「西典」，他選擇夏曾佑的詩句「巴別塔前分種教，人天從此感參商」，說「巴別塔云云，用《舊約》述閃、含、雅弗分辟三洲事也」，[121] 就是把外來語引入詩中。到民國初年，詩中引外來語已成風氣，不僅「詩界革命」詩人、南社詩人詩中有外來語，就連最保守的「同光體」詩人所作之詩中，也有出現外來語的。

古漢語大部分是單音詞，而外來語則很少是單音詞。單音詞比較容易講究音節，所以古漢語非常重視音節格律。不僅在詩歌中要講究音節格律聲調，就是在作古文時也要講究。姚鼐為桐城古文制定的規範就是要注重「神理氣味，格律聲色」。這或許也是嚴復這位桐城古文老手在翻譯西書時立一個譯名要如此愼重的原因之一。然而嚴復儘管在翻譯西書歷史上的地位不可動搖，但是他再三考慮立下的許多譯名後來反倒被淘汰了，這或許也從一個側面顯示出「音節」這一要求在漢語表達中逐漸退居次要地位。並不是漢語表達不希望注重音節，而是雙音詞多音詞很難像單音詞那樣講究音節。事實上，正是從晚清開始，雙音節辭彙逐漸在漢語表達中日益趨於重要，直到佔據主要地位。而單音節辭彙則逐漸退居次要地位，有的乾脆轉化爲雙音節詞。[122] 不過這是一個相當長的過程，它先發生在政論、散文、最後才影響到詩歌。在晚清，大部分外國詩的翻譯，都是將它們包裝成中國傳統詩的形態。但是在聖公會 1908 年出版的新譯《舊約全書》中，用詩行翻譯的《雅歌》已經穿插大量的雙音詞，它不再被包裝成傳統型詩歌，而是類似於後來的「自由體」新詩。這也許是一個例證，大量雙音詞進入詩歌必然導致詩體形式的變化，向「自由體」新詩的方向發展。

除了辭彙的變化，漢語受到西方語言影響的另一個重要變化是產生了用語法規範語言的需要，形成了「語法」的概念，它的代表是馬建忠的《馬氏文通》問世。古代漢語在理論上只有作文的規則，沒有語法的規則，因爲它沒有「語法」的概念。在馬建忠之前，曾經有過盧以緯的《語助》，劉淇的《助字辨略》，王引之的《經傳釋詞》，兪樾的《古書疑義舉例》等著作，專門研究虛詞，涉及到語法。但是它們算不上專門的語法著作。因爲缺乏「語法」的概念，也就缺乏專門研究語法的著作。馬建忠精通古文，又精通英語、法語，還會古希臘文和拉丁文，他對比了漢語與西方語言，用西方語言的語法來觀照漢語，認爲漢語也有語法，應當把它揭示出來，以利漢語的學習。儘管馬建忠總結的漢語語法有模仿西方語法的毛病，[123] 但《馬氏文通》的問世及其產生的巨大影響說明：在面向全球化的過程中，漢語已經需要有語法規則來加以規範。這一需要在「五四」新文化運動中現代漢語崛起後，顯得更爲迫切。在「語法」研究的同時，外國語表述的方式有時也滲入漢語之中，梁啓超的文章中有時會運用日語表述的方式。魯迅、周作人翻譯外國文學主張「硬譯」，就是要讓讀者看出外國語言的表述方式。他們相信這樣做能夠擴大漢語的表現力。

晚淸翻譯家如嚴復和林紓的翻譯最重要的貢獻就是大大擴大了文言文的表達能力，這一貢獻因爲不久之後的白話取代文言而被遮蔽了。但是我們今天如果要重新思考近代時期的中西文化交流，我們就不得不重新檢討傳統的文言文應對西方文化的能力，因爲傳統的文言文才是眞正代表了中國傳統文化的特點。如果說文言能否表達現代事物曾經遭到許多人的懷疑，尤其是在五四白話文興起之後，有許多人曾經斷言文言的滅亡是因爲不能表達現代事物；那麼，我認爲這種懷疑並沒有多少事實上的依據，近代嚴復和林紓等人的翻譯，已經顯示了文言在表達現代事物時的容量與彈性。在經歷了嚴復和林紓等人的翻譯之後，很難說存在著文言不能表達的現代事物或者內容，正如白話文在五四之後有過一個巨大的發展一樣，我們並沒有理由可以斷言文言文在表達現代事物時就不能有一個同樣的發展。迄今爲止我們並沒有找到可靠的例證可以證明五四之前文言文已經不能表達現代事物，必須改用白話。事實上，著名翻譯家傅雷還曾經指出：文言比白話更適宜表現外國事物，並且把它作爲「一個原則性問題」。「白話文跟外國語文，在豐富、變化上面差得太遠。文言在這一點上比白話就佔便宜。周作人說過：『倘用駢散錯雜的文言譯出，成績可比較有把握：譯文旣順眼，原文意義亦不距離過遠』，這是極有見地的說法。文言有它的規律，有它的體制，任何人不能胡來，辭彙也豐富。白話文確是剛剛從民間搬來的，一無規則，二無體制，各人摸索各人的，結果就要亂攪。」[124]此信大約寫於1951年，其時新文學和現代漢語已經早已成爲社會主流，一個眞正的翻譯家卻是這樣看待白話與文言在翻譯西書時的效果，這是讓人深省的。

因此，五四之後的白話文取代文言文，其實是出於教育改革的需要，並不是文言文難以表現現代事物，要由白話來取代。因爲中國的現代教育不可能再像傳統教育那樣把大量的教育時間投入在語文教育上，它必須把更多的時間放在學習自然科學和外語上。連胡適也承認，五四白話戰勝文言的關鍵，是當時教育部在1920年開始發佈一系列命令要求學校教科書從文言變爲白話。但是，我們必須看到：當時教育部做出這一決定的指導思想正是培養國民，改革語文教育，把更多時間投入到學習科學上。它的社會基礎並不是1917年開始的五四白話文運動，而是從晚清就已經開始的清末白話文運動。

第五節　清末白話文運動

中國在中日甲午戰爭中的敗北，使舉國上下，大爲震驚，堂堂中華大國輸給我們不太瞭解，和我們人種不同的歐美諸強也就算了，居然連一直附屬於我們的小小日本也打不過。經營多年，號稱亞洲第一的北洋艦隊全軍覆沒，臺灣、澎湖都割讓給了日本。中國從此退出東亞強國的行列，讓出了遠東這塊兵家必爭之地的戰略領導地位。此事給中國知識份子帶來的精神衝擊和強烈的恥辱感在中國近代史上的多次外國侵略戰爭中是最強烈的，甲午戰敗也成爲康梁變法的直接原因。

康有爲向清廷推薦日本的明治維新，將之作爲中國改革的榜樣，並在向朝廷請願的同時努力爭取來自下面的支持。因爲他們深知，單純上面的改革是遠遠不夠的，必須輔之以「開民智」。與此同時，另一些有識之士也在進行反思，他們認爲：小小的島國日本能夠在短短的幾十年間迅速強大起來並在這場戰爭中取得勝利，主要得力於日本向西方的學習，特別是該國在教育、文化、衛生等提高國民素質方面所進行的改革。因此，中國要想富強的首要條件就是要開啓民智，對他們進行思想教育文化啓蒙。這與康有爲的思想不可不謂殊途同歸。

而開啓民智這一措施首先遇到的困難就是語言文字上的問題：文言文實在是太難學了。在中國，一個兒童花在語文上的學習時間要長達十幾年。這使得他們在短時間內就能夠達到閱讀新理論、掌握新知識、接受新思想的水準成爲一件困難無比的事。而日本的文字原與漢字同源，屬於表意文字，難於學習、記憶。經過改革之後的日本文字與西洋文字相似，成爲表音文字，達到了言文合一。文字的言文合一使國民文化素質的提高不再是一件難事，它使國民有能力去主動閱讀宣傳啓蒙的資料，從而改變舊有的觀念，使改革能獲得實績。爲了使中國的文字也能達到言文合一，維新之士決定借鑒日本的經驗，也開展一場文字改革運動。這一思想，最早於 1887 年由黃遵憲在《日本國志・文學志》中提出：「蓋語言與文字離，則通文者少，語言與文字合，則通文者多」[125]。之後，梁啓超於 1896 年作《沈氏音書序》，並將之刊於當時影響巨大的《時務報》之上。在此文中，他繼承了黃遵憲的觀點，並作了進一步的闡釋：「抑今之文字，沿自數千年以前，未嘗一變；……而今之語言，則自數千年以來，不啻萬百千變，而不可以數計。以多變者與不變者相遇，此文、言相離之所由起也。」[126]

但在提倡言文合一這一問題上是分爲兩派的，一批人以盧戇章爲代表開展切音運動，想造出一種表音文字；另一批人以裘廷梁爲代表，熱衷於將文言變成白話。他們的觀點表面上看起來有很大的差異，前者是要創造一種新的語言文字形式，使漢字拉丁化，有可能從根本上改變中國的文化構成，而後者的改革更多的地傾向於將書面語言向口語轉化。但這兩派有一個巨大的共同點，就是都是爲了達到言文合一，最終達到開啓民智的效果。同時，在某些具體問題上，兩派的主張是一致的，也不乏一些相互輔助的做法。當然，在我們今天看來，後者的辦法更具有可行性。而實際上中國語言改革的主流也正是遵循了後者的主張的。

1898 年，裘廷梁的名文——《論白話爲維新之本》在《無錫白話報》發表，該文系統地闡述了維新派的白話文理論，成爲晚清白話文運動的理論綱領。裘在文中將白話與文言對比，指出：文言是「一人之身而手口異國，實爲二千年來文字一大戹」。用文言文的最大害處就在於「朝廷不以實學教弟子，普天下無實學，吾無怪焉矣。乃至日操筆言文，而示以文義之稍古者，輒驚愕或笑置之，托它辭自解，終不一寓目。」古奧成爲價值標準之後，不僅是普通老百姓受其害，「愈工於文言者，其受困愈甚。」因此，他發出感慨：「嗚呼！使古之君天下者，崇白話而廢文言，則吾黃人聰明才力無他途以奪之，必且務爲有用之學，何至闇沒如斯矣。」這裡說的有用之學，主要就是自然科學之學。學習文言的壞處就在於放棄了對「有用之學」的學習。文中列舉了白話的八大好處，「省日力」、「除驕氣」、「免枉讀」、「保聖教」、「便幼學」、「煉心力」、「少棄才」、「便貧民」，這恰恰是文言的不足之處。

他同時考證了中國古代成周時及泰西、日本「用白話之效」，得出「智天下之具，莫白話若」、「白話行而後實學興」的結論。發白話文運動之先聲，爲白話文運動正名。

從 19 世紀下半葉到 20 世紀，隨著殖民主義和帝國主義的擴張，一場現代化、全球化的運動也發展起來，後發現代化國家需要適應現代化、全球化的過程，需要改變自己的國家體制，建立全球化環境下新型的「民族國家」。這樣的國家需要能夠動員全部國民，因此，國民教育就成爲建立「民族國家」的一個重要內容。「現代化」和建立「民族國家」的要求決定了新型的國民教育不可能再把大量的時間放到學習文言文上。蔡元培在 1919 年曾經提出白話取代文言的必然：

> 從前的人，除了國文，可算是沒有別的功課。從六歲起到二十歲，讀的寫的，都是古人的話，所以學得很像。現在應學的科學很多了，要不是把學國文的時間騰出來，怎麼來得及呢？而且從前學國文的人是少數的，他的境遇，就多費一點時間，還不要緊。現在要全國的人都能寫能讀，那能叫人人都費這許多時間呢？歐洲 16 世紀以前，寫的讀的都是拉丁文。後來學問的內容複雜了，文化的範圍擴張了，沒有許多時間來摹仿古人的話，漸漸而都用本國文了。[127]

這段話概括了建立「民族國家」教育國民的需要，決定了白話必須取代文言。故此，一場提倡「言文合一」的白話文運動就在 19 世紀末的近代中國發生了。

根據我們統計的各項資料，我們可以看到晚淸白話文運動的重大成績。

首先是近代白話報刊的興起，人們使用白話作爲報刊寫作的主要語體，反過來，報刊又成爲宣揚白話的重要陣地。

現在所知的近代各種白話報刊，除全部佚失者外，所存不僅零散不全，而且分藏各地。據《辛亥革命時期期刊介紹》（第五集）[128]中蔡樂蘇《清末民初一百七十餘種白話報刊》一文中統計的近代白話報刊共有一百七十餘種，這還不包括一些部分採用白話的報刊。另據臺灣學者李孝悌的統計，光是在 1900 年到 1910 年間出版的白話報刊，新發現的就有二十份之多。我們可以想像，如果我們將散佚的資料繼續梳理，一定還會有許多新的發現。據蔡樂蘇《清末民初一百七十餘種白話報刊》一文中統計，從 1897 年至 1918 年每年出版的白話報刊的數量大致如下：

1897 年 2 種；1898 年 3 種；1899 年 1 種；1900 年 1 種；1901 年 5 種；1902 年 4 種；1903 年 10 種；1904 年 14 種；1905 年 14 種；1906 年 19 種；1907 年 10 種；1908 年 18 種；1909 年 4 種；1910 年 9 種；1911 年 4 種；1912 年 22 種；1913 年 7 種；1914 年 2 種；1915 年 5 種；1916 年 2 種；1917 年 3 種；1918 年 2 種。另有 16 種白話報紙無法判定年代。這意味著白話文報刊在 1903 年到 1912 年是它的高潮期。過去人們往往只注意到它在晚淸的高潮期，而忽視了它其實是從晚淸一直延續到五四：民國建立之後，它仍舊不絕如縷，繼續不斷問世，一直到五四新文學問世，五四白話文運動興起。這就意味著，五四白話文運動並不是幾個學者振臂一呼，應者雲集，而是有著堅實的社會基礎。從西方傳教士到淸末白話文運動，構成了從淸末白話文到五四白話文的發展基礎。

中國人創辦近代白話報的出現，以 1876 年《申報》發行的附刊《民報》爲最早，此報「買五個小錢一份」，相當於半個銅板，可謂價廉。每週二、四、六各出一份，面向粗識之無的店員、技術工人、匠人等等。當時還沒有標點，每句末尾空了一格。只是其時尚未形成氣候，也不知它何時停刊，估計當時的銷路大約也不會很好，否則一定會像《申報》一樣，繼續辦下去。1897 年，在上海就有《蒙學報》、《演義白話報》等白話報刊問世，自此白話報創辦漸多。清末白話文運動的領軍人物裘廷梁創辦了中國近代一份十分重要的白話報紙——《無錫白話報》（後更名爲《中國官音白話報》），並編輯了《白話叢書》，以實踐配合自己的理論，之後一大批白話報紙便如雨後春筍般先後崛起，其出版地遍及香港、廣東、湖北、湖南、山東、山西、江西、東北、天津、伊犁、蒙古以及海外的東京等地，但以長江流域的江蘇、浙江、安徽三省最爲盛行。如阿英所言：「眞是萬口傳誦，風行一時，如半関《西江月》所詠：『愛國癡頑熱腸，讀書豪俠心堅。莫笑俺口談天，白話報章一卷。』這些白話報的主要內容，不外是『覺民』和『革命』。」[129] 這些白話報刊不僅發行範圍廣泛，其發行量也不容小覷。如 1904 年 8 月創刊於北京的《京話日報》，初創時銷數一千份，一年後增至七千份，其發行量最多時超過萬份，是北京地區第一份銷數過萬的報紙。[130]

特別値得留意的，1903、1904 這兩年創辦的白話報近二十份，這是與因拒俄運動而蓬勃興起的國內知識青年革命運動的發展是一致的。而主持者多是當時傾向革命的知識份子。同樣 1897、1898 兩年白話報出現也較多，同樣是相應改良運動而起的。一百多份白話報中，傾向維新和革命立場的占了絕大部分，尤其具革命立場的占了大比例。清末不少著名革命黨人如秋瑾、吳樾、柳亞子、王法勤、李亞東、范鴻仙、詹大悲、吳稚暉、居正、景定成、韓衍、李辛白、何海鳴、劉冠三等都辦過白話報。

清末最後十年逾百份白話報，其出版地遍及香港、廣東、湖南、湖北、山東、山西、江西、東北、天津、伊梨、蒙古的全國範圍及海外東京等地，但以長江流域的江蘇、浙江和安徽三省最盛行。以一個地方計算，上海占了二十餘份，最令人矚目，北京次之。白話報刊多寡顯然與地區文風和革新風氣的高低有關。

清末白話文運動固然以白話報刊最值得注意，然而其他方面的白話出版物也相當可觀。白話教科書的大量印行；另據不完全統計清末約刊行了一千五百種以上的白話小說，這都是白話運動的重要內容。據《大公報》記叙，1902 年已有白話歷史書，自此普及白話讀物尙多。[131]

就純白話而言，影響最大的首推《京話日報》。這份報紙在 1904 年 8 月創刊於北京，1906 年 9 月因創辦人繫獄而被迫停刊。創辦人彭翼仲出身官宦世家，自己也作過小官，八國聯軍侵佔北京期間，他一度衣食無著，「被迫流落在社會底層」，對下層社會的生活有深切的瞭解。庚子以後，他開始辦報。首先在兒女親家梁濟的資助下，於 1902 年出版了一份以童蒙爲對象的《啓蒙畫報》，以白話配合圖片。根據梁漱溟的記載，梁濟之所以資助彭翼仲辦報，是因爲「公深痛國人之愚昧無知，決然以開民智爲急」。彭爲了達到開民智的目的，在 1904 年進一步辦《京話日報》。這份報紙出版後，大受歡迎，不僅流布北方各省，而且東到奉黑，西及陝甘。「凡言維新愛國者莫不回應傳授，而都下商家百姓於《京話日報》則尤人手一紙，家有其書，雖婦孺無不知有彭先生」。銷售量最高的時候達到一萬多份，成北京第一個銷售量超過一萬份的報紙，也是當時北京銷路最大，影響最廣，聲譽最隆的報紙。《大公報》發行人英斂之對該報也讚譽有加，說「北京報界之享大名者，要推《京話日報》爲第一」。1906 年，該報因得罪當道停刊後，到 1910 年爲止，北京出的白話報至少有十幾種。這些報紙不論是在篇幅 格式或是秩序上，全都模仿《京話日報》，「不敢稍有更張」，可以想見《京話日報》的魅力和影響力。[132]

近代白話報刊最爲突出的特點是其在語言方面的特色。這不僅是指它採用白話進行寫作，更爲重要的是它所採用的語言在漢語發展史上起了獨特的作用。具體地說，它是近代漢語向現代漢語轉變過程中所邁出的極爲重要的一步。近代白話報刊上所採用的白話文，最爲接近當時的口語。它不同於以前明清章回小說中的白話，也異於當時白話小說中的語言。這些白話報刊中所刊載的文章，有大量的議論文，也有少量的說明文，它們是以前中國的白話文中從未出現過的樣式，爲現代漢語語體的豐富性做出了貢獻。

周作人在論及晚清白話文運動時，將它與五四時期相比，提到它有兩大局限：「第一，現在白話文，是『話怎麼說便怎麼寫』。那時候卻是由八股翻白話。」還舉了具體的例子，證明那時的白話，是作者用古文想出之後，又翻作白話寫出來的。「「第二，是態度的不同——現在我們作文的態度是一元的，就是，無論對什麼人，作什麼事，無論是著書或隨便地寫一張字條兒，一律都有用白話。而以前的態度則是二元的，不是凡文字都是用白話寫，只是為一般沒有學識的平民和工人才寫的白話的。」「但如寫正經的文章或著書時，當然還是用古文的。」因此，他得出這樣的結論：「總之，那時候的白話，是出自政治方面的需求，只是戊戌政變的餘波之一，和後來的白話文工團可說是沒有大關係的。」[133] 周作人的這一看法曾經為學術界廣泛接受，引入各種論著之中。

其實，周作人的看法頗有貶低晚淸「白話文運動」之處。他是「五四」白話文運動的領袖之一，要強調五四白話文運動的作用，這種貶低也情有可原。但如果學術界把他的論斷當成事實，則不免失之毫釐，差之千里。晚淸確有人從文言翻白話，但寫純粹白話的也並非沒有：

> 天氣冷啊！你看西北風嗚嗚的響。挾著一大片黑雲在那天空飛來飛去，把太陽都遮住了。上了年紀的這時候皮袍子都上了身了，躲在家裏，把兩扇窗門緊緊關住，喝喝酒，叉叉麻將，吃吃大煙煙，到也十分自在。……[134]

又如發表在胡適編輯的《競業旬報》上的議論文：

> 「近年來 一班熱心公益的人 知道文言報章 不能普及國民 所以辦起了許多的白話報來 據現在出版的說起來 卻也不少 各省有省會的白話報 各府也有一府的白話報 甚至那開通點的縣城裡 市鎮裡 亦統有白話報 或是日報 或是旬報 或是星期報 卻也各色都有 新近上海又辦起了一個國民白話日報來 天天發行一張 把淺近的道理 講給同胞聽聽 唉列位呀 這真是我們國民的幸福 我們中國國勢振強的起點

從此販夫走卒 若少識了幾個字 就可以買張白話報看看 少少的懂點時事 愛國合群 都從此發達起來了 這豈不是大幸福嗎」[135]

這些句子並沒有一點文言翻成白話的氣息，就是放在「五四」新文學，也並不遜色。

認真分析周作人之論，不免有以偏蓋全之嫌。我們在前面引證了大量的清末白話文，從傳教士到先進士大夫，都可以證明這一點。作者「態度的不同」是存在的，當時作家寫白話確實是為了啓蒙普通大衆；但也不能以偏概全，還有另一種情況存在：這時的作者絕大多數接受的教育就是文言的，寫起白話不如文言熟練，就連周作人自己，也未能完全避免此病。五四之後，周作人寫白話不能說是為了大衆寫，但是他寫詩抒發感情時首先想到的使用文言，所以他的舊體詩作遠遠超過他的新詩。至於周作人認為晚清白話文運動與五四白話文運動沒有大關係，更是偏頗之論。「五四」提倡新文學的，與晚清提倡小說界、文界、詩界革命的，確屬兩批人。晚清宣導白話小說甚力的梁啓超、夏曾佑、狄葆賢等人，在五四新文學運動中不再充當領袖人物。然而恰恰相反，在主張白話上，可以看出二者之間的聯繫。五四白話文運動的領袖陳獨秀在晚清白話文運動中辦過《安徽俗話報》，寫過不少白話文。率先提倡白話文運動的胡適，也在晚清白話文運動中主編過《競業旬報》，寫過不少白話文。其他如錢玄同等，也有與白話文發生聯繫的歷史。他們在晚清白話文運動中的經歷，為他們在五四白話文運動中成為領袖，作了必要的鋪墊。

晚清的白話文運動是由「改良政治」為動力的，要推行

「民主」。普及教育，必須「言文一致」，讓更多的平民接受教育。但是，晚清時期白話文運動總的趨勢是以「改良政治」爲動力。其間也有人能離開政治，從學術與文學上重視語言變革的必要性，他們的代表是王國維。王國維在當時似乎有一個與其他先進分子不同的立足點，他沒有像一般維新志士那樣，將中國的貧弱歸於「民智不開」，歸於使用文言，他從中西語言不同，意識到中西思想方法不同。他認爲：「夫語言者，代表國民之思想者也，思想之精粗廣狹，視言語之精粗廣狹爲準，觀其言語，而其國民之思想可知矣。」那麼中國人之思想方式如何呢？「抑我國人之特質，實際的也，通俗的也，西洋人之特質，思辨的也，科學的也，長於抽象而精於分類，對世界一切有形無形之事物，無往而不用綜括及分析之法，故言語之多，自然之理也。吾國人之所長，甯在於實踐之方面，而於理論之方面則以具體的知識爲滿足，至分類之事，則除迫於實際之需要外，殆不欲窮究之也。」[136]他把文言和白話綜合起來對照外國語言，他是中國最早從漢語反省思想方式局限的先驅之一。這就使他高屋建瓴，得出不同凡響，至今仍有啓迪意義的結論。

把文言與白話綜合起來作爲中國語言考察，更能看出它的局限。因此，王國維堅決主張引入新名詞，使漢語更趨嚴密：「事物之無名者，實不便於吾人之思索，故我國學術而欲進步乎，則雖在閉關獨立這時代，猶不得不造新名，況西洋之學術而入中國，遇言語之不足用固自然之勢也。」他把語言看作是表達思想感情的工具，而擯棄了正統的「雅俗」之界，以「自然」爲準則。他將這一價值標準用於文學批評，讚美白話文的《紅樓夢》是最優秀的文學作品，讚美元曲「爲中國最自然之文學」，是有「意境」的作品，因爲它「寫情則沁人心脾，寫景則在人耳目，述事則如其口出。」他發現「古代文學之形容事物也，率用古語，其用俗語者絕無。又所用之字數亦不甚至多。獨元曲以許用襯字故，故輒以許多俗語或以自然之聲音開容之。此自古文學上所未有也。」因此，他將元雜劇視爲「於新文體中自由使用新言語」[137]，充分肯定了它的藝術成就。值得注意的是，王國維並非主張文學非白話不可。他提出了「古雅」的審美新範疇，他沒有像胡適等人那樣將文言文作品看作是「死文學」，而是把它們與三代的鐘鼎文，秦漢之摹印，漢、魏、六朝、唐、宋之碑帖，宋元之書籍等合在一起考察，充分肯定了「典雅」的審美效用[138]。這種做法看來似乎是想折中「雅俗」的區別，調和白話與文言的矛盾，其實不然。衆多的文言文作品是寶貴的文學遺產，它們將永遠作爲藝術被人鑒賞，引起讀者的美感。把「文言文」稱作「死文學」的胡適之類，其實是回避了這一事實，抛棄了中國古代文學遺產。王國維是在本著「實事求是」的精神作求「眞」的探索。由此也可看出他與同時代學者有兩個很不相同的地方：一是他始終是從學術、文學出發，而很少受政治干擾。他政治上是保皇黨人，但是這一政治態度從未影響他的學術研究，他從不用他學術與文學主張來爲他的政治主張服務。二是他的思想方法是比較全面的，很少有那時人的「非此即彼」的簡單思想特徵。這也許就是王國維的衆多學術論述至今仍有生命力的原因。

平心而論，「言文一致」在文言與口語相距太遠時作爲口號提出，推行白話文是可以的，但它其實是不可能做到的。「我手寫我口」多少帶有空想的性質，因爲口頭語與書面語是不同的，兩者決不可能完全一致。口頭語最活躍，變化大，書面語的要求總要比口頭語高，比口頭語規範穩定得多。如果把書面語降低到口頭語的水準，決不能產生優秀的第一流的文學作品。但是口頭語與書面語的距離又不能過大，成爲兩種不同的語言，它們必須能準確地表達人們的思想情感，滿足社會交流的需要。有的文言最初也是口頭語，如《尙書》的詔誥，漢代的手詔，它們與後來的口頭語相比，變化之大，遠遠超過書面語的變化。世界上沒有一個民族的口頭語與書面語是完全一樣的。所以，「言文一致」作爲口號在從晚清到五四時期提出，促進了白話文運動的發展，使漢語的書面語產生重要變革，由「雅」向「俗」發展，豐富了它的表現力，具有很大的功績。但是這個口號不是一個科學的口號，它有著自身的片面局限，因此它不可能成爲書面語發展的最終目標，它在「五四」白話文運動勝利後遭拋棄，是必然的。

中國近代的語言變革不是語言發展自發產生的變革，而是社會政治變革帶動下的變革。儘管報刊已經崛起，「報章體」也初具雛型，但是它們的力量還需要足以引起一場語言變革，因爲此時報章主要集中在上海等少數幾個城市，中國大部分地區感受不到它的衝擊。報刊等帶來的語言變化，是在晚清先進知識份子掀起的「救國」熱潮中才轉變爲語言變革，開成潮流的，它匯成潮流的關鍵在於把提倡「白話文」與「救國」結合起來，而原來享有文言文專利的士大夫中，分化出一批先進分子，成爲提倡白話文的急先鋒。裘廷梁、梁啓超、黃遵憲、林白水、陳獨秀、蔡元培等人都是舉人，至少也是秀才，有的還是進士出身。他們提倡白話，並不是由於他們擅長寫白話文，（恰恰相反，他們寫文言文的能力都遠遠超過他們寫白話文的能力。）而是由於他們確信運用白話文能夠普及教育，減少中國人花在無用的文學上的受教育時間，從而騰出更多的時間來接受科學知識及社會科學知識的教育，促使國家富強起來。白話文運動能夠匯成潮流，形成中國近代的語言變革，也是因爲當時的士大夫和後來的民國當政者都接受了這一看法。事實上，一直到筆者在五、六十年代接受教育時，當時政府提倡簡化漢字，其簡化漢字的理由，仍是如此。

一般人常有誤會，以爲「五四」白話文運動提倡白話是要推行「平民文學」。其實這是晚淸白話文運動的宗旨，「五四」白話文運動已經遠遠超越這一宗旨。儘管「五四」白話文運動的宣導者們要「推倒迂晦的艱澀的山林文學，建設明瞭的通俗的社會文學」[139]，而且明確提出「平民文學」的口號，但在事實上，「五四」白話文運動與晚淸白話文運動的重大區別，就是面向普通老百姓宗旨的淡化。新白話決非通俗到如白居易的詩歌，連當時一般的老太太也能懂。其實當時識字的老太太寧可去讀鴛鴦蝴蝶派的白話，或者文白相雜的淺近文言，也不要讀新文學的白話。魯迅的母親就是例子，她寧可讀張恨水等人的小說，也不喜歡看兒子所著的小說。新文學不通俗的原因有多方面，其中之一就是語言表達大量引進外國語的表達方式，使用「歐化」的白話。

「歐化」的白話的新文學的宣導者們看來是必須而且不可避免的。胡適主張：「白話文必不能避免『歐化』，只有歐化的白話才能夠應付新時代的新需要。」[140]他確信漢語要嚴密，講究「文法」，必須借助於「歐化」，雖然「歐化」並不符合他提倡的「言文一致」精神。明乎此，我們就不難理解，雖然「文言文是死文學，白話文是活文學」的提法並不公正，並不符合事實，（就連胡適自己教兒子，也要他讀文言文，而不是光讀白話文。）但是它確實有助於提高白話文的地位，幫助青年學生接受白話文。因此書面語言仍可按照書面要求發展，只要它是「白話」，判定作品的價值標準首先由語言形式來決定。相比文言，白話也確實更能適合「歐化」的需要。只是「五四」一代作家作出的許多「歐化」努力，只有一部分積澱在現代漢語中，還有一部分只能成歷史。

然而，由白話或文言來決定「活文學」與「死文學」，雖然談的是「文學」，但對文學來說卻有一個重大失誤：抽掉了文學的審美價值內涵，藝術標準不再是決定「活文學」與「死文學」的標準，它由語言形式決定。於是，「兩個黃蝴蝶」之類的作品，竟成爲新詩的發端。輕率地否定所有的文言作品使得古人對漢語格律音調的探索難以爲後人繼承，它們至今仍是新詩面對的難題。最重要的，它在中國文學史上開創了一個粗暴踐踏藝術的先例，非藝術的語言形式標準，很容易轉化爲其他非藝術標準來干擾踐踐踏文學藝術，這已爲後來的文學發展所證明瞭。

1 見索緒爾《普通語言學教程》，商務印書館 1980 年版。

2 愛切生《語言的變化：進步還是退步》，第 282 頁，語文出版社 1997 年 6 月出版，

3 愛切生《語言的變化：進步還是退步》，第 281 頁，語文出版社 1997 年 6 月出版。

4 劉勰《文心雕龍・練字》。

5 見張岱《琅環文集》卷一，嶽麓書社 1985 年版。

6 俞樾《七俠五義》序，文明書局 1925 年排印本。

7 阮元《文韻説》。

8 章太炎《國故論衡・文學説例》。

9 林紓《贈姚君懿序》，見《畏廬續集》，商務印書館 1916 年版。

10 趙翼《論詩絕句》。

11 袁枚《隨園詩話》卷十三。

12 見《雍正上諭內閣・雍正元年二月》。

13 《梁書・曹景宗傳》。呂叔湘文見《國文雜誌》三卷一期，1944 年出版。

14 胡適《文學改良芻議》，《新青年》1917 年第 1 期。

15 海上餐霞客《何典》跋，見人民文學出版社 1981 年版《何典》。

16 過路人《何典》序，見同上。

17 魯迅《何典》題記，見同上。

18 劉半農《重印（何典）序》，見人民文學出版社 1981 年版《何典》。

19 郭嵩燾《古微堂詩集序》，見《養知書屋文集》卷四。

20 龔自珍《己亥雜詩》，見《龔自珍全集》，上海人民出版社 1975 年版。

21 龔自珍《文體箴》，見同上。

22 鄭畛《論詩示諸生時代者將至》，見《巢經巢詩鈔》卷七。

23 俱見梁紹壬《兩般秋雨庵隨筆》。

24 劉毓崧《古謠諺》序，咸豐刻本《古謠諺》卷首。

25 祁雅理《二十世紀法國思潮》第 169 頁。

26 陳寅恪《與劉叔雅論國文試題書》，《金明館叢稿二編》第 223

頁，上海古籍出版社 1980 年版。

27 方豪《中西交通史》下冊，948 頁，臺北中國文化大學 1983 年重排本。

28 《四庫全書總目提要》上冊，387 頁，中華書局 1965 年出版。

29 朱靜編譯《洋教士看中國朝廷》，158 頁，上海人民出版社 1995 年出版。

30 陳望道著《中國拼音文字的演進：明末以來中國語文的新潮》，1939 年出版。

31 陳望道《中國拼音文字運動的簡史》，見倪海曙《中國拼音文字概況》，時代畫報出版社 1948 年出版。

32 盧茨著《中國教會大學史》，第 8 頁，浙江教育出版社 1988 年出版。

33 陳望道《中國拼音文字運動的簡史》，見倪海曙《中國拼音文字概況》，時代畫報出版社 1948 年出版。

34 《察世俗每月統紀傳》序。

35 《察世俗每月統紀傳》序。

36 水《通俗文的一道鐵關》，載重慶《新民報》1942 年 12 月 9 日。

37 王治心《中國基督教史綱》第 254 頁，上海古籍出版社 2004 年出版。

38 當時因為清政府嚴禁西方傳教士在中國本土創辦教會雜誌，馬禮遜等人都只能在馬來西亞等地創辦中文傳教雜誌，其他西方傳教士也大都如此。唯有郭士立不知用的什麼方法，居然給他鑽了空子，在廣州創辦了《東西洋考每月統紀傳》。

39 郭實臘《常活之道傳》在大英圖書館藏有一部。

40 《東西洋考每月統紀傳》第二年即遷往新加坡，1836 年曾停辦一年，1838 年 9 月停刊。其內容由新聞、歷史、地理、宗教、文學、哲學、論説、自然、天文、工藝、貿易、雜聞。

41 轉引自魏源《海國圖志》卷八五，嶽麓書社 1998 年出版，第 2027 頁。

42 《東西洋考每月統記傳》八上，中華書局 1997 年影印出版。

43 《〈遐邇貫珍〉小記》，《遐邇貫珍》第12號，1854年12月出版。

44 《六合叢談》小引，《六合叢談》第1期。

45 狄就烈《聖詩譜序》，1873年濰縣刻印。

46 文璧《讚美聖詩》，《小孩月報》1980年5期。

47 王治心《中國基督教史綱》，第243頁，上海古籍出版社2004年版。

48 《小孩月報》第15號，光緒二年季夏之月出版。

49 狄就烈《聖詩譜序》，1873年濰縣刻印。

50 《天道溯源》，美國丁韙良著，漢鎮英漢書館1906年版。

51 《天路歷程》，清同治四年刻本。

52 周作人《聖書與中國文學》，《藝術與生活》第45頁，嶽麓書社1989年6月。

53 王治心《中國基督教史綱》第254頁，上海古籍出版社2004年出版。

54 賈立言、馮雪冰《漢文聖經譯本小史》第96頁，廣學會1934年出版。

55 裘廷梁《論白話為維新之本》，《無錫白話報》第1號，1998年。

56 有關論述可參閱拙作《中國文學觀念的近代變革》，上海社會科學院出版社1996年出版。限於篇幅，這裡不再贅述。

57 陳寅恪《與劉叔雅論國文試題書》，《金明館叢稿二編》第223頁，上海古籍出版社1980年版。

58 宋陽《大眾文藝的問題》，《文學月報》創刊號，1932年6月。

59 寒生《文藝大眾化與大眾文藝》，《北斗》第二卷3、4期合刊，1932年7月。

60 賈立言、馮雪冰《漢文聖經翻譯小史》第38頁，廣學會1934年出版。

61 賈立言、馮雪冰《漢文聖經翻譯小史》第51頁，廣學會1934年出版。

62 丁韙良《振興女學》，載《中西聞見錄》第19號，1874年2月出版。

63 《萬國公法》第 12 頁，上海書店 2002 年 1 月出版。

64 傅蘭雅《江南製造總局翻譯西書事略》。

65 狄考文《如何使教育工作最有效地在中國推進基督教事業》，《基督教在華傳教士大會紀錄，1890 年》。

66 艾約瑟《希臘為西國文學之祖》，《六合叢談》第 1 號。

67 祁雅理《二十世紀法國思潮》第 169 頁。

68 《申報》「本館告白」，《申報》第 1 號，1872 年 4 月 30 日。

69 《申報》廣告，載《申報》1876 年 5 月 19 日。

70 《論申報銷數》，載《申報》1877 年 2 月 10 日。

71 《滬北竹枝詞》，載《申報》1872 年 5 月 18 日。

72 黃遵憲《日本國志・學術志》。

73 黃遵憲《梅水詩傳序》。

74 黃遵憲《山歌題記》，見《人境廬詩草箋注》卷一。

75 《小說叢話》，載《新小說》第 7 號。

76 載《時務報》第一冊。

77 陳寅恪《與劉叔雅論國文試題書》，《金明館叢稿二編》第 221 頁，上海古籍出版社 1980 年出版。

78 《小說叢話》，載《新小說》第 7 號，1903 年出版。

79 載《時務報》第四冊。

80 王照《復江翊雲兼謝丁文江書》，《戊戌變法》二，573 頁。

81 梁啟超《飲冰室詩話》。

82 梁啟超《夏威夷遊記》。

83 梁啟超《夏威夷遊記》。

84 康有為《與張之洞書》。

85　嚴復《天演論譯例言》。

86　郁達夫《讀王璐生的譯詩而論及於翻譯》，《晨報副鐫》1924 年 6 月 29 日。

87　轉引自賀麟《嚴復的翻譯》，載《東方雜誌》第 22 卷 21 號 1925 年 11 月。

88　嚴復《與梁任公論所譯〈原富〉書》，《嚴腐詩文選》，人民文學出版社 1959 年版。

89　參閱梁啟超《中國唯一之文學報〈新小說〉》和《新中國未來記》緒言。

90　林紓《神樞鬼藏錄》序。

91　知新主人《小說叢話》，載《新小說》第二十號。

92　知新主人《小說叢話》，載《新小說》第二十號。

93　周桂笙《新庵筆記》弁言。

94　林紓《伊索寓言》序。

95　林紓《巴黎茶花女遺事卷首小引》。

96　林紓《譯林序》。

97　林紓《黑奴籲天錄跋》。

98　林紓《湘湖仙影》序。

99　邱煒瑗《揮塵拾遺》，可參閱林紓《譯林》序。

100　林紓《黑奴籲天錄》序。

101　林紓《鬼山狼俠傳》序。

102　林紓《洪罕女郎傳跋語》。

103　林紓《孝女耐兒傳》序。

104　見林紓《塊肉餘生述》前編序。

105　見狄更斯《奧立佛・退斯特》第三版前言。

106 林紓《拊掌錄》跋尾。

107 林紓《孝女耐兒傳》序。

108 林紓《撒克遜劫後英雄略》序。

109 施蟄存《中國近代文學大系・翻譯文學集導言》，上海書店 1990 年出版。

110 寒光《林琴南》，《林紓研究資料》第 207 頁，福建人民出版社 1983 年出版。

111 松岑：《論寫情小說與新社會之關係》，包天笑：《釧影樓回憶錄・譯小說之始》，都提到當時人把《茶花女》視為外國《紅樓夢》。

112 寅半生：《讀〈迦因小傳〉兩譯本書後》，（遊戲世界）十一期。

113 如他翻譯《湯姆叔叔的小屋》，因為「惡其名不典」，便改為《黑奴籲天錄》，至於小說內容上的改動，更是不勝枚舉。

114 見錢鍾書《舊文四篇・林紓的翻譯》，上海古籍出版社 1980 年出版。

115 郭沫若《少年時代》。

116 章太炎《與人論文書》，《章太炎全集》（四）第 168 頁，上海人民出版社 1985 年出版。

117 周作人《林琴南與羅振玉》，《語絲》第三期，1924 年 12 月出版。

118 周作人《〈點滴〉序》第 1-2 頁，北京大學出版部 1920 年出版。

119 《域外小說集》舊序，嶽麓書社 1986 年出版。

120 事實上，來自西方的外來語詞匪從中國與西方展開貿易時就已有了，並在文學中有所反映，如《紅樓夢》中寫到來自西方的自鳴鐘等。只是它們未曾引起中國文學的變革。

121 梁啟超《飲冰室詩話》。

122 這一變化當然還有另外一股動力，就是語言的通俗化思潮。因為俗語中的雙音詞也很多。這一點放到後面討論。

123 如陳寅恪就曾批評馬建忠摹仿外國人學中文的語法書，用外國語法規範中文。

124 傅雷《致林以亮論翻譯書》，劉靖之《翻譯論集》，香港三聯書店 1981 年出版。

125 1898 年浙江書局重刊黃遵憲著《日本國志》卷三十三學術志二。

126 《時務報》第 4 冊，1896 年 9 月。

127 蔡元培《國文之將來》，《蔡元培全集》第三卷第 356 頁，中華書局 1984 年出版。

128 中國社會科學院近代史研究所文化史研究室丁守和主編 ，第 493 頁，北京：人民出版社出版 1987 年 11 月第 1 版。

129 選自《中國近代文學大系．史料索引集一》第 154 頁

130 參考《中國大百科全書．新聞出版》第 174 頁，中國大百科全書出版社出版發行，1990 年 12 月版。

131 以上三段參閱《五四新文化的源流》，陳萬雄著，北京：生活．讀書．新知三聯書店出版發行，1997 年 1 月北京第 1 版第 1 次印刷，第 160 頁。

132 李孝悌《清末的下層社會啟蒙運動：1901——1911》，第 256 頁，河北教育出版社 2001 年出版。

133 見周作人《中國新文學的源流》，嶽麓書社 1989 年版。

134 白話道人《中國白話報》發刊詞，1903 年。

135 鐵漢《論開通民智》，載《兢業旬報》第 26 號。

136 王國維《論新學語之輸入》，見《王國維文學美學論著集》，北嶽文藝出版社 1987 年版。

137 王國維《元劇之文章》，見《王國維文學美學論著集》，北嶽文藝出版社 1987 年版。

138 王國維《古雅在美學上之位置》，見同上。

139 陳獨秀《文學革命論》，載《新青年》第 2 卷第 6 號。

140 胡適《中國新文學大系．建設理論集導言》。

第三章
本體與範圍

第一節　對文學本體的認識

中國古代文學理論在晚明曾有過一次重要的發展，它可以作為中國近代文學觀念的先聲，這就是李卓吾提出的「童心說」。

中國古代文學觀念認為「文」是「道」的外化，王陽明「心學」的問世將「道」歸結於「心」的體悟。只是王陽明提出「良知」說，主張「良知」即是「義理」，人心的體悟是否合乎「天理」，要以「良知」為準則。這樣，他就把「義理」內化到人心之中，仍以「義理」作為衡量人心的尺度。李贄作為「左派王學」，深受佛學影響，他借助佛家講的「佛性」、「本心」，提出「童心」，主張「童心」即是「眞心」，是「絕假純眞，最初一念之本心也」。它是人自身的生命體驗，從人自身的生命經歷中產生出來。「義理」蒙蔽「童心」，「義理」懂得越多，「童心」喪失得越多，「多讀書識義理障其童心」，「以從外入者聞見道理為之心也」[1]。這樣，李贄就提出一個與「義理」相反的價值標準——「童心」，用作家自己的生命體驗，作為文學存在的內在根據：

> 天下之至文，未有不出於童心焉者也。苟童心長存，則道理不行，聞見不立，無時不文，無人不文，無一樣創制體格文字而非文者。詩何必古《選》，文何必先秦。降而為六朝，變而為近體，又變而為院本，為雜劇，為《西廂曲》，為《水滸傳》，為今之舉子業，大賢言聖人之道皆古今至文，不可得而時勢先後論也。故吾因是而有感於童心者之自文也，更說甚麼《六經》，更說甚麼《語》、《孟》乎？[2]

李贄把「童心」與「聖人之道」並列，認爲有「童心」者自能作出好文章，與聖人之道古今至文一樣。順此，「天下之至文」不是「道」的顯現，而是人自身「童心」的表現。有了「童心」，就可以自創新體，自鑄偉辭，什麼「六經」，什麼「四書」，都可以扔在一邊。而那些被士大夫鄙視的「俗體」，如戲曲、小說，也因爲具有「童心」，而被列入「天下之至文」的行列。只要是具有「童心」，有著眞實的生命體驗，就是優秀的文學作品。文學不存在「越古越好」的價值標準，文學更不是什麼「經典枝條」，「然則六經、《語》、《孟》乃道學之口實，假人之淵藪也，斷斷乎其不可語於童心之言明矣。」[3] 這樣，李贄就把經學與文學分開，指明用經學來統帥文學只能是對文學對「童心」的「異化」。

李贄的「童心」不是一種教條的「道」，而是發自人自身的「生命體驗」。這樣，他就將文學從政教之「道」的「外化」中解放出來，回到人自身的「生命體驗」上去，文學變成人的生命體驗的自然流露。在李贄之前，並不是沒有作家注重自己的生命體驗，事實上，那些創作優秀文學作品的傑出作家，在創作時，或多或少都運用了自己的生命體驗，但是卻從未有人能夠像李贄那樣，公然從文學觀念上用「生命體驗」的「童心」來取代儒家的政教之「道」，公然將文學從「道」的顯現轉移到「生命體驗」上去。李贄正是由於作了這樣的轉移，初步在人性的基礎上確立文學的價值，「蓋聲色之來，發於情性，由乎自然，是可以牽合矯強而致乎」[4]。把文學藝術的特點歸之於人性；他才能在文學價值、文學範圍、文學語言、文學發展途徑等一系列文學的根本方面，突破中國傳統文學觀念，而接近於西方近代的文學觀念。李贄的「童心說」在當時是超前的，能夠眞正理解他主張的人很少。李贄自己的主張也有矛盾之處，如將應舉業的「時文」也歸於「童心」的表現，「時文」是一種命題作文，又須依據六經，其思想的束縛與他提倡的「童心」其實是矛盾的，它並不是發自「童心」的自然「至文」。不過，一種新學說提出時帶有舊的痕跡，或者爲了擴大其影響而遷就流行的舊說，因而產生某些矛盾，這也是正常的。李贄的「童心說」是晚明公安三袁的「性靈說」的理論基礎，只是公安三袁都不敢像李贄走得那麼遠。即便如此，「五四」後的周作人也發現：「性靈說」是中國新文學的源流。[5]

如果說「童心說」在晚明能夠形成「性靈說」，那麼，由於社會文化環境的變化，到了清代，就不再有人敢於像晚明李贄那樣提倡「童心」，也無人敢像公安三袁那樣提倡「性靈」[6]。明末清初的顧炎武、黃宗羲、王夫之的「清初三大家」把明朝滅亡歸之於王學的「空疏」，對李贄持嚴厲的批判態度。黃宗羲針對李贄提出的不以孔子是非爲是非，主張「童心」，提出文學「必當以孔子之性情爲性情」[7]。王夫之稱「自李贄以佞舌惑天下，袁中郎、焦弱侯不揣而推戴之，於是以信筆掃抹爲文字，而誚含吐精微，鍛煉高卓者爲『咬券呷醋』。故萬曆壬辰以後，文之陋俗，亙古未有」[8]。清初的金聖歎在評價《水滸》、《西廂》，稱它們爲「才子書」時，所持的其實是類似「童心」的價値標準，但是他已經腰斬《水滸》，並加以篡改，以便向正統文學觀念認同。到了乾隆年間，袁枚也提倡「性靈」，但已無復「公安派」提倡「性靈」的銳氣，「性靈」中已有濃厚的「理學」「內化」的色彩，與公安三袁立足於「童心」說的「性靈」有很大的不同。而且在清代，已經不可能形成像「公安派」那樣提倡「性靈」的文學流派，也很少有人再標榜「童心說」。

嘉慶之後，文網馳禁，學術空氣趨於活躍這時又有人重新提出「童心」，他就是開近代風氣的龔自珍。龔自珍沒有直接稱讚過李贄，也沒有說明他提出的「童心」的內涵。在經過清初「三大家」對李贄等晚明風氣的批判之後，一般學者都不敢爲晚明說好話。但是龔自珍卻不然，他認爲「衆士耳食，徒見明中葉氣運不振，以爲衰世無足留意，其實爾時優伶之見聞，商賈之氣息，有後世士大夫所必不能攀躋者」[9]。述晚明商業文化發達帶來的變化，顯示出他敏銳的感覺和與晚明風氣相通相近的氣習。

龔自珍在文學上主張「尊情」和「宥情」，抒發眞實的情感。他覺得文學應當表現人的個性與人的生命。他提出理想的詩歌應當是「詩與人爲一，人外無詩，詩外無人，其面目也完」[10]。這樣的詩歌才稱得上完美。因此，他對摧殘個性，束縛個性發展的做法極爲憤慨。他在十幾歲時寫的《明良論》中，就已指出：「戒庖丁之刀曰：多一割亦笞汝，少一割亦笞汝；韜伯牙之弦曰：汝今日必志於山，而勿水之思也；矯羿之弓，捉僚之丸曰：東顧勿西逐，西顧勿東逐，則四子者皆病」[11]。即使是最著名的廚師、音樂家和神射手，只要加以限制束縛，也要影響他們的成就。龔自珍後來寫《病梅館記》，更對那些按照某種外在的規模規範要求扼殺天性自由發展的做法極為反感。因此，他呼喚「童心」，感慨「早年攖心疾，詩境無人知」[12]。龔自珍對佛學也下過一番鑽研功夫，將佛學融入自己的思想，借助佛學來反對儒家正統思想，他也借用「童心」這一概念，把它作為文學發自內心生命體驗的最高境界。他對自己詩作的評價是：「少年哀樂過於人，歌泣無端字字真。既壯周旋雜癡黠，童心來復夢中身。」[13]稱自己寫詩的歷程是「覓我童心廿六年」[14]。龔自珍強調「童心」不是偶然的，他與李贄有著共同的「佛學」基礎，在當時文學家中，很少有人像龔自珍這樣推重「童心」。

按理說，龔自珍後於李贄幾百年，又處在近代這樣一個社會嬗變的時代，他主張「童心」，強調生命體驗，理應超過李贄。可是不然，與李贄相比，龔自珍反倒比較保守。龔自珍時期已經沒有李贄時期的社會文化環境，他也缺乏李贄那種蔑視權威，驚世駭俗的魄力。況且，龔自珍從小受業於外公段玉裁，一度沈浸於古文字之學，使他在思想上成為一個復古主義者，相信「復古」是解決現世難題的最好出路。「何敢自矜醫國手，藥方還販古時丹。」[15]他不僅相信「復古」是改革社會政治的出路，而且在文學上也確信「不能古雅不幽靈」[16]，把語言文字的「古雅」作為文學的一種境界。這樣，他就不可能做到像李贄那樣，擯棄「雅」的追求，讚美小說戲曲等俗文學，將它們與詩文甚至與經史並列。他也不能打破士大夫看文學的框框，像李贄曾經做過的那樣。於是，龔自珍在文學觀上，時而處於矛盾的狀態。他自己也覺察到矛盾，並想尋求擺脫矛盾的出路：

> 予欲慕古人之能創兮，予命弗丁其時！予欲因今人之所因兮，予然而恥之。恥之奈何？窮其大原。抱不甘以為質，再已成之紜紜。雖天地之久定位，亦心審而後許其然。苟心察而弗許，我安能領彼久定之云？……文心古無，文體寄於古。[17]

他帶著叛逆的眼光，審視周圍的一切，縱然是久已明確的定論，他也要用自己的體驗重新審查。他要用自己獨立的「文心」從事創作，但是他卻沒有懷疑古代的「文體」，沒有看到新的生命體驗也需要新的解放了的文體來表現。

龔自珍有保留地注重「童心」，強調生命體驗在當時是孤立的。他的朋友儘管在「經世致用」、提倡「實學」上與他觀點一致，但卻鮮有人在文學上與他一樣注重生命體驗。當時與龔自珍並稱「龔魏」的魏源，其實只是在「經世致用」和提倡「實學」上，與龔自珍思想一致，而在文學觀念上，其「復古主義」傾向與龔自珍相似，其他方面則與龔自珍的差異很大。魏源的文學觀念是傳統理學的文學觀念，主張「文章之士不可以治國家，文之用，源於道德而委於政事」，「夫是以內亹其性情而外綱其皇極，其縕之也有原，其出之也有倫，其究極之也動天地而感鬼神，文之外無道，文之外無治也；經天緯地之文，由勤學好問之文而入，文之外無學，文之外無教也。」[18]他是主張用綱常規範性情的，與龔自珍的「雖天地之久定位，亦心審而後許其然」顯然不同。他是從「政事」這一面來看文學功能的，所以才會提出「文之外無道，文之外無治」，「文之外無學，文之外無教」。因此魏源雖然也爲龔自珍文集作序，推崇他「其道常主於逆」，「逆」的目的是「復」，「大則復於古，古則復於本」[19]。但是他看到的只是龔自珍「復於古」，從「復古主義」方面理解龔自珍，實際上並不能完全理解龔自珍的思想，尤其是不能理解龔自珍發展個性、詆誹專制、批判思想禁錮、追求思想自由的看法[20]。魏源在文學上的理想，是復興「詩教」的傳統，所以他並不能理解龔自珍張揚個性，追求「童心」的價值。

在龔自珍時代，文壇上另有一派與當時占統治地位的傳統理學文學觀念不同，而直接繼承了六朝的文學觀念，這一派以阮元爲首。阮元發展了六朝「有韻爲文，無韻爲筆」的說法，提出：「孔子於乾坤之言，自名曰『文』，此千古文章之祖也。爲文章者，不務協音以成韻，修詞以達遠，使人易育易記，而惟以單行之語，縱橫恣肆，動輒千言萬字，不知此乃古人所謂直言之言，論難之語，非言之有文者也，非孔子之所謂文也」[21]。他主張有聲韻的、排偶對仗的，才能算作「文」，「凡文者，在聲爲宮商，在色爲翰藻」[22]。力求在形式上，爲「文」確立標誌和範圍，將文學縮小到詩歌、駢文、時文範圍內，推而廣之也許還能包括戲曲。

對阮元的「文筆之辨」，除了劉師培等極少數人之外，後人大多不屑一顧，非議者甚多，其實大謬不然。自六朝產生「文筆之辨」以後，有韻無韻的劃分「文」與「不文」的理論便再也無人提起，沈寂了千餘年。阮元重張此幟，代表了那些精於考據的學者的主張，適應了文學希望獨立、成爲「語言的藝術」的要求。周作人曾經指出：「漢字這東西與天下的一切文字不同，連日本朝鮮在內；它有所謂六書，所以有象形會意，有偏旁；有所謂四聲，所以有平仄。從這裡，必然地生出好些文章上的把戲」[23]。漢字的文字特性，決定了它的某些藝術特性。這些藝術特性也常常被用到修辭上去。但是，只以聲韻排偶來區分文學與非文學，劃分開的標準顯然並不準確，它不能涵蓋文學的諸多特徵，並不能促進文學的近代變革，加速文學的發展。一味追求修辭形式，脫離人生的內涵來談論文學，很容易使文學變成缺乏思想情感的文字遊戲。華麗的修辭形式一旦成爲規則，便成爲束縛文學自由發展的枷鎖。然而，阮元只是選擇了錯誤的劃分標準，他試圖明確文學與非文學之間的界限，這一意圖卻是正確的。文學不能與非文學劃清界限，就要影響到文學內部規律的總結，非文學的許多方面就會束縛文學，限制文學獨立自由地發展。

中國文學進入近代之後，「文學獨立」的思潮也在曲折地發展，但是它表現在一些具體的論述上，在二十世紀前很少有人再敢於像阮元這樣公然亮出劃分文學與非文學的旗號。桐城派在姚鼐手中得到較大發展，他提出「義理、考據、詞章」作爲作文的準則。但是到了他的弟子梅曾亮，便已有所變化，梅曾亮不喜談「考證」，認爲考證徒使學者「日靡於離析破碎之域，而忘其爲興亡治亂之要最、尊主庇民之成法」[24]。他也不多談「義理」，他暗中認爲「理」是理，「文」是文，「文」不必借重於「理」。他聲稱：「昔孔氏之門有善言德行，有善爲說詞者，此自古大賢不能兼矣。謂言語之無事乎德行，不可也；然必以善言德行者乃爲言語，亦未可也。莊周、列禦寇及戰國策士於德行何如？然豈可謂文詞之不工哉！若宋、明人所著語錄，固非可以文詞論，於德行亦未為善言者也。」[25] 儒家正統文學觀一直認為「文」是「道」的外化，梅曾亮將「道」與「文」分開，實際上認為「文」的好否並不借重於「道」，只是他不敢或不能直接提出「道」與「文」是兩回事的命題，只敢將「道」偷換成「德行」，針對「有德者必有言」的命題加以批判。在梅曾亮的心目中，「文人」已經具有重要的地位，著名「文人」不亞於建功立業的將相。他主張「高世奇偉之士，莫不欲有所自見於世」，建功立業者需要有「非常之遇」與「破格之權」，「苟無其遇」而「其才之足以有所為以自見於後世者」，則「甘心於寂寞之道而不悔。」他還用歸有光「甯自居於文人之畸而不欲以功名之庸庸者自處」[26]，來說明文學事業並不亞於出將入相的建功立業。這樣，他在灊台詞中已經將文學與「治國平天下」分開，將它當作一種獨立的事業。

梅曾亮的文學觀念已經超出了當時古文家的文學觀念而頗具近代色彩。但是姚鼐的其他弟子則比較強調「道」，方東樹在《漢學商兌》中指責「漢學」放棄了「道」，提倡程朱理學，他的文學觀的核心是：「古者至天子以至庶人，莫不由於學，語其要曰修己治人而已。是故體之為道德，發之為文章，施之為政事。故通於世務，以文章潤飾治道，然後謂之儒。」[27] 這種將道德、政事、文章合於一體的做法，完全是傳統儒家的文學觀。姚鼐的另一位弟子姚瑩則提出讀書作文「要端有四：曰義理也，經濟也，文章也，多聞也」[28]。將姚鼐的「辭章」換為「文章」，「考據」換成「多聞」，又增加了「經濟」。可見在當時，梅曾亮的這些看法確實是難能可貴的。

龔自珍追尋「童心」比起李贄的「童心說」已經有所倒

退，「童心」在龔自珍手中也沒有成爲理論。即便如此，他追尋「童心」的文學思想沒有得到其他人的呼應。龔自珍「但開風氣不爲師」，開的是近代士大夫「經世致用」、改革現狀的風氣。中國近代深刻的民族危機和社會危機，促使大批士大夫轉而研究「實學」，甚至直接投入到鎭壓農民起義的活動中。「中興名臣」曾國藩便是如此。曾國藩提倡「桐城古文」，吸取了姚瑩的提法，在姚鼐的「義理、考據、詞章」之外又加上了「經濟」[29]。曾國藩是提倡「理學」的，以「道統」的維護者自居。但是他又曾師事過梅曾亮，受到梅曾亮的影響，因此曾國藩的文學觀常常是矛盾的。作爲「道學家」，曾國藩主張「文者，道德之鈴而經濟之輿」[30]，堅持正統的儒家文學觀。作爲「文學家」，他在私下也承認「古文之道，無施不可，但不宜說理耳」[31]。憑他自己作文的體驗，他發現應該是「道」的外化的「文」，卻不易通過「說理」來證明「道」。縱覽古籍，他發現除了孔孟、周敦頤、張載等個別作家能夠做到「文道合一」，其他如韓愈、曾鞏、朱熹只是某些文章可以做到「文道合一」，此外則道與文，竟不能不離而爲二。「鄙意欲發明義理，則當法經說理窟，及語錄、箚記；欲學爲文，則當掃蕩一副舊習，赤地新立，將前此所習，蕩然若喪其所守，乃始別有一番文境」[32]。他希望「文」離開「義理」，擺脫「道」的束縛，單獨發展。他覺得方苞這位「桐城派」始祖，「所以不得入古人之閫奧者，正爲兩下兼顧，以至無可怡悅」。這也意味著他已經把「怡悅」作爲「文的特徵，不再追求「文」的經世致用了。只不過曾國藩不敢公開亮出這樣的主張，他編的《經史百家雜鈔》，作爲「古文」的選本，仍把「經濟」」作爲入選的標準。他還是試圖折衷「道」與「文」的關係，他批評周敦頤的「文以載道」說：「周濂溪氏稱文以載道，而以虛車譏俗儒。夫虛車誠不可，無本又可以行遠乎？孔孟歿而道至今存者，賴有此行遠之車也。吾輩今日苟有所見，而欲爲行遠之計，又可不早具堅車乎哉」[33]。雖然也是把「文」看作「載體」，但是已把這「載體」的地位提到與「道」並列的地位。

曾國藩的文學主張給以後的「桐城派」以很大的影響。他的弟子吳汝綸主張：「凡吾聖賢之教，上者道勝而文至；其次道稍卑矣，而文猶足以久；獨文之不足，斯其道不能以徒存。」[34] 進一步發展了曾國藩的觀點，公然提出「文」不足「道」不能存的觀點。吳汝綸之後，又有林紓站在文學家的立場上，因爲希望古文的「文境」有所發展，因而贊成學習西方，引進西學。林紓「於講舍中敦諭諸生，極力策勉其恣肆於西學，以彼新理，助我行文，則異日學界中定更有光明之一日。或謂西學一昌，則古文之光焰熸矣，余殊不謂然」[35]。他實際上已經把「文學美」的追求放到了第一位，吸收「道」是爲了「文」的美好，學習西方的「新理」是爲了幫助自己作文，創作出更加美好的文學作品。値得注意的是曾國藩、吳汝綸、林紓都是當時文壇的領袖人物，他們的這些見解在某種程度上顯示了「文學獨立」的歷史需要。這種歷史需要實際上在近代已經匯成一股力量，在當時文壇領袖的見解中反映出來。

然而，從梅曾亮到林紓，這些古文家也常常講到「義理」，講到「載道」。他們大體上還是在「文」與「道」中持折中的態度。除此之外，他們的某些「文學獨立」主張還受到另一方面的限制。曾國藩把「文境」歸爲「怡悅」，這一主張是從晚明來的，明代鄭超宗主張：「文不足供人愛玩，則六經之外俱可燒。六經者，桑麻菽粟之可衣可食也；文者，奇葩文翼之怡人耳目，悅人心情也。若使不期美好，則天地產衣食生民之物足矣，彼怡悅人者，則何益而並育之？以爲人不得衣食不生，不得怡悅則生亦槁，故兩者衡立而不偏絀」。[36]但是，「怡悅」只是文學某一方面的功能，僅僅追求「怡悅」的「文境」，也可能導致創作一些輕鬆的文字遊戲。文學要眞正達到某種較高的境界，還必須表現人的生命體驗。曾國藩也意識到這一點，標榜「誠」。但是他的「誠」並不是發自內心的生命體驗，而是「必須平日積理既富，不假思索，左右逢源，其所言之理，足以達其胸中至直至正之情……若平日醞釀不深，則雖有眞情欲吐，而理不足以適之，不得不臨時尋思義理」[37]。他是先要作者將「理」內化於心，發而爲「文」，與李贄的「童心說」完全不同。這種做法實際上壓抑扼殺了作者自己的生命體驗，而將寫作轉到「理學」的路子上去了。

西方近代文學的一個重要變化，便是文學從神學、歷史、哲學等的附庸獨立出來，成爲獨立的學科。中國近代輸入西學，在文學觀念近代變革之時，理當要借鑒西方文學觀念近代變革的成功經驗，然而事實卻大謬不然。文學觀念借鑒西方近代文學觀念一直要遲至二十世紀初，這裡的主要原因便是中國早期吸收西學是以傳教士爲媒介的。

傳教士介紹「西學」的貢獻，以往一直未能得到公正的評價。其實中國近代的「西學」，主要是由傳教士介紹進來的。在傳教士介紹西學之前，雖然也有魏源等人介紹過西方的情景，但那種介紹大體上是「廣中土之見聞」，幫助中國士大夫瞭解西方的近代文化，轉變爲近代型知識份子。由於傳教士的努力，出版了大量西方科學的教科書，才將大量的西方科學知識輸入中國，改變中國傳統的知識結構。傳教士對西學的傳播，促成了中國社會的變化。中國近代最早的科學家，往往都與傳教士有著頗爲密切的合作關係，大多是從傳教士那裏接受西方近代科學知識的。中國近代早期的社會改革，無不與傳教士有關。「洋務運動」曾經得到過傳教士的幫助，早期的改良主義者王韜等人，直接受到過傳教士的影響與保護。「戊戌變法」的領袖康有爲、梁啓超、譚嗣同等人，當時都沒有熟練掌握一門外語，他們主要是從傳教士主辦的中文報刊、翻譯的中文西書中瞭解西方，接受西學，提出改良方案的。

然而，傳教士也有著自身的知識局限，他們雖然介紹了西方的近代科學知識，甚至也介紹了西方近代的民主政治制度、西方近代的人權意識、西方近代的某些思想和西方近代的社會狀況，但是，卻未曾介紹西方近代的文學觀念。我們在下面將會看到：在傳教士辦的報刊和翻譯的西書上，不是沒有觸及過文學，他們甚至還專門介紹過希臘爲西方文學之祖等西方文學史方面的知識，可是他們自己所持的文學觀念，還是西方中世紀基督教會「勸善懲惡」的文學觀念，將文學的功能僅僅看作「教化」。

繼王韜等人之後，譚嗣同、梁啓超、嚴復等人都曾受到西方傳教士的影響。他們要否定與「救國」無關的文學，認爲那是不切「實用」的文學，他們提倡「實用」的、與「救國」有關的文學。所以譚嗣同在認爲「文無所用」之後，又宣揚「報章總宇宙之文」[38]。梁啓超一開始就提倡「覺世之文，則辭達而已矣，當以條理細備，詞筆銳達爲上，不必求工也」[39]，寫了大量的報章文。嚴復在翻譯《天演論》時，運用典雅的「桐城古文」，在遣詞取捨的標準上極爲嚴格，譯文辭采飛揚，音調鏗鏘，並沒有實踐他的「詞章小道，皆宜且束高圖」的主張。他後來面對梁啓超的批評，提出：「竊以謂文辭者，載理想之羽翼，而以達情感之音聲也。是故理之精者不能載以粗獷之詞，而情之正者不可達以鄙俗之氣。」[40]非常讚賞詞章的「傳道」、「表情」作用。可見這時的先進文人，文學的著眼點始終是在「文」之用上，他們反對的是傳統空洞的八股文和單純鑽研詞章，不顧國家興亡的傾向，反對的是不能救國的傳統經學，但是他們並不否認「救國」還須仰仗文學，救國之「道」還須文學來傳播，並不反對把文學作爲一種「載體」，一種工具，用以宣傳他們自己的新學之「道」。他們的這種文學觀念，與中國的西方傳教士和日本的福澤諭吉的文學觀念，其實是一致的。從本質上看，這種文學觀念否定的只是傳統的「道」，而並不否定甚至極力提倡傳統的「以文治國」，「文以載道」。

無論是改良派政治家還是革命派政治家，他們對文學的看法都帶有很強的政治功利性，他們因此對「文學」的認識與傳統文學觀頗爲接近，其功利色彩甚至較傳統的正統文學觀念更甚。正統文學觀念在主張「以文治國」時，還沒有把文學當作教科書，來規範老百姓的活動，或者作爲政府提倡的某一活動的指南。正因如此，正統文學觀反倒能夠與佛道文學觀和平共處，到後來，像曾國藩這樣的文壇領袖也能容忍「怡悅」。而那些提倡「實用」的政治功利主義者，已經將非實用的文學排斥到一邊。康有爲認爲：「六經不能教，當以小說教之；正史不能入，當以小說入之；語錄不能諭，當以小說諭之；律例不能治，當以小說治之」。[41]梁啓超把中國社會腐敗的根源，歸結爲舊小說的腐敗，這是從傳統的「前朝盛衰，與文消息」發展而來的，他提倡「新小說」，因爲小說能夠改良「群治」，所以是「文學之最上乘」[42]；另一方面，他排斥《水滸》、《紅樓》，稱它們「綜其大較，不出誨盜誨淫兩端」[43]。這並不是梁啓超的藝術鑒賞力低下，他其實有著頗爲出色的藝術鑒賞力，但是他的政治需要使他不能不提倡爲政治服務的「新小說」而排斥批判那些不爲政治服務、與「實用」無關的小說，不管它的藝術是如何優秀。因爲離開了「實用」與政治功利，藝術再好，又有什麼用呢？

這些啓蒙主義者們並不是沒有接觸西方近代文學觀念，如嚴復到英國留學多年，對西方近代文學觀念便有一定的認識，他已經看出：「吾國有最乏而宜講求，然猶未暇講求者，則美術是也。夫美術者何？凡可以娛官神耳目，而所接的感情，不必關於理者是已」。「東西古哲之言曰：人道之所貴者，一曰誠，二曰善，三曰美。或曰：支那人於誠僞善惡之辨，吾不具知。至於美醜，吾有以決其無能辨也。願吾黨三思此言，而圖所以雪之者」。[44]嚴復介紹了西方「眞、善、美」並列的思想，將「美」歸結到藝術，並且特別指明，藝術與情感相連繫，不必與「理」有關。將藝術的缺乏尤其是「美學」的缺乏作爲中國需要補上的一課，都可謂頗具卓識。可惜的是，嚴復認爲，此時中國急需「救國」，藝術尚「未暇講求」，所以他沒有在這方面花費更多的氣力，而留待後人去努力了。當時學習西方思想的運動中，像嚴復這樣著文介紹西方思想的西洋留學生極少，連他都沒有在這方面花費力氣，其他人就更不用提了。梁啓超後來總結道：「晚淸西洋思想之運動，最大不幸者一事焉，蓋西洋留學生殆全體未嘗參加於此運動。運動之原動力及其中堅，乃在不通西洋語言文字之人。」[45]這一局限，造成當時無其他西洋留學生介紹西方近代文學觀念。

從戊戌變法到辛亥革命，是中國近代思想史上最活躍的階段，儒家正統文化的困境，導致人們向各方面尋找眞理，也造成人們對文學的看法出現多元化的傾向。這種多元傾向其尋找依據的途徑大體上不外乎兩方面，一方面是向古代文學觀復歸，另一方面是參考西方，爲文學尋找新的依據。

向古代文學觀復歸的可以稱之爲「復古主義」，他們共同的特點是尋找中國古代「文」的源頭，試圖以此來規範近代文學。由於復古主義者各自認同的古代傳統不同，因而「復古」的內容也不同。在晚淸他們主要可以劉師培和章太炎爲代表。

劉師培認爲，作爲文章，則著重在表達自己的思想情感，所以「言以足志，文以足言。文章者，所以抒已意所欲言宣之於外者也」[46]。劉師培的意思，是從根本上否定「桐城古文」的地位，從形式上來確立「文」的地位，劃淸文學與非文學的界限。這對反對儒家正統文學觀具有一定的意義。但是，取法於古畢竟不是近代文學發展的出路，劉師培強調形式的結果，便是把「典雅」作爲最高原則。他不僅看不起小說，而且把輸入日本名詞、文法作爲文學凋弊的明證。

章太炎與劉師培一樣，也試圖從字源學尋找文學的根源，但是他不同意劉師培的結論。章太炎認爲：「文學者，以有文字著於竹帛，故謂之文；論其法式，謂之文學。凡文理、文字、文辭皆稱文；言其采色發揚，謂之彣。以作樂有闋，施之筆箚，謂之章」。[47] 他把所有文字記載都作爲「文」，但是他認爲「文筆之分」在魏晉以前是不存在的，六朝之時雖有蕭統等人提出「文筆之辨」，但卻並非是「不易之論」。他反駁劉師培的「偶儷爲文」說，但是他並不反對劉師培的「典雅」原則第一，也認爲：「世有精練小學拙於文辭者矣，未有不知小學而可言文者也。」[48]他也看不起小說，（可是他也曾爲黃小配的《洪秀全演義》作過序，不過那是爲了革命宣傳。）在文章中喜歡用已經廢棄了的古字。他把「文」的範圍定得如此寬泛，結果他也總結不出什麼文學的特殊規律。

與劉師培、章太炎的「復古主義」相反，另有一派則試圖借助西方的近代文學觀念來變革中國古代文學觀念。這其中又可分爲兩派，一派是部分引進，一派則是全部引進。他們的共同特點是：力圖運用西方近代文學觀念來闡述中國文學。

部分引進的可以金松岑、黃人爲代表。金松岑引進「美術」來說明文學，他主張：「世界之有文學，所以表人心之美術者也；而文學者之心，實有時含第二之美術性。」[49]其實文學表現人心，中國原本就有，劉熙載便主張「文，心學也」，「蓋自內出，非由外飾也」，「文不本於心性，有文之恥，甚於無文」[50]。金松岑引進「美術」、「美感」來進一步說明，他認爲「人心之美感，發於不自己者也」，若夫第二之美術者，則以人之心，即以其美術表之於文，而文之爲物，其第一之效用，故在表其心之感；其第二之效用，則以其感之美，將儷乎物之以傳」。[51]也就是說，作家的美感是第一美術，這一美感通過適當的形式表現出來，則是他的第二美術。他要表現他的感受，並要以他的感受與表現的形式來傳世。他同時主張：「文之精焉，以美術之心，寓乎美術之用而著」。然而什麼是「美術之用」，金松岑沒有細說，但觀其對文學的看法，仍以「教化」爲主，林紓譯的《迦茵小傳》中因譯出了迦茵生私生子第一節，他竟發出「寧更遵顓頊、祖龍之遺教，厲行專制」，也要實行「男女之大防」[52]，一下子變爲禮教的衛道士。所以他最終仍然不能眞正做到將文學轉到表現人生上來。

試圖將文學建立在美學基礎上的還有黃人。他試圖將文學建立在「人生」的基礎上，完成嚴復想要做而未做的事情。他認爲：「人生有三大目的，曰眞、曰善、曰美」。「文學則屬於美之一部分，然三者皆互有關係」。但是，黃人力求將西方美學與中國傳統文學觀念調和起來，而並不想變革傳統的文學觀念，所以他並不覺得文學從屬於「政教」有多大的不好，他誇下海口：「夫以吾國文學之雄奇奧衍，假罄其累世之儲蓄，良足執英、法、德美壇坫之牛耳」。[53] 而看不到當時的中國文學與西方近代文學之間的差距。事實上，黃人雖然提出了「眞、善、美」，可是他的理解還有濃厚的傳統成分，並未能從近代意義上加以把握。他仍然稱「小說爲小道」，他對小說寫人的闡述，並未能超過金聖歎，反而有所不及，他對《水滸》的肯定，更是從政治功利出發：「《水滸》一書，純是社會主義。其推重一百八人，可謂至矣。自有歷史以來，未有以百餘人組織政府，人人皆有平等之資格而不失其秩序，人人皆有獨立之才幹而不枉其委用者也。山泊一局，幾於烏托邦矣。」[54] 因此黃人雖然想用審美來作爲文學的依據，並且吸收了一些西方近代文學觀念，但是他並沒有眞正理解西方近代文學觀念，他所用的衡量文學作品的價値尺度也不是他鼓吹的審美標準。這也是黃人未能在中國文學觀念的近代變革時提出深刻見解的原因。他對傳統文學的過分偏愛，妨礙了他深入理解西方近代文學觀念，變革中國傳統文學觀念。

全部引進西方近代文學觀念的主要是王國維與周樹人、周作人兄弟，他們的文學思想也代表了中國近代文學思想的最高水準。

早在金松岑、黃人等介紹西方近代文學思想之前，王國維便已介紹西方近代文學觀念，他是近代中國最早認識文學本體，因而提出中國傳統文學觀念急需變革的理論家。從 1904 年到 1907 年，王國維發表了一系列文章，提出一種嶄新的源於西方的文學觀念，藉以變革中國傳統的文學觀念，它在文學的本體、功能、價值、範圍等各個方面，爲中國文學理論進入近代奠定了基礎。

王國維首先從文學起源上確立文學本體：「文學者，遊戲的事業也。人之勢力用於生存競爭而有餘，於是發而爲遊戲」。[55] 中國古代也有把文學當作「遊戲」的，不過那大抵是作家一時興之所至的自娛，從未有人從發生學將整個文學歸結到「遊戲」上去。中國古代文論中涉及到的「遊戲」也不觸及解脫人生痛苦的意義。因此，藝術源於遊戲的「遊戲說」源於西方，它是當今西方認爲最接近於藝術起源本質的一種假說，也是西方近代文學觀念立論的重要基礎。王國維是中國最早運用西方這種假說來解釋文學起源問題的理論家。這種假說從根子上斬斷了「文」與政教之「道」的聯繫，徹底推倒文學「原道」說。它使文學從抽象的「天道」，實際是儒家「治國平天下」之「道」的載體、工具，變爲「人」的需要，人性的需要。人由於生物的、精神的、心理的嚮往自由的審美原因需要藝術和文學，從而將文學建立在嶄新的基礎上，眞正成爲「人學」，把「人生」作爲文學的內涵。

由此，王國維得出文學「描寫人生」說：「詩歌者，描寫人生者也。」[56]「美術之價值，對現在之世界人生而起者，非有絕對的價值也。其材料取諸人生，其理想亦視人生之缺陷逼仄，而趨於其反對之方面。如此之美術，唯於如此之世界，如此之人生中，始有價值耳」。[57] 人生成爲文學最主要的內容，人性成爲選擇文學形式的依據。文學就是描寫人性表現人的生命狀態的，這就是文學的本質。文學雖然也描寫自然，「然人類之興味，實先人生，而後自然」，[58]人其實是帶著人生的體驗去觀照自然，描寫自然，實際上是借自然來描寫人的體驗和情感。所以「純粹之模山範水，流連光景之作，自建安以前，殆未之見。而詩歌之題目，皆以描寫自己之感情爲主。其寫景物也，亦必以自己深邃之感情爲之素地，而始得於特別之境遇中，用特別之眼觀之」[59]。這就從文學的性質上，進一步揭示了它「表現人生」的基本特性。

明確了文學的性質，王國維又進一步提出了文學的功能：「美術之血描寫人生之痛苦與其解脫之道，而使吾儕馮生之徒，於此桎梏之世界中，離此生活之俗之爭鬥，而得其暫時之平和，此一切美術之目的也。」[60]文學的功能就是解脫人生的痛苦。王國維接受了叔本華的學說，以爲「世界人生之所以存在，實由吾人類之祖先一時之誤謬」，因此，「宇宙一生活之欲而已」。這種對人生的理解，自然是偏於消極的，他將人生和現實看成是永遠灰暗的，人在灰暗的人生中需要著色，所以才需要文學。他把文學看成是一種「消遣」，與博弈、田獵、跳舞等嗜好並無本質的不同[61]。但是他又指出文學是一種高級「消遣」，它必須探究人生的眞理，只有能夠探究出眞正的文學，才能與人所處的人生世界契合，起到深度「消遣」的作用，是眞實的文學，有價值的文學。因此他把探究人生的眞理，作爲文學藝術的目的：「夫哲學與美學之所志者，眞理也。」[62]這就要求文學家以探究人生的眞理爲目的，而不再以「治國平天下」的「政教」爲目的，這完全改變了中國傳統文學觀念對文學功能的認識。消極之中又有積極的成分。

由於王國維接受的是叔本華的消極人生觀，所以王國維的文學觀念以往未曾受到充分的重視。按照中國的傳統觀念，文學觀念是倫理政治的附屬品，既然王國維的人生觀是消極的，那麼從屬於人生觀的文學自然也就失去了價值。這是過去多年批判王國維（或者在肯定王國維某些文學主張的同時又有保留地批判）的主要依據。其實消極的理論不等於沒有說出眞理，積極的理論也可能是一種盲目的樂觀主義。如果說二十世紀的人類摒棄了十九世紀「人」是宇宙中心的「理想主義」，普遍意識到科技的發達、文明的進步並不能減輕人類的痛苦，消滅人的「異化」，消除人生的煩惱，那麼，王國維的人生觀儘管消極，卻並非沒有合理的依據。它比那種輕率盲目的樂觀主義也許更符合事實，態度也更加嚴肅。假如我們意識到絕大多數讀者對文學的愛好確實帶有消遣的需要，而中國傳統的「寓教於樂」主張本身就承認了「消遣」的合理性。假如我們再進一步看到文學本身具有幫助讀者渲泄感情、使人性復歸的功能；那麼，我們就必須承認王國維對文學功能看法的合理性，它絕對不是「消極」一詞就能否定得了的。

表面看來，王國維的「消遣」在字面上與中國傳統士大夫的以詩文自娛的「消遣」並無不同，但是王國維的「消遣」始終與解脫「人生之苦痛」這一人生的大題目緊密相連，這就使他的「消遣」超越了古代士大夫以詩文自誤而帶有對人生的嚴肅思想。王國維的「消遣」是一種對人生的觀照與理解，它帶有包容整個人類，關注人類命運的博大心懷。它使文學從政治工具的功能中掙脫出來，回到它「人文學科」自身，文學是人生的一部分，人活著就會需要藝術與文學。

王國維站在近代文學觀念的立場上，他對中國古代的文學傳統便有了一個全新的認識。他首先選中《紅樓夢》作爲闡釋近代文學觀念的例證，因爲《紅樓夢》在中國古代小說中是最接近西方近代文學觀念的作品，是最具有近代色彩因而與西方近代思想最爲相通的作品。魯迅曾經說《紅樓夢》把傳統的思想和寫法都打破了。[63]所以它能夠被用來闡釋叔本華的思想和文學觀念。王國維在高度評價《紅樓夢》的同時，嚴厲批判了文學從屬於政治，從屬於儒家之「道」，把文學僅僅當作載體工具的傳統文學觀念，他痛心地指出：

披我中國哲學史，凡哲學家無不欲兼為政治家者，斯可異矣！……豈獨哲學家，詩人亦然。「自謂頗騰達，立登要路津。致君堯舜上，再使風俗淳」。非杜子美之抱負乎？「胡不上書自薦達，坐令四海如虞唐」非韓退之之忠告乎？「寂寞已甘千古笑，馳驅猶望兩河平！」非陸務觀之悲憤乎？如此者，世謂之大詩人矣！至詩人無此抱負者，與夫小說、戲曲、圖畫、音樂諸家，皆以侏儒倡優自處，世亦以侏儒倡優畜之，所謂「詩外尚有事在」，「一自命為文人，便無足觀」。我國人之金科玉律也。嗚呼！美術之無價值也久矣。此無怪歷代詩人，多托於忠君愛國勸善懲惡之意，以自解免，而純粹美術上之著述，往往受世之迫害而無人為之昭雪者也。此亦我國哲學美術不發達之一原因也。[64]

杜甫、韓愈、陸遊都是中國古代傑出的文學家，儘管他們並不具備傑出的政治才能，然而他們卻鄙視自己已經取得的文學成就和文學才能，而把自己的抱負希望寄託在政治上建功立業、恢復「道統」、治國平天下。他們的理想抱負也是中國傳統文學家的理想抱負。這對中國的文學家來說，無疑是一大悲劇。這一悲劇，只有站在近代的文學本體論立場才有可能發現。中國傳統文學家缺乏自覺的文學意識的根源，就在儒家的孔孟之道把文學作爲治國平天下的工具。而改變這種狀況的唯一途徑，就是確立藝術表現人生的本體，將文學作爲藝術，確立屬於自己的價值體系，作爲一門獨立的人文學科。這種「文學獨立」的需要，是中國文學掙脫傳統文學觀念的束縛、進入一個新的發展階段的需要。

王國維是在上海跟日本人學日語時接觸西方哲學的，他最初閱讀康德的著作，看不懂，日本教師建議他閱讀叔本華的《作爲意志和表象的世界》，王國維一下便看懂了，回過頭再讀康德的著作，也能理解了。像王國維這樣在上海自學外國哲學著作而達到如此水準的，在當時是絕無僅有的一位。連嚴復這樣的西洋留學生對西方思想的理解，也遠遠比不上王國維[65]。但是，王國維的人生觀畢竟是消極的，他對文學引發人的向上奮進的一面看得不夠深入，從而給他的文學思想帶來局限。補充王國維的是周氏兄弟。

周氏兄弟原來都接受了梁啓超的文學主張，以文學救國。魯迅是在看了日俄戰爭的畫片之後棄醫從文的，因爲他相信只有提倡文藝運動才能拯救國家[66]。周作人在國內也是感到「小說之關係於社會者最大」[67]，起而創作《孤兒記》的。魯迅是否受到過王國維的影響不能肯定，周作人則是肯定受到過王國維的影響，在王國維逝世時，他曾著文悼念，認爲「王君是國學家，但他也研究過西洋學問，知道文學哲學的意義，並不是去做古人徒弟的，所以在二十年前我們對於他是很有尊敬與希望」[68]。「二十年前」就是晚清之際，周作人用了「我們」，大約其中也包括了魯迅。周作人是在 1906 年夏秋之間赴日本的，其時王國維論文學的一些主要文章如《紅樓夢評論》、《論哲學家與美術家之天職》、《文學小言》、《屈子文學之精神》等都已發表。這些文章主要發表在他主編的《教育世界》上，它是在國內發行的，周作人當時肯定已經看過這些文章，而且可能也已與魯迅討論過王國維，因爲這時魯迅奉母之命回國結婚，也在國內。

周氏兄弟在進一步接觸了西方文學之後，便發現梁啓超的「文學救國論」打的是西方牌子，動輒說英、美、法如何，其實英、美、法的文學觀並非如此。於是，他們便轉而接受西方眞正的近代文學觀念。周作人在比較衆說之後，採納了美國宏德的文學理論，主張：「文章者，人生思想之形現，出自意象、感情、風味，筆爲文書，脫離學術，遍及都凡，皆得領解，又生興趣者也。」[69]把文學作爲人生思想的形象表現。這樣，他們就把「人生」作爲文學所要表現的內容，把探究人生的眞理作爲文學的目的。魯迅指出：「蓋世界大文，無不能啓人生之閟機，而直語其事實法則，爲科學所不能言者。所謂閟機，即人生之誠理是已。」[70]周氏兄弟對人生的看法與王國維並不一致，他們主張積極進取的人生觀念。魯迅受到西方浪漫主義思潮影響，後來又受到尼采「超人」思想的影響，因而他們對人生的觀照，並不像王國維那麼消沈。魯迅主張「自由在是，人道亦在是」。「而義俠之性，亦即伏此烈火之中，重獨立而愛自由，苟奴隸立期其前，必衷悲而疾視，衷悲所以哀其不幸，疾視所以怒其不爭。」[71]表現了強烈的戰鬥性。然而周氏兄弟儘管在人生觀上與王國維異趣，對文學的本體、目的、功能的看法卻又與王國維相近。他們主張積極進取的人生觀，主張文學必須獨立。周作人提出：文章使命「一曰在裁鑄高義鴻思，匯合闡發之也；二曰在闡釋時代精神，的然無誤也；三曰在闡釋人情以示世也；四曰在發揚神思，趣人心以進於高尙也」[72]。魯迅則說得更爲明確：人需要文學，是因爲「一切美術之本質，皆在使觀聽之人，爲之興感怡悅。文章爲美術之一，質亦當然，與個人暨邦國之存，無所繫屬，實利離盡，究理弗存」[73]。有了文學，人性才能復歸，「而人乃以幾於具足」。因此，「文章之於人生，其爲用決不次於衣食、宮室、宗教、道德」。「涵養人之神思，即文章之職與用也」[74]。正因爲周氏兄弟對文學的本體、目的、功能都抱著與中國傳統文學觀念不同的看法，所以他們才能提出：「文章一科，後當別爲孤宗，不爲他物所統。又當擯儒者於門外，俾不得復煽禍言，因緣爲害」。[75]他們提倡「文學獨立」的態度同王國維一樣堅決，而且他們的主張，論述的方式都與王國維的主張方式極爲相似。

在西方近代文學觀念的觀照下，周氏兄弟也象王國維那樣猛烈批判中國傳統的文學觀念，只是他們的批判側重在中國傳統文學觀念束縛作家的個性方面。他們認爲：中國詩歌「即或心應蟲鳥，情感林泉，發爲韻語，亦多拘於無形之囹圄，不能舒兩間之眞美；否則悲慨世事，感懷前賢，可有可無之作，聊行於世。倘其囁嚅之中，偶涉眷愛，而儒服之士，即交口非之，況言之至反常俗者乎？」[76]如果說在龔自珍之時，受當時環境的影響，提倡「童心說」還不能達到晚明李贄的水準，那麼，在西方近代文學觀念的影響下，這時的魯迅，不僅已經遠遠超越了中國進步的「童心說」，而且對儒家文學觀影響下的傳統文學，進行了遠爲尖銳而且深入的批判。周作人從西方文學與中國文學各自源頭的比較中，歸納出中國傳統文學觀念的局限：

> 泰西詩多私制，主美，故能出自由之意，舒其文心。而中國則以典章視詩，演至說部，亦立勸懲為臬極，文章與教訓，漫無畛畦，畫最隘之界，使勿馳其神智，否則或群逼拶之。所意不同，成果斯異。[77]

批判了中國傳統文學觀念以典章政治來看待詩，將文學與政治混爲一談，從而束縛了作家的個性。「中國之思想，類皆拘囚蜷屈，莫得自展，而文運所至，又多從風會爲轉移，其能自作時世者，殆鮮見也」。周作人也像王國維一樣，發現中國古代的「文章之士，非以是爲致君堯舜之方，即以爲弋譽求榮之道，孜孜者唯實利之是圖，至不惜折其天賦之性靈以自救樊鞅」[78]。中國古代文學家缺乏文學的自覺意識，作繭自縛，使文學成爲政治的奴婢。

王國維與周氏兄弟都對當時主宰文壇的梁啓超一派的文學觀念極爲不滿，認爲它不過是中國傳統文學觀念的延續，阻礙了中國文學的進一步發展。王國維雖然沒有在文章中點梁啓超的名，但他的《紅樓夢評論》論證《桃花扇》在悲劇意識上遠遠不能與《紅樓夢》相比，顯然是針對梁啓超當時推崇《桃花扇》，認爲它有「家國之思」而否定《紅樓夢》[79]。王國維提出「生百政治家，不如生一大文學家」[80]，力主「文學獨立」，更是反對梁啓超要求文學「治國平天下」的。與王國維相比，周氏兄弟對當時占主流的梁啓超一派文學觀念的批判更爲尖銳。周作人在文章中公開點了梁啓超的文章，認爲：「故今言小說者，莫不多列名色，強比附於正大之名，謂足以益世道人心，爲治化之助。說始於《論小說與群治之關係》一篇。」[81]把梁啓超作爲以小說爲政治教科書的始作俑者。周作人對梁啓超等人用中國傳統文學觀念來曲解西方文學觀念的做法極爲不滿，指出：「讀泰西之書，並當函泰西之意；以古目觀新制，適自蔽耳。」[82]一語道破梁啓超等人打著西方旗號，其實卻代表中國傳統文學觀念而不是西方近代文學觀念的實質。正因爲當時中國文壇上籠罩的是梁啓超一派的文學觀念，所以周作人對當時文壇狀況的概括是：「若論現在，則舊澤已衰，新潮弗作，文字之事日就式微。近有譯著說部爲之繼，而本源未淸，濁流如故。」[83]中國的文學仍是傳統文學觀念的天下，中國文學要「近代化」，還必須鼓動「新潮」，正本清源，建立新型的近代文學觀念，確立文學的獨立地位。

中國近代眞正認識到文學本體，確立近代意義上的文學觀念的，只有王國維與周氏兄弟等極少數人，他們在文學的性質、文學的內容與文學的功能諸多方面，都提出了與中國傳統文學觀念完全不同的看法，這些看法都是在學習西方近代文學觀念時形成的，他們全面引進了西方近代文學觀念，而且運用近代文學觀念來觀照批判中國傳統的文學觀念，觀照和批判中國當時的文學潮流。這就使他們能夠做到高屋建瓴，得出非同凡響的結論。假如他們的主張能夠進一步發展下去，不難立即在中國形成眞正近代意義上的文學理論體系，然而，他們的主張始終只是個別人的呼喊。並不是說他們的文學主張在當時全無影響，王鐘麒便曾提到過王國維對《紅樓夢》的評論[84]，蔡元培也曾在文章中引用過王國維對《紅樓夢》的研究[85]，只是他們對王國維的論述也是「以古目觀新制」，用中國傳統文學觀念來曲解王國維的近代文學觀念。他們儘管引證王國維的論述，但是他們自己的論述卻與王國維的主張是南轅北轍。其後，王國維的文學主張便「徒以議多違俗，物論駭之；尋遭禁絕，不行於世」[86]。周氏兄弟的文學主張遭遇更爲淒慘，連提都無人提到。魯迅後來提到他在這一階段的心情：「凡有一人的主張，得了贊和，是促其前進的，得了反對，是促其奮鬥的，獨有叫喊於生人中，而生人並無反應，既非贊同，也無反對，如置身毫無邊際的荒原，無可措手的人，這是怎樣的悲哀啊！」[87] 其後，王國維放棄了他在文學觀念方面的探索，轉而研究詞、戲曲史，直到民初完全轉入史學研究，再也沒有嘗試對文學觀作出新的探索。周氏兄弟也沈寂了一段時間，魯迅轉入鈔古碑，周作人一般地介紹一些外國文學，直到「五四」文學革命。

第二節　文學範圍的擴大

文學範圍是文學概念的外延，它是由文學的內涵決定的。一個時代的文學概念決定了它對文學範圍的理解。中國古代對文學範圍的理解大體上可以分作廣義、狹義兩種，狹義的文學稱作「文章」，廣義的則包括「文學」與「文章」。六朝時期則發生了「文筆之辨」。六朝之後，這種爭論反倒沈寂下來。但即使是廣義的「文學」，將今天許多不能算作文學範圍之內的歷史著作與應用文也算作「文學」，而將戲曲、白話小說拒之「文學」門外。這或許是因爲當時文學是士大夫的專利，戲曲與白話小說是市民社會形成的，並非由士大夫創造，它們的問世又在「文學」範圍劃定之後。因此，它們難於進入「文學」的殿堂。

錢鍾書先生曾經提出：「文章之革故鼎新，道無它，曰以不文爲文，以文爲詩而已。向所謂不入文之事物，今則取爲文料，向所謂不雅之字句，今則組織而斐然成章。謂爲詩文境域之擴充，可也；謂爲不入詩文名物之侵入，亦可也。」[88] 錢先生提出一條重要的文學發展規律，就是文學範圍的不斷擴大，從而大大豐富了文學的內容，增強了文學的表現力。但是，由於中國古代存在著廣義的文學與狹義的文學，這條發展規律還只說了單方面的發展，它還只是從「有韻爲文」出發的狹義文學的擴展，錢先生列舉的唐宋「古文運動」，以「筆」入「文」，就是這種擴展的表現之一。它還沒有包括另一方向上的發展，即由以「述作」爲「文」向眞正的「情感」文學方向的發展，文學在文字著述中逐步趨於獨立。這是一種雙向發展，它們的共同動力是文學的本體性逐漸明確，近代意義的文學範圍逐步固定。這一巨大的變化發生在中國近代，完成於中國現代，它是中國近代文學觀念變革的一個重要組成部分。

其實，文學範圍的突破並非是中國特有的「國粹」，也並不體現了我們傳統文學觀念的落後。它幾乎是絕大多數民族走出中世紀時必然經過的洗禮。不要說與我們同文同種的日本，在近代化的過程中文學範圍經歷了大量突破，將應用文踢出文學，將小說等俗文學歸入文學，就是在較早步入近代化歷程的老牌資本主義國家英國，也曾發生過類似的變革：

在十八世紀的英國，文學這一概念不像今天有些時候那樣，僅限於「創造性」或者「想像性」的作品。它意味著社會中被賦予高度價值的全部作品：既有詩，也有哲學、歷史、隨筆和書信。使一部作品成爲「文學」的不是其虛構性——十八世紀嚴重懷疑迅速興起的小說的文學身份——而是其是否符合某種「純文學」標準。換言之，衡量什麼是文學標準完全取決於意識形態：體現某個特定社會階級的價值和「趣味」的作品具有文學資格，里巷謠曲，流行傳奇故事，甚至也許戲劇在內，則沒有這種資格。因而，在這一歷史時期，文學這一概念「浸透價值判斷」是不言而喻的。[89]

說起來也令人難以想像，今日英國人引以自豪的偉大作家莎士比亞，因爲創作的是戲劇，一度竟被摒於文學家之外，以至莎士比亞的身世資料稀少，至今衆說紛紜。十九世紀初，英國作家創作小說的環境甚至比中國當時的作家還要惡劣。毛姆在描繪十九世紀初英國最偉大的小說家之一簡・奥斯丁的創作時這樣寫道：

> 小說是受人輕視的一種文學形式，對於作為詩人的司各爵士竟然寫起小說來，簡・奥斯丁本人也不免大為吃驚。她小心謹慎，不讓僕人、客人或家裏人以外的任何其他人懷疑他的工作。她寫在小紙片上，這很容易收起來或用一張吸墨水紙遮蓋起來。在前門和下房之間一扇轉門，推動時會發出吱吱嘎嘎的聲音；但她不讓除去這小小的不便，因為這會在有人來時給她發出通知。
>
> 她大哥詹姆士甚至不告訴他那當時還是個小學生的兒子，他津津有味地讀著的書是他姨母簡寫的；她兄弟亨利在回憶錄裏寫道：「要是她還在世，那就不管多大的名聲也不能使她在她的作品上署上她的名字。」因此，她發表的第一部作品《理智與情感》，在扉頁上署名「一位女士。」[90]

只消將奧斯丁的情況與中國古代小說家的遭遇對比一下，不難看出驚人的相似之處。誠如黃人所說：「昔之於小說也，博弈視之，俳優視之，甚且酖毒視之，妖孽視之，言不齒於縉紳，名不列於四部。私衷酷好，而閱必背人，下筆誤徵，則群加嗤鄙。」[91] 中國古代的小說家，也很少有人敢於將自己的眞實姓名署於小說的扉頁上。在中國士大夫的筆記裏，寫小說與讚美小說都是一種「造孽」的行爲，小說家和小說評論家不是應受「殺頭之報」，就是「子孫三代皆啞」，或者披枷戴鎖在地獄裏忍受酷刑的煎熬，受到各種報應。

在英國，「文學」一詞的現代意義直到十九世紀才眞正出現。首先發生的情況是文學範疇的狹窄化，它被縮小到所謂「創造性」或「想像性」作品[92]。在俄國，這種變化似乎要更晚一些，屠格涅夫出版他的處女作時，他的母親特地寫信給他，教他不要去幹這些無聊的事情，爲賤民去製造娛樂品。一直到十九世紀末，「美國的一位大學名教授飛而泊斯在大學裏，設了一個小說研究的講座，就惹起了大家的議論。美國各地的報紙，竟有許多加以攻擊的」[93]。可見一直到十九世紀，鄙視小說，不把小說當文學，同時卻又把哲學、歷史等學術研究當作文學，幾乎是世界性的文學觀念。即使是在西方發達國家，也是到十九世紀才開始變革傳統文學觀念的。中國在二十世紀初開始變革傳統文學觀念，也不過只落後了幾十年而已。

中國古代士大夫鄙視戲曲小說的原因主要有兩條，一是它們與「載道言志」的文學傳統有距離，一是它們的文字形式不「雅」。兩條標準之中似乎前者更爲重要，因爲不少戲曲劇本在遣詞造句用典上已經穿上「雅」的華袞，而小說也有用駢文和古文來做的[94]。然而它們在一般士大夫心目中仍無地位。中國古代也有一些文人認爲傳統的文學範圍不盡合理，應當容許戲曲小說進入文學。明清以來，不乏推崇小說戲曲的士大夫。這種推崇實際分爲兩種，一種是從傳統文學觀念出發，將小說戲曲朝傳統文學功能上靠，或者宣稱小說是「野史」，能提供正史所缺的「遺聞」；或者是因爲下層社會的人民喜愛，有「勸善懲惡」之功，可以充當「教化」的工具，「資治體，助名教，供談笑，廣見聞」[95]。另一種則是從小說戲曲本身的藝術特徵出發，肯定它們的文學價值。如金聖歎將小說《水滸》、戲曲《西廂記》與士大夫公認的文學傑作《離騷》、《莊子》、《史記》、《杜詩》等並列爲「才子書」，並且眞正從藝術上總結了《水滸》、《西廂記》的叙事文學特徵。金聖歎「腰斬」《水滸》，顯示出他向「載道言志」文學觀的妥協，但是他明明看出《水滸》不宣揚「忠義」而依然將它作爲文學傑作讚美諭揚，不遺餘力，又表現出過人的膽識。只是金聖歎自己對《水滸》的看法還未能上升到對「小說」的看法，他的看法更未能被多數士大夫所接受，未能在文壇上佔據統治地位。

到了近代，正統士大夫也開始改變對小說的看法，其標誌是《蕩寇志》的遭遇。俞萬春看了《水滸》認爲：「即是忠義，必不做強盜；既是強盜，必不算忠義。」[96]決心創作一部「翻案小說」，不准強盜僭踞「忠義」的名分。俞萬春的感覺，其實金聖歎也早已感覺到了，因而才「腰斬」《水滸》，讓盧俊義做一個「噩夢」。金聖歎珍惜《水滸》的藝術，仍把它推爲「才子書」，俞萬春則欲創作一部在藝術上可與《水滸》媲美的「翻案小說」《蕩寇志》。俞萬春死後，《蕩寇志》得到許多士大夫的青睞。咸豐、同治年間，與清代一貫奉行的「禁毀小說」做法相反，蘇州、廣州等地的地方當局，由官方出資大量印行《蕩寇志》，以幫助鎮壓農民起義。此舉得到不少士大夫的讚揚，有人鼓吹：「咸豐三年，五嶺以南，萑符四起，以絳帕蒙首，號爲紅兵，蜂屯蟻聚，跨邑連郡。於斯時也，攙槍曉碧，烽火晝紅，惟佗城巋然獨存，危於累卵。當道諸公急以袖珍板刻播是書於鄉邑間，以資勸懲。厥後漸臻治安，謂非是書之力，其誰信之哉！」[97] 在此之前，士大夫們只承認「半部《論語》」可以治理天下，只有「載道」的文章，才能有治國平天下的神通。小說不算「文學」，自然也不配有這個神通。現在，士大夫們竟然願意承認，一部小說可以拯救一座危城。儘管《蕩寇志》的遭遇在當時不過是一個孤立的現象，但它說明了一個重要的事實：出於政治功利的需要，士大夫這時已經願意承認小說的力量，並且按照他們自己對文學功能的理解，賦予小說以「救世」的功能，使它與「以文治國」、「文以載道」的文學傳統銜接起來。

然而金聖歎對小說戲曲藝術的推崇在近代也在延續。光緒年間的經學大師俞樾親自出來提倡小說戲曲：「天下之物最易動人耳目者，最易入人之手。是故老師鉅儒，坐皋比而講學，不如里巷歌謠之感人深也；官府教令，張布於通衢，不如院本平話之移人速也。君子觀於此，可以得化民成俗之道矣。」[98] 雖然說的還是明清時早已有人提倡過的主張，但身份不同，影響也自然不同。這一主張後來又由康有爲進一步加以發揮。其實，俞樾本人倒是在「門面言道」，他缺乏金聖歎的「狂」勁，只敢打出「載道」的牌子：「是人情皆厭古樂而喜鄭、衛也，今以鄭、衛之章節，而寓古樂之意，《經》所謂『其感人深，其移風易俗易』者，必於此乎在矣。」[99] 請出「教化」的大帽子，標榜用小說戲曲來教育百姓。但在內心深處，他實在更偏愛小說戲曲的藝術。他稱道《七俠五義》：「事蹟新奇，精神百倍。如此筆墨，方許作評話小說；如此評話小說，方算得天地間另一種筆墨。」[100]通篇竟沒有一處涉及「載道」的大題目，充分肯定了章回小說的白話語言藝術，稱其爲「天地間另一種筆墨」，可以與雅文學的筆墨並列。他的出發點與金聖歎評點小說的出發點是一致的。正因如此，俞樾的經學受到時人的推崇，而他對小說藝術的讚揚卻被時人看成是汙點。連他的學生章太炎也說他「既博覽典籍，下至稗官歌謠及筆箚，泛愛之，其文辭瑕適並見，雜流亦時至門下，此其所短也」[101]。由此可見當時傳統文學觀念勢力之強大。士大夫們對地方當局爲鎮壓農民起義翻刻《蕩寇志》沒什麼意見，而經學大師讚揚小說戲曲的藝術，就會遭到非議。

小說戲曲得以進入文學範圍，成爲文學的一類體裁，是由「戊戌變法」的改良主義政治運動促成的。改良主義運動領袖康有爲、梁啓超等人都提倡過小說。康有爲路過上海，從點石齋打聽到書籍銷售是「經史不如八股盛，八股無如小說何」[102]。他又從《萬國公報》中看到傅蘭雅提倡「時新小說」，要用小說來糾正中國的吸鴉片、考八股、纏小腳的惡俗。在瞭解到日本維新變法時曾經利用過小說後，康有爲在《日本書目志》中，將「小說」單獨列爲一部，與「文學」並列，並且提出：「易逮於民治，善入於愚俗，可增七略爲八，四部爲五，蔚爲大國，直隸王風者，今日急務，其小說乎！僅識字之人，有不讀『經』，無有不讀小說者。故『六經』不能教，當以小說教之；正史不能入，當以小說入之；語錄不能喻，當以小說喻之；律例不能治，當以小說治之。」「今中國識字人寡，深通文學之人尤寡，經義史故，亟宜譯小說而講通之。泰西尤隆小說學哉！」[103] 雖然康有爲此時並不把「小說」算作「文學」，但是他對小說的評價有了重要的突破：小說可以成爲「教科書」，起到經史起不到的「教化」作用。經史的作用是「治國平天下」，現在康有爲主張小說也可以「治國平天下」，它可以將史所載之「道」，用更通俗的語言表達出來，讓那些看不懂經史的人接受，這就是小說的功能。

康有爲雖然在提倡小說，推崇小說的教化作用，但他所持的文學觀念，實際上是傳統的，與士大夫推崇小說《蕩寇志》可以拯救一座危城的文學觀念是一致的。康有爲雖然宣揚「泰西尤隆小說學哉」，但他實際上對當時「泰西」所隆的是什麼小說全無所知，只是憑著中國傳統文學觀念的價值標準，想當然地斷定：既然最高的文學標準是「治國平天下」，小說又能夠「治國平天下」，泰西隆的必定是「治國平天下」的小說。這從他推崇的日本小說《通俗教育記》、《通俗政治記》等書名中也可見出端倪。因此，康有爲當時對泰西小說的推崇，是出於中國傳統文學觀念的一種誤解。

儘管是誤解，畢竟舉起了「泰西」的旗子，不僅讓人知道泰西除了船堅炮利，還有小說；而且讓人們誤解爲泰西的富強是因爲他們利用了小說作爲「教科書」。這在相信「以文治國」、文學可以「治國平天下」的中國文人，算是又找到了一個中國何以貧弱的根源。誤解的結果自然是向西方學習以小說治國平天下的方略。可是學習者只在日本學到了「政治小說」，當他們試圖進一步尋覓西方小說主流時，反倒發現了原先誤解的可笑，西方小說主流是寫人生的文學，不是政治的奴婢，他們從而意識到必須否定「文以載道」、「以文治國」的傳統文學觀念。發動「五四」文學革命的陳獨秀、胡適、魯迅、周作人兄弟等，都經歷了這種由於誤解而學習西方文學，學習西方文學之後發現原來的誤解，轉而糾正誤解，否定中國傳統文學觀念的過程。因此，這種誤解並非完全沒有積極作用，它促使中國學習西方文學，從而認識了眞正的西方文學，在西方文學觀念參照下發現中國傳統文學觀念的不足，轉而糾正傳統文學觀念。

康有爲要提倡的是能夠幫助他變法維新、「治國平天下」的小說。可是，中國古代小說因爲被視爲「小道」，遠離儒家的文學傳統，勸善懲惡誠然有之，而「治國平天下」之道，則大抵與小說無關。因此提倡能夠改造社會政治的「新小說」，就必須否定中國傳統的舊小說。梁啓超早在1896年就已提出：中國小說，「自後世學子，務文采而棄實學，莫肯辱身降志，弄此楮墨，而小有才之人，因而遊戲恣肆以出之，誨盜誨淫，不出二者，故天下之風氣，魚爛於此間而莫或知，非細故也」[104]。到 1898 年，梁啓超在提倡「政治小說」時，又進一步斷言：「中土小說，雖列之於九流，然自《虞初》以來，佳制蓋鮮，述英雄則規畫《水滸》，道男女則步武《紅樓》，綜其大較，不出誨盜誨淫兩端。陳陳相因，塗塗遞附，故大方之家，每不屑道焉。」[105]完全否定了中國古代優秀小說。晚淸「小說界革命」時，也不是沒有人肯定《水滸》、《紅樓夢》，可是肯定用的是政治功利的價值標準，牽強附會地賦予《水滸》、《紅樓夢》以它們所沒有的政治意義：如選擇《水滸》宣揚「社會主義」，肯定《紅樓夢》意在「排滿」等等[106]。這種「肯定」所持的是與梁啓超同樣的文學觀念，以文學「治國平天下」，出於傳統文學觀念的「肯定」，實際上同樣是對這些小說以描寫人生爲特徵的藝術傳統的否定。

頗有意思的是梁啓超一直到 1898 年亡命日本之際，仍然沒有將小說看成是「文學」，他還在繼續引用康有爲的看法，把「小說」與「文學」並列[107]。但是到了 1902 年，梁啓超有了自己的看法，他發動「小說界革命」時，已經把小說視爲「文學之最上乘」。在這篇題爲「論小說與群治之關係」的論文中，梁啓超把小說稱爲改造政治的利器，左右社會的動力。由此提出「今日欲改良群治，必自小說界革命始；欲新民，必自新小說始」的口號。他把小說歸入「文學之最上乘」，因爲小說能「導人遊於他境界」，又富有感染力，「此二者實文章之眞諦，筆舌之能事。苟能批此竅，導此竅，則無論爲何等之文，皆足以移人；而諸文之中能極其妙而神其技者，莫小說若。故曰小說爲文學之最上乘也」。承認小說是「小說」原因是它具有感染力，能夠「移人」，在功能上又能「改良群治」，符合傳統文學觀念要求文學「治國平天下」的標準。

梁啓超提出的「小說」概念中包含了戲曲，這是晚清「小說」概念的一大特色。梁啓超創辦的《新小說》雜誌專門辟了一欄「傳奇體小說」，宣稱：「欲繼索士比亞、福祿特爾之風，爲中國劇壇起革命軍。」[108] 在此之前，梁啓超已經撰寫過《劫灰夢傳奇》、《新羅馬傳奇》，都刊登在《新民叢報》上，此時他又在《新小說》創刊號上發表《俠情記傳奇》，明確把戲劇本作爲「小說」的一部分[109]。梁啓超這樣做的依據是唐代小說稱「傳奇」，明代戲劇之一種也稱「傳奇」，所以便乾脆以「傳奇」概括戲劇劇本，將「傳奇體小說」作爲小說之一類。《新小說》的這種做法得到其他小說刊物的回應，繼《新小說》而起的《繡像小說》也在創刊號中刊載了歐陽巨源的《維新夢傳奇》，《月月小說》則在創刊號上刊載了祈黃樓主的《懸岙猿傳奇》，《小說林》則先刊載了吳梅的《暖香樓傳奇》，李慈銘的《蓬萊驛》和《星秋夢》等劇本。一時間，小說刊物刊載劇本幾成通例，許多人在評論小說時也捎帶評論劇本，如梁啓超在《小說叢話》中評論小說，也評論了戲劇《桃花扇傳奇》。一直到民初，蔣瑞藻在《小說考證》中，幾乎用了一半篇幅在評論戲劇劇本。

戲劇劇本算在小說之內，或許可以算作誤解，因爲「傳奇」一詞，最早是唐人用來稱小說，元稹的《鶯鶯傳》曾題「傳奇」，裴鉶的小說集亦稱「傳奇」，後人遂以「傳奇」作爲唐代文言小說的統稱。到了宋代，「傳奇」的意義有所變化，人們曾把「用對語說明景」的文章稱爲「傳奇體」。後來，「傳奇」用來指稱諸宮調等說唱藝術以及南戲、雜劇。明代以後，「傳奇」則成爲以演唱南曲爲主的長篇戲曲的專稱。到了這時，這種「傳奇」實際上與「小說」已經完全脫離了關係。明代胡應麟論「小說」，在提到「傳奇」時列舉的是《飛燕》、《太眞》、《崔鶯》、《霍玉》，他並不將明人創作的長篇戲曲「傳奇」誤認爲是「小說」[110]。湯顯祖等作家用在創作戲曲「傳奇」時，也並不認爲自己是在創作「小說」。中國古代衆多評論戲曲的著作，在談及戲曲劇本時，也並不將它們視爲「小說」，與「小說」混爲一談。到明代將演唱南曲爲主的長篇戲曲劇本稱作「傳奇」時，人們只稱唐人創作的文言小說爲「傳奇」，已無人再將當時創作的文言小說稱作「傳奇」。因此，宋元之後，「傳奇」便與「小說」分離，到了明清，已無人再把它視爲「小說」，它已是某種戲曲的專用名稱。在中國古代，戲曲與小說幾乎一直是兩股道上跑的車，幾乎無人將戲曲劇本作爲「小說」的一部分。

中國近代的「小說界革命」把戲曲劇本作爲「傳奇類小說」，歸入「小說」，從概念上說當然是一種誤解，但從實用上說也有它的好處。首先是可以壯大「小說界革命」的聲勢，當時讀者觀衆最多的無疑是小說戲曲，兩者合二爲一，造成改良的聲勢，更能證明梁啓超提倡的借助俗文學在下層社會的影響宣傳改良派政治主張的必要性與可行性。其次是戲劇自然升入「文學之最上乘」，而無須梁啓超再去發動一場「戲劇界革命」，省卻了許多麻煩。第三，「小說」這一概念原來在中國就極爲混亂，幾乎是無所不包，按照明代胡應麟的考證，它至少包括志怪、傳奇、雜錄、叢談、辨訂、箴規等[111]。陳寅恪先生認爲唐代進士行卷採用小說的原因就是小說具備諸種文體[112]。小說範圍的大而無當，使得學者很難概括出「小說」的共性，總結它的藝術規律。所以金聖歎在總結《水滸》塑造人物的成就時，只能把這一特徵局限於《水滸》一部書上，而不能上升到「小說」總體上認識這一藝術特徵。事實上，在傳統的「小說」中，虛構的叙事作品的地位遠不如野史筆記，提倡小說的邱煒萲一直到「小說界革命」前夕，還認爲「小說家言，必以紀實研理，足資考核爲正宗。其餘談狐說鬼，言情道俗，不過取備消閒，猶賢博弈而已，固未可與紀實研理者挈長而較短也」[113]。戲劇作爲一種虛構的叙事文學作品，與近代意義的小說在藝術上有著更多的共性，它進入「小說」，對壯大虛構的叙事文學在「小說」中的地位，有著促進作用。

就像張惠言曾經借助「比興寄託」確實提高了「詞」的地位一樣，梁啓超的「今欲改良群治不可不先新一國小說」，借助「改良群治」也確實提高了小說的地位。當時無人出來公開反對梁啓超的主張，（與「五四」文學革命時林紓等人公開反對「新文學」適成對照）。士大夫一下子就普遍接受了梁啓超的文學主張，以至人們發出這樣的驚歎：「十年前之世界爲八股世界，近則忽變爲小說世界，蓋昔之肆力於八股者，今則鬥心角智，無不以小說家自命。」[114] 數年前還是著小說不得列於著作之林，「反以撰小說爲辱而不以爲榮」，如今，「自文明東渡，而吾國人亦知小說之重要，不可以等閒觀也，乃易其浸淫『四書』、『五經』者，變而爲購閱新小說」[115]。蔡元培幾年前還在痛惜魏子安「《咄咄集》及《詩話》尤當不朽，而世乃不甚傳，獨傳其所爲小說《花月痕》」[116]，而到了 1904 年，他已經自己動手創作宣傳西方社會主義思想的小說《新年夢》了。文人圈子內對小說看法的變化，當然是他們接受了梁啓超「小說界革命」的主張，將小說視爲「載道治國」的利器，將小說視爲「文學」，所以才會熱心地充當小說的讀者，參與小說的創作。

不僅是士大夫接受了梁啓超的小說觀念，當時的職業小說家也接受了梁啓超的小說觀念。梁啓超提倡的「政治小說」成爲小說的主流。這並不是政治小說的數量最多，而是說爲數不多的「政治小說」影響最大，它滲透到其他的社會、言情、歷史、武俠、公案等題材之中，在小說中占了主導性地位。梁啓超創辦《新小說》時的宗旨：「專在借小說家言，以發起國民政治思想，激厲其愛國精神」。[117] 已經成爲領導小說界的潮流。

中國古代的「社會小說」以《儒林外史》爲代表，但《儒林外史》問世後相當長時間內，幾乎沒有模仿它的作品問世。晚清的「譴責小說」是模仿《儒林外史》的，當時也叫「社會小說」，將「譴責小說」與《儒林外史》相比，後者重在展示知識份子在「功名富貴」引誘下的精神世界，而前者則著重在糾彈時政，抨擊風俗。這一變化，顯然受到梁啓超等人「小說爲政治」主張的影響，它們也符合梁啓超要求小說家將「宦途醜態，試場惡趣，鴉片頑癖，纏足虐刑，皆可窮形極相，振厲末俗」的願望。所以李伯元將《官場現形記》稱作「教科書」[118]，劉鶚的《老殘遊記》意在「送他一個羅盤」[119]，都帶有「政治小說」的烙印。在晚清小說中，「譴責小說」是數量最多的，它們受到「政治小說」的影響，是「小說界革命」形成浩大聲勢的主要原因。

當「小說界革命」進入高潮時，據阿英所知：「兩性私生活描寫的小說，在此時期不爲社會所重，甚至出版商人，也不肯印行。」[120] 此時的「言情小說」問世，其「寫情」也與政治社會關聯，青年男女的愛情悲劇是由帝國主義的入侵造成的。一直到民初徐枕亞創作《玉梨魂》，仍將男主角的「殉情」與「救國」合在一起。

中國的小說本有「正史之餘」的說法，不少人將小說看成「野史」，可謂與「歷史」關係密切。古代的「歷史小說」大多以演繹正史、穿插掌故爲特徵，絕少以「救國」爲歷史小說的目的。但是近代的「歷史小說」就不同了，無論是寫中國歷史還是寫外國歷史，心中都有一個「救國」的目標存在。吳趼人創作《痛史》，因爲他「惱著我們中國人，沒有血性的太多，往往把自己祖國的江山，甘心雙手去奉與敵人，還要帶了敵人去殺戮自己同國的人，非但絕無一點惻隱羞惡之心，而且還自以爲榮耀」[121]。魯迅編譯《斯巴達之魂》，意在呼喚國民的生氣與尚武精神。「世有不甘自下於巾幗之男子乎？必有擲筆而起者矣。」[122] 這種救國的急迫心情，成爲當時「歷史小說」的鮮明特色。

武俠、公案小說近代以來方興未艾，但大都問世在「小說界革命」之前，「小說界革命」時期成書的武俠、公案小說較少，而且大多帶有革命的新色彩。如陳冷血的《俠客談》主張殺盡貪官汙吏，將中國的希望寄託在「俠盜」身上，甚至寫一強盜欲改造國民，用殺人之法來救國，其殺人譜云：「鴉片煙鬼殺！小腳婦殺！年過五十者殺！抱傳染病者殺！……」這樣的武俠顯然已經不是傳統的武俠了。吳趼人的《九命奇冤》，說的是公案，其實將矛頭對準滿清統治，揭露清代號稱吏治嚴明的雍正時期的冤案。武俠、公案小說的這些變化自然是受「政治小說」主流影響的結果。當時甚至有人提出：「則今之欲挺濡墨，而移易社會感情，於小說時代中別高一幟者，其惟義俠小說，與艷情小說乎！」[123] 因爲它們最典型地體現了「英雄」和「男女」的人類「公性情」，可以把改造這兩類小說作爲改造社會的重要途徑。在「小說界革命」的鼎盛時期，甚至連描寫妓院的「狹邪小說」也受到「政治小說」的影響，張春帆的《九尾龜》，明明講的是「嫖經」，卻偏要宣稱它「是近來一個富貴達官的小影」，發幾句「現在的嫖界，就是今日的官場」，「官場如此，時事可知」之類的議論。從中也可看出「政治小說」潮流的力量。

事實上，在當時衆多的小說刊物中，梁啓超創辦的《新小說》不僅問世早，而且居於同類刊物的領導地位。據當時的小說家包天笑回憶：「似乎登高一呼，群山回應」。儘管它出版在日本，卻比國內商務印書館出版的《繡像小說》影響大得多。「《新小說》出版了，引起了知識界的興味，哄動一時，而且銷數亦非常發達。」[124]《新小說》的宗旨、分類、內容也引起其他小說刊物的競相仿效。在《新小說》問世前，中國只有一種小說刊物《海上奇書》於1892年問世，一年便夭折了，此後便沒有其他小說刊物問世。《新小說》問世後，小說期刊不斷問世，形成潮流，在中國再也沒有中斷過。

梁啓超把小說作爲「文學」的主張得到社會的廣泛支持，從而促使大批士大夫加入小說的作者與讀者的隊伍，促進了社會對小說的需求，幫助了小說的繁榮。吳趼人曾經驚歎：「吾感夫飲冰子《小說與群治之關係》之說出，不數年而吾國之新著新譯之小說，幾於汗萬牛充萬棟，猶復日出不已而未有窮期也。」[125]短短十餘年內，出版的小說，據阿英估計「至少在二千種以上」[126]。假如我們考慮到整個中國古代小說，連同筆記在內，現今存目的也不過三千來種，我們就不得不驚歎晚清小說突發的繁榮。造成這種繁榮的除了文學的社會運行機制發生變化，資本主義大工業，商業介入小說之外，主要原因還是大量的士大夫加入小說作者讀者的隊伍。因爲城市市民的數量波動不可能造成小說市場突發的如此巨大的膨脹，而士大夫卻一直是小說市場潛在的讀者。

然而，小說進入「文學」的殿堂又是與它擯棄小說原先的優秀傳統連在一起的。換句話說，清末的小說，是以捨棄中國小說的優秀傳統爲代價，才得以進入了「文學」的殿堂。

中國文學有著悠久的歷史傳統，但就小說而論，它能夠貢獻給世界文學的一流作品不多，與別的國家文學貢獻給世界的一流作品相比而毫不遜色的，恐怕還數《紅樓夢》了，《紅樓夢》是中國古代優秀小說傳統的集中代表。在中國古代文學中，與西方近代文學觀念最爲接近，最容易轉化的，也是以

《紅樓夢》爲代表的中國古代優秀小說傳統。魯迅便曾肯定：「自有《紅樓夢》出來以後，傳統的思想和寫法都打破了。」[127]事實上，近代「人」的覺醒，導致人文主義思想的形成，造成文學以表現人，探究人性與人生爲宗旨。《紅樓夢》正是在表現人生的意義上，超越了中國傳統小說「勸善懲惡」的宗旨，而與西方近代文學觀念相通的。中國小說進入文學殿堂，本來應當是發揚光大《紅樓夢》的優秀傳統，而不是否定《紅樓夢》的優秀傳統。我們不能設想：義大利文學的近代化，要去否定但丁的《神曲》所代表的優秀文學傳統；英國的小說戲劇近代化，進入文學的殿堂，要以否定莎士比亞的戲劇爲代價。這種做法顯然是荒唐的。事實上，義大利、英國正是通過宏揚但丁、莎士比亞的文學精神，逐步轉變了傳統文學觀念，實現文學觀念的近代變革。可是，中國小說走上近代化歷程進入文學殿堂時卻走了一條相反的路。

梁啓超把《紅樓夢》歸於「誨淫」並不是他的獨創。早在道光年間，《紅樓夢》已被列爲「禁書」，罪名便是「誨淫」[128]，以後更是屢加禁絕。按照正統文學觀念看來，《紅樓夢》的表現人性，表現愛情，就是「誨淫」。梁啓超不過是沿用了這一正統的看法。這種沿用本身就是一個證據，證明他是出於中國傳統文學觀念來否定《紅樓夢》的，他是出於傳統文學觀念以文學治國平天下的需要，來提倡爲政治服務的「新小說」，否定中國古代的優秀小說傳統。

中國古代小說一直遠離政治。士大夫參政的政治見解見諸他們的文章之中，對政治的美刺，則用詩歌來抒發，小說是寫了玩玩的東西，不配對政治有所評論。說書藝人也會在說書時發幾句議論，指斥奸宦昏君，說幾句因果報應、勸善懲惡的話，但他們在說這些故事時不會有明確的爲政治服務的目的。中國古代也有寫時政的小說，如《檮杌閑評》，但大多是在事過境遷之後，作爲「野史」，作爲「古今多少事，盡付笑談中」的消遣。作者自己也有抒發「故國之思」，借題發揮，有所寄託的，但卻很難說有什麼政治目的，借助小說來爲這政治目的服務。與政治保持距離，形成中國古代小說的傳統。它一方面因此而受到士大夫的鄙視，另一方面也因此而與正統儒家思想和文學觀念形成距離，可以容納一些異端，表現一些受到正統儒家思想排斥的人生與社會內容。《紅樓夢》就是佛道思想、市民意識以及朦朧的近代「人」意識的結合，因而受到正統儒家的排斥。

由此便形成了中國近代小說進入文學範圍的矛盾：由於原來處在文學的邊緣地位，受儒家正統文學觀念的影響較少，才產生了像《紅樓夢》這樣具有近代色彩的巨著；而付出的代價則是小說處在受鄙視的地位，不能茁壯成長。如果小說進入文學是在傳統文學觀念被西方近代文學觀念取代的情況下進行，那麼中國小說的優秀傳統就能夠與西方近代文學觀念結合起來，成爲西方近代文學觀念在中國的作品基礎。但是，中國小說的進入「文學」實際上是梁啓超將正統的儒家文學觀向小說擴張，要求小說向正統的儒家文學觀認同，從而才能進入「文學」的殿堂。梁啓超的成功促使晚淸小說向正統文學觀認同，作爲政教的工具，擯棄了以《紅樓夢》爲代表的古代小說的優秀傳統[129]。

以梁啓超爲代表的正統文學觀念統治了小說，它使原來在外部壓迫小說的正統儒家文學觀念「內化」，進入小說內部，使小說變爲政治的工具。這種傳統文學觀念不僅影響到當時創作小說的藝術，而且妨礙了小說界對當時外國小說的輸入、消化與吸收。

梁啓超在日本介紹「政治小說」，發動「小說界革命」之時，日本的「政治小說」熱早已退潮，坪內逍遙的《小說神髓》批判「政治小說」的弊病，擊中要害。到這時，《小說神髓》已經問世了十多年。比坪內逍遙更進一步，完全持西方近代文學觀念的北村透穀，創辦《文學界》，發表論著也有數年。二葉亭四迷、森鷗外、島崎藤村、德富蘆花等一批日本近代作家都已發表作品，並開始在文壇上居於主流地位。梁啓超等人並不是沒有接觸過坪內逍遙等人的文章，他曾介紹過日本期刊《自由燈》，那上面就曾發表過坪內逍遙批判「政治小說」的論文，但是梁啓超視而不見，他的傳統文學觀念和用小說宣傳改良主義政治觀點的政治需要使他對坪內逍遙和日本的近代作家持拒斥態度，不願將他們介紹到中國。

其實，日本當時並沒有否定中國古代小說的優秀傳統，在日本當時的學校中，有《水滸傳》講義，《西廂記》講義。日本人撰寫的《世界百傑傳》將施耐庵列入「世界百傑」之內，與釋迦牟尼、孔子、華盛頓、拿破崙等世界公認的思想家、政治家並列[130]。他們對《水滸傳》非常推崇。《水滸傳》是被梁啓超歸於「誨盜」的代表作，他的這個判斷不僅不是受日本影響，而且他在到日本後對日本推崇《水滸傳》視而不見，堅持自己出於傳統文學觀念對《水滸傳》的判斷。狄葆賢雖然在文章中提到他看到日本學校有《水滸傳》講義，將施耐庵列入「世界百傑」受到的震撼，但他並沒有從文學藝術上肯定小說，而仍然從「開民智」的政治需要出發將小說排斥在「傳世之文」以外，只能作爲「覺世之文」[131]。他們身上的傳統文學觀念使他們戴上了有色眼鏡，阻止他們去消化吸收日本眞正具有近代性質的文學觀念和對作品的評價。

因此，中國在發動「小說界革命」時，並沒有去吸收當時日本最先進的近代文學觀念，反倒是追逐吸收日本正在淘汰的「政治小說」。其原因在於發動「小說界革命」的人，所持的是傳統文學觀念，而日本的「政治小說」，正是與這種傳統文學觀念對應相通的。他們不能接受日本最先進的近代文學，一則因爲存在著兩種不同文學觀念的抵觸，他們無法判明近代文學的價值；一則也因爲他們有著明確的政治功利，需要小說爲政治服務，而日本眞正的近代小說不符合他們的需要。

文學範圍在近代的變革，簡而言之是兩句話：「純文學進來，非文學出去」。這一變革是十分艱難的。小說戲劇在晚清進入文學，是以擯棄它過去優秀傳統、向正統儒家文學觀認同爲代價。即便如此，有的文人雖然沒有站出來公開反對，但在心裏依然不以小說戲劇爲文學。一直到三十年代，錢基博發表《現代中國文學史長篇》，仍將小說戲劇摒於「文學」之外。雖然他自己也曾在清末民初創作過小說。

如果說「純文學進來」已經頗爲困難，那麼，「非文學出去」就更顯艱難。二千多年來，中國一直將「六經」視爲「文」的典範，而「六經」中的絕大部分，其實都不能算作文學。在古代「文以載道」、「以文治國」觀念支配下，中國歷代文人幾乎都沒有意識到許多文章著述其實不能算作文學。這種狀況一直沿續到近代。曾國藩雖然意識到古文「不宜說理」，卻不敢把說理文摒於「文學」之外。劉熙載儘量避免談「道」在「文」中的作用，卻又不得不在《藝概・文概》開篇標明：「《六經》，文之範圍也」。他們都過於執著於傳統文學觀念，不敢相信自己內心深處已經隱約感受到的體驗，不敢懷疑傳統的「文學」範圍。

黃遵憲首先起來懷疑傳統文學觀念，從文學範圍上指出那些被傳統視爲「文學」的，其實是非文學的作品。他對自古以來奉爲圭臬的「《六經》，文之範圍也」產生懷疑，他發現：「《五經》論，《易》以言理，《春秋》以經世，《書》以道政事，《禮》以述典章。皆辭達而止，是皆文字。唯《詩》可謂之文章。」[132] 黃遵憲心中對文學的本體已經有了某種認識，所以他發現「辭達而止」的只能算「文字」，不能算「文章」，只有《詩經》才算得上文學。他的這一判斷與我們今天的看法是相似的，只是黃遵憲的這一看法未曾見諸他公開發表的論著，想來是他在家中說說的私房話，還不敢公然發表。而且，在黃遵憲，這種看法也僅僅是一種對文學本質的感性把握，還未能上升到理性概括。他當時恐怕未必能說清楚文學的本體，劃清文學與非文學的界限。

梁啓超除了發起「小說界革命」，也曾設想過「文界革命」，但他除了在文學的「俗語化」和接納小說戲劇進入文學與傳統文學觀念有所不同外，他對文學的總體認識，依然停留在傳統文學觀念上，他是將傳統文學觀念對文學功能的認識擴展到小說戲劇上。他設想「文界革命」的基礎還是傳統的文學觀念，如果按照近代文學觀念衡量，他的「新民體」文章大部分都不能算作文學。當時公認的「文學」宗師如嚴復、林紓、王闓運、章太炎、吳稚暉、章士釗等人所寫的文章，用今天的眼光衡量，大部分也算不上是文學。文學創作界眞正將「美文」作爲文學，而將議論文、應用文、說明文之類排除出文學，是五四以後的事情。這時文壇上的「宗師」們，還是以傳統的「文學」範圍來規範文學、品評文學的，他們缺乏對文學本體的認識，看不出文學與非文學的界限。

中國最早在近代意義上劃清文學與非文學界限，明確文學範圍的是周作人。在周作人之前，王國維對文學本體已經有精到的闡述，但他沒有用文學的定義去界定外延，只是約略提到「美術中以詩歌、戲曲、小說爲其頂點，以其目的在描寫人生故」[133]。根據他對文學本體的認識大略劃分了一下文學的範圍。王國維將戲曲與小說並列，不將戲曲作爲「小說」，顯示了他更注重從藝術著手歸納文學體裁，與梁啓超不同。表面看來，王國維把戲曲小說作爲藝術頂點與梁啓超的小說「爲文學之最上乘」並無兩樣，其實出發點完全不同。梁啓超是從傳統「治國平天下」的文學功能出發，要小說適應傳統文學觀念；王國維則是從「藝術表現人生」的近代文學觀念出發闡明中國古代文學的優秀傳統，使之成爲眞正的近代文學基礎。只是王國維未曾對文學作過概論式的探索，因此他沒有具體論述文學的範圍，也沒有觸及某些傳統文體是否還算文學的問題。提出這個問題的是周作人。

周作人在比較歐美諸家的文學概念後，採納了美國宏德的論述，主張文學與學術脫離：「文章者必非學術者也。蓋文章非爲專業而設，其所言在表揚眞美，以普及凡衆之心，而非權爲一方說法。」[134]認爲學術說明的是某一方面的具體知識，而文學表現的是整個人性，是人類對「眞」和「美」的理想。但是這一標準雖然將文學與具體的學術專業分開，仍未將文學與哲學分開。因此，周作人又進一步提出：「文章中有不可缺者三狀，具神思，能感興，有美致也。」要將「意象、感情、風味三事合爲一質，以任其役，而文章之文否亦即亦是之存否爲衡」。這樣，就從內容與形式上，將文學與哲學分離開來。周作人的論述，在中國文學理論史上，第一次比較全面細緻地提供了劃清文學與非文學的標準，這一劃分標準直至今天，仍在發揮作用。

有了正確的劃分標準，就不難明確文學的範圍。周作人把非文學逐出文學：「歷史一物，不稱文章。傳記（亦有入文者，此第指記疊事實者言）編年亦然。他如一切教本，以及表解、統計、方術圖譜之屬亦不言文，以過於專業，偏而不溥也」。周作人面對衆多的古人文集，各種文體雜陳而又並稱「文章」的狀況，設想出一個新的分類方法：即「純文章」與「雜文章」。他主張「文章一語，雖總括文詩，而其間實分兩部。一爲純文章，或名之曰詩」。詩之中可分爲兩類，一類是「吟式詩」，是可以吟誦的韻文，包含詩賦、詞曲、傳奇等；一類是「詩式詩」，是不能吟誦的散文，包含小說之類，「其他書記論狀諸屬，自爲一別，皆雜文章耳」[135]。他實際上是主張「純文章」的，但面對當時中國的將「經、史、子、集」都算文學的狀況，他不得不提出「雜文章」的概念，將那些議論文、傳記文、記事文歸入。這一分類到「五四」後「美文」歸入純文學，便很少有人運用「雜文學」的概念了。

周作人提出劃分文學與非文學的標準，以及他「純文學」與「雜文學」的分類，是中國近代對文學範圍最爲完備的論述，它標誌了西方近代文學觀念在中國的確立。只是周作人提出的新型文學範圍，在當時很少得到支持，無論是理論界還是創作界，都無人出來呼應。一直到民國初年，才有呂師勉運用「純文學」與「雜文學」的分類，來分析晚清小說。他將晚清啓人道德，輸入知識的小說作爲「雜文學」的小說，而將「專以表現著者之美的意象爲宗旨，爲美的製作物，而除此以外，別無目的」的小說稱爲「純文學」小說。他認爲中國古代小說，大都爲純文學小說，「近頃竟言通俗教育，始有欲借小說、戲劇等，為開通風氣，輸入智識之資者。於是雜文學的小說，要求之聲大高，社會上亦幾視此種小說，為貴於純文學小說矣」[136]。然而，在呂師勉的心目中，卻是「純文學小說」的價值大大高於「雜文學小說」。他反對用文學教育國民的做法，對「雜文學小說」能否成立也是十分懷疑的。他主張：

> 夫文學與智識，自心理上言之，各別其途；即其為物也，亦各殊其用。開通風氣，貫輸智識，誠要務矣，何必牽入於文學之問題？必欲以二者相牽混，是於智識一方面未收其功，而於文學一方面，先被破壞也。近今有一等人，於文學及智識之本質，全未明曉，而專好創開通風氣、輸入智識等空論。[137]

呂師勉也是留學生，他是在接受西方近代文學觀念，對文學有了正確的認識之後，才意識到晚清小說弊病的實質。所以他雖將晚清小說歸之於「雜文學小說」，實際上卻將它看成是文學的「異化」，以爲是一種破壞文學的做法。他實際上認爲智識一類應與文學分途，從文學中排出。

周作人、呂師勉等人提出的文學範圍，由於是根據新型的近代文學觀作出的結論，與中國傳統文學觀念相衝突，它們在中國被接受，便要比梁啓超接納小說文學困難得多。所以它們在當時都未能產生重大影響，爲文學界普遍接受。因此，當「五四」文學革命時，宣導文學革命的理論家又重新提出了

「文學範圍」的問題。劉半農引用西方的文學觀念，提出「文學」與「文學」的劃分，主張：「酬世之文（如頌辭、壽序、祭文、挽聯、墓誌之屬）一時雖不能盡廢。將來崇實主義發達後，此種文學廢物，必在自然淘汰之列。故進一步言之，凡可視為文學上有永久存在之資格與價值者，只詩歌戲曲、小說雜文二種也。」[138] 並且特別提出：散文的改良，此後應專論文學，不論文字。所謂散文，亦文學的散文，而非文字的散文。劉半農的文章，是「五四」文學革命時期論述文學範圍最爲具體的一篇，其理論上的見解，較之晚清的周作人並無較大的突破，基本觀點是在重申周作人當時的觀點。「文字」與「文學」的劃分，黃遵憲在家中也已提到過。劉半農雖然沒有提出「雜文學」概念，但也認可了墓誌銘之類暫時是「文學」，以後將隨時代的發展而淘汰。因此，中國依據近代文學觀念劃定新的文學範圍，周作人在晚清便已做到了，「五四」時的劉半農，只是重申了這一主張。因爲時代不同了，劉半農重申的文學主張影響很大，逐漸得到文學界的認可，它隨著新文學一起紮下了根。而周作人在晚清的論述，則逐漸湮沒無聞，留待後世學者去爬梳剔抉。

1 李贄《焚書・童心說》，中華書局 1975 年版。

2 李贄《焚書・童心說》，中華書局 1975 年版。

3 同上。

4　李贄《焚書・讀律膚説》，中華書局 1975 年版。

5　可參閱周作人《中國新文學的源流》，嶽麓書社 1989 年版。

6　清代的袁枚也曾標榜「性靈」，但是他的「性靈」內涵與公安三袁提倡的「性靈」已有較大不同。就是袁枚本人也認為他提倡的「性靈」與公安三袁的「性靈」不同。

7　黃宗羲《南雷文定・馬雷航詩序》。

8　王夫之《夕堂永日緒論・外編》，見《船山遺書》。

9　龔自珍《江左小辨序》，見《龔自珍全集》，上海人民出版社 1975 年版。

10　龔自珍《書湯海秋詩集後》，見同上。

11　龔自珍《逑思古子議》，見同上。

12　龔自珍《戒詩五章》，見同上。

13　龔自珍《己亥雜詩》，見《龔自珍全集》，上海人民出版社 1975 年版。

14　龔自珍《午夢初覺，悵然詩成》，見同上。

15　龔自珍《己亥雜詩》，見同上。

16　龔自珍《己亥雜詩》，見同上。

17　龔自珍《文體箴》，見同上。

18　魏源《魏源集・默觚上・學篇二》，中華書局 1976 年版。

19　魏源《魏源集・定庵文錄序》。

20　可參閱黃裳《龔自珍與魏源》，載《瞭望》週刊 1991 年第 23 期。

21　阮元《文言説》，見《揅經室三集》卷二。

22　阮元《文韻説》，見《揅經室續集》卷三。

23　周作人《中國新文學的源流・論八股文》，嶽麓書社 1989 年版。

24　梅曾亮《復姚春木書》，見《柏硯山房文集》。

25 梅曾亮《答吳子敘書》，見同上。

26 梅曾亮《贈汪寫園序》，見同上。

27 方東樹《與羅月川太守書》，見《儀衛軒文集》卷七。

28 姚瑩《與吳嶽卿書》，見《東溟文集》。

29 曾國藩、姚瑩的「經濟」皆是「經國濟民」之意，即是「經世致用」。此時「經濟」皆為此意。

30 薛福成《拙尊園叢稿序》，見《庸庵文編》。

31 曾國藩《致吳南屏書》，見《曾國藩全集・書信》。

32 曾國藩《致劉蓉書》，見同上。

33 曾國藩《致劉蓉書》，見同上。

34 吳汝倫《天演論序》，見《桐城吳先生全書》。

35 林紓《洪罕女郎傳》跋語，商務印書館排印本《洪罕女郎傳》。

36 鄭超宗《文娛・自序》。

37 曾國藩《日記・道光二十二年十一月十七日》。

38 譚嗣同《報章文體說》，見《譚嗣同全集》增訂本，中華書局 1981 年版。

39 梁啟超《湖南時務學堂學約》，載《湖南時務學堂遺編》第 1 集，1898 年版。

40 嚴復《與梁啟超書》，載 1902 年《新民叢報》第 7 期，標題為《與（新民叢報）論所譯（原富）書》。

41 康有為《日本書目志》識語，見 1897 年上海大同書局出版的《日本書目志》。

42 梁啟超《論小說與群治之關係》，載《新小說》第 1 號。

43 梁啟超《譯印政治小說序》，載《清議報》第 1 冊。

44 嚴復《法意・按語》。

45 梁啟超《清代學術概論》，見《梁啟超論清學史二種》，復旦大學出版社 1985 年版。

46 劉師培《文章學史序》，載《國粹學報》第 1 年第 5 期。

47 章太炎《國故論衡・文學總略》。

48 章太炎《文學説例》，載《新民叢報》第 5、9、15 號。

49 金松岑《文學上之美術觀》，載《國粹學報》第 28 期。

50 劉熙載《遊藝約言》，見《劉熙載集》第 571 頁，華東師範大學出版社 1993 年版。

51 金松岑《文學上之美術觀》，載《國粹學報》第 28 期。

52 金松岑《論寫情小説與新社會之關係》，載《新小説》第十七號。

53 黃人《國朝文匯序》，見《國朝文匯》，上海國學扶輪社 1909 年版。

54 《小説小話》，載《小説林》第 1 卷。

55 王國維《文學小言》，世界文庫本《晚清文選》。

56 王國維《屈子文學之精神》，見《王國維文學美學論著集》，北嶽文藝出版社 1987 年版。

57 王國維《紅樓夢評論》，見同上。

58 王國維《屈子文學之精神》，見《王國維文學美學論著集》，北嶽文藝出版社 1987 年版。

59 王國維《屈子文學之精神》，見《王國維文學美學論著集》，北嶽文藝出版社 1987 年版。

60 王國維《紅樓夢評論》，見《王國維文學美學論著》，北嶽文藝出版社 1987 年版。

61 王國維《人間嗜好之研究》，見《王國維文學美學論著集》，北嶽文藝出版社 1987 年版。

62 王國維《論哲學家與美術家之天職》，見同上。

63 參閱魯迅《中國小説史略・中國小説的歷史變遷》。

64 王國維《論哲學家及美術家之天職》，見《王國維文學美學論著集》，北嶽文藝出版社 1987 年版。

65 錢鍾書在《談藝錄》中認為：「幾道本乏深湛之思，治西學亦求卑之無甚高論者，如斯賓塞、穆勒、赫胥黎輩；所譯之書，理不勝辭，斯乃識趣所囿也。老輩惟王靜安，少作時流露西學義諦，庶幾水中之鹽味，而非眼裏之金屑。」

66 《吶喊》自序。

67 平雲《孤兒記》凡例，見 1906 年小說林社《孤兒記》。

68 周作人《談虎集·偶感》。

69 周作人《論文章意義暨其使命因及中國近時論文之失》載《河南》1908 年第 4、5 期。

70 魯迅《摩羅詩力說》，載《河南》1908 年第 2、3 期。

71 同上。

72 周作人《論文章之意義暨其使命因及中國近時論文之失》，載《河南》1908 年第 4、5 期。

73 魯迅《摩羅詩力說》，載 1908 年《河南》第 2、3 期。

74 魯迅《摩羅詩力說》，載 1908 年《河南》第 2、3 期。

75 周作人《論文章之意義暨其使命因及中國近時論文之失》，載《河南》1908 年第 4、5 期。

76 魯迅《摩羅詩力說》，載 1908 年《河南》第 2、3 期。

77 周作人《紅星佚史》序，見 1907 年商務印書館版《紅星佚史》。

78 周作人《論文章之意義暨其使命因及中國近時論文之失》，載《河南》1908 年第 4、5 期。

79 梁啟超《譯印政治小說序》和《小說叢話》，載《清議報》第 1 冊和《新小說》第 1 號。

80 王國維《文學與教育》，見《王國維文學美學論著選》，北嶽文藝出版社 1987 年版。

81 周作人《論文章之意義暨其使命因及中國近時論文之失》，載《河南》1908 年第 4、5 期。

82 周作人《紅星佚史》序，見 1907 年商務印書館版《紅星佚史》。

83 周作人《論文章之意義暨其使命因及中國近時論文之失》，載《河南》1908 年第 4、5、期。

84 見王鐘麒《中國三大小說家論贊》，載《月月小說》1908 年第 2 期。

85 見蔡元培《石頭記索隱》。

86 錢基博《現代中國文學史》第 303 頁，嶽麓書社 1986 年版。

87 《吶喊》自序。

88 錢鍾書《談藝錄》第 29 頁，中華書局 1984 年版。

89 特雷·伊格爾頓《二十世紀西方文學理論》第 21 頁，陝西師範大學出版社 1986 年版。

90 毛姆《巨匠與傑作》第 82-83 頁，華東師範大學出版社 1987 年版。

91 黃人《小說林發刊詞》，見《小說林》1907 年第 1 期。

92 特雷·伊格爾頓《二十世紀西方文學理論》第 22 頁，陝西師範大學出版社 1986 年版。

93 郁達夫《小說論·現代的小說》。

94 如唐代張鷟的《遊仙窟》和清代陳球的《燕山外史》都是「駢文小說」。《燕山外史》全篇都是嚴謹的「四六文」。清代屠紳的《蟫史》是古文長篇小說，被黃人稱為「小說中之協律郎詩，魁紀公文也」。

95 曾慥《類說序》，見黃霖編《中國歷代小說論著選》，江西人民出版社版。

96 《結水滸傳》卷首。

97 錢湘《續刻（蕩寇志）序》。

98 俞樾《余蓮村勸善雜劇序》，見《春在堂雜文》續編三。

99 同上。

100 俞樾《七俠五義》序，見民國 14 年文明書局排印本《七俠五義全傳》。

101 章太炎《俞光生傳》，見《太炎文錄》初編卷二。

102 康有為《聞菽園居士欲為政變説部詩以速之》，見《南海先生詩集》卷五《大庇閣詩集》。

103 康有為《日本書目志》卷十四識語，見 1897 年上海大同書局版《日本書目志》。

104 梁啟超《變法通議・論幼學》，載《時務報》第 18 冊。

105 梁啟超《譯印政治小説序》，載《清議報》第 1 冊。

106 可參閱《新小説》所載《小説叢話》，燕南尚生《新評水滸傳敘》，蔡元培《石頭記索隱》等等。

107 梁啟超《譯印政治小説序》，載《清議報》第 1 冊。

108 見《中國唯一之文學報（新小説）》，載《新民叢報》第 14 號。

109 在梁啟超之前，晚清也有人稱戲曲為「説稗」，如平步青的《霞外捃屑》，但只是個別現象。

110 可參閱胡應麟《少室山房筆叢》。

111 見胡應麟《少室山房筆叢》。

112 見陳寅恪《元白詩箋證稿》，上海古籍出版社 1978 年版。

113 邱煒萲《菽園贅談》。

114 寅半生《小説閑評》，載《遊戲世界》第 1 期。

115 老棣《文風之變遷與小説將來之位置》，《中外小説林》第 1 年第 6 期。

116 蔡元培《閱魏子安墓誌銘後》，黑點號原有。

117 《中國唯一之文學報（新小説）》，載《新民叢報》第 14 號。

118 李伯元《官場現形記》第 60 回。

119 劉鶚《老殘遊記・楔子》。

120 阿英《晚清小説史》第 5 頁。

121 吳趼人《痛史》第 1 回。

122　自樹《斯巴達之魂》，見魯迅《集外集》。

123　伯《義俠小說與豔情小說具輸灌社會感情之速力》，載《中外小說林》第 1 年第 7 期。

124　包天笑《釧影樓回憶錄》第 357 頁，香港大華出版社 1971 年版。

125　吳趼人《月月小說》序，載《月月小說》第 1 年第 1 號。

126　阿英《小說三談・略談晚清小說》。

127　魯迅《中國小說史略・中國小說的歷史變遷》。

128　《道光二十四年浙江巡撫禁淫詞小說》，見王利器《元明清三代禁毀小說戲曲史料》第 122 頁，上海古籍出版社 1981 年版。

129　可參閱拙作《中國小說的近代變革》，中國社會科學出版社 1992 年版。

130　楚卿《論文學上的小說位置》，載《新小說》第 7 號。

131　楚卿《論文學上的小說位置》，載《新小說》第 7 號。

132　黃遵楷《稱兄公度事實述略》，見中華書局《人境廬集外詩輯》附錄三。

133　王國維《紅樓夢評論》，見《王國維文學美學論文集》。

134　周作人《論文章意義暨其使命因及中國近時論文之失》，載《河南》1908 年第 4、5 期。

135　以上所引俱見周作人《論文章意義暨其命命因及中國近時論文之失》，載《河南》1908 年第 4、5 期。

136　成之《小說叢話》，載《中華小說界》第 1 年第 3 至第 8 期。

137　同上。

138　劉半農《我之文學改良觀》，載《新青年》第 3 卷第 3 號。

第四章
傳統與現代

第一節　近代學者是怎樣接受西方進化論思想的

首先需要作個說明：這裡所論的儒家，也應包括老莊，因爲老莊是對儒家的補充。這裡所說的儒家其實就是以儒家爲主的中國傳統文化思想的代詞。五四以來中國學術界的主流，認爲儒家以復古爲理想，主張復古主義，因此就必定是反對歷史進步主義，反對進化論的。所以要確立歷史進步主義，就要批判儒家。「儒家是向後看，歷史進步主義是向前看」，一度成爲人們評價儒家，批判儒家的準則。這種看法顯然過於簡單，並不符合歷史事實。衆所周知，任何對新知識的接受，都必定以原有知識作基礎，人們不可能憑空突然一下子接受外來思想的精髓，而與自己原有的知識結構毫不發生關係，接受歷史進步主義的中國近代思想家們也不例外。我們假如仔細分析這些近代思想家對歷史進步主義的接受，便會發現在他們那裏，儒家思想與歷史進步主義並不那麼對立。恰恰相反，從發生學的角度看，儒家思想倒是幫助他們接受西方思想基礎，其中也包括歷史進步主義。因此，當進化論介紹到中國時，反對的聲音並不多，它幾乎是非常順利地就成爲近代學人公認的準則，這是一個有趣的文化現象。

於是，近代學人接受進化論的基礎是什麼？接受時他們又有怎樣的保留？其中體現了怎樣的儒家思想？保留的背後有著怎樣的批判？這種批判在今天還有什麼意義？他們有一個儒家的立足點有什麼價值？五四以後的學者缺乏這一立足點有什麼缺陷？這便是本文試圖探討的問題。細究這些問題，能幫助我們更好地理解儒家與歷史進步主義的關係，也能幫助我們更清楚地理解中國傳統文化與西方文化在中國近代的對話與交流，從而總結出歷史的經驗與教訓。

毫無疑問，儒家以上古的堯舜和三代爲其理想社會，他們是主張復古的。在中國現代和當代的學術主流中，「復古」就是「守舊」的代詞，「復古」就意味著反對改革，反對進步，就是頑固派，就是開歷史的倒車，這一度幾乎成爲學術界的共識。其實，這是對儒家的誤解。儒家的「復古」從一開始就是與不滿於現狀，追求變革聯繫在一起的。追根溯源，儒家「復古」的祖師自然是孔子，以上古的堯舜和三代爲理想，正是孔子提出來的。孔子之所以提出要回到堯舜和三代，正是因爲不滿於春秋時代的現狀，要解決當時現實社會「禮崩樂壞」的實際問題，所謂「悠悠萬事，唯此爲大，克己復禮」，就是希望通過「復古」來改革現狀，建立新的社會秩序。在孔子時期，沒有其他的思想資源，只能到古代社會尋找資源，這樣才能確立它的權威，所以只能以上古和三代爲理想。儒家經典中的上古和三代的理想，應當說更可能是儒家根據自己的學說和上古的史料結合起來塑造出來的理想社會，很難說是眞正完全代表了歷史眞實。

孔子之後，重大的復古運動，大多與改革現狀聯繫在一起。一類是不成功的，其中臭名昭著的王莽改制是一次「復古」運動，也是一次不滿於現狀的重大改革，想通過「復古」來實現儒家的社會理想，解決現實的社會問題。只是這場改革不適應當時時代，結果失敗了。一類是成功的，其中得到後世讚美的唐宋「古文運動」也是不滿於當時駢文橫行，儒學衰落的現狀，力圖改革，到古代去尋求改革的資源，來變革現狀，它適應了當時時代，結果成功了。如果仔細查考儒家「復古」的歷史，我們會發現，無論成敗與否，絕大多數的「復古」運動之所以提出，都是因爲對當時現狀不滿，其出發點就是要改革現狀，「改革」往往是「復古」的動機。因爲當時沒有其他的思想資源，「改革」的出路只能回到古代的源頭去重新思考，只有這樣才能建立改革的權威，這就變成以「復古」爲出路。在中國古代，因循守舊，維護現狀的人其實並不「復古」，他們喜歡掛在嘴上的倒是「本朝」。

因此，當歷史進入中國近代，儒家與歷史進步主義進入對話交匯之時，它們在改革現狀，不斷變化以求發展這一點上並不矛盾，其實是一致的。梁啓超在總結整個清代復古思潮時便曾將它與西方思潮相比：「『清代思潮』果何物耶？簡單言之：則對於宋明理學之一大反動，而以『復古』爲其職志者也。其動機及其內容，皆與歐洲之『文藝復興』絕相類。而歐洲當『文藝復興期』經過以後所發生之新影響，則我國今日正見端焉。」[1] 在梁啓超看來，儒家在清代的「復古」就是「文藝復興」，就是爲了改革，爲了進步，它與西方近代的歷史進步主義並不矛盾。因此，改革的需要成爲儒家接受歷史進步主義的基礎。

然而，改革的動機雖不矛盾，但是從改革的價值取向上看，儒家與歷史進步主義似乎還是矛盾的，前者是向後看，後者則是向前看；其實這只是表面現象，也是對儒家歷史觀的誤解。儒家的復古是爲了確立價值標準以改革現狀，其著眼點在解決現實的實際問題。它對歷史的看法並不是直線型的復古主義，那樣只會簡單否定所有歷史，結果也就否定了儒家自己。儒家極爲重視具體的歷史經驗，在世界上所有學派之中，儒家很可能是最爲看重歷史價值，重視歷史經驗的學派，所以中國歷朝都把爲前代「修史」看作是一件大事。但是，儒家對歷史的理解不是直線型的，而是圓形的，它把歷史看作是一種迴圈。正因爲是迴圈，歷史的經驗也就特別重要。

過去中國學術界有一種看法，認爲中國傳統文化主「靜」，西方文化主「動」，這種簡單的解釋顯然不符合中國傳統文化的實際。儒家的世界觀是以《周易》爲依據的，《周易》是中國古代人認識世界的模式，它把世界萬物分爲陰陽兩面，它們之間的組合運動構成了世界的變化。從時間上來說，《周易》的系統是一個迴圈的系統：「終則有始」，「原始反終」；「無往不復」，否極泰來；世間萬物時時處於運動變化之中，也時時處於迴圈之中。儒家對歷史的看法也是這樣。循環論當然不是進化論，它沒有「進化論」的樂觀主義。在終極觀念上，儒家並不認爲歷史是在不斷進步，而認爲每一個看起來是「進步」的背後，其背後都孕育著「退步」，「進步」越多，其孕育的「退步」也越大。只有這樣，才可能退回到原初的出發點。不過，從歷史的角度看，在「循環論」與「進化論」之間，卻有一個非常重要的共同點：它們都主張歷史是必然的，因此，面對歷史主體無法主宰的「天道」、命運的支配力量，它們都是「宿命論」的。不過在「宿命」之中，《周易》並不是消極的，它也強調主體的努力，《易傳》所謂「天行健，君子以自強不息」。所以中國文化也強調「天道遠，人道邇」；「謀事在人，成事在天」。儘管「循環論」不是「進化論」，它們之間有著種種的異同；但是對於中國近代的思想家來說，「循環論」卻是他們接受「進化論」的思想基礎。近代的著名思想家嚴復、康有為、章太炎、王國維等人，都可以作為本文的例證。

介紹西方進化論影響最大的是嚴復，進化論之所以能在中國紮下根，與嚴復的介紹是分不開的，他翻譯的《天演論》是當時論述進化論的最重要的著作，一直到今天，我們都把嚴復作為介紹西方進化論思想的第一人。根據五四以來學術界主流的看法，我們會推論嚴復既然介紹西方「進化論」，就應當擺脫了中國傳統的「循環論」，引進「進化論」的目的就是否定「循環論」。不過這是站在今人立場上的看法，我們只要仔細分析嚴復的論著，就不難發現這多少有點想當然，嚴復其實不僅是在「循環論」的基礎上接受「進化論」，而且他並沒有完全信服「進化論」的樂觀主義，「循環論」在他的心目中仍然佔有重要地位。

首先，嚴復正是在《周易》的基礎上認識進化論的，西方介紹進化論的著作很多，他之所以挑選赫胥黎的著作來翻譯，不是為了用進化論來否定《周易》，而是因為「赫胥黎此書之旨，本以救斯賓塞任天為治之末流，其中所論，與吾古人有甚合者。」[2] 是因為赫胥黎的「進化論」與《周易》的思維模式極為相似。就在嚴復翻譯《天演論》的序言中，他發現「西國近二百年學術之盛，遠邁前古，其所得於格致而著為精理公例者，在在見極，而吾《易》之所著，則往往先之。」他認為西方的科學尤其是邏輯學、數學、化學、物理學構成了西學最爲切實的部分；而中國的《周易》卻打通了這些部分。「今西學之最為切實，而執其理可以測萬事、禦蕃變，此名、數、質、力四者之學是已。而《易》則名、數以為經，質、力以為緯，而通而名之曰易。嗟乎！彌綸天地，豈誣也哉。大宇內事，質力相推。凡力皆乾也，凡質皆坤也。」牛頓發現了力學的三大定律，「其首曰：凡物靜不自動，動不自止。既動之，彼力路必直，速率必均。奈端之舉此例也，所謂曠古之智。自其例出，而後天學大明，人事大利者也。而《易》則曰：『夫乾其靜也專，其動也直。』後二百年而斯賓塞氏出，以天演自然言化著書，貫天地人而一理之。歐美二洲學術政教群然趨之，法制大變。其為天演界說曰：『天演者，翕以合質，辟以出力。』而《易》則曰：『夫坤其靜也翕，其動也辟。』西洋自奈端治力學，首明屈伸相報之理。五十年來格致家乃斷然知宇內全力之不增減、不生滅，特轉移為用而已。而《易》又曰：『自強不息之謂乾。』夫物未有增減生滅可曰自，可曰不息者也。斯賓塞得物變迴圈之理，自詫獨知，而謂唯丁德爾為能與其義，而中土則自有《易》以來，消息盈虛之言，愚智所口熟也。唐生維廉與鐵特二家，格物五十年，乃知天地必有終極。蓋天之行也以動，其動也以不均，猶水有高下之差而後流也。今者太陽本熱常耗，而以彗星來往之遞差，知地外有最輕之罡氣為能阻物，既能阻物，斯能耗熱耗力矣。故大宇積熱力毋散趨均平。及其均平，天地乃毀。而《易》曰：乾坤其易之缊耶？易不可見，則乾坤或幾夫息矣。諸如此者，不可僂指。嗚呼！古人之作為是說者，豈偶然哉！夫以不肖淺學，而其所窺及者尚如此矣，則因彼悟此之事將無窮也。」嚴復到英國留學學習的是西方科學，當他用西方的科學道理來重新審視《周易》，卻發現《周易》包容了西方的科學道理。今天看來，嚴復的理解當然不無牽強附會之處，但是他所指出的古代經籍具有可以用西學重新闡釋的空間卻是值得我們注意的；不過，這些理解的對錯在這篇論文裏是無關緊要的，問題在於從中我們確實可以看到：《周易》是他理解西方學術思想的基礎。也是他用來幫助中國士大夫理解西方學術思想的思想基礎。他甚至有用西學來發揚光大中國古學，重新闡釋中學的意思。「雖然，由此而必謂西學所明皆吾中國所前有，固無所事於西學焉，則又大謬不然之說也。蓋發其端而莫能竟其緒，擬其大而未能議其精，則猶之未學而已耳，曷足貴乎？況古書難讀，中國為尤。書言不合。故訓漸失，一也；士趨利祿，古學莫傳，二也；鄉壁虛造，義疏為梗，三也。故士生今日，乃轉籍西學以為還讀我書之用。吾此言，知必有以為不謬者矣。」他反對用中學來拒絕西學，但是他相信借助西學能夠幫助國人重新闡釋中學，發掘古學的失傳部分，更深入的理解《周易》。

嚴復有一個堅定的信念：在學理的最高層面上，中學與西學是完全相通的，中學並不落後於西學。這幾乎是中國近代絕大多數學者共同的信念。正因爲是相通的，就可以在中學與西學互相闡釋之中追尋最高層面的學理。於是，不僅是《周易》與西學在嚴復那裏有互動關係，先秦諸子與西學也同樣如此，因爲《周易》的思維模式也體現在先秦諸子的思維模式上。西學幫助嚴復重新闡釋了先秦諸子，先秦諸子也幫助嚴復去闡述西學，正是在這些相互闡述中，我們可以看到他身上以中學爲本位的文化底蘊。即使是他在晚清介紹西學的鼎盛時期，也表現出對於中學的極大熱情。在 1905 年發表的《老子評議》中，他在閱讀《老子》「有物混成，先天地生」時在旁邊批道：「老謂之道，《周易》謂之太極，佛謂之自在，西哲謂之第一因，佛又謂之不二法門。萬化所由起訖，而學問之歸墟也」。[3]指出事物的發展變化是由「道」發展而來的，「道即自然」，[4]對此的認識，中西是相通的。既然萬物的天演是由道的發展變化而來，應當怎樣理解天演呢？他在「天地不仁，以萬物爲芻狗；聖人不仁，以百姓爲芻狗」，旁邊批道：「天演開宗語」，「此四語括盡達爾文新理。至哉！」[5]中國古代沒有進化論思想，如果說在先秦時老子已經提出了「天演」理論，那麼，在復古主義盛行的中國古代，這個天演理論怎麼可能是「進化論」呢？嚴復在內心深處其實仍然相信循環論，在這裡充分暴露出來。「萬化無往而不復。飄風驟雨，往之盛且疾也。」[6]他用《周易》的「無往不復」，代替了進化論。他仍然運用《周易》的解釋方法：「不反則改，不反則殆，此化所以無往而不復也」。[7]世界既然是「萬化無往而不復」，那就是循環論而不是進化論了。

進化論強調「物競天擇，優勝劣敗」，適者生存，把競爭作爲歷史發展的動力。相信進化論的人，認爲歷史是在不斷進步的，它不會倒退，因此人會變得越來越好。這就是對歷史的樂觀主義態度。但是一般人很少注意到，嚴復其實並不是這樣的樂觀主義者，一直到他死，他都是一個悲觀主義者，對歷史並不抱樂觀主義態度。儘管他面對西方的「物競天擇，優勝劣敗」的進化法則，把競爭作爲歷史發展的動力。儘管他一再鼓吹西方文明的優越性，這種優越性是相對於清朝當時的統治來說的，是相對於中國當時的社會現實來說的。他教育國人不要用中國古代看「夷狄」的眼光來看西方。他看到了這個世界的

「全球化」趨勢，一再向國人強調當今之世是競爭的世界，「適者生存」，中國面臨亡國滅種的危機，只有適應競爭的環境，發憤圖強，才能自立於世界民族之林。這是要大家面對殘酷的競爭現實。但是在他的內心深處，仍然深受儒家思想的影響，並不在價值觀念上認同這種弱肉強食的競爭。儒家主張的對人的仁愛之心，決定了它對歷史進步主義的競爭既有所接受，又有所保留。嚴復在老子的「天地不仁，以萬物爲芻狗」旁邊批上「此四語括盡達爾文新理。」正顯示了嚴復在根本價值觀念上對競爭社會的保留，並不願意把當今西方的競爭社會作爲理想社會。因此，嚴復在讚揚西方社會的同時，也指出西方社會許多弊病：「歐美之民，其今日貧富之局，蓋生民以來所未有也。富者一人所操之金錢，以兆計者，有時至於萬億，而貧者旦暮之饔飧，有不能以自主」。[8] 他不僅看到西方的貧富差別巨大，還看到西方建立的現代社會已經違背了它的初衷，在現代社會中，自由正在減少：「自十八世紀以來，民權日以增長，其政界彌變，其法制彌多，其治民亦彌密。雖論者大聲疾呼，計哲諸家，力持放任主義。顧今日之國家，其法制之繁，機關之緊，方之十八世紀，真十倍不翅也，若定自由為不受拘束之義，彼民所得自由於政界者，可謂極小者矣。」[9] 後來福科看到的西方現代化帶來的不自由，嚴復業已看到端倪了。因此，嚴復看到了西方現代社會對人的「異化」，他在讀《老子》「大道廢，有仁義。智慧出，有大僞」時，特意指出：「近世歐洲詐騙之局，皆未開化之前所無有者」。[10] 嚴復的《老子評議》發表於1905年，正是嚴復介紹西學的高峰期，因此，嚴復並不是如以前許多人認爲的那樣：前期思想激進，後期倒退保守。他對中國傳統文化的推崇其實是一以貫之的。

他從向國人介紹西學的開始，就不認爲西方現代社會是理想的社會：「夫自今日中國而視西洋，則西洋誠為強且富，顧謂其至治極盛，則又大繆不然之說也。復古之所謂至治極盛者，曰家給人足，曰比戶可封，曰刑措不用。之數者，皆西洋各國之所不能也。」[11] 他在這裡所用的價值標準，正是中國傳統文化的。他的理想是儒家的大同社會，所以他看到西方科學的發展雖然「有益於民生交通，而亦大利於奸雄之壟斷。壟斷既興，則民貧富之相懸滋益遠矣。尚幸其國政教之施，以平等自由為總之，所以強豪雖盛，尚無役使作橫之風，而貧富之差，則雖欲平之而終無術矣。」[12] 這也是中國近代大多數學者的共同特點，中國後來選擇社會主義道路與中國思想界對西方現代社會的這種保留是有密切關係的。

當時不僅是嚴復，其他學者也大都從中國傳統文化來接受西方的歷史進步主義。梁啓超認爲，康有爲早在嚴復介紹西方進化論之前，已經有進化論思想了：「先生獨發明《春秋》三世之一，以爲文明世界在於他日，日進而日盛，改中國自創言進化學者，以此爲嚆矢焉」。[13] 也就是說，他在今文經學《春秋公羊傳》「張三世」的基礎上，已經意識到進化論的存在了。「張三世」是今文經學的理論，在康有爲之前，就有今文經學的復興，從莊存與到劉逢祿到龔自珍，都沒有把「張三世」同進化論聯繫在一起，康有爲把「張三世」與「進化論」聯繫起來：「蓋自據亂進爲升平，升平進爲太平，進化有漸，因革有由，驗之萬國，莫不同風。」得出「孔子之爲《春秋》，張爲三世；據亂世則內其國而外諸夏，升平世則內諸夏外夷狄，太平世則遠近大小若一。改推進化之理而爲之」[14] 的結論。康有爲在作這樣的論述時，顯然受到西方的進化論思想的影響，[15] 這時，儒家的今文經學「張三世」學說顯然是幫助他理解西方進化論思想的。康有爲贊成進化論，但是他對於弱肉強食的競爭卻有所保留，弱肉強食的競爭，代表了欲望，代表了自私，代表了人際間的爭鬥。在他的《大同書》中有著對這種競爭的批判，這種競爭在他看來不是大同社會所應有，它會惡化人際關係。

王國維也是在中國傳統文化的基礎上接受西方的歷史進步主義，他在論述「一代有一代之文學」時，把它與清代大儒焦循「一代有一代之所勝」的看法連在一起，焦循是易學大師，也是循環論者，王國維將他的論述發展爲「一代有一代之文學」。「凡一代有一代之文學，楚之騷，漢之賦，六代之駢語，唐之詩，宋之詞，元之曲，皆所謂一代之文學，而後世莫能繼焉者也。」[16] 如果說前人也曾提出過一代有一代之文學，那麼，王國維的發展是解釋了爲什麼。爲什麼「一代有一代之文學」，「後世莫能繼焉者？」「四言蔽而有楚辭，楚辭蔽而有五言，五言蔽而有七言，古詩蔽而有律絕，律絕蔽而有詞。蓋文體通行既久，染指遂多，自成陳套。豪傑之士，亦難於中自出新意，故往往遁而作他體，以發表其思想感情。一切文體之所以始盛終衰者皆由於此。故謂文學今不如古，余不敢信。但就一體論，則此說固無以易也。」[17]這就解釋了「文以代變」的原因，這是從文學內部的發展需要來解釋的。這也意味著，就某一文體論，是今不如古，但就各種文體論，文學還是發展的，進步的。王國維無疑受到「進化論」的影響，如他論中國古代的敘事文學：「至敘事的文學，則我國尚在幼稚之時代。元人雜劇，辭則美矣，然不知描寫人格為何事。至國朝之《桃花扇》，則有人格矣，然他戲曲則殊不稱是。」[18] 但是他並沒有像梁啓超等人那樣，簡單地用「進化論」來套中國文學。他一方面肯定《紅樓夢》的價值，元曲的歷史地位，看到梁啓超所說的文學進化向俗語發展的趨向；另一方面，他又提出「天才論」，「美術者天才之製作也」，[19]「天才者，或數十年而一出，或數百年而一出，而又需濟之以學問，帥之以德性，始能產真正之大文學。此屈子、淵明、子美、子瞻等所以曠世而不一遇也。」這就明確了文學的價值不能由簡單的「新」與「舊」來劃分，而必須眞正按照美學標準衡量。這就做到了一方面肯定文學的發展變化，擺脫了「循環論」；另一方面又充分肯定文學創作是一種個人創造，天才的創作其價值是永恆的。爲文學史研究確立了新的標準。由此我們可以看到：王國維在論述文學史發展時，是綜合了西方進化論與中國古代的循環論，這種綜合使得他沒有簡單採取當時進化論直線性進步的思維方式，從而得出比較全面的結論。

《周易》的迴圈有兩種：一種是階段性迴圈，這就是上文所說的「終則有始」，「原始反終」；一種是共生性迴圈：那就是《易傳》所說「一陰一陽之爲道」，「《易》有太極，是生兩儀，兩儀生四象，四象生八卦」。萬事萬物都有陰陽兩面，事物的陰陽兩面始終處在運動之中，陰而有陽，陽而有陰，它們的對立，統一，互補，轉換，構成了世界。《周易》的八卦符號的對立與組合就說明了這一點。因此，對於《周易》來說，共生性迴圈是階段性迴圈的基礎，階段性迴圈是共生性迴圈的延伸。嚴復在看到西方社會進步的同時，又看到西方社會對人的「異化」，正體現了這一點。他在閱讀《老子》時指出：「形氣之物，無非對待。非對待，則不可思議。顧對待為心之止境。」「不生滅，無增減，萬物皆對待，而此獨立；萬物皆遷流，而此不改。」[20] 這些論述都體現了他對共生性迴圈的理解，也顯示了中國傳統思維方式對他接受西學產生的影響。正因爲有著這樣的思維方式，嚴復在讚美西方的進步，科學的發達的同時，也看到「既如今之歐美，以數百年科學之所得，生民固多所利賴，而以之製作兇器，日精一日，而殺人無窮。」「嗟夫！科學昌明，汽電大興，而濟惡之具亦進，固亦人事之無可如何者耳。」[21] 這就是他對「進化」在根子上不抱樂觀主義的原因，因爲善在進化，惡也在進化，進化的結果是善是惡，實在難以說清楚。

對進化論的樂觀主義的懷疑在當時很有影響，其中論述得最爲出色的還數章太炎。章太炎發現：西方進化論學說本質上源於黑格爾哲學，主張世界的發展是由理性的發展演變進化的。章太炎並不反對進化論，但是他對進化論有所保留，有所批判：「雖然，吾不謂進化之說非也。」「若云進化終結，必能達於盡美醇善之區，則隨舉一事，無不可以反唇相稽。彼不悟進化之所以為進化者，非由一方直進，而必由雙方並進，專舉一方，惟言知識進化可爾。若以道德言，則善亦進化，惡亦進化；若以生計言，則樂亦進化，苦亦進化。雙方並進，如影之隨行，如罔兩之逐影，非有他也。」[22] 而且社會在階段上也不是一直進化，沒有退化。「中國自宋以後，有退化而無進化，善亦愈退，惡亦愈退，此亦可爲反比例也。」[23] 他列舉大量例子，說明「是則進化之惡，又甚於未進化也。」事實上，章太炎對於進化論本身也是有疑問的，「就據常識爲言，一切物質，本自不增不減，有進於此，亦必有退於彼，何進化之足言！」[24] 在章太炎的論述中，我們可以發現，他的思維方式與《周易》的密切關係，他正是從《周易》陰陽對待，共生迴圈，階段迴圈的發展觀中，悟出「俱分進化」，即「善也進化，惡也進化」，批判了當時的進化論對進化採取的樂觀主義態度。

進化論在二十世紀初時，如日中天，被視爲顚撲不破的眞理。隨著科學的興起和興旺發達，西方的思想主流，對人類進化採取樂觀主義態度，認爲隨著理性占據統治地位，憑藉科學爲武器，沒有人類不能解決的問題。人類將很快進入理想社會。一直到第一次世界大戰結束，世界大戰的非理性促使西方思想界對科學發達的殺人效果深感震驚，導致西方思想界對人類理性做出反思，意識到科學並不能解決人類自身的社會問題，改變了進化論原先的樂觀主義態度。二十世紀下半葉，隨著自然環境在工業化過程中屢遭破壞，形成直接影響人類生存的危機，西方思想界對人類與自然和睦共處有了新的認識，對人類征服自然的現代化過程也有了新的反思。他們看到人類的物質進步背後其實蘊藏著人類生存的重大危機，產生了後現代主義對現代性的批判。假如我們看到西方思想界後來的變化，我們就會發現，中國近代學者依靠儒家對西方進化論思想的保留與批判，是有他的道理的，他們根據《周易》的思維方式，已經意識到現代化給人類帶來的某些危機。他們當時對現代化的批判，對進化論的保留，體現了他們的超前意識，顯示了他們具有原創性特色的思考。可惜的是：這一思維在近代學者之後沒有很好的繼續下去。在人類思想界也就沒有結出豐碩的成果。

中國近代學者吸收西方思想，批判中國傳統文化；但是，他們對中國傳統文化仍然有著堅定的信心，相信它能通過自我更新，光大發揚到全世界。他們深厚的中國文化學養，使得他們具備與西方思想對話的能力，往往一眼能看出西方思想的癥結所在。五四後的思想界主流繼承了近代學者對中國傳統文化的反思與批判，但是他們沒有繼承近代學者對中國文化吸收外來營養自我更新的自信。面對亡國滅種的危機，面對現代化的迫切性，他們把中國傳統文化看作是現代化的主要障礙，必須加以拋棄。這樣，他們就把儒家與西方近代進化論思想完全對立起來，自己也就喪失了儒家的立足點。他們努力跟上以西方思想爲代表的世界潮流，不斷地批判儒家思想，於是，他們只看到儒家思想與西方思想的對立，忽視他們之間的對話、交叉、互補、融合的可能性。阿基米德說：給我一個支點，我就能舉起整個地球。審視西方思想史，我們會發現，對某一思想體系的思考，有時需要一個體系外的支點，才能出現重大突破。五四以後的中國思想界主流，很少再有近代思想家的魄力，敢於憑藉中國傳統文化爲立足點，反思批判近代以來的西方思想體系，只能不斷闡釋發揮。在思想的原創性上，反倒不如近代學人。這裡的教訓也是值得我們深思的。

第二節　復古思潮

在中國古代文學中，復古思潮也許是勢力最大的一種，它往往統治著中國的歷史文化，更不用說文學。因爲中國古代的社會文化是由士大夫壟斷的，士大夫信奉儒學，儒學以上古三代爲最高理想，孔子的行政目標就是恢復周禮，這就決定了儒家在文化上的復古趨向。古代文學以詩文爲核心，文，數千年來除了增加了駢文，變化並不大，始終以秦漢之文爲作文的典範。詩，雖然由四言變爲五言、七言，自唐以後也很少有重大變化。以至宋以後的文學有所發展，多表現在新出現的文學體裁如詞、曲、小說上，因爲它們沒有「古」的拘束，可以比較自由地表現情感。另一方面，新興的文學體裁正因爲不是復古，往往遭到正統文學的鄙視，地位低下，影響了它們的發展。於是，士大夫要提高某一文學體裁的地位，又只好使它向復古靠近，像張惠言爲了提高詞的地位，請出《詩經》「比興寄託」的大帽子，也可以算作復古的例子。

中國近代文壇上的復古思潮，可以說是最複雜的：首先，無論是改革還是守舊，往往都要打復古的旗幟，因爲在西方思潮進入中國以前，當時除借重大家公認的「古」的權威，沒有其他可以憑藉的權威。梁啓超認爲：「『清代思潮』果何物耶？簡單言之，則對於宋明理學之一大反動，而以『復古』爲其職志者也。」[25] 便認爲「復古」推行改革，與歐洲的「文藝復興」相類似。事實上，清代借重復古推行改革的學者，內心深處並沒有「掛羊頭、賣狗肉」的打算，他們本著求眞的精神借鑒「古」，提倡復古來解決現實問題的動機是眞誠的。所以，對復古思潮的內涵必須仔細辨析。其次，近代的復古思潮可謂「源遠流短」，雖然上承清代的「以復古爲其職志」，但在西學進入中國之後，便面臨著前所未有的困境，尤其是到了進化論在中國被廣泛接受之後，中國人的思維由向後看變爲向前看，復古便成了無價值的東西。更重要的，科舉制度的廢除，學校學制與課程的改革，白話文的流行，社會的各種變化使士大夫趨於消亡。於是，「復古」也就失去了大量的擁護者，難於形成思潮，而只能在遺老中墨守，逐漸趨於消亡。是以謂之「流短」。

近代的復古思潮源頭可以上溯到 18 世紀的今文經學崛起。今文經學自漢晉之後，久已銷聲匿跡，到了清代，「十三經」

之中只有《春秋公羊傳》屬今文經學，也無人去探究，當時治《春秋》的學者，一般都推重《左氏傳》；乾隆時期的莊存與，是清代第一位治《春秋》推重《公羊傳》的學者，當時是漢學鼎盛時期，但是莊存與著《春秋正辭》，不講漢學的名物訓詁，專講「微言大義」，成爲今文經學復興的開山祖。莊存與後傳外孫劉逢祿及宋翔鳳，劉逢祿又傳龔自珍、魏源、邵懿辰等人。

今文經學在晚清曾被主張改革的學者所利用，這或許就是因爲它用「微言大義」的方法，使得經書的闡釋具有更多的彈性，容量更大，可以爲改革提供理論上的依據，因而受到主張改革者的青睞。但不管怎樣，今文經學的興起並沒有扭轉18世紀的復古主義思潮，只是在復古思潮內部異軍突起，崛起了一個新的學派，一方面壯大了復古思潮的聲勢，一方面也造成了復古思潮的分化。

今文經學一派復古的特點，是復古而不泥古。龔自珍認爲，「自周而上，一代之治，即一代之學也；一代之學，皆一代王者開之也」。他的目的是強調「師儒所謂學有載之文者，亦謂之書。是道也，是學也，是治也，則一而已矣。」[26]著眼點是在引「學」改「治」上。所以他主張：「人臣欲以其言裨於時，必先以其學考諸古。不研乎經，不知經術之為本源也；不討乎史，不知史事之為鑒也。不通乎當世之務，不知經、史施於今日之孰緩、孰亟、孰可行、孰不可行也。」[27]他還是把「當世之務」作爲檢驗古代論述的試金石，所謂「何敢自矜醫國手，藥方還販古時丹。」[28]要解決「當世之務」，只有到古代去尋找答案。龔自珍的這一思想也影響到他的文學觀念。

龔自珍的文學理想是：「予欲慕古人之能創兮，予命弗丁其時！予欲因今人之所因兮，予茭然而恥之。恥之奈何？窮其大原。抱不甘以為質，再已成之紜紜。雖天地之久定位，亦心審而後許其然。苟心察而弗許，我安能領彼久定之云？」因此，他認爲必須是「文心古無，文體寄於古。」[29]從本質上說，龔自珍是一位個性張揚的作家，開近代個性解放的人文思潮。他只肯在文體上按照古代的要求，並堅持必須經過他自己的審察思考，決不拘泥於古代的程式。然而，龔自珍曾經跟著外祖父段玉裁受過「小學」訓練，精通考據之學，對「雅文學」有著深厚的感情。因此他在文學上主張「古雅」，「不能古雅不幽靈」[30]，還是要嚴守雅俗的界限。他雖然像李贄一樣推崇「童心」，卻做不到像李贄那樣在「童心」面前泯滅雅俗的界限，推崇小說戲曲等俗文學，就因爲他還有復古的一面。所以他的理想只能是「窮其大原」，「文心古無，文體寄於古」，復古而不泥古，在張揚個性與復古之間保持著他的張力。

與龔自珍相比，魏源的復古色彩似乎要濃一些，所以他從復古方面讚頌龔自珍：「其道常主於逆，小者逆謠俗，逆風土，大者逆運會，所逆愈盛，則所復愈大，大則復於古，古則復於本。若君之學，謂能復於本乎，所不敢知，要其復於古也決矣！」因此他推崇龔自珍「以六書小學爲入門，以周、秦諸子吉金樂石爲崖郭，以朝章國故、世情民隱爲質幹。」[31]以「復古」來「經世」，「復古」的目的是爲了「經世」。在復古上，魏源比龔自珍更爲賣力，他著《書古微》、《詩古微》，努力發掘今文經學，以救時弊。「《詩古微》何以名？曰：所以發揮齊、魯、韓三家《詩》之微言大義，補其罅漏，張惶其幽渺，以豁除《毛詩》美、刺、正、變之滯例，而揭周公、孔子制禮正樂之用心於來世也。」[32]他力圖恢復詩教傳統，這是爲了能用文學「經世致用」。

因此，魏源的復古與龔自珍一樣，也是爲了經世致用。經世致用必定以實踐爲檢驗復古的尺規，魏源也不例外。他認爲：「後世之事，勝於三代者三大端：文帝廢肉刑，三代酷而後世仁也；柳子非封建，三代私而後代公也；世族變為貢舉，與封建之變為郡縣何異？三代用人，世族之弊，貴以襲貴，賤以襲賤，與封建並起於上古，皆不公之大者。」[33]「三代」歷來是儒家的理想，魏源雖也極其推崇「三代」，卻能根據歷史實踐指出「三代」不足，可見他復古並不泥古，復古的取捨標準仍是經世致用的實踐。這也是19世紀的復古與18世紀的復古大不相同之處。18世紀的復古是恐懼文字獄的復古，學者避入故紙堆中；19世紀的復古是經世致用的復古，學者往往以實用來檢驗復古。就連著《說文通訓定聲》的朱駿聲，表面看來是承漢學考據而來，但他的孫子朱師轍也認爲他「於經史詞章，百家九流，靡不探賾」，「其修學次第，始其小學，縱以經史，緯以詞章，旁及天文、地理、曆算、醫卜之屬，皆歸於實用。」[34]可見時代風氣的變化。

因此，19世紀前期，文壇上籠罩著一片復古的氣氛。不僅是開風氣的龔、魏主張復古，正在擴張勢力的桐城派也主張復古，姚鼐的弟子方東樹就是以復興宋學來討代乾嘉的漢學，著《漢學商兌》的。程恩澤、祁雋藻、何紹基等人標榜宋詩，發展成近代的宋詩派。阮元以恢復六朝的「文筆之辨」來宣導「有韻爲文，無韻爲筆」，試圖劃淸文學與非文學的界限。常州詞派以「微言大義」、「比興寄託」的詩教來解釋詞，並作爲對詞創作的要求，從而提高了詞的地位。這些情況，在前面都已介紹。這時的文壇處處都有復古的旗幟，凡有影響的文學主張幾乎都打復古旗幟，然而所復之「古」的內涵卻距離很大，甚至有截然相反的，如阮元的復古與桐城派的復古。只有一點相同：他們對「古」各取所需，都是源於他們對現狀的不滿，希望借助復古來改變文壇的現狀。這在今天看來，似乎有點不可思議，因此以往有許多學者不顧他們打的復古旗幟，不把一些改革派算在復古思潮之內。這其實不必。激進、保守的劃分，是按照今人的標準，而復古作爲思潮，卻是當時的客觀存在。今天看來，有些改革是激進的，如龔自珍、魏源的改革，有些改革是保守的，如常州詞派的改革；但在當時，借助復古思潮改變文壇現狀的做法卻是一樣的。所以無論是激進也好，保守也好，都是當時復古思潮的一部分，助長了整個復古思潮的聲勢。倒是維護現狀的人往往只講「本朝」，不講復古。

在近代西學沒有輸入之前，借助復古來改變現狀是正常的。假如認同現狀，也就用不著扯出復古的旗幟。因爲當時只有「古」具有絕對權威，提出一種主張往往要借助於「古」的權威。但在近代西學輸入之後，尤其是西學的權威建立之後，復古思潮便出現了新的變化。

鴉片戰爭後，近代西學輸入我國，但在相當長的時間內，很少受到士大夫們的重視，它的權威還沒有確立。馬關條約簽訂後，隨著西學的權威確定，復古主義也發生了重大變化，復古主義的主流不再拒斥西學，而是把西學作爲復古中的一部分，以回應面對的現代化危機。這使他們的論述，往往不乏自相矛盾的地方，顯示了當時中西文化碰撞衝突過程中的複雜性。這時的復古主義可以分爲三派，一派以《國粹學報》爲主，一派是所謂「同光體詩人」，一派是一度聲勢浩大的南社。三派之間又有不少交叉，相互之間也有影響滲透。他們的共同特點是：都主張用中學來統合西學，吸收西學以光大中學，弘揚中國古代文化以激勵民族意識，在亡國的危機中，確保中國自身的文明綿延不絕，進一步得到發展。

《國粹學報》1905 年 2 月在上海問世，它代表了當時革命黨人的復古主義，革命學術團體「國學保存會」將它作爲機關刊物。這是一本同人刊物，編輯者鄧實、章太炎、劉師培、陳去病、黃節、黃侃、田北湖、馬叙倫、羅振玉等，鄧實作爲總纂，雜誌一直延續到辛亥革命。他們提倡國學的目的是：「凡欲舉東西諸國之學，以為客觀，而吾為主觀，以研究之，期光復乎吾巴克之族，黃帝堯舜禹湯文武周公孔子之學而已。」[35]整理國學，吸收西學，以光大中學。他們之間的觀點並不完全一致，如對孔子、儒家的看法，但是他們「發明國學，保存國粹」的宗旨則是一致的。他們把整理國故，昌明國學看成是一場文藝復興，借復古來改革現狀。鄧實道：「學者乎！夢夢我思之，泰山之麓，河洛之濱，大江以南，五嶺以北，如有一二書生，好學信古，抱殘守缺，傷小雅之盡廢，哀風雨於雞鳴，以保我祖宗舊有之聲名之物，而復我三千年史事之光榮者乎，則安見歐洲古學復興於十五世紀，而亞洲古學不復興於二十世紀也。」[36]在復古主義的推動下，他們也形成了自己的文學觀。

劉師培直接繼承了阮元的重新明確「文筆之辨」的主張，並有所發展。他認爲：「積字成句，積句成文，欲溯文章之緣起，先窮造字之源流。」[37]他發揮了阮元的「文言說」，進一步提出：「故三代之時，凡可觀可象，秩然有章者，咸謂之文。就事物言，則典籍為文，禮法為文，文字亦文。文也者，別乎鄙詞俚語也。」「必象取錯交，功施藻飾，始克被以文稱。」[38]因此，「非偶詞儷語，弗足言文」。[39]作爲文章，則著重表達自己的思想情感，所以「言以足志，文以足言。文章者，所以抒已意所欲言而宣之於外者也」。[40]劉師培的意思，是將偶詞儷語的「文」從六朝上升到三代，把它與文學源頭結合起來，與「道」和「志」連在一起，以確定它正統的地位，這就從根本上否定當時統治文壇的桐城古文的地位，從形式上來劃分文學與非文學，確立「文」的正統地位。「近代文學之士，謂『天下文章，莫大乎桐城』。於方姚之文，奉為文章之正軌。由斯而上，則以經為文，以子史為文（如姚氏曾氏所選古文是也）。由斯以降，則枵腹蔑古之徒，亦得以文章自耀，而文章之真源失矣。」[41]他的主張有反對儒家正統文學觀的傾向，但是取法於古畢竟不是近代文學發展的出路，劉師培以復古來強調形式的結果，便是把典雅作爲文學的最高準則。他不僅看不起小說，而且把輸入日本名詞、文法作爲文學凋敝的明證。「近歲以來，作文者多師龔、魏，則以文不中律便於放言，然襲其貌而遺其神，其墨守桐城文派者亦囿於義法，未能神明變化，故文學之衰至近歲而極。文學既衰，故日本文體因之輸於中國，其始也譯書撰報，據文直譯以存其真，後生小子厭故喜新，競相效法。夫東籍之文，冗蕪空出，無文法之可言，乃時事所趨，相習成風，而前賢之文派無復識其源流，謂非中國文學之厄歟？」[42]況且三代之文也很難說是偶詞儷句之「文」，劉師培的主張在當時也就難以爲學術界所普遍認同。

劉師培也是接受了進化論的，他在《論文雜記》中引「英國斯賓塞耳有言：『世界愈進化，則文字愈退化』。夫所謂退化者，乃由文趨質，由深趨淺耳。」[43]他痛心於文學的退化，又看到這種退化的必然性。這種思想矛盾是這時復古主義的特點。

劉師培有一個重要的貢獻，就是首先提出了「南北文學不同說」，把文學研究與地域研究聯繫在一起。劉師培研究的是「南北學派不同論」，從中國南方和北方地域的不同總結出「南北諸子學不同」，「南北經學不同」，「南北理學不同」，「南北考證學不同」，最後是「南北文學不同」。[44]用地理學來研究文化的差異，在中國古代也有，但是劉師培的理論顯然受到西方學術的影響，不僅論述比前人系統全面，而且眼光也具有世界性。他總結北方文學嚴謹，南方文學放縱；北方文學理性，南方文學抒情等特點，在當時引起較大的轟動，王國維等人後來都參加了這場討論。

章炳麟是在《國粹學報》上發表文章的又一重要學者，他師從俞樾學古文經學，又問學於黃以周、孫詒讓等著名學者，精通文字學、考據學。他也曾閱讀大量西書，接受了不少西方影響。章炳麟的文章可分爲兩個系統，一是《訄書》系統，包括《訄書》初刻本、《訄書》重訂本和《檢論》；二是《太炎文錄》系統，包括《初編》和《續編》。前者系統地代表章炳麟的思想，是文化、哲學方面的論文，後者面較廣，包括章炳麟的政論文和文學方面的文章，這兩類文章大部分都曾在報章上發表，而且其中最重要的文章基本都和上海文學有關。章炳麟最初和上海有關是在 1895 年，當時他參加了康有爲等創辦的上海強學會，而眞正到達上海要遲至 1896 年，那一年他應梁啓超、夏穗卿之邀，到上海任職《時務報》，從而結束了他在杭州詁經精舍師從俞樾鑽研傳統學術的生涯。在《時務報》時期，章炳麟寫的文章有《論亞洲宜自爲脣齒》(1897 年 2 月)、《論學會有益於黃人亟宜保護》(1897 年 3 月)等，這些文章雖然沒有梁啓超影響大，但也由於尖銳的內容、古奥的言辭、獨特的風格引起了人們的重視。當時譚嗣同在《致汪康年梁啓超書》中說：「貴館添聘章枚叔先生，觀其文，眞鉅子也。大致卓公如賈誼，章似司馬相如。」黃遵憲在《致汪康年書》中說：「館中新添章枚叔、麥孺博均高材生。大張吾軍，使人增氣。章君《學會》論甚雄麗，然稍嫌古雅。此文集文，非報館文。作文能使九品之人讀之而悉通；則善之善者矣，然如此既難能可貴矣。才士也夫」。又亟稱章文「頗驚警」。葉翰《致汪康年書》則謂章在「十九期報第二篇治文太艱深且太散碎，觀者頗不悅目，操筆人宜囑其選詞加潤爲要」。可見當時對章炳麟文章存在的各種評價。但是章炳麟雖然在《時務報》發表文章，《時務報》並沒有使章炳麟一展所長，因爲章炳麟和康梁不合。在學術上：章宗古文，康梁宗今文；章炳麟推崇王夫之比較激烈的《黃書》，康梁推崇黃宗羲比較溫和的《明夷待訪錄》，加之章炳麟反對康梁張孔權，而且在文章上梁啓超走的是通俗這條路，章炳麟走的是艱深這條路，種種不合加上派別的關係終於導致了章炳麟 1897 年的離開《時務報》。但離開《時務報》後，章炳麟在杭州參與創辦了《經世報》(該報在上海設有分館)，又擔任上海出版的《實學報》的總撰述，1898 年又支持汪康年辦《昌言報》，在上面連續刊載了他譯述的《斯賓塞爾文集》，仍然積極參與了上海文學的建設。這裡沒有其他原因可以解釋，上海當時確實處於全國發佈新消息的中心地位，章炳麟要吸收資訊，作出反映並發生影響，必須和上海文學有所關聯。這一時期章炳麟的寫作比《時務報》成熟，並隱然和《時務報》有相抗之勢，《經世報》的《變法箴言》隱然有批評變法主潮之意，而《實學報》連續刊載的《實學通論》也隱然和《時務報》上連續刊載的梁啓超的《變法通議》相對，「實學」「時務」正說明二者著眼的不同點。這時期章炳麟發表的主要文章是《實學通論》，在這一總標題下，包括有《後聖》、《儒道》、《儒兵》、《儒法》、《儒墨》、《重設海軍議》、《儒俠》、《異術》等文章，這些文章後來大部分編入《訄書》，今錄其《儒道》一篇，以見其時文風的一斑。

學者謂黃老足以治天下，莊氏足以亂天下。

夫莊周憤世湛濁，己不勝其怨，而托卮言以自解，因以彌論萬物之聚散。其於治亂也何庸？

老氏之清靜，效用於漢，然其言曰：「將欲取之，必固與之。」其所以制人者，雖范蠡，文種，不陰鷙於此矣。故吾謂儒與道辨，當先其陰鷙，而後其清靜。韓嬰有言：「行一不義，殺一不辜，雖得國可恥。」儒道之辨，其揚榷在此耳。然自伊尹、大公，有撥亂之才，未嘗不以道家言為急。跡其行事，與湯、文王異術，而鉤距之用為多。今可睹者，猶在《逸周書》。老聃為柱下史，多識掌故，約《金版》《六弢》之旨，著五千言，以為後世陰謀者法。其治天下同，其術甚異於儒者矣，故周公詆齊國之政，而仲尼不稱伊、呂，抑有由也。

且夫儒家之術，盜之不過為新莽，而盜道家之術者，則不失為田常、漢高祖。得木不求贏，財帛婦女不私取，其始與之，而終以取之，比之誘人以《詩》《禮》者，其廟算已多。夫不幸汙下以至於盜，而道猶勝於儒。然則憤嗚之夫，有訟言偽儒，無訟言偽道，圖其所也。雖然，是亦可謂防竊鉤而逸大盜者也。

從這一篇可以看出，章炳麟的文章並不直接談論政治，而是通過對學術的分析，表示出他對政治狀況的全面看法。而且這些全面看法不是從他的某一篇文章可以看出，而是需要結合他的其他文章才能看出。比如這篇《儒道》，只代表他觀點的一部分，至少必須結合他《儒兵》、《儒法》、《儒墨》、《儒俠》等篇才能看出。他的文章夾雜著許多歷史典故，再加上用字古奧，使他的文章在普及性方面受到了極大的妨礙，只能以士大夫爲主要讀者對象，而不是以普通平民爲主要讀者對象。章炳麟也不是不能寫鼓舞人心的文章，在這方面章炳麟的能力並不在梁啓超之下，請看他的另一篇文章《東方盛衰論》：

堪輿之言曰：自蔥嶺而東，其山東趨，其水東流。瓊明膴大之氣，於是焉鐘；神聖元首，於是焉出。然而建都之地，周、漢皆豐、鎬，故曰芒碭為帝王藪，收功實必於西北。晉一都金陵，更曆五世，皆僕遬自守，終並於無道隋。自隋及唐，復渙居長安。五季、宋氏亡可道。偽元以狼鹿之種，盜持燕薊，是使陰陽並薄於東方，比今六百，則東方稍盛。大秦諸國（沐黃）鼉鱷之宅而要互市，比今六十，則東南日益盛。

……

繇是言之，亞洲之衰，西於歐洲；歐洲盈，西溢於美；美洲撤，西被於日本。古者太平洋之盛，繇長安而東；今者太平洋之盛，繇英吉利而西。自日本西被，非支那則誰與?故自蔥嶺以左旋，繞地一匝，而返乎赤縣，其流若逆，其勢若有機械而不能已。

……

大圜一上一下，一經一復，而湊於東方。章炳麟曰：嗚呼！吾不能生於千世之後，而生於今。今之世，雖有閎夭、管夷吾足以免討，我見其不能征黃海也。然而不莫獲而朝播種者，知樹藝也夫？

章炳麟的這類文章，對當時的知識份子來說，確有較大的感染力，而且其感染力不在梁啓超之下。這些文章基本都有傳統文化的內容，但其中的變革性，實際已超出傳統文化的範圍。俞樾《詁經精舍課藝八集・序》中說：「此三年中（1893-1896），時局一變，風會大開，人人爭言西學矣。而余與精舍諸君子，猶硜硜焉抱遺經而究終始，此叔孫通所謂不通時變者也。」章炳麟的文章雖然也收集在《課藝》之中，但俞樾的這種守舊的態度，當然不能爲章炳麟所滿意。章炳麟走出俞樾書齋的第一步，也是他一生決定性的一步，就是 1896 年離開杭州詁經精舍到達上海。到達上海後，章炳麟的文章有了極大的飛躍。在杭州時，章炳麟寫的作品，如《膏蘭室劄記》，《詩經劄記》、《七略別錄佚文徵》等，都是瑣碎的考證性作品，而到上海加入《時務報》後，章炳麟的文章開始和時代精神合拍，而其文章中代表秦漢風格的瑰琦精鑿的一面也得到了發揚，以上所取之例，已可見一斑。這一文章風格的變化和思想、環境的變化是分不開的。他的這些文章，大部分收入 1900 年春結集於上海的《訄書》中(1904 年日本重印本。1915 年上海古文學社的《章氏叢書》收入時名《檢論》)一部分收入《太炎文錄》之中，章太炎文章的風格，得到了淋漓盡致的表現。這些文章的基礎在於章炳麟深厚的中學根抵，但他同時對西學也有興趣，1898 年 8-11 月，章炳麟和曾廣銓合作翻譯了《斯賓塞爾文集》，在《實學報》上發表，章炳麟不懂西文，這本文集題爲「湘鄉曾廣銓翻譯，餘杭章炳麟筆述」。曾廣銓的翻譯，之所以要章炳麟來筆述，實際就是借重章炳麟的文名和文筆。可見章炳麟的文章雖然艱深，畢竟能得到當時文人的重視和欣賞，這也是促使章炳麟文章走艱深一路的外在動力。章炳麟的這一翻譯，得到了嚴復的批評。1898 年 9 月嚴復在《國聞報》發表了一篇《論譯才之難》，批評《斯賓塞爾文集》翻譯的不忠實，稱「讀譯書，非讀西書，乃讀中士所以意自撰之書而已」。章炳麟不明西學，不懂西文，又是通過別人的轉譯，使他的譯文和原文本來就有很大的距離，而講究文章，又加大了這種距離，嚴復的批評確實一針見血。但章炳麟所長其實不在西學而在中學。嚴復 1900 年來滬時，曾致信給章炳麟，極於推崇：「至於蹇蹇孜孜，自辟天蹊，不可以俗之輕重爲取捨，則舍先生吾誰與歸乎？」章炳麟也致信夏曾佑，對嚴復也高度推崇。其時章炳麟經歷了一次思想和文風的轉變。這一轉變，始於1900年，至1903年《蘇報》案達到高峰。

但在文學方面，他卻是一個眞誠的復古派。他像劉師培一樣，試圖從字源學角度探究文學的根源。但是他不同意劉師培的結論。章炳麟認爲：「文學者，以有文字著於竹帛，故謂之文；論其法式，謂之文學。凡文理、文字、文辭皆稱文；言其采色發揚，謂之彣。以作樂有闋，施之筆箚，謂之章。」[45]他把所有的文字記載都作爲「文」，並且針對劉師培的論述，考證「文筆之分」，在魏晉之前是不存在的，六朝之時雖有蕭統等人提出「文筆之辨」，卻並非是「不易之論」。他反駁劉師培的「偶儷爲文」說，但是他並不反對劉師培的「典雅」原則第一。章炳麟也認爲：「世有精練小學拙於文辭者矣，未有不知小學而可言文者也。」[46]但是他這時的文學觀念，今天看來卻頗有一些創新之處，其中最重要的，是他提出了新的雅俗觀。

章太炎認爲：「雅俗者存乎軌則。軌則之不知，雖有才調而無足貴。是故俗而工者，毋寧雅而拙也。雅有消極積極之分。消極之雅清而無物，歐、曾、方、姚之文是也。積極之雅，閎而能肆，楊、班、張、韓之文是也。雖然俗而工者，無寧雅而拙。故方、姚之才雖駑，猶足以傲今人也。」那麼，什麼是軌則呢？章太炎提出了標準：在第一層次上，這是復古主義的，「先求訓詁，句分字析，然後敢造詞也。先辨體裁，引繩切墨，然後敢放言也。」章太炎在提倡復古時特別強調「先辨體裁」，這一點非常重要。但是他也提出了第二層次上另一條適應時代的標準，叫做「便俗致用」，這主要說的是公牘：「或曰：予謂不辨雅俗，則工拙可以不論，前者已云變速致用為要者，公牘是也。彼公牘者，復何雅俗之可言乎？答曰：『所謂雅者，文能合格。公牘既以便俗，則上准格令，下適時語，無屈奇之稱號，無表像之言詞，斯為雅矣』。」於是，對於公牘這類體裁來說就不同了，「是則古之公牘，以用古語爲雅；今之公牘，以用今語爲雅。」「近世小說，其為街談巷語，若《水滸傳》、《儒林外史》，其為神怪幽秘，若《閱微草堂五種》，此皆無害為雅者。若以古豔相矜，以明媚自喜，則無不淪入惡道。故知小說自有雅俗，非有俗無雅也。公牘、小說，尚可言雅，況典章、學說、歷史、雜文乎？」[47]在這裡他實際上提出各種文學體裁自有自己的雅俗標準，合乎「致用」需要的「便俗」也是「雅」。甚至有的「雅」還不如「俗」。顯然，它與章太炎的復古主義崇尚「雅」的立場又是相矛盾的。章太炎自己也發現了這一點，後來在日本他把《文學論略》改成《國故論衡》中的「文學總略」時，又刪去了這些句子，他最終並沒有一直堅持自己的這些看法。他其實從文學體裁上就看不起小說，尤其是白話小說。因此雖然他也曾爲黃小配的白話小說《洪秀全演義》寫過序言，那是爲了革命宣傳，這篇序言並沒有收入他的文集之中。他在信中論述韓愈、柳宗元的「《毛穎》、《黔驢》諸篇，荒謬過甚。故是唐人小說之體，當分別觀之」。意思不能與韓愈、柳宗元的其他古文相提並論。他說林紓的古文「辭無涓選，精彩雜汙，而更浸潤唐人小說之風。」[48] 在紀念他的老師俞樾的文章中，他感慨俞樾「既博覽典籍，下至稗官歌謠，以筆箚泛愛人，其文辭瑕適並見，雜流亦時時至門下，此其所短也」。[49] 字裏行間，可以看出他對小說的輕視。

頗有意思的是，章太炎像劉師培一樣喜歡六朝文學，不過他仿效的目標不在駢文，而是將魏、晉古文作爲自己作文仿效的對象。

章炳麟的復古與他的「革命」態度有關，他是民族主義者，一心想「用國粹激動種性，增進愛國熱腸」。「若是提倡小學，能夠達到文學復古的時候，這愛國保種的力量，不由你不偉大的」。[50] 他是想用文學復古來經世致用、「愛國保種」的。

章炳麟的復古把「文」的概念回復到先秦時期，所說的先秦時代「文」的概念並不錯，但這一復古實際上否定了 2000 多年來文學觀念的發展進步。章炳麟的藝術感覺很好，又有深厚的學術根基，但是他把「文」的範圍定得如此寬泛，無所不包，結果也就難以總結出文學的特殊規律。這樣的復古也就難以爲當時社會所接受。他論詩推崇四言，輕視近體；推崇唐詩，輕視宋詩。因此也就貶低宋詩派：「及曾國藩自以爲功，誦法江西諸家，矜其奇詭，天下鶩逐，古詩多詰詘不可誦，近體乃與杯珓讖辭相等，江湖之士艷而稱之，以爲至美，蓋自商頌以來，歌詩失紀，未有如今日者也。」[51] 這種看法顯然是批評當時繼承「宋詩派」的「同光體」的。

第三節　同光體

清代詩壇本有宗唐宗宋二派，到了晚清時期，詩壇上流行的是宋詩，程恩澤、祁雋藻、何紹基、鄭珍、曾國藩等人，他們出於對「性靈派」末流的不滿，提倡宋詩，以蘇軾、黃庭堅爲楷模，反對輕浮、率意的詩風。它的進一步發展，就是清末民初流行的「同光體」。何謂「同光體」？陳衍指出，這是他和鄭孝胥兩人創立的專用名詞：「同光體者，余與蘇戡戲目同、光以來詩人不專宗盛唐者也。」[52] 他們用這個概念，來推重沈曾植的詩，認爲它可以算「同光體」的魁傑。這個「不專宗盛唐」，其實是「宗宋」的代詞，而且習慣上並不把南社內部「宗宋」的成員計算在內，它主要包含的是清末「宗宋」的士大夫。不過這個「同光體」，「同」字其實是沒有著落的，這個群體裏的詩人，都很少在同治年間創作，它們的主要活動是在光緒和宣統年間，以及民國初年。因此，他們可以算是後期的「宋詩派」。[53] 戊戌變法之後，西學急劇發展，復古主義被一種廣義的復古思潮籠罩著，復古是強調「家法」、「師承」的，因為出現「西學」的新價值趨向，「復古」便相對於「學習西方」而言，在傳統文化之中尋找資源。這時許多「復古」者已經覺察到，復古如果再簡單的局限於一朝一代，已經難以承擔復興中國傳統文化的使命。於是這一時期的復古倒很少像 19 世紀前期那樣，明確引用古代某朝某派的觀點來解決現實問題，相反倒是要糾正以前復古的偏頗，力圖擴大所復之「古」的範圍，擴大繼承古代文學的基礎，以復興中國傳統文化。

清代的復古不同於明代的復古，明代的復古是摹擬剿襲的復古，所謂「文必秦漢，詩必盛唐」，缺乏自己的創建。清人總結了明代的經驗教訓，他們的復古更強調不蹈襲前人，有師承而有創新。清中葉之後，詩壇上占統治地位的便是宋詩派，強調繼承以蘇軾、黃庭堅和江西詩派為代表的宋詩傳統，強調學人和詩人合一。宋詩派發展到光、宣年間變為「同光體」詩派。「同光體」詩人認為把復古的眼光僅僅盯住宋詩，以宋詩為楷模來復興詩壇，不免過於狹窄，既然宋詩是由唐詩發展而來的，詩人的創作也應該借鑒唐詩。陳衍與沈曾植討論時提出：「詩莫盛於三元：上元開元，中元元和，下元元佑也。君謂三元皆外國探險家覓新世界、殖民政策、開埠頭本領，故有『開天啟疆域』云云。余言今人強分唐詩宋詩，宋人皆推本唐人詩法，力破餘地耳。」「若墨守舊說，唐以後之書不讀，有日蹙國百里而已」[54] 陳衍的立場當然還在學習宋詩上，所以針對宗唐派不讀唐以後詩加以抨擊，把唐詩納入同光體學宋詩所復之「古」的範圍。從北宋的元佑年間的宋詩，以黃庭堅為楷模，上推到中唐的元和年間的唐詩，以韓愈為楷模，再上推到盛唐的開元年間的唐詩，以杜甫為楷模。沈曾植則認為「三元」的年代都是詩歌創新時期，不過這個總結還不能涵蓋中國古代詩歌的創新，他後來又進了一步，將「三元」發展爲「三關」，主張「詩有元佑、元和、元嘉三關，」學詩者應從宋代元佑年間詩入手，經中唐元和年間詩而直通南朝劉宋元嘉年間詩。錢仲聯先生認爲：「『三元』重在宗宋，而推本於杜、韓；『三關』重在宗顏、謝（顏延之、謝靈運）要人著意通此關，做到『活六朝』，才有解脫自在。要人能通經學、玄學、理學以為詩，要因詩見道。這才是道道地地的『合學人詩人之詩二而一之』的主張。」[55] 這就意味著所復之「古」不僅包括宋詩唐詩，還包括魏晉南北朝詩；而且不是簡單的模仿作魏晉南北朝詩，而是要像六朝的著名詩人那樣，把學問、思想和詩的創作合在一起，把文化與詩結合起來。

陳衍提出學習宋人「推本唐人詩法，力破餘地」，具體地說就是要在師承的基礎上追求創新，避開前人已經用熟用濫的字句。他意識到「吾輩生古人後，好詩已被古人說盡。尙有駐筆處者，有無窮新哲理出，可以邊際之語寫之。」[56] 因此，他極爲推崇蘇軾的詩歌，認爲他能「以極邊際之語達極圓滿之理」。[57] 陳三立論詩也「最惡俗惡熟，嘗評某也紗帽氣，某也館閣氣」，[58] 甚至比陳衍更過之。但由於他們的「創新」是建立在「復古」裏面的，「復古」限制了他們的「創新」，這就使他們的「餘地」顯得頗爲狹小。

在近代的復古主義作家中，「同光體」詩人因爲民國建立後大多繼續懷念清朝統治，而被目爲遺老遺少，被視爲「頑固派」；其實這是很片面的。「同光體」詩人當年大都是改革者，並不是「頑固派」；他們在文化上大都持一種開放的態度，並不反對引進西學。沈曾植曾任總理各國事務衙門俄國股章京，光緒二十一年與康有爲等在京師創辦「強學會」，主張維新變法。戊戌變法失敗後，被張之洞聘請主持兩湖書院講習。後又被盛宣懷延請主持南洋公學講習。義和團運動時，參與策劃「東南互保」。戊戌變法前，陳三立幫助父親陳寶箴在湖南推行新政，創立「時務學堂」、算學堂、湘報館、南學會，延請梁啓超、譚嗣同、熊希齡等，促使「湖南士習爲之大變」。戊戌變法失敗，陳三立父子都被革職。庚子事變後，陳三立雖被開復原職，仍拒絕復出。袁世凱托人邀他北上，他不肯到京。溥儀典學，有人推薦他當老師，他力辭不就。鄭孝胥 1891 年任清政府駐日使館書記官，1892 年任駐東京領事，後任駐大阪和神戶的總領事。回國後又任總理各國事務衙門章京。1906 年任上海中國公學校長。1924 年任溥儀的總理內務大臣。陳衍早年曾入臺灣巡撫劉銘傳的幕，戊戌變法後，又入湖廣總督張之洞幕，任官報局總纂，後進京任學部主事，京師大學堂教習。民國建立後，曾任廈門大學、無錫國學專科學校的教授。僅從這四個人身上，我們便可以發現：他們在清代都是洋務派、維新派官員，爲「洋務」和「維新」出謀劃策，有的人還爲此付出沈重的代價，因此他們並不拒絕吸收西學，他們曾經鼓吹引進西學，甚至還爲中國的現代化做出過切實的貢獻。陳三立參與過江西南潯鐵路的創建，程頌萬開設過工藝所，鄭孝胥主持過漢口鐵路局並任總辦等等。

但是，「同光體」詩人的政治理想不是民主共和，而是君主立憲。當民國建立之後，他們不能像梁啓超那樣順應時代潮流，而是像康有爲那樣堅持君主立憲，留戀大清。他們普遍採取一種保守中國傳統文化的立場，力圖打通中西古今，復興中國文化。陳三立曾說：「吾觀國家一道德同風俗，蓋二百餘年於茲矣，道咸之間，泰西諸國始大通互市，由是會約日密，使命往還，視七萬里之地如履戶閾，然士大夫學術論議亦以殊異。夫習其利害，極其情變，所以自鏡也。蔽者為之溺而不返，放離聖法，因損其真。矯俗之士至欲塞耳閉目，擯不復道。二者皆惑，非所謂明天地之際，通古今之變者也。君子之道莫大乎擴一世之才，天涵地蓄，不竭於用，傲然而上，遂滂然而四達，統倫類師萬物而無失其宗。」[59]他們固守中國文化的心態，由此可見一斑。因此，正確的說法是：「同光體」作家並不反對引進西學，但是他們反對完全用西學代替中學，他們仍然堅持以中學爲本位，尤其是堅持中國傳統道德的立場，這就是他們復古主義的依據。

於是，「同光體」作家對於「現代性」的態度就表現得頗爲複雜：像福柯所說的那樣，現代性是一種與傳統斷裂的態度，「一種使現在『英雄化』的意願」，[60]這種「現代性」是不可能出現在「同光體」作家的身上，他們對於傳統是太留戀了。但是我們也要注意一點，中國的現代化是與西方不同的，西方的現代化是原發性現代化，他們的文化傳統並沒有因爲現代化而斷裂；中國的現代化是後發性現代化，是在西方列強的挑戰下被迫的現代化，「現代化」在相當長的時期內意味著「西化」，這就意味著文化傳統的斷裂。對於這種文化上的「西化」，「同光體」中的不少作家是抗拒的，他們留戀中國傳統文化，關注中國文化傳統的傳承，把這看作是立國之本。沈曾植解釋「專制」：「『天動而施曰仁，地靜而理曰義。仁成而上，義成而下。上者專制，下者順從。』《易緯》之言專制，非不美之辭也。不解近儒不爲新學者，何亦畏此二字。」[61]表面看來，這似乎是沈曾植在美化專制，其實不然。沈曾植是主張君主立憲的，並不是專制主義者，他堅持的是用中國自己的「專制」概念，而不是外來的「專制」概念，中國的「專制」概念不必屈從於外來的「專制」概念，反對文化的「西化」，這種反對不是說拒絕吸收西方文化，而是反對中國原有的文化語言變成西方的文化語言，這種堅持似乎是在爭奪話語權，其實卻是在堅持中國文化的傳承。這種面對外來文化挑戰的回應，有保留的吸收外來文化的態度，可以理解爲是一種「反現代性」，也應理解爲是一種對「現代性」的回應。它本身就具有「現代意義」。然而，對於後發現代化國家來說，「全球化」的經濟發展，文化上的被迫「西化」卻是必然趨勢，這種回應也就顯得軟弱無力了。

「同光體」作家絕大多數都是愛國主義者，抗戰爆發後，北平淪陷，陳三立絕食而死，就是一個例證。他們是中國最後一代士大夫，具有強烈的「憂患意識」，憂生憂世。他們的政治立場既然站在滿清的一邊，看到民國取代了清政府，接著外蒙獨立，國土被蠶食，外侮不斷；他們顯然也看到了中國傳統文化凋零的趨勢，無力挽回，心境自然是悲涼的。他們的詩歌創作帶有一種歷史的蒼涼感，帶有一種無可奈何的哀怨，富於「家國之思」，調子是低沈的。陳三立曾經沈痛的感慨；「余嘗以為辛亥之亂興，絕義紐，沸禹甸，天維人紀寖以壞滅，兼兵戰連歲不定，劫殺焚蕩烈於率獸，農廢於野，賈輟於市，骸骨崇邱山，流血成江河，寡婦孤子酸呻號泣之聲達萬里，其稍稍獲償而苟其賜者獨有海濱流人遺老，成就賦詩數卷耳。窮無所復之，舉冤苦煩毒憤痛畢宣於詩，固宜彌工而寖盛。」[62]這段話顯示了同光體作家的特點：首先，他們對時局是很悲觀的，軍閥混戰，生靈塗炭，令他們感慨不已。其次，他們對於上海同光體詩人的創作，有著充分的自信，他們相信這些詩反映了這個時代，在藝術上具有很高的價值。最後，他們對士大夫的處境，深感無奈，他們無法改變時局，也無法改變命運。他們對國事的滄桑感慨，也就常常轉化爲對個人命運的自傷自憐。

「同光體」作家一直強調寫詩要抒寫自己的感受，要言之有物。他們秉承宋詩「以文爲詩」的傳統，以議論入詩，以虛詞入詩，他們有時會對原有的詩歌形式有所突破，顯示出某種自由。「海涎千斛鼉龍語，血浴日月迷處所。籲嗟手執觀戰旗，紅十字會乃虱汝。天帝燒擲坤輿圖，黃人白人烹一盂。躍騎腥雲但自呼，而忘而國中立乎，歸來歸來好頭顱。」[63]陳三立這首詩以虛字入詩，抒情表達也打破了詩歌的原有程式。再如羅惇融的詩作：「子非鬼，安知鬼之樂？胡然開圖令人愕？偶從非想非非想，青天白日鬼劇作。群鬼作事自為秘，逢迎萬態胡不至！豈虞鬼後不生眼，一一丹青窮敗類。中有數鬼飄峨冠，自矜鬼術擭美官。果能變鬼如官好，余亦從鬼求奧援。問鬼不語鬼獰笑，鬼似擯我非同調。籲嗟鬼趣今何多，兩峰其如新鬼何！」[64]亦莊亦諧的調侃，趣味橫生的諷刺，顯示了「以文爲詩」，「以議論爲詩」對原有詩歌程式規範的突破，對詩的發展作了新的探索。胡適後來在論述五十年來的文學轉變時，對宋詩派和同光體的探索，給予很高的評價。[65]並將五四新文學的新詩創作，視爲這種探索的繼續。

「同光體」詩人成就最高的自當首推陳三立。陳三立（1852-1937），字伯嚴，號散原，江西義寧人。他早年的詩留存不多，「憑欄一片風雲氣，來作神州袖手人」。梁啓超《飲冰室詩話》中引錄的殘句，顯示了他的抱負胸襟和遭到嚴譴之後的無可奈何。他讚賞嚴復翻譯的《群己權界論》，既肯定穆勒「卓彼穆勒說，傾海挈衆派。」又堅持「吾國奮三古，綱紀非狡獪。侵尋狃糟粕，滋覺世議隘。」[66] 這說明了他「以學問爲詩」包含了吸收西學的開放態度以及他不同意隨便否定中國傳統文化的立場。他目睹清廷拖延立憲：「自頃五載號變法，鹵莽竊剽滋矯誣。中外拱手徇故事，朝三暮四紿眾狙。任蒿作柱亦已矣，殭桃代李胡為乎。」延誤改革時機，導致大局不可收拾。但他只能「歲時胸臆結壘塊，今我不吐誠非夫。聞者慎勿嗤醉語，點滴淚水沾衣襦。」[67] 將滿腹牢騷化作詩歌。因此他的詩歌是悲涼的，具有一種沈浸在骨子裏的孤獨，一種淒涼滿目的悲哀。「陸沈幾槧更何辭，剩有人間澈骨悲。」「苦撥死灰話懷抱，新亭雨泣恐多時。」[68]「生涯獲謗餘無事，老去耽吟倘見憐。胸有萬言艱一字，摩莎淚眼問青天。」[69]「尋常節物已心驚，漸亂春愁不可名。煮茗焚香數人日，斷笳哀角滿江城。江湖意緒兼衰病，牆角公卿問死生。倦觸屏風夢鄉國，逢迎千里鷓鴣聲。」[70] 即使是古代詩歌中常見的景色，陳三立也能寫得與衆不同，試看《野望》：「春滿山如海，飛鳴不自知。雜花溫日影，新柳長煙絲。田水聽蛙急，吟樓過雁悲。扶筇往來路，寸寸淚痕滋。[71] 一首春日野望的詩，在古代詩歌中是那麼充滿生氣，卻被陳三立寫得如此悲涼。陳三立顯然繼承了中國古代士大夫身不逢時，感慨身世的黍離之悲傳統，其詩歌的深沈、悲憤，耐人回味，都是第一流的。他的詩是中國最後一個封建王朝的挽歌，也流注著最後一代士大夫對國家對社會充滿憂患意識的熱血。

陳三立做詩最忌模擬剿襲前人。陳衍說他「論詩最惡俗惡熟，嘗評某也紗帽氣，某也館閣氣。」他喜歡學習蘇軾、黃庭堅，曾有「吾生恨晚生千歲，不與蘇黃數子遊。得有斯人力復古，公然高勇氣橫秋」[72]之歎。可見其推崇的程度。尤其喜歡學習黃庭堅的「不俗」，於是黃庭堅的押險韻，詩句生澀也就一起學來了，一時以做詩生澀奧衍著稱。其實陳三立的詩作中，生澀奧衍的畢竟是少數，多數詩作還是文從字順。陳衍說：「余舊論伯嚴詩，避俗避熟，力求生澀，而佳語仍在文從字順處。」到辛亥之後，「則詩體一變，參錯於杜、梅、黃、陳間矣。」[73]也認爲陳三立晚年的詩並不生澀奧衍。

沈曾植（1851-1922）被稱爲「同光體之魁傑」，字子培，號乙庵，晚號寐叟，浙江嘉興人。清亡後以遺老居上海，張勳復辟時被任命爲學部尚書。著有《海日樓詩集》。沈曾植是當時王國維最佩服的學者之一，研究經、史、西北地理和南洋貿易，尤其是西北的歷史地理，卓有成就，並且精通佛學，刑律，版本目錄，書畫。他將經學、玄學、佛學融入他的詩中，他的「三關」說的含義，就是要學六朝詩人，將六朝的玄學融入詩中，實際上也就是要將思想、學問與詩歌創作結合在一起，以超越前人。試看他將學問融入他的詩學主張中：「作詩必此詩，詩亦了無住。偶然眼中眉，構此空中語。六鑿雜悲歡，七音疊宮羽。太虛誰點綴，流水無焦腐。筆汝亟來前，寫我非雲句。」[74]提倡詩無定則，即興而作，但是它必須有學養的積累，厚積薄發。沈增値也有憤激於時事之作：「晚雲千里至，病樹百年枯。箴叟稱經語，舟師警澤符。萬方成一概，七日有重蘇。鬼哭橋南路，誰施法食呼。」[75]這是感慨上海的討袁軍攻打江南製造局七日，「十日之中，居民傷夷損失至重」。過去的歷史，往往因爲是革命，再大的犧牲彷彿也是應該的，就將這種犧牲從歷史上抹去了。沈曾植的詩，也充滿對百姓的同情，爲我們留下了一頁眞實的記載。

沈曾植的學問極好，詩歌創作也就難解，尤其是他喜歡用僻典。當時陳衍就指出：同光體分爲兩派，「其一派生澀奧衍，《自急就章》、《鼓吹詞》、《鐃歌十八曲》，以下逮韓愈、孟郊、樊宗師、盧仝、李賀、黃庭堅、薛季宣、謝翱、楊維楨、倪元璐、黃道周之倫，皆所取法。語必驚人，字忌習見。鄭子尹珍之《巢經巢詩鈔》，為其弁冕，莫子偲足羽翼之。近日沈乙庵、陳散原實其流派。而散原奇字，乙庵益以僻典，又少異焉，其全詩亦不儘然也。」其實，沈曾植也有平易淺近的詩，如《奧儂曲》、《簡天琴》，不過數量較少。陳衍認爲另一派的師承是：「為清蒼幽峭，自《古詩十九首》、蘇、李、陶、謝、王、孟、韋、柳以下逮賈島、姚合，宋之陳師道、陳與義、陳傅良、趙師秀、徐照、徐璣、翁卷、嚴羽、元之范梈、揭傒斯、明之鍾惺、譚元春之倫，洗練而熔鑄之，體會淵微，出以精思健筆。」其特點是：「字皆人人能識之字，句皆人人能造之句，及積字成句，積句成韻，積韻成章，遂無前人已有之意，已寫之景，又皆後人欲言之意，欲寫之景。當時嗣響，頗乏其人。魏默深源之《清夜齋稿》稍足羽翼，而才氣所溢，時出入於他派。此一派近日以鄭海藏為魁壘，其源合也。」[76]把鄭孝胥推爲另一派的主要代表。

鄭孝胥（1860-1938），字太夷，號蘇堪，一字蘇龕，又號海藏。福建閩縣人。他是「同光體」詩人中的能人，曾任內閣中書、同知。做過外交官，任日本神戶、大阪等地領事，總理各國衙門事務章京。辦過實業，任京漢鐵路南段總辦，官至湖南布政使。「簡廣東按察使，辭不赴。家於上海，約張謇、湯壽潛之流，設立憲公會，被推爲領袖。時清室已下詔預備立憲，期以九年而成。孝胥多所陳述，一時輿論從而附和之，聲譽益著。」[77] 辛亥革命後爲遺老，在上海居住，在商務印書館任職十餘年。他在 1923 年到天津追隨廢帝溥儀，被任命爲總理內務府首席大臣。「九一八」事變後，參與經營僞滿洲國，任總理大臣。成爲漢奸後，他的詩便很少再有人提起。但在當時，鄭孝胥的詩得到許多人的讚賞。林庚白晚年自負古今詩人第一，也認爲「十年前鄭孝胥詩今人第一」。[78] 可見他在當時的影響。

鄭孝胥的詩中充滿對人生的感慨：「人生類秋蟲，正宜以秋死。蟲魂復為秋，豈意人有鬼。盍作已死觀，稍憐鬼趣美。為鬼當為雄，守雌非鬼理。哀哉無國殤，誰可雪此恥？紛紛厲不如，薄彼天下士。」[79] 沒有生澀的句子，沒有摹仿剿襲前人，在明白曉暢的句子裏，其中似乎還夾雜了作者的調侃，然而卻沈重地道出了作者對人世的感慨，對時局的悲觀。鄭孝胥居住在上海，然而上海的大都市卻讓他越加感到孤獨：「窮年刻意獨何為，分付秋風為一吹。自欲登樓托疏放，難從倚市論妍強。淞江幾曲潮皆滿，好月連宵睡較遲。可笑希文腸太熱，強持酒淚作相思。」[80] 面對都市的繁華，面對清朝統治的一去不復返，他的士大夫情懷只能是無可奈何的哀歎。陳衍說鄭孝胥「三十以前，專攻五古，規模大謝，浸淫柳州，又洗練於東野。沈摯之思，廉悍之筆，一時殆無與抗手。三十以後，乃肆力於七言，自謂為吳融、韓偓、唐彥謙、梅聖俞、王荊公，而多與荊公相近，亦懷抱使然也。」鄭孝胥自己認爲，他的詩作得好的地方，「往往有在悵惘不甘者」，[81] 鄭孝胥寫得最好的詩是哀挽詩：「持論絕不同，意氣極相得。每見不能去，歡笑輒竟夕。西州門前路，爾我留行跡。相送至數里，獨返猶惻惻。小橋分手處，驢背斜陽色。千秋萬歲後，於此滯魂魄。為君詩常好，世論實不易。夢中還殘錦，才盡空目惜。」[82]哀挽詩前人寫得極多，極宜落入俗套。鄭孝胥能另闢蹊徑，回憶當年的難捨難分的情景，一步步寫出自己的心理，自己的感慨天命無常。從稱讚自己爲石公寫的詩很好，到感慨顧子朋死後自己詩才枯寂，從而刻畫自己悼念朋友的沈痛心理，寫出顧子朋逝世對自己的心理影響。這樣的悼亡詩不落俗套，詩句看似平常，並不奇崛，表達自己沈痛感情的方式卻非常獨特，心理描寫也極其細膩。在平常的字句中寫出自己獨特的風格，很不容易。

對於「同光體」詩，當時就有各種不同的評價，章太炎認爲他們復古不夠，四言的古詩更好。南社柳亞子等人認爲這是一群遺老的創作，代表了沒落的清朝。後者爲許多人所認同，大致成爲近代文學史研究的主流，一直到九十年代才有所轉變。也有詩評家極爲推崇「同光體」，如寫《兼於閣詩話》的陳聲聰，「余嘗評泊清同光間詩人，以為自宋以後數百年，詩之美盛，極於此際。蓋玄黃剖判，風濤喧豗，變風變雅之餘，學者各尊其蘄向，而盡其瑰奇，一掃剽賊膚廓之弊，詩之境域寖廣矣。然其後偏主清質，務以苦語相勝，流僻咀殺，亢極而衰，非主持風會之過也。」[83]平心而論，同光體作家在詩歌藝術上，確實要超過同時代人。至於「務以苦語相勝」，其實是有對文化失落的擔憂。王國維自殺後，衆人大多認爲他是殉清而死，惟有陳寅恪在追悼王國維時說，他的自殺是殉文化，「凡一種文化值衰落之時，爲此文化所化之人，必感苦痛，其表現此文化之程量愈宏，則其所受之苦痛亦愈盛；迨既達極深之度，殆非出於自殺無以求一己之心安而義盡也。吾中國文化之定義，具於白虎通三綱六義之說，其意義爲抽象理想最高之境。」[84] 這個論述實際上通過殉綱紀把殉清和殉中國傳統文化連在一起，陳寅恪這個結論背後是有著對他父親陳三立的理解作後盾的。只是同光體作家的這一面，至今未被人們所認識，人們只看到他們是遜清遺老，沒有能理解他們在面臨中國千古未有之奇變時，對中國傳統文化失落的痛苦。

第四節　南社

中國近代的復古思潮各個流派有一個共同的特點：他們的成員幾乎都是由參加過科舉考試的士大夫或准士大夫組成。但是也有例外，這個例外就是南社，南社的成員中有許多是新式學堂培養的學生，甚至還有不少留學生，他們也主張復古，但是他們的復古與「同光體」有所不同。

要說南社，首先要提到南社的創始人之一柳亞子。柳亞子（1887-1958），江蘇吳江人，原名蔚高，字安如。十六歲時，崇信天賦人權學說，以亞洲盧梭自命，改名人權，字亞盧。18 歲時，模仿陳去病，改名棄疾，以示對宋代愛國詞人辛棄疾的敬慕，號亞子。自 1906 年起，逐漸改稱亞子。柳亞子十三歲開始學習寫詩，直到十六歲那年，「讀了梁啓超《新民叢報》內的《飲冰室詩話》和《詩界潮音集》，熱心於詩學革命，便把以前所作的東西，付之一炬。」「同時又讀到龔定庵詩集，視爲奇貨。梁啓超和龔自珍，在當時可說是我腦中的兩尊偶像。」[85] 雖說有這兩位偶像，柳亞子卻很早就是一位民族主義者，他從小就喜歡閱讀報刊，受到《國民報》、《大陸報》的影響，1903 年，柳亞子入上海愛國學社讀書，蔡元培、章太炎、黃宗仰是他的老師，這是一個革命群體，受他們的影響，柳亞子加入了光復會、同盟會，確立了他的革命立場。他的詩文創作，他與高旭、陳去病一起創立南社，都是從革命出發的。他早在 1902 年，就寫作了《鄭成功傳》，宣揚反抗滿人統治的民族主義。1903 年撰寫《中國滅亡小史》、《臺灣三百年史》，1904 年撰寫《中國革命家第一人陳涉傳》、《哀女界》，配合陳去病創辦《二十世紀大舞臺》，撰寫《發刊詞》，1905 年創辦《自治報》，後改名《復報》，寫了大量宣傳革命，宣傳女權的文章，成爲當時的重要宣傳家。其時他還不到二十歲。

柳亞子開始受「詩界革命」影響，後來雖然成爲革命派，「詩界革命」宣導的引西典，「舊風格含新意境」等詩歌改良主張的影響依然存在。「祖國沈淪三百載，忍看民族日仳離。悲歌叱吒風雲奇，此是中原馬志尼。」[86] 在這首 1903 年創作的詩中顯然可以看到「西典」等詩界革命的痕跡。他追求「以新思想溶鑄入於舊風格之中」[87] 正體現了梁啓超詩界革命對他的影響。但是，革命以後的柳亞子開始趨向復古主義，這倒不完全是受章太炎的影響，而是出於「排滿」的需要。革命需要推翻滿族統治，需要激勵漢族的民族精神，「恢復漢官威儀」。另外，柳亞子開始創作詩歌時年紀很輕，受新思潮的激蕩，很容易走上用「西典」等看似很新，卻缺乏文化底蘊的創作道路，隨著對龔自珍詩歌的鑽研，對舊體詩的瞭解深入，自然會轉向有所師承，這也是導致他轉向復古主義的一個重要原因。這種狀況在「詩界革命」的主要幹將那裏也有存在，梁啓超後來便不再談「詩界革命」，反倒向趙熙等人學習宋詩，就是例子。但是，「詩界革命」的影響仍然斷斷續續的存在於柳亞子的詩歌創作中，如他在籌備南社時，同仁彙聚所作：「慷慨蘇菲亞，艱難布魯東。佳人真絕世，余子亦英雄。憂患平生事，文章感慨中。相逢平一醉，莫放酒樽空。」[88]仍在運用西典。繼續「詩界革命」的改良探索和復古主義一起調和在柳亞子身上，形成了他的詩歌風格。這種風格也存在於南社許多詩人身上，因爲他們與柳亞子有著相似的經歷，也曾經爲詩界革命所激動，又爲了提倡民族主義走上復古主義的道路。儘管他們的詩歌風格不同，探索的程度不同，但是這種新舊合璧的狀態卻常常是相似的。如馬君武，「海枯生物化新土，石爛流金結幻晶。幾處青山息噴火，百年赤道有流冰。不許終日憂人事，且值陽春聽鳥聲。如使汽船竟成就，孑身辟地適金星。」[89]在某種程度上，我們甚至可以說「詩界革命」的探索，主要在南社詩人身上得以保留。這種探索與南社標榜的復古主義共存，構成了南社復古主義的特色，這種特色是其他復古主義思潮所缺乏的。

南社發起的時候，柳亞子排名第三，在他前面的是陳去病和高旭。陳去病（1874-1933）原名慶林，字佩忍，後欲反清，借打敗匈奴的霍去病之名改名去病，字巢南，都暗寓反清之意。江蘇吳江人，1895 年考取秀才，1898 年與金天翮等創辦雪恥學會，1902 年加入中國教育會，發起成立同里支部。1902 年赴日本留學，主編《江蘇》雜誌，公開鼓吹革命，1903 年加入「拒俄義勇隊」。回國後擔任《警鐘日報》主筆，創辦《二十世紀大舞臺》，編輯《國粹學報》、《中華新報》、「陸沈叢書」，先後在上海、鎮江、吳江、徽州、杭州、紹興等地一面從事教育，一面宣傳革命。1906 年加入同盟會後，組織過黃社、秋社、匡社、越社、神交社等革命社團，其革命活動遍及大江南北，在當時有著較高的社會聲望。辛亥革命前後，執教於蘇州高等學堂和浙江高等學堂。二次革命時，曾到南京任黃興江蘇討袁軍總司令部秘書，軍中文告多出其手。1916 年任參議院秘書長。1922 年，孫中山在廣東韶關誓師北伐，任護法軍政府大本營前敵宣傳部主任，晚年任南京東南大學、上海持志大學教授，江蘇革命博物館館長。是當時革命派、國民黨的重要宣傳家。遺有《浩歌堂詩鈔》、《詩學綱要》、《辭賦學綱要》等。陳去病早年擔任《新民叢報》的發行，亦受到「詩界革命」的影響，試看他的詩作：「長此樊籠亦可憐，誓將努力上青天。夢魂早落扶桑國，徒侶爭從俠少年。甯惜毛錐拼一擲，好攜劍佩歷三邊。由來弧矢男兒事，莫負靈鼇去著鞭。」[90]「員嶠蓬壺覓地新，繩繩繼繼殖黃民。由來不少哥倫布，茲是神州第一人。」[91]都含有「詩界革命」的風格。陳去病具有堅韌豪俠的性格，常年奔走革命，屢經挫折，詩歌風格也比柳亞子低沈得多。他在 1909 年自跋其詩云：「近十年來，遭逢坎坷，心志惻傷，雖有所作，大抵歡娛之詞寡而窮愁之思切。」[92]另有一種沈鬱之氣。

高旭（1877-1925）字天梅，一字劍公，又字鈍劍，別號慧雲、哀蟬，江蘇金山人。1900 年就已經樹立了排滿信念。[93]1903 年創辦《覺民》月刊，1904 年赴日本留學，畢業於東京法政大學。在日本認識了孫中山，1905 年加入同盟會。回國後，任同盟會江蘇分會的會長，創辦上海健行公學及所附「夏寓」，是中國同盟會在上海的機關總部。名聲大了之後，兩江總督端方想要逮捕他，苦於找不到機會下手。1906 年，上海曾經流傳一部《太平天國翼王石達開遺詩》，序跋中聲稱訪求石達開遺詩達四十年之久，始得此作，都是「噴血而出」的英雄悲歌。如《馬上口占》：「蒼天意茫茫，群生何太苦。大江橫我前，臨流曷能渡。惜哉無舟楫，浮雲西北顧。到耳多哭聲，中原白日暮。」描寫石達開兵臨絕境時的心情。其中「我志未酬人亦苦，東南到處有啼痕。」「只覺蒼天方憒憒，莫憑隻手拯元元。」都是一時膾炙人口的名句。這些詩一共有 17 題 25 首，除了其中五首轉錄自梁啓超的《飲冰室詩話》，其餘 20 首都是高旭寫的，託名石達開以擴大影響，這些詩作都是反抗清朝統治，宣揚革命思想。高旭化名殘山剩水樓主人，將它刊行，該書在當時流傳甚廣。1907 年，高旭被指名查捕，不得不解散健行中學，關閉「夏寓」。在家隱居，於是想到發起南社。高旭是讀法政出身，曾經深入系統地學習過西方的政治思想史，對於西方的民主思想有比較深入的瞭解。他特別注意喚起民衆：「文明有例購以血，願載我頭試汝刀。有倡之者必有繼，擲萬骷髏劍花飄。中夏俠風太冷落，自此激出千盧騷。要使民權大發達，獨立獨立呼聲囂。全國人民公許可，從字高漲紅錦潮。嗟哉醜虜劇兇惡，百計淩虐心何勞。割我公產贈與人，台青旅大親手交。」[94]他的詩歌因此也有強烈的宣傳色彩：「中山先生瓊絕倫，是仙是佛是聖神。」「不屑學作朱元璋，亦不屑效洪天王。專以服役為職務，偉論卓識非尋常。光明磊落有如此，辟地開荒誰與比？世界偉人不數生，合華盛頓二而已！」[95]顯然，高旭的詩歌比起柳亞子和陳去病的詩作，要更像詩界革命時創作的作品。他的詩詞慷慨激昂，激情充沛，想像瑰麗，筆意縱橫，具有強烈的鼓動性和感染力。事實上，高旭在南社中是最具革命浪漫情懷的一位，其詩作視野開闊，健氣淩雲，敢於大聲呼喊，氣沖斗牛。他是一個以從事政治活動爲主的業餘詩人，在辛亥革命後當上了國會衆議員，曾經兩次南下參加孫中山召集的非常國會。1923 年因參與曹昆「賄選」，被柳亞子、陳去病開除出南社。

從南社三位發起人身上我們可以看到：他們都是中國同盟會會員，都很早就贊成革命，又都是革命派的宣傳家，堅決反對封建專制，參與了大量革命派的政治活動。「辮髮胡裝三百載，幾曾重睹漢官儀」。[96]他們在思想上都受到章太炎、劉師培的《國粹學報》影響，以提倡民族文化來排滿。他們在詩歌創作上又都受到「詩界革命」的薰陶，並且繼續保留了它的影響。這些特點後來也成爲南社主流的特點。

南社的發起是在上海，柳亞子認爲：1907 年 7 月，「徐錫麟、秋瑾先後遇難，巢南要在上海替秋瑾開追悼會，沒有成功，卻在舊曆七月七日開了一次神交社，隱然是南社的楔子。」[97]接著在 1908 年 1 月，劉師培、何震夫婦和柳亞子、陳去病、高旭等人一起商量結社，在海上酒樓小飲，席間還有《國粹學報》的編輯黃節、鄧實等人。因劉師培、何震接著當了兩江總督端方的密探，出賣革命同志，南社成立之事，一時擱下。但在陳去病、柳亞子的詩作中，已經多次出現南社之名。1909 年 10 月 17 日，高旭在《民籲報》上發表《南社啓》，公開宣告「與陳子巢南、柳子亞盧有南社之結」。11 月 6 日，陳去病發表《南社雅集小啓》。11 月 13 日，南社在蘇州虎丘張公祠正式成立。會上選舉陳去病、高旭、龐樹柏爲文選、詩選、詞選編輯員，柳亞子爲書記員，朱少屛爲會計員。組成了南社的領導核心。

「南社」取名之意，當時高旭只說「南之云者，以此社提倡於東南之謂。」[98]寧調元也只是說：「鍾儀操南音，不忘本也。」[99]辛亥革命後，陳去病才說出：「南者，對北而言，寓不向滿清之意。」[100]1923 年，柳亞子方才明確說明：「南社底宗旨是反抗滿清，它底名字叫南社，就是反抗北庭的標幟。」發起南社「是想和中國同盟會做犄角的」。[101] 因此，南社成立之時，就具有較強的政治色彩。魯迅與南社成員有過不少交往，還參加了陳去病創立的越社。他後來回憶道：「例如數與『南社』的人們，開初大抵是很革命的，但他們抱著一種幻想，以爲只要將滿洲人趕出去，便一切恢復了『漢官威儀』，人們都穿大袖的衣服，峨冠博帶，大步地在街上走。誰知趕走滿清皇帝以後，民國成立，情形卻全不同，所以他們便失望，以後有些人甚至成爲新的運動的反對者。」[102] 南社的這種情況，其實也是辛亥革命時許多革命黨人的情況。

南社的歷史可以分爲前後兩個時期，前期是從成立到 1916 年，是南社的發展期。南社成立之後，「天下豪俊，咸欣然以喜，以爲可借文酒聯盟，好圖再舉。」[103] 有了這樣一個反抗滿清統治的文人社團，許多同盟會、光復會會員紛紛加入，各地紛紛成立分社。「自長江以南首倡南社，爲海內之先聲，而後如越，如遼，如粵，聞風相應。」「淮又繼起」。[104] 說的是浙江在 1910 年成立越社，瀋陽成立遼社，廣東 1911 年成立廣南社，一名粵社。南京 1911 年成立淮南社，他們都是南社分社。至辛亥革命前，短短不到兩年時間，南社成員已經擴展到二百二十八人。這時的南社幾乎包括了當時主要革命報刊的幾乎全部主持筆政者。《民報》有張繼、馬君武、汪東、黃侃。《湖北學生界》有劉成禺、李書城。《江蘇》有高燮、余十眉。《國粹學報》有黃節。《浙江潮》有陳世宜。《中國白話報》有林白水。《蘇報》有陳範。《漢幟》有景定成。《四川》有雷昭性。《雲南》有呂志伊。《民立報》爲宋教仁、于右任、范光啓、談善吾、葉楚傖、徐血兒、陸秋心、景太昭、朱少屏、陳其美。《神州日報》爲黃賓虹、王鐘麒、范君博。《大共和報》爲汪東。《時報》爲包天笑。《申報》爲王鈍根、陳蝶仙、周瘦鵑。《新聞報》爲郭惜、楊天驥、王蘊章。《太平洋報》南社成員更多，爲姚雨平、陳水、蘇曼殊、胡樸安、胡寄塵、李叔同、鄧樹楠、陳輔相、梁雲松、林百舉、余天遂、姚鵷雛、夏光宇、王錫民、周人菊。柳亞子原在《天鐸報》，這時也被拉進《太平洋報》。《民國新聞》有俞劍華、邵元沖、沈道非、林庚白、陳泉卿、陶冶公。《民聲日報》爲寧調元、汪文溥。《天鐸報》爲鄒亞雲、李懷霜、陳布雷、俞語霜。《民權報》爲牛霹生、蔣箸超、戴天仇、劉鐵冷、徐天嘯、徐枕亞、沈東吶。《中華民報》爲鄧孟碩、管際安、程善之、劉民畏。《民國日報》爲邵力子、於秋墨、聞野鶴、成舍我、朱宗良、朱鳳蔚、陸詠黃。《時事新報》爲林亮奇。《生活日報》爲徐朗西、陳匪石、薑可生等。以至於民國初年，「柳亞子很得意的開玩笑說：『請看今日之域中，竟是南社的天下。』」[105] 這時的南社，是它的鼎盛時期。

從 1917 年到 1923 年，是南社的衰落期，也是它的後期。南社成立後，柳亞子就成爲它的主要負責人。南社有組織條例，入社要有社員介紹，要塡入社書，繳納社金，有專門的社領導，開始是編輯員、會計、書記員組成，後來則改爲主任制，社領導由選舉產生，有專門的社刊——《南社》叢刻，這些都是古代的文人結社沒有的。因此，南社可以算是中國第一個現代性文學社團。雖說是現代性文學社團，當南社成員急劇擴大之後，最多時社員人數達一千一百八十餘人，龐雜的人員不再像前期反對滿淸統治那麼一致，詩歌主張也不盡相同。這種不同最後導致了南社的分裂。

柳亞子對詩歌發展的想法，是「別創一宗，由明季陳子龍、夏存古以上追唐風。」[106]他非常厭惡「同光體」詩，「余與同人倡南社，思振唐音，以斥傖楚。而尤重布衣之詩，以爲不事王侯，高尚其志，非肉食者所敢望。」[107] 其中的「傖楚」，「肉食者」，說的都是同光體詩人和其他做過清朝官員的復古詩人。柳亞子的主張得到陳去病、吳虞等人的支持。但是在南社成員中，有許多人卻不是這樣想法，聞野鶴、姚鵷雛、胡先驌、朱鴛雛、成舍我等人喜歡宋詩，刻意推崇，甚至認爲南社詩人做的詩不如同光體。這就造成了南社內部的爭論。爭論在 1917 年爆發，南社詩人胡先驌在給柳亞子的信中，公開讚美同光體詩。柳亞子沒有公開胡先驌的原信，卻公開發表了兩首詩作爲應答：「詩派江西寧足道，妄持燕石詆瓊琚。平生自有千秋在，不向群兒問毀譽。」[108]這時胡適也認爲「南社不及鄭、陳」，以至柳亞子稱胡適「所作白話詩，直是笑話。」[109] 反對胡適提倡的白話文學。6 月，聞野鶴在《民國日報》上發表《泗簃詩話》，贊賞鄭孝胥等人的詩作。柳亞子立即反駁，「國事至清季而極壞，詩學亦至清季而極衰。鄭、陳諸家，名爲宋學，實則所謂同光派，蓋亡國之音也。民國肇興，正宜博綜今古，創爲堂皇橘麗之作。黃鐘大呂，朗然有開國氣象。何得比附妖孽，自陷於萬劫不復耶！其罪當於提倡復辟者同科矣。」[110] 南社中尊唐宗宋的分歧是早就有的，主張宗宋的也有老同盟會員，如蔡守，他也是南社最早的成員之一。柳亞子因爲鄭孝胥、陳三立是遺老，就把同光體稱作「亡國之音」，把南社內部主張宗宋詩的等同於提倡復辟，顯得有點「扣帽子」，以勢壓人，自然不能贏得南社同人的贊同。於是主張宗宋的姚鵷雛寫詩勸柳亞子；「詩家風氣不相師，春蘭秋菊自一時。何事操戈及同室，主唐奴宋我終疑。」[111] 接著朱鴛雛也發表文章，矛頭直指柳亞子和吳虞。柳亞子再次發表文章《再質野鶴》，依然把陳三立、鄭孝胥的詩作稱爲「亡國之音」。「僕以反對西江陳、鄭為良心，而野鶴以擁護西江陳、鄭為良心，亦猶之民國國民以戮力共和為良心，而張、康諸逆則以獻身異族為良心。」[112] 把尊唐宗宋的詩歌主張之爭上升爲民國滿清的政治鬥爭，用政治主張取代詩歌主張。宗宋派不能忍受「復辟」的罪名，成舍我、王無生也先後加入爭論。朱鴛雛也發表詩作攻擊南社領導層，激怒了柳亞子，1917 年 8 月 1 日，柳亞子在《民國日報》上發表緊急布告，宣佈驅逐朱鴛雛出南社。接著，又將也是宗宋詩而又反對開除朱鴛雛的成舍我也驅逐出南社。此後宋詩派也曾反擊，蔡守曾用廣東分會反對柳亞子，成舍我也曾用湖南社員的名義，在上海成立一個「南社臨時通訊處」，試圖與柳亞子分庭抗禮。儘管擁護柳亞子的在南社中佔據大多數，1917 年 10 月，南社改選，柳亞子仍然獲得 87.9%的選票，繼續連任主任。但是柳亞子的勁頭已經不如以前，第二年，他就辭去主任之職，讓位給姚光擔任。南社活動勉強維持到 1923 年，就結束了。

尊唐與宗宋之爭幾乎貫穿了整個清朝，這是一個爭論了幾百年的問題。錢鍾書曾經指出；「唐詩、宋詩，亦非僅朝代之別，乃體格性分之殊。天下有兩種人，斯分兩種詩，唐詩多以豐神情韻擅長，宋詩多以筋骨思理見勝。」「故唐之少陵、昌黎、香山、東野，實唐人之開宋調者；宋之柯山、白石、九僧、四靈，則宋人之有唐音者。」唐詩與宋詩的分別，代表了人性的不同。「夫人稟性，各有偏至。發為聲詩，高明者近唐，沈潛者近宋，有不期然而然者。故自宋以來，歷元、明、清，才人輩出，而所作不能出唐宋之範圍，皆可分唐宋之畛域。」甚至與「一集之內，一生之中，少年才氣發揚，遂為唐體，晚節思慮深沉，乃染宋調。」[113]詩人的個性不同，一生的情境不同，選擇的學習對象和認同的傳統也不同。這是人性的特點，是一種文學內部的爭論，其實與政治無關。柳亞子看不到尊唐與宗宋背後的人性差別，把尊唐與宗宋作爲政治立場的分野，這就勢必壓制另一批個性不同者的創作發展，造成另一批成員的反抗。在解決矛盾時，柳亞子仍然堅持把詩歌主張的分歧上升到政治立場上來扣帽子，甚至採用粗暴的方式驅逐社員出社，自然只會激化矛盾，南社的分裂，在所難免。

柳亞子把詩歌創作與政治立場聯繫在一起也是十分自然的，南社的主流和領導層就是這樣看待詩歌創作的。今天如果總結南社的詩歌創作成就，它的成就是與辛亥革命聯繫在一起的。革命激發了他們救民於水火的激情，激勵他們民族主義的愛國情懷，推動他們去大膽表現高昂的鬥志，抒發變換世界的胸懷，表現了當時反封建的民主主義者的思想感情。因此，南社詩人寫得非常出色的，往往是那些政治抒情詩。其中最具革命派風貌的首推高旭的詩，「弄三寸管理活劇，此何人哉亞之豪。一聲鳳鳥鳴高崗，天下不敢啼鴟鴞。」「自由鐘鑄聲初發，獨夫臺上風蕭蕭。當頭般般飛霹靂，魯易十四心旌搖。」[114]氣勢頗有點象五四時期的郭沫若。南社詩人尤其喜歡採用歌行的形式抒發他們的革命豪情，揭露黑暗的社會。試看柳亞子的《放歌》：「天地太無情，日月何無光？浮雲西北來，隨風作低昂。我生胡不辰，丁斯老大邦。仰面出門去，淚下何淋浪！聽我前致詞，血氣同感傷；上言專制酷，羅網重重強。人權既蹂躪，《天演》終淪亡。眾生尚酣睡，民氣苦不揚。豺狼方當道，燕雀猶處堂……。」[115]長歌當哭，動人心魄。歌行體形式自由，富於變化，幫助南社詩人表達奔放的激情。在詩歌中頌揚民主，提倡女權，批判封建專制和綱常名教，喚起民衆起來鬥爭。它們表現出與古代詩歌不同的思想內容，從而顯示了它的現代性。

南社詩人中還須提一下蘇曼殊。蘇曼殊（1881-1918），名戩，字子穀，後更名爲元瑛，出家後法號曼殊。廣東香山人。出生於日本橫濱，父親蘇傑生是來往於橫濱廣東的商人，與日本女子若子生下蘇曼殊，轉由若子之姐，蘇傑生妾河合仙撫養。六歲隨嫡母黃氏回廣東，十三歲到上海學習中文和英文，十七歲到日本橫濱，在大同學校讀書。第二年回廣東出家，後又還俗，重到日本，在東京早稻田大學讀書。1903 年在廣東再次出家。蘇曼殊在日本參加「拒俄義勇軍」，軍國民教育會，革命團體青年會等革命組織。曾與魯迅籌畫創辦《新生》雜誌未成，1912 年在上海加入南社，在《太平洋報》主筆政，積極參加二次革命，失敗後亡命日本，孫中山稱他爲「革命的和尚」。1916 年回國，1918 年病逝。

蘇曼殊是一個特殊的和尚，他與南社主流成員一樣，有著鮮明的政治立場。雖然是出家人，卻有著強烈的愛國主義熱情。他交遊廣闊，多情善感，女朋友也很多，常有戀愛之事發生。這些戀愛也常常轉化爲他的文學作品。蘇曼殊的詩作多係七絕，郁達夫認爲：「他的詩是出於定庵的《己亥雜詩》，而又加上一層清新的近代味的。所以用詞很纖巧，擇韻很淸諧，使人讀下去就感到一種快味」。[116]蘇曼殊的詩有時激蕩著一股愛國主義激情：「海天龍戰血玄黃，披髮長歌覽大荒。易水蕭蕭人去也，一天明月白如霜。」[117]慷慨激昂，金剛怒目。有時他的詩又顯得十分清新、雅致，「來醉金莖露，胭脂畫牡丹。落花深一尺，不用帶蒲團。」[118]「為君昔作傷心畫，妙跡何勞劫火焚？今日圖成渾不似，胭脂和淚落紛紛。」[119]「芳草天涯人似夢，碧落花下月如煙。可憐羅帶秋光薄，珍重蕭郎解玉鈿。」[120]「江城如畫一傾杯，乍合仍離倍可哀。此去孤舟明月夜，排雲誰與望樓臺。」[121]這些詩明白如話，琅琅上口，情景交融，輕巧流利。蘇曼殊是一位畫家，他的詩中有畫，清新自然，所以膾炙人口，雅俗共賞。所以柳亞子稱讚蘇曼殊文章達到「思想的輕靈，文辭的自然，音節的和諧」。是南社詩人中影響較大的一位。

同光體和南社，是清末詩壇的殿軍。在當時，兩者的歧異是十分明顯的。從政治傾向上來看，同光體作家和清王朝關係密切，往往從改良一路來，南社則堅決主張革命。從藝術傾向來看，南社主張宗唐，提倡「黃鐘大呂」的開國之音，而同光體作家則主張宗宋，實踐的正是南社所駁斥的「僞體」。從組成形式來看，同光體作家往往近似於文人的鬆散聯合，其中有些後來被歸結爲同光體作家的人也並不完全願意和其他同光體作家並列，南社則有較爲完整的組織形式、陣容頗爲旺盛。此外，從傳播媒介上來看，同光體作家的作品雖然有很大一部分刊登在報刊上，但兩者之間並沒有必然的聯繫，南社則直接主辦報刊，更能利用新的傳播形式。因此，如果進行兩者的比較，似乎應該肯定南社而批評同光體，事實上，過去的文學史也正是這麼做的：對同光體作家持批判態度，對南社則比較肯定其進步作用。但是，在實際上，同光體和南社都同樣走向衰亡的一路。而且在兩者之間，南社相對衰亡得更快。同光體作家在舊詩領域，一直保持著相對程度的影響力，而南社在其組織基本停止活動以後，其文學的主張也不再具有強烈的影響力。這裡有著兩個原因：其一，同光體和南社之間在藝術探求上，同光體要稍勝一籌。南社主張「宗唐」，同光體主張「宗宋」，但同光體的「宗宋」並不割裂宋和宋以前時代的聯繫，實際上通過宗宋吸收了宋和宋以前包括唐在內的詩學成果，同光體的重要詩歌理論如陳衍的「三元」（開元、元和、元祐）沈曾植的「三關」（元祐、元和、元嘉）皆包含唐代在內，所謂「宋人皆推本唐人詩法，力破餘地」，所以同光體的「宗宋」實已包含了「唐」。而南社柳亞子「宗唐」所極力讚揚的是「不讀唐以後書」，這就全盤否定了唐以後宋詩的發展，其取徑反而比「宗宋」者更趨狹窄。其次，就政治主張而論，南社的主張雖然是進步的，但其對文學的認識仍然有其不現實的成分，這在後期尤其明顯。南社所提倡的「民國肇興，正宜博綜今古，創爲堂皇橘麗之作，黃鐘大呂，朗然有開國氣象」這裡提出的理論當然正確，但是如果和民國建立後袁世凱擅權、軍閥混戰，民不聊生等一系列事實進行對照，就發現這種說法極爲空洞無力，反不如同光體的吟風弄月，懷戀舊昔還能表達了一部分人的眞實感情。就這兩點來看，南社雖然有其進步的一面，但它的不足之處同樣不容忽視。而且從詩歌發展的大趨勢來看，要充分表現近代人而至現代人的思想感情，必須走詩體改革、詩體解放這樣一條道路。同光體和南社「宗宋」「宗唐」之爭，所爭其實都已是枝節問題，兩者同樣在傳統內部找出路，不可避免地要走入死胡同，這也就是同光體和南社都不得不衰亡下去的原因[122]。

第五節　詞壇的復古

近代詞曾經作過一些非常有益的探索，可惜這些探索沒有進一步發展。隨著上海租界的興起，租界燈紅酒綠的繁華世界吸引了大批文人士大夫。當時上海人口大部爲外來移民，男性較多，往往不帶家屬。這使上海租界內男女性比例失調，男性與女性之比高達 299：100[124]。這種狀況造成租界妓院林立，租界和華界的當局又將妓院視爲財源之一，不予取締。於是妓院畸形發展，成爲上海燈紅酒綠的標誌之一。大批文人留連於妓院之中，相應產生了描寫上海妓院的「狹邪文學」。較早的上海「狹邪文學」當推姚燮描寫上海妓院的《沁園春》詞一百零八首，名爲《苦海航樂府》。姚燮（1805-1864）字梅伯，號復莊，浙江鎮海人。他出身書香門第，三十歲中舉，以後屢應會試不第，是一位多才多藝的作家，晚年靠在上海賣畫所得爲生。姚燮晚年賣畫之餘，常以賣畫所得出入於上海妓院，其《苦海航樂府》卷首道：「復道人（姚燮別署）嘗為狹邪遊，今行年將五十，凡此中色聲香味觸法，殆盡閱矣。屢欲著之辭以為世懲，而未果。今來遊滬，滬之堂名，其蠱人尤甚於他方，閱歲閱月，終陷其中而不自拔，以至於且貧且賤，且病且死，不知幾也。道人憫心，因著《沁園春》詞一百有八闋，以當晨鐘百八，喚醒癡聾。如曼倩工諧，灌夫善罵，道人何敢焉。由他魑魅千般影，不出秦台一鏡中，讀者其諒而省之。」然而，姚燮實際上創作的一百零八首詞，有些內容涉及猥褻的描寫，遭到時人的批評，當時連蔣敦復在爲之作序時，也承訴《苦海航》有「備諸猥褻，或謂傷雅」。只是「菩薩有情，不難化天人」[125]。《粟香二筆》的作者也認爲《苦海航》「唯窮形盡相之中，轉不免有道淫之患」。「故此書久未刊佈」[126]。

其一：天地而人，既云三才，原無六倫。縱道窮鉛汞，　逾離坎；欲深男女，難越咸恒。佛太慈悲，仙真遊戲，摩耶修羅幻億身。閻浮界，逐元黃交戰，乾欲乎坤。血湖池上游魂，都滾起陰風轉出輪。待勘穿會俩，非狐即鬼；算清果報，有怨胡恩。辣笑酸啼，飛屍毒魄，秘鑰誰開大覺門？堪悲噱，閱泡幻露電，老死昏昏。

其二：且往觀乎，風俗之澆，吾嗟上洋。慨安槽喂肉，養成瘦馬；摑鞭見血，殺得肥羊。篾片輪班，虔婆類，結個窩兒擺個場。紛紛者，類尋膻蟻蠢，逐臭蠅狂。繫人軟索琅璫，列粉陳珠圍已慣常。便告知官府，亦難禁革；打通費用，那有關防。法變多端，洞深無底，萬斛金銀不夠烊。聊遊戲，借龍門史例，筆削狐獐。

其一百零七：怎樣收梢？趁早回頭，一齊撒開。慨北邙幻相，骷髏列陳；西京影戲，傀儡登臺。金盡交疏，色衰愛弛，幾個歸根結局來。君休戀，把活埋地獄，死認天臺。數渠皂隸輿台，極百種趨承總為財。到偽情揭破，疾心自化；醜形露透，欲念全灰。掙脫冤因，填完孽債，他是何人我是誰？吾還勸，勸諸公蘇醒，勿要昏哉！

然而，《苦海航樂府》是在北京和蘇州的才子沈醉於理想化的優伶妓院生活，撰寫《品花寶鑒》、《青樓夢》之類美化優伶妓院生活，開了後世上海「狹邪小說」《海上花列傳》、《海上繁華夢》等作品的先河，體現出市場化引導下注重實際的文化精神。更重要的是：《苦海航》以 108 闋《沁園春》的組詞形式來描繪上海妓院的生活，恐怕是前無古人的做法。詞從它問世以來，其表現範圍一直比較狹窄，描繪某種生活，一直是詞的禁區，以往還沒有一個詞人敢於用大規模組詞的形式來描繪某種生活，姚燮的大規模組詞表現青樓生活是一種擴大詞的表現能力的有益嘗試。此外，《苦海航》描寫青樓情狀，多用口語，語言俚俗。方言和青樓的專門用語每每滲入詞間，以至作者常常要加注釋，予以說明。自詞問世以來，一直以典雅爲準則，成爲士大夫的專利品，姚燮的做法，是「俗化」詞體的一種嘗試。它實際上擴大了詞體的表現能力，促使其適應新的社會需要。也體現了士大夫文化與市民文化融合的趨勢。姚燮是當時最著名的詞人之一，對詞學極有研究，曾著《〈詞律〉勘誤》，糾正了萬樹《詞律》的不少舛誤。他來嘗試擴大詞體的表現能力，其實是很適宜的。可惜當時詞壇的風氣過於保守，《苦海航》又由於道德上原因而以鈔本流行，影響不大。姚燮的努力未能在詞壇引起反響，詞體仍固守原先的格局。

儘管近代詞壇依然嚴守著詞的規律風格，仍以常州詞派爲主導；但在論詞主張上，已經出現了某種對「常州詞派」的離心傾向，它尤其表現在劉熙載的論詞上。常州詞派用微言大義的方式曲解溫庭筠詞，劉熙載卻堅持認爲「溫飛卿詞精妙絕人，然類出乎綺怨」。周濟選《宋四家詞選》，北宋只選周邦彥一人，極口稱讚，劉熙載卻認爲「論詞莫先於品。北宋美成詞信富豔精工，只是當不得個『貞』字。是以士大夫不可學之，學之則不知終日意縈何處矣」。體現出他的獨立思考，實事求是的精神。劉熙載推崇北宋詞，認爲「北宋詞用密亦疏，用隱亦亮，用沈亦快，用細亦闊，用精亦渾；南宋只是掉轉過來」[127]。頗爲簡練地概括了北宋詞與南宋詞的區別，深得王國維的稱賞。劉熙載討厭的綺靡之風，主張「好詞好在鬚眉氣，怕殺香奩體。便能綺怨似閨人，可奈先拋抗肮自家身」[128]。他理想中的詞是東坡詞，「以其無意不可入，無事不可言也」。他敬佩辛棄疾詞的「龍騰虎擲，任古書中俚語、庾語，一經運用，便得風流，天姿是何夐異」。稱蘇辛皆至情至性人，故其詞瀟灑卓犖，悉出於溫柔敦厚」。[129]他首先強調情況的眞實，而不是專講「寄託」，他主張藝術表現「不離不即」，重在「神似」而不是形似，追求自然、本色，體現了與常州詞派人不同的藝術趣味，成爲從常州詞派到況周頤《蕙風詞話》、王國維《人間詞話》的轉折與仲介。

劉熙載對蘇辛詞的稱賞蘊含了一種擴大詞的表現能力，發展詞的語言的追求，只是這些想法如火花一閃，便熄滅了。他沒有受到多少西學的影響，他的士大夫意識使他缺乏提出詞體變革的魄力。他也創作了一些詞，如：

鷓鴣天——旅行

客子生涯信馬蹄，無田歸計總成迷。一瓢一笠前身慣，方識行蹤遠近齊。才楚北，忽山西，年來杜宇又空啼。旅愁若死多番死，舊鍤如今不用攜。

卜運算元——滬上喜雨

地渴一春餘，雨忽崇朝沛。似我無田喜不支，何況田家意。更願祝天公，灑潤無邊際。淮海流民返故鄉，一樣邀豐歲。

劉熙載論詞頗有眼力，頗有見解，而親自創作詞也注意語言的通俗，像《卜運算元》語言淺易直率，明白如話，頗有特色。只是劉熙載還缺乏姚燮的魄力與才力，不能大膽創作，擴大詞的表現能力。

然而，這時文人詞的主流是復古。在中國古代文學中，詩文比詞「雅」，小說比詞「俗」，頗有意思的是近代中國文學的市場化推動了詩文的俗化，卻難以推動詞的俗化。近代受西方影響的文體改良家如梁啓超等人，提出過「小說界革命」、「詩界革命」、「文界革命」，要變革小說、詩、文的文體，卻無人提出過「詞界革命」，努力變革詞體。即使是梁啓超自己，詞作也嚴格遵守詞的格律風格。試看：

金縷曲——丁未五月歸國，旋復東渡，卻寄滬上諸子

> 翰海漂流煙，乍歸來，依依難認，舊家庭院。唯有年時芳儔在，一例差池雙翦。相對向斜陽淒院。欲訴奇愁無可訴，算興亡已慣司空見。忍拋得，淚如線。故巢似與人留戀。最多情欲粘還墜，落泥片片。我自殷勤銜來補，珍重斷紅猶軟。又生恐重簾不捲。十二曲闌春寂寂，隔蓬山何處窺人面？休更問，恨深淺。

如果說梁啓超提倡「詩界革命」，還主張熔鑄新理想以入舊風格，主張「以民間流行最俗最不經之語入詩，而能雅馴溫厚乃爾」，主張用「西典」[130]，提倡詩應當吸收民間文學和西方文化。但從他的詞作來看，在詞體上，他卻缺乏提倡變革的魄力，不敢嘗試新的變化。「詩界革命」諸子中，黃遵憲的詞作有所變革，可惜他的詞少，不能像他的詩那樣發揮影響。

庚子事變後，詞壇的復古傾向愈演愈烈，辛亥革命後，大批清朝遺老紛紛作詞，詞人雲集，詞作甚多，出現了一個興旺發達的景象。清末四大家詞人王鵬運、朱孝臧與況周頤、鄭文焯，還有馮煦、沈曾植、夏敬觀、王國維等。他們互相唱和，作了不少詞，大都飽含故國之思，風格沈鬱，抒寫性靈，境界悲涼，不乏傑作。

王鵬運（1848-1904）字佑遐，又字幼霞，自號半塘老人，鶩翁。廣西桂林人。1870 年中舉，官至監察禦史、內閣中書、禮科給事中。甲午戰爭期間，曾多次彈劾李鴻章等。戊戌變法時，積極支持康有爲，加入強學會，並代康有爲上書言事。變法失敗後被罷官。1902 年到揚州主儀董學堂，並在上海南洋公學執教。所作詞集名《半塘定稿》二卷，附《剩稿》一卷。王鵬運在晚清四大家中年齡較大，其他三家不同程度都受到他的影響。他是近代論詞最早提出「重、拙、大，」理論的，這一理論後來在況周頤的《蕙風詞話》中得到充分的發揮。[131] 朱孝臧認爲王鵬運的詞「導源碧山，復歷稼軒、夢窗，以還淸眞之渾化。」「於迴腸盪氣之中，仍不掩其獨往獨來之慨。」[132] 試看：

霜葉飛

酒邊孤緒，遊情倦，閑雲自戀江樹。槎風欣送故人來，香汎海根雨。歎冉冉，流光迅羽。殘灰愁憶昆池古。好寄似南枝，嶺上早春回，莫負玉娥幽素。回首秋鬢驚塵，觚棱北望，黯然腸斷愁賦。白頭不擬此重逢，喜入鐙唇語。看驛柳，煙絲颭縷。吳蓬先載閑鷗去。剩夢君滄江上，霓節干雲，使星明處。[133] 在朋友聚會的喜悅中，充滿悵惘的感慨。其中也可看出周邦彥的「渾化」。

朱孝臧（1857-1931），一名祖謀，字古微，號漚尹，又號彊村，浙江歸安人。曾任禮部侍郎，廣東學政，是公認的晚清民初詞界領袖。晚年避居上海。他早年專力爲詩，四十歲後，又一意塡詞，校刊詞籍。他沒有專門的論詞著作，但在與友人的書信中，論詞常有精到之處。他的詞是學習吳文英的，晚年詞集名《彊村語業》，龍榆生說他「晚處海濱，身世所遭，與屈子澤畔行吟爲類。故其詞獨幽憂怨悱，沈抑綿邈，莫可端倪」[134]。試看：

霜葉飛——滬上喜遇半塘翁作

過江人暮經年事，燈床重話秋雨。北風驅雁暫成行，飛泊寒箏柱。伴獨客，零宮斷羽。天涯惟有啼鵑苦。漫浪說浮家，冷夢落，滄波幾隊，白鷗同住。

長記墮策吹塵，浮雲蔽眼，上東門外歧路。剩烽驚斷後歸魂，嗚咽銅駝語。笑一夕，枯槎倦渡。腥塵還傍蠻江去。要故人登臨倦，自結春帆，素馨開處。

這首詞作於 1902 年，朱孝臧被任命爲廣東學政，上任途中在上海遇見告老還鄉，受揚州儀董學堂之聘的王鵬運，辛丑合約已經簽訂，慈禧太后也已下詔推行新政，然而改良的時機已經錯過，國事日艱，心情十分沈重。

戚氏——丁已滬上元夕

月明中，人間無主是東風。火合銀花，依交琪樹，錦成叢。瓏璁。好簾櫳。歌鶯舞燕惜匆匆。滄江倦客吟晚，際此三五幾心同。市暖蛾鬧，林暄鴉起，蒨霞倒影仙蓬。算金錢換得，流水宵短，撲地春空。

回首帝裡遊蹤。鼇駕鳳吹，迤邐趁青驄。瑤台路，翠嬌紅嫵，管疊絲重。萬芙蓉。紺蕊鏡裏衣香。尺咫步綺西東。歲華轉燭，悄拍闌干，把盞北望朦朧。

未是閑情緒，催霓唱徹，作弄春工。問取霜娥見否，便臨花，對酒恁忡忡。年時笑語傳柑，醉沾鎬宴，一餉華胥夢。費念奴、憔悴清歌送。終古恨，縈損渠儂。剩夜窗、寸蠟衰紅。念芳節、袖濕淚龍鍾。甚春寒重，蕃街畫鼓，曼衍魚龍。

這一首作於民初，從中可見作者心情日趨沈重，詞作也趨於沈鬱，寄託遙深，在熱鬧的春節，感受到的悲涼氣息，表現了他作爲遺民的複雜心情。彊村詞富麗精工，精於格律，不僅全面繼承了萬樹的《詞律》，而且在字音上作了進一步探索，「上去陰陽，矢口平亭，不假檢本；鵬運憚焉，謂之律博士」[135]。在近代詞家中，朱孝臧是最講究格律的一位。他非常認眞嚴肅，不輕易作詞，詞中煉字尤其講究，「恒以一字之工，一聲之合，痛自刻繩」。他的詞是學者之詞，注重典麗風華，闊大重拙，富於藝術性，也有著濃厚的士大夫氣。他對詞學鑽研之深，當世罕有人匹。曾校刻唐、五代、宋、金、元詞總集四種，別集一百六十八家，名曰《彊村叢書》。又選宋詞八十七人、三百首詞作爲《宋詞三百首》，爲學詞入門之書，給後人提供了一個較好的宋詞選本。錢仲聯稱他爲近代詞壇的「宋江」，「結一千年詞史之局」[136]。對他所作貢獻，給予極高評價。

鄭文焯（1856-1918），字俊臣，號小坡，又號叔問、大鶴山人。奉天鐵嶺人。屬正黃旗漢軍籍。光緒三年舉人，官內閣中書，後因屢次會試不第，絕意仕進，旅居蘇州三十餘年，行醫賣畫爲生，後爲蘇州存古學堂講習。有《大鶴山人集》。鄭文焯詞學淸眞、白石，講究煉字，注重聲韻。他對詞樂很有研究，從詞樂來推求詞律的本原。他的詞充滿對時局的感慨：「更尊前幾回西笑，茫茫時事如許。長安一雨分新舊，惟有夕陽無主。春思苦，怕花滿紅桑，無地悲離黍。春歸甚處。但殘燕空林，亂鶯芳草，總是斷魂路。嗟遲暮，休依欄成詞賦。江關贏得孤旅。高樓縱續笙歌夢，愁帶北來笳鼓。鄉信阻。想寂寞珠簾，尚卷西山雨。淒弦自語。任冷淚成波，荒波變酒，澆遍趙州土。」[137] 他的詞淸麗蒼涼，有獨到之處，梁啓超認爲鄭文焯的詞可以坐晚淸的第一把交椅。

況周頤（1859-1926），原名周儀，因避宣統溥儀名諱而改周頤，字夔笙，號蕙風，廣西臨桂（今桂林）人。曾任內閣中書，後入兩江總督張之洞、端方幕。民初居上海，生活困頓，以鬻文爲活。他頗有才子氣，以詞爲專業，致力五十年，有詞作九種，合刊爲《第一生修梅花館詞》，晚年又刪定爲《蕙風詞》一卷。況周頤崇古不苟，自以姓「況」，見人寫成「况」，必斥其訛舛，而爲之加成三點水。作詞頗自負，自信「世間無事無物不可入詞，但在余能自運其筆，使宛轉如意耳」。他早期詞作抒寫性情，不太注重格律，直到碰見朱孝臧，才「恍然向者之失，不能自放，乃悉根據宋、元舊譜，四聲相依，一字不易」[138]，但他晚年作詞雖受疆村影響，風格與疆村卻又不同：

洞仙歌——秋日獨遊某氏園

一向閑緣借。便意行散緩，消愁聊且。有花迎徑曲，鳥呼林罅。秋光取次披圖畫。恣遠眺，登臨台與榭。堪瀟灑。奈脈斷征鴻，幽恨翻縈惹。忍把鬢絲影裏，袖淚寒邊，露草煙蕪，付與杜牧狂吟，誤作少年遊冶。殘蟬肯共傷心話。問幾見，斜陽疏柳掛？誰慰藉？到重陽、插菊攜萸事真假。酒更貰，更有約，東籬下。怕蹉跎霜訊，夢沈人悄西風乍。

滿路花——彊村有聽歌之約。詞以堅之。

蟲邊安枕簟，雁外夢同河。不成雙淚落，為聞歌。浮生何益，盡意付消磨。見說寰中秀，曼睩修蛾。舊家風度無過。

鳳城絲管，回首惜銅駝。看花餘老眼、重摩挲。香塵人海，唱徹定風波。點鬢霜如雨，未比愁多。問天還問嫦娥。（梅郎蘭芳以《嫦娥奔月》一劇蜚聲日下。）

《洞仙歌》一詞被王國維稱作「境似清眞，集中他作，不能過之」。而《滿路花》也被王國維認爲是聽歌諸作最佳者[139]。王國維對蕙風詞評價極高，稱「蕙風詞小令似叔原，長調亦在清真、梅溪間，而沈痛過之。彊村雖富麗精工，猶遜其真摯也。天以百凶成就一詞人，果何為哉」[140]！蕙風詞是才子之詞，細膩熨貼，本色自然，較之彊村詞，雖不及其重拙闊大，但也少了許多人工斧鑿的痕跡。他論詞崇尙性靈，較近於王國維。他推崇「重、拙、大」，但受常州詞派影響又不像朱孝臧那麼深。他主張「眞字是詞骨。情眞、景眞，所作必佳，且易脫稿」。「純任自然，不假錘煉，則『沈著』二字之詮釋也」。他也主張「詞貴有寄託」，但認爲它必須是性情的自然流露，「所貴者流露於不自知，觸發於弗克自已。身世之感，通於性靈。即性靈，即寄託，非二物相比附也。橫亙一寄託於搦管之先，此物此志，千首一律，則是門面語耳，略無變化之陳言耳」。可謂說中常州詞派一味推崇「寄託」的弊病。況周頤藝術感覺極好，極善批評詞，往往能細入毫芒，發前人所未發，他認爲「元人制曲，幾於每句皆有襯字。取其能達句中之意，而付之歌喉，又抑揚頓挫，悅人聽聞。所謂遲其聲以媚之也。兩宋人詞間亦有用襯字者」，「詞必先有調，而後以詞塡之。調即音也。亦有自度腔者，先隨意爲長短句，後勰以律」。他發現宋人蹋球唱賺之詞，「雖遊戲通俗諸作，亦不無高異處，蓋氣格使然」。但是他本人卻缺乏變革詞體的勇氣，晚年的詞作，深受朱祖謀影響，嚴守格律。其《玉京瑤》自跋云：「此調爲吳夢窗自度曲，夷則商犯無射宮腔。今四聲悉依夢窗，一字不易。」泥古如此，仿佛是在戴著鐐銬跳舞。結果他自然也不可能做到「世間無事無物不可入詞」，他的詞表現的仍是傳統題材。

沈曾植也喜塡詞，而且信奉常州詞派的理論，自認生平之志與業，都在所作詞中。其詞作雖然不多，卻風格多樣。有的詞作具有濃重的沈鬱之氣，如《瑣春寒追悼半塘，用玉田悼王中仙韻》、《江城子慢閣夜》等等。有的詞作卻在抑鬱之中顯得明快，試看《臨江仙滬上與子封同居作》：

倦客池塘殘夢在，秋聲不是春聲。小屏風上數行程。

三危玄趾，關塞不分明。樓閣平蕪天遠近，長宵圓月孤清。夜闌珍重短燈。對床病叟，欹枕話平生。

王國維（1877-1927），字伯隅，號靜庵，浙江海寧人。曾被廢帝溥儀聘爲南書房行走，有詞集《觀堂長短句》和《苕華詞》。王國維論詞與況周頤相近，崇尚性靈而又融合西方美學思想，比況更高一層。他雖然也是遜清遺老，卻受了西方文學觀念影響，確立了藝術的獨立價值，主張詩人眼界大於政治家眼界，不再如傳統士大夫借政治來提高文學地位。因此他的詞以表現人生爲宗旨，常常蘊含哲理，有一股清新之氣，完全擺脫了常州詞派寄託家國之思的舊套。王國維尤其擅作小令：

浣溪沙

天末同雲黯四垂，失行孤雁逆風飛，江湖寥落爾安歸？陌上金丸看落羽，閨中素手試調醯，今朝歡宴勝平時。

蝶戀花

冉冉蘅皐春又暮，千里生還，一訣成終古！自是精魂先魄去，淒涼病榻無多語。往事悠悠容細數，見說來生，只恐來生誤。縱使茲盟終不負，那時能記今生否？

前一首被認爲「頗有李後主氣象」[141]，後一首則表現了王國維的思想，樊志厚認爲王國維的詞「往復幽咽，動搖人心，快而能沈，直而能曲，不屑之於言詞之末，而名句間出，往往度越前人。」「至其言近而指遠，意決而辭婉，自永叔以後，殆未有工如君者也」[142]。這還是從詞法上的一般評論，實則王國維詞中常常蘊含著一種人生哲理，他自己的生命體驗。因而給讀者帶來一種「理趣」，讓人反復咀嚼，屢讀不厭，回味無窮。

王國維論詞主「境界說」，《人間詞話》論詞時吸收西方美學思想，博大精深，是中國詞話中最值得深入探究的一部。在近代詞人中，王國維是對詞與詩的區別看得最爲分明的一位，他認爲「詞之爲體，『要眇宜修』，能言詩之所不能言，而不能盡言詩之所能言。詩之境闊，詞之言長」。他對詞體的衰落也有了預感：「四言敝而有楚辭，楚辭敝而有五言，五言敝而有七言，古詩敝而有律、絕，律、絕敝而有詞。蓋文體通行既久，染指遂多，自成習套。豪傑之士，亦難於其中自出新意，故遁而作他體，以自解脫。一切文體所以始盛中衰者，皆由於此。故謂文學後不中前，余未之信；但就一體論，則此說固無以易也。」他喜愛填詞，論詞，但也看到了詞體正面臨著無可挽回的衰落趨勢。

自從常州詞派崛起，士大夫紛紛填詞，一時有清詞中興之說。然而，近代詞雖然繁榮興旺，填詞者在詞體的變革上卻罕有創新之意。詞的規律遵照萬樹的《詞律》，語辭的風格擬南宋、北宋詞，雖然也提倡自鑄新辭，創新風格，但不能逾越《詞律》和模擬宋詞這兩條準則，否則便不能稱作填「詞」。儘管詞人們也發現，詞體在宋代是有發展的，詞調也是可以變化的，然而他們已經很難去變革詞體，自創新調。自宋詞之後，近代詞是繼清初詞的第二個創作高潮，而詞話水準甚至超過以前歷朝，達到最高峰。可惜的是：「詞」體形式早已凝固封閉，變成精緻的古董，他們的創作只能被籠罩在宋詞的陰影之下，而不能超越宋詞。批評家對詞人最高的評價也不過是像宋代哪位詞人，得宋代某詞人的神韻，或在宋代某兩位詞人之間。近代詞人儘管也精通詞史，說得出宋代哪位詞人對詞體作出了怎樣的發展，但是他們自己卻只能走模擬宋詞的創作道路，再也不可能像李後主、柳永、蘇軾、周邦彥、辛棄疾、姜夔等人那樣對詞體的發展作出貢獻，擴大詞的表現能力。

近代中國有一個崇尚新變的文化環境，各種文體如小說、詩歌、戲劇，甚至連傳統的京劇和地方戲曲，都發生了不同程度的體裁和語言的變化，出現了重要的變革，形成士大夫文化與市民文化的合流，以適應變化的社會。唯獨詞體卻是基本沒有發生變化的文體，嚴守士大夫文化的壁壘，雖然也曾有過姚燮的《苦海航樂府》，作過嘗試探索，卻如曇花一現，未能在詞壇產生影響。詞雖然也有一些偏離傳統軌道的情況，但距離擴大詞的表現能力的要求尚遠，還不足以釀成詞體變革。

清末民初詞是近代詞自常州詞派以來發展的極致，詞人的見識，詞作的水準，對詞傳統的繼承，都遠遠高出於常州詞派的創始人。然而它已不能挽救詞體衰落的命運。儘管詞人常以無事無物不可入詞為填詞理想，試圖豐富詞的語言，擴大詞的表現能力，但是填詞在實踐上受到傳統詞體的束縛，只能表現某些特定情境，停留在傳統上而難以創新。詞界領袖朱孝臧在萬樹的基礎上進一步嚴格詞律，將近代詞某些偏離傳統軌道的傾向，又拉回到詞的傳統之中。詞體變得更加封閉僵化，清規戒律更多，更加難以自我調整以適應新的社會環境。民初詞的繁榮，是一千多年詞史的總結，也猶如詞體的迴光返照。隨著中國的書面語言由古代漢語向現代漢語轉化，隨著士大夫的逐步絕跡，一批批新學堂裏培養出來的知識份子逐步取代士大夫，隨著況周頤、王國維、朱孝臧等最後一代大詞人相繼謝世，詞體便逐漸受到冷落，能塡詞的人越來越少。儘管至今仍有少數人還在塡詞，以詞抒發自己的情感，詞體還未從我們的現實生活中完全消失，但是它們已經不太講究格律平仄，詞作爲雅文言的一種詩的表現形式，作爲一種文學體裁，它在現代文學史上不再佔有重要地位。

第六節　舊劇改革

戲劇改良從梁啓超創辦的《新小說》開始就提倡了，梁啓超本人還在《新小說》上發表了他自己創作的劇本《劫灰夢》。1904年，《二十世紀大舞臺》在上海問世，這是中國第一種戲劇雜誌，由陳去病和汪笑儂創辦，他們都是傾向於革命的戲劇家。該刊是半月刊，但由於革命傾向太強，僅出了兩期，就被迫停刊了。該刊的辦刊宗旨是：

> 同人痛念時局淪胥，民智未迪，而下等社會猶如睡獅之未醒，側聞泰東西各文明國，其中人士注意開通風氣者，莫不以改良戲劇為急務，梨園子弟遇有心得，輒刊印新聞紙，報告全國，以故感化捷速，其效如響。吾國戲劇本來稱善，幸改良之事茲又萌芽，若不創行報紙，佈告全國，則無以普及一般社會之國民，何足廣收其效，此《二十世紀大舞臺叢報》之所由發起也。[143]

用戲劇來啓蒙普通百姓，所以必須改良舊戲劇。柳亞子在該刊發刊詞中模仿梁啓超的做法，歷數舊戲在中國的影響，指出老百姓「其感化何一不受之優伶社會哉？世有持運動社會、鼓吹風潮之大方針者乎，盍一留意於是！」作者憤於當今「徒以民族大義，不能普及，亡國之仇，遷延未復。」希望用戲劇來宣揚「法蘭西之革命，美利堅之獨立，義大利、希臘恢復之光榮，印度、波蘭滅亡之慘酷，盡印於國民之腦膜，必有釁然興者。」通過鼓吹改良戲劇，來鼓吹民族革命。而其心目中的受衆，顯然是普通老百姓。因此，戲劇成爲教育民衆的工具：「他日民智大開，河山還我，建獨立之閣，撞自由之鐘，以演光復舊物，推倒虜朝之壯劇快劇。」這篇文章可以算是上海改良戲劇的宣言書，於是，戲劇改良的目標、途徑、師法外國的方向，都已提出來了。柳亞子的主張得到呼應，天僇生也宣揚「昔者法之敗於德也，法人設劇場於巴黎，演德兵入都時之慘狀，觀者感泣，而法以復興。美之與英戰也，攝英人暴狀於影戲，隨到傳觀，而美以獨立。演劇之效如此。是以西人於演劇者則敬之重之，於撰劇者更敬之重之。」[144]演員和作家的地位必須提高，這也是戲劇改良的一個重要方面。天僇生進一步說明：「吾以為今日欲救吾國，當以輸入國家思想為第一義。欲輸入國家思想，當以廣興教育為第一義。欲輸入國家思想，當以廣興教育為第一義。然教育興矣，其效力之所及者，僅在於中上社會，而下等社會無聞焉。欲無老無幼，無上無下，人人能有國家思想，而受其感化力者，捨劇本末由。蓋戲劇者，學校之補助品也。」[145]這就把改良戲劇推到建立民族國家的高度。於是，一場轟轟烈烈的戲劇改良運動，就此掀起了。

傳奇、雜劇是中國古代的戲劇文學形式，它們問世時，代表的是文壇上的清新氣息。但是經過多年的發展，它的形式逐漸出現僵化，需要有新的創新。傳奇、雜劇的問世，本來是爲演出提供劇本；但是，明清以來，也出現了一部分不爲演出創作，專供士大夫閱讀的案頭劇本，它們文詞典雅，語句華麗，有著較高的文學價值。但也有不少作品形式僵化，艱澀難懂，與時代脫節。因此，傳奇、雜劇也面臨著變革的需要。

近代的傳奇、雜劇作家中，吳梅是最重要的一位。吳梅（1884-1939），子瞿安，江蘇長洲（今吳縣）人。出身於書香門第，曾祖父是狀元，祖父曾經官至刑部員外郎，父親也是一位戲曲作家，著有《續西廂》四折，可惜二十二歲在吳梅三歲那年就逝世了。吳梅十歲時又死了母親，童年頗爲坎坷。十七歲以第一名成爲長洲縣學的生員。後兩次應鄉試，都未能考取，決定學習西學。1903 年到上海東文學社學習日文，這時開始創作傳奇。吳梅與也是蘇州地區的柳亞子關係密切，柳亞子也喜歡戲劇，曾經創辦雜誌《二十世紀大舞臺》，還曾經登臺演過戲。1905 年，吳梅到蘇州東吳大學任教席，1907 年，吳梅應柳亞子之邀加入在上海成立的進步文學團體神交社，1912 年又加入南社。1909 年，吳梅赴開封入河道總督曹載安幕府，後返蘇州，至 1914 年又回到上海在民立中學任教，直至 1917 年 9 月到北京大學教書。他的著名曲論著作《顧曲塵談》即寫於此時。吳梅的處女作名《血花飛》，又名《萇宏血》，於 1903 年改定。它是描寫戊戌變法時譚嗣同等六君子被害的。劇本寫好後，還沒有發表，他的嗣祖父看到了，害怕這部作品會給全家帶來災禍，在夜間偷偷地燒了。現今流傳下來的只有黃人所作的一篇序言，說明此劇意在借六君子捨生取義之壯舉，喚醒國民。「姑作萬一之理想，俾此血此花，洗白民穢跡，染赤縣新圖，備墨聖之所鑰，供黃祖之苾芬」。[146] 其後，吳梅又創作了《袁大化殺賊》，這是只有一齣的獨幕戲，發表在《中國白話報》1904 年第五期上。它是一部時事新戲，用皮黃腔演唱，寫東北道台袁大化殺依靠俄國的馬賊，劇本受到當時時事新劇浪潮的影響，有點概念化，雖然十分粗糙，但卻是當時緊密結合現實的戲劇改良的實踐，其中體現了吳梅反對俄國侵略東北，反對滿族人統治漢族的民族意識。劇本本來還有下部，合起來名爲《俄占奉天》；但是下部終於沒有刊登，儘管「拒俄運動」仍在繼續進行。大約是吳梅自己也對這部作品的藝術風格不太滿意，沒有興趣繼續寫下去了。他的創作興趣，這時顯然已經轉向《風洞山》傳奇。它先在 1904 年的《中國白話報》第四期和第六期上連載了首折《先導》和第一折《憂國》，它們仍然帶有時事劇的影響，後作者經過較大修改，1906 年由小說林出版社出版全本。傳奇取材於瞿錫元所著《庚寅始安事略》，描寫南明瞿式耜的抗清鬥爭，又以于紺珠、王開宇的婚變故事貫穿期間，「于紺珠殉烈湘清閣，瞿式耜盡節仙鶴岩。王開宇祝髮華嚴寺，楊碩父修墓風洞山。」這就是傳奇要表達的內容。《風洞山》借南明之事，宣揚「民族主義」，瞿式耜、張同敞是劇中歌頌的英雄，他們力圖復興漢族的天下，最終未能成功。作者「痛哭南朝，揷寫北兵殘暴。」要借這段歷史，通過懷念明朝滅亡的殘局，影射清朝面臨的亡國滅種的民族危機。「興亡如夢，涕淚模糊，大好河山，忍此終古。」[147] 吳梅的民族主義，既包括了反對帝國主義侵略，也包括了革命黨人反抗滿清統治的願望。在思想上符合當時時代的要求。在《風洞山傳奇》中，吳梅改變了《袁大化殺賊》的時事劇粗糙風格，避免了概念化、類型化等當時時事劇的通病，創作了一部非常講究藝術的傳奇。在瞿式耜抗清的歷史中，作者穿揷了虛構的愛情故事，「戰場空，情場散。」「婚姻事，興亡事」，吳梅把它們交織在一起，展示了國破家亡的悲劇結局，使得故事情節引人入勝。作者力圖在戲劇的矛盾中展示人物的性格，從而使得人物顯得栩栩如生。這也實踐了他的主張「傳奇者，以奇事可傳也。事若不奇，勢必不傳，何必浪費筆墨哉。」[148]

吳梅主張：創作傳奇必須講究詞彩，所謂「塡詞一道，本是詞章家事，詞彩一層，無不優爲之。」不僅曲的詞彩要講究，賓白也宜優美。他發現「自來塡詞，止重曲詞，置賓白於不顧，往往隨筆雜湊成文，不能引起人優美之觀念者，以爲既云賓白，明言白文處於賓位，可以稍省心力也。」「爲此說者，眞可謂誤盡天下才人也。」[149]因此，吳梅創作的傳奇，往往非常注意詞章的運用。但是由於這時的時代不同了，創作的傳奇爲的是鼓動人們的民族意識，讀者對象不能再局限於士大夫，所以詞藻必須通俗，只能在面向更多的讀者的範圍內儘量做到典雅。吳梅正是這麼做的，在《風洞山》傳奇第一齣「遊湖」中，有一曲前腔：「憑欄凝望，天風滿袖涼。算湖山風月，兀自無恙，日麗天氣爽。念西泠景物，念西泠景物。桂子荷花，錦繡錢塘；玉笛瓊簫，勾欄門巷，寫不了風流帳。嗏，蟋蟀半間堂。南渡江山，一例都拋漾。西湖呵，你雖僻處廣西，只怕與臨安一樣。今日風光柔媚，卻分外替你擔愁也。梅花動晚香，桃花泛新漲。這風光旖旎，齊齊整整，依舊是太平景象。」其中運用了一些典故，但是用得都妥帖自然，從中可以看到吳梅所掌握的典雅尺寸。這些凝練漂亮的文句，也顯示出吳梅的藝術功力。

1906 年，吳梅曾經創作過雜劇《暖香樓》，它是一齣喜劇，取材於《板橋雜記》，後改名《湘眞閣》收入《霜崖三劇》之中。1907 年，吳梅又在《小說林》雜誌上發表了《軒亭秋》的楔子，全劇有四折，然而後面幾折沒有發表，現在看到的只有這個《楔子》。劇本是描寫秋瑾的，秋瑾在當年剛剛被殺害，作者在劇本中歌頌秋瑾「是俺個不受徵調的雌木蘭，往常時猶古自駿馬長鞭要做一番。」可惜開了一個頭，沒有寫完。1913 年，吳梅在上海的《小說月報》上發表了《落茵記》雜劇。1916 年，他又在《小說月報》上發表雜劇《雙淚碑》。它們都是描寫戀愛婚姻悲劇的。《落茵記》寫一個「心醉自由」的女學生劉素素，爲逃避包辦婚姻，與所愛男子一同離家出走，不想所遇非人，男方早已有了妻子，妻子追到日本，將丈夫押送回家。劉素素回家又不爲父親所諒，被趕出家門，只得寄身乳母，乳母將她賣到妓院，淪爲妓女。幸好遇上好心的嫖客，才將她救出。《雙淚碑》則寫才子王秋塘童年時期家中給他包辦李碧娘，年長後認識汪柳儂，便退婚與汪結婚。李碧娘寫信給汪柳儂，退還王秋塘的庚帖，並表示將死守空閨，從一而終。汪柳儂認爲只有自殺才能讓李王破鏡重圓，便自殺了。這兩個劇本都顯示了民初舊劇「世俗化」的趨勢，轉向表現身邊的現實生活，尤其是關注青年男女的愛情生活。我們在下面將會看到，這是民初小說給戲劇帶來的影響，民初人的意識朦朧覺醒，與專制社會發生衝突，它最強烈地表現在青年男女的追求婚姻自由上。民初小說由言情小說擔綱，道理也在這裡。這是「現代性」在文學中的表現。它們成爲五四後話劇走向現實主義的先導。但是，主張民族主義的吳梅，雖然贊成政治革命，推翻清朝統治；卻又是一個維護「以德治國」傳統的舊道德維護者，他看到過度的自由帶給青年男女的刺激，帶給傳統道德的衝擊，他的批判矛頭不是指向社會的黑暗，而是指向了「自由」：「奴想自由之說盛行，不止坑害了多少子女，只我劉素素便是個榜樣了。」（《落茵記》）「自由吓自由，我汪柳儂就害在你兩個字上也。」（《雙淚碑》）需要指出：吳梅並不是反對女權，他只是反對在他看來導致邪惡的女權與自由。如同他在《落茵記》自序中所說「方今女權淪溺，有識者議張大之，是矣。顧植基不固，往往又脫羈䩭駕，而身陷於邪慝。愚者又從為之辭曰：『不得已也！』嗚呼，守身未定，他何足道！一失千古，誰共恕之？」在女子依附於男子的社會，女子對待自由選擇必須持慎重的態度。這種態度，其實也是民初許多作家的態度。

吳梅在創作這幾部雜劇時，更加注意藝術上的提高。他自己認為：「吾詞不敢較玉茗，而差勝之者有故也。玉茗不能度曲，余薄能之。」[150]他的取法對象是明朝最著名的戲曲家湯顯祖，自認雖然詞章無法與湯顯祖比肩，但是比湯顯祖更加熟悉曲調，在藝術上並不比湯顯祖差。然而，懂戲曲的人太少了，世上又有幾個知音呢？平心而論，吳梅的戲曲創作藝術雖然比不上湯顯祖，但是在中國近代雜劇傳奇創作從曲本位走向文本位之際，吳梅能夠反其道而行之，刻苦鑽研曲律，力圖保存中國古代戲曲的完整面貌，他的雜劇傳奇創作，代表了當時創作的水準。

戲劇改良首先表現為與時事政治的緊密結合，這時的雜劇、傳奇出現了很多「時事政治劇」。歐陽淦（1884-1907）字巨源，號茂苑惜秋生，協助李伯元編輯《繡像小說》，在該刊發表了小說《負曝閒談》和傳奇《維新夢》。《維新夢》[151]寫康有為、梁啓超等推行「戊戌變法」的經過，劇本採用理想化的手法，表現由於採取一系列切實有效的措施，維新變法取得成功，國家變得富強。作者支持康、梁的維新，抨擊頑固派的扼殺維新運動，爲「戊戌變法」的失敗而感到痛惜。洪炳文的傳奇《警黃鐘》、《後南柯》是用寓言影射現實的。《警黃鐘》用黃封國的諧音比喻中國，寫它面臨被瓜分的危險。作者自序說；「，《警黃鐘》者何？警黃種之鐘也。黃種何警乎爾？以白種強而黃種弱也。」《後南柯》則寫螞蟻國面臨滅種大禍，作者在該劇自序中說：「《警黃鐘》但言爭領地，而此編則言保種族。爭領地者，其患在瓜分；保種族者，其患在滅種。瓜分則猶有種族之可存，滅種則並無孑遺之可望，是瓜分之禍緩而滅種之禍慘也。」傷時子寫的《蒼鷹擊》傳奇是歌頌革命黨人武裝起義的，主角田豐，以發動安慶起義的徐錫麟爲原型。他爲了救國，從日本留學歸國，當了員警學校的校長。上司命他搜捕革命黨人，他便密謀起義，槍殺上司，因奸細告密，被捕就義。這些時事劇還有無名氏的《少年登場》，孫寰鏡的《安樂窩》，柳亞子的《松林新女兒》，洪炳文的《普天慶》，孫雨林的《皖江血》，陳去病的《金穀香》，葉楚傖的《中萃宮》、《落花夢》等等。單單寫秋瑾事件的除吳梅外就有古越嬴宗季女的《六月霜》，蕭山湘靈子的《軒亭冤》，華偉生的《開國奇冤》，洪炳文的《秋海棠》，龐樹柏的《碧血碑》，嘯廬的《軒亭血》。還有不少類似吳梅《風洞山》的以歷史影射現實的雜劇傳奇。總之，這些雜劇傳奇能夠很快的反映現實，尤其是與現實的重大事件緊密結合。但是它們在藝術上大多比較粗糙，往往只是把劇本當作宣傳品。

京劇的改良是近代戲曲發展的一個重要方面，這方面發揮重要作用的是上海的海派京劇。京劇從同治年間傳入上海，很快就壓倒了當時上海流行的昆曲、徽班、梆子等劇種。上海是一個移民城市，在京劇未能佔據壓倒優勢之前，光緒初年，上海的戲園子爲了適應不同籍貫觀衆的需要，常常實行京劇、徽戲、梆子合演，以提高上座率。這種狀況一直持續到民國初年。在長期合演的過程中，徽戲、梆子和京劇互相影響，互相滲透，徽戲、梆子吸收了京劇的長處，逐漸向京劇靠近。京劇也吸收了徽戲、梆子的營養，同時也吸收了外國戲劇的影響，實行京劇改革，構成了新的南派京劇，後來被稱爲「海派」。「海派京劇」在劇碼上重視與現實貼近的內容，喜歡表現當下生活中的重大事件。在舞臺演出上演員的身段動作往往比較強烈誇張，重視動作，演唱上也比較自由，不像北京的京劇演唱注重格律，講究工穩。在戲劇的情節設計上，重視劇本的情節性和趣味性，講究故事性和娛樂性，如上海很喜歡演出連臺本戲，注重情節的的曲折離奇，以吸引觀衆，提高上座率。最重要的，「海派」京劇在舞臺背景、燈光道具等方面有了一個飛躍，外國的科學技術，外國話劇的舞臺背景等等對京劇產生了影響，使得京劇從只有幕布竹竿的舞臺，轉變爲現代有煙火、燈光、道具、服裝、佈景的舞臺。它形成「海派」京劇最重要的特點：當時北京人欣賞京劇是「聽戲」，上海人已經是「看戲」了。王韜曾經形容當時京劇演出的盛況；「每演一戲，蠟炬費至千餘條，古稱火樹銀花，當亦無此綺麗。」[152] 二十年代，徐筱汀曾經總結道：「海派新戲的開山鼻祖，要推《湘軍平逆傳》了。它的唯一動人之處，在於用眞刀眞槍武打，對於佈景，也稍稍採用，至於皮黃的佳點，如唱、做、念、打都在漠視之列。全劇的唱工少，做工少，念白用湘魯口音，以求其眞象（既不是京白，也不是韻白）」[153]《湘軍平逆傳》是潘月樵創作的，他與夏月潤、夏月珊兄弟是當時改革京劇的先鋒。海派京劇以「眞刀眞槍」追求生活的逼眞，追求「形似」，這顯然是受到西方話劇寫實方法的影響，不符合傳統京劇的「神似」的虛擬表現方式。

如果說，早期海派京劇主要還是藝人的改進；那麼，在二十世紀初，京劇的改革便有許多知識份子的參與。「春夢生寫《維新夢》自述其創作緣由，是『喜談筆墨革命，欲於嬉笑怒罵，發啓新思』，他本來要寫成當時報刊上流行的傳奇形式，『奈昆曲近成絕響，而滬上所演《鐵公雞》、《左公平西》之類，發揚蹈厲，感人實深，聲色並傳，雅俗共賞，並別開演說一生面也。』於是他便改弦易轍，寫成京劇本。」[154] 知識份子往往與藝人相結合，如陳去病主編《二十世紀大舞臺》，就邀請著名演員汪笑儂（既演京劇，也是劇作家）一起擔任主編。其後，柳亞子曾經幫助馮春航改良京劇，歐陽予倩民初自己也參與改良京劇等等。1908 年，專演改良京劇的「新舞臺」建立，標誌改良京劇活動進入高潮。這是中國第一次把舊式茶園式戲館改爲專供藝術欣賞的新式劇場，把傳統的方形戲臺改爲半圓形鏡框式舞臺，設計了燈光佈景轉臺用於戲曲演出。夏月潤還到日本，約請日本佈景師和木匠到上海，佈置新式佈景。這些舞臺美術的發展，對後來中國電影也產生了影響。這個近代化劇場實行股份有限公司制，廢除了舊式戲園的案目制，實行賣票制，獲得了選擇上演劇碼、編演新戲的更大自由。它可以算是我國第一個現代化的劇場。

上海的改良京劇也影響到北京，梅蘭芳在民國初年曾經兩次到上海演出，第一次演出間隙，他到專演改良京劇的新舞臺觀看演出，還去其他劇院看了新劇的演出，他發現上海的京劇和新劇有很大的變化：「我覺得當時上海舞臺上的一切，都在進化，已經開始沖著新的方向邁步朝前走了。」這些變化很有觀衆市場：「有的戲館是靠燈彩砌末來號召的，也都日新月異、勾心鬥角地競排新戲。它們吸引的是一般專看熱鬧的觀衆，數量上倒也不在少數。」「有些戲館用諷世警俗的新戲來表演時事，開化民智。這裡面在形式上有兩種不同的性質。一種是夏氏兄弟（月潤、月珊）經營的新舞臺，演出的是《黑籍冤魂》、《新茶花》、《黑奴籲天錄》這一類的戲。還保留京劇的場面，照樣有胡琴伴奏著唱的，不過服裝扮相上，是有了現代化的趨勢了。」「我看完以後留下了很深的印象。不久，我就在北京跟著排這一路醒世的新戲，著實轟動過一個時期。我不否認，多少是受到這次在上海觀摩他們的影響的。」此外，「化妝方面我也有了新的收穫。」「我看到了上海各舞臺的燈光的配合，才能啓發我有新的改革的企圖。」[155] 回到北京，梅蘭芳就開始編時裝新戲。「我從上海回來以後，就有了一點新的理解。覺得我們唱的老戲，都是取材於古代的史實。雖然有些戲是有教育意義的，觀衆看了，也能多少起一點作用。可是，如果直接採取現代的時事，編成新劇，看的人豈不更親切有味？收穫或許比老戲更大。」[156]1914 年，梅蘭芳又第二次到上海演出，「等到二次打上海回去，就更深切的瞭解了戲劇前途的趨勢是跟著觀衆的需要和時代而變化的。我不願意還是站在這個舊圈子裏邊不動，再受它的拘束。我要走向新的道路上去尋求發展。」[157] 他此後排演了七齣改良京劇和七個昆曲摺子戲，把京劇改革推廣到北京。由此，京劇改革也就從上海推到了全國。戲曲正是在不斷的改革中努力適應當下社會，適應市場的需要，從而得以延續自己的生存。當然，後來在意識形態指導下的京劇改革，則又另當別論了。

復古思潮的衰亡是不可避免的。首先，復古派自己就難以爲繼。陳三立是同光體的代表詩人，他的詩的好用奇字，「惡俗惡熟」，刻意翻新，「生澀奧衍」。[158] 另一位代表詩人沈曾植喜用「佛藏道笈，僻典奇字，詩中層見疊出，小儒爲之舌撟不下」。[159] 陳衍評論他的風格是「雅尚險奧，聱牙鉤棘」。[160] 章炳麟精通小學，在文章中好用古字，許多士大夫看起來都頗爲吃力，更不用說一般讀者。王闓運精通古書，下筆作文能做到模擬古人，但在他的眼中，韓愈「自命起衰，首倡復古，心摹子雲，口誦馬遷，終身爲之，乃無一似」[161]，尙不能做到「學古」而「能入古」。後人要能做到像他那樣「入古」也就十分困難了。朱孝臧精通音律，塡詞極爲講究格律，甚至比古人又增加了不少音律上的禁忌，他對音律的講究，連況周頤也自覺比不上，如此塡詞，後人要超越他，也就難上加難。這一代復古的士大夫國學根基都非常好，他們又都想在「復古」時有所創造，有所提高。因此他們把復古提高到一個較高的水準，成爲復古派的最後一代大師，以至連復古派自身也難以產生能承繼他們並有所發展的作家。這樣，復古的路也就越走越窄，難以爲繼了。

其次，十九世紀西學的輸入，無疑是復古派的一個大敵。在相當長的時間內，西學受到守舊勢力的壓制，未能在社會上形成權威。但到十九世紀末，中國屢遭外侮的現狀和經世致用的思潮，終於把西學推上了權威的地位。尤其是進化論思想被社會廣泛接受，「物競天擇，優勝劣敗」的天演論成爲知識份子思考的準則。這時，「三代」云云便不再具有吸引力了。人們選擇與現實對比的參照系不再像過去那樣只能作歷史的縱向比較，選擇古代爲參照系，而是可以作現實的橫向比較，選擇外國爲參照系，尤其是西方、日本等資本主義國家爲參照系，而後者從經世致用的角度來看，顯然更切合實際，更能幫助解決當時中國面對的抵抗外侮、富國強兵的實際問題。因此，越來越多的士大夫和知識份子從復古的思路中擺脫出來，變「向後看」爲「向前看」。梁啓超根據「各國文學史之開展」，得出「文學之進化有一大關鍵，即由古語之文學，變爲俗語之文學」[162]的結論，作爲提倡小說的依據，就是一個最好的例子。事實上，發展到「五四」時期，外國，尤其是發達國家的權威性，已經遠遠超過了古代的權威性，復古思潮的沒落也就是必然的。

最後，也是最根本的：傳播媒介的變革改變了中國古代士大夫壟斷文化的局面。新興的市民階層本來就是現實主義者，較少復古傾向。向西方學習促使清廷下了廢科舉辦學堂的決心，這就從根子上斷絕了士大夫的來源。民國初年教育部廢止讀經，用淺近文言與白話編教科書，使得當時在文壇上活躍的士大夫成爲最後的士大夫。這也就從根本上斷絕了復古思潮的生路。在讀者形成的市場決定作者寫作方向的商品化社會中，「復古」充其量只能成爲古董市場上的商品，不可能再成氣候，蔚爲思潮。它的衰亡是理所當然的。

1　梁啟超《清代學術概論》第二節，《梁啟超論清學史二種》第 3 頁，復旦大學出版社 1985 年出版。

2　嚴復《天演論》自序。《嚴復集》第五冊第 1321 頁，中華書局 1986 年出版。

3 嚴復《老子評議》第二十五章，《嚴復集》第四冊第 1084 頁。

4 同上，第 1085 頁。

5 嚴復《老子評議》，《嚴復集》第四冊第 1077 頁，中華書局 1986 年出版。

6 嚴復《老子評議》，《嚴復集》第四冊第 1084 頁，中華書局 1986 年出版。

7 嚴復《老子評議》第二十五章，《嚴復集》第四冊第 1085 頁。

8 嚴復《法意》案語，《嚴復集》第四冊第 986 頁。

9 嚴復《政治講義》，《嚴復集》第五冊第 1286 頁。

10 嚴復《老子評語》，《嚴復集》第四冊，第 1082 頁，1085 頁。

11 嚴復《原強修訂稿》，《嚴復集》第一冊，第 24 頁。

12 嚴復《原強修訂稿》，《嚴復集》第一冊，第 24 頁。

13 梁啟超《南海先生傳》，《追憶康有為》，夏曉虹編，第 18 頁。

14 康有為《論語注》，第 28 頁，中華書局 1984 年出版。

15 早在嚴復之前，西方傳教士在介紹科學知識時，已經涉及進化論思想，康有為看過這些著作。

16 王國維《宋元戲曲考》，《王國維戲曲論文集》，中國戲劇出版社 1984 年出版。

17 王國維《宋元戲曲考》，《王國維戲曲論文集》，中國戲劇出版社 1984 年出版。

18 王國維《文學小言》，《王國維文學美學論著集》第 24 頁，北嶽文藝出版社 1987 年出版。

19 王國維《古雅之在文學上之位置》，《王國維文學美學論著集》第 37 頁，北嶽文藝出版社 1987 年出版。

20 嚴復《老子評語》，《嚴復集》第四冊，第 1076 頁。

21 嚴復《〈莊子〉評語》，《嚴復集》第四冊，第 1122 頁。

22 章太炎《俱分進化論》，《章太炎全集》第四冊，第 386 頁。

23　章太炎《俱分進化論》，《章太炎全集》第四冊，第 386 頁。

24　章太炎《四惑論》，同上，第 449 頁。

25　梁啟超《清代學術概論》第二節。

26　龔自珍《乙丙之際箸議第六》，《龔自珍全集》第 4 頁，上海人民出版社 1975 年出版。

27　龔自珍《對策》，《龔自珍全集》第 114 頁，同上。

28　龔自珍《己亥雜詩》，《龔自珍全集》第 513 頁。上海人民出版社 1975 年 2 月出版。

29　龔自珍《文體箴》，《龔自珍全集》第 418 頁。上海人民出版社 1975 年 2 月出版。

30　龔自珍《己亥雜詩》，《龔自珍全集》第 516 頁。上海人民出版社 1975 年 2 月出版。

31　魏源《定庵文錄序》，《魏源集》238 頁，中華書局 1976 年 3 月出版。

32　魏源《詩古微序》，《魏源集》119 頁，中華書局 1976 年 3 月出版。

33　魏源《默觚下・治篇九》，《魏源集》57 頁，中華書局 1976 年 3 月出版。

34　朱師轍《傳經室文集跋》。

35　黃節《國粹學報序》，《國粹學報》第 1 期，1905 年 2 月出版。

36　鄧實《古學復興倫》，《國粹學報》第 9 期，1905 年 10 月出版。

37　劉師培《文章源始》，《國粹學報》第 1 期，1905 年 2 月出版。

38　劉師培《廣阮氏文言説》。

39　劉師培《中國中古文學史》第 5 頁，人民文學出版社 1959 年 11 月出版。

40　劉師培《文章源始》，《國粹學報》第 1 期，1905 年 2 月出版。
41 劉師培《文章學史序》，載《國粹學報》第 1 年第 5 期。

42　劉師培《論近世文學之變遷》，《國粹學報》第 26 期，1907 年 3

月出版。

43 劉師培《論文雜記》，《國粹學報》第 1 期，1905 年 2 月出版。

44 劉師培《南北學派不同論》，《國粹學報》第 2、6、7、9 期，1905 年 3 月至 10 月出版。

45 章太炎《國故論衡》文學總略。

46 章太炎《文學説例》，《新民叢報》第 5 號，1902 年 6 月出版。

47 以上所引俱見章太炎《文學論略》，《國粹學報》第 23 期，1906 年 12 月出版。

48 章太炎《與人論文書》，《章太炎全集》第四卷 168 頁，上海人民出版社 1985 年出版。

49 章太炎《俞先生傳》，《章太炎全集》第四卷 211 頁，上海人民出版社 1985 年出版。

50 章太炎《演説錄》，《民報》第 6 期，1907 年出版。

51 章太炎《國故論衡・辨詩》，中國現代學術經典《章太炎卷》第 85 頁，河北教育出版社出版。

52 陳衍《石遺室詩話》卷一，《陳衍詩論合集》上冊，6 頁，福建人民出版社 99 年 9 月出版。

53 參閱錢仲聯《論「同光體」》，《夢苕庵清代文學論集》第 111 頁，齊魯書社 1983 年出版。

54 陳衍《石遺室詩話》卷一，《陳衍詩論合集》上冊，9 頁。福建人民出版社 99 年 9 月出版。

55 參閱錢仲聯《論「同光體」》，《夢苕庵清代文學論集》第 123 頁，齊魯書社 1983 年出版。

56 陳衍《石遺室詩話》卷十，《陳衍詩論合集》上冊，140 頁，福建人民出版社 99 年 9 月出版。

57 陳衍《石遺室詩話》卷十，《陳衍詩論合集》上冊，140 頁，福建人民出版社 99 年 9 月出版。

58 陳衍《石遺室詩話》卷一，《陳衍詩論合集》上冊，16 頁，福建人民出版社 99 年 9 月出版。

59 陳三立《振綺堂叢書序》，《散原精舍文集》第 56 頁，遼寧教育出版社 1998 年出版。

60 福柯《何為啟蒙》，《福柯集》第 534 頁，上海遠東出版社 1998 年出版。

61 沈曾植《海日樓劄叢》第 3 頁，遼寧教育出版社 1998 年出版。

62 陳三立《俞觚庵詩集序》，《散原精舍文集》第 141 頁，遼寧教育出版社 1998 年出版。

63 陳三立《短歌寄楊叔玫，時楊為江西巡撫令入紅十字會觀日俄戰局》，《散原精舍詩集》卷上。商務印書館民國十一年出版。

64 羅惇融《題羅兩峰〈鬼趣圖〉》，陳衍編《近代詩鈔》第 1410 頁，商務印書館 1935 年出版。

65 胡適《五十年來中國之文學》，《胡適文集》第三卷。

66 陳三立《讀侯官嚴復氏所譯英儒穆勒約翰群己權界論偶題》，《散原精舍詩集》卷上，商務印書館民國十一年出版。

67 陳三立《除夕被酒奮筆寫所感》，《散原精舍詩集》商務印書館民國十一年出版。

68 陳三立《次韻再答義門》，《散原精舍詩集》商務印書館民國十一年出版。

69 陳三立《衡兒就滬學……令持呈代柬》，《散原精舍詩集》商務印書館民國十一年出版。

70 陳三立《人日》，《近代詩鈔》984 頁，商務印書館 1935 年出版。

71 陳三立《野望》，《近代詩鈔》987 頁，商務印書館 1935 年出版。

72 陳三立《肯唐為我錄其甲午客天津中秋玩月之作誦之歎絕蘇黃而下無此奇矣用前韻奉報》，《散原精舍詩集》商務印書館民國十一年出版。

73 陳衍《石遺室詩話》，《陳衍詩論合集》202 頁，福建人民出版社 1999 年出版。

74 沈曾植《雜詩》之五，《沈曾植集校注》第 665 頁，中華書局 2001 年出版。

75 沈曾植《晚望》，《沈曾植集校注》第 920 頁，中華書局 2001 年出版。

76 陳衍《石遺室詩話》，《陳衍論詩合集》第 37、38 頁，福建人民出版社 1999 年出版。

77 陳贛一《記鄭孝胥》，轉引自《汪辟疆説近代詩》第 242 頁，上海古籍出版社 2001 年出版。

78 林庚白《麗白樓詩話》，《麗白樓遺集》第 982 頁，中國人民大學出版社 1996 年出版。

79 鄭孝胥《答乙庵短歌三章》，《海藏樓詩集》1914 年刻本。

80 鄭孝胥《八月十四夜四馬路步月遂至江岸》，《海藏樓詩集》1914 年刻本。

81 陳衍《石遺室詩話》，《陳衍論詩合集》第 9 頁，福建人民出版社 1999 年出版。

82 鄭孝胥《哭顧五子朋》，《海藏樓詩集》1914 年刻本。

83 陳聲聰《兼於閣雜著》第 84 頁，上海古籍出版社 2002 年出版。

84 陳寅恪《王觀堂先生挽詞並序》，《寒柳堂集》「寅恪先生詩存」第 6 頁，上海古籍出版社 1980 年出版。

85 柳亞子《我對於創作舊詩和新詩的經驗》，《磨劍室文錄》第 1143 頁，上海人民出版社 1993 年出版。

86 柳亞子《有懷章太炎、鄒威丹梁先生獄中》，《磨劍室詩詞集》第 18 頁，上海人民出版社 1985 年出版。

87 柳亞子《舊囊新酒》，《磨劍室文錄》第 1276 頁，上海人民出版社 1993 年出版。

88 柳亞子《偕劉申叔、何志劍夫婦暨楊篤生、鄧秋枚、黃晦聞、陳巢南、高天梅、朱少屏、沈道非、張聘齋酒樓小飲，約為結社之舉，即席賦此》，《磨劍室詩詞集》第 56 頁，上海人民出版社 1985 年出版。

89 馬君武《勞登谷獨居》，《馬君武集》第 425 頁，華中師範大學出版社 1991 年出版。

90 陳去病《將遊東瀛賦以自策》，《浩歌堂詩鈔》

91 陳去病《大阪懷徐福》之三，《浩歌堂詩鈔》

92 陳去病《浩歌堂詩鈔》卷一。

93 可參閱高旭《聞漢口近事感賦》、《俠士行》、《登金山衛懷古》。

94 高旭《海上大風潮起作歌》，《天梅遺集》

95 高旭《進步歌題中山先生所書字冊》，《天梅遺集》

96 陳去病《甲辰元旦宿青浦越日過澱山湖》，《浩歌堂詩鈔》

97 柳亞子《南社紀略》第 6 頁，上海人民出版社 1983 年出版。

98 高旭《南社啟》，《民籲報》1909 年 10 月 17 日。

99 甯調元《南社詩序》，《南社叢刻》第二集。

100 陳去病《南社長沙雅集紀事》，《太平洋報》1912 年 10 月 10 日。

101 柳亞子《新南社成立佈告》，《南社紀略》第 100 頁，上海人民出版社 1983 年出版。

102 魯迅《對於左翼作家聯盟的意見》，《二心集》。

103 陳去病《高柳兩君子傳》，《南社文選》。

104 姚光《淮南社序》，《南社叢刻》第五集。

105 鄭逸梅《南社叢談》第 3 頁，上海人民出版社 1981 年出版。

106 柳亞子《我對於創作舊詩和新詩的經驗》，《磨劍室文錄》第 1145 頁，上海人民出版社 1993 年出版。

107 柳亞子《胡寄塵詩序》，《磨劍室文錄》第 257 頁，上海人民出版社 1993 年出版。

108 柳亞子《妄人謬論詩派，書此析之》，載《民國日報》1917 年 3 月 11 日。

109 柳亞子《與楊杏佛論文學書》，《磨劍室文錄》第 450 頁，上海人民出版社 1993 年出版。

110 柳亞子《質野鶴》，《磨劍室文錄》第 456 頁，上海人民出版社 1993 年出版。

111 姚鵷雛《論詩示野鶴並寄亞子》，《民國日報》1917 年 7 月 6 日。

112 柳亞子《再質野鶴》，《磨劍室文錄》第 462 頁，上海人民出版社 1993 年出版。

113 錢鍾書《談藝錄》第 2-3 頁，中華書局 1984 年出版。

114 高旭《海上大風潮起作歌》，《天梅遺集》。

115 柳亞子《放歌》，《磨劍室詩詞集》第 17 頁，上海人民出版社 1985 年出版。

116 郁達夫《雜評曼殊的作品》，《郁達夫文集》第 5 卷，第 256 頁，花城出版社 1982 年出版。

117 蘇曼殊《以詩並畫留別湯國頓》之二，《蘇曼殊文集》第 3 頁，花城出版社 1991 年出版。

118 蘇曼殊《東法忍》，《蘇曼殊文集》第 44 頁，花城出版社 1991 年出版。

119 蘇曼殊《以胭脂為 xx 繪扇》，《蘇曼殊文集》第 44 頁，花城出版社 1991 年出版。

120 蘇曼殊《芳草》，《蘇曼殊文集》第 65 頁，花城出版社 1991 年出版。

121 蘇曼殊《東行別仲兄》，《蘇曼殊文集》第 66 頁，花城出版社 1991 年出版。

122 柳亞子後來在《南社紀略》中也承認：南社的尊唐宗宋之爭並沒有多大意思，自已當時火氣太大了。南社的衰亡是因為「青年的思想早已突飛猛晉，而南社還是抱殘守缺，弄它的調調兒，抓不到青年的心理。」

123 俱見梁啟超《飲冰室詩話》。

124 可參閱鄒依仁《舊上海人口變遷的研究》第 122 頁，上海人民出版社 1980 年版。

125 見王韜《海陬冶遊錄》，又見蔣瑞藻《小說考證》引《花朝生筆記》。

126 見蔣瑞藻《小說考證》引《粟香二筆》。

127 以上所引俱見劉熙載《藝概・詞曲概》。

128 劉熙載《虞美人・填詞二首之二》。

129 劉熙載《藝概・詞曲概》。

130 俱見梁啟超《飲冰室詩話》。

131 参閱黃霖《近代文學批評史》第 312 頁，上海古籍出版社 1993 年出版。

132 朱孝臧《半塘定稿序》，舒蕪編《中國近代文論選》第 367 頁，人民文學出版社 1959 年出版。

133 王鵬運《霜葉飛》海上喜晤漚尹用夢窗韻賦贈，時漚尹持節嶺南，余適有吳趨之行，匆匆聚別，離緒黯然矣。《半塘定稿》。

134 龍榆生《近三百年名家詞選》第 183 頁。

135 錢基博《現代中國文學史》第 279 頁，嶽麓書社新刊本。

136 錢仲聯《夢苕庵清代文學論集》，第 160 頁，齊魯書社出版。

137 鄭文焯《摸魚兒》滬江送春詞，《樵風樂府》。

138 錢基博《現代中國文學史》第 288 頁，嶽麓書社 1986 年出版。

139 見王國維《人間詞話》附錄。

140 王國維《人間詞話》附錄。

141 錢基博《現代中國文學史學》第 303 頁，嶽麓書社 1986 年出版。

142 樊志厚《觀堂長短句》序。

143 《招股啟並簡章》，《二十世紀大舞臺》第 1 期。

144 天僇生《劇場之教育》，載《月月小説》第二卷 1 期。

145 天僇生《劇場之教育》，載《月月小説》第二卷 1 期。

146 黃人《吳靈支血花飛樂府題詞》，《蠻語摭殘》。

147 吳梅《復金一書》，載《二十世紀大舞臺》

148 吳梅《顧曲塵談》第二章制曲。《吳梅全集》理論卷上，93 頁。河北教育出版社 2002 年出版。

149 吳梅《顧曲塵談》第二章制曲。《吳梅全集》理論卷上，93 頁。河北教育出版社 2002 年出版。

150 吳梅《落茵記》自序，載《小說月報》第四卷 1 號。

151 該劇第 1 至 6 齣為歐陽淦著，第 7 齣鯽生著，第 8 至 14 齣旅生著，第 15、16 齣遁生著。

152 王韜《淞南夢影錄》。

153 徐筱汀《京派新戲和海派新戲的分析》，載《戲劇月刊》第二卷 3 期，1929 年 8 月出版。

154 陳伯海、袁進主編《上海近代文學史》第 433 頁，上海人民出版社 1993 年出版。

155 梅蘭芳《舞臺生活四十年》第 1 集，第 184-185 頁，中國戲劇出版社 1961 年出版。

156 梅蘭芳《舞臺生活四十年》第 2 集，第 1 頁，同上。

157 梅蘭芳《舞臺生活四十年》第 2 集，第 44 頁，同上。

158 陳衍《石遺室詩話》卷三，《陳衍論詩合集》第 38 頁，福建人民出版社 1999 年出版。

159 錢仲聯《論近代詩四十家》沈曾植，《夢苕庵清代文學論集》第 147 頁，齊魯書社 1983 年出版。

160 陳衍《沈乙庵詩序》，《陳衍論詩合集》第 1047 頁，福建人民出版社 1999 年出版。

161 王闓運《論文體》，舒蕪編《中國近代文論選》第 330 頁，人民文學出版社 1959 年出版。

162 梁啟超《小說叢話》，載《新小說》第 7 號。

第五章
功利與審美

第一節　經世致用文學思潮

經世致用並不是十九世紀的發明，而是古已有之。它只是在十九世紀才發揮到了極致，成爲對文學最重要的價值要求，超過歷史上任何一個時代，最後形成了「文學救國論」，它在某種程度上決定了中國文學在近代轉型時的發展趨向，甚至一直影響到現在。

大致說來，「經世」是治理世事，「致用」是發揮作用。「經世致用」往往是與治理國家連在一起。葛洪讚美箕子：「故披《洪範》而知箕子有經世之器，覽『九術』而見范生懷治國之略」。[1]「經世」便是與「治國」相對應的。對文學來說，經世致用是對文學功能的要求。中國古代相信文學可以治國，所以後來成爲帝王的曹丕才會這樣談論文學：「文章，經國之大業，不朽之盛事。」[2] 王安石才會認爲：「嘗謂文者，禮教治政云爾。」[3] 由此才會產生因治國需要而對文學現狀的擔憂：「某聞前代盛衰，與文消息」，「是故文章以薄，則爲君子之憂」[4]。文章成爲治國的途徑，挽救文章也就是挽救國家，扭轉國運。由此產生了中國獨特的選拔治國官吏的考試

——科舉。在嘗試過世襲、推薦等各種辦法後，統治者確立了選拔官吏的科舉考試，考試的內容雖然曾經有過「明經」、「博學鴻辭」等考經學、知識的科目，但遠不及考「文學」，只是處在補充「文學」的地位。從唐代考詩賦、宋代考策論到明清考八股文，考「文學」在歷代科舉中都佔據了統治地位，而其中考策論遠不如考詩賦、八股。這種考試方式意味著歷代統治者確信熟練掌握「文學」的人能夠幫助帝王治理國家，所以通過考「文學」能夠選拔治國的官吏。這種對文學功能的迷信一直影響到民間，在中國民間充滿各種關於文章神通的傳說：李白在敵國入侵之際，代皇帝寫了一封充滿文采恐嚇對方的回信，便嚇退了前來挑釁的敵國。陳琳爲袁紹起草的討伐曹操的檄文，因爲寫得好，竟一下治癒了曹操的「頭風病」。諸葛亮與曹軍交戰，寫了一封信，居然就氣死了曹軍的統帥曹眞。文章不僅能嚇跑嚇死敵人，還能嚇走兇猛的動物。唐朝的韓愈當太守時，轄境內河中鱷魚猖獗肆虐，韓愈相信文章能趕跑鱷魚，就起草了一篇《祭鱷魚文》對天焚化。此文收入他的文集之中。根據民間傳說，韓愈將文章焚化之後，從此該地的鱷魚便遠走他鄉，不敢再來搗亂。對文學的功能的誇張滲入到中國社會之中，以至林語堂認爲：「要弄懂中國的政治，就得瞭解中國的文學。我們或許應該避免『文學』一詞，而說『文章』。這種對『文章』的尊崇，已成爲整個國度名符其實的癖好。」[5]

如此推崇「文章」，實際上已經對文學的功能產生了一種迷信。於是，「致用」常常被用來作爲衡量文學的標準。古人斷言：「唯文章之用，實經典枝條，五禮資之以成，六典因之致用，君臣所以炳煥，軍國所以昭明，詳其本源，莫非經典。」[6]「文者，道之用也。」[7]「大中至正之極，文必能致其用，約必能感其通。」[8]「經世致用」作爲對文學功能的要求，由此也成爲對文學作價值判斷的依據。

但是，中國古代一般並不強調文學直接爲具體的政治觀點服務，而只是在教化的意義上強調文學的經世致用。因爲中國古代認爲「文」是「道」的顯現，「文以載道」是「文」的使命。在具體的政治觀點之上還有「道」，這也是科舉考試所以不選闡釋具體政治觀點的策論而選以經書命題的八股文的重要原因。

按照儒家的思想體系，正心、誠意、格物、致知、修身、齊家、治國、平天下應當是一步一步來的。所以儒家之道本有「內聖」與「外王」兩面，從原始儒家到宋明理學，一直是「內聖」重於「外王」。只有正心誠意、格物致知、修身齊家，修得了儒家之「道」，才能按照儒家的要求「治國平天下」。只要能「修身齊家」，即使不能「治國平天下」，如孔子的弟子顏回，也不失爲一個聖賢。其重點當然是在「內聖」上，只有這樣，才能保持「達則兼濟天下，窮則獨善其身」的心態。所以即使在面對外侮，淪落半壁河山的南宋，理學也還是把「性理」之學置於收復失地之上的。朱熹與陳亮曾經有過長達十一年的辯論，一心收復失地的陳亮是「專言事功」而「嗤嗤性命」，而朱熹卻是「談性命而辟功利」，對「內聖」與「外王」孰輕孰重的看法完全不同。在南宋，這場爭論顯然是朱熹占了上風。

「君子喻於義，小人喻於利。」[9]在「功利」之上還有「道義」，這本來是一個平衡的儒家思想系統。晚明心學盛行之際，心學的門徒卻不能像王陽明那樣在把握性理之學的基礎上建立事功，而是空談心性，不問實務。甚至講的是一套，做的是另一套。明末徐光啓著《農政全書》，陳子龍編《皇明經世文編》，已經想糾正心學「空疏」之病，提倡實學。清初的遺老們痛心於明亡的教訓，將明亡歸結爲心學空談心性，士大夫誤入歧途，失去了治國平天下的目標與本領，類似於六朝的「清談誤國」。因此他們主張「反虛爲實」、「知行合一」、「經世致用」以糾謬。這時的有識之士，強調學術應當經世致用，要求關心具體的政治問題，爲政治服務，切實解決國家的弊端，解決行政方面的難題。明末陳子龍編《皇明經世文編》，便將「漕運」、「治河」、「馬政」等政府面臨的難題分門別類，集中了論述解決這些實際問題的奏議論著，以幫助士大夫解決現實難題。在清初的遺民心目中，經世致用是士大夫立身處世的目標與準則，學術、文章、治國三者應當是一致的。他們反對離開「有益社會」來談文學，強調「士當以器識爲先，一號爲文人，無足觀矣。」[10]「凡文之不關乎六經之指，當世之務者，一切不爲」。[11] 文學必須經世致用，干預現實政治。清初的遺民呂留良，在批八股時宣揚「華夷之辨」重於「三綱五常」，暗示在皇帝是由「夷狄」的滿族人做的情況下，漢族士大夫首先要有民族意識，而不是按照「君爲臣綱」的準則服從異族統治。這便體現了當時遺民的經世致用思想在文學中的作用。

清朝進入盛世之後，在「文字獄」的箝制下，學術思想爲之一變，不敢再關心現實政治，經世致用思想也就退據一隅，不成思潮。只有那些「能吏」爲了解決行政上的實際問題，還在關注實際學問。這時的士大夫文學也常常顯出病態。柳詒徵曾經指出：「雍乾以來，志節之士蕩然無存。有思想才力者無所發洩，惟寄之於考古，庶不干當時之禁忌。其時所傳之詩亦惟頌諛獻媚，或徜徉山水，消遣時序，及尋常應酬之作」。[12]這種狀況與士大夫的「士志於道」的使命顯然是不相合的。

北宋的程頤早已指出：「古之學者一，今之學者三，異端不與焉。一曰文章之學，二曰訓詁之學，三曰儒者之學。欲趨道，舍儒者之學不可。」[13]按照孔夫子的教誨，儒就是要行道的，「道不行，乘桴浮於海」，寧可不做官。所以做官就是爲了行道。這也是顧炎武認爲的「士當以器識爲先」的依據。沈迷於「考據」之中，專務「訓詁之學」，這對於士大夫的職責說來也是不正常的。所以擅長於訓詁之學的段玉裁，在看到外孫龔自珍寫的揭露時弊的《明良論》時，又驚又喜，情不自禁地批道：「四論皆古方也，而中今病。……髦矣，猶見此才而死，吾不恨矣。」[14]可見他的心中，在沈醉於故紙堆的考證時並沒有忘記士大夫的職責，其實一直在思考著時弊和解決的方法，只是迫於環境，不敢把它寫出來罷了。

因此，當嘉慶推行改革，文網開禁之後，士大夫們便逐漸恢復到議政論政傳統，並且把經世致用作爲對士大夫的要求，視爲士大夫的職責所在，開經世致用風氣者，實爲龔自珍。當時張維屏就曾肯定：「近數十年來，士大夫誦史鑒，考掌故，慷慨論天下事，其風氣實定公開之。」[15]

龔自珍雖然出身於乾隆末年，而其成長，則是在嘉慶年間。他家學淵源，又得外公段玉裁的指導，博覽經史。龔自珍少年時期居住京師，熟知官場情景：「今政要之官，知車馬、服飾、言詞捷給而已，外此非所知也。清暇之官，知作書法賡詩而已，外此非所問也。堂陛之言，探喜怒以爲之節，蒙色矣，獲燕閑之賞，則揚揚然以喜，出誇其門生、妻子。小不齋，則頭搶地而出，別求夫可以受眷之法」，「以爲苟安其位一日，則一日榮；疾病歸田里，又以科名長其子孫，志願畢矣。且願其子孫世世以退縮爲老成，國事我家何知焉？」[16] 他痛心士風萎靡已極，提出以經世致用來振作士林。他主張：「自周而上，一代之治，即一代之學也」；「是道也，是學也，是治也，則一而已」。[17] 力主把「道」、「學」、「治」合爲一體。他理想中的士大夫，是像陸贄那樣：「炎炎陸公，三代之才，求政事在斯，求言語在斯，求文學之美，豈不在斯。」[18] 他把文學看作是全部文字記載，「天下不可以口耳喻也，載之文字，謂之法，即謂之書，謂之禮，其事謂之史」。因此他實際上把「史」看成是文學的主要部分，以至竟有「史之外無有語言焉，史之外無有文字焉，史之外無人倫品目焉」[19] 的說法。在他的「道」、「學」、「治」合一中，實際是以「治」爲中心，所以他尊崇「史」，士大夫寫「史」應當能入能出，於「言禮、言兵、言政、言獄、言掌故、言文體、言人賢否，如言其家事」[20]，關心這些實際情形，以利於士大夫治國。龔自珍的呼籲抨擊，頗有點像「文起八代之衰」以恢復「道統」爲己任的韓愈，其氣魄和卓識爲當時有識之士所欽佩。

把經世致用文學闡述得更爲明白的則是魏源，他強調：

> 巧婦不可以主中饋，文章之士不可以治國家。
>
> 文之用，源於道德而委於政事。百官萬民，非此不醜；君臣上下，非此不牖；師弟友朋，守先待後，非此不壽。夫是以內亹其性情而外綱其皇極，其縵之也有源，其出之也有倫，其究極之也動天地而感鬼神，文之外無道，

> 文之外無治也；經天緯地之文，由勤學好問之文而入，文之外無學，文之外無教也。執是以求今日售世譁世之文，文哉，文哉！詩曰「巧言如簧，顏之厚矣！」[21]

這是正統的儒家文學觀：「道」、「治」、「學」、「教」應當合一，而它們都是由「文」來合一的，「文」自然必須爲「道」、「治」、「學」、「教」服務，以「道」、「治」、「學」、「教」爲內容，爲功能，這也是「文」的價值所在。否則，作者便是「文章之士」，無法擔當士大夫治理國家的職責。

因爲文學是「內亹其性情而外綱其皇極」，所以文學也必須「誠」。魏源認爲：「作僞之事千萬端，皆從不自反而生乎！作德之事千萬端，皆從自反而起乎！」[22]文學必須表現性情，要想「道」、「治」、「學」、「教」合一，性情也必須好好修煉，因爲「氣質之性，其猶藥性乎！各有所宜，即各有所偏；非鍛制不能入品，非劑和衆味，君臣佐使互相生克，不能調其過不及」。[23]所以他主張作詩有「三要」：

> 一曰厚，肆其力於學問性情之際，博觀約取，厚積薄發，所謂萬斛泉源也。一曰真，凡詩之作，必其情迫於不得已，景觸於無心，而詩乃隨之，則其機皆天也，非人也。一曰重，重者難也，蓄之厚矣，而又不輕泄之焉。[24]

通過修煉，調和性情，才能做到合乎「道」、「治」、「學」、「教」合一的「眞」，同時也有豐富的文學技巧積累，這樣才能寫出好詩，所謂「情至詩自眞，無心於杜而自杜」。魏源主張學古而反對擬古，認爲「詩以言志，取達性情爲上」，擬古太多，則蹈明七子習氣。」[25] 這是因爲，「經世致用」重在解決當前現實問題，並不希望完全回到古代，所以魏源主張「讀文書者，不可以言兵；守陳案者，不可以言律；好剿襲者，不可以言文」。[26] 現實問題成爲經世致用思想取捨的標準，「道存乎實用」，魏源編《皇朝經世文編》，就是本著「凡於勝國爲藥石，而今日爲筌蹄者，亦所勿取矣」。[27] 即使是在明朝有用的文章，不適於清朝，也不收錄。

晚清的「經世致用」與清初的「經世致用」有所不同，清初是明末遺民提倡經世致用，以圖反淸復明，他們必須靠道義支撐才能在逆境中矢志不二，所以他們都極爲推重「內聖」，顧炎武總結自己的爲學行事之道，是「行己有恥，博學於文」。把「內聖」置於「外王」之上。而晚淸的經世致用則不同，龔自珍因爲個性張揚，強烈感受到封建禮教的束縛，所以他不大講「內聖」，士大夫也不把他視爲道德之士，而視爲言行怪誕放蕩不羈的狂士，「輿皀稗販之徒工暨士大夫並謂爲龔呆子」。[28] 連他的朋友姚瑩也承認龔自珍是「言多奇僻，世頗訾之」。[29] 有識之士讚賞他對時弊的揭露，肯定他對經世致用的提倡，但是並不欣賞他的爲人。魏源不像龔自珍，他並不主張個性張揚，而是一個正統的儒家，他在理論上也講內聖與外王應該統一，無功之德與無德之功皆不可取。但是他也提出「惟周公、仲尼、內聖外王，以道兼藝，立師儒之大宗。天下後世，學焉而得其性之所近，仁者見仁焉，知者見知焉，用焉而各效其材之所宜。三公坐而論道，德行之論也；士大夫作而行之，政事、言語、文學之職也。如必欲責尊德性者以問學之不周，責問學者以德性之不篤，是火日外曜者而欲其內涵，金水內涵者必兼其外曜乎？」[30]。魏源又認爲：連公認的聖賢顏回、曾子、子思、孟子都沒有做到內聖外王的統一，造成後世「《道學》、《儒林》二傳所由分與？」他實際上處在矛盾狀態：在理論上，他認爲應當回到三代的道德事功統一；但面對歷史現實，他又覺得「內聖」與「外王」實際是兩種人，講「內聖」的去講道德，講「外王」的去解決實際問題，不必求全。而魏源自己，無疑是偏於「外王」的，他並不提倡在「內聖」上下功夫。從這時起，「經世致用」與「內聖」的關係不大了，而偏重於解決實際問題。

龔自珍、魏源都是晚淸開經世致用風氣者。「經世致用」能夠爲士大夫所接受，一方面因爲它重新提出了士大夫的職責所在，一方面也因爲淸朝統治的危機正在顯露。此外還有一個重要方面，便是龔自珍、魏源的文章都寫得很好。龔自珍、魏源都精通小學。在漢學盛行之際，「古雅」本身就是重要的價値標準，而龔、魏又因胸中有物，抱負宏大，文章頗有氣勢，贏得時人的欽敬。梁章鉅稱讚龔自珍「抱負恢奇，才筆橫恣，不爲家學所囿」。[31] 林昌彝讚美龔自珍「古文詞奇崛淵雅，不可一世」。[32]甚至有人說「龔子之文，從無敵於漢以來天下」。[33] 就連當時文名頗著的蔣湘南，也自稱「文苑儒林合，生平服一龔」，「齊名有魏子，可許我爲龍」。[34] 龔自珍揭露時弊的文章和《西域置行省議》等解決實際問題的文章，一直到半個世紀之後梁啓超等人讀之，仍「若受電然」。「光緒間所謂新學家者，大率人人皆經過崇拜龔氏之一時期。」[35] 可見龔自珍在當時的魅力。

在龔自珍、魏源的周圍，有一批有識之士，他們都是當時士大夫中的佼佼者，又都鄙棄漢學，崇揚經世致用，關心時務，慷慨論天下事。他們是林則徐、黃爵滋、張際亮、湯鵬、張維屏、包世臣、姚瑩等。

林則徐、黃爵滋忙於政務，很少談論文學。張際亮等人則不同，他們不僅壯大了經世致用文學思潮的聲勢，而且進一步闡明了經世致用的文學思想。張際亮是一位詩人，「有經世才」，[36] 他在論詩時，往往用「道」、「政」、「學」、「教」與「文」合一的思想作爲指導。他主張「學者貴會通，通於詩者通於政。」[37] 他根據程頤的學者爲三，提出歷代之詩可以分爲三種：「自昔風騷多孤臣危苦之辭，無論已。漢以下詩可得而區別之者約有三焉，曰：志士之詩也，學人之詩也，才人之詩也」。他鄙薄「才子之詩」與「學人之詩」，而推崇「志士之詩」。認爲「若夫志士，思乾坤之變，知古今之宜，觀萬物之理，備四時之氣，其心未嘗一日忘天下而其身不能信於用也，其情未嘗一日忤天下而其遇不能安而處也，其幽憂隱忍慷慨俯仰發為詠歌，若自嘲，若自悼，又若自慰，而千百世後讀之者，亦若在其身，同其遇而淒然太息悵然流涕也」。[38] 他像魏源一樣強調「誠」，詩應當是志士性情的自然流露。道光年間，經世致用已漸成風氣，張際亮提出：「善觀詩者亦取其自然流露處耳。終日以民生國計號於人曰『吾其爲杜詩也』，則不觀杜於朋友兄弟夫婦兒女鄰里極細碎事言之，無不懇摯乎！」[39] 張際亮批評乾隆年間的著名詩人沈德潛、袁枚、黃仲則、翁方綱、張問陶、趙翼等人都是「才人之詩」，「於風雅之旨正多未逮」。[40] 他指責袁枚給詩壇帶來了「佻滑放誕之風」，只有以「讀書窮理」的方法才能拯救。[41] 通過「讀書窮理」，積理養氣，先成爲志士，然後才能寫出志士之詩。張際亮可以說在詩歌領域具體闡述了經世致用的文學思想。下面我們可以看到，這些主張對宋詩派的領袖人物何紹基，產生了很大影響。

湯鵬曾與張際亮、龔自珍、魏源被姚瑩合稱爲「四子」，[42]只是湯鵬英年早逝，未能建功立業。他主張「所謂名世之文，必天地陰陽以爲端，億兆民物以爲委，千聖以爲脈，百世以爲質，仁義以爲經緯，忠孝以爲表裡，喜怒哀樂以爲中和，因革損益以爲變化」。[43]他並不重情感的發洩，實際上經世致用文學思潮重視的是文章解決實際社會問題的效率，他們確信文章能夠起到解決社會問題的功效。至於喜怒愛惡的情感，只能作爲「中和」，因爲「正義直指，見其心也」。所以湯鵬胸懷大志，自述其作文宗旨是：「其旨務在剖析天人王霸，發抒體用本末，原於經訓，證於史策，切於家國、天下，施於無窮。」[44]這也是經世致用文學的作文準則。

包世臣是當時著名學者，曾十二次應會試而未能中式，但他卻是當時官場公認的經世致用的「天下奇才」。陶澍要改革漕運，請他到上海策劃。林則徐禁煙，路途上先拜訪他，請他出謀劃策。就連魏源寫好《海國圖志》，也請他來審定。他的經世致用主張「雖有用有不用，而其言皆足傳於後」。[45]他少年「知民間所疾苦，則心求所以振起而補救之者」，[46]因此學兵家、學農家、學法家。他在文學上的特點是對桐城派的批評。桐城派古文從方苞開始提倡，中經劉大櫆，到姚鼐已蔚然成大宗，在文壇上居於重要地位，學古文者，往往從姚鼐所編《古文辭類纂》入手。桐城作文宗旨，經方苞的「義法」，到姚鼐綜合漢學提出的「義理、考據、辭章」不可缺一，已成文壇作文規範。事實上，龔自珍、魏源等人爲文汪洋恣肆，與桐城古文不同，但「義理、考據、辭章」不可缺一的準則，卻往往恪守。包世臣對桐城文不滿，便是說它「門面言道」，不符合「道」、「治」、「學」、「教」合一的準則。表面看來，桐城文也主張：「言道者，言之有物者也；言法者，言之有序者也。然道附於事，而統於禮。」「孟子明王道，而所言要於不餒民事，以養以教；至養民之制，教民之法，則亦無不本於禮。其離事與禮而虛言道以張其軍者，自退之始，而子厚和之。」「……然門面言道之語，滌除未盡，以至近世治古者，一若非言道則無以自尊其文。」[47] 批評桐城古文以標榜「道」來抬高自己，實際所論卻離開了與「道」的實行有關的具體的「事」和「禮」，實際是以「道」爲門面，擴大影響。

經世致用文學批評桐城古文時，正是桐城派向漢學發動攻擊之時。桐城派標榜宋學，對以戴震爲首的漢學批評理學深惡痛絕，姚鼐的高足方東樹寫了《漢學商兌》，討伐漢學，宣稱漢學「以其講學標榜，門戶分爭，爲害於家國」；「以其言心言性言理，墮於空虛心學禪宗，爲歧於聖道」；「以其高談性命，束書不觀，空疏不學，爲荒於經術」。[48] 扯出「衛道」的旗幟攻擊漢學有「罪」三端，「名爲衛道，實足畔道」，一副理直氣壯的樣子。經世致用派的批評，無疑擊中了桐城派的要害。章太炎後來便指出：「東樹本以文辭爲宗，橫欲自附宋儒」，「其行與言頗相反」。[49] 也將他歸入「門面言道」一類。其實方東樹既以宋學標榜，豈不知程頤早已將儒者分三等，他也受到經世致用思潮的影響，所以他也主張「道」、「政」、「文」合一。「古者自天子以至庶人，莫不由於學，語其要曰修己治人而已。是故體之爲道德，發之爲文章，施之爲政事。故通於世務，以文章潤飾治道，然後謂之儒。」[50] 他表白自己的志向是：

> 人第供當時驅役不能為法後世，恥也；鑽故紙著書作文冀傳後世而不足膺世之用，亦恥也。必也才當世用，卓乎實能濟世，不幸不用而修身立言足為天下後世法。古之君子示有不如此勵志力學者也。[51]

這意味著他也想經世致用，完全擁護經世致用文學思潮。然而，經世致用是要有特殊的才識的，方東樹雖有經世致用之心，卻缺乏解決實際社會問題的見識與能力，所以他只能「以文辭爲宗」，雖然他也鼓吹文章「本之以經濟以求其大」[52]，「文不能經世者皆無用之言，大雅君子所弗爲也」[53]，但爲他自己的才識所限，只能寫些《勸戒食鴉片文》、《化民正俗對》，他著的《治河書》也很難說是抓住了治河的綱領。他只能被看成是「門面言道」而缺乏實績。所以眞正能宣導經世致用文學的，並不容易，往往都要在經世致用上確有卓越的見解，才能受到欽佩，爲人接受。因此，提倡經世致用的往往或者建立功業，或者做出實績，或者爲公認的智囊，其主張才有分量而爲時人認同。但是正因爲這些人的著眼點都是在解決社會實際問題上，文學也就成了政治或教化的工具。他們大都以看工具的眼光來看待文學，要求文學爲政治教化服務。

桐城派文人中被經世致用派引爲同道的是姚瑩，他也是姚鼐的高足之一。桐城文人其實是推重經世致用的，劉大櫆早已提出：「至專以理爲主，則主盡其妙。蓋人不窮理讀書，則詞鄙倍空疏；人無經濟，則言雖累牘，不適於用。故義理、書卷、經濟者，行文之實」。[54]「經濟」就是「經世致用」的意思。但是有經世致用之心，未必能做到經世致用或被公認符合經世致用。而姚瑩卻具備了經世致用的才識，他在當時是「能吏」，其工作能力得到林則徐的稱賞，也是龔自珍、魏源、包世臣、湯鵬、張際亮等人的朋友。姚瑩主張「文章之大者，或發明道義，陳列事情，動關乎人心風俗之盛衰」。[55]因爲姚瑩確實是從經世致用角度看待文章的，所以他認爲「經濟」是文章必須具備的內容，修改了姚鼐主張的「義理、考據、辭章」合一的主張，提出讀書作文「要端有四，曰義理也，經濟也，文章也，多聞也」。[56]他把「經濟」作爲讀書作文的四大要素之一，這就大大提高了「經濟」在文學中的地位，這一提法後來因曾國藩的提倡而成爲桐城派的共識。

因此，經世致用文學思想的宣導者人數雖然不多，但因爲他們是站在維護公認的士大夫職責的立場上談論文學，要文學擔當起經世致用的使命，改變雍正、乾隆以來士大夫不敢論政，萬馬齊喑的局面，一般士大夫很難公開提出異議，而社會危機造成的環境變化也需要士大夫提出解決問題的途徑，況且宣導者又都是有識之士，文章也寫得辭采飛揚，所以影響不同一般。它不僅在古文領域佔據主導地位，推動古文向「經濟」方向發展，而且其影響滲透到詩、詞領域，甚至影響到小說。因而它才能成爲十九世紀占統治地位的思潮。

「經世致用」在詩壇上恢復了「詩外尚有事在」的士大夫傳統。十八世紀詩壇讚美張問陶、袁枚等詩人，強調的是有才氣，有學問，即使如洪亮吉這樣關心時事的士大夫，讚美他的好友黃仲則也只是說他「蹤跡所至，九州歷其八，五嶽登其一，望其三」。[57]並不強調作者詩寫得好是因爲胸有大志。但到十九世紀則不同了。在宋詩派的領袖程恩澤那裏，還繼承了漢學餘緒，主張詩自性情出，「性情又自學問中出」，「學問淺則性情焉得厚」。[58]但到了他的弟子何紹基，對詩的理解便增加了不少經世致用的成分：「詩者，先王之藝之餘也。藝以道精，道以藝著。」他對詩人的期望是：「今以後吾願子之專一於道，而不復學爲詩也。道充於身，德涵於心，心與造物遊而理於事類精，乃演之於文，乃聲之於詩，萬情畢入，萬象俱出。」[59]他除了強調「道」之外，還注重「理於事類精」，這正是經世致用所注重的。所以何紹基認爲詩人成名家，不可以從詩文入手求之，而必須「先學爲人」，才可以做到「人與文一」[60]。「凡學詩者，無不知要有真性情，卻不知真性情者，非到做詩時方去找算也。平日明理養氣，於孝悌忠信大節，從日用起居及外間應務，平平實實，自家體貼得真性情；時時培護，時時持守，不為外物搖奪。久之，則真性情方才固結到身心上，即一言語，一文字，這個真性情時刻流露出來。」[61]他注重用儒家的綱常時時檢驗自己，認爲修煉到按照儒家標準合乎理想人格了，自然會成爲詩人。他完全認同儒分三種，最高爲「道」、「治」、「學」、「教」合一之儒，所以他堅持認爲詩只是「藝之餘也」；「專做詩，詩不能工也。隨時隨事都不是詩，都是詩之所以然」。要成爲眞正的詩家，要看立志，「若所志不過眼前名士，當世詩翁，藉圖聲譽，則但取古詩唐詩選本，揣摩幾篇，近人詩集，涉獵幾部，只要肯做，不怕不翁」；「若想做個一代有數的詩人之詩，則砥行績學，兼該衆理，任重致遠，充擴性情之量，則天地古今相際」。[62]因此，他認爲詩是餘事，「詩外尚有事在」，只有能夠經世致用的大儒，才是眞正的詩家。何紹基作爲當時最著名的宋詩派詩人，這樣認識詩的地位與價值，給詩壇帶來的影響是不言而喻的。這種看法推動了詩去感慨時事，反映時代，擺脫雕章琢句的綺靡之風，但是它實際上把詩看成是「道、治、學、教合一」的附屬品，這就把詩人表現自己的生命意義狹窄化了。

詞爲「詩餘」，其地位歷來不如詩，會作詩文是成爲士大夫的必備條件，不會作詞則照樣可以成爲士大夫。這就使得致力於填詞者往往都是眞正喜歡詞的作家，他們在填詞時確實有感而發。詞在清代遠較明代發達，詞的水準僅次於宋代，而詞人之多，詞論水準之高，則要超過宋代。詞地位的提高，則得力於經世致用文學思潮。

清代作詞的士大夫一直很多，清初就有浙西詞派，又出現了納蘭性德、陳維崧這樣的大詞人。但是詞的地位卻一直遠不如詩。直到常州的經學家張惠言重新解釋詞，創立常州詞派，才確實提高了詞的地位。張惠言以研究《易經》和《儀禮》著名，似乎不治今文經學，但他與今文經學的宗師莊存與、劉逢祿同爲江蘇武進人，受到今文經學探求「微言大義」治學方法的影響。他認爲詞「緣情造耑，興於微言，以相感動，極命風謠里巷男女哀樂，以道賢人君子幽約怨誹不能自言之情，低徊要眇以喻其致，蓋《詩》之比興，變風之義，騷人之歌，則近之矣」。[63]他解詞的特點就是用「微言大義」的方法，重新解釋詞，根據儒家詩論的價值標準來抬高詞。他主張「溫庭筠最高，其言深美閎約」，把溫庭筠的艷詞解釋成如同屈原的楚騷。他強調詞具有詩的「比興」特點，具有「風騷」的內容，批評詞壇「自宋之亡而正聲絕」，「迷不知門戶」，要求詞回到兩宋，「淵淵乎文有其質焉」。

張惠言用深文羅織的方法[64]把政治內涵硬塡到詞裏，反倒著實提高了詞的地位。他對詞的闡釋與稍後經世致用文學思潮對文學的看法是一致的。嘉、道年間，張惠言開創的常州詞派籠罩了詞壇，周濟提出「非寄託不入，專寄託不出」，以「寄託」作爲詞的內容。古代士大夫論詩，「寄託」往往與對政治的憂患意識有關。以「寄託」作爲詞的追求，實際上要求詞關注時代、關注政治。晚清詞論常常借助於詩論來論詞，如詩的「溫柔敦厚」之旨，被詞家用來評詞，作爲詞旨。[65] 詩家用來評詩人風格的「沈鬱」，也被用來評詞。陳廷焯宣稱自己的詞論是「本諸風騷，正其情性，溫厚以爲體，沈鬱以爲用」，[66] 把「沈鬱」作爲論詞的標準，解釋爲「意在筆先，神餘言外，寫怨夫思婦之懷，寓孽子孤臣之感」。[67] 對政治的關懷成爲詞的宗旨，詞的內容。詞到這時，除了形式不同，在宗旨內容上實際已與詩合一了。詞的這一變化與「經世致用」給文學帶來的變化是完全一致的，由於致力於提高詞的地位，詞人和詞論家在提倡詞的關注政治上，其積極性甚至超過了同時代的詩人與詩論家。

小說與詞不同，詞還屬「雅文學」，小說，則因其「俗」而爲士大夫所不齒，「不登大雅之堂」，不得進入文學之林。小說因其獨特的藝術性引起一些士大夫如金聖歎等人的讚美，與杜詩、莊子並列爲「才子書」，但金聖歎也因此爲士林所不齒，甚至被歸莊等人視爲洪水猛獸。只是小說在下層社會有著廣泛的影響，能夠「經世致用」，道、咸年間，士大夫們也開始覺察到了。俞萬春長期追隨父親在廣東鎮壓瑤民起義，觀其所著《騎射論》、《火器考》、《戚南塘紀效新書釋》等名，似乎平時也是專注於經世致用的。他花了二十年時間，創作了《蕩寇志》，他認爲「既是忠義，必不做強盜；既是強盜，必不算忠義」。[68] 他憤慨於《水滸》「續貂著集行於世」，說是「我道賢奸太不分！只有朝廷除巨寇，那堪盜賊統官軍」。因此他要做翻案文章，「遊戲鋪張多拙筆，但明國紀寫天庥」。

[69] 讓強盜們獲得應有的下場，不准他們濫踞「忠義」的名分。在鎮壓農民起義上，統治者本有「剿」「撫」二派，俞萬春是主張「剿」的，從使用西洋火器等處看，創作這部小說不無他自己鎮壓猺民起義的體會，也不無「經世致用」、維護封建統治的動機。從中國小說史來看，出於鎮壓農民起義的政治動機來創作小說，在俞萬春以前極為罕見。[70] 俞萬春想到借助小說「經世致用」，不能不說是受到他那時代經世致用的文學思潮的影響。

然而，俞萬春只是秀才，只好算下層文人，當時他這樣借助小說「經世致用」還是絕無僅有。可是當時士大夫階層接受《蕩寇志》，卻完全是出於「經世致用」了。他們肯定《蕩寇志》，因為它「以尊王滅寇為主，而使天下後世，曉然於盜賊之終無不敗，忠義之容假借混朦，庶幾尊君親上之心，油然而生矣」。[71] 咸豐年間，農民起義如火如荼，士大夫在鎮壓起義時，常常乞靈於《蕩寇志》。「咸豐三年，五嶺以南，萑苻四起，以絳帕蒙首，號曰紅兵，蜂屯蟻聚，跨邑連郡。於是時也，攙槍曉碧，烽火晝紅，惟佗城巋然獨存，危於累卵。當首諸公急以袖珍板刻播是書於鄉邑間，以資勸征。厥後漸臻治安，謂非是書之力也，其誰信之哉！」[72] 此時南京、蘇州等地的地方當局，也一改清代奉行「禁毀小說」的做法，與廣州地方當局一樣，由官方出資大量印行《蕩寇志》，以幫助鎮壓農民起義。一部小說的出版可以拯救一座危城，其力量似乎已經超過了可以趕跑鱷魚的韓愈《祭鱷魚文》。清政府借助《蕩寇志》，究竟在多大程度上瓦解了農民起義，今天已不可考。不過事實眞正如何在這裡是不重要的，重要的是士大夫上層已經承認小說具有經世致用的功能，可以被政治利用。《蕩寇志》

的遭遇在當時不過是一個孤立的現象，但它說明了一個重要事實：出於政治功利的需要，士大夫這時已經願意承認小說的力量，並且按照他們自己對文學功能的理解，賦予小說以「救世」的功能。這一變化，是晚清「小說界革命」的社會基礎。

十九世紀中葉，經世致用文學思潮因爲得到曾國藩的提倡，影響大大加強。曾國藩是「中興名臣」，又曾從姚鼐的高足梅曾亮學文，從唐鑒學理學。他在京師時一度與龔自珍、魏源等經世致用派同時，但與他們卻並無交往，其原因很可能是曾國藩從唐鑒處學來「經濟之學即在義理之中」[73]，堅持儒家的從「內聖」到「外王」一步一步做到的治學途徑，而龔、魏卻不大講「內聖」，偏重於「外王」。曾國藩此時已經意識到：

> 有義理之學，有詞章之學，有經濟之學，有考據之學。義理之學即《宋史》所謂道學也，在孔門為德行之科。詞章之學，在孔門為言語之科。經濟之學，在孔門為政事之科。考據之學，即今世所謂漢學也，在孔門為文學之科。此四者缺一不可。[74]

他把義理與經濟統一到「禮」之中。

> 古之君子之所以盡其心養其性者，不可得而見，其修身、齊家、治國、平天下，則一秉於禮。自內焉者言之，舍禮無所謂道德；自外焉者言之，舍禮無所謂政事。[75]

但是曾國藩以「中興名臣」的業績顯示了他「經世致用」

的實績。在同時的「中興名臣」之中，唯有他關注於文學，他提出「古文」中應增加「經濟」。他選編的《經史百家雜鈔》，比姚鼐選編的《古文辭類纂》有所調整，特立「典章」一類，其著眼點就在政事，因爲他當初就是從《會典》和《皇朝經世文編》入手學習「經濟」之學的。曾國藩以當時士大夫領袖的身份提倡「經濟」，立即就得到士大夫的廣泛認同。

然而曾國藩也深切看到當時士大夫急功近利的弊病：「近世所學者，不以身心切近為務，恒視一世之風尚以為程而趨之，不數年風尚稍變，又棄其所業，以趨於新，如漢學、宋學、詞章、經濟以及一技藝之流，皆各有門戶，更疊為盛衰，論其原皆聖道所存，苟一念希天下之譽，校沒世之名，則適以自喪其守，而為害於世。」[76]他已經看到當時士大夫隨波逐流，不從增強自己修養入手的風氣。他希望堅持儒家修身誠意的傳統，堅持用義理包容經濟，道義統帥功利。

只是曾國藩的努力未見多少成效。晚清講性理之學的大多是倭仁、徐侗之類頑固拒絕吸收西學、腐朽顢頇的守舊派，「中興名臣」中也只有曾國藩等極個別人講究「性理」。這在客觀上促成了性理之學的衰微。思想敏銳的士大夫大多將「性理」的探討擱置起來，而將目光專注在切實的「致用」上。於是，在士大夫思想中，「內聖」的重點轉爲「外王」，修身齊家的目的是爲了治國平天下，因此修身齊家的效果要靠治國平天下來檢驗。經世致用成爲思想的核心。顏回不再受人推崇。學問如果局限在個人修養上，於世無補，就不算眞學問，尤其是到了面臨亡國危機之際。這時，「心性」之類的命題因爲與「外王」無關，往往被視爲「虛言」而擱置起來，人們關注的是與「外王」有關的實際政治問題。原來儒家的「內聖」與

「外王」是平衡的，「達則兼濟天下，窮則獨善其身」。現在「獨善其身」因爲不能「兼濟天下」，又失去了像顏回那樣在野「聖人」的價値而成爲抹不平的痛苦。原來儒家在「獨善其身」時往往與佛道思想相通，由佛道思想來補充，現在則成爲不可能。只要不放棄經世致用的思想核心，「獨善其身」只能是痛苦。龔自珍就是一個極好的例子。他對佛學鑽研得相當深入，寫了大量的文章，在不能「兼濟下天」時卻無法像蘇軾那樣曠達，那樣遁入佛道，而只能在醇酒婦人中尋找慰藉。佛學難以抹平他的痛苦，而只能幫助他反抗傳統，尋找濟世的良方。晚淸偏重於經世致用的士大夫，只要不放棄經世致用的願望，大抵像龔自珍一樣。所以龔自珍身上經世致用與鑽研佛學的矛盾，同樣也體現在譚嗣同和早期的章太炎身上。於是，曾經在中國文論發展中佔有重要地位的佛道思想，這時退據一隅，只有在像王國維這樣不具經世致用色彩的作家身上，才能發揮重要作用。經世致用促使士大夫將目光注意在具體事務上，而忽視了對「本」的探求，這使中國文化在以後接受西方思想的影響時，缺乏在形而上層面上的對話，而往往只在尋求具體救國的良方上，這就給社會文化變革帶來不少局限。

第二節　從經世致用到文學救國

鴉片戰爭後，西方近代文化的影響進入中國。對於文學來說，它面臨的一個明顯的變化就是傳播媒介的變化。中國傳統文學是以雕板印刷爲主的線裝書作爲主要傳播媒介的，到了近代，它面臨的一個重要挑戰，就是鉛字排版機器印刷的報刊與平裝書的問世。開始時，這一西式報刊是外國傳教士擺弄的東西，士大夫並不關注。左宗棠甚至諷刺「江浙無賴之文人，以報館為末路」，「報社之主筆訪員，均為不名譽之職業，不僅官場仇視之，即社會亦以搬弄是非輕薄之」。[77] 對於報刊大多採取抵制態度。

中國近代初期的報刊絕大部分是由傳教士創辦的，早期翻譯的西方書籍絕大部分也是由傳教士與士大夫合作翻譯的。傳教士介紹的「西學」中，文學很少，《六合叢談》中雖然也有「希臘詩人略說」、「羅馬詩人略說」、「希臘為西國文學之祖」等文章，但它們只是對西方文學的歷史作極為粗略的介紹，當時也未曾對中國文學發生影響。這是因為傳教士的報刊面向普通人，又帶著宣傳基督教的傾向，而當時的中國文化是由士大夫壟斷的，他們對傳教士宣揚的基督教本來就有抵觸，又覺得傳教士的報刊文辭不雅，常常不看這些報刊西書，對西學採取抵制態度。一般的家長又因報刊所載與八股文無關，怕孩子看了影響科舉考試，也不准孩子看這些報刊西書。當時除了極少數士大夫如李善蘭、王韜、徐壽等人與傳教士合作外，在相當長的一段時間裏，傳教士的西學難以進入士大夫的圈子。

傳教士介紹的西學在士大夫中發生影響，是由於「經世致用」。在鎮壓太平天國起義的過程，越來越多的士大夫出於對西方器械機器的欽佩，產生了瞭解西方技術科學的需要。從林則徐、魏源提出「師夷之長技以制夷」，到馮桂芬的「採西學議」，直到李鴻章等人的「洋務運動」，傳教士成了洋務派官僚的佳賓智囊，經世致用思潮與學習西方思潮出現了合流。許多士大夫發現：只有學習西方，才能解決當時的社會政治問題，才能經世致用，學習西方變為經世致用的良方。這時，傳教士的影響也到了極點。隨著西學的權威確立，自 1872 年秋第一批中國留學幼童抵美起，成批的留學生出國，他們回國之後便取代了傳教士介紹西學的地位，傳教士在介紹西方文化上的作用也就無足輕重了。

在半個多世紀裡，因爲語言的隔閡，傳教士介紹的西學是中國士大夫瞭解西學最主要的管道。傳教士介紹什麼樣的西學，介紹到什麼程度，不懂外語而又有志於經世致用的中國士大夫就瞭解什麼樣的西學，瞭解到什麼程度。當然還有其他的文化交流管道，如租界、外商、外商所辦報刊、出版機構等，但它們在思想學術文化方面的作用，都遠遠比不上傳教士當時所起的作用。如果說在半個世紀裡，中國士大夫對西學的主要瞭解是以傳教士爲主要媒介，那並不算一句過分的話，傳教士在當時的作用由此可見一斑。事實上，傳教士的許多活動一直是爲了促進中國的變革，因此它們與經世致用思潮有著許多一致的地方，因而可以合流，傳教士的文學活動也就大大促進了「經世致用」在文學中的影響。

在文學方面，傳教士的看法要比中國士大夫更爲功利，他們基本上是從「勸善懲惡」來看待文學功能的。傳教士及其家屬常常提倡一些新風俗，如反對纏足，提倡婦女解放等。他們還曾經在傳教士辦的《萬國公報》上徵求反對纏足的詩文，宣導用文學干預現實。1895 年 6 月，傳教士傅蘭雅在《萬國公報》上發表《求著時新小說啓》，提出：

竊以感動人心，變易風俗，莫如小說，推行廣速，傳之不久，輒能家喻戶曉，氣習不難為一變。今中華積弊最重大者計有三端，一鴉片、一時文、一纏足。若不設法更改，終非富強之道。茲欲請中華人士願本國興盛者撰著新趣小說，合顯此三事之大害，並袪各弊之妙法，立案演說，結構成編，貫穿為部，使人閱之心為感動，力為革除。辭句以顯明為要，語意以趣雅為宗，雖婦人幼子，皆能得而明之。述事務取近今易有，切莫抄襲舊套，立意毋尚希奇古怪，免使駭目驚心。[78]

他希望那些願中國富強的人，用小說顯示這「三害」，並且提出解決這「三害」的妙法。[79]中國古代小說原來就與經世致用關係甚遠，像這樣提出極爲具體的社會問題以及解決問題的妙法的小說，更是未曾有過。可惜的是，當時的中國作家還創作不出這樣的「新小說」，應徵的小說共有一百六十多卷，不可謂不少，卻沒有一部符合傅蘭雅的需要[80]。《萬國公報》雖然沒能刊登出這類小說的範本，但是它啓發了先進士大夫，促使他們意識到：小說可以這樣寫，應該這樣寫。他們吸收了傳教士的主張，融會到自己的變法主張之中。梁啓超在論「變法」時，特別提出：

今宜專用俚語，廣著群書，上之可以借闡聖教，下之可以雜述史事，過之可以激發國恥，遠之可以旁及彝情，乃至宦途醜態，試場惡趣，鴉片頑癖，纏足虐刑，皆可窮極異形，振厲末俗。其為補益，豈有量耶！[81]

傅蘭雅所說「三害」，都已列入，「窮極異形，振厲末俗」也是傅蘭雅提倡小說的思路。梁啓超在最初提倡寫「新小說」時，受到傅蘭雅的影響是顯而易見的，「新小說」和「時新小說」只相差一個字。這時問世的蕭詹熙的《花柳深情傳》，宣揚革除舊弊，更是明確承認是受了傅蘭雅的影響。[82]

傳教士爲中國小說提供了「政治小說」的模本。1891 年底至 1892 年 4 月，上海《萬國公報》連載了《回頭看紀略》，它是美國貝拉米於 1888 年剛剛出版的烏托邦小說《回顧》的節譯本。1894 年廣學會又出版了《回顧》節譯單行本，易名《百年一覺》。也許是考慮到中國當時鄙視小說的社會風氣，它在發表出版時並未注明是「小說」。它立即在先進士大夫中引起震動。康有爲在寫作《人類公理》時參考過《回顧》，譚嗣同在他的《仁學》中特別提到：「若西書《百年一覺》者，殆仿佛《禮運》大同之象焉。」梁啓超也將《百年一覺》列入《西學書目表》作了介紹。梁啓超後來撰寫《新中國未來記》，其構思與《百年一覺》便有相似的地方。因此，《百年一覺》實際上爲「小說界革命」的宣導者提供了「政治小說」最早的模本。

傳教士爲中國文學「經世致用」發展成爲「文學救國論」提供了一條途徑，就是把文學作爲「教科書」。1896 年，廣學會出版了傳教士林樂知編輯的《文學興國策》，它編輯了日本駐美公使森有禮七十年代在任日本駐美國公使時徵求到的美國名流對日本改革的建議。這本書其實說的是教育興國，其中的文學概念不是西方近代的文學概念，而是與中國傳統的把所有文字著述都算作文學的「文學」概念是一致的。事實上，西方的文學概念原先與中國傳統的文學概念是一致的，一直到十九世紀，才逐步變爲今日的文學概念。也就是說：《文學興國策》用的是西方舊的文學概念，而不是新的文學概念。書中的美國學者主張：「文學爲教化必需之端」，「有教化者國必興，無文學者國必敗，斯理昭然也。即如三百年前之西班牙，實爲歐洲最富之國，嗣因文學不修，空守其自然之利益，致退處於各國之後而不能振興。此外各國，亦多有然」。所以「國非人不立，人非學不成，欲得人以治國者，必先講求造就人才之方也，造就之方無他，振興文學而已矣，夫文學固盡人所當自修者也」。這與經世致用文學的「文之外無道，文之外無治」、「文之外無學，文之外無教」的文學觀是完全一致的。不一致的地方也有，他們認爲文學應當面向大衆：「夫文學之有益於大衆者，能使人勤求家國之富耳。」怎樣才能使人勤求家國之致富呢？他們主張「文學有益於商務」，「至於讀書之益，亦無他說，不過謂其能擴充人之智識，能磨練人之心思，使天下之商，皆曉然於各國之物產，市面之消長，運貨有至賤至捷之法，造船有至穩至快之式，而且設關收稅，亦有至善之規，不使一業有掣肘之慮，是乃讀書之明效也」。[83] 這是提倡一種類似報刊、教科書的文學，完全以實用、教育爲目的。這一步對於中國近代文學思潮從經世致用轉爲文學救國可以說是關鍵的一步。

其實，從經世致用到文學救國是有一個艱難的發展過程的，中國古代文化本身並沒有實現這一轉化。即使從儒家的「文以載道」、「以文治國」的文學觀念看，中國近代占主導地位的實用宣傳的文學觀念——以文學爲教科書的觀念在中國文學史上也是僅見的。中國文學史上畢竟還是有過許多輝煌的文學著作，表現了作者的生命體驗，它們超越了教化等實用的需要。中國近代實用宣傳的文學觀念是「文以載道」、「以文治國」發展到極致的產物，也是當時作家「理解著傳統並且參與創造傳統」的產物。過去不少學者把這一現象歸結爲「亡國在即」，「救亡」的熱情導致「文學救國」論，這無疑是有道理的，但它並不全面，還不足以解釋這一現象的出現。中國歷史上曾多次出現過「亡國危機」，六朝時候「五胡亂華」，北方遊牧民族的鐵騎時時威脅著南朝的生存，並沒有人在南朝造成「文學救國」的熱潮。南宋時候，金元的威脅一直存在，南宋士大夫，一直呼喚北伐收復國土，最後，南宋終於亡於元朝之手。而在南宋也沒有出現像晚清那樣「文學救國」的熱潮。明朝末年，清兵入關，士大夫呼籲「天下興亡，匹夫有責」，反清復明活動持續數十年，也沒有出現如晚清那樣的「文學救國」熱潮。

因此，一般地談論「亡國危機」促進了「文學救國」並不準確，它並不能解釋如六朝、南宋、晚明面臨同樣的亡國危機時爲什麼沒有出現「文學救國」熱潮。因爲「亡國危機」並不能直接導致「文學救國」，它必須經過一個思想文化上的仲介，這就是「經世致用」思潮與西方傳教士宣揚的文學興國思潮合流。

六朝是儒家認爲「清談誤國」的時代，老莊與玄學，佛學佔據了重要地位，儒家思想反倒衰微了。老莊、佛學、玄學並不把文學作爲治國的工具，「文學救國論」自然也就不會發生。南宋是理學昌明的時代，新儒學至南宋完成了它的體系。儒家之道本有「內聖」與「外王」兩面，從原始儒家到理學，一直是「內聖」重於「外王」，南宋的理學自然也側重在談「性理」的「內聖」一面，「外王」不是他們研究的主要對象。主張「心學」的陸九淵不要說了，就連辦事幹練的朱熹也與主張「事功」的陳亮有過十一年激烈的辯論。朱熹是「談性命而辟功利」，陳亮是「專言事功」而「嗤嗤性命」，對「內聖外王」的看法完全不同。晚明是「心學」盛行之際，士大夫的著眼點在「心性」，在「理」、「命」，也是偏重於「內聖」，他們雖然始終沒忘記「外王」，但是還沒有完全把文學作爲「救國」的實用宣傳工具。

明末清初士大夫強調經世致用，但是這一思潮並沒有發展成文學救國，因爲中國文學的傳統是注重文學抒情的，它不允許脫離情感的口號式的文學創作。事實上，正如曾國藩後來所指出的，古文不宜說理。因此即使在清初，也沒有人提出要把文學作爲教科書來救國。這時雖有呂留良批改八股，把民族意識溶入到四書批註之中，希望它隨著八股考試而流傳，帶有教科書色彩，但在當時清朝對漢人的嚴厲防範下，這是偷偷摸摸的情形，不可能成爲文學思潮。

隨著清王朝危機加強，「文字獄」消失，「經世致用」又在龔自珍、魏源等一班士大夫的提倡下重新復蘇，成爲近代儒家占統治地位的思潮。但是我們從前面論述的經世致用思潮中可以看到，它們並沒有馬上轉化爲「文學救國」。「經世致用」在文學上的表現，還是慷慨激昂，以天下爲己任。並沒有以文學爲教科書的意識。

甲午中日戰爭之後，士大夫對日本的變法富強留下極深的印象，西學的權威也已確立。林樂知的《文學興國策》以日本的富強之途在振興文學爲號召，又介紹這是西方名流總結西方富強的經驗，這自然使原本就相信「文學治國」的士大夫趨之若鶩了。林樂知把西班牙作爲大國的衰落歸結爲「文學不興」，作爲教訓，它在客觀上促進了人們對「文學救國論」的信仰，部分人並且立即設想小說原本就面向大衆，自然可以作爲教化大衆的工具。在「小說界革命」幫助小說成爲「文學之最上乘」之後，他們紛紛創作能成爲「教科書」的小說，以拯救瀕於危亡的祖國。不僅梁啓超、陳天華、蔡元培、吳稚暉、黃小配等改良派革命家創作「教科書」式的小說，甚至連職業小說家創作揭露官場的小說，如李伯元的《官場現形記》，也標榜是一部「教科書」。[84] 中國文學雖重「教化」，但「教科書」一詞本是從西方引進。晚清普遍把小說視爲「教科書」，可見林樂知等人的宣導影響之大。當然，它的影響大也是因爲它本身與中國「以文治國」的傳統文學觀念和這時占統治地位的經世致用思潮都是一致的。在某種意義上，我們可以說：林樂知的《文學興國策》是中國近代從文學經世致用到文學救國論的催化劑。這是當時中西思潮合璧的結果。

《文學興國策》還鼓吹「西國振興之故，全在於基督之教導，及新舊約之聖經耳」。然而這一點並未得到中國士大夫的認同，可見當時中國先進士大夫吸收西學，是從自己的知識結構和需要出發的。値得一提的是，晚明耶穌會傳教，還有徐光啓、李之藻等當朝士大夫入教，後來還有永曆帝及其家屬入教；可是到了晚清，不僅與士大夫合譯西書的王韜、徐壽等人不入教，士大夫中也幾乎無人入教，與晚明適成對照。這是一個很有意思的現象。

傳教士的文學主張曾經對中國近代文學的發展起過重大影響，他們革除舊弊、感化民衆的文學主張當時也曾對中國社會的改良起過一定的作用，但是就文學啓蒙來說，傳教士的文學主張實際上與西方眞正的近代文學觀念並不相符。西方自「文藝復興」以來文學思想的發展，是強調文學從基督教之「道」下解放出來，作家應當相信自己的獨立思考，憑著自己獨特的人生體驗，通過藝術審美去感悟、認識人生，表現人生，探究人生的眞諦，對人生和人性作深入的開掘。正是這樣的基礎上，文學不再從屬於神學、倫理學、哲學，而成爲一門完全獨立的人文學科，成爲獨特的藝術。可是傳教士的文學觀念，仍然停留在中世紀，認爲文學從屬於基督教之「道」，是教化的工具。它與中國傳統的與「道政學教合一」的文學觀念倒是相符合的，而且比中國傳統的文學觀念更具功利色彩。由於半個世紀裡，傳教士對西學的介紹是士大夫瞭解西學的主要途徑，因此中國的士大夫很容易便接受了傳教士的文學觀念，他們堅持的實際上是帶濃厚封建色彩的文學觀念，但由於傳教士的提倡，使他們誤以爲這就是西方近代的文學觀念。這種狀況實際上阻礙了他們進一步瞭解眞正的西方近代文學觀念，也使得當有人介紹西方眞正的近代文學觀念時，很少有人理解和呼應。

這時士大夫中的經世致用派首先發現了報紙的作用。王韜、鄭觀應、陳熾等人都論述了報紙在近代社會的作用。到甲午中日戰爭之後，這便成爲改良派的共識。康有爲提出「設報達聰」[85]，梁啓超主張「去塞求通，厥道非一，而報館導其端也」[86]。他們還只是從改良政治來看待報紙的，譚嗣同卻從傳統文學觀念入手，把報章文體與文學的經世致用結合起來。他「疏別天下文章體例，去其詞賦者不切民用者，區體爲十，括以三類」，報章可以在一編之中，包容全部「三類十體」，「識大識小，用宏取多，信乎經國之大業，不朽之盛事」，它使「文武之道，未墜於地」。[87]古代的文學雖然也可以作爲宣傳工具，如駱賓王討伐武氏的《代李敬業傳檄天下文》，李自成散佈的民謠等，但受傳播管道的限制，只能在街頭張貼散發，主要依靠口耳相傳，效果也就有限得很。中國漢代以來雖有「邸報」這樣一種古代報刊形式，雖經發展，內容卻無非是詔令、奏章、朝覲、任免等事宜，且僅限於官方傳閱，不具有眞正的社會性。西式新型報刊的問世，面向的是廣大民衆，並且資訊傳播速度大爲加快，宣傳也就產生了巨大的力量。於是：

> 「自古哲士哀時，達人礪俗，曷嘗不以微言閎議，激蕩民心，轉移國步哉！是以文致大平，垂經世先王之志，眷懷小雅，偏主文譎諫之辭」；「自歐俗中更，競辟報紙，新聞之學，蔚為大宗，纂述之餘，訂為專律。十萬毛瑟，驚法蘭西霸主之心；七匝員輿，識美利堅文章之富。津逮吾華，條流粗具。於以揮政客之雄辯，陳志士之危言。澡雪國魂，昭蘇群治，回易眾聽，紀綱民極。較之仰天獨唱，眾心不止者，厥用益宏焉」。[88]

西方新聞機構在「新聞自由」條件下充當「無冕之王」，被當時中國先進知識份子與傳統的「以文治國」合在一起，作爲文學的功能加以誇耀。傳播媒介的變化，使得經世致用的文人更加確信文學的治國作用。無論是改良派，還是革命派，甚至連編小報的一般報人都打出了改變世道人心的宗旨。李伯元曾說：「慨夫當今之世，國日貧矣，民日疲矣，民日疲矣，士風日下，而商務日亟矣」；「然使執塗人而告之曰：朝政如是，國事如是，是猶聚喑聾跛躃之流，強之為經濟文章之務，人必笑其迂而譏其背矣。故不得不假遊戲之說，以隱寓勸懲，亦覺世之一道也。」[89]這些小報實際是否做到「覺世」是另一回事，僅從他們標榜「覺世」，就可以看出當時社會對用報紙「覺世」寄寓了何等的期望。

新的傳媒加劇了經世致用文學思想的膨脹，同時也使經世致用文學思想出現轉化，從確信文學必須「經世致用」發展爲確信文學能夠「改造社會」。這從于右任上述發刊詞「澡雪國魂，昭蘇群治，回易衆聽，紀綱民極。」中已可見出端倪。這時的文學思想發生變化，一是從改造社會的目的出發，將小說作爲「文學之最上乘」，二是秉著「改造社會」的宗旨發動了「詩界革命」、「小說界革命」、「文界革命」，改變了傳統文學的模式。

表面看來，文學必須「經世致用」與文學能夠「改造社會」並無太大的差別，「經世致用」者，治理世事發揮作用也，至多是在程度上與「改造社會」作字面上的理解，沒有看到二者還有一個非字面上的實質差別，那就是它們面對的讀者對象是不同的。「經世致用」面對的讀者是士大夫，由何人來「經世」？自然是士大夫，好的建議對策啓發何人？也是士大夫。「改造社會」則不同，被「改造」的是包括士大夫在內的「國民」。這時在作者心目中，士大夫已經很難說是主要的讀者對象，至少不是全部的讀者對象。例如林白水認爲：「我們中國最不中用的是讀書人。那班讀書人，不要說他沒有宗旨，沒有才幹，沒有學問，就是宗旨、才幹、學問件件都好，也不過嘴裏頭一兩句空話，筆底下寫一兩篇空文，除了這兩件，還能夠幹什麼大事呢？如今這種月報，全是給讀書人看的，任你說得怎樣痛哭流涕，總是『對牛彈琴』，一點益處沒有的。」所以他把希望寄託在「種田的、做手藝的、做買賣的、當兵的，以及那十幾歲小孩子阿哥、姑娘們」。[90] 至少在作者的心目中，傳統文化的壟斷者士大夫已經不是報刊的主要讀者對象了。不僅是在「白話報刊」中如此，甚至連正宗的詩文也是如此。曾國藩鎮壓太平天國起義時，曾經創作了大量軍歌，教湘軍唱，他此時心目中的讀者自然是一般沒有文化的士兵，他用歌來作教育他們的工具。這些軍歌是口耳相傳，但對曾國藩及其部屬來說，它們只是治軍的工具。並不是文學作品，文學作品的讀者則是士大夫。但是到了黃遵憲便不同了，他有意識地創作通俗的軍歌，以之爲文學作品，宣揚軍國主義。梁啓超又將這些軍歌登在報刊上，大力喻揚，宣傳通俗軍歌的文學價值和社會作用。從中顯然可以看到不同時期的作家心目中的文學及它們的讀者對象發生的變化。

到十九世紀末，中國主張經世致用的士大夫面對的一個共同的政治問題，就是「瓜分」的慘禍就要降臨到中華民族頭上。從割讓香港、澳門，放棄朝貢的藩國琉球、安南、朝鮮，直到割讓臺灣、遼東，[91] 大清帝國在一次次對外戰爭中失敗，一次次賠款求和，亡國的危機迫在眉睫。顧炎武早就說過，「天下興亡，匹夫有責」，但是如何使「匹夫」們知道自己身上的責任，承擔起「救國」的責任，卻是擺在主張經世致用的士大夫面前的難題。西方的政治制度認爲平民應當參與政治，如何教育平民也是問題。以往的文學是士大夫的專利，士大夫過去並不重視平民，現在面對新的形勢，通過什麼樣的媒介使經世致用的士大夫與普通的老百姓溝通，這是一個難題。而文學的俗化潮流則幫助他們解決了這個難題，因而得到他們的支持。他們首先把眼光盯到了過去爲士大夫所不齒的小說上，這個過程我們在前面「文學範圍的擴大」一節已有論述。

在晚淸，小說是「文學救國論」發展得最爲厲害最爲成熟的文學體裁。這或許因爲政治家們看中小說，承認它是「文學之最上乘」，就是看中它能夠成爲救國的工具，成爲先進士大夫溝通普通老百姓的媒介。正由於先進士大夫創作小說時，想到小說只是剛剛進入文學，想到面對的讀者就是粗識之無的普通老百姓，而不是像創作詩文那樣面對的是文化水準較高的讀書人，所以他們在創作小說時用不著顧慮藝術上的清規戒律，只要求小說具有與「救國」有關的內容。他們「率爾操觚」，無需在藝術上多作準備，他們把創作小說視爲一種施捨，帶著某種優越感創作。這種態度，也是中國古代文學創作時很少見的。

處在晚清這樣的時代，「文學救國論」自然要影響到詩文等正統文學。康有爲認爲，「凡六藝之學，皆以致用也」。他把文學看作「詞章之學」，按照孔子的「言之無文，行之不遠」來要求文學。[92]主張「學者當以義理心性氣節爲本，故《論語》謂餘力學文」。[93]堅持文學經世致用的傳統。這在當時與譚嗣同等人是一致的。譚嗣同一度認爲文學是「雕蟲篆刻，壯夫不爲。處中外虎爭文無所用之日」，[94]後悔自己過去在文學上花費了過多的精力，直到發現報刊的作用，才改變了對文學的看法。[95]嚴復則說得更爲明白：「客謂處存亡危急之秋，務亟圖自救術，此意是也。固知處今而談，不獨破壞人才之八股宜除，舉凡宋學漢學，詞章之道，皆宜且束高閣也。」[96]他不僅否定了詞章文學與時文，而且連理學經學也否定了，因爲它們不能「救國」。只是他們的影響都不如梁啓超，梁啓超除了發動「小說界革命」，還發動了「詩界革命」和「文界革命」，在文壇上來了一次較爲普遍的變革運動。

1899 年，梁啓超提出「支那非有詩界革命，則詩運殆將絕」，[97]打出「詩界革命」的旗號。他覺得中國詩一直走著鸚鵡學舌之路，「雖有佳章句，一讀之，似在某集中曾相見者，是最可恨也。」當前作詩，就要像哥倫布發現新大陸那樣，

「第一要新意境，第二要新語句，而又須以古人之風格入之，然後成其爲詩」。最主要是，是要輸入「歐洲之眞精神眞思想」，「吾雖不能詩，惟將竭力輸入歐洲之精神思想，以供來者之詩料」。[98]他認爲詩的發展在吸收西方的精神思想，產生新的意境和語句，融入舊詩的風格。他也想用詩來作教科書：「今欲爲新歌，適教科用，大非易易。蓋文太雅則不適，太俗則無味。」[99]正是在這個意義上，他充分肯定了黃遵憲創作的軍歌。只是梁啓超在提出「詩界革命」時，其態度要比提出「小說界革命」緩和得多，愼重得多，因爲他面對的是一批懂詩的士大夫。「詩界革命」雖然最早提出，其影響卻遠不如「小說界革命」。「小說界革命」風靡小說界，成爲時尚；「詩界革命」只得到丘逢甲、黃遵憲、夏曾佑、蔣觀雲等人的回應。但是詩壇上的南社、同光體，都在不同程度上受到「詩界革命」的影響，尤其是以新名詞入詩，歷來在詩壇上被懸爲厲禁，此時卻成了詩界潮流，這就爲「五四」新文學運動的白話新詩作了鋪墊。

「文界革命」的提出與「詩界革命」同時。梁啓超有感於日本政論家德富蘇峰「其文雄放雋快，善以歐西文思入日本文，實爲文界別開一生面者，余甚愛之。中國若有文界革命，當亦不可不起點於是也」[100]，提出了「文界革命」的設想，其指導思想，就是「以歐西文思」入文。實際上，在梁啓超提出「文界革命」之前，由於近代報刊的傳入，傳統的古文已經難以適應報刊的需要，報刊的文章已經形成了獨特的「報章體」。譚嗣同論報章文體，說它包括了所有古代文章形式，除了「詞賦諸不切民用者」，其實他是在爲報章文體爭地位，以引起士大夫的重視。梁啓超寫的報章文，是當時報章文體的典範，以至有「時務體」、「新民體」的說法。梁啓超因爲「夙不習桐城派古文，幼年爲文，學晚漢魏晉，頗尙矜煉，至是自解放，務爲平易暢達，時雜以俚語韻語及外國語法，縱筆所至不檢束，學者競效之，號新文體。老輩則痛恨，詆爲野狐。然其文條理明晰，筆鋒常帶情感，對於讀者，別有一種魔力焉」。[101] 梁啓超的名聲大於他的老師康有爲，與他此時所寫的報章文體宣傳維新立憲，有很大關係。他所以「務爲平易暢達」，就是爲了「覺世」，讓更多的人瞭解新學的道理。在當時衆多報刊作者中，梁啓超能脫穎而出，將「報章體」發展爲「新民體」，除了他的才氣之外，還因爲他在作文時不想「傳世」，也就不必顧忌傳統作文的許多規則，而只追求「條理細備，詞筆銳達」，論辯起常帶情感，縱筆所至，不加檢束，打破了衆多作文的框框，反倒大大發展了散文。

中國自古以來，「文」的發展是最爲緩慢、變化最小的。「詩」還從「四言」變爲「五言」、「七言」，「古風」變爲「近體」，「文」則依然以先秦兩漢爲楷模，除了增加辭賦、駢文，散文幾乎沒有太大的變化。

直到曾國藩，雖然意識到「古文之道，無施不可，但不可說理耳」[102]，但是他的設想還是將「文」與「道」分開，說理之文究應如何，他主張師法「經說理窟及語錄劄記」。[103] 梁啓超的「新民體」在說理之文上開闢了一個新的境界，使中國的散文出現了較大的變化。因爲經世致用思潮促使衆多的先進士大夫與留學生創辦報刊，來宣傳救國的道理，而報刊作爲新型傳播媒介改變了士大夫壟斷文化的局面，從而也就必然帶來文學體裁和文學語言的變化。從長遠來看，這是社會文化結構的調整，但是在晚清十幾年間文體的急劇變化，卻是得力於由亡國危機帶來的經世致用思潮的急劇膨脹。梁啓超的「新民體」順應了這一潮流，成爲新文體的楷模。儘管「文界革命」的口號沒有「詩界革命」叫得響，但是「文界」的實際變革卻要比「詩界」大得多。梁啓超提出的「小說界革命」和「詩界革命」，也因爲順應了這一潮流，成爲文壇的主流。

經世致用文學思潮把能否解決實際的政治社會問題放在首位，這在某種程度上體現了「實踐是檢驗眞理的標準」，所以它並不拘泥於某種程式，而常常根據實際情況變化，在提出改革時也不拘守某種教條。在龔自珍的時代，改革的方案只好到古代去找，所以他是「藥方還販古時丹」。一旦發現西方比中國強大，而且確有可學的東西，經世致用的改革就會轉而向西方學習，反對復古主義。所以梁啓超在找到學習西方的出路後，便理直氣壯地宣稱「中國結習，薄今愛古，無論學問文章事業，皆以古人爲不可幾及。余生平最惡聞此言」。[104] 這就把西方的進化論作爲人類社會的準則。經世致用文學思潮打破了十八世紀後期「萬馬齊喑」的局面，促使文學干預現實，反映社會。但是「經世致用」又是以能否解決實際的政治社會問題作爲價值標準的，這使它產生了兩大缺陷：一是缺乏形而上的思考，形而上的思考必須服從解決實際的政治社會問題的需要。對於這一缺陷我們將在後面「人文精神的曲折發展」一章中詳細討論。另一個缺陷是對文學採用政治功利作爲基本價值標準，從而影響到對文學藝術規律的認識。

無論是改良派政治家還是革命派政治家，他們對文學的看法都帶有很強的政治功利性，其功利色彩甚至較傳統的正統文學觀念更甚。正統文學觀念在主張「以文治國」時，還沒有把文學當作教科書，來規範老百姓的活動。晚清梁啓超等人發動

「小說界革命」，把小說作爲「文學之最上乘」，就是因爲小說能夠成爲教科書，幫助教育老百姓。梁啓超否定《紅樓夢》而讚揚《桃花扇》，因爲《桃花扇》有「故國之思」，蘊含政治色彩。[105] 其他的人要讚揚《紅樓夢》，也是把它靠到政治上，如認爲《紅樓夢》宣揚了「排滿」，這種讚揚與肯定實際上都是從政治功利出發的，而不是從小說表現人生出發的。中國古代小說本來並不注重爲政治服務，因而形成了以《紅樓夢》爲代表的表現人生的優秀傳統，這一傳統在近代借助西方文學影響，本應發揚光大，但在經世致用文學救國的壓抑下，小說反倒成了政治的工具。中國古代小說原來正是由於受到士大夫的鄙視，不算文學，因而可以容納一些異端思想，表現正統文學無法表現或不屑表現的人生內容。現在一旦成爲「文學之最上乘」，卻脫離了原先由那些巨著傑作體現出的優秀傳統。小說的地位提高了，但是小說自身卻受到由儒家正統文學觀發展而來的「文學救國論」的統治，成爲救國的「工具」。[106]

在中國古代，儒家文學觀占統治地位時，文學家要創作，發展文學批評，探究藝術規律，往往會借助於佛、道思想體系。道家對人生的自由逍遙態度，可以借用對人生的審美觀照，佛家的頓悟與佛性，有助於作家發揮主體性探索藝術規律……它們都給文學以極大的啓發。劉勰受佛學影響，《文心雕龍》的「神思篇」體現了佛家妙悟的境界。《二十四詩品》引道家入詩論，強調一個「悟」字。主張「妙悟」「神韻」的嚴羽、王士禎等也都受到佛學影響。李贄的「童心說」即從禪宗「佛性」中化出。袁宏道提倡「性靈」，力主「世情當出不當入，塵緣當解不當結」，明顯具有佛、道色彩。曹雪芹在《紅樓夢》中，也是借助於佛、道思想，才否定他那個現實世界的。中國古代文學創作與批評在今天看來頗有價值的突破，其背後往往都可以找到佛、道思想的影子。

但是，佛、道思想能夠對儒家思想起補充作用，是因爲儒家思想以「內聖」爲本，在「內聖」上與佛、道有相通的一面。一旦轉爲「外王」爲本，以「經世致用」爲最高準則，佛、道思想便只有在關係到「致用」時才可被借鑒，所以近代的佛學常常被借用來反傳統，但是「經世致用」的士大夫卻很少在審美意義上借鑒佛、道思想。後來的「文學救國論」把文學看成「救國」的工具，從功利主義的角度看待文學，無需在審美上借鑒佛、道思想，在十九世紀卻未能發揮應有的作用。

經世致用文學思潮發展到標榜「文學救國論」之後，政治功利成爲最爲重要的價值標準。由於經世致用思潮是十九世紀的核心思潮，在文壇上佔據統治地位，它的價值標準也就影響甚至制約了其他思潮的發展，我們在下面將會談到，經世致用思潮是如何影響甚至制約了學習西方思潮、人文精神思潮、通俗化思潮、復古思潮的發展的。十九世紀文學思潮的功績與局限，大抵都與經世致用思潮有關。

民國建立後，亡國的危機有所緩解，在一般公衆的心目中，打倒清朝政府的腐朽統治，下一步，就是祖國的興旺發達了。這時，「文學救國論」失去了存在的基礎，一度沈寂。但由於晚清沒有確立藝術的本體地位，所以民初的小說家在強調作品價値時，仍然必須借助於「褒貶勸懲」，「補救人心，啓發知識」，[107] 以道德的政治的功利作用爲作品價値之所在。

1915 年袁世凱稱帝，日本乘機迫使他接受了喪權辱國的「二十一條」，「亡國」的危機又一次降臨到中國人面前。

「文學救國論」重新醞釀，當時的名記者黃遠庸主張：「居今論政，不知從何說起。遠意當從提倡新文學入手。綜之當使吾輩思潮，如何能與現代思潮相接觸而促其猛省；而其要義，須與一般人生出交涉；法須以淺近文藝，普遍四周。」[108]他確信提倡「新文學」是改革政治的手段，文學可以成爲改造政治的工具。另一方面，「共和國」名存實亡，又促使人們思考，發現「共和國」缺乏以「個人」爲本位的自由思想作爲「民主」的基礎。於是，「文學救國」便與「人文精神」結合起來。在黃遠庸的話語裏，「文學革命」、「新文學」、「現代思潮」、「猛省」等等都已出現，「改革政治從改革文學入手」，「文學與一般人生出交涉」，「用淺近文藝普遍四周」等等思想也已出現，它們都是後來五四文學革命的指導思想。黃遠庸認爲：「文藝家之能獨立者，以其有人生觀。人生觀之結果，乃至無解決、無理想，乃至破壞一切秩序法律及世俗之所謂道德綱常：而文藝家無罪焉。彼其職在寫象；象如是現，寫工不得不如是寫；寫工之自寫亦復如是。故文藝家第一義在大膽；第二義在誠實不欺。」[109]提倡個性解放，現實主義，批判社會等等也都有了。黃遠庸的主張寫在致章士釗的信中，發表在《甲寅》上，而章士釗是陳獨秀的好朋友，其時二人又都在日本東京。陳獨秀 1917 年發表的《文學革命論》包含了黃遠庸的主要主張，黃遠庸的主張因此可以被認爲是體現了從十九世紀文學到二十世紀文學的過渡。「文學救國論」在二十世紀得到新的發展，「經世致用」文學思潮也得以延續，不過這一延續又是和近代審美理想的發展結合在一起的。

第三節　對「情」的崇仰帶來的變化

在中國古代，「中庸」被作爲審美的重要範圍，「中和之美」是審美的理想原則，作爲價值尺度統治中國達二千年之久。它的提出可以上推到孔子「《關雎》樂而不淫，哀而不傷」[110]。宋代朱熹《詩集注》云：「淫者，樂之過而失其正者也，傷者，哀之過而害於和者也。」大致符合孔子的本意。它包括兩方面：一是「正」。「正」是道德標準，藝術表現的應該是一種社會性的具有道德約束的情感。二是「和」。「正」也是「中」，是「和」的標準與依據，「和」是和諧，是一種審美理想。在孔子看來，眞正美的，有益於人的藝術作品，其情感表現應當是適度的。「過猶不及」，超過了應有的限度，使歡樂的情感表現成了放肆的享樂，悲哀的情感表現成了無限的感傷，這樣的藝術作品就是有害的。因此，「中和之美」具有兩個明顯的特徵：首先，它是理性的，情感的表現必須時時受到理性的節制，「哀而不傷，怨而不怒」，一「傷」一「怒」就淪爲下乘。其次，它是實用的，過度的享樂與哀傷都會損害身體健康，也有礙「敎化」。「中和之美」的審美理想與儒家的文學觀是緊密相連的。

「中和之美」追求和諧，自有它的道理。可是，一旦把它絕對化，作爲最高的審美尺度，也會帶來它的缺陷。試想：藝術是情感的表現，它需要自由的發揮，倘若作家在創作中必須時時注意情感的發揮不能過分，時時考慮用道德理性的閘門封閉奔放的情感，那麼，本來連貫的創作思維勢將處於不自由的狀態之中，在這種情形下很難寫出傑出的作品。事實上，從古代到近代的文學家也意識到這一點，他們提出解決困境的方法是修身養氣，將道德理性內化到情感表現之中。他們設想，假如修煉到沒有不合乎道德理性的情感產生，那麼表現情感的文學自然也就符合道德理性了。何紹基等人便是這樣認爲的。他們自然不會意識到這番修煉本身即是對人的個性發展的束縛，更不可能意識到社會的道德其實是隨時代變化的，而道德變革大都是因爲舊有道德束縛人的發展，一些人衝破舊有道德的束縛，逐漸爲社會認同，形成新的道德觀念。

「中和之美」反對過度的哀傷，認爲過度的享樂與哀傷會妨礙人的健康發展，其實是似是而非。文學作品的創作與閱讀是一種渲泄，通過渲泄情感達到「淨化」。當作者需要「長歌當哭」時，創作本身就是一種渲泄，自然是淋漓盡致，才有益於心理的健康。作者的情況同樣適用於讀者，閱讀悲傷的作品，引起共鳴，恰恰能幫助他渲泄情感。所以「哀」不必「不傷」，「怨」可以「怒」，這也由世界文學中的無數作品所證明了，藝術是緣於生命的，生命衝動常常可以轉化爲藝術衝動，藝術對生命的發展又有著獨特的意義，它幫助解脫人生的痛苦，使情感得以渲泄，使躁動的心靈得到慰藉，從心理學上說，恰恰是健康的。

「中和之美」作爲審美理想與價值尺度，其實是配合了儒家的政治理想。理性節制情感造就了「載道」、「言志」的文學傳統，「實用」的目的又使人們把眼光死死盯住文學的實際效益，以「教化」爲文學的職能，用功利主義的眼光來審視文學。主張文學表現情感的理論常常處於被壓制的狀態，從陸機提出「詩緣情而綺靡」[111]以來，曾有許多批評家提出文學情感的理論，然而他們往往遭到正統文人的輕視，一直到清代，沈德潛還批評陸機的「緣情說」是「言志章教，惟資塗澤，先失詩人之旨」[112]。就連提倡文學表現情感的理論家，也常常處於矛盾狀態，在詩論上主情的，在文論上卻是主張「載道」的。有的作家在載道言志的理論中塞進表現情感的理論，調和「言志」與「緣情」的矛盾，例如清代的袁枚提出：「詩人有終身之志，有一日之志，有詩外之志，有事外之志，有偶然興到，流連光景，即事成詩之志，志字不可看殺也。謝傅之遊山，韓熙載之縱伎，此其本志哉？」[113]他的詩論與文論便是矛盾的，舉出的例子也是爲表現情感套上一頂「言志」大帽子。

這種審美理想對浪漫主義文學和悲劇常常是一種束縛，浪漫主義是感情奔放的，它在中國古代往往只能在個別作家身上產生，而難以形成像歐洲那樣的浪漫主義文學思潮，湧現出一批浪漫主義作家。在悲劇中，最典型地體現了文學的審美特徵。中國古代並非沒有悲劇，《紅樓夢》就是一部出色的悲劇，然而，《紅樓夢》卻是中國古代文學中極個別的悲劇作品，當時只能是「滿紙荒唐言，一把辛酸淚，都云作者癡，誰解其中味」。非議者稱曹雪芹「以老貢生槁死牖下，徒抱伯道之嗟，身後蕭條，更無人稍爲矜恤，則未必非編造淫書之顯報矣」[114]。讚賞者或大加索隱，或作出許多「後夢」、「續夢」、「圓夢」，定要改變悲劇的形態。就當時而言，幾乎無人將它作爲一部出色的悲劇，從藝術上加以肯定，因爲悲劇不符合「中和之美」的要求，沒有節制。就是《紅樓夢》本身，從「落了一片白茫茫的大地眞乾淨」的純正悲劇，變爲「蘭桂齊芳，家道中興」的結局，（它可能是高鶚篡改的，也可能是曹雪芹本人在五次增刪中自己修改的，曹雪芹既然能遵照笏老叟之命改掉秦可卿的結局，當然也有可能改掉全書的結局，這還有待進一步考證探索。）無論出諸誰的手筆，都證明了悲劇在中國古代的生存艱難。

早在三十年代，朱光潛便曾總結過中國缺少悲劇的原因。他認爲中國人是一個最講實際，最從世俗考慮問題的民族，對他們說來，哲學就是倫理學，也僅僅是倫理學。他們用很強的道德感代替了宗教狂熱，「在遭遇不幸的時候，他們的確也把痛苦歸之於天命，但他們的宿命論不是導致悲觀，倒是產生了樂觀」；「只要歸諸天命，事情就算了結，也不用再多憂慮」；「他們深信善有善報，惡有惡報，善惡報應不在今生而在來世。好人遭逢不幸，也被認爲是前世作了孽，應當受譴責的總是遭難者自己，而不是命運」。因此，「他們強烈的道德感使他們不願承認人生的悲劇面。善者遭難在他們看來是違背正義公理，在宗教眼裡看來是褻瀆神聖，中國人和希伯來人都寧願把這樣的事說成本來就沒有，或者乾脆絕口不提。在他們的神廟裏沒有悲劇之神的祭壇，也就不足怪了」[115]。需要指出：儒家強烈的道德感除了樂觀的一面之外，也有「憂患意識」的一面，所謂「居安思危」、「不以物喜，不以己悲，居廟堂之高，則憂其民，處江湖之遠，則憂其君」。但這種憂患意識沒有也不可能轉化爲人生的悲劇感。因爲它的目的在於「先天下之憂而憂，後天下之樂而樂」，本質上仍是樂觀的，所以能與「樂天知命」調和在一起。這種「憂患意識」又往往是「憂世」大於「憂世」，有著明確的政治功利目標，以濟世安民爲己任，因此它不可能覺察到人生悲劇的一面，也不能轉化爲對人生的悲劇感。

因此，當中國文學觀念進入近代時，它的審美理想必須發生改變，以拓寬中國文學的視野，幫助文學掙脫儒家文學觀念的束縛，建立敢於大膽表現個性人生體驗的審美理想。文學不再成為士大夫的專利，也促使文學的審美趣味出現世俗化民主化的傾向。西方思想的影響，尤其是近代科學精神的滲透，也促使審美意識發生變化。下面，我們就來考察這些變化。

1815年，龔自珍的父親被任命為蘇松太兵備道，到上海任職，第二年龔自珍也到了上海，將自己的文集命名為「竚泣亭文」，請吳中尊宿王芑孫品評，遭到王的指斥：「愚始不曉『竚泣』所出，及觀自記，不過取義於《詩》之『竚立以泣』此『泣』字礙目，寧不知之。」[116]陋儒的無知，使我們更加欽佩龔自珍對時代的洞察與預見。中國即將進入一個哭泣的時代，短短數十年內，乾嘉的漢學，桐城的宋學，常州的今文經學，這些傳統士大夫安身立命的經學一個個如走馬燈般出來充當治國平天下的杠杆，又一個個被無情的現實擊得滾下歷史舞臺。統治中國數千年的經學，褪去了它神聖的光彩，在世界性的挑戰面前，顯得那麼愚昧可笑，中國文化陷於一場深重的危機之中，只有更新才是出路。

在這大變動大變革的時代，人們開始變得多情，既然萬能的經學已經不再可靠，人們開始信任自己的情感，因為唯有情感才是眞實的。美籍學者李歐梵稱林紓是一位「不尋常」的儒學家，因為他異常熱愛家庭，對家人去世異常悲慟，總的來說，對「情」異常珍視。夏志清補充道：「如果李研究過林紓和蘇曼殊以外的當時學者和作家，他會發現，他們中不少人都是多情善感的。若不是當時有易動感情的社會風氣，也就不可能寫出《花月痕》和《玉梨魂》這樣的書來，寫成後也不能贏得如此眾多的讀者。」[117]其實，不僅是人們變得多情，「情」的地位也上升到空前的高度。儘管大多數文人並不知道出路在哪裡，他們仍然習慣地按照傳統經學的規範立身處事，但是他們已對經學無可置疑的權威發生懷疑，他們常常不得不借助情感來驗證自己的看法，「情」成了判斷「理」的依據。於是，傳統的「情」與「理」的關係開始顛倒過來，原來「理」是「天理」，「情」是「人情」，「人」自然要服從「天」，「理」神聖不可動搖地高踞於「情」之上。「情」只有馴順地服從「理」。其間雖也有人提出相反的意見，如湯顯祖公開標榜「情」來反對「理」，馮夢龍「借男女之眞情，發名教之僞藥」[118]；或者如袁枚、曹雪芹用曲折的表達方式，提倡眞情，反對理學；但是這些終究是個別的現象，至多代表了一股思潮，作爲當時占統治地位的社會觀念，「理」高高在上的地位仍是不可動搖的。然而到了晚清，情況便不同了，「理」變爲由「情」來引伸，而這股思潮漸漸在社會上占統治地位。吳趼人提出：「說人之有情，系與生俱來，未解人事以前，便有了情。」並不是兒女私情的「情」。與生俱來的情，「將來長大，沒有一處用不著這個情字，但看他如何施展罷了。對於君國施展起來便是忠，對於父母施展起來便是孝，對於子女施展起來便是慈，對於朋友施展起來便是義。可見忠孝大節，無不是從情字生出來的。」[119]「上自碧落之下，下自黃泉之上，無非一個大傀儡場，這牽動傀儡的總線索，便是一個『情』字。」[120]他一方面用「情」來取代「理」，將「情」作爲宇宙的主宰，作爲一切倫理道德的出發點，一方面又將綱常名教納入「情」的範圍之中。這是一種折衷，一種妥協，比起晚明的思想解放，不免顯得怯懦[121]。但它同時也是一種反抗，一種叛逆。例如吳趼人認爲「那守節之婦，心如槁木死灰，如枯井之無瀾，絕不動情了。我說並不然，他那絕不動情之處，正是第一情長之處」[122]。一面肯定寡婦守節的合理性，向禮教妥協；

一面又強調這是出諸「情」，從而也爲反對強迫守節留下了餘地。「情」的地位提高以取代「理」，實際上爲提倡個人有權自我選擇開了方便之門。

俞明震則持更爲激進的觀點，認爲吳趼人要劃淸「情」與「癡」、「魔」的界限大可不必，「所謂仁者見仁，智者見智，癡者魔者無一不自以爲多情，而有情者亦無一不絕癡入魔者也」[123]。如果說吳趼人在提倡「情」時還顧忌到孔子的「樂而不淫，哀而不傷」的「中庸」之訓，以「癡」、「魔」來畫地爲牢，不敢公開逾越禮教，那麼，俞明震已經不再顧忌傳統規範，「有情者亦無一不絕癡入魔者也」。爲「情」的自由抒發大聲疾呼。吳趼人、俞明震等人的主張得到社會的廣泛認同，辛亥年間黃花崗七十二烈士之一的林覺民，在就義之前寫下著名的《與妻書》，他不從「理」上說明犧牲的必要，而從「情」上推演出犧牲的必須，由此也可見出當時人對「情」的尊崇。民初小說家徐枕亞主張：「天地一情窟也，英雄皆情種也。」「故能流血者必多情人，流血所以濟情之窮。癡男怨女，海枯石爛，不變初志者，此情也；偉人志士，投艱蹈險，不惜生命者，亦此情也。能為兒女之愛情而流血者，必能為國家之愛情而拼其血乎？」[124]這一唯情主義的邏輯正是林覺民用以說服妻子的邏輯。

對「情」的崇仰使得「情」得以脫離「理」的節制，人們願意接受悲慘的結局，將「哀而不傷」的古訓置諸腦後，「中和之美」的審美準則被突破了。原來《紅樓夢》問世之後，社會上的讀者往往難以接受它的悲劇結局，儘管《紅樓夢》已經作了某些修改，仍然出現了一批《續夢》、《後夢》、《圓夢》類型的續作，以「大團圓」來改變原著的悲慘結局。但在清末民初則不同了，不僅《紅樓夢》的悲劇結局得到人們的廣泛認可，連《花月痕》也成爲當時影響最大的小說[125]。「可憐一卷《茶花女》，斷盡支那蕩子腸。」[126]中國人能夠接受外來的悲劇小說，而且在當時的小說創作中出現了一批專門描繪愛情悲慘結局的「哀情小說」、「慘情小說」，並且成爲當時最暢銷、影響最大的小說，讀者們心甘情願地爲主人公的悲慘結局灑下一掬同情之淚，作家也不再爲悲劇續寫「大團圓」的結局。這是中國小說史上從未有過的現象，這意味著社會的審美情趣確實發生了重要變化。

不僅是市民階層的審美情趣發生變化，連士大夫的審美意識也有改變。「哭泣」再次成爲文學的主題。劉鶚主張：「蓋哭泣者，靈性之現象也。」「靈性生感情，感情生哭泣。」「吾人生今之時，有身世之感情，有家國之感情，有社會之感情，有種教之感情。其感情愈深者，其哭泣愈痛。此洪都百煉生所以有《老殘遊記》之作也。」[127]由「情」生「泣」，而這「泣」正是封建正統文人以爲「礙目」，不合倫理規範，違背「中和之美」的感情。如果說龔自珍的「泣」還遭到正統文人的指斥，頗顯「孤獨」；那麼劉鶚的「泣」便因身當亂世，身世、家國、社會、宗教都深陷於危機之中，而引起士大夫的共鳴。梁啓超提倡「新小說」時極爲推崇孔尚任的《桃花扇》，也因爲它「寄託遙深」，能引起「故國之思」[128]。社會環境的變化造成了士大夫審美意識的改變。只是這種改變大多還是傳統士大夫「憂患意識」的發展，預感到大廈將傾而又回天無力、束手無策的悲哀。所謂「棋局已殘，吾人將老，欲不哭泣也得乎」[129]。所以士大夫審美意識的改變雖然突破了「中和之美」中「和」的規範，但是還沒有完全掙脫「中」的束縛。

然而，僅僅借助於「情」很難完全突破封建宗法制的束縛，建立新型的文學表現人生的藝術觀念；因爲封建宗法制的連接紐帶，也是親情關係，正是家庭父子的親情關係，決定了「禮」的規範，變爲節制「情」的「理」。因此，依靠「情」來反對「理」依然處在宗法制的框架之內，這是民初作家只能停留在「改良禮教」的原因之一。中國近代審美意識的根本轉變必須借助於西方近代的審美理想。較早介紹西方進化論思想的嚴復，實際上早已意識到中國古代「所謂文學侍從，所謂報國文章，極其所爲，不外如孟德斯鳩所言，以文學貢諛導諛，爲人主弄臣而已。其猶非高尚之物，繼繼如也。然而世爭貴之，父兄以此期其子弟，一若既躋其林，於人道即爲造極也者，何其謬歟」。他想改變這種狀況，引進西方近代的美學思想，藝術觀念：

> 吾國有最乏而宜講求，然猶未暇講求者，則美術是也。夫美術者何？凡可以娛官神耳目，而所接在感情，不必關於理者是已。其在文也，為詞賦；其在聽也，為樂，為歌詩；其在目也，為圖畫，為刻塑，為宮室，為城郭園亭之結構，為用器雜飾之百工，為五彩彰施玄黃淺深之相配，為道塗之平廣，為坊表之崇閎。凡此皆中國盛時之所重，而西國今日所尤爭勝而不讓人者也。……東西古哲之言曰：人道之所貴者，一曰誠，二曰善，三曰美。或曰：支那人於誠偽善惡之辨，吾不具知。至於美醜，吾有以決其無能辨也。願吾黨三思此言，而圖所以雪之者。[130]

他將「理」與「情」隔開，「情」不必依靠「理」，並試圖劃定「藝術」的範圍，引入西方近代美學思想，只是他忙於爲「救國」提供理論，「未暇講求」美學思想，只好暫時擱置起來，希望別人來深入探究。

借助西方近代文學觀念對「中和之美」發起攻擊的是魯迅，他提倡「摩羅」詩的目的就是要破除中國的「中和之美」。他憤怒地批判：

> 如中國之詩，舜云言志；而後賢立說，乃云持人性情，三百之旨，無邪所蔽。夫既言志矣，何持之云？強以無邪，即非人志。許自由於鞭策羈縻之下，殆此事乎？然厥後文章；乃果輾轉不逾此界。其頌祝主人，悅媚豪右之作，可無俟言。即或心應蟲鳥，情感林泉，發為韻語，亦多拘於無形之囹圄，不能抒兩間之真美。否則悲慨世事，感懷有賢，可有可無之作，聊行於世。倘其囁嚅之中，偶涉春愛，而儒服之士，即交口非之，況言之至反常俗者乎？

魯迅將「平和」視爲禁錮詩人的枷鎖，指出「平和爲物，不見於人間」，提倡「中和」：「其意在安生，寧蜷伏墮落而惡進取」，是「人道」的對立面。詩人尤其不應遵循「中和」的規則，「蓋詩人者，攖人心者也。凡人之心，無不有詩，如詩人作詩，詩不為詩人獨有，凡一讀其詩，心即會解者，即無不自有詩人之詩。無之何以能解？惟有而未能言。詩人為之語，則握撥一彈，心弦立應，其聲徹於靈府，令有情皆舉其首，如睹曉日，益為之美偉強力高尚發揚，而污濁之平和，以之將破。平和之破，人道蒸也。」[131]他從詩的本質入手，強調詩是表現人的生命體驗的，情感起著決定性作用，指明了傳統的「平和」與「人道」的對立。他理想中的詩人應當是：「自尊至者，不平恒繼之，仇世疾俗，發為巨震，與對跖之徒爭衡。蓋人既獨尊，自無退讓，自無調和，意力所如，非達不已，乃以是漸與社會生衝突，乃以是漸有所厭倦於人間。」

對魯迅的審美理想，周作人也作過呼應：「特文章爲物，獨隔外塵，托質至微，與心靈直接，故其用亦至神。」他也把批判的鋒芒直指儒家的審美理想：「刪《詩》定禮，夭閼國民思想之春華，陰以爲帝王之右助。推其後禍，猶秦火也。夫孔子爲中國文章之匠宗，而束縛人心，至於如此，則後之苓落又何待夫言說歟！是以論文之旨，折情就理，唯以和順爲長。使其非然，且莫容於名教。」從儒家思想與社會根源上，提出「和順」的根源。並以「制藝」作爲傳統文學觀念的代表，揭露了「文章之士非以是爲致君堯、舜之方，即以爲弋譽求榮之道，孜孜者唯實利之是圖，至不惜折其天賦之性靈以就樊鞅」[132]的狀況。在批判封建傳統的同時，周作人也同魯迅一樣意識到資本主義的「實利主義」帶來的危害，提出「試問貿易盛，工業興，即此二端，寧遂足盡人生之事耶」的問題，這是對「人文精神」失落的擔憂，這一問題至今還在困擾著我們。

當時把眼光注視到悲劇上的主要是王國維，他將人生看作是一場悲劇：生活意味著欲望，而欲望終不能滿足，人類必須經歷欲望不得滿足的痛苦，藝術的作用，就在於「描寫人生之痛苦與其解脫之道。」悲劇的價值就在於揭示人生的悲劇，幫助人獲得解脫。他是中國第一個從人生的悲劇意義上去理解悲劇藝術的，因此，他找到了中國很少有悲劇藝術的原因，根子即在中國人的人生觀上：「吾國人之精神，世間的也，樂天的也，故代表其精神之戲曲小說，無往而不著此樂天之色彩，始於悲者終於歡，始於困者終於亨；非是而欲厭閱者之心，難矣」。朱光潛後來對中國缺乏悲劇的論述，幾乎可以說是王國維這段話的注腳。由此，王國維意識到《紅樓夢》的價值是「哲學的也，宇宙的也，文學的也。此《紅樓夢》所以大背於吾國人之精神，而其價值亦即存乎此」[133]。它較之後來魯迅對《紅樓夢》的評價「自有《紅樓夢》出來以後，傳統的思想和寫法都打破了」[134]，可謂猶勝一籌。

王國維的悲劇理論源自叔本華，他提出了新的美學原則：

> ……由叔本華之說，悲劇之中，又有三種之別：第一種之悲劇，由極惡之人，極其所有之能力，以交構之者。第二種，由於盲目的運命者。第三種之悲劇，由於劇中之人物之位置及關係而不得不然者；非必有蛇蠍之性質與意外之變故也，但由普遍之人物，普通之境遇，逼之不得不如是；彼等明知其害，交施之而交受之，各加以力而各不任其咎，此種悲劇，其感人賢於前二者遠甚。何則？彼示人生最大之不幸，非例外之事，而人生所固有故也。[135]

這就提出了兩條藝術創作原則：一是描寫人生固有的情境，寫普通人的境遇；二是寫出命運，寫出它的必然性。這已經超出了悲劇，而是現實主義文學的創作原則。它後來成爲中國現代文學的美學原則。

王國維離開具體的社會文化環境談論悲劇，認爲人類生活本身就是一場悲劇，這就是人生的悲劇意識。儒家注重入世，講究和諧，很難產生這種悲劇意識，促使王國維接受叔本華理論的主要是佛道思想。事實上，叔本華在形成他的思想時也確實接受過東方哲學的影響。他主張：「所有的悲劇能夠那樣奇特地引人振奮，是因爲逐漸認識到人世生命都不能徹底滿足我們，因而值不得我們苦苦依戀。正是這一點構成悲劇的精神，也因此引向淡泊寧靜。」[136] 佛家把人生看作悲劇，所以才要「跳出輪迴」，追求「涅槃」。道家認爲「人之大患，在吾有身」[137]，所以才追求淡泊寧靜的理想。《紅樓夢》中的「癩頭和尚」、「跛足道人」，不啻是佛、道兩家的象徵。王國維通過對《紅樓夢》的分析，打通了中西哲學，在中國奠定了悲劇理論的基礎。

然而，王國維悲劇理論的局限也在這裡，這也是叔本華思想的局限。既然悲劇精神導向淡泊寧靜，悲劇也就消失了，結果，悲劇變成了一種警告，一種規勸，指引人通過絕聖棄智、泯滅生命力而脫離人世間的悲劇。於是，對人生的悲劇意識也就在「淡泊寧靜」的追求中消解了。這也是中國古代有佛、道思想而無法確立類似西方悲劇美學的原因。王國維曾經對叔本華的這一思想產生過懷疑，他懷疑解脫的可能性，指出叔本華的矛盾之處，並根據自己的理解作了補充[138]。但他終於未能超越叔本華的思想，接受尼采的悲劇理論，充分肯定生命力的激情，擯棄「吾人從各方面觀之，則世界人生之所以存在，實由吾人類之祖先一時之謬誤」[139]的錯誤，雖然他也接觸過尼采的思想。這或許也是王國維頭腦中的佛道思想起了作用。結果，他的悲劇理論缺乏反抗意識：「如果苦難落在一個生性懦弱的人頭上，內心逆來順受地接受了苦難，那就不是眞正的悲劇。只有當他表現出堅毅和鬥爭的時候，才有眞正的悲劇，哪怕表現出的僅僅是片刻的活力，激情和靈感，使他能超越平時的自己，悲劇全在於對災難的反抗。陷入命運羅網中的悲劇人物奮力掙扎，拼命想衝破越來越緊的羅網的包圍而逃奔，即使他的努力不能成功，但在心中卻總有一種反抗。」[140]

近代眞正能理解王國維悲劇理論的人並不多，呂師勉卻是一位，他在《小說叢話》中對《紅樓夢》「金陵十二釵」曲子的闡釋，浸透了王國維的悲劇理論。儘管理解王國維悲劇理論眞諦的人不多，但是「悲劇」本身經王國維的提倡，卻也產生了影響。王鐘麒便在論述《紅樓夢》時提到：「海甯王生，常言此書爲悲劇中之悲劇」，「必富於厭世觀，始能讀此書。」[141] 這種影響對於戲劇小說界來說，便是促進了以悲劇爲結局的作品的盛行。

中國敘事文學是喜歡以「大團圓」爲結局的，這常常是因爲「敎化」、「勸懲」的需要，對文學功能的誤解導致作家不願描寫悲慘結局，即使描寫了也要裝上一個光明的尾巴，如關漢卿的《竇娥冤》等等。然而中國近代尤其是民國初年卻是描寫悲慘結局的文學作品盛極一時的時期，在作品中所占比例之高，幾乎可以說是空前絕後。這固然是由於當時作品主要面向市民，而市民閱讀文學以消遣、渲泄爲主，當時處在過渡時期的市民需要有眞實地描寫悲慘結局的作品渲泄自己的情感；另一方面，也與西方悲劇的審美意識剛剛輸入，有著密切的聯繫。儘管民初的衆多作品稱不上嚴格意義上的悲劇，但是它們的大量存在無疑也在改變讀者的審美意識與審美習慣。

不久，「五四」時期，胡適重新解釋了悲劇觀念：

悲劇的觀念，第一，即是承認人類最濃摯最深沈的感情不在眉開眼笑之時，乃在悲哀不得意無可奈何的時節；

> 第二，即是承認人類親見別人遭遇悲慘可憐的境地時，都能發生一種至誠的同情，都能暫時把個人小我的悲歡哀樂一起消納在這種至誠高尚的同情之中；第三，即是承認世上的人事無時無地沒有極悲極慘的傷心境地，不是天地不仁，造化弄人（此希臘悲劇中最普通的觀念），便是社會不良，使個人消磨志氣，墮落人格，陷入罪惡不能自脫（此近世悲劇最普通的觀念）。有這種悲劇的觀念，故能發生各種思力深沈，意味深長，感人最烈，發人猛省的文學。這種觀念乃是醫治我們中國那種說謊作偽思想淺薄的文學的絕妙聖藥。[142]

胡適對悲劇的這一看法，後來也成了中國現代文學主流對悲劇的共識。但它其實也是對悲劇精神的消解。在叔本華、王國維那裏，人生本身即是一場悲劇，在尼采那裏，人生是場悲劇，但正是在悲劇的觀照中「感覺到它的不可遏止的生存欲望和生存快樂」[143]。它們都著重在人生本身的悲劇性，人的內部衝突。而胡適注重的是人對社會環境的反抗，而不是對自身命運的反抗，悲劇意識也就從內部轉向外部。這樣它也就失去了悲劇的形而上意義，而轉爲悲慘結局差不多就是悲劇。這就導致了悲劇精神的消解。所以王國維的悲劇理論因爲「消極」後來在中國一直未能受到重視，藝術上的悲劇精神也一直未能在中國文學中紮下根來。

胡適對悲劇的理解受到另外一種思潮的影響，這就是由資本主義發展帶來的科學精神和報刊等帶來的文學世俗化傾向，它們也促使審美意識發生變化，導致現實主義的崛起。

第四節　現實主義的崛起

鴉片戰爭之後，大批傳教士進入中國，他們除了傳教，還介紹了大量的西方科學知識，大量出版了西方近代科學的書籍。近代科學意識的確立影響到上海市民，中國傳統文化那些不能由實踐證明的神秘主義、封建迷信，開始遭到擯棄。中國著名的化學家徐壽，在翻譯西方近代科技書籍時與傳教士接觸頗多，別人稱頌他「無談星命風水，無談巫覡籤諱。其見諸行事也，婚嫁喪葬概不用陰陽擇日之法。」「居恒與人談議，所有五行生克之說，理氣膚淺之言絕口不道；總以實事實證引進後學」[144]。另一位與傳教士合作翻譯中外書籍的著名文人王韜，也受到相信實證的近代科學影響。傳說上海有蛟能化爲人，半夜叩人門。此事被清代著名文學家洪亮吉記入《滬上紀事詩》中，作爲實事。但是相信實證的王韜卻不以爲然，根據自己的生活經驗，否決了這一傳說的可信性。[145]

十九世紀末，近代科學知識逐漸普及到上海市民，他們的思想也發生了變化。上海的書商在江南鄉試時到南京賣書，看到應考的江南生員，知識貧乏，「有指寧波、香港而問爲何解者」；有求購《亞東地球全圖》而不知亞洲爲地球之一洲者；有因爲《李鴻章》一書沒有「傳」字便「搖首咋舌不已，信其爲洋書」的；還有視《婚姻衛生學》爲淫書，「一見其圖，喜躍不自己。然惟恐人之見之也，故來購必以暮夜，避師友，屏群從，伺人少時以隻身來。其擇取之也，指以手而口不敢道也」[146]。書商大爲驚詫他們奇怪的是這些在上海早已成爲常識，而在內地何以如此風氣不開。上海市民科學知識水準普遍的提高，勢必要影響到中國的審美意識，影響到作家的創作。

梁啓超曾經概括，中國小說所寫不外是「重英雄、愛男女」和「畏鬼神」，「以此三者，可以賅盡中國之小說矣」[147]。但是發展到晚清，甚至在梁啓超發動「小說界革命」之前，中國的作家已經改變了中國傳統「畏鬼神」的看法。王韜創作《淞隱漫錄》，後來命名爲《後聊齋志異》，大量作品模仿《聊齋志異》寫神仙鬼怪，但是他不像寫《夜雨秋燈錄》的宣鼎，宣鼎是「取生平目所見，耳所聞，心所記憶且深信者」[148]創作的，他相信自己所寫的是眞實發生過的事情。王韜受過科學思想的薰陶，所以認爲《山海經》的記載不可信，中國人奉爲「四靈」的麒麟、鳳凰、龍都是沒有的。他覺得神仙鬼怪的記載都是「自妄者造作怪異，狐狸窟中，幾若別有一世界。斯皆西人所悍然不信者，誠以虛言不如實踐也」。從科學實證方面否定了神仙鬼怪的存在。但是王韜又從教化勸懲的功能出發肯定了鬼怪小說的存在意義：「聖人以神道設教，不過爲下愚人說法。明則有王法，幽則有鬼神，蓋惕之以善惡賞罰之權，以寄其懲勸而已。」[149]這樣，他就將小說中對神仙鬼怪的描繪，服從於懲惡揚善的教化需要，他也就不可能像蒲松齡那樣，充分馳騁其想像力，虛構出豐富的神仙鬼怪的藝術世界以表現他對黑暗現實的憤懣與鞭撻。

如果說王韜還主張「以神道設教」，不能眞正貫徹他心目中對科學實證的信念，那麼，到韓邦慶的《太仙漫稿》，雖然走的仍是《聊齋志異》的「傳奇」路子，「但皆於尋常情理中求其奇異，或另立一意，或別執一理，並無神仙妖怪之事。此其所以不落前人窠臼也」[150]。《太仙漫稿》已經具有「破除迷信」的成分，作者在小說中寫到鬼神，引起懸念，最後揭出謎底，原來鬼神都是由主人公主觀臆造，並非是客觀存在的事實。

從王韜到韓邦慶的變化顯示了科學精神對中國審美意識的滲透。到了二十世紀初，科學精神幾乎成了衡量小說的試金石。不僅有專門介紹科學知識的科學小說，而且有專門描寫「破除迷信」的小說。他們把文學與科學連在一起，寄希望於用文學幫助科學昌明。這時，在科學精神的審查下，創作神仙鬼怪的小說會被視爲「宣傳迷信」而遭到輿論的非議。以至林紓不得不提出：具有近代科學精神的西方，並不將文學看成是宣傳科學精神的載體，「蓋政教兩事，與文章無屬。政教既美，宜澤以文章；文章徒美，無益於政教。故西人惟政教是務，贍國利兵，外侮不乘，始以餘閒用文章家娛悅其心目。雖哈氏、莎氏，思想之舊，神怪之托，而文明之士，坦然不以為病也」[151]。文學的想像自有其獨立的地位，不能用科學精神加以否定。周作人針對當時人「論希臘神，謂迷信可笑，足以爲鑒者」，批判這些見解是「實用之說既深中於心，不可復去，忽見異書而不得解，則故牽合以爲之說耳」[152]。民初的馮叔鸞也曾試圖堅持文學的審美判斷：「蓋戲劇本爲美術文學的範圍。神鬼迷信之事，以科學之眼光視之，甚可嗤笑；以美術文學之眼光視之，則甚有趣味。夫戲劇本非眞事，何妨留此，藉增興味耶。」[153]他們都想保持文學本身的審美特徵，不讓科學來左右文學的審美判斷。

然而，林紓等人的見解並未被當時的文學主流所接受，文學的「反迷信」仍在繼續。「五四」時期，周作人也發生變化，他提倡「人的文學」，把《封神傳》、《西遊記》歸入「迷信的鬼神書類」，把《聊齋志異》、《子不語》歸入「妖怪書類」，統名之曰「非人的文學」加以否定。儘管他依然讚美古希臘神話，但他已經很難用審美的眼光來觀照中國古代的神仙鬼怪小說。周作人的這種分類，當時未見其他新文學家提出異議，其衡量的價值標準，就是科學精神。胡適等人還對周作人的分類大加稱賞[154]。胡適一直到六十年代，還堅持以科學精神作爲審美判斷標準。他自稱「從沒有說過一句從文學觀點讚美《紅樓夢》的話。」因爲《紅樓夢》「書中主角是赤霞宮神瑛侍者投胎的，是含玉而生的，——這樣的見解如何產生一部『平淡無奇的自然主義』的小說」[155]，武斷地用科學來否定一部傑出的藝術巨著。雖然大多數中國讀者未必同意胡適對《紅樓夢》的非議，可是科學精神對藝術審美判斷的滲透與影響卻是事實。不僅在文學創作中罕見描寫神仙鬼怪，虛構神秘世界的作品；就連對中國古代神仙鬼怪文學的評判，也必須把它們與批判揭露現實世界聯繫在一起，否則便沒有價值。直到八十年代，這種價值判斷才有所改變，才逐漸擯棄了批判揭露現實世界的干預現實標準。

毋庸置疑，中國傳統文學觀對文學功能的理解促使科學精神對審美意識的滲透。王韜相信實證卻又要「以神道設教，是出於『教化』的需要」；「小說界革命」帶來的作家用小說宣傳科學，是出於「教化」的需要；近代以來以科學精神取代審美標準作藝術價值上的判斷，也是出於「教化」的需要。但是，「以神道設教」最終讓位於「以科學設教」，卻是社會變化造成的。無論是抗擊殖民主義侵略，還是農業社會發展爲商業社會，近代工商業的發展，大都市的建立，都使得人們不得不尊崇近代科學，否則便會被無情的競爭所淘汰。隨著資本主義的發展，馬克斯·韋伯所說的「工具合理性」也在中國佔據主要地位。科學旨在引導人們做出工具合理性行動，並以透過理性計算去選取達到目的的有效手段，它勢必會漠視人的情感、精神價值，把功利目標視爲唯一目的。這正是周作人在晚淸時批評的「實用之說深中於心」。

近代傳媒變化帶來的文學面向大衆，尤其是面向都市的普通市民，也使工具合理性紮下根來。都市市民是資本主義發展的產物，他們在適應資本主義發展過程中逐漸形成工具合理性的思維模式，並由此形成對藝術的審美趣味，這種趣味主要表現爲對娛樂性的追求。對大多數都市市民來說，他們需要文學，只是在工作之餘作爲消遣和娛樂，幫助他們擺脫工作後的疲勞。這種需求往往並不要求文學給他們人生的啓示，給他們在精神上指明道路或者至少點明他們所處的困境，甚至也不需要善惡有報的道德訓誡，只需要能夠給讀者帶來渲泄與輕鬆的娛樂，描繪滿足他們理想的夢境，讓讀者感到有趣，一直讀下去，從中得到消遣和休息。

並不是說中國古代便沒有追求娛樂的審美趣味，古代的市民文學如小說戲曲中便充溢大量追求娛樂性的審美趣味，只是這樣審美趣味在當時不占重要地位。作爲古代文學的主體——士大夫，雖然也創作追求娛樂性的文學，但那常常只是爲了自己的娛樂，而很少有人心甘情願地爲粗識之無的普通百姓提供娛樂品。普通百姓娛樂文學的審美趣味也受到士大夫們的排斥，被作爲士大夫文學的禁忌，一旦作品流露出市民娛樂文學的審美趣味，便會因爲「俗」而爲士大夫們所不恥。

當梁啓超等人發動「小說界革命」，鑒於小說在普遍老百姓中的影響，希望借助小說來宣傳他們的政治主張時，這也意味著他們在審美趣味上開始向市民的娛樂文學認同，擯棄士大夫過去排斥小說戲曲的禁忌，把小說歸於「文學之最上乘」。

儘管梁啓超仍然堅持士大夫的「治國平天下」使命，創作小說是爲了「專欲發表區區政見，以就正於愛國達識之君子」。但是他已經不得不爲了「編中往往多載法律、章程、演說、論文等，連篇累牘，毫無趣味」，而向讀者致歉，因爲它們不能滿足讀者對小說的娛樂要求。「知無以饜讀者之望矣，願以報中他種之有滋味者償之」[156]。雖然自己寫不出娛樂性，卻願意承認娛樂性是讀者對小說的合理要求。新小說家們一直想調和政治性與娛樂性，創作出讀者喜聞樂見，寓教於樂的小說，但是他們都失敗了，無法兼顧政治性與娛樂性。

政治家與先進士大夫用文學「治國平天下」的實用主義態度與市民文學本身的娛樂性追求合在一起，形成巨大的力量，使得中國近代在文學普及化的變革中，很少有人去思考人的「終極價值」。中國古代關心「終極價值」的儒家「性理之學」，被看成是虛言，無助於「實學」而棄置一邊。佛學儘管一直有人研究，有人推崇，章太炎便根據佛學推演出「俱分進化」，否定了單一進化論。但是已經很少有人從終極關懷出發去宏揚佛學，佛學往往被借助爲叛逆的武器。道家的無爲也在「救國」的熱潮中遭到拋棄。很少有人去關心生命的意義，人類的命運，他們思考的只是民族的命運。對人性的探討被「國民性」的批判所取代，實用的標準往往凌駕於審美標準之上。《老殘遊記》本是晚清最出色的小說，胡適出於他的藝術直覺本來也是這樣認爲的，然而一旦錢玄同扯出書中有「北拳南革」的議論，胡適便不敢堅持他的審美觀點，而認同錢玄同的「政治第一」了[157]。藝術的審美態度本是與人的生命連在一起的，只能在「人生」的意義上判斷它的價值，以政治功利爲取捨的標準，凌駕於審美判斷之上，自然會侵害對藝術的審美判斷，晚清審美意識的變化，不過是又提供了一個證據罷了。

作爲一種文學思潮，現實主義在現代中國始終居於主流的地位，從它問世之後，它的規模便遠遠超過了其他思潮。它在中國現代文學中無疑佔據了中心地位。中國的現代作家，不管他屬於什麼樣的文藝流派，他們仍然是在現實主義爲主流的時代中成長起來的，他們身上或多或少地受到現實主義思潮的影響。現實主義思潮的力量是如此巨大，以致到五十年代，茅盾試圖用「現實主義」和「反現實主義」來涵蓋一切文學作品，而且得到許多人的認同。中國現代文學的成就與局限，往往與現實主義思潮有關。

爲什麼在中國現代文學的發展過程中，現實主義思潮會具有如此巨大的力量呢？這是由多方面的原因造成的：首先，用文學改造社會，現實主義是一種比較有力的文學，它直接批判黑暗現實，能夠直接干預現實，起到輿論監督的作用。中國近現代以來，報刊作爲輿論監督的工具，不斷受到政府新聞檢查的干擾，政府對媒體的控制。由於對文學的控制不像對新聞的控制那麼嚴格，於是一部分由新聞媒體發揮的職能，轉爲由文學來發揮。況且從觀念來說，文學救國的職能也需要文學起到干預現實的作用。其次，現實主義雖然是一種文學流派，但它的背後卻是當時人們對科學萬能的崇仰。現實主義的前提假設與當時人們對科學萬能的信念緊密聯繫在一起，科學是現實主義的內在精神。十九世紀是西方崇仰科學萬能的世紀。著名科學史家丹皮爾認爲：稱十九世紀是「科學的世紀」，不僅是因爲有關自然界的知識迅速增長，還因爲「人們對於自然的宇宙的整個觀念改變了，因爲我們認識到人類與其周圍的世界，一樣服從相同的物理定律與過程，不能與世界分開來考慮，而觀察、歸納、演繹與實驗的科學方法，不但可應用於純科學原來的題材，而且在人類思想與行動的各種不同領域裏差不多都可應用」[158]。伴隨著這些認識，以「求眞」爲目標的科學就轉化爲以「求眞」爲目標的文學，現實主義成爲當時影響最大的文學思潮，風行西方各國，直到影響全世界。說文學本來就表現爲對「眞、善、美」的追求，那麼，現實主義更加側重於對「眞實」的追求，而且側重於對客觀眞實的追求。現實主義後來又派生出自然主義，要求文學更加廣泛、更加眞實地反映社會現實，並且在文學創作中更多地引進自然科學的成分。現實主義引進科學的思維方法，促使文學更加廣泛深入地反映社會和人性，大量從未出現過的主題、題材、人物在現實主義引導下進入了文學，文學的表現手法也更爲細膩與深入，文學的語言更爲通俗、豐富，從而大大擴大了文學的表現能力。但是，現實主義也帶來了「反映論」的局限。到二十世紀，西方科學界發現人類並不能純客觀地觀察事物，它總要帶上主體的主觀色彩，受到主體條件的局限。科學並非是萬能的，不要說它無法解決人類自身的許多難題，即使面對自然界，人類所知還是極少。文學對現實應當更加側重於想像和創造，而並不一定要追求形似。

西方的文學發展影響到中國。對於近代中國來說，科技的落後更加強了人們對國家富強的期待。胡適發現：「自從中國講變法維新以來，沒有一個自命爲新人物的人敢公然譭謗『科學』的。」[159]「五四」新文化運動的領導者們不僅指望科學幫助國家富強，更指望科學能解決中國的一切現實問題。陳獨秀主張「以科學代宗教，開拓吾人眞實之信仰」[160]。胡適認爲：「我們也許不輕易信仰上帝的萬能了，我們卻信仰科學的方法是萬能的，人的將來是不可限量的。」[161]因此他們明確宣傳：「我們觀察我們這個時代要求，不能不承認人類今日的最大責任與最大需要是把科學方法應用到人生問題上去。」[162]陳獨秀與胡適又都是「文學革命」的提倡者，他們把對科學的提倡湧入到新文學中來，既然必須把科學方法應用到人生問題上去，推崇注重客觀地反映社會現實的現實主義便是理所當然的。陳獨秀總結歐洲文藝發展：「十九世紀之末，科學大興，宇宙人生之眞相，日益暴露，所謂赤裸時代，所謂揭開假面時代，喧傳歐土，自古相傳之舊道德、舊思想、舊制度，一切破壞。文學藝術，亦順此潮流，由理想主義，再變而爲寫實主義，更進而爲自然主義。」[163] 由此，他把「推倒陳腐的鋪張的古典文學，建設新鮮的至誠的寫實文學」[164] 作爲「文學革命」的口號。胡適在提倡「易卜生主義」時也指出：「看他極盛時期的著作，盡可以說，易卜生的文學，易卜生的人生觀，只是一個寫實主義。」他認爲：「人生的大病根在於不肯睜開眼睛來看世間的眞實現狀。」「易卜生的長處，只在他肯說老實話，只在他能把社會種種腐敗齷齪的實在情形寫出來叫大家仔細看。」[165] 他們希望通過提倡寫實主義，把社會的眞相揭示出來，提出解決的方法，來改變這個黑暗的社會。

需要指出：對「科學」的過分推崇有時也妨礙了新文化運動宣導者們對文學自身特徵的認識。陳獨秀闡釋「科學」時提出：「科學者何？吾人對於事物之概念，綜合客觀之現象，訴之主觀之理性，而不矛盾之謂也。想像者何？既超脫客觀之現象，復拋棄主觀之理性，憑空構造，有假定而無實證，不可以人間已有之智靈，明其理由，道其法則也。」[166] 這種對「想像」的抨擊，其實是很偏頗的。

現實主義的崛起是當時中國改造黑暗現實的迫切性所決定的，事實上，對「科學精神」的崇尚也是改造黑暗現實的一個方面。「五四」新文化運動，發起的本身便是對辛亥革命反思的結果。清末鼓吹「立憲」、「共和」，以爲立了憲法，建立民國，中國就可以富強了。但是民國初年那江河日下，更形糜爛的情形，尤其是袁世凱復辟帝制的刺激，使得新一代知識份子決心從事進一步的社會改制。中華民國雖然建立，但是封建禮教依然統治社會，「人」的價值仍舊不能確立，所有的憲法儘管都有保障公民權利的條文（包括袁世凱制定的憲法在內）。但都是一紙空文。辛亥革命前的種種變革的不徹底性，決定了「五四」打倒舊道德，提倡新道德；打倒舊文化，提倡新文化的必然性。民主的制度需要具有民主思想的全體公民作保證，而中國缺少這樣的公民。於是新文化運動的宣導者試圖通過提倡人道主義。來一次「思想革命」，幫助公民們明確「人」的價值。正如胡適後來指出的：「現在中國最大的病根，並不是軍閥與劣惡官僚，乃是懶惰的心理，淺薄的思想，靠天吃飯的迷信，隔岸觀火的態度。這些東西是我們的真仇敵!他們是政治的祖宗父母。我們現在因為他們的小子孫——惡政治——太壞了，忍不住先打擊他。打倒今日之惡政治，固然要大家努力；然而打倒惡政治的祖宗父母——二千年思想文藝裡的『群鬼』，更要大家努力！」[167] 陳獨秀更是在《文學革命論》中明確提出要「革新文學以革新政治」。「今欲革新政治，勢不得不革新盤踞於運用此政治者精神界之文學」。新文化運動的宣導者們就是想通過提倡「人的文學」，確立一個人道主義價值規範，揭露社會的黑暗，促使讀者改變自己，改造社會。因此，文學革命提倡新文學從一開始就希望文學能干預現實，改造社會。

胡適的設想是：「社會是個人組成的」，「多救出一個人便是多備下一個再造新社會的分子」。正是出於這樣的打算，他從一開始就偏向於「現實主義」：「我開篇便說過易卜生的人生觀是一個寫實主義。易卜生把家庭社會的實在情形都寫了出來，叫人看了動心，叫人看了覺得我們的家庭社會原來是如此的黑暗腐敗，叫人看了覺得家庭社會眞正不得不維新革命——這就是『易卜生主義』。」[168]不僅是胡適，其他新文化運動的宣導者也偏愛現實主義。周作人強調「對於人生諸問題，加以記錄研究」，魯迅抨擊中國傳統文學的「瞞和騙」，批判「大團圓」的結局，批評「現在有幾位批評家很說寫實主義可厭了，不厭事實而厭寫出，實在是一件萬分古怪的事」[169]。陳獨秀更是早就認爲：「現代歐洲文藝，無論何派，悉受自然主義之感化」[170]。文學革命時，也明確聲明「僕之私意，固贊同自然主義者」[171]。這些新文化運動的宣導者不約而同地偏向於現實主義，因爲現實主義能揭露社會的眞相，幫助讀者意識到社會的黑暗，從而改變這黑暗的社會。

首先，世界各國的現實主義文學思潮的崛起都與小說戲劇的地位提高有很大關係。因爲在各種文學體裁中，小說戲劇最適合於現實主義的客觀描寫社會現實的要求，而詩歌、散文則更適合於表現創作主體的情感。在中國，小說戲劇雖然源遠流長，卻因爲「俗」而一直不得進入文學的殿堂，一直到晚淸的「小說界革命」，方才大大提高了小說戲劇的地位，使之成爲「文學之最上乘」[172]。從這時起，小說在中國逐漸取代詩文，居於文學的中心地位。

其次，大量的外國小說被翻譯進中國，其中不乏現實主義的世界名著。如小仲馬的《巴黎茶花女遺事》（《茶花女》），斯托夫人的《黑奴籲天錄》（《湯姆叔叔的小屋》），狄更斯的《孝女耐兒傳》（《老古玩店》），《塊肉餘生述》（《大衛・科波菲爾》），《冰雪因緣》（《董貝父子》），雨果的《孤星淚》（《悲慘世界》），托爾斯泰的《心獄》（《復活》），契訶夫的《六號室》（《第六病室》），屠格涅夫的《春潮》等[173]。這些小說已經對中國作家產生了巨大影響，如林紓在翻譯狄更斯的《孝女耐兒傳》時就已經發現：「若疊更司者，則掃蕩名士美人之局，專爲下等社會寫照：奸獪駔酷，至於人意所未嘗置想之局，幻爲空中樓閣，使觀者或笑或怒，一時顛倒，至於不能自已，則文心之邃曲寧可及耶？」[174]已經意識到現實主義給文學帶來的變化。周作人在晚淸創作《孤兒記》時，也是有感於雨果創作《悲慘世界》，「嘗恨三大問題之難解決，曰：一，男子以困窮而落魄；二，女子以饑餓而墮落；三，小兒以蒙昧而顚越。是三者，天下之所痛也。我欲記之，而我無方。」[175]這些現實主義的外國名著，已經開始對中國作家的創作產生影響。

在外國文學的影響下，中國近代作家也對文學產生了新的認識，這些認識在某種程度上都爲現實主義的崛起作好了準備。近代作家已經注意到「寫實主義」，他們認爲；「寫實主義者，事本實有，不借虛構，筆之於書，以傳其真，或略加潤飾考訂，遂成絕妙之小說者也。小說為美的製作，義主創造，不尚傳述。然所謂製作云者，不過以天然之美的現象，未能盡符吾人之美的欲望，因而選擇之，變化之，去其不變之部分，而增益之以他之美點，以成一純美之物耳。」[176]這不僅肯定了小說對客觀現實的反映，而且在某種程度上已經觸及了現實主義的「典型化」問題。

中國古典文論在探討藝術的「眞」時，往往多爲強調創作主體的眞情實感，偏向於主觀的「眞」。近代文論對「眞」的強調則向表現客觀現實的「眞」發展。張冥飛在列舉梁啓超稱頌「小說有不可思議之力四：曰熏，曰浸，曰刺，曰提」時，便指出：「要知此四種力之所以發生，只是一個眞字。文字之好處在眞，事實之動人處亦在眞。人人皆知小說爲寓言，其所以讀之而津津有味者，即在明知其假而儼然如眞也。」[177]這種對藝術眞實的理解顯然也帶有現實主義的成分。

「五四」新文學家批判中國古代敘事文學的「大團圓」結局，把它作爲「瞞和騙」的典型。近代作家因爲受外國小說影響，開始注意用悲劇結局。吳趼人的《恨海》，符霖的《禽海石》都是以悲劇結局的言情小說。發展到民初，形成了專門的「哀情小說」一派。晚淸的周桂笙在評論《恨海》時便已看出：「寫情小說，大抵總不出『悲歡離合』四字。今是篇所述，爲庚子拳亂中遷徙逃亡、散失遭難之事，蕩析流離，瘡痍滿目，所以有悲無歡，有離無合。」[178]改變了傳統小說的大團圓寫法。事實上，近代的以悲劇結局的言情小說，有不少是根據現實的實際情況據實描寫的，並沒有回避矛盾。吳雙熱創作《孽冤鏡》的目的，就是「欲普救普天下之多情兒女耳」[179]。反對父母包辦婚姻，揭露它給青年男女帶來的痛苦和造成的悲劇。在晚淸的言情小說《禽海石》、《恨海》、《劫餘灰》、《鄰女語》等作品中，小說的悲劇是由人物外部的社會環境發生急劇變化造成的，而在民初的《斷鴻零雁記》、《玉梨魂》、《雪鴻淚吏》等作品中，小說的悲劇是由主人公所崇敬的價値觀念與他的行爲產生矛盾，因而處於無所適從的狀況而造成的。民初小說家忠於現實，寫出了個人的切身要求與他所認定的超個人的生活價值之間的內心矛盾，因而他們的作品比起晚清言情小說單純描寫外界的威脅力量則更具有內在的悲劇性。儘管民初小說家還缺乏人道主義思想的支撐，還看不到封建禮教「吃人」的一面，而是力圖改良禮教，調和禮教與「人」的要求之間的矛盾，但是他們的作品在客觀上展示的內容，已經觸及到悲劇的實質。從晚清到民初的小說悲劇結局的發展中，我們顯然可以尋覓到現實主義在小說創作中悄悄發展的軌跡。而這種現實主義的悄悄發展，顯然是爲「五四」之後現實主義在新文學中的崛起，作了重要的鋪墊。起碼從讀者方面看，民初的悲劇結局的作品幫助一般讀者改變「大團圓」的欣賞趣味，從而適應新文學中的現實主義的以悲劇結局的作品。

曹雪芹於「悼紅軒」中「披閱十載，增刪五次」，立足於藝術審美創作《紅樓夢》，把它作爲自己生命的意義。正是這種態度促使他超越佛家的萬事皆空、道家的無爲，創作出垂法後世的藝術巨著。中國近代雖然也一直有人提倡用「審美」的態度創作小說，如秦力山等人主編的《大陸》，在創刊時就提出「蓋小說本美的化身也」。後來黃人、徐念慈等人更是試圖以提倡「美」來補救「小說界革命」之不足，甚至借用黑格爾的美學觀點。然而當時除了王國維與魯迅、周作人極少幾人外，其他人幾乎都沒有意識到審美與生命的聯繫，因而都把「美」的提倡作爲文學的一種外包裝，在骨子裏並沒有消除借助「美」來達到「教化」的目的[180]。甚至在「五四」時期提倡「新文學」之後依然如此。這時，《紅樓夢》幾乎可以算一塊試金石，可以試出他們對藝術本質的看法。錢玄同認爲：

「《紅樓夢》斷非誨淫，實是寫驕侈家庭，澆漓薄俗，腐敗官僚，紈絝公子耳。」[181] 周作人雖然沒有將《紅樓夢》也列入「非人的文學」，但已特地點明：它「是舊小說的佳作」，「不是我們現在所需要的新文學」[182]。一直到二十年代，依然有新文學家堅持：「至於《紅樓夢》，在我們過去的小說發展史上自然地位頗高，然而對於現在我們的用處會比《儒林外史》小得多了。」[183] 於是，他們自然也就不可能像曹雪芹那樣，立足於藝術審美觀照人生，把藝術創作作爲自己生命力的發揮，爲藝術創作而獻身。中國近代現代罕有爲藝術而獻身的作家，大部分作家在創作時像古代士大夫一樣，相信「詩外尚有事在」。他們大多不關心生命的終極價値，而更加關注於種種「社會問題」與它們應用何種方法解決。他們對這個骯髒的社會是那麼憤懣，他們的民族意識是那麼強烈，以至難以超脫到整個人類的高度來審視苦難和罪惡。

儘管「美」的地位開始得到文學界的承認，並且將「美」作爲文學的本質，但忽視了審美與人的生命的內在聯繫，曹雪芹式對藝術的獻身精神便難以發揚光大，《紅樓夢》的藝術精神也難以在重「實用」的近現代文學中得到繼承與發展。中國文學觀念在近代發生變革時，雖有王國維等人提出近代西方的藝術觀，卻未能產生巨大影響，爲社會所接受，結果，「文學獨立」雖然不斷有人提出，但由於缺乏文學本體建立在人的生命基礎上的審美價値基礎，「文學獨立」依然難於實現，「實用」的觀念仍舊統治著文學。像黃遠庸那樣，一面主張新文學獨立，一面卻又主張「居今論政」，當從「提倡新文學」入手。[184] 這種自相矛盾的態度，典型體現了當時一代人在主張「文學獨立」時的理論困境。陳獨秀、胡適、甚至還有魯迅、周作人，都在某種程度上陷入這一困境。陳獨秀一面堅決反對「文以載道」，一面又把「革新文學」作爲「革新政治」的先導。胡適一面提倡「文學改良」，強調文學形式，一面卻又因《紅樓夢》寫了「警幻仙境」等超驗世界而加以否定。魯迅曾經力主文學源於生命體驗，但他在三十年代竟然會打算創作一部他從未經歷過，缺乏生命體驗的紅軍反「圍剿」的小說，爲此將陳賡找到家中瞭解情況。周作人一面提倡「文學獨立」，一面卻又以站在「主義」的立場上批判「非人的文學」否定古典文學的某些優秀傳統。這一代人在提倡「新文學」時搖擺不定的立場並不是偶然的，這一代人身上的局限正體現了中國文學觀念在進行近代變革時的局限與艱難。

1　葛洪《抱樸子・審舉》。

2　曹丕《典論・論文》。

3　王安石《上人書》。

4　范仲淹《上時相議制舉書》。

5　林語堂《中國人》（一譯《吾土吾民》）第七章。

6　劉勰《文心雕龍・序志》。

7　孫復《孫明復小集・答張洞書》。

8　張載《張橫渠集》。

9　《論語・里仁》。

10　顧炎武《日知錄》卷 19「文人之多」條。

11 《顧亭林詩文集》卷 4《與人書三》。

12 柳詒徵《中國文化史》第三篇第八章「結論」。

13 《二程集》第 187 頁，中華書局 1985 年。

14 《龔自珍全集・明良論四》。

15 轉引自王元化《龔自珍思想筆談》。

16 龔自珍《明良論二》。

17 龔自珍《乙丙之際箸議第六》。

18 龔自珍《同年生吳待禦傑疏請唐陸宣公從祀瞽宗，得俞旨行，待禦屬同期朝為詩，以張其事，內閣中書龔自珍獻侑神之樂歌》。

19 龔自珍《古史鉤沉論二》。

20 龔自珍《尊史》。

21 魏源《默觚上・學篇二》。

22 魏源《默觚上・學篇三》。

23 魏源《默觚上・學篇十二》。

24 魏源《簡學齋詩集題辭》。

25 魏源《致陳松心書》。

26 魏源《默觚下・治篇五》。

27 魏源《皇朝經世文編五例》。

28 張祖廉《龔定盦年譜外紀》。

29 姚瑩《湯海秋傳》。

30 魏源《默觚上・學篇九》。

31 梁章鉅《師友集》。

32 林昌彝《射鷹樓詩話》。

33 江沅《定盦文評》。

34　蔣湘南《書龔定盦主政文集後，並懷魏默生舍人》。

35　梁啟超《清代學術概論》。

36　姚瑩《張言甫傳》。

37　張際亮《答姚石甫明府書》。

38　張際亮《答潘彥輔書》。

39　張際亮《答姚石甫明府書》。

40　張際亮與徐廉峰太史書》。

41　張際亮《答朱秦洲書》。

42　姚瑩《湯海秋傳》。

43　湯鵬《浮邱子》卷 12。

44　湯鵬《浮邱子・樹文》。

45　《清史・包世臣傳》。

46　包世臣《讀亭林遺書》。

47　包世臣《藝舟雙楫》卷 1《與楊季子論文書》。

48　方東樹《漢學商兑》。

49　章太炎《檢論》卷 4《清儒》。

50　方東樹《與羅月川太守書》。

51　方東樹《與羅月川太守書》。

52　方東樹《辨道論》。

53　方東樹《姚石甫文集序》。

54　劉大櫆《論文偶記》。

55　姚瑩《黃香石詩序》。

56　姚瑩《與吳嶽卿書》。

57　洪亮吉《國子監武英殿書鑒官候選縣丞黃君行狀》。

58 程恩澤《金石題詠江編序》。

59 何紹基《湯海秋詩集序》。

60 何紹基《使黔草自序》。

61 何紹基《與汪菊士論詩》。

62 何紹基《與汪菊士論詩》。

63 張惠言《詞選序》。

64 王國維在《人間詞話》中對張惠言這種做法的批評。

65 如譚獻的《復堂詞話》。

66 陳廷焯《白雨齋詞話序》。

67 陳廷焯《白雨齋詞話》。

68 《結水滸傳卷首》。

69 俞萬春《蕩寇志結子》。

70 夏敬渠的《野叟曝言》也可算是「經世致用」之作，只是該書雖成於乾隆後期，卻一直是稿本，它的被印成書，要到光緒年間。

71 徐佩珂《蕩寇志序》。

72 錢湘《續刻蕩寇志序》。

73 曾國藩《日記・道光二十一年七月》。

74 曾國藩《日記・咸豐元年七月》。

75 曾國藩《讀書記・論禮》。

76 《曾國藩年譜》，轉引自蕭一山《曾國藩傳》36 頁。

77 姚公鶴《上海報紙小史》。

78 載《萬國公報》第 77 冊，1895 年 6 月出版。

79 傅蘭雅《時新小說出案》，《萬國公報》第 86 冊，1896 年 3 月。

80 見《時新小說出案》，載《萬國公報》第86冊，1896年3月出版。

81 梁啟超《變法通議・論幼學》。

82 蕭詹熙《花柳深情傳序》。

83 以上引文俱見林樂知譯《文學興國策》，廣學會 1896 年。

84 李伯元《官場現形記》第六十回。

85 康有為《上清帝第四書》。

86 梁啟超《論報館有益於國事》。

87 譚嗣同《報章文體説》。

88 于右任《神州日報》發刊詞，《神州日報》1907 年 4 月 2 日。

89 李伯元《論〈遊戲報〉之本意》。

90 白話道人《中國白話報》發刊詞，《中國白話報》第 1 期，1903 年 12 月 19 日。

91 遼東後因俄、德等大國干預，而未割成。

92 康有為《長興學記》。

93 康有為《萬木草堂口説》。

94 譚嗣同《三十自紀》。

95 參閲譚嗣同《報章文體説》。

96 嚴復《救亡決論》。

97 梁啟超《夏威夷遊記》。

98 梁啟超《夏威夷遊記》。

99 梁啟超《飲冰室詩話》。

100 梁啟超《夏威夷遊記》。

101 梁啟超《清代學術概論》第二十五節。

102 曾國藩《復吳南屏書》。

103 曾國藩《與劉霞仙書》。

104 梁啟超《飲冰室詩話》。

105 《小說叢話》。

106 可參閱袁進《中國小說的近代變革》，中國社會性科學出版社 1992 年。

107 王鈍根《小說叢刊序》。

108 黃遠庸《致章士釗書》。

109 黃遠庸《致章士釗書》。

110 《論語・里仁》。

111 陸機《文賦》。

112 沈德潛《說詩　語》。

113 袁枚《再答李少鶴書》，見《小倉山房詩文集》。

114 梁恭辰《勸戒四錄》，引自孔另境編《中國小說史料・紅樓夢》。

115 朱光潛《悲劇心理學》，人民文學出版社 1983 年版。

116 《龔自珍全集・定庵先生年譜外記》，上海人民出版社 1975 年版。

117 夏志清《論（玉利魂）》，見《臺灣・香港・海外學者論中國近代小說》，百花洲文藝出版社 1991 年版。

118 馮夢龍《序山歌》。

119 吳趼人《恨海》第 1 回。

120 吳趼人《劫餘灰》第 1 回。

121 可參閱拙作《中國小說的近代變革》「激情與個性」一章，中國社會科學出版社 1992 年版。

122 吳趼人《恨海》第 1 回。

123 俞明震《觚庵漫筆》，載《小說林》第 7 期。

124 徐枕亞《玉梨魂》。

125 清末民初的小說家大都經歷過一個耽讀《花月痕》的過程，該書與

《紅樓夢》一起成為他們創作「言情小說」的楷模。在鄭逸梅等作家的心目中，《花月痕》的排名還在《紅樓夢》之上，連郭沫若的《少年時代》也提到《花月痕》。

126　《嚴復集》第 365 頁，中華書局 1986 年版。

127　劉鶚《老殘遊記》自序。

128　《小說叢話・梁啟超》，載《新小說》第 7 號。

129　劉鶚《老殘遊記》自序。

130　嚴復《法意》按語。

131　以上所引俱見魯迅《摩羅詩力說》，載《河南》第 2、3 期。

132　周作人《論文章意義暨其使命因及中國近時論文之失》，載《河南》第 4、5 期。

133　以上所引俱見王國維《紅樓夢評論》，載《教育世界》第 76 至 78 號，80 至 81 號。

134　魯迅《中國小說史略・中國小說的歷史變遷》。

135　王國維《紅樓夢評論》，載《教育世界》76 至 78 號，80 至 81 號。

136　叔本華《作為意志和表像的世界》第 3 卷第 51 節，商務印書館 1982 年版。

137　老子《道德經》。

138　可參看王國維《紅樓夢評論》第 4 章，載《教育世界》第 80 至 81 號。

139　王國維《紅樓夢評論》，載《教育世界》第 76 至 78 號，第 80 至 81 號。

140　斯馬特《論悲劇》，見《英國學術論文集》第 8 卷，轉引自朱光潛《悲劇心理學》。

141　王無生《中國三大小說家論贊》，載《月月小說》第 2 年第 2 期。

142　胡適《文學進化觀念與戲劇改良》，見《胡適文存》。

143　尼采《悲劇的誕生》，三聯書店 1986 年版。

144 轉引自杜實然等編者《中國科學技術史稿》下冊，第 262-263 頁。

145 見王韜《瀛　雜誌》卷一。

146 見公奴《金陵賣書記》，開明書店 1902 年版。

147 《小說叢話》，載《新小說》第 7 號。

148 宣鼎《夜雨秋燈錄》自序，上海古籍出版社 1987 年版。

149 見王韜《淞影漫錄》自序，人民文學出版社 1983 年版。

150 韓邦慶《太仙漫稿》例言，人民文學出版社 1982 年版。

151 林紓《英國詩人吟邊燕語》序，商務印書館 1904 年版。

152 周作人《論文章之意義暨其使命因及中國近時論文之失》，載《河南》第 4、5 期。

153 馮叔鸞《嘯紅軒劇談》。

154 胡適《中國新文學大系・建設理論集導言》。

155 胡適《1960 年 11 月 24 日致高陽信》，載《胡適認古典文學》，上海古籍出版社出版。

156 梁啟超《新中國未來記・例言》，載《新小說》第 1 號。

157 見《中國新文學大系・建設理論集》中胡適與錢玄同的通信，它們當時都發表在《新青年》上。

158 丹皮爾：《科學史》第 283 頁，商務印書館 1975 年版

159 胡適：《科學與人生觀》序第 3 頁，上海亞東圖書館 1923 年出版。

160 陳獨秀：《再論孔教問題》，載《新青年》第 2 卷第 5 號。

161 胡適：《我們對於西洋近代文明的態度》。《胡適文存》第 3 集。

162 胡適：《五十年來之世界哲學》，《胡適文存》第 2 集。

163 陳獨秀：《現代歐洲文藝史譚》，載《青年雜誌》第 1 卷 3 號。

164 陳獨秀：《文學革命論》，載《新青年》第 2 卷 6 號。

165 胡適：《易卜生主義》，載《新青年》第 4 卷 6 號。

166　陳獨秀：《敬告青年》，載《青年雜誌》第 1 卷 1 號。

167　胡適：《我的歧路》，《胡適文存》第 3 卷 108 頁。

168　胡適：《易卜生主義》，載《新青年》第 4 卷 6 號。

169　魯迅：《幸福》譯者附記，《譯文序跋集》。

170　陳獨秀：《現代歐洲文藝史譚》，載《青年雜誌》第 1 卷 3 號。

171　陳獨秀：《答曾毅》，載《新青年》第 3 卷 2 號。

172　梁啟超：《論小説與群治之關係》，載《新小説》第 1 卷 1 號。

173　對什麼是現實主義作品，難免見仁見智，故只能是大體言之。

174　林紓：《孝女耐兒傳》序，商務印書館 1907 年版。

175　平雲：《孤兒記》識語，小説林社 1906 年版。

176　成之：《小説叢話》，載《中華小説界》第 1 卷 3 期。

177　張冥飛：《古今小説評林》。

178　新庵：《恨海》，載《月月小説》第 1 年第 3 號。

179　吳雙熱：《孽冤鏡》自序，民權出版部 1914 年版。

180　可參閱拙作《中國小説的近代變革》中「新與舊」一章對黃人、徐念慈美學思想的分析。

181　錢玄同《寄陳獨秀》，載《新青年》第 3 卷第 1 號。

182　見周作人《日本近三十年小説之發達》，不過周作人很快就改變了他的這一觀點，可見他的《自己的園地》。

183　沈雁冰《小説新潮欄宣言》，載《小説月報》第 11 卷第 1 期。

184　見黃遠庸《致章士釗信》，轉引自錢基博《現代中國文學史》。

第六章
作品與時代

第一節　《花月痕》

文學史總是挑好的說，這是自然的，不好的作品，沒有資格進入文學史。於是，文學史上往往有兩種作品，一種是至今仍然能夠打動讀者，具有強烈生命力的作品，如楚辭、唐詩、《紅樓夢》、《水滸傳》、《三國演義》、《西遊記》、《儒林外史》等等，它們是公認的經典名著，今天依然能夠供人欣賞。另一種是曾經在歷史上具有很大的影響，只是時過境遷，如今的人們已經很難再像當年的人們那樣拜倒在它們的腳下，但是作爲文學史，卻必須記上它們一筆，肯定它們爲文學發展做出的貢獻。

然而，由於時過境遷，衡量文學的價值標準發生了變化，文學史研究者往往會只注意那些具有頑強生命力的作品，站在當代人的角度重新闡釋這些經典，而忽視了用歷史標準去闡釋這些今天難以欣賞的作品曾經在歷史上起過的作用。研究這類被忽視的作品，追尋它們在文學史上的作用，力圖恢復歷史的原貌，從而探尋文學批評價值標準和欣賞趣味的演變，其實是一件非常重要的工作，也是一件非常艱苦的工作。今天的人們喜歡說任何歷史都是當代史，這是對的，從事歷史研究的人擺脫不了當代的觀念，他們在敘述歷史時總要受到當代觀念的影響；但是這只是歷史研究的一半，歷史研究還有另一半，歷史學家必須不斷去追問歷史的眞實，力求客觀地敘述歷史，再現歷史的眞相。儘管歷史的眞實不容易做到，絕對的眞實甚至是不可能達到的，但是歷史學家仍然必須這樣要求自己，否則歷史研究眞的成了任人塗抹的小姑娘。如果「戲說」之類的創作也變成了歷史敘述，歷史研究就將在作家的虛構中消解了自己，失去了歷史研究的意義。因此，研究在歷史上有影響而被今天忽視的文學作品，是文學史研究的一項重要工作。清代同光年間的小說《花月痕》就是這樣的作品。

《花月痕》並不是沒有進入近代文學史，現今的近代文學史在論述「狹邪小說」時大都也要提到它，只是研究者大多只從作品分析入手，用今天的價值觀念加以批評，忽視了它的歷史影響，從而也就忽視了它在中國小說史上曾經產生過的作用。事實上，在中國近代小說中，幾乎沒有其他作品像《花月痕》那樣，曾經在中國小說界產生過巨大影響，一度是小說家創作的楷模，開創了一種小說創作的風氣，在當時的小說界佔據了統治地位。

我們先來看看《花月痕》的影響。它影響最大的時期，大約是在清末民初，影響了當時一代作家。蔡元培在晚淸時，就已經注意到《花月痕》的作者魏子安著作甚多，感慨他「而《咄咄吟》及《詩話》尤當不朽，而世乃不甚傳，獨傳其所爲小說《花月痕》云」。[1] 其時「小說界革命」尚未興起，以蔡元培這樣注重著述，鄙視小說的翰林，都已經知道《花月痕》的名聲，並在下面加了著重號，說明此時《花月痕》在社會上已經有了很大影響。晚淸的小說家張春帆在創作《九尾龜》時，引用了《花月痕》，讚揚韋癡珠的氣派。並且引用了其中「卅六鴛鴦同命鳥，一雙蝴蝶可憐蟲」的語句。[2] 民初的小說家楊塵因在寫到蔡鍔與小鳳仙時特地描寫蔡鍔用《花月痕》來考小鳳仙，問她最喜歡其中的哪一個人物。可見在當時，《花月痕》是社會上極爲流行的小說，甚至也是妓女喜歡閱讀的小說。[3] 這時的小說家紛紛推崇《花月痕》，把它作爲小說創作的經典，甚至作爲中國小說創作的登峰造極之作，其評價之高，令今人驚訝不止。吳綺緣認爲自己是一個具有「眞性情」的人，「嘗於髫齡，偷閱《石頭記》，懊惱者累日，不飮不食，如醉如癡，家人以爲病，故亦不識其何自來，終以放聲一慟，不藥而愈。是爲導余眼淚之引線。其後閱《花月痕》，亦復如是。於此知說部之感人最深，實足以啓發固有之眞性情者也。」「古來之說部雖多，而値得綺緣一哭者，舍是二書外亦屬不可多得。」[4] 將《花月痕》與《紅樓夢》並列爲中國古代小說的頂峰。吳綺緣對《花月痕》的評價還不算最高，還有比他更高的評價：鄭逸梅就曾經宣稱「我對於小說，喜歡三部，一《花月痕》，二《紅樓夢》，三《三國演義》。」[5] 他是把《花月痕》放在《紅樓夢》之上，作爲中國古代小說的登峰造極之作。鄭逸梅在作這樣論述時，已經是 1949 年，也就是說，一直到解放前，他都是這樣評價《花月痕》的。這並不是鄭逸梅一個人的看法，曾經當過國民黨中宣部長，民初在《民國日報》任社長的葉楚傖，也極爲欣賞《花月痕》：「小說中有別創一格如《花月痕》者，其白話中每挿入文言，且爲極高古精妙之文言。如韋、韓、歐、洪，愉園小飮一段，幾乎無語不典，而神采奕奕，逼眞懷才未遇，紆衡當世口吻。」[6]《花月痕》影響了民初一代作家，民初著名小說家李定夷曾經提到：「余生平極愛讀《花月痕》，以其事則纏綿盡致，文則哀感頑艷，而人物之吐囑名雋，尤爲他書所不及，不愧名人手筆。今人之作，往往附麗古籍，其實去古遠矣。」[7] 李定夷主張民初小說的風格主要受《花月痕》的影響，晚年回憶：「同光間魏子安寫的小說《花月痕》，系白話章回體，亦極爲一般人所傾倒。後來在民初繼社會小說而起的排偶小說，詞華典贍，文采斐然，與其說是脫胎於《燕山外史》，毋寧說是拾《花月痕》牙慧。」[8] 他認爲《花月痕》是開民初小說風氣的。他的這一說法並不是憑空杜撰，民初創作當時影響最大的言情小說《玉梨魂》的作家徐枕亞，也認爲《花月痕》是「言情之傑作也，中間叙韋劉之遭際，嘔心作字，濡血成篇。」[9] 如果我們考慮到徐枕亞創作的言情小說《玉梨魂》也是「嘔心作字，濡血成篇」的悲劇，那麼，我們顯然可以看到《花月痕》對他的影響。張恨水在回憶錄中也曾經提到：他在年輕時非常欣賞《花月痕》，「《花月痕》的故事，對我沒有什麼影響，而它上面的詩詞小品，以至於小說回目，我卻被陶醉了。」[10] 張恨水自己認爲他成爲「禮拜六派的胚子」，《花月痕》要負很大的責任。這實際上也印證了李定夷的主張，民初小說風格形成，是受《花月痕》的影響。頗有意思的是：在五四前夕，張恨水發表於《民國日報》的小說《小說迷魂遊地府記》中，批判了當時的小說界商業化傾向，提出糾正的方法就是向《花月痕》學習。這也意味著：張恨水認爲民初小說並沒有達到《花月痕》的水準。事實上，在民初的文學創作中，引用《花月痕》「卅六鴛鴦同命鳥，一雙蝴蝶可憐蟲」的很多，民初小說家被稱爲「鴛鴦蝴蝶派」，其出典便在此。

一般說來，一部作品能夠產生重大影響，必定有它的道理，它自身必定有著許多符合當時人們欣賞習慣的要素，因此才能得到人們的讚美。民初的作家們如此讚揚《花月痕》，把它作為小說創作的楷模，自然總有它的原因。從清末民初對《花月痕》的讚揚中，我們可以看到他們的欣賞大致集中在如下幾個方面：

首先是對小說中的主要人物韋癡珠、劉秋痕與韓荷生、杜采秋的欣賞。不僅是吳綺緣、張春帆對韋癡珠眞性情與氣派的讚揚，張恨水直到 1919 年還在小說中建議，要改變當下小說的商業化狀況，必須繼承前人小說的遺產，其中包括《花月痕》，「韋癡珠之傲骨崚嶒，韓荷生之瀟灑出塵，不但現在士大夫中不可尋，就是青衫隊裡，也還交待不出幾個。然則就把他們作讀書人的模範去，也還雅俗共賞。」[11] 在這種推崇中，顯示了一種與前人不同的奇特現象，按照中國古代儒家傳統，士大夫一生應當是正心誠意，格物致知，修身齊家，治國平天下。事實上，在魏子安之前，早有夏敬渠的小說《野叟曝言》，主人公文素臣出將入相，建功立業，代表了士大夫的理想，作者的目的，是要建立一個士大夫的楷模。它也符合古代市民的趣味，因為市民也是崇拜英雄，推崇成功的。按照這個標準，韓荷生出將入相，討平叛亂，應當說是最能代表士大夫或者市民心目中的理想人物，要說氣派，應當是韓荷生更有氣派，而韋癡珠一生窮困潦倒，空有一身才華抱負，無處施展，在小說中，他混在妓院裡，雖有一身傲骨，並有劉秋痕作為知己，卻無法使她成為自己正式的伴侶，為此流淚就有好幾次，顯得那麼窩囊，缺乏英雄氣概。然而，無論是《花月痕》的作者還是後來的批評家，都摒棄了過去夏敬渠的立場觀念，把自己的感情，主要傾注在落魄才子韋癡珠身上，把韋癡珠放在出將入相，建功立業的韓荷生之前，在韋癡珠身上發掘人物的氣派，甚至生活的意義。這是爲什麼？

要回答這個問題，就要看《花月痕》第一回，作者道：「大抵人之良心，其發現最眞者，莫如男女份上。故《大學》言誠意，必例之於『好好色』，《孟子》言舜之孝，必驗之於『慕少艾』」。「今人一生將眞面目藏過，拿一副面具套上，外則當場酬酢，內則邇室周旋，即使份若君臣，親若兄弟，愛若夫婦，誼若朋友，亦只是此一副面具，再無第二副更換。」作者比起乾隆年間的夏敬渠，有了一個明顯的變化，他這時已經不再把「內聖外王」的士大夫理想放在首位，而是回到晚明的個性解放，唯情主義。[12]雖然他還沒有達到馮夢龍「以男女之眞情，發名教之僞藥」的程度，他還想通過韋癡珠與韓荷生的關係調和這種對立；但是「名教」的權威在他心目中已經動搖，他已經把人的良心與眞情，放在「男女份上」，而不是宗法制的綱常份上，這已經違背了「名教」的準則。假如我們考慮到馬克思曾經說過：「男女之間的關係是人與人之間的直接的、自然的、必然的關係。」「因而，根據這種關係就可以判斷出人的整個文明程度。根據這種關係的性質就可以看出，人在何種程度上對自己說來成爲類的存在物，對自己說來成爲人並把自己理解爲人。」[13]我們不難發現，魏子安的論述與馬克思有不少相似之處。顯然，魏子安還缺乏一個整體的「人」的意識，但是他從人的自然的男女關係中，已經悟出它最能體現出人的自然本性。人的理想，應當是人的天性與眞情在日常生活中自然的眞實流露。小說中敘述的韋癡珠與劉秋痕的感情，建立在「知己」的基礎上，這已經有點擺脫了士大夫對妓女的賞玩，顯示出一種朦朧的個性解放意識，這是一種繼承了《紅樓夢》的前現代愛情意識，劉秋痕是妓女，比起《紅樓夢》中賈寶玉和林黛玉的「知己」，又更進一步。

然而，韋癡珠又是一個懷才不遇的士大夫，他的身上集中了士大夫孤芳自賞，持才傲世的性格；蘇東坡的滿腹牢騷，黃仲則的孤苦無助，都在他身上體現出來。他的身上缺乏以個人的權利義務相結合的個人意識，這是一個現代性的產物。如同作者所說：「這本書所講的，俱是詞人墨客，文酒風流」。（第十二回）「紅粉飄零，青衫落拓，都是傷秋淚。」（第十五回）在魏子安的敘述中，它與前現代意識是膠合在一起的。

中國古代也有許多放浪形骸，寄情山水的才子，他們個性張揚，佯狂傲世。韋癡珠的形象與他們是相通的；但是，《花月痕》與古代放浪形骸的才子們最大的不同，就在於它正在走出古代才子們執著於個人遭遇的滿腹牢騷，而是對整個社會有著一種批判的眼光，從社會整體上，看出它壓抑個性，摧殘個性，是個不合理的社會。魏子安對當時社會具有一種強烈的批判意識，他認爲人應當憑著自己的個性眞情，以自己的眞面目生活在世界上，但是這個社會卻不容許：

> 「然則生今之世，做今之人，真面目如何行得去呢！你看真面目者，其身歷坎坷，不一而足，即如先生所說那一般放浪不羈之士，渠起先何曾不自檢束，讀書想為傳人，做官想為名宦，奈心方不圓，腸直不曲，眼高不低，坐此文章不重有司繩尺，言語直觸當世逆麟。又耕無百畝之田，隱無一掾之宅，俯仰求人，浮沈終老，横遭白眼，坐困青氈。不想尋常歌妓中，轉有窺其風格傾慕之者，憐

其淪落繫戀之者，一夕之盟，終身不改。」[14]

這個社會決定了有個性才華的人大多是懷才不遇，作者就是憑著這種對人生對社會的理解，塑造韋癡珠、劉秋痕形象與愛情的；也正是憑著這一理解，他對韋癡珠傾注了更多的情感，不再僅僅從功成名就的士大夫理想來看待讀書人的遭遇，雖然這仍舊是他的理想；而是從人的個性自由出發，把人是否以眞面目活在世上，置於更高的地位。由此，魏子安對當時的社會做出了嚴厲的批判：「人心如此，世道如此，可懼可憂；讀書人做秀才時，三分中卻有一分眞面目，自登甲科，入仕版，蛇神牛鬼，麇至沓來。」他把士林看得一片黑暗，到處是虛僞，到處是銅臭，戴著面具的「今人」實際上只戴一副面具，「須知喜怒威福，十萬副面具只是一副銅面具也。」[15]戴著面具爲的就是金錢，爲的就是順應各種利害關係，正是在這個戴著面具的過程中，扭曲了人的個性與自然本性。魏子安的批判，無疑要比古代才子們深入得多。

其次，《花月痕》有著獨特的語言，葉楚傖、李定夷、徐枕亞、張恨水等人都爲之傾倒，甚至形成了民初小說的風格。究竟是什麼迷住了他們呢？從前面所引的評論來看，一是「白話中摻入文言」，一是其中的詩詞小品，一是回目，這三者構成了《花月痕》的語言特色。

中國古代有文言小說和白話小說兩個系統，但是，文言小說其實並不代表雅文學，它一直受到士大夫們的鄙視，清朝的「桐城派」就強調寫古文不能有小說語氣，這個「小說」指的便是文言小說。《花月痕》的文言，如同葉楚傖所指出的：不是文言小說的文言，而是「極高古精妙之文言」，這本來是文章中的文言，卻被用來寫小說，並且將它與白話混合在一起，形成一種獨特的語言風格，連小說中的白話敘述，也因爲受文言敘述的影響，變得十分簡潔凝練，完全不同於一般的白話小說。葉楚傖所引愉園小飲一段，雖不如《紅樓夢》的聚會生動，卻要典雅得多，尤其是用典，這種寫法確實不見於其他章回小說。

如果說詩詞小品本來就是章回小說的一大特點，那麼，《花月痕》的詩詞小品是眞正的文人詩詞，十分典雅。古代章回小說中，詩詞做得最好的當推《紅樓夢》；然而，比起《紅樓夢》，《花月痕》的詩詞做得更爲典雅，更加文人化。《紅樓夢》本來是一批少男少女們寫詩詞，符合他們的身份；《花月痕》是一批士大夫和高水準的詩妓寫詩詞，要切合他們的身份，自然要更大的功力。第二十五回韋癡珠的《綺懷》就是寫得非常漂亮的文人詩。

章回小說的回目經歷了漫長的發展，從單句到對偶，回目寫得工整典雅的也推《紅樓夢》。《花月痕》的回目與《紅樓夢》一樣，也是整整齊齊的八個字一句；比起《紅樓夢》回目的「前三後五」的組合來，它的回目較多的是兩個四字組合，顯得更爲古樸。由於對仗工整，爲小說增添了不少文采。在小說的敘述中，作者也常用對仗的排偶，這種駢化的散文，促成了民初小說的風格。

第三，《花月痕》可以算作「鴛鴦蝴蝶」小說的鼻祖，小說中提到「鴛鴦蝴蝶」的就不下幾十處，後來被民初小說家引用最多就是「卅六鴛鴦同命鳥，一雙蝴蝶可憐蟲」，可以說「鴛鴦蝴蝶」的意象就是它發明的。由於五四新文學後來痛批「鴛鴦蝴蝶派」，「鴛鴦蝴蝶」的意象也就很少再爲作家所用，其實這一意象恰恰是中國傳統文化用來象徵青年男女眞摯執著愛情的。《花月痕》加上「同命鳥」、「可憐蟲」用來象徵愛情的悲劇，表現對愛情的執著和對現實迫害愛情的批判。它後來爲民初作家所認同。《紅樓夢》的悲劇，改變了中國小說的傳統寫法；但是《紅樓夢》之後，並沒有多少小說繼承《紅樓夢》的寫法，大量小說甚至包括《紅樓夢》的續書在內，仍以大團圓結局。《花月痕》的悲劇繼承了《紅樓夢》的現實主義寫法，到《海上花列傳》之後形成中國小說寫悲劇的潮流。

《花月痕》爲什麼能在民國初年產生重大影響？因爲它的特色符合當時文學轉型期的需要。《花月痕》的影響爲什麼在五四後就逐漸消失，因爲它的特色已經不符合後來時代的需要。

首先，在中國建立共和國前後，個人在社會中的地位日漸突出，但是人本主義思想，個性解放思潮，還沒有像五四時期那樣成爲主流；處在社會急劇變幻時期，封建禮教的權威已經低落，民主社會人的權利義務觀念尚未形成，這時只有自己的情感才是可靠的，中國傳統文化個性張揚的資源，自然爲作家所用。這也是當時社會注重情感，狂士較多的原因。《花月痕》的「唯情主義」，強調人應當依據自己的眞性情活著，把眞性情集中表現在愛情上，批判社會扭曲了人的眞性情，都符合當時社會掙脫封建統治，改良禮教的需要，因而爲當時作家和讀者所認同。五四時期進行新的文化啓蒙，總結民國名存實亡的失敗教訓，人本主義思想，現代社會的權利義務、個性解放逐漸成爲主流思想，完全從中國傳統文化資源出發對社會的批判顯得膚淺和不合時宜，《花月痕》也就邊緣化了。

其次，中國文學在近代開始，文學中心由詩文轉向小說，這是一個非常複雜的過程，小說的「雅化」是其中的一個重要方面。原來是詩文的趣味，這時由於晚清大量士大夫加入小說作者和讀者的隊伍，讀者與作者文化層次的改變，也影響到小說的創作。[16] 章回小說原來由於讀者的文化層次較低，受到士大夫的鄙視；古代士大夫「懷才不遇」、「孤苦無助」的主題，一般由詩文來表述，小說基本不涉及。《花月痕》對這一主題的表述，在小說來說是一個重要的突破，也是詩文爲代表的古代文學正統向原來被鄙視的小說文體在思想意識、表現內容上的滲透。在語言形式上，古代章回小說較少關注小說的回目與其中的詩詞是否典雅，小說回目一直是在後來士大夫對章回小說的創作與修改中才得以提高。章回小說對敘述語言的欣賞標準也與士大夫不同，甚至據說是士大夫吳承恩創作的《西遊記》，其詩詞水準也極爲糟糕。但是，隨著晚清大量士大夫加入小說讀者的隊伍，他們的欣賞趣味也就改變了小說的敘述語言和風格，這在民初小說的古文化和駢文化中充分體現出來。《花月痕》在晚清開了章回小說「雅化」的風氣，體現了士大夫趣味與市民趣味的結合，適應了那個時代的需要，對中國文學在近代文言與白話結合的語言轉換，做了有益的嘗試。但是，在五四新文化運動之後，尤其是學校教科書都改爲白話之後，白話成爲小說的主流，在五四新文學作家看來，《花月痕》這種在白話小說中加入正宗文言的做法，不僅已經變得沒有必要，而且可以說是一種對白話文運動的反動。只有在被稱爲鴛鴦蝴蝶派的章回小說家那裏，依然保持了對《花月痕》的欣賞，但是在三十年代之後，他們自己在創作小說時，爲了適應社會的需要，也不再運用《花月痕》的做法。

第三，中國小說寫作方法這時正處於從傳奇向現實發展的轉變，《花月痕》體現了這一轉變。中國古代小說以娛樂消閒爲主，爲了吸引讀者，傳奇自然成爲它的特色。但是隨著小說逐步由文學邊緣進入中心，原來由詩文等正統文學承擔的使命，如抒發自我，批判現實等也必然要由小說來承擔。《紅樓夢》的開頭還帶有傳奇色彩，大觀園也未必沒有傳奇的成分；但是，作者對人生的詠歎，對社會的批判，對現實的關注，使它成爲代表明清文學最高成就的傑作。它的悲劇描寫也正體現了這一點。與《紅樓夢》不同，《花月痕》描寫的是士大夫的命運；但是它對人生的詠歎，對社會的批判，寫實主義手法，悲劇的描寫，都繼承了《紅樓夢》；雖然它還沒有擺脫傳奇的成分，如對韓荷生的描寫。但是，五四以後，新文學的現實主義要求對社會的批判進入到對社會的本質認識，需要冷峻客觀的鞭撻；《花月痕》不能滿足這種需要，影響自然也就大大減小。但是它在現代鴛鴦蝴蝶派作家的作品中，其影響依然存在，韋癡珠的「孤高傲世」，轉變成了一種知識份子的清高。如在張恨水的《巴山夜雨》等作品中，依然可以見到他的影子。

因此，《花月痕》是一部具有過渡形態特徵的小說，也是一部當時來說還是超前的小說。它開了後來小說，尤其是民初小說的風氣，綜合體現了當時小說的過渡特徵，所以受到近代作家的推崇。又由於中國近代社會文化轉變的急劇，在五四新文化運動蓬勃發展之後，它的影響也就淡化了。

其實不僅是民初小說家受到《花月痕》的影響，五四新文學作家也受到《花月痕》的影響，只是這種影響的程度遠不如民初小說家，而且他們往往不願承認。郭沫若在他的回憶錄中兩次提到《花月痕》，「在這高小時代，我讀到了《西廂》、《花月痕》、《西湖佳話》之類的作品，加上是青春期，因而便頗以風流自命，大做其詩。」[17] 在《少年時代》中，郭沫若提到《花月痕》對他有著「挑撥性」，「秋痕的幻影弄得人如醉如癡了」。[18] 另一位創造社作家郁達夫自己承認，他最初接觸的兩部小說就有《花月痕》，他後來感慨「非落拓的文人，不能為韋癡珠興末路之悲。」[19] 但是，承認《花月痕》的影響意味著與被他們批判的鴛鴦蝴蝶派同流合污，所以大多數新文學家都不願提到這本小說，即使是郭沫若、郁達夫，也從來沒有說過《花月痕》對他們的小說創作產生過影響。然而，我們從郁達夫的《采石磯》以及他所創作的其他「落拓文人」形象中，郭沫若帶有自傳色彩的《行路難》等小說中，還是能夠看到新的窮困潦倒文人形象，其中自然也可以看到《花月痕》的影子。如同郁達夫所說：《花月痕》主人公的孤苦無助，牢騷滿腹，在郁達夫、郭沫若筆下，轉到了現代知識份子面對商業化的大潮，人性的異化，堅持自己本色，而又走投無路，孤苦無助的悲憤。從古代士大夫的「零餘者」轉到現代知識份子的「零餘者」，構成了中國文化獨特的「零餘者」系列，《花月痕》構成了二者之間的連接。

第二節　《海上花列傳》

「狹邪小說」這個概念是從魯迅的《中國小說史略》開始建立的，它在小說史上專指描寫妓院或優伶生活題材的小說。這一題材並不是在晚清小說界革命後才問世的，描寫妓院或優伶生活的小說在中國有著悠久的傳統，早在唐代，就有描寫妓院生活的傳奇《李娃傳》、《霍小玉傳》等等。此後，狹邪題材的小說不絕如縷，甚至擴展到戲曲。近代狹邪小說從《風月夢》（1848）算起，可考的就有四十餘種，是近代小說中的一個重要門類。但是早期近代狹邪小說與近代都市關係不大，它們還缺乏後期狹邪小說所具有的現代意識，與二十世紀文學的直接聯繫較少。中國近代最著名的狹邪小說《海上花列傳》是在 1892 年問世的，比梁啓超提出小說界革命要早了十年，它可以算是後期近代狹邪小說的發端。這些狹邪小說與以前的狹邪小說不同的地方就在於，它們是中國近代最早描寫都市的小說，它們本身就是近代都市的產物。

城市在中國有著悠久的歷史，很可能在夏代中國已經具有相當規模的城市。唐代的長安，北宋的汴梁，南宋的臨安，元代的大都都是規模很大，人口在百萬以上的大城市；但是它們都不是現代意義上的大都市。在古代，「中國城市的繁榮不是依靠企業家的本領，或城市公民政治上的魄力和幹勁，而是依靠皇帝的行政管理機構，特別是水路上的管理機構。」[20] 城市是封建專制統治的中心，市民很少有獨立自主性，城市化水準處在低迷狀態，與西方近代崛起的城市不同。從世界範圍來說，十八世紀到二十世紀是城市現代化的時期，西方產業革命把城市文明推向現代化，現代城市意味著運用現代管理方式，以現代科技爲基礎建立的現代商業和現代工業體系，創造的現代居住環境。它把金錢關係變爲人們相互之間最重要的關係，從而解放了人們，「使個性本身獨立，給予它一種無與倫比的內在和外在的活動自由。」[21] 十九世紀西方對中國的殖民侵略，導致了華洋雜居的租界在上海問世，逐步建立了與中國古代城市不同的現代都市。在現代城市的建立過程中，上海的娼妓業也畸形發展起來。1917 年，英國學者甘博耳對世界八個大都市的娼妓人數和城市總人口的比率作了調查：倫敦 1：906，柏林 1：582，巴黎 1：481，芝加哥 1：437，名古屋 1：314，東京 1：277，北京 1：259，上海 1：137。[22]可見在當時的世界大都市中，上海的娼妓業的發達程度。晚清狹邪小說對如此發達的娼妓業的描繪與揭露，其實也是對現代大都市的描繪與揭露。這是中國最早的描寫批判現代都市的小說，其意義自不待言。

眞正寫出上海「狹邪小說」特色的，還數韓邦慶的《海上花列傳》，它可謂開了狹邪小說新的風氣。韓邦慶自幼隨父居北京，後來回到南方考取秀才，屢考舉人不第，曾任幕僚，後因性情不合，到上海來任《申報》撰述。他在 1892 年創辦了中國第一份小說期刊《海上奇書》，由《申報》館代售，《海上花列傳》就連載在《海上奇書》上，「惜彼時小說風氣未盡開，購閱者鮮，又以出版屢屢衍期，尤不爲閱者所喜，銷路平平實由於此」[23]。《海上奇書》由半月刊改爲月刊，堅持了八個月，終於停刊了。韓邦慶也在《海上花列傳》出版後不久即逝世了。

就藝術魅力而論，《海上花列傳》稱得上是中國近代最爲傑出的小說。《紅樓夢》問世後，不乏模仿之作，但大都是借模仿《紅樓夢》爲名，向《紅樓夢》否定的才子佳人小說回歸。只有《海上花列傳》繼承了曹雪芹那種刻意眞實地表現人生，深入人物內心世界的現實主義精神。倘若要說晚清小說描寫人物最爲成功的，那首推狹邪小說，其代表作就是《海上花列傳》。

《海上花列傳》專門描寫上海的妓院之中，一對一對的嫖客與妓女之間的關係和情感生活。在此之前，寫妓女的狹邪小說大都將妓女理想化，作爲「才子」的「知己」，所謂唯妓女能識淪落的「才子」，唯「才子」能識風塵中的「佳人」，藉以抒發作者「懷才不遇」的牢騷。《海上花列傳》之後的狹邪小說，又以暴露妓院的奸詭爲目的，「所寫的妓女都是壞人，狎客也近於無賴。」唯有《海上花列傳》卻是將妓女作爲「人」來寫，「以爲妓女有好有壞，較近於寫實了」[24]。封建社會流行包辦婚姻，只要有一定的資產，婚姻是不成問題的，但是「愛情」則不同，於是便不乏嫖客到妓院中尋覓愛情。近代上海的移民，許多人沒有帶來家小，男性與女性比例失調，也需要到妓院去尋找慰藉。男女之間的性關係以情愛爲基礎，但是妓院是商業性的，以盈利爲目的，從而造成嫖客與妓女複雜的金錢與感情糾葛。《海上花列傳》有著明顯模仿《紅樓夢》的痕跡，小說以夢開頭，就是模仿《紅樓夢》，小說中如華鐵眉與孫素蘭的爭吵和言歸於好，讓人想到寶玉和黛玉。而琪官、瑤官等小女伶住在梨花院，《紅樓夢》中小女伶芳官齡官則住在梨香院等等痕跡更是常常出現。但是《海上花列傳》比《紅樓夢》也有不少發展。首先《紅樓夢》仍然有中國小說「傳奇」的痕跡，不要說大荒山青埂峰的木石因緣，就是作者的本意，也是要想傳他所見到的奇女子。而《海上花列傳》便淡化了「傳奇」的色彩。它描繪的就是發生在上海都市妓院實實在在的現實生活，刻畫那些平凡的妓女，沒有什麼「獵奇」的心理，也不去搜羅妓院的話柄。因此，它顯得平淡、自然，沒有離奇曲折的情節，也沒有趣味濃厚的戲劇性衝突，但是它的筆觸卻深入到人物的內心世界，作者帶著一種對人世的悲憫，俯視小說中的芸芸衆生，時而觸及人物的潛意識層。《海上花列傳》有著一種中國傳統文學崇尚的「平和沖淡」的寫實風格，在這方面它甚至超越了《紅樓夢》，這是以往的中國小說中罕見的。在這種描寫平淡的人和平淡生活的背後，其實也帶有現代都市人的平等意識。

其次，在人物塑造的自覺性和理論性上，《海上花列傳》有所發展。小說是需要塑造人物的，以往的中國小說雖然也注意到這一點，但是很少有人從小說特性上去概括小說與塑造人物的關係。《紅樓夢》的作者只是從感性上覺得要表現他所見到的「異樣女子」。金聖歎總結了大量塑造人物性格的理論，但是他把他的理論局限在《水滸》一部書上，沒有上升到對「小說」總體的認識。這是因爲中國「小說」的概念過於蕪雜，大量與文學關係很少的雜俎、筆記都被歸入小說，小說的藝術特徵反倒難以概括。眞正將小說與塑造人物自覺地聯繫在一起，將塑造人物作爲小說基本特徵的還數韓邦慶。他認爲「合傳之體有三難：一曰無雷同，一書百十人，其性情言語面目行為，此與彼稍有相仿，即是雷同。一曰無矛盾，一人而前後數見，前與後稍有不符，即是矛盾。一曰無掛漏，寫一人而無結局，掛漏也；敘一事而無收場，亦掛漏也。知是三者而後可與言說部」[25]。三條之中，兩條說的都是人物性格塑造。《海上花列傳》在塑造人物性格時，確有獨到之處，不僅是「其形容盡致處，如見其人，如聞其聲」，而且在描寫物件的意境和類型上有較大的拓展，描繪的人物達到某種詩的意境，並且描繪了一些過去小說中很少見到的人物，表現出人性的複雜性。像小說描寫王蓮生與沈小紅的關係，兩個性格完全相反的人複雜的感情糾葛，即使到了花錢買罪受的程度，王蓮生仍然戀著她。劉半農曾經推崇《海上花列傳》五十七回的一段白描：

「阿珠只裝得兩口煙，蓮生便不吸了，忽然盤膝坐起，意思要吸水煙。巧囡送上水煙筒，蓮生接在手中，自吸一口，無端吊下兩點眼淚。阿珠不好根問。雙珠、雙玉面面相覷，也自默然。房內靜悄悄地，但聞四壁厢促織兒唧唧之聲，聒耳得緊。」

寫的便是王蓮生因爲沈小紅背叛了他，幻想徹底破滅，但是仍然餘情未了。作者寫這樣一位慵懦不堪的嫖客，也能將他作爲「人」寫出複雜的心理活動，而又運用白描手法寫得如此淒淸，達到詩的意境，在小說中誠爲難能可貴，其描寫人物的筆力也由此可見一斑。

更爲重要的是：《紅樓夢》描寫的是中國傳統城市中的人物，《海上花列傳》在中國小說史上首先描寫了現代都市中的人物，他們與《紅樓夢》中的人物不同，他們不受家族的束縛，在現代金錢關係的連接下，妓女們更爲自由。她們與古代文學中的傳統妓女也不同，是現代都市市場經濟的產物，在現代金錢關係的影響下，她們沒有古代官妓對官員的依附關係，在金錢面前，商人、官員、妓女都是平等的，只要有錢就行。因此，人們對金錢更爲崇尙，更爲貪婪，人性更加受到異化。從現代都市問世時開始，古今中外的許多作家就把現代都市看作是人類欲望的代表，是對「自然」的扭曲，一直延續到現在。韓邦慶也不例外。如果說中國古代狹邪小說中的妓女，大多還是溫柔賢淑，多愁善感的受害者形象，這時的妓女在這個金錢社會中，已經把自己的賣身看作是「做生意」，她們大部分不再依附於老鴇，開始表現出職業婦女的獨立性。她們已經像都市婦女一樣表現出對時尙的追求，對金錢的追求，對欲望的追求，這種追求不再是偷偷摸摸，而開始理直氣壯，爲了這種追求，她們可以不擇手段。妓女與嫖客之間，妓女與妓女之間，勾心鬥角，互相算計，設計騙局，佈置陷阱，兩性關係變成一場戰爭。在此之前，很少有作家把兩性關係寫成爲一場戰爭。作者宣稱「此書爲勸戒而作」[26]，以「一過來人爲之現身說法」[27]但是他的藝術表現能力和對人物的悲憫使作品超越了「勸戒」的宗旨，它成爲近代上海妓院的人生畫像。如果說《紅樓夢》主要是批判了封建大家庭的黑暗；那麼，《海上花列傳》則是對現代都市的揭露，從兩性關係上最能夠看出人性的異化。

《海上花列傳》爲表現現代都市生活提供了新的小說結構。作者自承「全書筆法自謂從《儒林外史》脫化出來，惟穿揷藏閃之法，則爲從來說部所未有」[28]。所謂「穿揷藏閃」之法，是一種以空間爲中心的結構，就是將許多故事拆開，讓幾個故事同時並進，這個故事敘述了開頭，又接著敘述另一個故事，時而打破敘述的順時性，「劈空而來，使閱者茫然不解其如何緣故，急欲觀後文，而後文又舍而敘他事矣；及他事敘畢，再敘明其緣故，而其緣故仍未盡明，直至全體盡露，乃知前文所敘並無半個閑字」[29]。利用讀者急於知道結局的閱讀心理，增加小說的吸引力，同時將分散的各個故事通過「穿揷藏閃」，扭結在一起，形成一種以空間爲中心的立體型網狀結構。《儒林外史》是在近代影響最大的古典小說，近代「社會小說」便是模仿《儒林外史》的。但是《儒林外史》敘述完一個故事再敘述一個故事，這種「雖云長篇，形同短制」的寫法，是一種以時間爲中心的平面式「鏈式結構」。這種古代適用的小說結構比較單一，用來表現現代都市生活時便顯得有點不夠用了，與古代相比，現代都市的空間大大擴展，都市人生活在這宏大的空間中，允許他扮演多重角色，於是，他們的生活多側面，立體感強，節奏快，旋律豐富；都市的空間觀念和時間觀念都與古代的農業社會大不相同，需要有一種新型小說結構來表現複雜的都市社會。《海上花列傳》正是適應了這一需要，它所做出的嘗試，爲後來的狹邪小說、社會小說等所仿效，一直到今天，大量的小說和電視連續劇依然在沿用這一網狀結構。

如果早期《瀛寰瑣記》連載的翻譯英國長篇小說《昕夕閒談》不算，《海上花列傳》便是中國最早連載的長篇創作小說。從中顯然可以看到從「章回體」向「連載小說」發展的痕跡。除了「穿插藏閃」適應連載小說的結構而外，章回體保留的「欲知後事如何，且聽下回分解」說書人套語，也已經改爲「第×回終」。開頭也不用「話說」，而用「按」。變口頭文學套語爲書面語。尤可注意的是小說的結局，儘管作者聲稱「無掛漏」，一一交代書中人物結局是小說的特徵，但是《海上花列傳》卻是戛然而止，突破了章回體小說有頭有尾的格局。這或許是由於作者還想做一部續集而因早夭終於未作，或許是作者爲了照顧讀者想知道人物結局的情緒而寫了一篇《跋》，其中交代了一些主要人物的結局，但無論如何，這種結法頗具有現代色彩，而使它與以前的中國小說完全不同。

《海上花列傳》繼承《何典》，用的是吳語方言。但兩書又有不同，《何典》是大量運用吳語方言作典故，《海上花列傳》則是人物對話完全運用吳語方言。此舉加強了小說的生活氣息和眞實感，幫助讀者更進一步瞭解當時的民俗。但也因此減少了不少讀者，尤其是那些生活在其他方言區域的讀者，因看不懂吳語方言而只能對這部傑作望洋興嘆。中國小說歷來是京語的天下，曹雪芹的《紅樓夢》，文康的《兒女英雄傳》等等，直到嘉慶年間才有了吳語方言的小說《何典》，而到近代，《海上花列傳》之後，又有《九尾龜》等也用吳語方言，一批吳語方言小說的崛起，改變了小說由官話和北方方言一統的局面，豐富了當時的文壇。吳語是在上海附近地區流行的方言，它的崛起本身就與上海作爲一個近代型大都市的崛起有著很大的關係，從中傳遞出北方文化中心南移的資訊。

韓邦慶頗富藝術宗師的自我意識，他創作《海上花列傳》，力圖「自我作古，得以生面別開」[30]。《海上花列傳》是一部傑作，代表了當時中國純文學的藝術水準。在狹邪小說中，《海上花列傳》走的主要是表現人生的路子，而與《海上花列傳》差不多同時創作的《海上繁華夢》（孫玉聲著）[31]，走的便是主要暴露妓家奸詭，揭露其欺騙嫖客伎倆的「溢惡」路子。只是狹邪小說後來的發展，反倒是《海上繁華夢》「溢惡」「媚俗」的通俗小說漸成氣候，而《海上花列傳》那種藝術地再現人生的寫法還未形成氣候，便由於「小說界革命」的問世而中斷了。

第三節　小說的興起與譴責小說

晚清小說的興盛，與社會的近代化是連在一起的。從世界文學的發展歷史看，小說的興旺發達與社會近代化有密切聯繫。首先，小說生產數量與社會影響的擴大，是與近代印刷業的發展聯繫在一起的。只有在印刷從手工作坊式的手工業變爲機器印刷大工業的情況下，小說才可能大量排印問世，也才可能出現以報刊平裝書爲代表的近代傳播媒介，這些廉價的傳播媒介大大推廣普及了小說。第二，近代「人文精神」的發展，促使小說以更加細膩深刻的筆墨，展示人的內心世界和社會關係。從性格的形成發展到意識的流動變化，情緒的豐富細膩，小說展示人類社會和人的靈魂越來越細緻入微，小說的表現手法技巧也越來越五彩紛陳。第三，在都市化過程中產生大量市民，他們具有一定的文化程度而又有財力購買小說閱讀，他們也有閒暇閱讀小說，於是小說才會擁有衆多的讀者和較大的社會需求。小說傳播的社會化和商品化使作家有可能以寫作小說爲職業。所以世界各國小說的興旺發達，幾乎都與它們的工業化和都市化平行，這是小說在近代發展的一般趨勢。

從小說生產的物質條件看，晚清小說的繁榮，與世界小說至近代而迅速發展一樣，也與印刷技術和傳播媒介發生變革有密切關係。鴉片戰爭後，西方近代機器印刷，鉛活字排版和石印，紙型技術先後傳入中國，到二十世紀初，已經形成新興印刷工業，逐步取代了傳統手工業雕板印刷，大大促進了文化的普及，一八九七年商務印書館創辦，一九〇〇年又盤入日商的修文印書局，標誌著民族出版印刷業的發展。如前所述近代新型傳播媒介報刊，也由於印刷技術的革新、市場化和「救國」意識的推動，如雨後春筍般成長起來。這些都成爲小說繁榮的重要條件。

中國在十九世紀末二十世紀初已經開始進入工業化和都市化的過程，它們對「新小說」的問世有一定影響。但是晚清的新小說又有它的特殊性，它是突如其來地繁榮。它不是中國社會工業化都市化的自然結果，不是小說自身發展水到渠成的產物，而是晚清政治運動「催生」的結果。當時的「小說界革命」是作爲晚清政治改革運動的一部分而出現的，這就使它不僅與晚清政治保持著緊密聯繫，而且在發展形態上，也是先有小說理論，明確提出對「新小說」的要求，隨後才有相應的小說創作，而不是先有創作，在創作的基礎上歸納理論。這種理論前置、指導創作的情況是晚清「新小說」的重要特點，並且影響到以後的文學發展。

「譴責小說」從小說淵源上說，是繼承《儒林外史》而來的，但是又有不同。《儒林外史》是中國古代最著名的「諷刺小說」，它在乾隆年間問世後，幾成絕響，百餘年間一直沒有模仿它的作品問世。然而，到1902年以後，模仿《儒林外史》小說結構手法的作品比比皆是，形成一類新型小說，成爲晚清小說的主流。只是《儒林外史》重在展示士大夫在功名富貴引誘下的精神世界，這批小說卻重在糾彈時政，抨擊風俗，不像《儒林外史》含蓄蘊籍，刻畫人物性格，而是「辭氣浮露，筆無藏鋒，甚且過甚其辭」。[32] 因此魯迅認爲它們不同於《儒林外史》的「諷刺小說」，另謂之「譴責小說」。這個概念源於魯迅，而在晚清，「譴責小說」其實被稱爲「社會小說」。

許多「譴責小說」，尤其是那些最著名的「譴責小說」，最早的發表都是在報刊上連載的，這些小說大批問世，實際上形成了一種新型小說文體，那就是「連載小說」。「連載小說」首先改變了讀者的閱讀方式。一部小說的閱讀成爲一個漫長的過程，《官場現形記》在《世界繁華報》就至少連載了兩年，每期只登數百字。在每期刊載的小說中，必須有張有弛，有高潮，而且高潮當在結尾處，以吸引讀者下一期繼續看下去。如此漫長的閱讀過程實際上使得大多數讀者只關心下面發生了什麼，而不再從整體上考慮小說的創作，當他們在閱讀後面的小說時，前面刊載的內容在他們的腦海裏早已只留下淡淡的影子，甚至忘卻了。這種新型的閱讀方式也改變了作者的創作方式：中國傳統的小說以白話的話本小說與擬話本小說爲主，表面看來，「連載小說」與話本小說都是一段一段，都在高潮處結尾，都講究吸引讀者，設置懸念；但二者其實還是有很大的不同。話本小說最早是說書人的底本，它經過多次修改，每講一次，就可以修改一次。它的創作過程雖然也是長期的，但是它一直以整體的面目出現，作者始終能從整體上把握它。「擬話本」小說更是如此。「連載小說」就不同了，它的創作實際上有兩種，一種是創作全部完成後，才將稿子交給報刊。另一種是根據報刊的發表時間創作，到一定階段彙聚成冊，分冊出版。這一創作過程可能會根據發表的時間延續幾年。在開始創作這部小說時，作者往往對後來的發展結局並沒有想好，這些小說在創作時大多不是以整體面目出現的，這種一面寫作一面發表的寫作方式導致作者很難在整體上把握他的作品，修改他的作品。晚淸「譴責小說」的創作大多是後一種，由此也就形成了「譴責小說」的特點。

首先是小說的「時事化」。「譴責小說」與報刊有密切的聯繫，報刊在晚淸的迅速崛起就是受晚淸政治形勢影響，與時事緊密相連是晚淸報刊的特點，從而也成爲「譴責小說」的特點。在當時上海出版的《繡像小說》、《月月小說》、《小說林》、《新新小說》等雜誌都刊載大量譴責小說。在日本問世的《新小說》轉到上海之後，也發表了許多譴責小說。晚淸著名小說家有許多都是報人，「譴責小說」的問世無疑與晚淸的政治形勢有關。「戊戌變政既不成，越二歲即庚子歲而有義和團之變，群乃知政府不足圖治，頓有掊擊之意矣。其在小說則揭發伏藏，顯其弊惡，而於時政，嚴加糾彈，或更擴充，並及風俗。」魯迅這段話點明了「譴責小說」產生的政治背景，也說明了它與晚清時事的緊密聯繫。需要補充的是：上海租界的存在，提供了一個相對言論自由的寬鬆環境。1901 年清政府下令改革，實行新政，在一定程度上放鬆了思想控制，也促進了譴責小說的流行。「譴責小說」從一開始就與報刊的「輿論監督」的職能連在一起。政治的腐敗，道德的淪喪，促使小說家拿起筆用小說來揭露時弊，抨擊現實。於是，晚清的重大事件，如庚子事變，反對美國華工禁約運動，立憲運動，種族革命運動，婦女解放問題，反迷信運動等等在當時的「譴責小說」中幾乎都有描寫。中國古代小說也有描寫時事的，但是從來也沒有像近代的「譴責小說」那樣與時事聯繫如此緊密。在揭露社會黑暗時，「譴責小說」徹底拋開了古代小說寫官場必用的「忠奸對立」的模式，也不再將希望建立在「好皇帝」身上。它們對整個官僚系統，包括貪官、昏官、也包括「清官」，乃至萬民之上的皇帝太后，進行全面否定的揭露抨擊，將官場、政界與上流社會描繪成「畜生的世界」（《官場現形記》第六十回）。小說家從揭露官場開始，迅速將批判的筆觸擴大到整個社會，無論是商界還是學界，無論是新黨還是舊黨，無論是男性還是女性，無論是巨富還是華工，「譴責小說」都有所涉及。它的筆觸幾乎涉及到社會的各個階層，這在以前的中國古代小說中，還從來沒有出現過。「譴責小說」與時事的密切聯繫，它的「輿論監督」，干預現實的意識，它對當時黑暗現實的揭露與鞭撻，它的敢於直言，並無諱飾；大膽尖銳，窮形極相的敘述，實際上對後來的文學產生了巨大影響。

小說的「時事化」促使小說「新聞化」。小說家像記者寫新聞那樣創作小說，但所寫也可以不是剛發生的「新聞」而是過去發生過的「軼聞」。作家與記者本是兩種職業，對於一位眞正的作家來說，他所創作的作品必須是他自己熟悉的生活，熟悉的人和事。其中當然包括作家的想像，這種想像即使上天入地，也必須植根於他對人生的深度體驗。作家需要從自己的人生體驗，從人性的角度去把握所寫的人和事，通過創造來表現人生。但對於一位記者來說，情況就不同了，只要某一件事確實發生過（作家可以不受事件發生與否的限制）儘管他未曾經歷也不熟悉那樣的人和事，但他完全可以根據傳聞將它記載下來。他用不著考慮怎樣表現人生，只要對事件採取就事論事的態度就行了。《儒林外史》描繪的都是作者自己熟悉的人物，作者能夠洞察他們的靈魂，把握他們的心理，多方面烘托人物的性格，從人生體驗出發去開掘科舉制度怎樣扭曲了人的天性。譴責小說作家就不同了，他們努力採用一個盡可能多地包容奇聞的小說結構，用連綴新聞的方式創作。這種新聞與小說合二而一的形式，是譴責小說獨特的特徵。

譴責小說作家在觀念上就認爲「社會小說」是應該連載新聞的。李伯元創作《庚子國變彈詞》，公開申明「是書取材於中西報紙者，十之四五，得諸朋輩傳述者，十之三四；其爲作書人思想所得，不過十之一二耳。小說體裁，自應爾爾，閱者勿以杜撰目之。」[33] 他創作《中國現在記》，就是要「把我生平耳所聞，目所見，世路上怪怪奇奇之事，一一說與他們知道。」[34] 包天笑向吳趼人當面請教，《二十年目睹之怪現狀》「何從得這許多材料？」吳趼人給他「瞧一本手鈔册子，很像日記一般，裏面抄寫的，都是每次聽的友人們所談的故事。也有從筆記上鈔下來的，也有從報紙上剪下來的，雜亂無章的成了一巨册。」然後加以整理，「用一個貫穿之法」，寫成小說。「大概寫『社會小說』的，都是如此吧。」[35]因此這一時期的「譴責小說」作者與「政治小說」作者不同，後者創作小說，「事實全由於幻想」，而前者創作小說，都要強調自己所寫的是眞人眞事，並無一點虛構：「在下這部小說，確是句句實話，件件實事，並不鋪張揚厲的，所以還是照著實事說話。」[36]「但在下這部《孽海花》，卻不同別的小說，空中樓閣，可以隨意起滅，逞筆翻騰，一句假不來，一句謊不得，只能將文機禦事實，不能把事實起文情。」[37]這種表白自然不無誇大之嫌，但作者這種創作態度，正是以寫新聞的做法來寫小說，這就必然導致小說的「新聞化」，小說結構的「集錦式」。連載小說促使讀者將閱讀一部作品的時間拉得很長，在客觀上也使小說「新聞化」成爲可能。

另一方面，報刊刊載「連載小說」又是供讀者消遣的，它與閱讀新聞畢竟有所不同，讀者在閱讀過程中必須獲得「趣味」。這就使作者很容易向獵奇的方向發展，變成搜羅話柄，供讀者爲「談笑之資」。作者喜歡運用誇張的事實，漫畫式的描繪來揭露對象，似乎不將對象寫成全無心肝的非人的醜類，不足以起到「警世」的作用。由此形成與〈儒林外史〉不同的描寫風格。「雖命意在於匡世，似與諷刺小說同倫，而辭氣浮露，筆無藏鋒，甚且過甚其辭，以合時人嗜好，則其肚量技術之相去亦遠矣。」[38]過分的「漫畫化」顯示出作者憤懣的心情和追求宣傳效果的意圖，但卻以破壞作品的「眞實感」與深度爲代價，影響到作品的藝術性。

梁啓超對「譴責小說」的要求是：「宦途醜態，試場惡趣，鴉片頑癖，纏足虐刑，皆可窮極異形，振厲末俗。」試圖通過小說的記載來揭露各種醜聞惡俗，達到改造社會的目的。

這種要求的著眼點本來就不在「表現人生」上，對醜聞惡俗抱著「就事論事」的態度。於是，作家創作「譴責小說」時，無須深入體驗被描寫的對象，從人性上加以深度開掘；因爲他們並不想發掘產生這些醜聞惡俗的社會原因，並不想描繪它們對人性造成怎樣的扭曲，在更深的層次上暴露社會的黑暗。他們不可能去選擇典型加以概括集中，從品質上揭示醜聞惡俗的眞正價值和意義；而只能採取就事論事的態度，從現象上把握這些醜聞惡俗，通過同類醜聞惡俗的數量堆積，來證明社會的腐敗。儘管他們也「窮極異形」，不惜以誇張的筆墨刻畫這些醜態，但他們「重事不重人」，不注意人物性格的形象對比，他們對一件醜聞惡俗的重視遠遠超過了對人物性格的塑造。

需要指出：晚淸「譴責小說」作家並非沒有描繪人物性格的能力。「譴責小說」作家創作其他類型小說的不乏其人。倘若對比他們創作的兩類小說，我們不難發現：他們創作的「狹邪小說」或「寫情小說」在塑造人物性格與藝術感染力上大都高於他們創作的「譴責小說」。李伯元是以擅長描繪著稱的，《官場現形記》也是「譴責小說」中比較注重描繪的一部，他的《海天鴻雪記》[39]描繪人物的性格心理則更爲生動。吳趼人的《恨海》心理描繪極爲生動細膩，富於層次感，這樣的描繪卻不見諸於他創作的「譴責小說」之中。張春帆的《九尾龜》雖被稱爲「嫖界指南」，描寫人物心裏卻相當生動，時而進入人物的潛意識層，然而這樣的描寫卻與他創作的「譴責小說」無緣。他們在創作「譴責小說」時，甘願當記者而不是作家。這種狀況顯然影響到「譴責小說」的藝術性，也導致它們偏離了以《紅樓夢》爲代表的中國古代小說優秀傳統，成爲二十世紀文學爲政治服務的濫觴。

然而，晚清正是中國傳統小說解體的時代。「譴責小說」用連綴新聞的方式寫小說，「雖云長篇，形同短制」，有的還採用「珠花式」、「集錦式」結構，與傳統章回小說相比，小說的「情節」已經大大淡化，傳統章回小說叙事模式在「新聞化」的過程中不斷遭到突破。這在客觀上反倒是順應了小說的發展潮流。促進了傳統章回小說的解體。

「譴責小說」的潮流，以李伯元的《官場現形記》爲濫觴。李伯元名寶嘉（1867-1906），字伯元，別號南亭亭長，江蘇武進人。他幼年喪父，曾在任山東知府的堂伯署衙中讀書，以第一名考中秀才後，鄉試屢應不第。後赴上海，辦《指南報》，又改辦《遊戲報》、《世界繁華報》，受商務印書館之聘，主編《繡像小說》雜誌。光緒三十二年（1906）病卒於上海，作品有《官場現形記》、《文明小史》、《活地獄》、《海天鴻雪記》、《中國現在記》等十餘種小說，以及《庚子國變彈詞》等其他雜著。

《官場現形記》六十回，初發表於 1903 年至 1905 年的《世界繁華報》，後分五編，每編十二回，逐次出版。1906 年世界繁華報館出版《官場現形記》六十回全書，是該書最早的單行本。

在「譴責小說」中，《官場現形記》是題材相對比較集中的一部，也是李伯元的代表作。與中國以前的小說相比，《官場現形記》也有許多突破之處。首先，小說寫了三十多個官場故事，涉及十一省市大小官吏百餘人，上至太后、皇帝，下至佐雜小吏，其間軍機大臣、太監總管、總督巡撫、知府知縣、統領管帶，應有盡有。就官場題材而言，歷代文學寫官場面如此之廣，層次如此之多，是空前的。其次，小說徹底抛開「忠奸對立」的模式，寫官場一片漆黑，大家都把做官看成是生財之道，「統天下的買賣，只有做官利息頂好。」（第六十回）官員道德墮落，寡廉鮮恥，賣官鬻爵，貪贓受賄，把官場作爲商場。對百姓兇狠殘酷，對洋人奴顏婢膝。小說展示了官場的各種醜惡伎倆，整個官場也就描繪成「畜生的世界」，如此大膽尖銳的揭露，是空前的。第三，以往士大夫暴露黑暗，揭出民瘼，是向皇帝大臣上書，以引起執政者的注意。《官場現形記》卻是倒過來，向普通老百姓揭露官場的黑暗，體現了近代的「公衆化」，訴諸輿論。這種做法也是空前的。小說爲清末的社會改革而吶喊，爲清末社會研究提供了大量的社會資料，也爲後來的文學揭露社會的腐敗走出一條新路。

《文明小史》是李伯元另一部著名作品。1903 年至 1905 年連載於《繡像小說》，共六十回。商務印書館 1906 年出版單行本。庚子國變之後，1901 年 1 月，清政府下令推行改革，「取外國之長，去中國之短」。主動引進西方文明，縮小中外的差距。戊戌變法試圖推行的新政，「這時西太后都行了，而且超過了。」[40] 西方文明進入閉塞的中國。《文明小史》就是描繪在這「咸與維新」之際，陳舊的社會與官僚體制是如何與維新衝突的。它全面觸及了中國接受西方文明的過程，從閉塞的山村接受洋燈，到從西方引進科學技術，以及西方的生活方式，西方的「自由」、「平等」的價値觀念，和立憲的政治制度。雖因「新聞化」而顯得膚淺，但這樣大規模描寫維新運動，在中國小說史上還是第一次。作者著重暴露的是上層社會的假維新，安徽巡撫黃升怕洋務局不能滿足洋人的要求，決定撤掉洋務局，請一位洋人作顧問，一切聽命於這個外國顧問。當別人提醒他恐有大權旁落之虞時，他卻說：「我們中國如今還有什麼主權好講？現在那個地方不是外國人的。我這個撫台做得成做不成，只憑他們一句話」。「所以我如今聘請他們作顧問官，他們肯做我的顧問官，還是他拿我當個人，給我面子。」（第四十四回）表明這位巡撫已經甘心情願當殖民者的奴才。另一方面，這些官僚對西方的接受，又是以維護封建專制統治爲前提的。江甯知府康太尊一面辦學堂博「維新」之名，一面擔心學生看了上海來的新書，「一個個都講起平等來，不聽我的節制，這差事還能當嗎？」搜抄書店，下令將「勸人自由平等的一派話頭」的「新書」「付之一炬，通統銷毀」（第四十二回）這種心態正是中國近代化過程中的統治者心態。

另一位著名小說家是吳沃堯（1866-1910），字趼人，廣東南海人，因家居佛山，自號「我佛山人」。他出生世家，因家道中落，又遭親友吞噬父親遺產，十八歲即赴上海謀生，投江裕昌茶莊，後進江南製造局做抄寫。1897 年開始在上海辦小報，曾辦《消閒報》、《采風報》、《奇新報》、《寓言報》，1902 年應《漢口日報》之聘，參加籌組工作。1903 年 5 月，因武昌知府梁鼎芬強行將《漢口日報》改爲官辦，吳趼人憤然辭去主筆職務，回到上海，創作《二十年目睹之怪現狀》。在此之前，他曾於 1898 年發表過《海上名妓四大金剛奇書》[41]。1906 年吳趼人與周桂笙一起創辦《月月小說》雜誌，自任主編。吳趼人是多產作家，從 1903 年到 1910 年七年間，共創作了長短篇小說三十餘種，其中以《二十年目睹之怪現狀》最爲著名，其他還有《痛史》、《九命奇冤》、《新石頭記》、《劫餘灰》、《恨海》、《情變》等十餘種。以及《黑籍冤魂》、《立憲萬歲》等十二個短篇，《中國偵探案》

等筆記雜著。

《二十年目睹之怪現狀》初刊於 1903 年至 1906 年的《新小說》雜誌，登至四十五回《新小說》停刊，後廣智書局出版單行本，分八册，至 1910 年出齊，共一百零八回。在「譴責小說」中，就展示的社會面寬廣，多方面顯示社會現狀，很少有及得上《二十年目睹之怪現狀》的。他以揭露官場黑暗爲主，擴展到洋場、商場，以及社會其他角落。揭露的醜聞，上及太后高官，下至洋行買辦，奸商巨賈，紈絝子弟，斗方名士，以至劣醫術士，流氓地痞，除了工人農民，幾乎包含了其他各個階層。現狀之「怪」，就「怪」在整個社會道德淪亡，世風日下。候補的縣太爺居然在船上偷旅客的衣物，（第二回）顯示出官場的墮落。商界之中充滿爾虞我詐的騙局，鍾雷溪竭力製造資本雄厚，恪守信譽的假像，騙取上海十幾家錢莊的鉅款。（第七回）作者的宗旨就是要寫出人世間的「蛇蟲鼠蟻」，「豺狼虎豹」，「魑魅魍魎」。希望通過恢復舊道德來「救世」。然而小說寫的二百多樁「怪現狀」，只能是匆匆交待事件的來龍去脈，浮光掠影的加以譴責，無法從人生上批判人世間的醜惡，展示人性的複雜。小說雖有幾個正面人物九死一生、蔡侶笙、吳繼之等，卻缺乏性格與心理活動，他們的努力也只能以失敗告終。作者自歎「救世之情竭，而後厭世之念生」。[42] 表現了他看不到前途，卻又滿懷焦慮的絕望心情。

與《官場現形記》相比，《二十年目睹之怪現狀》在運用集錦式結構時作了調整，以「死裡逃生」得到「九死一生」的贈書爲開頭，以「九死一生」的見聞爲線索，顯然是從林紓翻譯的《巴黎茶花女遺事》的敘述視角得到啓示，故而小說也用第一人稱敘事。只是《茶花女》的「余」是整個故事的主要人物，而《二十年目睹之怪現狀》的「我」則是所有事件的旁觀者耳聞者，第一人稱敘述的優越性並未在小說中充分顯示出來。不過小說有了幾個時隱時現，貫穿始終的人物，畢竟有了一點連貫性。較之《官場現形記》是一個進步。其實吳趼人的《九命奇冤》、《新石頭記》、《恨海》都寫得很好，比《二十年目睹之怪現狀》更像小說，更具藝術性。

第四節　《老殘遊記》

在晚清的諸多小說中，《老殘遊記》是最爲引人注目的一部，有著廣泛的社會影響。不僅其中《遊大明湖》、《王小玉說書》和《黃河敲冰》等章節，曾被選入語文教科書和語文活葉文選；而且有著英、日、俄、捷等外文譯本。對於它的藝術成就，幾乎是有口皆碑。這看來彷彿是一個奇跡，因爲它並非出於當時的職業小說家之手，它的問世純屬偶然，作者創作這部小說不過是爲了解決朋友的經濟困難，是隨便之作。[43] 但它的藝術魅力顯然超出了一班職業小說家的作品。而作者的聲譽得以流傳，至今還令人有研究他的興趣，也大半仰仗這部小說。

胡適在評價晚清小說時，曾特別稱道吳趼人的《九命奇冤》，譽爲「全德」小說。胡適也高度評價了《老殘遊記》的描寫技巧。[44] 倘若按照近代的小說批評標準，與《九命奇冤》那鮮明的主題和嚴謹的結構相比，《老殘遊記》「缺乏情節和主題的統一性」[45] 的缺陷是顯而易見的，但就藝術魅力而言，《老殘遊記》無疑超過了《九命奇冤》。這就使我們面臨一個課題：究竟是什麼因素造就了《老殘遊記》那獨特的藝術魅力？

這個問題看來似乎很容易回答，從魯迅推崇《老殘遊記》「敘景狀物，時有可觀」，[46]胡適讚揚「《老殘遊記》最擅長的是描寫的技術；無論寫人寫景，作者都不肯用套語爛調，總想熔鑄新詞，作實地的描寫。在這一點上，這部書可算是前無古人了」，[47]到阿英肯定的「科學的寫實」，[48]人們首先想到的是《老殘遊記》的景物、場面描寫。無疑，這些評價是極爲中肯的，誠如許多論者證明的，作者在作品中的確表現了敏銳的觀察力，和驚人的語辭表達能力，景物、場面描寫之生動細膩，稱得上如見其景，如聞其聲。作者運用高明的比喻技巧，使作家對聲音的描寫，上升到一個嶄新的境界，爲研究「通感」理論提供了典型的範例。便是作者自己，也深以這些描寫自豪：「明湖景致似一幅趙千里畫。作者倒寫得出，吾恐趙千里還畫不出。」「王小玉說書，爲聲色絕調，百煉生著書，爲文章絕調。」[49]以天下第一自許的得意之情，溢於言表。然而，正是這些卓越的描寫，構成了「缺乏情節和主題的統一性」缺陷的一部分，因爲「從全書看來，它們大都是孤立地存在，和書的主要內容關係不大，沒有成爲整個故事有機的組成部分。」[50]

被選入語文教科書的幾段景物、場面描寫縱然出色，前無古人，畢竟只占全書的極小篇幅，很難想像，一部聲譽頗隆的長篇小說會僅僅靠這些遊離的片段來支撐它的魅力。倘若確然如此，它的聲譽與實際上的藝術成就便是不相稱的；倘若並非如此，那麼它的魅力便另有所在，景物、場面的出色描寫僅僅是它魅力的一部分。

在重讀《老殘遊記》之後，我很懷疑那種把景物、場面描寫看做「和書的主要內容關係不大，沒有成爲整個故事有機的組成部分」的看法是否可靠，儘管在此之前我本人也曾持過這種看法。這種看法基於一個出發點：把小說作爲「整個故事」。這無疑帶有我們自己的主觀成見，因爲作者已經在書名上告訴我們，他寫的不是故事，而是「遊記」，一位遊子耳聞目睹的景物、場面，當然都有理由作爲「遊記」的一部分而存在。因此，《老殘遊記》不同於完全以「說故事」爲其特徵的小說「遊記」——《西遊記》，而吸取了古代散文遊記敘景狀物的特點。

《老殘遊記》不存在一個完整的故事，沒有一以貫之的故事情節。但從作品的結構看，那些出色的景物場面描寫並非是作者隨意揮灑的筆墨，遊離於全書之外。作者下筆伊始，雖然沒有一個故事框架，卻注意到一條基本的創作原則：「疏密相間，大小雜出，此定法也。歷來文章家每序一大事，必夾序數小事，點綴期間，以歇目力，而紓文氣。」[51]這條原則作者也偶有打破的時候，如十五回寫旅店失火。不過這屬於「出奇」一類，在多數場合下，作者還是遵循這條基本原則，所以才在第一回緊張的救船之夢後，以舒緩的筆調，細細描繪大明湖的風景、王小玉說大鼓書；在桃花山描繪姑住處溫馨神秘的氣氛。黃龍子玄妙莫測的預言後，接寫黃河冰封之景，在「北風勁且哀」的苦寒景象中，透出幾分煩亂，同時爲下文的黃河氾濫先作了氣氛上的鋪墊。這些景物、場面描寫至少在結構上起著渲染氣氛，調節節奏的作用，它們實際上構成了小說的有機部分。

平心而論，劉鶚對小說這一文學體裁的藝術特徵並未十分了然，他還是從「野史者，補正史之缺也，名可托諸子虛，事須徵諸實也。」[52]的傳統觀念認識小說，用寫敘事文章的「疏密相間，大小雜出」的原則創作小說。但這條原則與中國章回小說的寫作傳統是吻合的，章回體定型之後，便要求「花開兩朵，各表一枝」，每回回目由兩句組成，各記一件事情。這種形式的奠定主要是出於對節奏的考慮。它既源於「說話」一天一段的特性，也與中國傳統文化的陰陽觀念，「一張一弛，文武之道，」有著內在的聯繫，形成中國傳統小說特有的民族風格。作者是深諳陰陽五行之道的，它們貫注於黃龍子的預言中，也流入小說的節奏形式中，在清末譴責小說急於「糾彈時政」，以小說揭醜聞的時風下，《老殘遊記》是最注重小說節奏的一本，依然保持了傳統章回小說的特色。

劉鶚曾住在六合、揚州、淮安等地，這些地方都是「揚州評話」盛行之地，市民的主要消遣之一，是聽「揚州評話」。「揚州評話」的一大特色是善於細膩形象地描繪景物人物。一部古典小說名著《三國演義》或《水滸傳》，在評話藝人的口中，往往要說一年以至數年之久，藝人們必須大量補充說書的內容，他們的補充，爲吸引聽衆，一般不使用陳腔濫調，總是根據生活的實際情形，捕捉生動的形象，加以細膩的描繪。這從清初人記載柳敬亭說書中已可見出端倪，[53] 據此推論，認爲劉鶚「不肯用套語爛調，總想熔鑄新詞，作實地的描寫，」是受到「揚州評話」的影響，雖無直接的證據，大約也不能算作無據之詞。這是《老殘遊記》異於其他譴責小說的地方，也可算作案頭文學吸取民間藝術而獲得新的發展的一個例子。

從小說形式看，《老殘遊記》幾乎兼具晚清幾種主要小說類型的形式。小說對「清官」酷吏的刻畫，使人們把它歸入「社會」、「譴責」一類的小說；申子平桃花之遊，雖在理論思想方面與當時改良派、革命派的「理想小說」不同，但在通過人物對話直接表達作者理想的小說形式上，卻可說是如出一轍，老殘的私訪破案，無疑出諸對公案、偵探小說的模仿。譴責、理想、公案、偵探各類小說，都是晚清最流行的小說。以一部小說而綜括上述諸種小說形式，在晚清汗牛充棟的小說中，《老殘遊記》是僅見的。但諸種小說形式被納入一部作品之中，它們超出了作者的駕馭能力。作者在運用每一種小說形式時，都表現出超群的技巧，但當諸種形式合在一起，便難免出現不相協調的弊端，人們指責它缺乏「統一性」，大抵與此有關。不過我們也應看到，假如作者是一個庸才，便根本不會想到運用諸種形式，也根本無法駕馭這些形式，就《老殘遊記》而言，它儘管有著種種不和諧的地方，基本上仍然是一個統一體，並沒有給人以支離破碎，不能卒讀的感覺。

也許這應當歸結於作者對社會的關注。在小說中，社會問題始終是作者的焦點，人們把《老殘遊記》歸結爲「社會」、「譴責」一類的小說，並不是沒有理由。作者的譴責，找到了一個新的目標，就是歷來被人們謳歌的「淸官」，他剝開「淸官」的畫皮：「贓官可恨，人人識之。淸官尤可恨，人多不知。蓋贓官自知有病，不敢公然爲非，淸官則自以爲我不要錢，何所不可？剛愎自用，小則殺人，大則誤國!……歷來小說，皆揭贓官之惡，有揭淸官之惡者，自《老殘遊記》始。」[54]這一段話，往往被人們認爲是作品的主題，它出於這樣一種推論：《老殘遊記》是「譴責小說」，書中的譴責對象是「淸官」，譴責「淸官」便成了小說的主題，凡與該主題無關的，都屬小說的枝蔓。這不禁使人有削足適履之歎，文學的分類本是爲了概括說明的方便，現在分類的標準反而變成狹隘理解文學作品的依據。《老殘遊記》的主題遠遠超過了譴責「淸官」，不能根據《官場現形記》和《二十年目睹之怪現狀》的模式，出於分類的需要和論證的方便來簡化《老殘遊記》的內涵。

《官場現形記》寫了衆多「不走黃門，便走紅門」的無恥官僚，從地方到中央，從南方到北方，作者用大量的例證來證明官場的腐敗，突出了抨擊官僚的主題。《老殘遊記》只刻畫了兩個「淸官酷吏」，對他們的描寫在小說中並不占主要篇幅。作者在刻畫他們時雖然尚沒有明確的擇取典型刻意描寫他們性格的創作意識，但對他們二人的差別，還是注意到的，玉賢是「有才的急於做官，又急於做大官，所以傷天害理。」[55]不惜「萬家流血頂染猩紅」，明知案子判錯，爲了保住前程，也要斬草除根。而剛弼則「總覺得天下人都是小人，只他一個人是君子」。所以任性妄爲。[56]這兩種官僚形象至今仍不失其現實意義，但從他們在小說中所占的地位來看，稱不上是小說中的主要人物。

《老殘遊記》還描寫了另一類「淸官」，他們不是酷吏，且能禮賢下士。他們又分爲兩種，一種是白子壽爲代表的「能吏」，一種是莊勤果爲代表的書生氣過重的「好人」。對於後者作者不無批評，但基本上還是讚揚的，例如，他對老殘的信任支持可謂不遺餘力，老殘能夠有所作爲，幾乎全仗他的支持，這是《老殘遊記》與其他「譴責小說」的又一不同之處。《官場現形記》想成爲一部做官的教科書，「前半部分是專門指摘他們做官的壞處，好叫他們知過必改；後半部分方是教導他們做官的法子。」[57]然而後半部分終於還是寫不出來。《二十年目睹之怪現狀》寫了一位正直的官吏吳繼之，因爲「官場皆強盜」，[58]到處是「魑魅魍魅，虎豹豺狼」，他結果退出了官場。論者因此讚揚《官場現形記》等，而很有指責《老殘遊記》之意，爲《老殘遊記》辯護的同志，也往往強調作者對莊勤果的批評，把它也納入小說「譴責淸官」的主題。其實大多數譴責小說抨擊官場腐敗，往往採用漫畫式的方法，揭露官僚下決心喪盡廉恥，有宣傳上的效果，卻缺少現實主義的深度，雖有尖銳痛快之感，但是把現實簡單化了。莊勤果雖然是「好人」，能夠禮賢下士，但他治河聽從的偏偏是錯誤的「不與河爭地」，造成生靈塗炭，書生誤國；他推薦的偏偏是玉賢這樣的酷吏，而玉賢「政聲又如此之好」，在老殘揭發玉賢之後，他不敢出爾反爾，撤回保薦，以免引起皇上的震怒。這樣的書生當督撫，雖有好心，卻壞了事。這是時代使然，因爲「棋局已殘」，整個制度，就不利於老殘這樣的「幹才」做一番事業。即使是白子壽這樣的能吏，也不過是昭雪幾件冤案罷了，並不能阻止更多的冤案繼續發生。儘管作者僅僅是從直覺上認識到「棋局已殘」，並未從制度上考慮問題。但作品本身展示的畫面，已經觸及這個問題。它比僅僅從道德上抨擊官僚喪盡廉恥，指責「壞人當道」，無疑更具現實主義的深度。作者在描繪這些「淸官」時，雖然忽視了性格塑造，但在挑選對象時，大多考慮到說明問題的典型性，所寫人物雖然不多，卻能起到以一當十的效果。

毋庸諱言，《老殘遊記》的主要人物是老殘，他不同於《二十年目睹之怪現狀》中的「九死一生」，以旁觀者的面目出現，記下一件件醜聞。假如劉鶚眞的意在「譴責淸官」，他理應這麼幹。然而事實上，作者在老殘身上所花的筆墨，遠遠超過了所有淸官，甚至「黃龍子」、「赤龍子」諸人，也可看作是老殘的補充：他們之間有密切的交往，他們的理想就是老殘的理想，他們表達的不過是作者的限於老殘的身份、處境，不便由他直接表達的內容。這是作者所以讓申子平而不是老殘去遊桃花山的主要原因。老殘是一個獨特的人物形象，他有理想：「由歐洲新文明進而復我三皇五帝舊文明，進於大同之世」。他鄙視名利功名，有著豐富的生活情趣：那些出色的景物描寫片段都由他的眼中看出，客觀上起了塑造人物性格的作用。他一身俠骨：早在年青時就以救世爲己任，結交各種人才，探尋務實的救國方略，鑽研解決實際問題的學問。他有博大的心胸：黎民百姓的苦難沈重地壓在他的心頭，連看到鳥雀凍餒，聽到烏鴉的叫聲，欣賞雪月交輝的苦寒景象，都能使他生發出憂世之情。「國事如此，丈夫何以家也」!他竭盡全力，要拯救百姓的苦難。然而老殘並未做出什麼有力的業績；他不過以納妾的方式救出兩個妓女，依靠與莊勤果的特殊關係大鬧公堂，昭雪冤案，解救了十幾口人的身家性命。今天看來，他也沒有什麼救國的良策，他在夢中設想的以西方科學拯救清王朝，以及他爲申東造出的主意：任用名聲更大的武俠，來迫使群盜放棄在本縣的活動，都是治標不治本的方法。並不能從根本上解決問題。但是所有這一切都是次要的，指望一部文學作品能提出正確的行之有效的救世良策本身即屬苛求，古往今來，並沒有文學名著曾經承擔過這樣的重任。重要的是內在的精神，老殘那種義無反顧的進取精神，「天下興亡，匹夫有責」的責任感，在逆境下對未來充滿信心的樂觀態度，不計成敗利鈍，鞠躬盡瘁，但求心之所安的高尙人格，都閃爍著中國傳統文化的積極進取精神的火花。「時窮節乃見」，它們給人留下了深刻的印象。

長期以來，黃龍子對於「北拳南革」的評價一直妨礙我們去眞正認識《老殘遊記》的價値，這其實是不必要的。黃龍子是主張天下大公的，「殊途不妨同歸，異曲不妨同工。只要他爲誘人爲善，引人爲公起見，都無不可。」他也肯定了「北拳南革」的「皆所以釀劫運，亦皆所以開文明也」的作用，要「借著南革的力量，把這假王打死，然後慢慢地從八角琉璃井內，把眞正王請出來」。他認爲革命是一種破壞力量，對這種破壞力量的作用他是肯定的。但他又對革命者存在誤解，認爲他們都是爲自己謀私利的，他們提出的革命主張是用空言騙人。劉鶚可能接觸過一些革命黨人，當時的革命黨人流品頗雜，一意爲己謀私利的人也不少，辛亥革命在短期內失敗與革命黨人隊伍不純有著很大關係。假如劉鶚眞正瞭解孫中山等革命家，理解了革命引人爲公的目標，他也許會產生另外的看法。何況，我們應當允許作家與政治家對現實有著不同的視角，可以站在不同的立場上看問題。托爾斯泰與陀斯妥也夫斯基對當時俄國面臨的革命都不理解，都曾發表過反對革命的言論，但他們仍然是十九世紀世界上最偉大的作家，甚至比鼓吹革命的車爾尼雪夫斯基和高爾基贏得了更大的聲譽。一部具有文學魅力的作品，不會因爲其中的某些言論不妥就消失它的魅力，對於《老殘遊記》，也當作如是看。

《老殘遊記》的主題是什麼？我們應當從作者的創作意圖上推論：「靈性生感情，感情生哭泣。哭泣計有兩類；一爲有力類，一爲無力類」，「有力類哭泣又分兩種：以哭泣爲哭泣者，其力尚弱，不以哭泣爲哭泣者，其力甚勁，其行乃彌遠也」，「吾人生今之時，有身世之感情，有家國之感情，有社會之感情，有宗教之感情。其感情愈深者，其哭泣愈痛；此鴻都百煉生所以有《老殘遊記》之作也。」[59] 這就告訴我們：作品以「哭泣」爲主題，譴責清官酷吏，感慨國是日非，棋局已殘的「憂世」，還不過是「以哭泣爲哭泣」的低一層境界；最重要的是要發揚老殘那種「不以哭泣爲哭泣」的積極進取精神，身體力行，以「救世」爲己任。「天行健，君子以自強不息」。這是中華民族幾千年來能夠保持悠久歷史的精神支柱，是中國傳統文化的精髓，領會了這一層境界，我們才能把握作者的創作意圖。

清末譴責小說一般都缺乏正面精神和正面形象。《官場現形記》「只看見一群餓狗嚷進嚷出而已」。[60]《二十年目睹之怪現狀》也由於作者的「救世之情竭，而後厭世之念生」，[61]而過於消極。《孽海花》以小說寫歷史，雖也寫到譚嗣同、孫中山等人的浩然之氣，然只是曇花一現，並未貫穿小說。大部分譴責小說都一味窮形極相地刻畫社會醜態，令人閱後有一時痛快之感，少發人深思之力。與它們相比，《老殘遊記》要耐讀得多，不僅在它的語言層面上細緻入微的描寫勝過了窮形極相的誇張，在人物形象的層面上引起人們對社會現實的更深入的反思，超越了簡單的「壞人當道」的論斷；而且在其深處，蘊藏著中國傳統文化的精髓。「有上帝，就有阿修羅」。上帝與阿修羅不斷爭戰。發人深思，回味無窮。作者憑著他的魄力與才氣，調動各種藝術手段，力圖在小說中創造一種新的意境。《老殘遊記》因此鶴立鷄群，超過了其他譴責小說，它的魅力就在這裡。

第五節　《孽海花》與歷史小說

《孽海花》的成書過程比較複雜，它的前六回是由金松岑撰寫，1903 年在《江蘇》雜誌第八期上發表前二回。金松岑

「以小說非余所喜」，故轉請曾樸續之。兩人共同商定了全書的框架結構和回目，曾樸以前六回爲基礎，重新撰寫。本擬寫六十回，包括五個時代：「舊學時代」，「甲午時代」，「政變時代」，「庚子時代」，「革新時代」和「海外運動」。1905 年出版前二十回，1907 年《小說林》雜誌發表二十一至二十五回。此後該書的寫作中斷，至 1927 年後曾樸又完成了後十回。1931 年，眞善美書店出版三十回本，1959 年，中華書局出版三十五回本。

《孽海花》作者曾樸（1872-1935），字孟樸，筆名東亞病夫，江蘇常熟人。曾隨李慈銘、吳大徵受業，十九歲中秀才，二十歲中舉人，二十一歲捐內閣中書。1895 年入同文館特班學習外語，因認爲「英文只足爲通商貿易之用，而法文卻是外交折沖必要的文字，故決意舍英取法。」[62]1897 年準備在上海興辦實業，與譚嗣同、林旭、唐才常等人來往密切，並曾隨陳季同學習法國文學，受到法國近代現實主義文學的影響，1904 年創辦小說林書店，提倡譯著小說，與金松岑交往。金松岑思想激進，是晚清啓蒙學者之一，曾著《女界鐘》，提倡女權主義，筆名愛自由者。他寫《孽海花》時，正是日俄戰爭前夕，按照他原來的設想，《孽海花》是警告國人，警惕強俄的，因洪鈞出使過俄國，所以以他爲主角，賽金花爲配角。「以賽爲骨，而作五十年來之政治小說。」[63]曾樸接手之後，對金松岑的設想做了重大突破，放棄了寫作政治小說的設想，「儘量容納近三十年來的歷史，避去正面，專把些有趣的瑣聞逸事，來烘托出大事的背景」。[64]在更廣闊的社會畫面上，表現這段歷史。

《孽海花》曾與《官場現形記》、《二十年目睹之怪現狀》、《老殘遊記》合稱中國四大「譴責小說」。因爲它所寫歷史，都是當時數十年發生的事情，既有大量的「瑣聞逸事」，又有「揭發伏藏」，「糾彈時政」的動機；與「譴責小說」誠有相近之處。但是「譴責小說」的分類，實爲後人所加，而在當時，《孽海花》在《小說林》發表時，即標「歷史小說」，作者本人當時也曾向包天笑感歎「寫近代歷史小說眞不容易」。[65]可見確實是把它作爲「歷史小說」而不是「社會小說」來寫的。小說中的二百多個人物，大多以實有人物爲原型，或用眞名，或用化名，許多人物可以一一索引。小說涉及的一系列歷史事件，從中法戰爭，洋務運動，中俄伊犁與帕米爾交涉，甲午中日戰爭與臺灣抗日，帝黨后黨鬥爭，強學會建立，興中會成立到乙未廣州起義等等，雖說沒有全景式展示歷史，但是卻從某些側面顯示了當時歷史的氛圍。同時，小說顯示出一定的歷史感。作者讚美革命黨人，描寫他們神采飛揚；揭露清朝太后大臣的腐朽顢頇，驕奢淫逸；揭露科舉帶來的思想筋骨，指出「這便是歷史專制君主束縛我同胞最毒的手段。」（第二回）

相比同時期其他小說而言，《孽海花》在人物描寫上顯得更爲突出，尤其是賽金花傅彩雲，由妓女成爲金雯青的小妾，她的性格也經歷了一個演變過程。到了後來，她有自信，愛虛榮，善辭令，喜交際；既溫順又潑辣，既多情又放蕩。如第二十一回金雯青發現她與男僕私通，她的一段自辯，跳出封建社會的婦女觀，居然理直氣壯，駁得金雯青無言以對，顯示了她幹練爽利，潑辣狡黠的性格。小說刻畫名士性格，也常見功力。如寫衆人爲李純客作壽，他故做矯情，裝病不起，後來聽說有人願以二千金爲壽，便欣然前往。作者在京與這些名士相處日久，熟悉這些人物。所以林紓讀後不禁讚歎「書中描寫名士之狂態，語語投我心坎。」[66]魯迅亦說：「寫當時達官名士模樣，亦極淋漓。」[67]小說寫莊侖樵的發跡變泰，莊壽香的偷香忘客，祝寶廷的狎妓丟官，寫出這班「清流」的實際模樣，道出作者對他們的眞正評價。但是，小說仍然受到當時「譴責小說」氛圍的影響：「而親炙者久，描寫當能近實，而形容時復過度，亦失自然，蓋尙增飾而賤白描，當日之作風固如此矣。」[68]未能進一步表現人生，這是很可惜的。

《孽海花》的結構也作了改進。「譴責小說」基本上是共時性橫展式聯綴，作爲「歷史小說」的《孽海花》則是歷時性與共時性縱橫交錯的聯綴。曾樸自己形容是「蟠曲迴旋著穿的，時收時放，東西交錯，不離中心，是一朵珠花。」[69]作品叙事按時間順序進行，在每一時間段橫向展開不同的場景和故事，較之《官場現形記》等「譴責小說」，要有序得多。然而，作爲全書主人公和穿針引線人物金雯青與傅彩雲，並不處在小說想要叙述的歷史的中心位置，他們的活動難以引出一部五十年的中國歷史。小說勉強把政治人物的活動與妓女情郎的浪漫，達官名士的逸事穿在一起，仍不脫聯綴話柄的方式，這些話柄事實上也沖淡了作品想要表現的歷史主題，顯示出歷史小說與「譴責小說」摻合的痕跡。

《孽海花》的創作先後經金松岑、曾樸兩人之手，創作時間歷二十餘年，因此作品反映的思想觀念也顯出龐雜。如《孽海花》第一回「楔子」的開場詞云：「江山吟罷精靈泣，中原自由魂斷！」「又天眼愁胡，人心思漢。自由花神，付東風拘管。」所擬第六十回回目爲：「專制國終攖專制禍，自由神還放自由花。」這詞與標題反映了作者歡呼當時的反清革命。

但是，曾樸後來又說：「這書寫政治，寫到清室的亡，全注重在德宗和太后的失和，所以寫皇家的婚姻史，寫魚陽伯、余敏的買官，東西宮爭權的事，都是後來戊戌政變，庚子拳亂的根源。」[70] 把清朝之亡歸結為帝后失和，反映了認識上的局限。

晚清歷史小說的一部代表作，是黃世仲的《洪秀全演義》。黃世仲（1872-1912），廣東番禺人。字小配，號棣蓀，別署皇帝嫡裔、禺山世次郎、配工、老棣等。出身於富豪之家、書香門第。由於家道中落，與兄同赴南洋謀生，並參加了興中會外國組織中和堂。1903 年在香港任《中國日報》記者，1905 年入同盟會。創辦《香港少年報》，後主編《廣東白話報》、《中外小說林》。並從事大量革命活動，曾參與黃花崗起義。辛亥革命，廣州獨立，任民團總局局長。1912 年被軍閥陳炯明誣殺。除《洪秀全演義》外，他還著有小說《廿載繁華夢》、《黃粱夢》、《宦海升沈錄》、《大馬扁》等十餘部小說。其《五日風聲》名為「近事小說」，實寫黃花崗起義，近報告文學。

《洪秀全演義》是一部尚未寫完的長篇小說。現有五十四回。1905 年先刊於《有所謂報》，至第三十回。1906 年續刊於香港的《少年報》附張上，後石印成冊。

小說從道光後期，馮雲山、洪秀全等串聯醞釀造反寫起，至咸豐末年李昭壽叛變止。作者稱，為使其成為「洪氏一朝之實錄，」創作前曾「搜集舊聞，並師諸說及流風餘韻之猶存者」。[71] 當時人回憶，該書出版後，在「省港澳風行一時，幾乎家喻戶曉，在鼓吹民族革命作用上，可與甲辰年間東京出版之《太平天國戰史》，後先輝映。不過，今天看來，假如把這部小說作爲太平天國的信史，那顯然是不妥當的。作者根據自己的政治需要，對歷史事實做了許多改造。

晚清的「民族主義」思潮氾濫，其中的一個重要方面就是「排滿」。太平天國起義反對滿族統治，引起晚清革命派的強烈共鳴，也成爲他們鼓動「排滿」時可以借用的思想武器。孫中山早年稱頌洪秀全是「反清第一英雄」，自己也有「洪秀全第二」之稱。[72]他在爲劉成禺（漢公）《太平天國戰史》所作序言中指出：「漢公是編，可謂揚皇漢之武功，舉從前穢史以澄清其奸，俾讀者識太平朝之所以異於朱明，漢家謀恢復者，不可謂無人。」這也是黃小配創作《洪秀全演義》的動機。

於是，黃小配是在鼓吹資產階級革命意義上創作《洪秀全演義》的。在小說中，洪秀全領導的農民起義，其目的卻是要建立文明政體，「雅得文明風氣之先」，「視泰西文明政體，又寧多讓乎！」第四十三回寫太平天國在南京大開男女科舉，「嘗有大隊美國人，遊於金陵，見其一切制度，大爲嘉許。謂其國人道：『金陵政治，與我外國立憲政制相似。』因此許爲東方文明之國」。一個去南京謁見洪秀全的美國人，發現天朝政體與西方諸國很近似，遂請洪秀全遣使美國，共和通好。他將農民的反抗鬥爭，改變成一場反專制，爭自由的革命。對歷史的古爲今用，迎合了當時的政治需要。這樣，作者根據自己的理想，重新塑造了洪秀全、錢江、馮雲山、韋昌輝、石達開、陳玉成、李秀成、林鳳祥等英雄。這些人物缺乏鮮明的性格，但都具有不怕犧牲，英勇頑強的精神。小說在寫作上模仿《三國演義》，對寫戰爭很有興趣，有時也寫得很曲折。如二十四回太平軍進軍金陵，錢江設計退兵誘敵，一退而至三退；向榮疑懼進兵，四困而又四脫，寫得峰迴路轉，搖曳多姿。小說運用淺近文言加上白話，語體也接近《三國演義》。晚清大量士大夫加入小說作者讀者隊伍，士大夫的欣賞趣味也必然影響到小說創作，所以晚淸白話小說常有運用淺近文言的。整個淸末民初小說語言，文言所占比例，要大於古代小說；其原因也在此。《洪秀全演義》作爲歷史小說的「政治化」傾向，作爲白話小說的「文言化」傾向，恰好顯示了當時過度時代的特色。

第六節　偵探小說

偵探小說是一種外來形態的小說，它與中國傳統的公案小說有關係，公案小說與偵探小說由於破案題材有相似之處，所以中國人最初在理解、接受偵探小說時會從公案小說出發，也就是說公案小說能夠幫助中國人接受西方偵探小說，中國早期的偵探小說創作甚至於受到古代公案小說的影響，但是偵探小說不是由中國自己的公案小說直接發展過來的。中國近代最著名的偵探小說作家幾乎都是先從翻譯西方偵探小說入手，然後學會偵探小說創作，如程小靑是先翻譯英國柯南道爾的《福爾摩斯探案》，然後模仿《福爾摩斯探案》創作出《霍桑探案》；孫了紅也是先翻譯法國勒卜朗的《俠盜亞森羅蘋》，然後模仿翻譯對象，創作出《俠道魯平》的。這些事實證明，中國的偵探小說創作是接受外來影響的結果。儘管有荷蘭學者高羅佩創作了狄仁傑公案小說，其中有不少類似偵探的內容，似乎打通了公案小說與偵探小說；但那是高羅佩參照西方偵探小說創作的公案小說，中國古代的公案小說自身，難以產生出現代偵探小說。其實早在西方偵探小說剛剛引入的時候，當時人就已經意識到這一點，曾經指出：「尤以偵探小說，爲吾國所絕乏，不能不讓彼獨步。蓋我國刑律訟獄，大異泰西各國，偵探之說實未嘗夢見。」[73]「此種小說，亦中國所無，近來譯事盛行，始出見於社會者也。」[74]可見認爲偵探小說來自於國外，不是本土的自發產物，在當時並無多少異議。爲什麼同是描寫破案，中國的公案小說不能生長出自己的偵探小說？也許我們從中國人對西方偵探小說最初的接受上，可以看出端倪。

1896 年 8 月開始，上海的《時務報》上先後刊載了四篇翻譯的偵探小說，這是中國最初刊載翻譯西方的偵探小說。偵探小說被介紹進中國時，出現了一個非常奇特的現象，它受到普遍的歡迎，在晚清幾乎立即就出現了一個翻譯偵探小說的狂潮。「偵探小說，爲我國向所未有。故書一出，小說界呈異彩，歡迎之者，甲於他種。」[75]也就是說，在通俗小說所有門類中，偵探小說的數量最多。當時有人統計，在小說銷數中，「記偵探者最佳，約十之七八；記艷情者次之，約十之五六；記社會態度，記滑稽事實者又次之，約十之三四；而專寫軍事、冒險、科學、立志諸書爲最下，十僅得一二也。」[76]偵探小說要比言情小說還要暢銷。以至於研究晚清小說的阿英竟至於發生這樣的感慨：「當時譯家，與偵探小說不發生關係的，到後來簡直可以說是沒有。如果說當時翻譯小說有千種，翻譯偵探要占五百部上。」[77]如此驚人的翻譯者，如此驚人的翻譯偵探小說數量，不僅在當時令人震驚，就是在後來——一直到現在也再沒有發生過在通俗小說總量中占如此高比例的偵探小說潮流。因此，中國的偵探小說高潮是從它被引進中國後就開始的，幾乎是立即達到高潮，而且此後再也沒有出現過那樣的高潮！這一高潮又是以翻譯偵探小說爲主的，中國作家自己創作的偵探小說數量和影響後來都無法與翻譯偵探小說相比。爲什麼與其他通俗小說的發展不同，偵探小說在中國的最高潮是它剛剛被引入中國的時候？又是以翻譯偵探小說爲主體？對於這一歷史現象，需要做出解釋。

偵探小說是一種懸念感極強的小說，它的引進，爲中國讀者帶來了新奇感，當時有人認爲：「偵探小說，爲我國向所未有。故書一出，小說界呈異彩，歡迎之者，甲於他種。」但是「爲我國向所未有」的小說不僅是偵探小說，科學小說、冒險小說也是，這些小說也具有新奇感，但是它們顯然遠遠不如偵探小說繁榮。偵探小說的繁榮應當另有原因。孫寶瑄在《忘山廬日記》中記載他閱讀偵探小說的體會：「余最喜觀西人包探筆記，其情節往往離奇俶詭，使人無思索處，而包探家窮就之能力有出意外者，然一說破，亦合情理之常，人自不察耳。」[78]偵探小說具有較強的娛樂性，出乎意料之外，終在情理之中，比其他小說更能吸引人看下去，應該是一個重要的原因。

中國最早的啓蒙雜誌代表《時務報》、《新民叢報》、《新小說》都曾經登載偵探小說，《新小說》甚至把偵探小說作爲它的一個重要內容。在廣告上宣傳「其奇情怪想，往往出人意表」。[79]這是從娛樂性上看偵探小說，情節曲折，懸念感強。梁啓超自己覺得在《新小說》上發表的作品《新中國未來記》「似說部非說部，似稗史非稗史，似論著非論著，不知成何種文體，自顧良自失笑。」但是他爲了用小說闡明自己的政治主張，又不得不如此：「編中往往多載法律、章程、演說、論文等，連篇累牘，毫無趣味，知無以饜讀者之望矣，願以報中它種之有滋味者償之。」[80]這「他種之有滋味者」從《新小說》在《新民叢報》上登載的廣告分析，就是指的偵探小說。也就是說，梁啓超等人也是從娛樂性的角度來看待偵探小說的。「偵探小說，本以佈局曲折見長，觀於今世之歡迎《福爾摩斯偵探案》，可見一斑。」[81] 當時讀者自然也看到了偵探小說的娛樂性。

誠然，閱讀偵探小說，最容易被吸引的就是它的情節曲折，懸念叠起。但是，偵探小說的娛樂性強不足以說明爲什麼在它剛被引入的時候就立即出現高潮，而以後再也沒有出現類似的高潮。因爲偵探小說的娛樂性伴隨著偵探小說始終存在，而娛樂性作爲一種社會需求，它顯然不會出現大起大落的狀況。可是中國的偵探小說按照西方、日本偵探小說在通俗小說中所占的比例，可以說是後來極不發達，它始終只是個別作家的創作，沒有形成中國自己偵探小說創作的潮流。

解釋這一歷史現象的答案還得從當時讀者是如何接受偵探小說中尋找。從娛樂出發閱讀偵探小說，從破案的題材出發，中國讀者很自然地發現中國公案小說與西方偵探小說很接近，把公案小說作爲中國的偵探小說，所以公案小說常常是中國讀者接受偵探小說的基礎：「吾喜讀泰西小說，吾尤喜泰西之偵探小說。千變萬化，駭人聽聞，皆出人意外者。且偵探之資格，亦頗難造成。有作偵探之學問，有作偵探之性質，有作偵探之能力，三者具始完全，缺一不可也。固泰西人靡不重視之。俄國偵探最著名於世界。然吾甚惜中國罕有此種人，此種書。無已，則莫若以《包公案》爲中國之爲偵探小說也。」[82] 從《新小說》的這段論述中我們可以發現：中國讀者從娛樂出發對偵探小說的閱讀，因爲破案題材的相似，很容易把公案小說附會到偵探小說上去，但是接著就發現偵探小說有著公案小說所不具備的內容，因爲偵探小說是西方現代社會的產物，具有中國古代社會所不具有的背景。讀者最初從感性上理解偵探小說與公案小說的不同，這就是「偵探之資格」，它需要具備現代偵探的「學問」、「性質」、「能力」，「學問」、「能力」都好理解，「學問」指與破案相關的知識，包括科學知識；「能力」包括觀察、推理、判斷能力等等，唯有「性質」如何解釋？我認爲這指的就是私家偵探的身份，在近代最初翻譯的偵探小說，大都是描寫私家偵探的小說。如福爾摩斯探案，現代私家偵探不是中國古代的武俠，只有在一個法制社會，才有私家偵探的職業，才有他們的用武之地。雖然當時的讀者不一定都明確理解這一點，但是注意到偵探性質本身，就是理解現代法制社會的視窗。因此，中國社會最初對偵探小說的接受，其實與中國社會的現代化過程有關，與知識份子和市民階層接受新意識形態有關。

「現代化」指的是傳統社會轉變爲現代社會的過程。它包含了工業化、商業化、城市化、社會化、民主化、法制化、契約化、個人化、科層化、世俗化、教育普遍化等許多方面。世界各國的現代化過程各有自己的特點，但是它們的轉變也有大致相同的地方：除了科學技術的發展，物質生活的改善，那就是在社會結構上由宗教或者宗法主導的傳統等級制社會，逐步轉變爲以個人爲本位的現代社會，從而也就形成了人權意識。這個過程在思想上改變了人們的思維方式與世界觀，形成了人們的理性意識，理性意識的代表——「科學」逐步進入傳統社會，通過它獨特的思維方式，形成與傳統社會不同的新知識系統；從而產生了「自由」、「平等」、「博愛」的新型價值觀念，產生了「主體性」意識，於是「自我意識」、「個性解放」等等思想也就發展起來，原有的傳統觀念逐步被現代意識所更替。這個過程產生了一種態度：與傳統斷裂，崇尚新穎事物，使現在英雄化。這個過程伴隨著政治與宗教的分離，伴隨著一個社會結構「世俗化」的過程，原有的等級制逐步瓦解，形成以個體爲本位，靠市場來調節的資本主義社會。當然，這個大致相同是抽象化的結果，世界各國在實現自己的現代化過程中，根據自己的社會文化狀況，有著不同的現代化進程與結果，其間的差異，其實是相當大的。

偵探小說體現了一種新的現代意識形態，這種現代意識形態又是與現代都市聯繫在一起的。它與中國的現代化有關。人權思想和科學觀念是它的具體表現。所以在近代中國，偵探小說也曾經是一種現代啓蒙讀物。大概在 1905 年前後，對偵探小說的理解不再完全是娛樂性的，許多讀者發現了偵探小說體現的新意識形態，把偵探小說當作啓蒙讀物閱讀，當時有作家做過偵探小說讀者調查：「訪諸一般讀偵探者，則曰：偵探手段之敏捷也，思想之神奇也，科學之精進也，吾國之昏聵官糊塗官所夢想不到者也，吾讀之，聊以快吾心。或又曰：吾國無偵探之學，無偵探之役，譯此者正以輸入文明，而吾國之官吏徒以意氣用事，刑訊是尙，語以偵探，彼且瞠目結舌，不解云何，彼輩既不解讀此，豈吾輩亦彼輩若耶。」[83] 當時社會上的讀者、譯者把偵探小說與西方思想、科學、法制社會、輸入文明聯繫起來，這大概是中國近代接受偵探小說的一大原因。

頗有意思的是：調查者吳趼人的民族自尊心太強了，並沒有看到偵探小說與新意識形態的關係，他堅決反對讀者的這些看法。由於看不到偵探小說蘊藏的新意識形態，他認爲西方偵探小說與中國公案小說並沒有什麼不同。因此吳趼人不服氣西方偵探小說的暢銷，用中國的公案題材創作《中國偵探案》，寫成後自以爲不比西方偵探小說差，結果卻失敗了。公案小說與偵探小說畢竟是兩類小說，《中國偵探案》不具有新型的意識形態，不能得到市民和新型知識份子的認同，故事情節也比偵探小說差得太多，其影響遠遠不如西方偵探小說，可以說失敗是必然的。

對於新型的讀者來說，偵探小說就成了新意識形態的傳播者。人權和科學這兩大觀念在偵探小說中體現出來，受到當時讀者的重視。偵探小說尋求的是法律的公正，而法律的公正只有在法制社會才有可能。因此面對西方偵探小說，人們開始反思中國的法制和人權，並且希望用偵探小說來改造中國社會。吳趼人的好朋友翻譯家周桂生就發現：「蓋吾國刑律訟獄，大異泰西各國，偵探之說，實未嘗夢見。互市以來，外人伸張治外法權於租界，設立員警，亦有報探名目，然學無專門，徒爲狐鼠城社。會審之案，又復瞻徇顧忌。加以時間有限。研究無心，至於內地讞案，動以刑求，暗無天日者，更不必論。如是，復安用偵探之勞其心血哉！至若泰西各國，最尊人權，涉訟者例得請人爲辯護。故苟非證據確鑿，不能妄入人罪。此偵探學之作用所由廣也。而其人又皆深思好學之士，非徒一盜竊充僕役，無賴當公差者，所可同日而語。」[84] 著名翻譯家林紓面對西方偵探小說也產生反思：「中國之鞫獄所以遠遜於歐西者，弊不在於貪黷而濫刑，求民隱於三木之下；弊在無律師爲之辯護，無包探爲之詢偵。每有疑獄，動致牽綴無辜，至於瘐死，而獄仍不決。」從制度上的思考體現了他對人權的維護，因此他對利用偵探小說改變中國社會，建立法制含有很大的期望：「近年讀上海諸君子所譯包探案，則大喜，驚贊其用心之仁。果使此書風行，俾朝之司刑讞者，知變計而用律師包探，且廣立學堂以毓律師包探之材，則人人將求致其名譽。既享名譽，又多得錢，孰則甘爲不肖者！下民既免訟師及吏役之患，或重睹清明之天日，則小說之功寧不偉哉！」[85]這是說的人權，用偵探小說可以啓發讀者的人權意識，學習西方，將中國的專制社會建成法制社會。

偵探作爲一種現代社會的破案英雄，他們注重實地調查，強調細緻觀察，應用物理化學等科學知識來研究案情，尋找證據，運用心理學和歸納、分析、推理的邏輯學來判斷事實，這種崇尚智慧，重視證據的態度，實事求是的取證手段，嚴密周全的邏輯推理，都體現了一種現代科學精神，這種現代科學精神正是當時中國所缺乏的。所以劉半農在翻譯福爾摩斯探案時主張「彼柯南道爾抱啓發民智之宏願，欲使偵探界上大放光明。」[86]把柯南道爾作爲啓蒙小說家。中國現代最著名的偵探小說作家程小青就認爲「偵探小說的質料，側重於科學化的，可以擴展人們的理智，培養人們的觀察，又可增進人們的社會經驗。」[87]他甚至於「承認偵探小說是一種化裝的通俗科學教科書，除了文藝的欣賞之外，還具有喚醒好奇和啓發理智的作用。」[88]把小說作爲「教科書」是晚淸啓蒙主義作家典型的看法，程小青一直到 1933 年還依然把偵探小說作爲「一種化裝的通俗科學教科書」，可見從近代以來偵探小說與科學觀念的聯繫在他腦子裏已經根深蒂固。

由此我們就可以明白：爲什麼偵探小說不能直接從中國傳統的公案小說中產生，中國傳統的公案小說不具備新型的意識形態，中國當時也不具備偵探小說需要的社會環境，所以中國自身的小說傳統無法生長出現代偵探小說，偵探小說在中國的問世只能依靠翻譯外國的偵探小說，後來的創作也只有模仿外國的偵探小說。

正因爲偵探小說進入中國的時候，是與新意識形態連接在一起，被讀者看作介紹西方現代思想的通俗讀物，有助於人權思想和科學思想的普及；因此，它與當時中國用小說啓蒙的小說潮流緊密結合在一起，從而也就大大擴大了它的社會需求。當時的啓蒙小說雜誌往往都刊載偵探小說，這樣也很容易造成中國讀者的誤解，把偵探小說當作啓蒙讀物。然而，正因爲這種誤讀，對偵探小說也就出現了雙重需求，讀者的娛樂需求和啓蒙需求；偵探小說也就融入了當時啓蒙讀物的翻譯出版潮流之中，出現了驚人的數量增長，在通俗小說中獨佔鰲頭。但是對偵探小說的誤讀不大可能長期化，五四以後，偵探小說仍在翻譯，但是把它作爲輸入西方文明的議論就少了。這時對於讀者來說，啓蒙需求不再大量存在，就只剩下娛樂需求，失去了社會的啓蒙需求，偵探小說在通俗文學中所占的比例，也就大大降低了。

因此，中國的偵探小說雖然很早就開始翻譯，但是自己創作發生在中國自己土地上像樣的偵探小說，卻要推遲很長時間。清朝末年雖然也有創作，如吳趼人的《中國偵探案》，但是那其實是公案小說的翻版。當時小說雜誌如《月月小說》、《新小說叢》等所刊載的偵探小說所寫發生在中國的探案大部分類似公案小說，因爲當時有許多翻譯小說並不表明是翻譯，所以有時很難確定是創作還是翻譯。但是那些像偵探樣子的小說大部分場景都是在外國發生的，估計都是編譯性質的。一直到民國初年，中國作家自己創作的場景發生在中國的偵探小說才大量問世了。這與民國建立，中國自己的意識形態觀念的改變和法制建設的健全有關。

偵探小說在近代的大量輸入，對當時的中國文學曾經產生過怎樣的影響呢？

科學思想的進入是中國近代現實主義成爲文學主流的主要原因，有了「科學」的概念，才有了「客觀」描寫、「忠實於現實」、「寫本質」的現實主義文學認識。偵探小說不是現實主義小說，但是它對於現實主義在中國的確立也起過作用。

偵探小說是編故事的，但是它提供了一種理想，一種虛構，當時人並不把它當作紀實小說，不看作是破案的實錄。林紓稱偵探小說「以理想之學，足發人神智耳。」[89]這種「理想」包含了雙重含義：一是指輸入西方文明，建立法制社會的理想；一是指偵探小說的虛構。後者如吳趼人所說：「吾讀譯本偵探案，吾叩之譯偵探案者，知彼所謂偵探案，非盡紀實也，理想實居多數焉。」[90]但是偵探小說的虛構又必須符合事實發展的邏輯，它是一種具有嚴格現實性的小說，破案過程必須經得起現實邏輯的推敲，否則將大大影響它的效果。因此，西方偵探小說就引起中國人對自己小說創作的反思：「中國人之作小說也，有一大病焉，曰不合情理。其中所敘之事，讀之未嘗不新奇可喜，而案之實際，則無一能合者。不獨說鬼談神處爲然，即敘述人事處，亦強半如是也。偵探小說，爲心思最細密，又須處處案切實際之作，其不能出現於中國，無足怪矣。」「中國人之著述，有一大病焉，曰：凡事皆凌虛，而不能徵實。如《水滸傳》，寫武松打虎，乃按虎於地而打之。夫虎爲軟骨動物，與貓同，豈有按之於地，爪足遂不能動，只能掘地成坎之理？諸如此類，不合情理之事，殆於無書不然，欲舉之，亦不勝枚舉也。」[91]「此眞中國小說之大病也。欲藥此病，莫如進之以偵探小說。蓋偵探小說，事事須著實，處處須周密，斷不容向壁虛造也（如述暗殺案，兇手如何殺人，屍體情形如何，皆須合於情理，不能向壁虛造。偵探後來破獲此案，亦須專恃人事，不能如《西遊記》到無可如何時，即請出如來觀音來解難也）。」[92]用偵探小說忠實於現實的邏輯性，來治療中國古代小說隨意亂寫，違背現實生活邏輯的毛病。馬克思曾經說過：歷史常常會帶來誤會，你想走入這個房間，結果卻走進另一個房間。以編造偵探故事供人娛樂的偵探小說，卻因爲它是現代社會的產物，它對理性和科學的運用，它必須合乎生活的邏輯，成爲中國弘揚現實主義文學的助手，推動了當時人們對現實主義文學的理解。對於偵探小說在中國近代所起的作用，以往的文學史基本上是忽視的。從比較文學的角度說：或許在東亞對西方偵探小說的接受上，中國也是一個特例，值得好好總結。

第七節　《玉梨魂》

民國初年，《玉梨魂》是聲譽最著的小說，在近代出版業還相當簡陋的條件下，這部書居然翻版幾十次，銷數十幾萬[93]，其影響遠遠超出了十里洋場。今天的讀者已經難以想像，一部駢文小說也能這般流行。它在五四後便屢遭批判，至今一直被視爲反動作品。筆者以爲，用五四以後打倒吃人禮教的道德標準來否定《玉梨魂》是很容易的，困難在於如何解釋這部作品的出現，它在民初爲什麼流傳一時。它是民初這個特定時代的代表作品，作爲文學史研究者，不能回避這個問題。

《玉梨魂》不是杜撰的香艷故事，其中有著作者的親身經歷。1909 年，徐枕亞到無錫鴻西小學堂執教，小學在西倉鎮上，同治年間著名書法家蔡蔭庭即住在此，他的兩個兒子俱已病歿，孫子如松就在徐枕亞執教的班中，徐很喜歡這個孩子，常常進行個別輔導。在這個過程中，他愛上了孩子的母親寡婦陳佩芳，但兩人礙於禮教無法締結良緣，由陳佩芳作主，將蔡蔭庭孫女蔡蕊珠嫁給徐枕亞爲妻。這可能是徐枕亞的初戀，一直深藏在他心中，到了二十年代，有人看見他的臥室中還掛著陳佩芳的放大照片[94]。1912 年徐枕亞入《民權報》任新聞編輯，便將這段戀情敷演成一部駢文小說，這就是《玉梨魂》。小說先在該報副刊連載，繼而又出單行本，當時他只有二十三歲。

按照五四的新思想，徐枕亞很可以將小說寫成打倒吃人禮教的力作，因爲寡婦戀愛的素材本身就帶有反封建的意義。然而徐枕亞是個深受封建禮教毒害之人，假如沒有這段親身經歷，很難設想他敢於創作這樣的小說。他要抒發苦悶，又對追求寡婦內愧於心，於是按照他的理想使這段愛情「昇華」，讓主角從陷入「情孽」開始，以「殉情」告終。寫出情天幻境的癡兒女怎樣「發乎情止乎禮義」，以此教育世人。結果，小說必定充斥各種矛盾。

寡婦是中國封建社會處境最悲慘的人，作爲「未亡人」的任務是爲丈夫「守節」，等待死亡的來臨。假如死去的丈夫遺下子女，她必須盡一切力量把子女撫養成人。善良的寡婦根本不能有談情說愛的非分之想，理應過古井不波的平靜生活，誰要是擾亂了寡婦的感情生活，誰就是對她不仁。這樣看來，儘管《玉梨魂》把守寡三年的梨娘作爲理想人物，她還是頗有蕩檢逾閑之行的。她悄悄愛上了何夢霞，主動偷入夢霞臥室，取走他的詩稿，遺下茶花一朵，暗示是她而非別人取走詩稿。由此兩人挑明了戀愛關係，魚雁傳書，頻繁不絕。然而梨娘又時時意識到自己是「喪夫不祥之人」，必須時時保重「名節」。

她知道不可能與夢霞成婚，卻又希望夢霞時時惦念她，主動贈送自己的玉照。在李某僞造夢霞信件欺騙她後，她深感世情險惡，把這段絕望的戀情稱爲「孽緣」。一方面，她要極力擺脫，時時帶著罪惡感深自懺悔，自責「未亡人不能割斷情愛守節撫孤」並勸夢霞不要再多糾纏；一方面，她又不能忘情，眞誠地爲情人打算，要爲他覓一佳偶，李代桃僵。爲了以後能經常接近夢霞，可以知道他的消息，她一手包辦夢霞與筠倩的訂婚，全不顧兩人有無愛情，終至釀成悲劇。對夢霞執著的癡情與服從封建禮教的虔誠構成她內心世界的兩極，她在矛盾中徘徊，陷於深深的痛苦之中，只好仍下八歲的兒子，以死求得解脫，希望她的死能成全情人與小姑的婚姻。因此，這位寡婦當然不是五四後個性解放的新女性，但也絕非合乎封建道德標準的「節婦」。這位舊式女子在送別情人時竟唱起《羅蜜歐與茱麗葉》中的詩句，倒是顯示了她的近代色彩。

何夢霞也是一個矛盾人物，他要「勵我青年，救茲黃種」，對國事和改革抱有一腦子卓見，常常博得朋友的傾倒；但他卻沈迷於對寡婦的熱戀不能自拔。爲了無望的愛情，他不顧「不孝有三，無後爲大」的祖訓與梨娘的拒絕，堅執要廝守梨娘，寧可終身不娶；可他又僅僅滿足於精神戀愛，從未設想越過禮教的藩籬，大膽私奔，實現兩人的結合。他向母親要求婚姻自主；卻屈從於情人包辦婚姻。如果說梨娘的心理活動合乎一個寡婦的實情，那麼何夢霞的矛盾便帶有作者主觀的痕跡。這樣一個拼命追求寡婦的青年爲什麼沒有被人看作惡棍，反倒成了作者讀者心目中的理想人物，這是令人深省的。

崔筠倩是一位新女性，痛恨家庭專制的黑獄，「自入學以來，即發宏願，欲提倡婚姻自由，革除家庭專制，以救此黑獄中無數可憐之女同胞」。曾幾何時，她「方欲以身作則爲改良社會之先導，而身反陷可痛之事。」在梨娘的軟語懇求與大義責成的勸說下，竟立即違心接受了別人包辦的婚姻。從此，她便喪失了新女性的反抗意志，放棄學業，只能在彈琴歎息中發洩自己的苦悶。到以身殉梨娘之情時，她又變成了一個以夢霞爲夫的舊式女子。她的前後矛盾的性格使我們對當時新女性如此脆弱深感驚訝。

人物性格的矛盾體現了作者思想觀念的矛盾。作者試圖通過「發乎情止乎禮」來調和「情」與「禮」的衝突，但他對情與禮的看法都是矛盾的。作者從「禮」出發屢次通過人物的書信和自己的議論，把何夢霞同白梨影的愛情視爲「名花多難，禍根種自前生」，是命裡註定的「魔劫」，所以「孽緣未了，冤債甚多」。何夢霞就是「情魔」，他的「用情失當」，「情、癡、毒」是造成悲劇的原因，對「情」持譴責態度。但他又熱烈歌頌何夢霞發自內心的誠摯愛情：「能爲兒女之愛情而流血者，必能爲國家之愛情流血；爲兒女之愛情而惜其血者，安能爲國家之愛情而拼其血乎？」作者就是根據這個邏輯把夢霞塑造爲理想人物，作者從「情」出發歌頌出於「至情」的情愛專一，又讚美主角自願「止禮」，認爲只有在「止禮」中，愛情才能得到昇華。因此主角都把「名節」看得比生命重要，在對失去「名節」的恐懼中我們卻看到對「禮」的恐懼：「如此風波如此險，可憐還爲戀情生。」主角都想用「禮」來克制「情」，但「情」又都不能自已，只好將不能相愛歸諸前生，相約來世再結良緣，露出無可奈何、無能爲力的悲哀。作者調和情禮衝突的努力是失敗的，他把「殉情」作爲理想，這是爲了「禮」，爲了「節烈」，其實是爲「情」而悖「禮」，因爲寡婦有個八歲的兒子，按照「夫死從子」的「禮」，她必須把孩子撫養成人再死。

於是，眞誠熱烈的情愛與呆板僵硬的說教組成不同的聲部，很不協調地混和在一起，構成作品的病態情調；一種消極頹廢的呻吟，自己折磨自己的痛苦。這種病態表現爲主角眞誠相愛卻又爲不「越禮犯分」、「避瓜李之嫌」，一生只在萬不得已時才見過兩次面。他們不僅毫無砸爛封建枷鎖大膽追求自由結合的願望，反而自覺地用「禮」束縛自己，心甘情願被禮教所吃，並且認爲這是崇高行爲。這無疑是對人性的摧殘，體現了作者的病態：要抒發自己的苦悶，肯定這段不幸的戀情；同時非但不以造成不幸的現存社會爲非，反而想以這樣的社會爲依託，將它納入封建軌道，試圖在禮教中尋到一席藏身之地。他把禮教當作信條，時時表現出壓抑人性服從禮教的自覺性和光榮感，一種麻木不仁的沾沾自喜。他要把主角塑造爲社會的道德典範，從而扭曲了小說，但他的親身經歷給作品造成的實際影響使小說提供的內容超出了作者的主觀意圖，實際上觸及了寡婦有無權利去愛，愛情應否自主的社會問題。周作人在五四時便曾指出：「近時流行的《玉梨魂》，雖文章很是肉麻，爲鴛鴦蝴蝶派的祖師，所說的事，卻可算是一個社會問題」。[95]結果，作品顯示的是一種改良了的禮教，它與宋儒「存天理，滅人欲」的理學已經大不相同。它允許寡婦戀愛，肯定男子可以向寡婦求愛，但最後仍應當「止禮」、殉情。它同意婚姻自主，不必由父母包辦，也贊成婚姻必須以愛情爲基礎，但這些主張又並不帶有個性解放的反抗色彩和對禮教的揭露批判，因而它極爲矛盾脆弱，時時受到禮教的限制。這並非載之典籍的禮教，而是希望舊禮教在人性的強烈呼籲下作出通融，容忍婚姻自主等正當要求。作品這種無法解脫的矛盾恰恰是民初這個過渡時代的反映。

「在分析任何一個社會問題時，馬克思主義理論的絕對要求，就是要把問題提到一定的歷史範圍之內。」[96]

中國封建禮教的發展有一個漫長的過程，由宋明理學的問世而逐步臻於極致。魯迅指出：「由漢至唐也並沒有鼓吹節烈。直到宋朝，那一班『業儒』的才說出『餓死事小，失節事大』的話，看見歷史上『重適』兩個字，便大驚小怪起來。」[97] 因此，司馬相如與卓文君的私奔結合，在漢代能得到社會的諒解，在明清卻不可能得到禮教的寬恕。

隨著帝國主義的侵略，西方文化逐漸輸入，人們從羨慕西方的武器、機械逐步轉向國家制度、價值觀念和文學，開始肯定個人有追求自由幸福的平等權利。但晚清的啓蒙學者對個性的肯定，著重在爭民權，「掃除數千年來種種專制之政體。」[98] 他們對封建禮教大多還缺乏全面的認識，有的甚至對封建禮教依然頂禮膜拜。在《孽海花》前六回中，表現了比曾樸更強的革命性的「愛自由者」金天翮，曾著《女界鐘》，被譽爲「女界的盧騷，」他抨擊婦女所處的奴隸地位，竭力提倡男女平等，婦女參政，宣稱「二十世紀之世界，爲女權革命之時代，」「二十世紀新中國新政府，不握於女子之手，吾死不瞑目，願吾同胞亦死不瞑目!」但他又覺得中國女子守寡爲「獨優於世界者」，以卓文君爲劣性醜行。他看到林紓的《迦茵小傳》全譯本，將包天笑譯本刪去的迦茵生私生子一段譯出，很不以爲然。他大放厥詞，宣稱寧可實行專制統治，也要厲行男女之大防。[99] 他們的倫理觀與政治觀是矛盾的：提倡禮教，卻又否決三綱五常。他們主張的其實也是一種「改良禮教」。這種精神分裂的矛盾態度在今天看來是如此費解，卻正好顯示了過渡時代錯綜複雜的社會特性。

中國的封建禮教不可能由內部自然更新，它必須在先進階級與外國倫理觀念的參照下才會被人看出它的吃人本質。於是承擔徹底揭露禮教吃人面目的任務不能不落到出過洋的留學生身上。嚴復在晚清曾為寡婦守節鳴不平：「而女子其夫既亡，雖恩不足戀，貧不足存，而其身猶不可以再嫁。夫曰，事夫不可以二固也，而幽居不答，終瘋且暴者，又豈理之平者哉？」[100]陳獨秀也曾參照西洋倫理觀念提出：「我們中國還有一樣壞風俗，說起來更是可惡得很，女人死了，男人照例可以續弦，人人不以為奇。男人死了，女人便要守寡，終身不能再嫁。」[101]正是由於這些志士在晚清的攻擊批判，《玉梨魂》這樣的描寫寡婦戀愛小說才可能於民初誕生，得到社會認可。但是，晚清對封建禮教的抨擊也有不足之處，其一是聲勢不大，未能像五四形成堅強的團體，擁有固定的陣地，對封建禮教作系統的攻擊，只限於為數不多的幾枝投槍。其二是反禮教不夠徹底，對禮教的吃人本質還缺乏五四時期那麼清醒的認識。嚴復在民初便帶頭列名於孔教會發起人之一；陳獨秀等人的批判限於就事論事，把「守節」僅僅看作「惡風俗」；吳虞、周作人的文章雖已涉及禮教禁錮人的思想，但尚未明確揭露禮教的吃人本質。其三，清末民初的新人物確實比較脆弱，具有較大的妥協性。試看五四最著名的文學鬥士魯迅、郭沫若，就是在清末民初，接受新價值觀念後，未能衝破「孝」的束縛，違心接受了母親的包辦婚姻，留下遺恨終身的悲劇。婚姻悲劇促進他們成為新文學偉人，但也不可否認會有許多人經不起這場悲劇，就此消沈。因此我們不必苛求筠倩，看透禮教的吃人本質，跨出封建家庭這道門檻，確實是很不容易的。

建立民國的事實使禮教陷於崩潰的邊緣，所有公民的平等自由權利已經得到法律的抽象肯定，[102]迫使禮教非改良不可。而缺乏思想上的必要啓蒙，又使人們依然把禮教奉爲行爲的準則，思想的規範，幫助它苟延殘喘。神權、族權、夫權、皇權[103]等封建繩索仍然束縛著人們的思想。馬克思認為：「男女之間的關係是人與人之間的直接的、自然的、必然的關係，……因而，根據這種關係的性質就可以看出，人在何種程度上成為類的存在物，對自己來說成為人並把自己理解為人。」[104]暢銷的《玉梨魂》雖不是這個時代思想最進步的小說，但無疑最能反映這個時代的矛盾特徵。

這是一個人的自我意識開始覺醒，朦朧地覺得人有要求自由的權利，卻又未曾完全覺醒，還意識不到禮教吃人自己正在被吃的時代。它與五四清醒地抨擊禮教吃人不同，又有別於「男女授受不親」的封建時代。朦朧的人的愛情要求直覺到不被頑固的禮教所容忍，卻仍舊承認禮教的權威，試圖改良禮教，在禮教中找到一席藏身之地。既然沒有勇氣打破禮教的束縛，愛情悲劇的終場就是排定了的。由此形成的黯淡前途規定了作品頹廢纏綿，哀傷低沈的基調，造就了小說中的各種矛盾和作者矛盾的態度。這不完全是作者或作品中的人物在自己折磨自己，還體現了社會對改良禮教的偏愛，正在變化的中國尚未認清新舊社會的本質區別，尚未明確應走什麼樣的道路。這是黑暗的時代，朝霞尚未升起；這是黑暗即將逝去的時代，「人道」的曙光已在出現，人們正在從愚昧中醒來。

筆者無意爲徐枕亞開脫，這位才子的思想是不斷變化的，隨著民初頹廢復古思潮的氾濫，他的「止乎禮義」念頭也更加頑固。1915 年，他發表了假託為何夢霞日記的《雪鴻淚史》。作者宣稱：「是書主旨，在矯正《玉梨魂》之誤。」[105] 在該書中，何夢霞與梨娘相會，有著第三者——丫環秋兒在場監護，何夢霞所寫的四首絕句，不再由他自己吟誦，而是由秋兒轉交梨娘。心情激動的梨娘也不像《玉梨魂》那樣，有著千言萬語需要對夢霞傾吐，卻很早就讓他離去，也沒有再吟《羅蜜歐與茱麗葉》中的詩句。在這過渡時代中，徐枕亞向守舊方向越滑越遠，最終被時代拋棄。

從五四提倡白話文以來，《玉梨魂》駢四儷六的對偶文體，一直遭到非議，但很少有人研究《玉梨魂》採用這種文體，何以在民初竟能廣泛流傳。《玉梨魂》決非第一部駢文小說，在它之前，至少還有唐代張鷟的《遊仙窟》和清代陳球的《燕山外史》。但這兩部小說雖然同為駢文，卻都是孤立的現象。

這也是時代造成的。中國小說在近代出現空前的大發展，它的地位得到廣大知識份子的認可，知識份子紛紛來作小說，成為小說的主要讀者。[106] 這個發展促使近代小說產生了與古代小說不同的相應變化：在內容上，出現了「文以載道」趨勢，小說的目的是宣傳某種政治觀念，倫理觀念，道德題材也出現強化的勢頭。在形式上，小說現出「雅化」傾向。過去讀書人覺得小說「俗」，不登大雅之堂，不屑一顧。林紓用古文翻譯小說，使迷戀詞章的知識份子知道小說也可以有他們所崇拜的「格律聲色，神理氣味」，大大增強了他們讀小說的興趣，提高了小說的地位。「雅化」的要求刺激小說作者，魯迅、周作人在 1909 年以比林紓還要古奧的文言譯出《域外小說集》。然而林紓成功了，周氏兄弟卻失敗了，原因之一是當時還有另一股潮流——梁啓超提倡的淺近文言，這是由文言到白話的過渡形態，受到社會的歡迎。林紓古文受到它的滲透，也向平易通俗發展，「他的譯筆違背和破壞了他親手制定的『古文』規律。」[107]

清末是各種文體集大成的時代，與「古文」並存，也在發展的還有駢文，劉師培、李詳都是駢文名家。民初政壇極爲重視駢文，發表文告、通電多用駢文，許多軍閥都養著一位駢文家當秘書。既然小說可以用古文來做，爲什麼就不能用駢文？它不是同樣的「雅」，同樣能博得知識份子的擊節稱賞嗎？徐枕亞的駢文小說就是這樣應運而生的。《玉梨魂》的駢文也向平易通俗發展，徐枕亞用的是駢散結合的文體，駢文部分的用典大大減少。照理，駢文束縛太多，是不該用來寫小說的，誠如許多論者所指出的，《玉梨魂》的文體矯揉造作，堆砌詞藻，華而不實，影響了小說的描寫效果。許多不該鋪叙之處大加鋪叙，使人有空泛肉麻之感；而需要渲染刻劃的情境細節，人物性格，卻又常常點到即止，輕輕放過。不過，我們也應看到：民初社會把詞章作爲衡量小說最重要的標準之一，駢文小說也有同古文一樣的增加小說吸引力，提高小說地位的一面。《玉梨魂》以它迎合「雅化」要求的駢散結合文體，堆砌的詞章，不時穿插的頗見功力的律絕、尺牘，博得時人的稱賞是理所當然的。

上面我們考察了產生《玉梨魂》的「源」，它的社會背景；下面我們再來分析一下它的「流」，它所繼承的中國古典文學傳統和吸收的外國小說營養。

「判斷歷史的功績，不是根據歷史活動家沒有提供現代所要求的東西，而是根據他們比他們的前輩提供了新的東西。」[108] 這應當是我們評價《玉梨魂》的標準。

《玉梨魂》「發乎情止乎禮義」的批判者很少意識到：「發情止禮」其實是中國客觀存在的愛情文學傳統，《玉梨魂》不過是這個傳統的一部分。

吳雙熱在《玉梨魂》序中感歎「嗟嗟!情種都成眷屬，問阿誰如願以償？」中國封建婚姻的不自由，自古以來，人們就感覺到了。他們要爭取自由，現實的出路不外兩條：一條是掙脫封建枷鎖，青年男女雙雙私奔，遠走高飛，在他鄉締結良緣，如《碾玉觀音》中的璩秀秀和崔寧。一條是男女主角不能忘情，假如沒有禮教的束縛，他們便立即成爲佳偶，但社會輿論的壓力，家庭觀念的影響，他們自由內心對禮教的崇仰和恐懼，都使他們只能徘徊在「情」與「禮」的衝突之中，或者雙雙殉情。這兩條出路大抵都是悲劇結局，因爲封建社會不會允許青年男女私奔，破壞封建秩序。查一查明清案例即可知道，私奔男女被抓回來的數量實在不少，男的被判奸拐，女的官賣。現實的愛情悲劇使人們不得不把美好的願望寄之於幻想。於是有患難相交，有以詩爲媒，有奉旨成婚，有靈魂相處，有俠客神鬼狐仙搭橋等各種方式，達到男女出於愛情的結合，形成浪漫的愛情文學傳統。本文論述的是現實主義愛情文學傳統的作品，它們的共同特點是謳歌對愛情的執著、忠貞，爲了眞摯的愛情不惜犧牲生命的高尚情操。這幾乎是一個永恆的世界性的文學主題，雖然它在不同時代不同民族有著很不相同的表現方式。

在現實中，私奔無疑是最大膽，最具反抗性、因而也是最值得讚頌的出路，但在中國傳統現實主義愛情作品中，它們卻屈指可數，而且影響往往不大。這固然有著社會原因，這類作品本身特有的局限也不可忽視。在這些作品中，主人公執著、大膽，他們與社會的衝突主要表現於人同外部束縛力量的反抗鬥爭，他們的內心世界相對來說比較單純，缺乏豐富複雜的矛盾，影響了小說的感染力。「悲劇性情勢是比較緊張和複雜的。它不只是因爲與外界的威脅力量發生衝突而造成，而首先是因爲個人的切身要求與他所認定的超個人的生活價值之間的內心矛盾造成的。」[109]因此，在愛情作品中，佔據統治地位的是第二條出路。從《詩經‧將仲子》「仲可懷也，父母之言亦可畏也」，焦仲卿、劉蘭芝的殉情，陸遊的《釵頭鳳》，一直到林黛玉的火熱愛情不能傾吐，至死無法對寶玉說出一個「愛」字，構成了一個「發情止禮」的愛情悲劇文學傳統。當代張潔的《愛，是不能忘記的》，也可說是這個傳統的繼續。它們的代表作是《紅樓夢》，從中形成男女主角的典型素質：他們必須有「嬌弱的身體，傷感的性格，聰明的頭腦，美麗的面容，反舊追新的激情，極其慘痛的悲劇命運。」[110]他們的反舊追新，不僅不能用五四後的個性解放、愛情至上的標準來要求他們，而且也不能想像他們會同璩秀秀、崔寧一樣私奔。他們出於共同的志趣違背禮教，互相愛慕，也都知道對方把自己當作戀人，但他們又都以「禮」自守，把「禮」作爲「超個人的生活價值，」無法再作出進一步的舉動，使雙方得以結合，徒然把結合的希望寄託在封建家長爲他們「做主」上。寶玉拉襲人同領警幻仙姑所訓之事，不能設想他同黛玉也能這麼幹，這樣做顯然會沾汙他們高潔的品格，削弱作品的悲劇色彩。這「高潔」之中顯然包含「止禮」的成分。正是在「情」與「禮」的衝突中，凸現了人物複雜豐富的內心世界和悲劇性格。「哀莫大於心死」，心靈的束縛是最富於悲劇感的，從中也顯示了封建禮教束縛人心的威嚴和摧殘人性的殘酷。

民初的言情小說大多以「紅樓夢」爲範本，寶黛的愛情是作家心目中最理想的愛情。從《玉梨魂》的楔子「葬花」中，我們可以看到作者有意模仿《紅樓夢》的痕跡。白梨影患著與林黛玉同樣的結核病症。何白二人都有「嬌弱的身體，傷感的性格，聰明的頭腦，美麗的面容」，他們也有「反舊追新」的一面：對時局不滿，要改革，艷羨出洋留學，向父母要求婚姻自主，要幹一番事業的抱負理想，死於武昌起義等等。他們戀愛的地位是平等的，女方採取主動也很多。由於禮教的束縛，他們表達愛情不得不採取吞吞吐吐，欲好還休的變態方式。在消極內容上，《紅樓夢》有著「因空見色，由色生情，傳情入色，自色悟空」的佛道思想，以及「風月寶鑒」、「警幻仙境」的勸世宗旨，《玉梨魂》則把「情」看作「欲」，是命裡註定的魔劫，是孽障，所以沒有好結果。

筆者沒有把《玉梨魂》與《紅樓夢》並列的意思，《紅樓夢》是中國小說史上絕無僅有的巨著，無論是反映社會的廣度、深度，還是塑造人物的方法，結構的嚴謹細密，描寫的生動細膩等各個方面，《玉梨魂》都是遠遠無法望其項背的。作者對封建禮教的津津樂道使小說不受干擾，頹廢纏綿的情調也流露了病態的情緒。《玉梨魂》還受到曹雪芹曾嚴厲批評的明清才子佳人小說影響，在主角的吟詩唱和上花了太多的功夫，而且弄出個瞬息即逝的小人——李老師「播亂期間」。但就現實性而言，《玉梨魂》無疑比明清才子佳人小說要眞實可信得多，結局也不再是「大團圓」。這大概要歸功於曹雪芹的批評。

然而，從中國小說發展看，《玉梨魂》雖在總體上不能與

《紅樓夢》相比，這並不妨礙它也提供了一些《紅樓夢》所沒有提供的小說發展的新因素。

必須指出：在戀愛上，白梨影比林黛玉還多著一重束縛，她是一個拖著八歲兒子的寡婦，而不是一個未婚少女。「金陵十二釵」中有一位寡婦李紈，雖也參加詩社，當了主持人，卻是個心如止水，夫死從子的標準寡婦。「威赫赫爵祿高登，昏慘慘黃泉路近。」曹雪芹描繪了這個寡婦喪失了人生樂趣，最後被禮教吞噬的淒慘命運。但是還從來沒有人以充滿同情讚頌的筆調，寫過一個不能克制七情六欲，在「情」與「禮」的衝突中被吞噬的寡婦悲劇。《紅樓夢》之後，很少有人關心過寡婦的命運。晚清有不少小說觸及婦女解放問題，最著名的如《黃繡球》，引證盧梭的天賦人權，宣揚男女平權，提倡女子參政，譴責婦女裹腳，反對三從四德。但小說完全沒有涉及女子自由戀愛的權利，並對男女社交公開後的交往情景有點反感。它的主旨集中在男女都有救國的責任，婦女也能像男子一樣工作，幹出事業來，與金天翮的觀點十分接近。這是晚清婦女題材小說的不敢觸及的社會問題。在《玉梨魂》中，追求寡婦的青年和熱戀的寡婦都是作品歌頌的正面形象。儘管它是以改良禮教的面目來表現的，仍未脫出封建思想的基本框架，其中摻有大量消極內容，但僅從這一問題的提出而論，它就超過了晚清的言情小說和狹邪小說，具有新時期的特點。

平心而論，在小說中，任何道德說教都是蒼白無力的，它的力量遠不及作品中活生生的人物行動和心理描繪。很難設想，一部小說能夠依靠它的道德說教打動數百萬讀者，人們還是爲梨娘的「苦」灑下一掬同情之淚。有一件事也許可以成爲佐證：徐枕亞的續弦是清末最後一位狀元劉春霖的女兒劉沅穎，她由閱讀徐枕亞的《泣珠詩》到《玉梨魂》，被作者的情感才氣所打動，不顧「狀元小姐」的身分愛上這位小說家，一定要做他的妻子。此事理所當然遭到狀元的強烈反對。這時《玉梨魂》的封建道德說教，以「情」爲「孽」的看法幾乎未對這位女士產生任何影響，她一意孤行，堅執要嫁徐枕亞，終於如願以償。

《玉梨魂》運用的一些新手法無疑也幫助了它的流傳。中國古代小說對人物心理的描繪一直是動態的，通過人物的語言運行，富有個性特徵的細節來向讀者暗示人物的心理狀態。這種寫法雖有筆墨省儉，形象傳神，耐人尋味的優點，但也往往影響對人物內心世界的深入開掘。《玉梨魂》故事情節簡單，人物極少，而又受到「禮義」束縛，處於被隔絕的狀態，主角只好通過詩歌、書信、日記來剖白自己，交流人物的思想感情，推進故事情節的開展，從而使作品的敘述過程中不斷出現靜態的人物思想感情的描繪。徐枕亞是寫信能手，專門編過一本情書手册《花月尺牘》，在民初很流行。《玉梨魂》中書信占了相當比重，這些信熱情洋溢，憂傷沈痛，給作品帶來特殊魅力。在此之前，中國的小說還從未意識到書信能在小說中發揮這麼大的力量。正是這些書信、詩歌、日記，彌補了作品情節簡單的不足，加強了對人物主觀世界的描繪，刻劃了他們豐富複雜的內心矛盾，向讀者展示了一個新的天地。

在結構上，《玉梨魂》的楔子運用晚清《九命奇冤》等小說已經採用的倒敘手法；增加作品的懸念感，突出人物的傷感氣質。以後小說順時敘述，慢慢道來。至結尾時又突然筆鋒一轉，拉出筠倩的日記，半年多時間一下跳過，從中顯然可以看出摹仿《巴黎茶花女遺事》的痕跡。《玉梨魂》描寫景物不再如傳統古代小說那樣，從人物的眼中看出，也不像晚清《老殘遊記》，景物寫得雖好，但與小說的情節推進，人物性格的刻劃關係不大。徐枕亞的景物描寫往往是爲渲染烘托氣氛，描寫人物心理服務的。從這些地方，我們都可以看到《玉梨魂》吸收的西方小說營養，看到它爲中國小說發展提供的新因素。

倘若聯繫五四新小說比較，情節淡化，從外部刻劃人物轉入從內部心理分析，倒叙和跳躍式結構，渲染氣氛的景物描寫等都是新小說的基本特徵。《玉梨魂》提供的新因素體現了小說發展的潮流。因此，我們有理由認爲：在中國小說藝術的發展過程中，駢文的《玉梨魂》具有新舊雜陳的過渡色彩，它曾經在中國小說發展史上起過重要的作用，它的形式與它的改良內容是相應的。

《玉梨魂》與五四新文學是兩個時代的文學，是本質不同的文學，它的思想傾向是改良而決非革命。我們沒有理由一定要求觸及寡婦戀愛問題的小說在民初就必須達到五四時代的水準，也沒有理由認爲處在封建禮教禁錮之下的人們，一下子就能覺醒到高呼「打倒孔家店」的程度。這是一個過渡時代，這個時代只能產生這樣的小說，《玉梨魂》就是這個時代的投影，這也是它的價值之所在。誠然，《玉梨魂》不是民初思想最進步的小說，但即使是民初最進步的愛情小說，也決不會帶有五四時代的革命色彩，這是時代的局限，不以人的意志爲轉移的。

時代列車的速度是如此迅猛，新意識形態的啓蒙運動很快便來臨了。《玉梨魂》被甩到後面，成爲過時的作品，它的社會價值與歷史進展成反比。對五四新文學來說，改良禮教是封建禮教的一部分，當然必須打倒。而禮教披上改良外衣，便更能迷惑人，對之給予揭露，加以猛烈的攻擊，實屬非常必要。這是新時代對舊時代的否定，即使它經歷了改良。五四前後的新文學和後來革命文學對《玉梨魂》的批判和清算，是歷史發展的必然。

然而，改良與革命雖然本質不同，但改良也是歷史的一部分。革命總要批判改良，但由改良到革命卻是歷史發展的必由之路。今天的文學史研究者必須看到歷史發展的連續性和階段性，不能繼續停留在五四時代的認識上，以五四時代的標準全盤否定民初小說，而應當站在今天的高度，給民初小說以適當的地位。

第八節　《廣陵潮》與民初社會小說

晚清小說政治傾向隨著政治小說被讀者厭倦而不斷遞減，民國的建立，亞洲第一個共和國屹立在東方，使得以小說「救亡」的號召失去了存在的基礎。在一般公衆的心目中，「共和國」的建立，意味著人民已經打倒了清朝政府的腐朽統治，將處在生死存亡關頭的祖國拯救出來，建立了最先進的國體政體，下一步，就是祖國的興旺發達了。

表面看來，似乎也確實如此，民國元年，新政推行，上海曾經出現過短暫的新氣象，當時人曾以「新陳代謝」爲名，概括了上海的種種新變；如「新教育興，舊教育滅」，「天足興，纖足滅」，「陽曆興，陰曆滅」，「鞠躬禮興，拜跪禮滅」，「律師興，訟師滅」，等等。[111] 說的雖然還只是浮面的現象變化，但也透露出當時市民追新趨時的熱鬧場面。只是這一種氣象僅僅持續了數月，便開始每況愈下。以至蔡元培先生後來曾痛心地感慨：「當時思想言論的自由，幾達極點，保皇尊孔的舊習，似有掃除的希望。」[112]

可是，素來以善於緊跟形勢，及時將新聞融人小說著稱的上海小說界，並未能創作一部直接表現這種「新陳代謝」情景的小說。梁啓超早在 1902 年便創作過《新中國未來記》，描繪中國成爲「共和國」若干年之後的美好圖景，但是在「共和國」眞正建立之後，反倒沒有了這類小說。臨時政府剛剛成立，上海的報界便已覺察到袁世凱的竊國陰謀，《民權報》曾大加抨擊撻伐，《民權報》編輯部中不乏寫小說的作家，如徐枕亞、吳雙熱、李定夷、劉鐵冷、蔣箸超等等，但卻不見有譴責袁世凱的小說出版。[113]

民國元年，就在「新陳代謝」之際，上海小說界發生了三件事，它們都與民初小說風氣的形成有著密切的關係：首先是曾經與陳獨秀同譯雨果《慘世界》，在小說中撇開原著，另造一個人物「男德」，大肆鼓吹革命的蘇曼殊。他從南洋回到上海，在《太平洋報》上連載他在南洋創作的小說《斷鴻零雁記》。小說中不再有作者打算刺殺康有爲時的革命豪情，而是充滿哀傷低沈的情調，那種衷感頑艷，迴腸盪氣的抒情風格給民初小說以極大的影響。與蘇曼殊相識的周作人後來指出：蘇曼殊在鴛鴦蝴蝶派裡，「可以當得起大師的名號，卻如儒教裡的孔仲尼，給他的門徒們帶累了，容易被埋沒了他的本色。」[114] 接著，當時言論最爲激烈，對袁世凱抱著決不妥協態度的《民權報》，一面極力促袁南下就職，鼓吹政黨內閣制，言論之激烈，要超過素來被視爲同盟會機關報的《民立報》；一面又在副刊上連載徐枕亞的《玉梨魂》，吳雙熱的《蘭娘哀史》、《孽冤鏡》，李定夷的《霣玉怨》、《紅粉劫》等駢體小說，成爲「鴛鴦蝴蝶派」的大本營。這些作家在《民權報》

寫起時事評論來是「熱血一腔，豪情萬丈，夙夜匪懈，筆不停揮，以剷除民賊擁護共和爲職志。編纂之暇，爲《霣玉怨》、《紅粉劫》等說部，載諸報端，則又緣情頑艷，觸緒纏綿，讀者每爲之低徊感泣，想見其爲人」。[115]他們將小說作爲「遣情之具」，不把它用作政治鬥爭的工具。與此同時，《民立報》的陸秋心發起集錦體的「點將小說」，參加者有于右任、葉楚傖、邵力子、徐血兒、談善吾、楊東方等。陸秋心曾在辛亥革命前翻譯過描繪希臘革命志士的小說《葡萄劫》，宣揚革命，而于右任、葉楚傖、邵力子等人更是國民黨的重要宣傳家，他們將小說作爲文字遊戲，逐日一段，作者輪流撰寫，在每段小說中嵌入下一段作者的名字，以顯示自己駕馭文字的本領，開鴛鴦蝴蝶派「集錦小說」的先河。

因此，隨著「民國」的建立，小說界確實出現了一些新的變化，「革命」目標的消失，使得原先的「革命文人」也紛紛將小說作爲遣情遊戲的工具。民初小說從一開始，調子就是低沈的，纏綿徘惻的，並沒有格調高昂的如《新中國未來記》、《獅子吼》之類的作品問世。它仿佛已經預感到辛亥革命的失敗，「民國」的名存實亡。這時由於有著「言論自由」，某些小說家的「文」和「小說」的界線分得很明，他們在文章中掊擊時政，攻擊袁世凱，卻把小說作爲遣情遊戲的工具。

「二次革命」失敗後，袁世凱推行專制統治，對報刊的迫害，較晚清更甚，租界當局也爲虎作倀，配合袁世凱促使《民權報》被迫關門。「共和國」名存實亡，「約法虛設，所謂言論自由者，孰則能實踐之」？[116]知識份子頹唐、彷徨、落伍乃至背叛者，大有人在，其中一部分知識份子便沿用屈原的「美人香草」，李商隱的迷惘式愛情無題詩等傳統，抒寫自己政治上失意的感受，創作「哀情小說」，借愛情悲劇，澆自己的塊壘，用曲折的方式表達他們複雜的心情。劉鐵冷便曾感慨；「近人號余等爲鴛鴦蝴蝶派，只因愛作對句故，……然在袁氏淫威之下，欲哭不得，欲笑不能，於萬分煩悶中，借此以泄其憤，以遣其愁，當亦爲世人所許，不敢侈言宣導也。」[117] 自政治上的壓制束縛助長了以小說遣情的傾向，而這種表達寄託的方式，也具有強烈的士大夫傳統文化的色彩。

因此，民初小說家絕大部分都是「民國」的擁護者，他們反對專制制度，希望維護「民國」的尊嚴。包天笑覺得民初小說家的態度，大體上是「提倡新政制，保守舊道德」。[118] 李涵秋也在小說中提出：「大家齊心竭力，另造一個簇新的世界。」[119]

其實，民初小說界以小說遣情也是晚清的以小說治國救亡的小說觀念的必然歸宿。「小說界革命」斷言「欲新民，不可不先新一國之小說」。將中國社會之腐敗，歸結爲小說之腐敗，把創作「新小說」作爲「治國平天下」的途徑，可是，中國社會事實上決不可能因爲若干部「新小說」的問世而得到改觀，這就決定了它必然失敗的命運。作家與讀者的期望值越高，其失望也就越大。由於「新小說」的小說觀念實際上並未建立在表現人生的藝術基礎上，一旦鼓吹的小說政治功能被社會實踐所否定，小說家在失望之餘，便只有向傳統小說觀念回歸來塡補政治小說留下的價值眞空。小說家的這種失望，在民初表現得十分突出。曾經在晚淸翻譯過《身毒叛亂記》，試圖以印度成爲殖民地，遭到英國殘酷統治的慘痛教訓警告國人的包天笑，便在民初曾失望地歎息：「則曰群治腐敗之病根，將借小說以藥之，是蓋有起死回生之功也；而孰知憔悴萎病，慘死墮落，乃益加甚焉！」民初社會更加腐敗的現實，促使小說家懷疑「小說界革命」鼓吹的小說功能：「嗚呼！向之期望過高者，以爲小說之力至偉，莫可倫比，乃其結果至於如此，寧不可悲也耶！」[120] 如果說晚淸的黃摩西、徐念慈對以小說爲教科書的做法已經提出批評；那麼，民初的包天笑則是乾脆從小說社會功能的實踐上否定了「小說界革命」的宣傳。既然以小說「治國平天下」的「新小說」設想經不起實踐的檢驗，而小說界又尚未產生一種爲大家廣泛接受的新的對小說價值功能的解釋，小說向傳統的「舊小說」觀念尋找依傍，便成爲十分自然的趨勢。

中國傳統的小說觀念認爲：小說是「閒書」，供人消遣娛樂的，因此作者和讀者都將它看成是一種「遊戲」，用輕率隨便的「戲作」態度來對待。「小說界革命」興起時，宣傳用小說來改良社會的理論家們批評這種「戲作」態度是：「其立意則在消閒，故含政治之思想者稀如麟角，甚至遍卷淫詞羅列，視之刺目者。」然而到辛亥革命前夕，已經有小說家公然提出：「小說雖號開智覺民之利器，終爲茶餘酒後之助談。」[121] 把「消閒」作爲小說更爲本質的功能。民初小說家較晚淸尤甚，徐枕亞宣稱：「原夫小說者，俳優下技，難言經世文章；茶酒餘閒，只供淸談資料。」「有口不談家國，任它鸚鵡前頭；寄情只在風花，尋我蠹魚生活。」[122] 有的刊物聲稱要「聊遣齋房寂寞，免敎歲月磋跎」。[123] 最典型的當然還數當時最爲暢銷的小說刊物《禮拜六》，編者鼓吹「買笑耗金錢，覓醉礙衛生，顧曲苦喧囂，不若讀小說之省儉而安樂也」。「一編在手，萬慮都忘，勞瘁一周，安閒此日，不亦快哉」。[124] 把小說作爲供讀者消閒的娛樂品。

以小說作爲消閒的娛樂品是中國小說的固有傳統，只是它在民初有了新的發展。它在上海這一特定的社會環境中吸收了西方文學的影響，因而具有了與傳統有所不同的新內容。

其實，對於西方的小說傳統來說，將小說作爲消閒的娛樂品也是中世紀小說的特點。即使在十八及十九世紀西方小說實行近代變革之後，將小說作爲消閒的娛樂品的小說觀念仍然繼續存在，隨著近代大都市的興起，它們作爲通俗小說其作品數量遠遠超過嚴肅小說，某些嚴肅的純文學作家也持類似的小說觀念。中國近代翻譯家在開始翻譯外國小說時，常常將一些通俗小說作爲名著介紹進來。林紓把哈葛德視爲與狄更斯一樣的小說大家，惲鐵樵將創作《福爾摩斯探案》的柯南道爾作爲「歐美現代小說名家最著者」。晚清在引進外國小說的同時，將某些視小說爲消遣品的西方小說觀念也介紹進來。林紓在晚清翻譯了美國著名作家華盛頓・歐文的小說。《拊掌錄》（《見聞雜記》），歐文在小說中針對那些要求小說傳授學問的讀者，闡明他的創作宗旨道：

> 須知當此文明時代、人生睹物竟之思，竟而不勝，則抑抑如有所失，額上或多皺紋。脫見吾書而竟得囅然一笑，使皺紋立為消褪者，不已足乎！或目既見吾書，而愛群之心或動，稍生其敬老憐貧之思者，則吾書亦不為無益於社會也！[125]

歐文表達的創作宗旨極易爲中國小說家所接受，因爲它與中國傳統的小說觀念完全是相通的。民初小說家大半所持，即是這種小說觀念。

王國維在晚清介紹了叔本華的文學觀念，並把它成功地運用到《紅樓夢》評價上。叔本華主張文學是人生的一種消遣，是對充斥人生的欲望不能滿足之苦的一種解脫。叔本華的思想對於民初小說家來說是過於高深了，他們中很少有人如王國維那樣得到叔本華思想的精髓，這樣他們中便很少有人去努力體察人生，探究人生的眞諦，追尋人生的價値。這一任務留給了五四後的新文學家。然而他們也並非完全沒有受到叔本華等人的影響，倘若把民初小說家與同樣主張小說是消遣品的中國古代小說家相比，民初小說家的遊戲消遣觀念顯然有了進一步的發展，其最大的變化即是：他們的以小說爲遊戲消遣的觀念是同他們的人生觀連在一起的，他們是職業小說家，這在業餘戲作的古代小說家是難以想像的。

這時的小說刊物常常將人生世界都看成是一場遊戲：「不世之勳，一遊戲之事也；萬國來朝，一遊戲之場也；號稱霸王，一遊戲之局也。」[126]20 年代初，周瘦鵑做過一篇《〈快活〉祝詞》，宣揚「現在的世界，不快活極了，上天下地，充滿著不快活的空氣，簡直沒有一個快活的人。做專制國的大皇帝，總算快活了，然而小百姓要鬧革命，仍是不快活。做天上的神仙，再快活沒有了，然而新人物要破除迷信，也是不快活。至於做一個尋常的人，不用說是不快活的了。在這百不快活之中，我們就得感謝快活的主人，做出一本快活雜誌來，給大家快活快活，忘卻那許多不快活的事」。[127]這段話歷來被文學史家作爲鴛鴦蝴蝶派逃避現實的宣言，頗能代表民初小說家的思想狀況。這種對現實的逃避，顯然帶有人生觀的意義，儘管它是消極的，並不足取，但與中國古代僅僅將小說作爲瓜棚豆架下的閒聊，茶餘酒後的「以資談助」，並不完全相同，倒是有點接近叔本華以文學解脫人生痛苦的看法。只是民初的小說家仍從傳統意義上理解「消遣」，把「消遣」作爲「快活」，尋開心，因而難以在人生的深處開掘探索，往往採取就事論事的態度，與叔本華對文學的要求大相徑庭。

民初小說家沒有從表現人生的意義上去理解藝術，確立藝術的獨立地位，獨立存在的價值；他們又在一定程度上偏離了「小說界革命」賦予小說「治國平天下」的價值；他們不甘心承認自己創作的是卑下文體，是無價值的「小道」，然而他們又找不到新的支撐小說地位確立小說價值的依據，只能回到傳統小說觀念，視小說爲「小道」。他們或者重新祭起小說「改良社會」的大旗，重彈「小說界革命」的老調，或者一面創作小說，一面又爲自己成爲小說家而傷感，一再聲明自己寫的不是小說。晚清的吳研人悼念李伯元：「君之才，何必於小說傳哉，而竟以小說傳，君之不幸，小說界之大幸也。」[128]其實是爲自己成爲小說家而傷感。民初的胡寄塵又爲吳趼人成爲小說家而傷感，其實也是爲自己成爲小說家而痛惜。民初的小說家往往恥於「小說家」的稱號比晚清尤甚；徐枕亞著《雪鴻淚史》，宣稱自己腦筋中實並未有「小說」二字，「深願閱者勿以小說眼光誤余之書。使以小說視此書，則余僅爲無聊可憐、隨波逐流之小說家，則余能不擲筆長吁，椎心痛哭？」[129]王鈍根稱讚程善之的小說做得好，說他「懷抱非常之才，鬱鬱不得志，乃本其生平所閱歷名山大川人情世故一一托於文章，激昂慷慨，褒貶勸懲，以抒寫其胸中蘊積之氣，而補救人心，啓發知識之功，亦於是乎收焉。是豈尋常所謂小說家者所能望其功業哉」。[130]他們都急切希望與時下的「小說家」劃清界線，最好自己不是「小說家」而是「文章家」，儘管他們也看到自己創作的確實是「小說」而不是文章」。因此，他們不得不被人稱為「詩說家」。於是他們只好歎息：「文人不幸而為小說家，尤不幸而為翻譯之小說家。」[131] 葉楚傖「雅不欲以說部名，中懷耿耿，尤非流俗所得而共喻」。旁人也為這些小說家鳴不平；「然而楚傖竟以說部名於時，是可低矣。」[132] 有的小說家只好悲歎：「大丈夫不能負長槍大戟，為國家干城，又不能著書立說，以經世有用之文章，先覺覺後覺，徒恃此雕蟲小技，與天下相見，已自可羞。」[133] 說起自己創作小說，竟是這樣一副沈痛口吻。

因為對小說的輕視，沒有在藝術上確立小說的地位，粗製濫造常常成為民初小說的特徵。上海城市的「趕時髦」浪潮浸染了小說界，一部小說一旦暢銷，小說家便趨之若鶩，競相仿效。一位作家一旦成名，成為暢銷作家，便常常按照市場的需求，連篇累牘，不斷炮製作品。李定夷創作生涯不到十年，卻創作了長篇小說四十多種。李涵秋在短短的十五年內，就創作了一千多萬字的小說。他們都是民初最著名的小說家，其創作速度遠遠超過晚清的多產作家吳研人。言情小說形成浪潮後，模仿之作充斥小說市場，以至連某些著名的小說家也深為感慨：「嗚呼！其眞能言情邪？試一究其內容，則一癡男一怨女外無他人也；一花園一香閨外無他處也；一年屆破瓜，一芳齡二八外無他時代也；一攜手花前。一並肩月下外無他節候也。如是者一部不已，必且二部，二部不已，必且三部四部五部以至數十部。作者沾沾自喜，讀者津津有味，胥不知小說為何物。」[134]

於是，在這些作家的筆下，文學創作不再是一種創造，而變成了批量生產的商品。這種「媚俗」的創作態度，決定了大部分民初小說家難於從自己的人生體驗出發創作出高水準的探索人生真諦，引起讀者深思的傑作，無論他們創作的是文言小說還是白話小說，也無論他們心目中的讀者對像是市民還是士大夫，這種「媚俗」的創作態度就決定了作品「通俗」的性質，它們不可能承擔領導文學前進的使命。民初小說總的水準不高的原因即在此，民初小說家在五四新文學崛起之後紛紛成爲通俗小說家的原因也在此。

晚清「小說界革命」以小說改良社會的創作宗旨是從中國士大夫的「天下興亡，匹夫有責」的責任感和「文以載道」、「以文治國」的文學觀念糅合而成的，有著深厚的中國傳統文化基礎，雖然它也學習日本、西方，其觀念的核心卻是中國的。它爲士大夫成爲小說家提供了安身立命的根據，使小說家得以向士大夫的「治國平天下」理想認同，使小說得以側身於文學之林。因此，民初小說家雖然在實踐上意識到「小說界革命」誇大了小說的作用，向傳統小說觀念的遊戲消閒復歸，但是有兩個方面的原因阻止他們完全回到傳統小說：一是他們大多是在「小說界革命」中成長起來的，耳濡目染晚清小說的影響已經形成心理定勢，難以完全割斷。二是他們既以小說爲職業，總要尋找安身立命的根據，他們沒有確立藝術的本體價值，又不願也不可能回到士大夫創作了傳統小說卻不敢署上眞名，甚至不敢讓人知道的那種狀況，所以他們捨不得丟掉「小說界革命」確立的小說價值。民初小說家並未完全放棄晚清「小說界革命」的創作宗旨：李涵秋對其弟李鏡安說：「我輩手無斧柯，雖不能澄清國政，然有一枝筆在，亦可以改良社會，喚醒人民。」李定夷覺得「欲求移風易俗之道，惟在潛移默化之文，則編譯新小說以救其弊，庸可緩耶」？[135]就連公開宣稱小說是「俳優下技」的徐枕亞，論起小說之益來，居然也舉起「改良社會」的大旗：「小說之勢力，最足以普及於社會，小說之思想，最足以感動夫人心，得千百名師益友，不如得一二有益身心之小說。」[136]在這些主張中，都明顯打上晚清「小說界革命」的印記。有的小說刊物，也重複「小說界革命」對小說的論述：「小說界於教育中爲特別隊，於文學中爲娛樂品，促文明之增進，深性情之我刺。」「小說界以罕譬曲喻之文，作潛移默化之具，冀以挽回末俗，蕩輸新機，一曰救說部之流弊也。」[137]這些現象本身便證明了「小說界革命」雖然早已進入低潮，但它在公衆心目中仍然具有廣泛的影響。

小說家對現實的不滿，公衆期待揭露現實的小說，以及小說作爲抨擊強權，揭露黑幕的工具的觀念依然具有廣泛影響，這一切合起來便形成了某種環境，幫助抨擊強權，揭露黑幕的作品問世。何海鳴早在 1912 年 10 月便已懺悔：「記者當日亦頗惑於『共和』二字，以爲『共和』之國，國即政府，政府即國民，絕無相衝突之虞。……政府者國民之政府，決不至爲袁氏所把持，於是亦坐視衆人贊同之。」[138]「二次革命」失敗之後，這種失望情緒發展尤甚，有的小說家感慨：「各國革命大抵流血，然往往獲政治上改革之益。而吾國獨不然，曇花一現，泡影幻成。」[139]小說家的這種失望情緒也注入到小說創作之中。創作的書信體小說《冥鴻》，便在小說中感歎：「回憶光復之初，將以蕩移滌汙，發揚清明，抑知不轉瞬間，而穢汙更甚於昔。」「當日誌烈之士介種族革命之說，今種族革命已遂矣，而所逾於清朝末季者幾何耶？」最能顯示出這種失望的還數李涵秋的《廣陵潮》。

《廣陵潮》從晚清寫起，時間跨度數十年，它缺乏晚清

「譴責小說」掊擊時政時的那股慷慨激昂，鋒芒畢露的銳氣，但它又是從「譴責小說」發展而來的。作者的意圖在於描繪一幅清末民初數十年歷史的長卷，因而起初給小說命名爲《過渡鏡》，並且在小說中強調它的「鏡子」作用。因此它的歷史內涵在某種程度上要比晚清任何一部「譴責小說」更爲豐富。在《廣陵潮》中，我們看到種種畫面；無賴顧阿三，不過是個賣大餅的，一旦入了天主教，竟敢強霸他人新婦，縣官卻無可奈何。縣官畢升和紳士石茂椿官紳勾結，巧立各種苛捐雜稅，盤剝百姓。市儈田煥夫婦，利用店主去世之機，侵吞孤兒寡婦的財產。朝廷舉辦「新政」，衣租食稅，逐漸增加，貪官汙吏趁機巧立名目，中飽私囊。但是《廣陵潮》最爲出色的，還是對一系列重大歷史事件的描繪：辛亥革命對老百姓來說是隔膜的，當武昌起義成功之後，武昌的許多市民害怕清軍要來開戰，一窩蜂地逃出城，造成城門口擁擠不堪，許多人被踐踏而死的悲劇。革命黨人的隊伍嚴重不純，既有富玉鸞那樣的志士，又有馬彪、宋興等人的會黨，還有饒二、饒三之類的無賴。清朝官吏剛剛逃走，民軍尚未進城之際，揚州的土豪劣紳便已乘機成立了一個「民政署」，推舉劣紳石茂椿做民政長，從署長到大廚師頭兒的職位被他們瓜分得乾乾淨淨。更妙的是，革命軍進城後，並不打擊這些土豪劣紳，反而又成立了一個「軍政分府」，與民政署遙遙相對，和平共處，充分顯示了辛亥革命的妥協性。

需要指出：對辛亥革命的失望並沒有動搖作者對「共和」的信念，作者在小說中描繪了袁世凱復辟帝制，揚州擁護的只有一心想升官發財的無賴廩生劉祖翼之流，而贊成張勳復辟的，又只有旗人的「宗社黨」，腐儒何其甫和舊官吏程宗敬之類的遺老。老百姓是擁護「共和」的，當揚州人民聽到張勳失敗的消息，「莫不欣喜非常，大呼民國萬歲」。」

正是出於對「民國」的珍惜，李涵秋在失望之餘，便欲起來抗爭。他借主角雲麟之口，指責無賴田福恩賄選議員，預言民國若是照此下去，「不出五年，若不被他們那些官僚派推翻議院，破壞共和，甚至假造民意，倡言帝制，你那時候來剜我的眼睛」。他意識到「民國時代，自古以來不曾發生過的事情，一般會在這民國鬧出笑話兒來」。他要像「譴責小說」一樣，將這種種笑話都寫出來，以此爲鑒，驚醒世人。

民初作家身處上海，目睹租界上種種不平等行爲，深感氣憤，他們大都具有強烈的愛國熱情，當祖國面臨亡國危機時，常常自發地起來宣傳愛國。1915 年 5 月 9 日，日本乘西方忙於大戰，向袁世凱提出侵略中國的「二十一條」；報刊披露後，上海的小說家群情激憤，稱 5 月 9 日這一天爲「國恥日」。《禮拜六》等刊物專門發表了「國恥專號」，搜集當時各報的正義新聞，辟爲「國恥錄」。周瘦鵑在 1915 年「國恥」時，專門創作了《亡國奴日記》，「舉吾理想中亡國奴之苦痛，以日記體記之，而復參考韓印越埃波緬亡國之史，俾資印證」。[140] 到 1919 年「五四」運動爆發，在「還我青島」的浪潮中，周瘦鵑又將《亡國奴日記》單獨成册，廣爲散發，希望民衆知道亡國的痛苦，奮起救國。李涵秋也將「五四」愛國運動寫入《戰地鶯花錄》中，以主人公的蹈海自殺，來激勵國人的愛國熱情。楊塵因的《新華春夢》，記下了袁世凱復辟帝制的種種醜態，爲醜類們立此存照。對於這些作家來說，愛國是做人的最高準則，爲了愛國，他們甚至願意犧牲衣食飯碗。王鈍根在 1915 年「國恥」時，堅決主張宣傳要慷慨激昂，與《申報》多老闆的意見不合，毅然辭去這一收入豐厚的編輯職務。[141] 因此，《禮拜六》等刊物在「國恥」時宣揚愛國，並非是小說刊物迎合讀者的投機心理，而是由主編自己的思想決定的，從中顯然可以看到晚清「小說界革命」的影響。

民初小說家對社會黑暗的抨擊，有時還延伸到晚清所忽視的角落。張恨水在五四前夕發表的《小說迷魂遊地府記》，通過「小說迷」魂遊地府的經歷影射現實，上至段祺瑞、徐樹錚編練「參戰軍」的無法無天，下至晚清小說很少觸及的出版界、新聞界、文學界的黑暗，一一揭諸筆端。殺人只要掛上「參戰軍」的招牌，「都不要緊」。「豐都圖書館」裡公然張貼淫畫，書肆中大量出售《男女行樂指南》，小說商「只要能賣錢時，你就把它渾家秘史做上，他也只當是黑幕書當有的」。地府中的出版界是「文明騙子」，學到了「東洋佬賣藥的廣告法子」，大報。《神報》、《興文報》（即《申報》、《新聞報》）「原是營業性質，算不得眞正的輿論」，「小說商借著他大報披露，他就借著廣告收費，兩人目的一達，這裡頭大寬轉就把看報人勾上斜路去了」。他發現「這幾年來，一班忤奴，被小說商弄壞了，若要再不整頓，龍蛇混雜，卻掃了我小說界的名譽」。所以小說界頭一項使命就是「和似是而非的小說商宣戰」。這意味著正直的作家們也發現了小說「商品化」帶來的迎合讀者低級趣味，黃色小說氾濫的弊病，他們也想予以痛擊，改變這種狀況。

民初這類「掊擊時政」的小說，是晚清「譴責小說」在新時期下的延續，它們的共同特徵，是把小說作爲「輿論監督」的工具，希望小說起到類似報紙的監督職能。這樣，它們的著眼點勢必集中在社會黑暗上，抨擊的目標以醜惡現象爲主，抨擊時只求痛快淋漓，以「新聞化」的方式揭出現象，不求藝術塑造，深入開掘。發展到極端，便產生出完全脫離藝術，只是羅列醜聞的「黑幕小說」。「黑幕小說」只是小說的素材，完全沒有藝術加工，稱不上文學，但是因爲它同樣能起到輿論監督作用，因而得到小說界的欣賞，許多民初作家都創作過「黑幕小說」，或類似「黑幕小說」的作品，他們的小說觀念本來就沒有建立在藝術的基礎上。

民初的小說家，對上海大多採取詛咒的態度。晚清時像陳天華之類的作家，對上海的租界帶著矛盾的心情，一面爲租界成爲「國中之國」，喪失主權而痛苦，一面又爲有這樣一塊可以較爲自由地攻擊批判清朝政府的「飛地」而慶倖；而民初小說家筆下，上海是罪惡的淵藪，對於善良的人來說，到處充滿了陷阱。惲鐵樵在《工人小史》中描述：「上海者，不可思議之怪物也。彼都人士，狐裘皇皇，望之，幾無一非神仙中人；然貧人流離瑣尾而至此者，雖有伍大夫之簫，不許吹也。」將上海作爲富人的天堂，窮人的地獄。包天笑在《補過》中描繪了一位「本是個內地質樸的青年，一到都會之地，不免感染了這都會惡習，就踏入那墮落的徑路去了」，「因此把自己一身的方向誤了」。黃花奴在《揚花夢》中又進了一步：「滬地人煙既萃密，於是盜賊奸邪，藏形匿跡，胥以斯爲安樂窩。光天化日之下，縱容若輩橫行，一無顧忌，若好繁華場，隨處皆爲陷跳。居其地者，仍不留意，尚且墮入百丈深淵，爲若輩羅網中物。遠方客子，貿然來遊，實無異若輩之隨口肉餡，顚之倒之，爲事更易之。文明云乎哉？繁華云乎哉？直萬惡之數耳！」將上海指爲流氓拆白黨的天堂，善良百姓的地獄。由於上海得風氣之先，上海的風氣常常流向外地，上海的罪惡也常向外地輻射。這一時期中，鄉下人到上海學上海風氣，是「滑稽小說」中常見的題材。吳雙熱的《學時髦》。寫鄉下人跟城裡人學時髦，不是近視眼，偏要戴著一副鋼絲眼鏡，連眼都花了，回家連家中養的狗都不認識他。《廣陵潮》中描寫一位開放的「新女性」明玉珠，便是在上海學壞，由上海到揚州，後來成了類似「拆白黨」的人物。小說家憤於上海的黑暗，起而揭露這「冒險家的樂園」，黑色的「大染缸」。然而，事情還有另一面：民初的小說家意欲「堅守舊道德」，對都市商業化文明帶有抵觸的情緒。

對民國的失望，引起知識份子的思考。晚清時對西方文明的迷戀，在一部分知識份子中轉爲懷疑。晚清的康有爲、梁啓超、嚴復等人到上海，都受到「租界」代表的西方文明的衝擊，曾經大加讚美，但是他們到了民初，又紛紛對西方文明產生懷疑，帶頭弘揚「國粹」，這種懷疑助長了民初「復古」思潮的氾濫，也促使民初小說家企圖用「保守舊道德」的方式來拯救社會，拯救國家。

民初小說家有時嚮往農村，將農村視爲純潔之地。他們企望通過弘揚農村的舊道德，來改變「禮崩樂壞」的局面。蔚雲在小說「征婦」篇後議論：「自新學輸入，一般蹈襲皮毛者恒斷章取義，好爲無界限之自由。而固有之道德乃日就澌滅。」「不謂山村僻壤間竟有姑慈婦孝，一團摯愛，如陳化者，孤燈如豆中，一席痛苦，足令聞者酸鼻。」這些議論便表達了對農村的嚮往，它帶著新舊文明之爭和中西文化之爭的內涵。在這種爭鬥中，民初小說家又是矛盾的，幾乎處在進退失據的地位。商業化弱肉強食的生存競爭，以及由此而來的傳統道德的解體，使得小說家深感痛苦。然而在西方近代思想的影響下，他們便不可能像封建士大夫那樣，把禮教看得那麼神聖，他們所接受的新思想幫助他們看出舊道德的許多弊病，而且從本質上說，他們大多已接受了西方的進化論，不再遵從越古越好的古訓。他們徘徊於舊禮教與新思想之間，價值觀念處於矛盾混亂的狀態。

這類矛盾在《廣陵潮》的人物塑造中表現得十分明顯。《廣陵潮》對頑固守舊的腐儒痛加貶斥，塑造了以何其甫爲首的一批處在八股舊學籠罩之下的舊儒生，他們滿口仁義道德，表面上道貌岸然，實際上追名逐利，貪財好色，鬧出了不少笑話，何其甫成爲全書中諷刺得最厲害的人物。作者揭露這幫舊儒生的墮落，可謂不遺餘力。但是，《廣陵潮》雖然也塑造了一位革命志士富玉鸞，描繪他出身於官宦之家，出於救國救民的眞切期望從事革命。當他接觸到盧梭《民約論》等西方思想，便將家財分給乞丐和窮人，隻身前往日本留學，在辛亥革命前回國策劃起義，不幸被奸人告密，被捕入獄，在法庭上他大義凜然，痛斥清朝官吏，壯烈犧牲；可是又寫到他要與自己的母親講平等，氣死了母親。於是在小說結尾時，富玉鸞被莫名其妙地評爲「富而不仁」，作者在感情上，並不能接受這位蔑視禮法的革命英雄。即使對「革命」，他也不無微詞，甚至表示：「大人物在上面革命，小百姓在下面受罪，這才不失我社會小說宗旨。」作者最爲喜愛的人物，還是以自己爲原型的雲麟。此時，作者的思想處在半新半舊之間，不乏正義感卻又明哲保身，缺乏責任感。作者在理性上也知道依靠雲麟這種書生，不可能「造出一個簇新的世界」，他認爲「革命事業要出在下流社會人手裡，酸秀才不中用的」。但是他又看出參加革命的下流社會成員怎樣玷污了革命。結果，他的「大家齊心協力，共同造出一個簇新的世界」的理想找不到實現的途徑，在《廣陵潮》中，他只能以消極的佛學來自我解脫。在五四後問世的《戰地鶯花錄》中，他才把希望寄託在接受新學堂教育的學生身上。

與李涵秋相近的還有蘇曼殊，他曾經是一位堅決的個人英雄主義者，在革命派與保皇黨人鬥爭最激烈的時候，他曾打算親自去刺殺康有爲，促進革命的成功。在翻譯雨果的《慘世界》時，他曾經在小說中增加了一位英雄「里德」，一個人包打天下，主張自由民主。但是，在民初的黑暗社會中，他的自由民主理想並未得到實現，現實使他意識到，個人英雄主義不能包打天下。他創作了小說《焚劍記》，塑造了一位俠士獨孤粲，雖然爲友報了仇，但卻無法保護兩位女主角，無法改變現實的黑暗，終於無可奈何地焚燒了自己的寶劍。蘇曼殊也找不到出路，只好以佛學來求得自我解脫。這幾乎是民初小說家共同的傾向。而民初小說家的舊道德與新思想的矛盾，在「言情小說」中也表現得更爲典型深刻。

民初小說家中也有人不甘心「保守舊道德」，提出新的價值觀念。何海鳴便曾主張「一種學問曰『我學』，萬事以我爲本位，以我爲前提」，「我之對我，宜採自立主義，我之對人，宜采博愛主義也」，「因欲博愛而始謀自立，因能自立而後言博愛」，「蓋既以我爲本位，則我與人平等，自無階級之分，而世界上僅有一個人字，人我皆平等，當又無尊卑之別」。他的主張還顯得比較幼稚，表述也有不少毛病。但它是新型的資產階級商業社會的價值觀念的雛型。只是這種個性解放的價值觀念在當時很少有人出來呼應，在小說創作上也沒有明顯的反映。它稱得上「五四」新文化運動的先驅，它的完善與發生重大影響，都要在「五四」以後。

第九節　短篇小說的發展

清末民初「新小說」有一個重要方面，便是短篇小說的崛起與發展。短篇小說在中國源遠流長，不僅歷史早於長篇小說，而且在長篇小說興旺發達之後，始終保持著自己獨立的領地。但是在乾隆末年之後，短篇小說處於衰退狀態，白話短篇小說幾乎絕跡，文言短篇小說也缺乏力作，雖有王韜的《淞影漫錄》、《淞濱瑣話》，俞樾的《右台仙館筆記》等等，作者都是名家，作品卻大體上類比《聊齋志異》與《閱微草堂筆記》，缺乏新的創新。只是在晚清「小說界革命」後，受西方短篇小說影響，中國短篇小說才出現了新的重要發展。「五四」之後，短篇小說成爲新文學的主體，成爲二十世紀中國文學最重要的體裁之一。

短篇小說的重新崛起首先是因爲報刊登載小說的需要。一般人往往只注意報刊連載長篇小說可以吸引讀者看下去，可以增加報刊的訂戶，而看不到短篇小說對讀者的吸引力。但是讀者每次都看不到完整的故事終究是一大遺憾，這也會影響到報刊的訂閱，這就需要同時刊載有完整的故事情節的短篇小說作爲調劑。中國最早的小說雜誌《海上奇書》便已經注意到這一點，採用長短篇小說合載的方式，既刊登長篇小說《海上花列傳》，也刊登短篇小說《太仙漫稿》，以兼顧各種不同讀者的需要，擴大小說雜誌的市場。《新小說》問世時，也注意到短篇小說，只是編者還囿於傳統小說概念，廣告上宣稱專辟「雜記體小說一欄，如《聊齋》、《閱微草堂》之類，隨意雜錄。」[142]它還沒有明確的「短篇小說」意識，結果它刊登的許多作品只是筆記隨感，還稱不上是短篇小說。《繡像小說》只登長篇小說，不登短篇小說。晚清小說接革命後首先刊登短篇小說的雜誌是《新新小說》，它是由陳景韓主編的小說雜誌，長短篇小說合載。其中刊登的陳景韓自己創作的《路斃》，頗有一點「橫斷面」小說的樣子，截取場景加以描繪，語言簡潔凝練。只是《新新小說》中像這樣的短篇小說太少，一些以議論爲主的也混雜其中，而且它還沒有專門開出「短篇小說」的欄目，依然缺乏明確的「短篇小說」意識。

晚清有意提倡眞正的短篇小說還推《月月小說》，它不僅在徵文廣告中專門提到短篇小說：「如有思想新奇之短篇說部，願交本社刊行者，本社當報以相當之利益」，[143] 而且提出西方的短篇小說是一種與長篇小說平行的獨立小說體裁，其價值與長篇小說一樣。[144] 試圖用西方短篇小說概念來指導中國短篇小說創作。從這時起，短篇小說才眞正在小說雜誌中奠定了它的地位。其後，《小說林》雜誌也專門開了「短篇小說」的欄目，刊登短篇小說。從 1909 年創刊的《小說時報》起，在小說雜誌中，短篇小說欄目便常常排在長篇小說欄目之前，篇幅也有所擴大。民國初年還出現了《禮拜六》等主要刊登短篇小說的雜誌，這意味著短篇小說的地位在不斷提高。

晚清的「新小說」是中國小說轉型的發端，「新小說」中的短篇小說更是轉型的關鍵，無論從內容還是從形式來看，都與傳統短篇小說有很大的不同，其變化之迅速要超過同時期的長篇小說。

首先是主題與思想內容的變化，中國古代短篇小說較少涉及時政，一般涉及時也採用比較婉轉的方式，尤其忌諱直接對當前的政治發表議論。晚清的短篇小說就不同了，受「政治小說」的影響，他們常常樂於對時事政治發表意見，用小說干預現實，有時甚至會做頗爲激烈的抨擊。

吳趼人針對清王朝宣佈「預備立憲」，立即創作了《慶祝立憲》、《預備立憲》、《大改革》、《立憲萬歲》、《光緒萬年》等短篇小說，諷刺清廷「今兒是宣佈預備立憲，不是宣佈立憲，是叫你們往立憲那邊望望，叫你們望得見了，那就有點影兒了，並不是你們已經望見了，叫你們望那邊跑啊！」（《慶祝立憲》）辛辣地諷刺了清王朝爲苟延殘喘製造愚弄老百姓的騙局。陳冷血的《俠客談》是短篇小說的組合，其中的《刀餘生傳》寫一強盜欲改造國民，用殺人之法救人，訂出的「殺人譜」云：「鴉片煙鬼殺！小腳婦殺！年過五十者殺！殘疾者殺！……」用極端的偏激方式改造社會。這些主題都是以往的中國短篇小說所沒有的，與時事政治的緊密結合是晚清短篇小說的重要特點。

此外，晚清的短篇小說中，也出現了一些思想意識上的重要變化。如包天笑的短篇小說《一縷痲》，受過新教育的女主角在父親包辦下被迫嫁給一個低能兒，她不滿包辦婚姻，滿懷「自由」之念，結婚之日，不許丈夫親近，不料第二日即患白喉，臥床不起，丈夫竭盡心力，料理湯藥，結果傳染上白喉。待女主角神智清醒時，丈夫已經病逝，女主角被丈夫的誠意所感動，自願爲丈夫守節。表面看來，這是一篇描繪女主角從叛逆到「守節」的小說，宣揚了「寡婦守節」，其實小說中「守節」的動機已與傳統寡婦不同，她的「守節」已經不是出於服從禮教的需要，而是根據自己良心的需要，愛情的有無，「守節」成爲她表達對死去丈夫愛情的一種方式，她的轉變實際上有著一個從「不愛」到「愛」的過程，這已經孕含著新型的男女愛情觀念。當然，它同時也有著對禮教的妥協與認同，這種矛盾的狀態也正是民初「言情小說」的特徵。《一縷麻》在民初被改編爲文明戲、京劇以及其他地方戲，受到當時民衆的歡迎，擁有廣泛的影響。

晚淸短篇小說最重要的變化是形式上的變化。本來中國古代的短篇小說相比長篇小說而言已經是比較自由了，晚淸的短篇小說更是顯得不拘一格。它可以是場景，也可以是故事；它可以是議論，也可以是對話；可以是第三人稱全知全能敘述，也可以是第一人稱或者第三人稱限制敘述；可以是順時敘述，也可以是逆時敘述，把緊要的地方提到開頭。這樣，它有時就顯得與中國傳統的短篇小說格局完全相異，如吳趼人的《查功課》，寫某督署深夜到學堂搜查學生手中的《民報》，結果一無所獲。按照傳統短篇小說寫法，寫這一題材先要交待事件的來龍去脈，說淸人物的經歷遭遇。然而吳趼人只是扣住學堂搜查這一場景，通篇幾乎全用對話，連說話人是誰也並不全標明，讓讀者自己去意會。因而顯得節奏短促，結構緊湊，語言簡練，情節集中。這些純客觀敘事的寫法不僅是有意學習西方短篇小說，而且吸取了戲劇的某些特點。在當時作家中，吳趼人探索短篇小說新形式是最爲努力的。在《慶祝立憲》的開頭，它運用了一般景物描寫，雖然比較短，已經是傳統短篇小說所罕見。在《黑籍冤魂》、《大改革》、《平步青雲》等小說中，他都運用了第一人稱限制敘事，小說中的「我」或爲旁觀者，或爲當事者。在晚淸短篇小說創作中，吳趼人的水準是最高的。

除了吳趼人之外，其他如徐卓呆的《入場券》、《買路錢》，飲椒的《平望驛》、《地方自治》等，都在不同程度上採用了截取場景式的「橫斷面」寫法，用一個精選的場景來表現特定的主題，批判冷酷的現實。這些作品都改變了傳統短篇小說慣用的手法，推動了近代型「橫斷面」短篇小說的崛起。

然而，晚清新型短篇小說還只是嘗試和開端，它們還稱不上是成熟的短篇小說，數量也很少。在場景的截取和調動上，還比較幼稚，有時只是將故事斬頭去尾，介於傳統小說和現代型短篇小說之間。最主要的，它們往往輕視對人物的刻畫，忽視對人物性格和心理的描寫，這就使他們的短篇小說創作缺乏力度。直到民初，短篇小說才又有所發展，成爲向五四新文學短篇小說的過渡。

民國初年小說藝術發展最快的還數短篇小說，這與當時小說刊物提倡短篇小說有很大關係。當時的小說刊物，長篇小說大都由編輯同仁或約請朋友撰寫，很少接受外來稿件；而短篇小說則大都接受外來投稿，這就使得短篇小說領域呈現出比長篇小說創作更爲強烈的競爭。民初小說刊物上常常登出廣告，歡迎投稿，「短篇小說尤所歡迎」。[145]《小說月報》等雜誌還將短篇小說欄目置於第一，給短篇小說劃出更多的篇幅。編輯對短篇小說的提倡，大大促進了短篇小說的繁榮。所以，民初短篇小說在數量上要遠遠超過晚清，出現了中國小說史上從未有過的短篇小說興旺發達景象。

民初短篇小說直接繼承晚清短篇小說而來，在晚清短篇小說基礎上有所發展。發展首先表現在小說的主題上，民初小說在某種程度上也繼承了晚清對政治的關懷。其中較爲出色的作家是程善之。程善之辛亥革命前執教於揚州府中學堂，嘗以革命言論爲清朝官吏偵查的對象。民初在上海任報刊編輯，同時撰寫小說。二次革命時，曾受聘爲元帥府評議，革命失敗後即歸隱揚州，在執教、論政之餘，潛心學術研究。程善之擅長寫短篇小說，他對民初社會極其失望，曾撰寫小說《自殺》，通篇都是敘述人自問自答，既無情節，也無場景，以「世界無一不穢」，故自殺。表達了他對現實絕望憤怒的心情。《健兒語》描寫一位健兒曾經爲建立民國出過大力，同輩皆升官發財，他爲求保持人格，不甘心同流合污而潦倒還鄉，因生計無著去搶當鋪，被官府殺害。《機關槍》則截取靶場上的情景，敘述某支軍隊向日本人購買劣質機關槍，在靶場試驗時，幾次將露原形，都由副官、軍需等人從旁掩飾，不被發覺。事成之後，副官等與日本人同往妓院花天酒地，共慶得計。程善之的小說尖銳地抨擊了當時軍政腐敗現象，其慷慨激昂的憤激程度，決不亞於晚清的吳趼人之類作家，而其描寫之客觀細膩，要超過晚清小說，近似五四後的新文學。

魯迅在辛亥革命時創作了短篇小說《懷舊》，描繪了辛亥革命前，一隊難民被誤傳爲革命軍，給江南一個農村帶來的衝擊。作品一方面描繪了即將到來的辛亥革命給土豪劣紳帶來的恐慌，另一方面也展示了這場革命與人民的隔膜，老百姓把革命軍視爲「長毛」，擔心被殺，紛紛逃難，地主則企圖掛起「順民」的招牌蒙混過關。頗爲深刻地顯示了這場革命的局限。對黑暗現實的抗爭促使小說家憤而揭露破壞民主的罪惡，惲鐵樵的《村老嫗》便是一例。惲鐵樵民初任《小說月報》主編，他注意對小說的批評，獎掖後進，自己也翻譯創作小說。《村老嫗》描繪鄉紳操縱選舉，指使村老嫗之子阿二一人獨投十三票，遭到老嫗痛斥的情景。民初作家大都具有強烈的愛國熱情，在祖國面臨亡國危機時，常常自發的起來宣傳愛國。1915 年 5 月 9 日，日本乘西方忙於大戰，向袁世凱提出侵略中國的「二十一條」；報刊披露後，小說家群情激憤，王鈍根堅決主張宣傳要慷慨激昂，與《申報》老闆意見不合，就毅然辭去待遇優厚的《申報・自由談》職務。[146]周瘦鵑此時專門創作了《亡國奴日記》，「舉吾理想中亡國奴之苦痛，以日記體記之，而復參考韓印越埃波緬亡國之史，俾資印證。」[147]到 1919 年「五四」運動爆發，在「還我青島」的浪潮中，周瘦鵑又將《亡國奴日記》自費單印成册，廣爲散發，希望民衆知道亡國的痛苦，奮起救國。因此，《禮拜六》等刊物在「國恥」時宣揚愛國，並非是迎合讀者的投機心理，而是作家自己的思想決定的，從中顯然可以看到晚清「小說界革命」的影響。

民初短篇小說很注意關注貧富對立，作者同情下等社會人民的不幸遭遇。晚清的周作人模仿《悲慘世界》創作《孤兒記》，已經顯示了這種傾向。到了民初，這一傾向在短篇小說中發展迅速，其勢頭遠遠超過晚清，體現了一種從同情下層社會人民到具備明確階級意識之間的過渡。惲鐵樵的《工人小史》描寫工人韓蘖人，過著缺吃少穿的貧困生活，還遭到洋人和工頭的欺壓毒打，最終被開除的經歷。這是中國小說史上除了寫美國華工之外，第一篇描寫中國工人的小說，作家目光轉移到工人本身就是很值得注意的，顯示出時代的變化，朦朧的人道主義思想正在進入作家的頭腦。工人一旦失業，境遇更加淒慘，葉聖陶的《窮愁》刻畫了阿松失業之後，以賣餅爲生。他孝敬母親，但不能使其溫飽；他勤勞苦幹，卻不能維持兩個人的家庭生活；他誠實質樸，卻被關進大獄；他拚命掙紮，最終依舊家破人亡，背井離鄉。小說家注意到貧富對立，他們的立場大多是蔑視富人，同情窮人。周瘦鵑的《簷下》將窮人和富人的生活境遇道德品質作了對比，證明窮人要比富人的道德高尙得多。包天笑和徐卓呆合寫的《無線電話》，別出心裁的虛構了一位寡婦與亡夫的對話，一方面表現了寡婦忍受生活重壓的痛苦心理，一方面刻畫了「人在人情在，人亡人情亡」的炎涼世態。韋士的《賣花女》描述了一位母親患有痲瘋病的賣花女，爲了母親能吃飽而賣花，爲了安葬母親而賣唱，她的血淚錢被掌院者呑食，自己又被賣入妓院，終於自殺而死。程善之的《隔壁戲》寫「我」聽到隔壁深夜拷問懷孕的丫頭，用鞭打，開水燙，丫頭其實是被姑爺強姦的，說了主人也不信，第二天就將丫頭賣掉。周作人的《江村夜話》寫催租的地主兒子姦汙了佃農的女兒，地主反以欠租的罪名，捕去佃農和他兒子，妻女也抱病而亡。這些小說都敘述了富人對窮人的欺壓，作者的同情都在窮人一邊，小說開始涉及階級的對立與壓迫，顯示出時代的進步。這些主題都爲「五四」新文學作了準備，預兆著五四「新文學」的問世。

中國現代嚴格意義上的「短篇小說」，並不專指小說篇幅的長短，它還包括小說形式上的突破。因此，胡適曾給「短篇小說」下了個新的定義：「短篇小說是用最經濟的文學手段，描寫事實中最精彩的一段或一方面，而能使人充分滿意的文章。」[148] 胡適的定義是否準確是一回事，五四作家強調「短篇小說」的形式則是另一回事。在這些五四作家看來，只有與中國傳統從傳記發展而來的短篇小說不同的「橫斷面」短篇小說才配稱作現代的「短篇小說」。清末民初的短篇小說，在形式上正稱得上是從傳統向現代的過渡。

如果說晚清吳趼人的《查功課》，徐卓呆的《入場劵》、《買路錢》、《溫泉浴》，陳冷血的《路斃》等小說已經自覺地突破了傳統小說的敘事模式，採用截取場景，選擇人生中某一典型事件加以描繪的新形式；那麼，晚清小說家開創的小說形式，在民初小說家手中正在成熟起來。同樣是模仿早期話劇，吳趼人的《查功課》著重在通過對話敘述事件，並不著力於描繪性格心理；包天笑在民初創作的《電話》，也是在開頭結尾交待一下人物地點之外，全篇純用對話，但是透過對話卻令讀者不難體會男女主人公的惆悵心理，揣摩他們的性格與經歷。在形式的運用上，包天笑比吳趼人更爲細膩純熟，也更具有眞實感。

近代短篇小說作家注意到改變傳統小說的敘述時間與敘述視角。晚清小說家一經發現「我國小說，起筆多平鋪，結筆多圓滿；西國小說，起筆多突兀，結筆多灑脫。」[149]他們將緊要的場面提到開頭，以吸引讀者的注意。民初小說家進一步區分「前後倒置法」和「乾龍無首法」，[150]他們把倒敘當作一種技巧，廣泛運用。像惲鐵樵的《工人小史》，名爲「小史」，其實只集中敘述了主角兩天的工作，他的身世是通過插敘追述出來的。這種寫法與中國傳統的短篇小說已經完全不同，而比較接近於西方的短篇小說。

民初短篇小說運用第三人稱限制敘事也逐步趨向成熟。魯迅的《懷舊》通過一位兒童的眼光，截取幾個場景，展示了即將到來的辛亥革命在鄉村引起的騷動。程善之的《偶然》，刻畫一位想做偵探的教員鬧出的笑話，細膩地描繪出「疑人偷斧」的心理。像這樣成熟的短篇小說，在晚淸還沒有出現。此外，短篇小說大量運用第一人稱限制敘事。這些新的敘述視角改變了全知全能敘述一統天下的局面，爲小說藝術的發展打開了一個新的天地。尤其是適應了小說由外部的情節描寫轉向內部的心理描寫的需要，使小說的藝術發展走上了新的臺階。值得注意的是：民初短篇小說中已經出現極少數在藝術上可以與五四新小說比肩的成熟作品。程善之的《死聲》，描寫「余」在刑場上看見劊子手突然殺一位陪斬的和尙，和尙大驚而呼，聲音剛剛發出，便已啞然被殺。此聲回蕩在「余」耳邊，不得安寧。小說的題材與形式都與傳統小說不同，它在場面的客觀描寫和人物心理的開掘上，即使放在五四新小說中也毫無遜色。因此，晚淸小說開始呈現的對中國傳統小說敘事模式的大幅度背離，在辛亥革命後不但沒有出現停滯與倒退的趨向，反而是在繼續發展，趨向成熟，爲「五四」新小說的問世作了鋪墊。

頗有意思的是：民初的文言短篇小說在運用新形式方面，表現出比白話短篇小說更大的勇氣。民初的日記體、書信體小說大多是文言，運用限制視角敘事的小說大多是文言，改變情節爲中心的結構，變成以心理爲中心的結構，大多還是文言。文言短篇小說在民初獲得了它在中國小說史上的最輝煌然而也是短暫的一頁。或許是白話章回體小說過於成熟，要突破「章回體」的禁錮對白話小說來說決非易事，小說的突破性變革的重擔只好由文言小說來承擔了。士大夫把運用限制視角敘事和改變時間順序的敘事作爲小說行文的章法結構，用作古文的觀念來理解這些騰挪變化，反倒幫助小說超越了中國傳統市民小說的模式，促進了中國小說形式的變革，也促成了士大夫文化與市民文化的融合。這也顯示了中國小說在近代變革時期的複雜性。

1 蔡元培《閱〈魏子安墓誌銘〉後》，《蔡元培全集》第一卷第 118 頁，中華書局 1984 年出版。

2 見《九尾龜》第 7 回，第 12 回，「卅六鴛鴦同命鳥，一雙蝴蝶可憐蟲」見於《花月痕》第 31 回。

3 楊塵因《新華春夢》第 23 回。

4 吳綺緣《余之妻序》。

5 紙帳銅瓶室主《自說自話》，《永安月刊》第 116 期，1949 年出版。

6 葉楚傖《小鳳雜論》，見《小說雜著》，新民圖書館民國八年出版。

7 李定夷《〈花月痕〉考》，《定夷說集·後編附刊》。

8 李健青《民初上海文壇》，《上海地方史資料》（四）第 204 頁，上海社會科學院出版社 1986 年出版。

9 徐枕亞《余之妻》第 24 章，

10 張恨水〈《寫作生涯回憶》四、禮拜六的胚子〉，人民文學出版社 1982 年 6 月出版。

11 張恨水《小說迷魂遊地府記》，原載 1919 年《民國日報》。

12 可參閱袁進《中國小說的近代變革》，中國社會科學出版社 1992 年出版。

13 馬克思《1844 年經濟學一哲學手稿》，人民出版社 1982 年出版。

14 俱見《花月痕》第一回。

15 俱見《花月痕》第一回。

16 參閱袁進《試論晚清小說讀者的變化》，《明清小說研究》2001 年 1 期

17 郭沫若《學生時代》第 5 頁，人民文學出版社 1983 年出版。

18 郭沫若《少年時代》第 49 頁，人民文學出版社 1983 年出版。

19 參閱楊義《中國現代小說史》第 557 頁，人民文學出版社 1986 年出版。

20　韋伯《文明歷史的腳步—韋伯文集》第 62 頁，三聯書店上海分店 1998 年出版。

21　西美爾《金錢、性別、現代生活風格》第 1 頁，學林出版 2000 年 12 月出版。

22　楊潔曾、賀皖南《上海娼妓改造史話》，三聯書店 1988 年出版，第 1 頁。

23　顛公《懶窩隨筆》。

24　魯迅《中國小說史略·中國小說的歷史變遷》。

25　韓邦慶《海上花列傳》例言。

26　韓邦慶《海上花列傳》例言。

27　韓邦慶《海上花列傳》第一回。

28　韓邦慶《海上花列傳》例言。

29　韓邦慶《海上花列傳》例言。

30　見孫玉聲《退醒廬筆記》。

31　見孫玉聲《退醒廬筆記》。

32　魯迅《中國小說史略》，《魯迅全集》第九卷，人民出版社 1981 年版。

33　李伯元《庚子國變彈詞》例言。

34　李伯元《中國現在記》楔子。

35　包天笑《釧影樓筆記》，載《小說月報》19 期，1942 年 4 月出版。

36　吳趼人《劫餘灰》第五回。

37　曾樸《孽海花》第二十一回。

38　魯迅《中國小說史略 清末之譴責小說》。

39　包天笑說《海天鴻雪記》是歐陽巨源創作，而以李伯元名義發表，倘確實如此，歐陽巨源也創作過譴責小說《負曝閒談》，它與《海天鴻雪記》的差異更大。

40 蔣廷黻《中國近代史》82 頁，嶽麓書社 1999 年出版。

41 《海上名妓四大金剛奇書》署名抽絲主人，與吳趼人原名「繭人」對應。也有人認為小說的文筆不像是吳趼人所寫。

42 李葭榮《我佛山人傳》，魏紹昌〈吳趼人研究資料〉第 10 頁，上海古籍出版社 1980 年版。

43 劉大紳：《關於〈老殘遊記〉》。

44 胡適：《老殘遊記》序。

45 哈・謝迪克：《老殘遊記》英譯本前言。

46 魯迅：《中國小說史略・清末之譴責小說》。

47 胡適：《老殘遊記》序。

48 阿英：《劉鶚及其〈老殘遊記〉》。

49 《老殘遊記》第二回作者自評。

50 嚴薇青：《老殘遊記》前言。

51 《老殘遊記》第十五回作者自評。

52 《老殘遊記》第十三回作者自評。

53 據張岱《陶庵夢憶・柳敬亭說書》記柳敬亭說：「武松到店沽酒，店內無人，驀地一吼，店中空缸空甓皆甕甕有聲，閑中著色，細微至此。」

54 《老殘遊記》第十六回作者自評。

55 《老殘遊記》第六回作者自評。

56 僅從作者的態度上分析，剛弼也不可能是剛毅，而是李秉衡一流，剛愎的代詞。

57 《官場現形記》第六十回結尾。

58 《二十年目睹之怪現狀》第二回評語。

59 《老殘遊記》自敘。

60 胡適：《官場現形記》序。

61　李葭榮：《我佛山人傳》。

62　曾虛白《曾孟樸年譜》，魏紹昌編《孽海花研究資料》。

63　金松岑《為賽金花墓碣事答高二適書》，《衛星》月刊第一卷第一期，1937 年 1 月出版。

64　曾樸談《孽海花》，魏紹昌編《孽海花研究資料》。

65　包天笑《釧影樓筆記》「關於《孽海花》」，載《小說月報》第十五期，1941 年 12 月出版。

66　林紓《紅礁畫槳錄》譯餘剩語。

67　魯迅《中國小說史略》第二十八篇「清末之譴責小說」。

68　魯迅《中國小說史略》第二十八篇「清末之譴責小說」。

69　曾樸《修改後要說的幾句話》，《孽海花》，1928 年真美善書店版。

70　曾樸《修改後要說的幾句話》，《孽海花》，1928 年真美善書店版。

71　馮秋雪：《銀海前後同盟會在港穗新聞界活動雜憶》，《廣東文史資料　孫中山與辛亥革命專輯》。

72　見胡去非《總理事略》。

73　周桂生《歇洛克復生偵探案》弁言，《新民叢報》第 55 號，1904 年出版。

74　成之《小說叢話》，《中華小說界》第 5 期，1913 年出版。

75　覺我《第一百十三案》贅語，《小說林》第一期，1907 年出版。

76　覺我《余之小說觀》，《小說林》第九期，1908 年。

77　阿英《晚清小說史》第 186 頁，人民文學出版社 1980 年版。

78　孫寶瑄《忘山廬日記》，第 743 頁，上海古籍出版社 1983 年版。

79　《新民叢報》第十四號，1902 年。

80　梁啟超《新中國未來記》緒言，《新小說》第一號，1902 年。

81 觚庵《觚庵漫筆》，《小說林》第七期，1907 年。

82 《小說叢話》定一，《新小說》第十三號，1905 年。

83 吳趼人《中國偵探案》弁言，上海廣智書局 1906 年出版。

84 周桂生《歇洛克復生偵探案》弁言，《新民叢報》第 55 號，1904 年出版。

85 林紓《神樞鬼藏錄》序，《林琴南書話》第 55 頁，浙江人民出版社 1999 年。

86 半儂《福爾摩斯偵探案全集》跋，《福爾摩斯偵探案全集》，中華書局 1916 年版。

87 程小青《談偵探小說》，《紅玫瑰》第五卷第 12 期。

88 程小青《偵探小說的多方面》，《霍桑探案》第 2 集，上海文華美術圖書公司 1933 年版。

89 林紓《歇洛克奇案開場》序，《歇洛克奇案開場》，商務印書館 1908 年版。

90 吳趼人《中國偵探案》弁言，上海廣智書局 1906 年出版。

91 管達如《說小說》，《小說月報》第三卷第 7 期。

92 成之《小說叢話》，《中華小說界》第一年第 5 期。

93 據范煙橋等人估計，《玉梨魂》的印數達幾十冊，它的影響主要在五四前，另據二十年代初清華書局的版本，它已重版了二十多次，還應加上盜版的印數。

94 見黃天石《狀元女婿徐枕亞》，載香港《萬象》第一期，1975 年 7 月出版。

95 周作人《中國小說裏的男女問題》，載《每週評論》1919 年 2 月 2 日。

96 列寧《論民族自決權》，《列寧選集》2 卷 512 頁。

97 魯迅《墳・我之節烈觀》。

98 見鄒容《革命軍》。

99 松岑《論寫情小說於新社會之關係》。

100　見嚴復譯《法意》案語。

101　陳獨秀《惡俗篇・婚姻下》，載《安徽俗話報》第5期。1904提9月24日。

102　民初所有憲法，包括袁世凱制訂的在內，開頭都列有保障人民平等自由權利的條款。

103　皇權意識是禮教中最早崩潰的，但民初有過兩次帝制復辟，魯迅在《風波》中寫出皇權意識在農村的力量。

104　馬克思《1844年經濟學一哲學手稿》。

105　徐枕亞《雪鴻淚史・例言》。

106　據徐念慈在1908年統計，當時文言小說的讀者多於白話小說，梁啟超的《告小說家》也描述了知識份子加入小說讀者隊伍的情況。

107　詳見錢鍾書《舊聞四篇・林紓的翻譯》。

108　列寧《評經濟浪漫主義》、《列寧全集》2卷150頁。

109　波斯彼洛夫《文學原理》258頁。

110　見劉大杰《中國文學發展史》（下）。

111　上海《時報》1912年3月3日。

112　蔡元培《中國新文學運動》，《中國新文學大系導言集》。

113　譴責袁世凱的小說要到袁世凱復辟帝制時方才問世。

114　周作人《答芸深先生》。

115　徐枕亞《李定夷》，引自魏紹昌主編《鴛鴦蝴蝶派研究資料》第590頁。

116　鈍根《自由雜誌》序一，載《自由雜誌》創刊號（1913年）。

117　劉鐵冷《鐵冷碎墨》。

118　包天笑《釧影樓回憶錄》第391頁。

119　李涵秋《廣陵潮》第五十一回。

120　包天笑《小說大觀》宣言短引，見《小說大觀》第一集。

121 陸士諤《新上海》自序。

122 徐枕亞《小説叢報》發刊詞，載《小説叢報》第 1 期。

123 羽白《小説旬報》宣言，《小説旬報》第 1 期。

124 王鈍根《禮拜六出版贅言》，《禮拜六》第 1 期。

125 林紓翻譯《拊掌錄》聖誕夜宴。

126 愛樓《遊戲雜誌》序，《遊戲雜誌》第 1 期。

127 《快活》旬刊第 1 期。

128 吳趼人《李伯元傳》。

129 徐枕亞《雪鴻淚史》自序。

130 王鈍根《小説叢刊》序。

131 天虛我生《歐美名家短篇小説叢刻》序。

132 王大覺《古戍寒笳記》序。

133 徐枕亞《小説季報》發刊弁言，《小説季報》第 1 期。

134 王鈍根《小説叢刊》序。

135 李鏡安《先兄涵秋事略》，轉引自范煙橋《中國小説史》最近十五年之小説。

136 徐枕亞《答友書論小説之益》，《枕亞浪墨》。

137 瓶庵《中華小説界》發刊詞，《中華小説界》第 1 期。

138 何海鳴《治內篇》，《民權報》1912 年 10 月 8 日到 10 日。

139 沈東吶《民權素》序，《民權素》創刊號。

140 周瘦鵑《説觚》，《小説叢談》大東書局 1926 年出版。

141 王鈍根《辭〈申報〉自由談編輯啟事》，《禮拜六》第 44 期。

142 《中國唯一之文學報〈新小説〉》，載《新民叢報》第 14 號，1902 年出版。

143 《徵文廣告》，載《月月小説》第 2 年第 3 期。

144 見紫英《新庵諧譯》，載《月月小說》第 1 年第 5 期。

145 《小說月報》徵文通告，《小說月報》第一卷第六號。

146 王鈍根《辭〈申報〉自由談編輯啟示》，《禮拜六》第四十四期。

147 周瘦鵑《說觚》，載《小說叢談》，1926 年大東書局出版。

148 胡適《論短篇小說》。

149 徐念慈《電冠・贅語》，《小說林》第 8 號。

150 解韜《小說話》。

國家圖書館出版品預行編目資料

中國近代文學史 / 袁進著. -- 初版. -- 臺北市：
人間, 2010. 09
面；　公分. --（中國近、現代文學叢刊；6）

ISBN 978-986-6777-21-9（平裝）

1. 中國文學史　2. 近代文學

820.907　　　　99014680

中國近・現代文學叢刊 6
中國近代文學史

作　　者　袁進
發 行 人　呂正惠
社　　長　陳麗娜
總 編 輯　林一明
出 版 者　人間出版社
台北市長泰街 59 巷 7 號
（02）2337-0566
郵政劃撥　11746473・人間出版社
電　　郵　renjianpublic@gmail.com
排版印刷　龍虎電腦排版股份有限公司
初版一刷　2010 年 9 月
初版二刷　2017 年 9 月
定　　價　550 元